魏亚平 著

大蘭亭

卷三

陕西师范大学出版总社

《大兰亭》第三卷主要人物

按照主次顺序排序（司马家族成员已用树形图呈现，此处不再列举）

王献之——字子敬，乳名官奴，王羲之第七子，官至中书令，后人称大令
王徽之——字子猷，王献之五哥
王凝之——字叔平，王献之二哥
谢道韫——王献之二嫂，谢安侄女
王操之——字子重，王献之六哥
王随之——王羲之义子

桓　温——字元子，东晋权臣，大将军、大司马
桓　冲——字幼子，东晋将领，桓温四弟
桓　济——字仲道，东晋大臣，桓温次子
谢　安——字安石，东晋重臣，尚书仆射兼吏部尚书、中书监、扬州刺史
郗　超——字景兴，东晋太尉郗鉴之孙，王献之母系表兄
王彪之——字叔虎，东晋重臣，王羲之堂弟，王献之叔父
谢　玄——字幼度，谢安侄子，桓温参军，淝水之战主要参与者
顾恺之——字长康，桓温参军，《女史箴图》画者
刘牢之——字道坚，流民帅，北府军将军
郗道茂——小名姜儿，东晋太尉郗鉴之孙女，王献之发妻
司马道福——新安公主，司马昱之女，先嫁桓济，与之和离后，嫁王献之为妻
桃　叶——王献之小妾

引　子

一

太和是皇上司马奕的年号。六年了，皇上始终没有更改年号。尽管在两年前，大将军桓温北伐邺城惨败，仓皇退回到京城南面的于湖军营后，有大臣上奏称，为避晦气，重振大晋王朝国威，应考虑更改年号。可是，皇上司马奕又一次坚决地驳回了奏章。

眼看快进入春月了，冬月的寒气依然在京城上空笼罩，好在下了十几天的雨总算是停了。江左中兴之后的大晋王朝抚军大将军兼录尚书六条事的宰辅司马昱计划前往会稽藩国巡视的日子因阴雨一拖再拖，弄得已经年逾五十的司马昱好生心烦。

雨一住，司马昱便急忙上路了。一鼓作气走了五天，终于快到震泽大湖（太湖古称）畔的南浔镇了。一路上鞍马劳顿甚是辛苦，但心情还算轻松愉悦。

司马昱一点儿不喜欢住在京城里。二十几年前因被侄子司马衍（晋成帝）在遗嘱中钦定为继位皇上司马岳（司马衍同母弟弟）的辅政大臣，从而名正言顺地回到京城后，他就抓住时机获得了在京城开府的待遇。会稽王司马昱的官邸位置定在城东的建春门和东阳门之间的一块空地上。官邸落成后，司马昱并没有立刻住进去，而是在建康宫正南御街上的太常府里又住了半年。而那时候主理太常府的是他的表叔琅琊王氏的王彬（王羲之的三叔），也就是跟在马车后面的尚书右仆射王彪之的父亲。司马昱没有见过另外两位表叔，大表叔王旷始终下落不明，二表叔王廙则在他两岁的时候就去世了，没有留下一点儿印象。关于这两位表叔的故事，他几乎从小听到大。即使在会稽蛰伏的那些年里，围绕在身前脑后的那些清谈高手也没少谈论这两位表叔的过往。尤其是王旷的故事，似乎成为极佳的谈资，并由此派生出许多怪诞却十分有趣的话题来。那时候，这么说吧，对两位表叔的崇拜之情是他最终不再对王友王羲之表哥心存不满的缘由。直到司马昱成为辅政大臣后，仔细想来，这些故事大多是传奇，他人姑妄言之，他也就姑妄听之了。

　　一想到跟在后面的王彪之和谢安，司马昱的内心多少还是轻松了一些。王彪之是自家的亲表哥，在朝廷上下威望甚高。几年前从会稽内史的位置上再一次被调入京城廊庙，任了尚书右仆射。这是司马昱坚持做的。一来，廊庙上已没有琅琊王氏站立在皇上右手旁，这无论如何都是不正常的，王朝中兴以来这种现象都不曾有过。没有琅琊王氏族人高坐在议事大殿上，朝廷所做的任何决定似乎都缺少了号召力。他曾经将这个疑惑说给了同为辅政大臣的四哥司马晞，司马晞哈哈大笑，然后戳了司马昱一指头说："本辅政难道不算是琅琊王氏的代表人物吗？"司马晞的母亲正是琅琊王氏族人。司马昱尴尬地咳了两声说："四哥，我与你说及此事丝毫没有揶揄之意。自从王茂弘（王导字）大人薨殂后，眼前晃动着的便常常是太原王氏才俊的身影。"司马昱说出了王濛和王蕴父子、王述和王坦父子的名字，又说："可是，这难道不奇怪吗？"司马晞见司马昱面色冷峻，并无打趣之意，很是尴尬地呵呵了几声说："咱家虎犊（王彪之乳名）阿哥难道不算是朝廷重臣吗？"司马昱点点头。三天后的朝会上，皇上批准了司马昱将会稽内史王彪之调回京城的奏请。王彪之回到京城当晚就被司马昱传进官邸。那天晚上，司马昱与王彪之有一场事关王朝前途的谈话。而司马昱最为关切的是驻扎在当涂于湖一带拒绝进京的桓温所做的一些事情。

　　谢安这个时候已经做了尚书仆射领吏部尚书，司马昱和谢安的来往要早得多。世人都认为司马昱最为得意的臣子是太原王氏的王濛和桓温的连襟刘惔。这是胡扯。只有司马昱心里最为清楚，谢安才是他最为信赖和仰仗的重臣呢。王濛和刘惔虽然都是才华横溢的君子，又都是清谈高手，几个人在一起云里雾里地说上十几天都不觉得乏味，可是，二人共有的不良嗜好却令司马昱非常厌恶，这就是喜食五石散。他曾经不止一次地告诫这二人，前车之鉴可谓数不胜数，切不可因此而误了性命。二人皆将司马昱的好言规劝当作了耳旁风，甚至出言不逊，结果，二人早早就死了。但是后来司马昱自己也染上了服食五石散的劣习。谢安就不一样，此人的定力是最令人称道的。他对那些服食五石散的青年才俊敬而远之，对五石散更是拒之于千里之外。司马昱喜欢谢安的定力，也喜欢他的通达和博学。

快到震泽湖畔的南浔镇了，大片大片的田里已经可以见到有农夫在往干了一个冬天的田里灌水，不时响起浑厚的吆喝声，吆喝声里还掺杂着女子尖利的嬉笑声。司马昱被这声音所吸引，从侧窗朝外看了一会儿，很快便有些困倦了，于是放下侧窗的帛帷，合上眼睛打起盹来。

蓦地，一张面孔从斜刺里闯到了司马昱的眼前，这是一张苍老的面孔，一脸皱褶，双眼浑浊，泪水从多皱的面颊流过，将脸上的粉黛划出两道痕来。司马昱听见了哭声，才辨出这张面孔是自己的亲侄女，肃宗皇帝（晋明帝司马绍）的长女，嫁给桓温的南康公主司马兴男。司马昱不禁脱口哟了一声。已经过去多久了？那该是隆和元年（公元362年），足有十年光景了。那年，皇上（晋哀帝司马丕）下诏否决了桓温呈上的迁都旧京（洛阳）之奏，王朝的局势立刻变得紧迫起来，桓温亲率征西府三万大军顺流而下到达芜湖以南的赭圻，似有逼近京城示威之意。皇上慌忙下诏令，让桓温在赭圻驻扎下来，不得继续向京城逼近，同时派遣时任抚军大将军、录尚书事的辅政重臣会稽王司马昱携诏书出京亲往桓温的军营安抚。

二人约定在洌洲会面。洌洲是长江在当涂和历阳之间水域上的一块陆地，地非常大，顺江有近十里之长，宽也足有二三里了。这块陆地属历阳郡管辖。若是顺水而下的话，不出两个时辰就能抵达京城。

司马昱乘坐的官船还没靠上码头，就听见码头上鼓吹手们奏响了皇家迎宾曲。据说这支曲子是由谢尚谱写的，在谢尚的外甥女褚蒜子荣升为皇后之后，此曲先是在后宫推广，后来被廊庙以及方镇广泛采纳。曲子的声部由吹管部分、丝弦部分、皮鼓部分和石磬部分组成。这四部分混响起来还是蛮好听的：司马昱在心里评价道。

迎接司马昱的卤簿（关于皇帝和诸王的仪仗队规模的律制）完全仿照京城，一支中型规模的仪仗队在前面开道，鼓吹手们便退出行列，跟在车队后面，每走出大约二十丈，乐队中的吹奏声部便会吹响一段高亢的乐调来。

征西大将军桓温在洌洲临时搭建的军营栅栏门外恭迎司马昱。在走近桓温之时必须先检阅桓温自己享受的仪仗队：一排手擎假节麾（享有假黄钺权力的大将军使用的军旗）的军士，一排手持幢曲盖（仪仗使用的曲柄伞）的侍从，两名手端侍中貂蝉（侍中头戴的装饰物）的掾属，两名手捧两州（荆州和扬州）刺史官印的从事中郎。走过这两排仪仗队的时候，司马昱故意不向两边顾盼，以免助长了桓温的得意，伤了自己的尊严。桓温将司马昱引进大营中央的一座非常宽大的营帐里，随行的所有人员便退出去了。营帐里剩下桓温和司马兴男公主，二人身后站立着公主和桓温所生的两个儿子桓熙和桓济。这二人皆身着戎装，桓济亦是司马昱之女婿。司马昱看见了司马兴男公主和她的两个儿子，一刹那间竟有了恍惚之感。司马昱离开京城时只有七岁（虚岁），那时的司马兴男公主已经离开皇宫，因此，司马昱一点儿也想不起公主旧时的模样了。

自从桓温做了方伯（地方征镇长官）之后，下嫁给桓温的司马兴男公主就离开京城，近三十年再没有回过京城。公主和肃宗皇帝长得极像，一眼就能辨出是鲜卑人。公主的两个儿子虽然并不像外祖父，但从身形、肤色、须发上也很容易分辨出异族血统。

司马兴男公主见到司马昱，扑通一声跪下来，嘴里幽幽地说了句"侄女儿司马兴男恭祝六叔父万福万福"，双手向上一举，身体向前一扑，行了个长幼之大礼。见母亲匍匐在地，两个儿子也跟着跪在地上，匍匐着身子朝着司马昱行了祖孙大礼。

桓温见状愣了片刻，虽然听到司马昱客气地说了句"大司马可免礼"，却也只能就势行了跪拜大礼，嘴里面低声嘟哝了一句"侄女婿给道万（司马昱字）叔父尊长叩首了"。

这时，长跪不起的南康公主突然哭了起来，一定是触景生情想起了逝去三十多年的父皇。司马昱急忙上前扶起这位比自己大了十好几岁的亲侄女，好言安慰了几句。这时，司马昱也看清了公主的模样：她已经是快六十岁的女人了，即使头上插满了簪子和各种装饰物，依然难以遮盖住灰白的头发。当看清楚公主那张苍黄色布满皱纹的脸和已经变得浑浊的眸子后，司马昱顿觉鼻子发酸，有泪水涌入了眼眶。多亏桓熙和桓济上前来搀扶母亲，司马昱的眼泪才没有掉下来。

晚宴上，除了司马昱和桓温，作陪的只有随司马昱从京城来宣旨的资深侍中颜旎和桓温的四弟荆州刺史桓冲。桓温不喜热闹，饭食也十分简约。这些年桓温放弃了饮酒，每次筵席桌几上就只有茶水果品，即使是摆放着肉醢（肉酱），也不过是充个样子。桓温也知晓司马昱平日喜食五石散，吃不得热食，便特意为司马昱端上几样呷酒的凉菜,还有一盘放冷了的肉醢。身边伺候进食的有专人为司马昱热酒。司马昱自然很感激桓温在这方面表现出来的体己和贴心。热酒只能放在最后痛饮。热酒喝下之后,通常是要即刻被人搀扶着到户外大步流星地走上几公里来发散因热酒而激活的五石散药性的。所以,两人以茶代酒先喝了一通,司马昱才让侍中颜旄向桓温宣读了皇上圣旨。圣旨将都督全国军事、大司马、假黄钺、侍中等等王朝最高职衔一股脑地授予了桓温,还在最后再次向桓温派发了左右长史、司马和四名从事中郎,最后还附赐了十名鼓吹手。

宣读完圣旨,桓温谢过浩荡皇恩,然后小心翼翼地呷了一口茶盅里滚烫的茶水,长长地哈出一口气,很是过瘾的样子。这一次桓温没有拒绝接受从事中郎和左右长史,却意外回绝了附赐的鼓吹手,说了句"大营里养不起那些鼓吹手了",接着便突然问了一句让司马昱不得不警惕的话:"殿下,道叔(司马晞字)太宰反对迁都理由为何?"桓温没有用"听说"这样的字眼,这表明太极殿上的某个大臣把太宰司马晞的话传给了桓温。

司马昱对此并没有表现出惊讶来。以桓温的权势,尽管他从来不参加朝会,却照样对朝会上发生的任何事情了如指掌,这不奇怪。司马昱也呷了一口凉茶,确认是凉的后便一饮而尽。几年前,司马昱意外发现除热酒能发散五石散的毒素外,大量饮用凉茶也会令服食五石散后火烧火燎的感觉减轻不少。一盅喝光后,司马昱又让仆人倒了一盅,这才说道:"太宰殿下并非反对迁都,而是……"司马昱想了想,将司马晞认为只有先夺取邺城,然后将邺城以南广袤平原重新恢复为王朝最近的兵员补充和粮草供给地域,迁都旧京才能确保不是权宜之计的一番原话说出来:"太宰认为,攻占邺城才是对重返旧京具有战略意义之决策。他从未反对过迁都,但他也赞同孙绰那篇谏文中所陈述之事实。如此而已。"

司马昱听见桓温又一次低声嘟哝了一句"太宰不反王朝幸甚也哉"。这话说得隐晦,语焉不详,司马昱也无心揣测话中之意,但是,桓温这种说话的方式倒是让他领教了。

晚宴上,两人都没有心思大快朵颐。说实在话,桌几上并没有摆放任何珍馐佳肴,所以,晚饭吃的时间很短。饭毕,桓温提议趁着还有天光,到大营外转转。司马昱也不便拒绝,只好跟着去了。

清冽强劲的江风吹得司马昱有些站立不稳。这是一块相当大的渚地，兀然铺开在长江汹涌的水流中间，不得不令人叹为观止。中午抵达的时候，司马昱站立在船头上就颇多感叹。此刻，入夜后，伫立在江岸上，借着星光可见江水的流势依然磅礴。两岸都有灯火闪烁，只是历阳一边灯火要繁密得多。有一下子司马昱脱了神，顺着江水流去的方向就想到了下游京城的风貌，想到了会稽王府中那几个专门服侍他起居的少女……

"殿下，"桓温见司马昱很长时间不说话，便说道，"对岸那块隆起的山崖正是牛渚矶（现名采石矶）。"桓温说的对岸是当涂方向。

司马昱唔了一声，他知道牛渚矶就在对岸，也能看得见。他跟了一句："谢仁祖（谢尚字）正是在那上面取石，做成了石磬。礼仪阵仗中鼓吹手就有人以此伴奏耶。"司马昱还想说让谢尚率军北征非常可惜之类的话，因为话中带有北征的内容，又担心桓温抓住这个话题唠叨个没完，就打住了，转而说："没想到江表钟石之乐能与鼓吹丝弦之乐融合得如此之协调。呵呵，大将军，你那支鼓吹乐队人才济济耳。"

"皆乃皇上赐赠之恩泽。我对职衔无有兴趣，对在廊庙上行走更是觉着忐忑不安。四周五胡贼寇环伺，若是得知我在太极殿上坐定，会窃笑也哉。"

"当真如此欤？"司马昱嘟哝了一句，正好一阵冷风呼啦啦刮过来，司马昱又发出丝丝的抽气声。

"殿下可嗅到江风中之气息乎？"桓温问道。

"肃杀之气也。"

这句回答令桓温很尴尬，便嘿嘿了两声："殿下当真没有嗅出风中铁石之气乎？嘿嘿，对面牛渚矶乃当涂地域。当涂自古因盛产铁石而以铁器扬名于天下焉。"

司马昱应和了一声，说道："大司马提及当涂作何念想乎？"

桓温趁着黑暗，两人视对方皆模糊，说道："我欲将大营从赭圻迁移至此。"

司马昱心中一紧，却装作若无其事问道："大将军因何有此动议乎？"

桓温向来如此，只要话说出口来便再无遮掩之意，直接说道："既然皇上诏臣都督扬州以北诸军事，赭圻距离扬州实在太远，鞭长莫及也。前移至此，西可顾及寿春以西氐羌贼寇之觊觎，北可震慑鲜卑贼寇之妄图。无论北线徐州还是南线荆州发生战事，当涂不仅可以随时南北驰援，而且还可为各路大军供给足量兵器和辎重。北面历阳自古为历代历朝米粮之仓，驻军于此还可阻挡从庐江方向来犯之敌。"

司马昱说道："当涂乃京畿之地矣。"这句话明显有提醒桓温之意。

桓温却说："若非如此，我怎会费尽思量？"

司马昱长出一口气，想了想才说："皇上有心诏大将军进京履职，大将军却率大军向京城移动，皇上特遣尚书车灌前往大营下诏制止大将军继续东进。时过不久，皇上怎会允你抵近京城欤？大将军所言却是着眼于王朝安危，然，大将军可想到廊庙上会怎样议论此事？"

"我才不管。"桓温嘟哝道，明显心中恼火又不便发作。两人之间一阵冷场。少顷，桓温嘿嘿一声，问道："殿下可敬佛事乎？"

司马昱支吾了一下，说道："本王信奉五斗米道也哉！"

桓温又嘿嘿一声，说道："几日之前，有比丘尼（尼姑）自远方来，借住在军营里。早就听说此尼姑料事如神。入夜，尼姑在浴房里沐浴，突然，侍浴婢女惊恐万状地从浴房窜了出来，说比丘尼不知因何以利刃破腹。桓温好奇，赶过去观看。但见尼姑在木桶中浸泡，忽然站起，跳出浴桶，手持利刃，先是破腹，血流如注，继而断双足。再入浴桶，出来时，完好无损。桓温惊得目瞪口呆，但还是壮着胆子小心翼翼问何以如此，尼姑回道：'明公一旦做了天子，便如老身一般矣。'"

司马昱听罢心中觳觫，也学着桓温说话的方式低声嘟哝了一句："大司马必是白日做梦耳！"

王彪之的声音兀然在耳畔响起来，把司马昱惊得哟了一声，急忙睁开眼睛四下顾盼，方知刚才是坠入回忆的深渊了。

司马昱见王彪之和谢安二人在车外露出脸来，便吆喝了一声，几名护卫将轿车前面关闭着的护板移开来，搀扶着司马昱下了官车。

司马昱独自朝前走了一段路，才回身看着王彪之问道："虎犊阿哥，你知晓这里是何处？"

王彪之呵呵了一声，说道："怎会不知？殿下有此一问，意欲如何？"

司马昱仰着脸呵呵了一声，这个动作引起了一阵剧烈的咳嗽。两个陪在左右的宫人急忙上前，轮流给司马昱捶背。待咳嗽止住后，司马昱推开宫人，说道："虎犊阿哥，本王年前受了风寒，好生将养了一个冬天，以为开春能痊愈呢……真令人恼火呢。"

王彪之接着话说道："去年，桓浮子（桓温字）北伐归来托人捎来祛风寒的那几味草药，明公难道不曾服食？听说很是管用耶。"

司马昱乜斜着眼睛瞟了王彪之一眼。王彪之突然提到桓温，这让司马昱很不爽。刚才在车辇上浮想联翩，想得最多的就是这个权倾朝野的大将军大司马桓温，于是没好气地说："桓浮子奉上之药，本王如何服用欤？"

王彪之听出司马昱对桓温依然心存芥蒂，便摇摇头说道："那几味草药都请御医辨识过，殿下多心耳。"

司马昱哼了一声，说道："走了有些时日，本王已十分疲倦，不如就在这震泽旁歇上几日。"

二

在震泽湖畔住了两天，司马昱还真有些不愿意离开了。

这一晚司马昱睡得还算深沉，其间若不是因睡前喝了太多的凉茶水，半夜被尿憋醒过一次，那就应该算是近半年来睡得最踏实的一夜。醒来时，服侍的女婢说昨晚上刮了一夜的大风，都能听得到木制的屋舍在狂风中被吹得发出来的咯吱声呢。司马昱感到很是惊奇，难道当真是离开京城那个是非之地，心情就会变得平和而又静谧乎？算是被表兄王彪之说了个正着呢。

吃过早饭，司马昱在王彪之和谢安的陪同下来到大湖畔。站在湖畔的巨石上，眼前是烟波浩渺、水天一色的湖面。司马昱平生第一次如此近距离地面对震泽大湖，着实被震泽大湖广袤无垠的水面震撼到了。侍从们雇了两条当地最大的木船，一行人向大湖纵深航行了不过半个时辰，再回首，湖畔的岩石已经变得影影绰绰了。木船在大湖里转了大约一个多时辰，船家提醒说继续往大湖里面行驶的话，若是湖面突起大风，担心会吓着会稽王殿下。于是，司马昱令木船掉头返回，并亲自告诉船家："晌午时分要送来这湖里出产的最美味的鱼虾，本王要在镇上设宴呢。"

午饭开始时已经到了后晌，太阳从早晨起就被浓重的水汽遮挡着。阳光时不时会从水汽形成的雾霭中刺出来，这时候的震泽大湖煞是壮丽呢。

午饭桌几上的菜肴丰盛如宴，随行的王府大厨着实露了一手，让司马昱颇感惊艳。一色的水产品，都是刚打捞上来的鱼虾，新鲜得令人不忍下箸。

司马昱心情大好，不听王彪之和谢安的极力劝阻，执意要喝一坛好酒。众人见劝阻无用，只好给司马昱开了最好的一坛。酒是黍米酿造的，入坛时滤得十分干净，因此开坛时丝毫没有酒糟的糟气，酒液清澈，芬芳之气扑鼻而来。司马昱还算是有自知之明，尽管大声吵着要喝酒，却只是在坛口嗅了又嗅，没敢即时就开怀畅饮。

面对这样一顿丰盛的菜肴，三人都吃得十分认真。虽说都在京城居住，又都是朝廷重臣，司马昱更是有藩王之身份的辅政宰相，三人却当真没有吃过一餐一从湖泊里打捞上来就被烹熟端上餐桌的鱼虾和傍水而生的菜肴。就算面前下了豆豉的莼菜银虾汤里的莼菜是过了冬的干菜发制而成，莼菜固有的爽香也一点儿没有丢失呢。

见王彪之和谢安都自顾自地品尝面前精致的美味，没人打算错过这样一次机会，司马昱打趣道："二位爱卿，以本王之心意，可否再住几日？"

王彪之头也没抬说道："不可。京城已经无有当家之人，这里多住一日，整个行程便要延宕下去。不可，不可也！"

谢安正将一块儿肥美的鱼肉丢进嘴里，含混地嘟哝了一句，引得司马昱笑出声来。谢安说话的样子像极了当年的桓温，听不清说什么，却能知晓他想讲什么。

虽不算是开怀大笑，但司马昱的心情无疑好了许多："延宕回京之时日有何不可？"这一次，司马昱是笑着问的。

谢安看了一眼王彪之，见对方无意表示看法，只好说道："留守京城的太宰司马晞殿下势单力薄，独木难支也。"言简意赅，却将京城廊庙之景况说得十分明了。

司马昱朝着谢安做了一个拂掸的手势，吃下一块冷鱼肉，连声赞美好鱼好肉，又用一口冷茶水将咀嚼得稀烂的鱼肉送下去，接着说了声："本王贪恋热酒也。"

王彪之急忙阻止说："且慢且慢，不可不可，殿下还是饱餐之后再行饮酒不迟。"

司马昱又挑了一块冷肉醯送进嘴里，慢慢嚼着，问道："本王自出了京城，一路被冤魂纠缠着。袁真一族与前秦前燕贼寇勾结为奸，固然该处以极刑。然，桓温却将那数百人押至京城，点名处死于街市之上，却是居心叵测耶。二位爱卿，有何判断乎？"

二人面面相觑，神情严肃，却不发表见解。司马昱不得不长叹一口气说出了心里的担忧："桓浮子此举乃声东击西是也。声东者，为北伐溃败开脱罪责。击西者，杀鸡儆猴，皇室危难迫在眉睫矣！"

谢安立刻跟上说道："殿下所言极是，然，臣以为，凡此一切不过是为了粉饰北伐唐突从而造成不可挽回之溃败。大晋王朝从此怕是难以摆脱困境，而始作俑者正是桓浮子也。"

王彪之立刻接着说道："臣亦有同感，只是，皇上怕是要遭殃了。"

司马昱皱着眉头问道："前朝可有先例乎？"

谢安答道："先皇武帝建立大晋王朝以来，只有赵王司马伦篡逆上位。司马伦一定是昏了头，竟忘记惠皇帝还有二十几位阿弟呢，都是有能力统治方夏之藩王。结果，司马伦也就仅仅坐了一年龙床。"

谢安接下来说的话，令司马昱和王彪之都大吃一惊。谢安先列举了大汉宰相霍光废黜刘贺另立汉宣帝的史实，话锋一转道："如同霍光一样，桓温不敢篡逆，忧其违背天理。然，却不妨碍他控制王朝。故此，他会在两位辅政殿下中选择一位坐上龙床。"

谢安这句看似无意、实则意味深长的话，说得很突然，激得司马昱周身打了个冷战。几十年来，司马昱每每面临这样的抉择都选择绝对置身其外。既然说到了武陵王司马晞，司马昱的思绪就牵出了这位皇族子嗣。司马晞比司马昱大四岁，早年就过继给武陵王做了嗣子。所以，按照皇室规矩，父皇司马睿留世的就只有他司马昱一个儿子了，所谓硕果仅存。若是桓温真的选择走霍光废帝之路，司马昱不相信桓温会选择司马晞。

当年，司马晞离京归国出任武陵藩王的时候，司马昱还没有出生。直到二人的侄子——显宗皇帝司马衍（晋成帝）驾崩，遗诏里点名让司马晞也做辅政大臣，兄弟二人才第一次在京城聚首了。司马晞比司马昱长得高大威猛，一口武陵土话，甚至不会说一点儿京都话。由于司马晞的首任王师是诸葛恢，司马晞的旧京洛阳话倒是说得字正腔圆。这也成了日后司马晞对司马昱炫耀的资本。这位浑身上下都流淌着皇族血液的武陵王平日最喜谈论兵法，而且，根本不在乎周围有谁在场，说起话来朗声大气，走起路来也是风风火火，全然没有皇室藩王的持重庄严风姿。而且，无论见到谁，也不管对方是怎样的身份，司马晞都要打个招呼，行个见面礼，经常弄得大臣们局促不安，避之唯恐不及。

司马昱对子承父业这种事情一向看得很淡，但是，对王朝的未来却格外上心。王朝毕竟是父皇开创的伟业，这是对父皇的感恩之情所致；王朝终究还是司马家族能够持续辉煌的根基，这是对这份伟业的责任所在。因此，皇位在这么短的时间里多次更迭也使他不得不思考皇室的未来，也不免担忧日重。岁月轮回，司马昱在侄子司马岳做了皇上（晋康帝）后担任了抚军大将军和辅政大臣，原本以为可以大展宏图，再创王朝兴盛局面，可是好景不长，刚刚三年，司马岳驾崩。那时候在辅政大臣中发生了一场关于谁来继任皇位的激烈争执，这场争执竟然都是当着司马昱的面进行的。辅政大臣何充坚持子承父志，让皇太子司马聃继位。但是，当年的司马聃仅有两岁，处于睡觉尿床的年龄。另外两位辅政庾冰和诸葛恢则认为应该让司马昱坐上皇位。二人提出司马昱乃中宗皇帝司马睿的亲生儿子，坐上皇位名正言顺。何充则声称当年成帝也是在两岁的年纪担当皇帝大任，不仅经历了苏峻叛乱的洗礼，而且江山很是稳固。

司马昱当时的心情是复杂的，准确地说是崩溃的。他从来没想过做承担王朝兴旺繁盛的君主，辅政之重已然让他心生厌倦，苦涩难挨，遑论坐上龙床了。

所以，那几日重臣们当着他面争执选择谁来坐上龙床的时候，他是感到战栗的，生怕庾冰和诸葛恢的意见占了上风。那些日子，司马昱辗转反侧，彻夜难眠。也就在那时候他开始服食五石散这种鬼玩意儿。那阵子，他几乎每天都要服食五石散，在高强度的刺激下维持着皇室子嗣的矜持。但是在面对重臣们焦急的征询时，却只能用支支吾吾、不置可否来搪塞场面之尴尬，掩饰内心之觳觫。

司马昱极力要驱散脑海里升腾起来的这些雾霭一般的回忆，这些回忆在脑袋里窜来窜去，搅得人心绪烦乱。又一桩旧事倏忽间闯进了脑海里：那时候廊庙上议论最多的是，他司马昱力排众议起用丝毫不懂兵法战法的清谈大家殷浩出任扬州刺史，是为了与占据荆州刺史部十数年的桓温分庭抗礼，呸，本王若是当真要拿下桓温，直接坐上龙床岂不一劳永逸？无稽之谈，无稽之谈也。一帮鼠目寸光的太极殿鼬鼠也哉。

想到这里，"无稽之谈"就脱口而出，而且还连连说了数遍，把坐在对面的王彪之和谢安弄得一头雾水。

司马昱用力晃了晃头，以期甩掉脑袋里杂乱的旧事，终于看清楚了王彪之和谢安后，微笑着问道："二位爱卿，若是本殿下开始萌生坐龙床之遐想，乃天意使然乎？"

王彪之愣了一下，旋即回过神来，说道："殿下，一年前，臣让人从中兴以来的典籍中整理出了一份文册。文册摘录了五十多年来史官记录下的关于继任皇上的遴选过程。史官记载披露，四十六年前，南顿王司马宗殿下曾因不满名分和血统之规，有意推举殿下取代显宗皇帝，以实现一干从旧京洛阳而来的老臣之期盼，还大晋王朝之正宗血统。算起来，五十多年间，殿下至少有两次坐上龙床之机会，只可惜中宗皇帝并没有为此留下遗嘱。这多少成为遗世之憾了。若是殿下萌生此意，顺势而为有何不可？"

司马昱摆了摆手："塞翁失马，焉知非福哉。本王对坐上龙床无兴趣，无兴趣也。往事不可再提，不可再提。"他把这话重复说了一遍。"若是桓浮子有意将司马晞殿下推上龙床，二位爱卿又作何感想乎？"

饭桌上出现了很长时间的沉默，无人接话。"本王不喜欢龙床之选一类话题，不说为好，不说为好。本王已经吃饱，"司马昱朝着随从一挥手，"热酒上席，该本王尽兴矣。"

第一樽热酒入口，酒有些烫，但司马昱还是硬着头皮吞下了肚子。顷刻之间，胃里开始有燃烧的快感，这种快感顺势而下进入肠道，从上腹直达下腹，然后飞也似的冲向肛门，从那个气眼里喷涌而出。

一坛子美酒落肚后，司马昱从桌几前腾身而起，被早就守在身侧的四个侍从牢牢抓住。紧接着，在一阵出自司马昱肺腑的长啸声中，五个人跌跌撞撞冲出屋舍，向旷野跑去。

这一夜，司马昱仍然睡得非常安详，醒来后才意识到这么多年来第一次没做噩梦。

三天后，由二十名班剑和二十名鼓吹手组成的仪仗队开道，司马昱来到了离别多年的会稽王府前。看着在王府前跪成一片的家人和会稽郡大小官员，司马昱心里不知有多快活。

直到筵席散尽，司马昱这才有空接见留守在会稽郡的妻息大小。在恭立面前的一排女人中，有两位是桓温去年奉送入京的六位侍寝宫人中年纪最小的。那一晚，司马昱看着这两位距离及笄之龄（十五岁）还有两年的侍妾，蓦然就想起会稽王府那片水面里尚未开放的荷花花苞，于是顿生怜惜之情，将她们送回会稽郡，嘱其听候差遣。

此刻，司马昱静静地坐在正堂中央，接受了家眷们依次施行的大礼。然后，司马昱让女眷们退出去，留下了最为疼爱的两个儿子：世子司马曜和幼子司马道子。司马昱生有七个儿子，四个早夭，长子司马道生和其母亲王简姬一起遭到司马昱嫌弃而被废黜幽禁。面前这两个儿子算是中宗皇帝子嗣他这一支硕果仅存的并蒂莲了，为了确保两个儿子存活下来，司马昱听从了卜卦大师的忠告：将这两颗种子种在会稽王府华丽的床榻间，长在会稽辽阔的土地上，直到今日，也从未离开过这片四十多年来完全属于自己的藩国。

世子司马曜已经九岁，幼子司马道子也有七岁了，到了该走出乡间到京城见见世面的时候了。司马昱张开双臂，做出了慈父的标准回应。

世子司马曜一定是看到司马昱脸上泛起了一丝稍纵即逝的温暖慈祥的笑容，一边轻声叫着"父王大人，小子甚是怀念父王也哉"，一边扑进司马昱怀里，紧接着小屁股向上一提，竟坐在司马昱的腿上。再看幼子司马道子，似乎也有扑上来享受父爱的冲动。司马昱即刻就想起京城关于前王妃王简姬的从兄王述和其儿子王坦之的关系来：王坦之已入朝做官，回到家中，身为扬州刺史部刺史的父亲王述还要将二十几岁的儿子王坦之抱在腿上，很是亲近。这种不合时宜的亲昵一时间成为廊庙上一众大臣茶余饭后的谈资呢。

司马昱不经意间向门口瞥了一眼，门外阴影处站着一个女人。从身形上看司马昱知道那是两个儿子的母亲李陵容。这是个高个子女人，身段壮硕，虽失却了女子的妩媚婀娜，但有一身使不完的力气，既是位在卧榻上驭夫寻欢的行家，也是位诞龙生凤的好手。她在司马昱年届四十之后，为担忧断了香火而恐慌的他生下了两个儿子和一个郡主。平心而论，司马昱内心对这个女人充满感激，然而，他不可能将这种感激表示出来，毕竟这女人出身卑微，是家里的女婢。司马昱早就忘记了与这个女人发生过的床笫之欢是怎样一股子滋味。

司马昱坚决地将世子推了下去，眼角余光里，司马昱似乎看到门口守候的李陵容浑身一颤，于是便说了声："本王今晚无须你侍寝，自去歇息吧。"

李陵容的身形一闪就消失在黑暗中，两个儿子旋即随着母亲离去了。这时，门外黑暗中闪出两个女子。两女子几乎同时从黑暗中踏进烛火明亮的屋内，道了万福后，扬起脸来看着司马昱。司马昱将这两名女子端详良久，才认出是去年从京城送回会稽的那两名侍寝的通房丫头。一年光景，两女子居然出落得如下凡之仙女一般。司马昱打了一个愉悦而又响亮的饭嗝。

可是，两个儿子离开时瘦小的身形和沮丧的神情老是浮现在眼前，因此两位侍寝的少女把个脱得精光的会稽王侍弄得像是在侍弄一具皮松肉垂的胴体，还是让司马昱无法进入激情状态。在燃了四个炭火盆的寝室中，两位侍妾早已经细汗如雨了，可是，司马昱的眼前突然就闪现女儿司马道福郡主的脸庞。那是十天前吧，司马道福突然现身会稽王府，父女二人大约只在一起待了不到一袋烟工夫。女儿嫁给桓温的二儿子已经十数年，从来没有回过京城，父女二人也从未有机会见面。面带菜色的女儿告诉父王司马昱，她恐怕必须跟大司马桓温的儿子桓济离婚了，司马昱惊愕问曰："因何如此决绝？"女儿说她无意间听到桓济和兄长桓熙密谋依仗三叔桓祕的力量，诛杀桓冲，夺下桓温移交的兵马大权。司马昱心里偷着一乐，如此，岂不天助我也？因为要到太极殿参加朝会，便匆匆别过女儿，临别时他随便问司马道福往后作何打算，女儿离开正堂时说了句"十多年前在会稽郡时，父王曾当着女儿面对逸少（王羲之）阿伯说要将女儿许于官奴（王献之小字）阿弟为妻"……

最终，司马昱也没能享受到房事的快活，但他没有赶走两位侍寝的少女，而是一边搂着一位，在二人轻柔的抚摸下睡着了。

第二天，依照司马昱的要求，王彪之和谢安陪着他去兰亭看看，于是三个人分乘三台肩辇去了兰亭。

司马昱让肩辇在距离兰亭一箭之地停住了，王彪之和谢安从肩辇里下来，伫立在司马昱肩辇两旁的侧窗外。三个人就这样从远处望着兰亭。

兰亭年久失修，已经破颓不堪。木亭的四个飞檐有两个断毁了，只剩下朝着剡县方向的那两个飞檐尚在，好像翘首盼着从剡县方向有人光顾似的。三个人都没有走进兰亭，而是从远处看着随行的军士们和仪仗队的班剑、乐手清理木亭四周一人多高的野草。

许久，王彪之说道："殿下已经不记得这里了。"

司马昱唔了一声，没做回答。

谢安长叹一声说道："十八年前，臣在此亭内目睹了逸少大人在众人注视下书写了《曲水叙》（《兰亭集序》最早的名字）。"

"安石（谢安字）大人还记得那日所吟诗句乎？"王彪之问道。

"怎会遗忘焉？"于是，择一段吟诵道，"相与欣佳节，率尔同褰裳。薄云罗阳景，微风翼轻航。醇醪陶丹府，兀若游羲唐。万殊混一理，安复觉彭殇。"

王彪之说道："家兄《曲水叙》中彭殇一悟是为应和安石大人所出。"

"许是矣。还有'万殊静躁'亦是取自安石之意呢。"谢安说道。

这时，只听见司马昱重重地出了口长气，说道："斯人已逝矣！"过了一会儿才又说道："那年你等在兰亭修禊之后，本王在丹阳郡见过逸少表兄一面，却终不欢而散。表兄责怨本王因王妃（王简姬）之故而疏远琅琊王氏一众才俊，实为王朝之不幸。本王被逸少斥责，自然很是恼怒，便转而斥责他说，本王接到密报声称那次逸少表兄召集兰亭聚会，涉有光复洛阳二十四友之嫌。唉，密报真有其事，却也是恼怒之语。这次会面导致表兄愤然辞官，终身不仕。后来才知那密报乃扬州刺史王述授意而为，两人结怨甚深，本王确实不知焉。"

王彪之也跟着长叹一声，说道："殿下今日所言令臣疑窦顿解欤。然，满朝文武皆知逸少阿兄文武之才皆在王怀祖（王述字）之上，臣大惑不解，殿下何以疏远逸少而亲昵王怀祖也。"

谢安也跟着问道："殿下，尽管逸少大人拒绝了大宰相王茂弘敦请入朝之邀，然茂弘大人薨故多年之后，何以不顺势而为，再邀逸少大人入朝乎？"

司马昱呆呆地看着远处兰亭四周的野草已经铲除干净，也不作答，却问道："叔虎（王彪之字）爱卿，本王应何日返京？"

王彪之说道："崇德太后（褚太后）准殿下离京二十日，若要准时返京，明日就该离开了。"

"那就明日启程。此次本王将携二子一道返京。"司马昱语气坚决地说道。

"殿下，李夫人也同辇而返乎？"谢安问道。

"否哉！"司马昱坚决地说道，紧接着又补了一句，"回到京城后，本王要立刻召见官奴那小子。"听到谢安低声说"臣已经将王献之迁入尚书省吏部做侍郎也"，便不满地哼了一声，说道："本王昨晚上梦见逸少阿兄了，他在哭泣欤。唉，让那小子到抚军大将军府做从事中郎，四品官秩。吏部出文，用本王之大将军钤印也哉。"

三

　　黎明时分，御街上和围绕着建康宫的数十盏为道路和宫墙照明的油灯在燃了一个晚上后，渐渐地熄灭了。整座京城笼罩在黎明前的黑暗里。这是一天中最为黑暗的时间，如果没有星光，当真黑得伸手不见五指呢。

　　京城北面的广莫门被推开了，发出一阵沉闷的吱扭声。一行五人从大门后鱼贯而出，还没等大门关闭上，这行人就加快了脚步，向着幕府山疾步而去。大约一个时辰后，天已经大亮，这行人也来到了幕府山山麓的长江边，上到了停靠在燕子矶旁的一条大船上。只是，这些人并没有在船上待多久，下船的时候，岸边已经有十几匹战马在等待了。这些人翻身上马，向着京城南面的于湖狂奔而去。停在燕子矶下的那艘大船随后也扯起了风帆，逆水而上，借着风势朝着上游缓缓驶去。

　　这已经是十五天前的事情了。那时，司马昱还没有离开京城呢，只是，司马昱并不知道崇德宫内发生了令人细思极恐、事关皇位的图谋。

　　初春的长江两岸依然寒冷，清冽的江风有时会刮得十分强劲，水流就会变得湍急，水势就会变得汹涌。这个时候，除了大船还会在江上航行，稍小一点儿的船都会找一处避风的水湾停下来。尤其，溯水而上，那简直就是异想天开的事情了，而且，船老大还要有很大的胆子呢。

　　这天，风从半夜就住了，船家们和两岸居住的黎民百姓凭着经验就知晓第二天一定是个大晴天呢。太阳早就出来了，不过被弥漫在江面上空的浓雾遮住了，当雾霭一点一点散开时，几只江鸥就离开江中那块渚地，缓慢地扇着翅膀向这边伸入江中的陆地飞过来。这块儿形状像极了岛屿的陆地被当地人称作矶（现今称作采石矶），这大概是因为这块突入江中的岛屿状的山岩与陆地连接着的缘故。江矶上长满了低矮的灌木，这就使得这座岩石质地的江矶常年被浓荫覆盖着。

　　江鸥终于开始在江矶的码头上空盘旋了。江矶旁此时停靠着几艘大船，但并无战船。其中两艘是荆州刺史部刺史、都督荆州军事的桓冲将军的专属舰船和卫队乘坐的船。这些大船都停靠在码头上，随着江水的奔流而原地晃动着。江鸥们围绕着停靠在江矶的大船飞翔着，不断变换着向下俯冲的姿势，不时发出尖利的鸣叫。有人从大船的船舱钻出来走到甲板上，朝着江鸥们用力挥动着手臂，像是在和它们打招呼。江鸥们继续在大船左右盘旋，那是个信号，果然，又有人从船舱里钻出来，此人端着一只木盆，将里面的东西倾倒在江里。江鸥们尖叫着冲向水面，迅速叼起漂浮在水面的死鱼，然后重新冲向天空，并在上升的过程中将叼在嘴上的鱼儿吞下去。整套动作一气呵成，完全不会影响江鸥们再一次转身过来冲向水面。远处的一些江鸥也飞快地赶了过来。江矶上空的江鸥越来越多。

太阳正从下游方向蒸腾的水汽里冒出脸来，水汽在阳光的照射下消失得很快。不一会儿，刚刚还被浓重的雾霭笼罩着的江面就变得清晰起来。有些眼尖的江鸥立刻就看到很远的方向有几条小船顺流而下，于是，这几只江鸥离开鸥群朝着那几条小船飞过去。飞离江矶的时候，江鸥们看到江矶上出现了手持长兵器的军士，这些军士大约一百多人。这是一支换防的队伍。很快，江矶上那些营帐里就钻出来相同人数的军士。这些被替换的军士鱼贯没入江矶顶上茂密的灌木丛中。

江矶究竟有多大？江鸥们从来没顾得上从空中观察它，因为江矶与后面的陆地连接着，而江鸥们对陆地上发生的事情一点儿也不感兴趣。其实，江矶的后面有一块儿平缓的坡地。坡地很大，呈曲边长方形。从高处望下去，这块平坦的地就像是被天神踩了一脚似的。当然，现在看过去，在葱茏的绿色里有几个硕大的营帐。这些巨大的营帐是当朝大司马——一身兼领荆州刺史和扬州刺史并以假黄钺之威权都督全国总军事的大将军桓温的专属营帐群。

此刻，那座最大的营帐里一片肃静，这种肃静在掾们看来似乎是桓温对几个人的回答十分不满，因此，这几位不敢再随意发表见解了。可桓温沉默却是因为他实在不想就这个话题继续说下去。掾属们所说的都在理，也都是发自肺腑的。

这时，桓温咳嗽起来。这样的咳嗽已经持续了经月，一旦咳起来都是上气不接下气，而咳嗽停止后，桓温都会满身大汗。咳嗽一停，守在身旁的四弟桓冲上前为桓温擦去脸上的汗，然后俯下身子在桓温耳边说了些什么。

大概是咳得累了，桓温良久没有开口，这让站在他面前的郗超和顾恺之等人有些无所措手足了。少顷，桓温才说道："几位爱卿，你等从建康宫回来已经有些日子。褚蒜子那里如何想已不重要，本公想听听诸位有何想法。"显然，对于将要对建康宫采取怎样的行动，桓温早已经胸有成竹。可是，桓温突然提出这个关乎王朝沉浮的大事来，哪个敢胡言乱语？

见几个人都不发声，桓温便用低沉而又愤懑的语调说道："京城后宫如此之糜烂，本公已无法容忍。一直以来，本公试图挽救深陷丑闻之皇上，却不料皇上无视本公上谏之良苦用心。若是任由后宫恣意蔑视礼义廉耻，践踏王朝法规，任丑陋之事继续发酵，我等何以对得起先皇中宗穷其一生之志向和历代先帝建立起来之丰功伟业。罢了罢了，本公准予诸位爱卿畅所欲言，即使发生争辩，本公笃定不予计较。"

郗超向前走了一步，站在了桓温侧前方，说道："明公，臣以为后宫嫔妃和佞臣之乱起于庾皇后（庾道怜，庾冰之女）薨殂之前，然，庾皇后却听之任之，丧失了国母之威。此乃皇室之耻，亦是王朝大忌。"说到这里，郗超看了一眼桓温的脸色。桓温端坐着，面无表情。郗超继续说道："四方强敌早已将皇室发生之丑闻传遍天下，一时间纷纷扰扰，令我朝一干众臣倍感羞耻。"桓温做了一个微小的点头动作，被郗超的眼角余光看到了："大司马为此深感焦虑，以至于茶饭无心，坐卧不宁。"

郗超刚说到这里，桓温重重咳了一声，这是他每次需要打断下属说话时惯用的方式。郗超话一打住，桓温又一次环视几位，说道："景兴爱卿所言正是本公近日不得安宁之缘由。本公并不讳言，建康宫之乱必须休矣。其他几位爱卿有何高谋远见，说来听听。"

谢玄知道不说不行了，于是说道："明公明鉴。臣粗陋之见，所谓后宫之乱可以休矣，是否可以理解为废黜那几位争宠淫乱之嫔妃，以正视听？以明公之高瞻远瞩，若此为上策，臣等绝无他意可言，一切听从明公定夺就是。前朝赵王司马伦废黜皇后贾南风之举可以为鉴也。"谢玄听到郗超轻轻嗤了一声，对此不以为然。二人一向如此，大到战略策划，小到战术指挥，从来没有步调一致过。"臣以为，当断不断，乱上加乱也。我辈随大将军为王朝安危戎马倥偬，终日征战，后宫之事着实令人汗颜。庾皇后薨殂并不很久，嫔妃们竟然私通佞臣，乱我纲常，是可忍孰不可忍？"这算是表明了态度。桓温派往京城觐见褚太后的人中就有谢玄，只是，他自知资历太浅，表态可以，献计却不敢。

参军王珣对谢玄所说当下就表示赞同，又将自古以来历朝历代后宫发生的事情列举出来。他还说到惠帝（司马衷）的羊皇后（羊献容）几经废立，朝臣们无所适从，惠帝又被胁迫在长安，朝政荒废。环伺洛阳旧都的五胡叛军得以趁乱而入，攻城略地，使大晋王朝痛失中原大片国土。在用了很长篇幅追忆永嘉之乱中五胡部落叛军对晋王朝造成难以言表的创痛之后，王珣说道："臣虽然赞同幼度（谢玄字）大人借鉴前朝赵王司马伦所为，但是臣以为，前朝赵王之覆辙亦不得不加以明鉴。前朝皇上不慧已载入史册，而当朝皇上并非不慧。如何是好，明公还需思量。"

郗超却冷笑起来，说道："明公，容臣将一己之见论说殆尽。后宫宠妃失节，已经满城风雨，而臣等在觐见崇德太后时才知，辅政丞相司马昱和太宰司马晞两位殿下都上奏欲要出京巡查，大有躲避风头之嫌，足见朝政已然大乱。庾皇后崩殂后，庾氏族人盘踞在后宫与太极殿之间，操纵朝会议题，阻断皇上对严峻局势之明察，王朝危难已然当头。废几个嫔妃？此乃杯水车薪也。以臣之意，明公可行……"

桓温抬起手打断郗超的话，不让他继续往下说，他知道郗超想说可行霍光之为。"两位爱卿不必争了，你二人心思本公已然明了。"转而对顾恺之说道："长康（顾恺之字）爱卿，三个月之前，本公嘱你依前朝张华大人《女史箴》（讽刺贾南风专权善妒，借此教育宫廷妇女）作画，何日可以让本公一睹为快？"

顾恺之没料到桓温会在这个节骨眼上突然转换话题，转而询问自己，支吾了一下，说道："明公对臣寄予厚望，臣不敢辜负明公良苦用心。旷日体味前朝壮武郡公《女史箴》，虽已腹有心得，着笔之时却犹如千钧之重。目下已然勾勒出草图，还请明公指点迷津。"说着，从身上背着的竹筒里倒出绘图，展开来让桓温过目。

桓温仔细看过顾恺之画的草图，脸上露出笑容，频频点头："长康爱卿，此乃一幅长卷，催得急了恐难出佳作。本公是要将此画作奉送于褚太后，半年时间绝不会短耳。"这就是桓温平日说话的口吻，不容置疑也不容推诿。

收敛了笑容，桓温环视了一下众人，看着郗超说："景兴爱卿，本公此番运筹帷幄，实非小事，它决定王朝能否屹立于江左之百年大计。本公索问，若是废帝，可有史为鉴乎？"这可不是一句问话。在桓温心里，废帝几成定局，而王朝内外，百官上下之响应，并不在他的思考范围之内。可是，历朝历代之史，却让他颇为计较。

郗超的话题从夏桀开始，历经商周，涉及黄唐，伊尹揽权，周公佐政，从古到今，娓娓道来，倒也令桓温渐渐心定。

"罢了罢了，"桓温打断郗超的长篇宏论，"景兴爱卿，本公有一困惑，若是依伊尹所为，何人为太甲乎？"（此乃典故，太甲年幼登基，胡作非为，被辅政大臣伊尹关押，代行王权。直到太甲幡然醒悟，才将其扶上王位。）

郗超回道："明公容臣仔细说来。当朝皇帝登基之时并非幼帝。若要废帝，就不得允许后宫嫔妃和佞臣留下的那三个孽种遗世。如何是好，何为上策乎？"郗超于是说起废帝之后的选择，若是由大司马代行皇权，并不合乎道统，也恐遭天下人指责，反而有损于大将军几十年为王朝效力的不朽功绩，而且廊庙之上还有太常兼右仆射王叔虎和吏部尚书谢安石、左将军王坦之之流左右着朝政呢。伊尹或者霍光能毅然决然力排众议，代行王权，使朝代得以巩固，其所作所为固然令后人仰慕，然而，毕竟时代有异，大晋王朝的现状更是不可与旧时同日而语。故而，照搬古人之先例并不适用。既然废帝已经到了不得已而为之的地步，那就只能顺势而行。然而，既要顺势而行，也要事出有因，还需顺应道统，不被众臣视为异己而遭诟病。"因此，臣以为，辅政大臣司马昱殿下实乃最为合适的人选。"郗超最后说出了人选。而选择司马昱，郗超也是苦思多日，反复择选。

桓冲立刻表示反对。桓冲知晓郗超在兄长心中的地位，并非出于妒忌，也跟郗超从无芥蒂，然而，内心深处，桓冲对当朝皇上还是认可的。他也曾做过秘书郎，也博览群书，在坟籍中发奋汲取过。所以，他以为，比之前朝惠皇帝的不慧以及惠皇帝的前皇后贾南风的剪除异己，毁坏皇室声誉，甚至滥杀皇室族亲的做法，当朝皇上不知好出多少。让他最为担心的是，废帝之后朝政从此再无纲纪。"司马昱殿下自从三十年前初任辅政大臣，就企图与大司马分庭抗礼，先是起用谢尚，继而撺掇褚裒，再而让殷渊源（殷浩字）出头便是明证。若是必须选出一人来，倒不如让太宰司马晞登基。"桓冲没有注意到提及司马晞的时候，桓温的脸色一下子变得阴沉了。桓冲继续说："大将军当年将为弟放置于秘书省为郎，便叮嘱幼子（桓冲字）通读史籍，幼子牢记大将军教诲。说到举荐司马晞也是有原因的。司马晞乃先皇中宗骨肉，虽过继出去，却血脉相通，因此，嗣后龙床几次更迭都有重臣推举司马晞殿下践祚，想来正是因此之故。加之，司马晞殿下熟读兵书，曾不止一次与幼子说及过用兵之术，现在依然振聋发聩耳。"

　　郗超仍然坚持自己的主张并没有因此停止论证自己的主张，在将朝廷上下名士重臣列数一遍后，坚持说道："王朝龙床继任者可选之人实在寥若晨星，皇族之后虽说大有人在，可是能够令众人服膺的却少之又少。辅政两位殿下，司马道叔自五十多年前被中宗皇帝出继给武陵王起，就注定了他从此再无坐上龙床的资格。究其缘由，只有中宗皇帝心知肚明。以臣管窥之见，司马晞母亲出自琅琊王氏，中宗皇帝一定是不希望王朝第一望族因此而坐大。幼子大人，臣并非意气用事，论起关系来，家祖与琅琊王氏何其密切，然，臣从束发之龄就开始追随侍奉明公，视明公之利益为一己之命门，视明公之理念为臣之最高追求。"他看见桓温满意而又感动地深吸了一口气。"幼子大人，司马昱殿下无疑是最佳人选。"

　　桓冲又是一阵冷笑，却将以冷峻严谨而屹立于桓温大营数十年的郗超惹怒了："幼子大人不以为然，臣并不感到奇怪。容臣继续讲来。"接着，郗超针对桓冲指责司马昱三十年来始终与桓温分庭抗礼、试图削弱桓温对王朝大局的统治力进行了驳斥。郗超例举了当年肃宗皇帝的女婿之一的刘惔曾多次毛遂自荐去担任荆州府的军政首脑，取桓温而代之，都被司马昱制止了。若是司马昱视桓温为异己，怎会错过如此信手拈来的大好机会？"刘惔被称为永和名士之首，又和大将军皆为肃宗皇帝之驸马侍郎，是为连襟也。大将军从来都视刘惔大人为知己。还有……"郗超还要继续说下去，被桓温打断了。

　　"二位都是本公最为信任之臣，一个是血亲，一个是股肱，你二位所言本公听出来都是为发扬光大本公事业，故而不必再争论下去。"桓温长出一口气，说道，"诸位爱卿，废与立实非小事。本公尚需时日仔细权衡利弊。然无论废还是立，这之前本公还需亲自往崇德宫走一遭。但愿诸位爱卿寻觅而来这些神药能助本公返老还童，若果然如此，本公入京之日可定在冬月来临之际。"

　　当桓温将这个决定说出来之后，营帐里所有人都跟着长出一口气。

　　桓温自然觉察到了众人的轻松情绪，他朝着郗超抬起手来，指了指营帐外。

　　郗超立刻就领会了桓温的意思，走近桓温低声说道："明公，营帐外开始起风，又是春日，春寒侵骨矣。臣以为，明公最好还是待在营帐里。"

021

桓温像是自言自语地嘀咕了一声，郗超还是听明白了。"明公，江矶上更是风大。属下坚持让明公留在营帐里安歇。"郗超话里所说的江矶正是大营所在的这座牛渚矶。牛渚矶位于长江南岸，江对面就是历阳郡的治所。隔江望去，长江上有一长条形的渚地。渚地将长江汹涌奔腾的江水一分为二，站在江矶上眺望，长江这时像极了牛头上的两只犄角，而江中的渚地像极了被牛犄角抵住的一块儿陆地。

桓温咕咕地笑起来："景兴爱卿，今日哪里有风？本公依然是耳聪目明。本公突然忆起谢仁祖，就有了登到矶顶之心情。到了矶顶，也好眺望大江哟。听得到江水声响，本公心里就踏实。"

一行人并没能登上矶顶，一路走来正如桓温所言，天气晴好，阳光明媚，几乎感觉不到有风。春日的暖阳照着这支长长的队伍，队伍走得很慢，像是一支漫游的队伍。

桓温撩起肩辇侧窗的帛帷，正好看见谢玄朝这边张望呢，他朝着谢玄点了点头，放下窗帷。谢玄那张藏在头盔下的年轻面孔不禁令他喟然叹气。离开营帐前，桓温身披戎装，头戴战盔，将自己精心打扮了一下。桓温希望让军士们看见一个依然威风凛凛、杀气腾腾的大将军。桓温让人拿来铜镜。平日，桓温最不愿意看铜镜。可是铜镜在前，桓温还是忍不住地将目光移到了铜镜上。铜镜中的这个汉子，已经年过花甲，打眼看去依然威武雄健，再凑近端详，却像是挨了一掌。桓温对着铜镜苦笑一声。他不敢直视那张面孔，这是一张连他自己都辨认不出来的脸，粗糙的皮肤松弛而又多皱，像是啥呢？椿树皮？桓温猛然想起几十年前有谁这样评论过前朝大宰相王导的老相，那时候他不过初出茅庐，是个在泮水之宫（诸侯在乡里办的学校被称为泮官，以区别于皇上在京城办的学堂辟雍）读书的稚嫩少年。一边想着，桓温一边下意识地摸了摸面颊。曾经丰满的面颊早已经失去弹性，几经疾病折磨，皮肤底下的肌肉已经下垂。手指一捏，竟然不觉着疼痛。手指从下巴上的胡须不经意地划了过去，当年那一副浓密的长髯如今也早已稀疏，恼人的是还变成了刺眼的灰白色。这几年，桓温不知多少次在夜深人静的时候撩起下巴上的长髯端详，叹息着人生如梦，内心里不断滋生出来狂虐的情绪。已经过了花甲之年，他的龙床之梦却是越来越清晰，而被这梦撩拨起来的野心也越来越让他难以按捺住内心的狂躁。他早就应该有所动作了，当朝皇帝至少三次召他回京赴任大司马一职，他始终未对皇上的诏书有所反应。越是这样，皇上越是显得十分急迫。而这急迫后面隐藏着怎样的顾盼、希冀和焦虑呢？众多的参军和长史中，只有郗超和顾恺之、王珣为桓温深入透彻地分析过。他们认为京城廊庙上的一众大臣试图赐予桓温前所未闻的高位逼他交出军权，然后，开始一个从此不再属于桓温的新时代。

又是眼睛，他蓦然意识到刚才在铜镜中匆匆一瞥时，看到了两条卧蚕般粗壮的眉毛竟变成了灰白色，这可是桓温最为自豪的眉毛哟。粗壮，黢黑，横亘在一双并不很大的眼睛上方，立时就将整个人的威严烘托出来，再配上凛凛的神情，几十年来无人敢与他抗衡正是因此呢。想到这里，桓温尚好的心情顿时一落千丈。

肩辇外面传来了一阵响动，桓温心里好奇，便撩起侧窗上的帘子向外张望。原来，参军顾恺之和谢玄在不远处用几块石头垒起了一个灶台，点着了灶火。顾恺之将随身带着的一个布包小心翼翼地打开，里面现出一只砂锅来，又将砂锅置放在吐着火苗的灶台上。不一会儿，便顺风传过来一股股黍米粥的香气。桓温看出这两位年轻的参军是在给自己制作饭食呢，心里升起一阵暖意。伴着暖意，桓温终于还是忍不住将目光向远处移去，很快，江中那块渚地便映入眼帘。渚地是有地名的，当地人都称其为洌洲。看到洌洲，桓温心中颇发感慨。那大概是母亲大人去世，自己丁艰服除后不久，再一次上书皇上，力陈迁都洛阳对王朝的重要性，动之以情，晓之以理，结果还是遭到皇帝断然拒绝。这个时候，当政的辅政司马昱前来安抚，二人正是在洌洲这块长江渚地上深入探讨了王朝的现状和未来。也正是在这一次，桓温对司马昱的印象发生了很大的改变。

有一阵子，二人就在洌洲上的营帐里面对面坐着，谁都没有开口说话。桓温已经是久经沙场的大将军，又统领着王朝最为强大的军队，虽已经无法做到所向披靡，却令王朝天下稳定而繁荣。司马昱虽没有掌握兵权，却是中宗皇帝的血脉至亲，稳坐朝廷宰辅交椅三十几年，在朝会上也是说一不二之人。若是明目张胆地胁迫司马昱，桓温难以做到。毕竟王朝规矩甚多，朝廷上所有大臣唯司马昱马首是瞻呢。而且，两人那时候还是亲家关系。一文一武，执掌着王朝命运。两人对视良久，还是司马昱先长叹一声，说了句："浮子阿婿，你竟也老了欤！"桓温竟然被这句话湿了眼睛呢。那时候，桓温刚过五十知天命之龄，而司马昱则还在不惑之年的门外呢。

想到这里，桓温在肩辇里下意识地哼了一声，但没有说话。站在外面的顾恺之听到肩辇里桓温的声音，便隔着帘子询问桓温是不是想要从肩辇里出来。桓温感激地点点头。几名军士将桓温搀扶出了肩辇，顾恺之顺势将一件大氅披在桓温身上。这件羊皮大氅跟了桓温十多年，还是在攻下成都城后缴获的呢。披上大氅，桓温顿时感觉到身上暖和了不少。负责给桓温持"虎子"（便器）和唾壶的侍中将一把竹椅放在桓温身后。桓温没有立刻坐下来，而是在顾恺之搀扶下伫立着。虽说身体已经十分羸弱，可是，桓温的眼神还相当好。

江对面，越过江中的渚地，目力所及之处就是历阳郡的地盘了，现在这块土肥水美的地区也在桓温的统辖之内。之前可不是这样，即使在前朝中兴时期，历阳因为物产丰饶，土肥水美，又与京城隔江而望，差不多就是一个独立王国。几年前，郗超从秘书省整理出来一份有关沿江两岸土断政策实施状况的文书，文书中除了介绍这些地方物产状况，还特别交代了历阳成为晋王朝两次兵变的发源地。桓温很清楚郗超这种做法是想提醒桓温不可忽略这个地方。当年主管漕运的历阳太守陈敏从这里起兵发难于王朝。三十几年前，历阳太守苏峻又是从这里发难于王朝。

可是，同为历阳太守的谢仁祖却没有谋反，而是南征北战，最终在北伐战争中收获了声望和荣誉。这大概印证了郗超的历阳太守必须绝对忠于征西大将军的判断。想到这里，桓温心里面就升腾起一阵温情来，这个老家伙（谢尚比桓温大两岁），实在是太聪明了。他在心里嘟哝了一声。谢尚居然能从脚下的这座江矶上采下石头，做出惊世骇俗的乐器来。（谢尚用牛渚矶的石头做成的石磬，成为乐器新的门类钟石，使钟石以及音乐流行于江南一带。谢尚被称作江表钟石创始人。）

桓温的目光顺着长江流淌的方向延伸着，直到什么也看不见了。但他知道，江水继续往东百十里就可以到达京城的燕子矶。十几天前，他派心腹参军郗超、王珣和伏滔秘密前往京城，觐见了皇太后褚蒜子，就是从燕子矶登陆的。接下来他要做的事情必将永垂史册，每每想到这里，桓温从未曾觉着内心有何不安。何为改朝换代乎？司马家族从曹魏手里篡夺了国家大权，虽然之后平定了天下，统一了八方六合，虽然也有诸如习凿齿这类名臣著书立说，极力为大晋王朝的正统性辩解，也有人著写书册告诫当朝重臣不可在正统性上对司马王朝怀有半点儿猜疑，甚至还有一些名臣直接上谏奏请皇上削弱征西大将军的兵权，或者如王坦之这样出自名门太原王氏的重臣伙同那几位号称永和名士的以公开辩论公谦之优劣而把矛头指向坐镇于湖大营的桓温，也不可能让桓温改朝换代之狂想有半点收敛。

从牛渚矶下来，这一夜，桓温睡得很不踏实，噩梦不断使他惊醒。又一次被惊醒后，他让人叫醒睡在另一顶营帐里的四弟桓冲。兄弟二人相对而坐。桓温一直都在驱赶噩梦带来的混乱甚至沮丧，良久，才对桓冲说道："本公梦见太宰司马晞，眉眼冷峻，直视本公，从未有过欤。"

桓冲一愣："太宰欲要何为？"

"一闪而过，印象极其模糊，然，本公预感绝非美梦耳。阿弟，你即刻出发回荆州，把那个卜卦高士带到这里来，让他看看星象，选一个入京之时日。明天再走不迟，神祇会护佑咱谯国桓氏欤。"

四

这些日子，趁着主理朝政的会稽王司马昱离开京城前往封地巡视的空当，同为辅政大臣的太宰司马晞索性就在石头城里住下来了。

司马晞的侄孙司马奕（晋成帝司马衍的二儿子）已经在皇位上安然稳坐了五年。这五年里，皇上几乎很少亲自过问国事要务，大都依赖着司马晞和司马昱这二位从祖父身份的皇室长辈和褚太后三个人做决策。每次临朝，司马晞心里其实就非常不愉快，称之为郁闷也不为过。这是因为，那位康皇帝的皇后与几位辅政大臣一起稽颡于太极殿上，总有些不伦不类的感觉。这种令人不愉快的感觉从康帝驾崩后，褚太后临朝听政就萌生了。近几年，这种不愉快的感觉越发强烈，以至于他不愿正眼看褚太后。司马晞乃中宗皇帝司马睿之子，正宗的皇族血统，只是在过继给了武陵王之后，血统带来的荣耀被冲淡了许多，尽管司马晞辅政的时间已经长达二十多年。

司马晞常常思索王朝如何继往开来。司马晞喜欢军事，他一生的希望就是做天下兵马大元帅，统领王朝千军万马，用自己的方式剪灭鲜卑贼寇和羌氏贼寇，不仅收复中原，还要光复大函夏（古人对中华的指称）之广袤疆域。当然是真正的收复，而不是像桓温那样占着旧都洛阳就四处炫耀请功，逼迫皇上将王朝几乎所有的功勋爵位统统授予他，现在就仅差一个九锡之誉了。可是，每每此时，表兄王彪之的面孔就会突然冒出来，而紧跟着冒出来的便是这位仁兄的谆谆教导：不可选择前朝赵王司马伦自做皇上，而将从孙子司马衷推上太上皇的位子的做法，那只能是死路一条。司马晞这个时候就会歉然一笑，自言自语说："想想有何不可也！"

　　天正在黑下去，风早就将天空的云儿吹得无影无踪。司马晞惊讶自己不知什么时候已经来到了石头城的城墙上了。脚下是岩石和红泥垒筑的墙体，高大而又坚固。城墙并不宽阔，但是足可以并排容纳下数千名士兵，而如此之高大伟岸的城墙，若想要靠着木制长梯攻破，那当真是异想天开。四十多年前，历阳太守苏峻之所以能够闯进石头城内，那是因为没有遇见抵抗，而原本应该据城死守的中书监庾亮大人和他那一帮亲兄弟早早地就逃走了，丢下年幼的皇帝（晋成帝司马衍）和一批老臣。

　　再往远看，便是滚滚长江汹涌流淌而过。蓦然，司马晞脑海里有《孙子兵法》的片段升腾而起。这些章句都是他最喜欢琢磨的，平日里总是挂在嘴上。这不，他当下就看见了《孙子兵法》中《作战篇》里的首句，"凡用兵之法：驰车千驷，革车千乘，带甲十万，千里馈粮，则内外之费，宾客之用，胶漆之材，车甲之奉，日费千金，然后十万之师举矣"。司马晞让这段跃入眼帘的章句在脑海里萦绕了片刻，这才呵呵了两声，情不自禁地脱口而出："善用兵者，役不再籍，粮不三载；取用于国，因粮于敌，故军食可足也。"知道又在自言自语了，索性继续说道："'故智将务食于敌，食敌一钟，当吾二十钟；萁秆一石，当吾二十石。''故兵贵胜，不贵久。故知兵之将，生民之司命，国家安危之主也。'"这两段章句同样是出自《作战篇》，也同样是司马晞最为欣赏的兵法要诀。诸葛孔明的兵书与《孙子兵法》不一样的是，更为具体，更为实用，更具有指导现实的实际意义。所以，尽管司马晞将《孙子兵法》背诵得滚瓜烂熟，却更是将诸葛孔明的作战要诀铭刻在心。

　　司马晞研究过桓温的战例，得出的结论是所有征战取得的胜利，都是源于其狂妄、勇武加上运气，而每一场征战却毫无兵法可言。第一次西征以三千子弟兵，征途长达数千里，竟然如入无人之境。这其中便仅有运气而无其他了。一来川蜀境内自被文皇帝（司马昭帝号）收入版图后，近百年来都是大晋王朝的地域，是为益州郡也。即使后来被叛军李势攫为己有，可是民心依然是归于大晋司马氏的。所以，桓温打着大晋王朝的大纛才有了所向披靡、席卷残云之势。加之，益州郡范围广大，盘踞在成都一隅的叛军四周仍然被王朝的官府武装包围着，一旦有王朝中央大军的大纛迎风飘扬，便立刻闻风而动，形成围歼之势，取胜自在情理之中。至于这些年由桓温陆续发动的三次北伐战争，仅第二次小有斩获。趁背叛东晋的冉魏部将周成和背叛东晋的羌族叛军姚襄混战了一个多月，各自损伤无数、兵困马乏、将士厌战的机会，一举夺取了洛阳。这场战争的取胜也是有相当大的运气成分在里面的。如果分析战争中的战略规划决策，几乎可以得出又一个结论，最终的失败是必然的。

司马晞在武陵山区就从王友表兄王彪之嘴里知晓了，自己身上居然还流淌着王朝第一望族琅琊王氏的血液。那以后他就清楚了自己身上承载着的巨大的历史责任，不仅要让司马氏族的王朝与天地同在，而且还要让琅琊王氏族群的光辉在他的身上继续闪耀呢。

司马晞自认为平生从未追逐过权势。在武陵国，先是诸葛恢，继而是王彪之，这二人每日里给他灌输的尽是历朝历代忠臣之事。尽忠王朝的印记从他两岁时起就烙在他的人生轨迹上。随着年纪渐长，这些故事就成为他内心深处的情结，再也难以抹去。所以，他从来没有真正对坐上龙床的念想做过深入规划。他只是喜欢兵法。困在大山里的那些年，他熟读了所有关于用兵之法的典籍。《左传》里面那些战例令他着迷，《孙子兵法》中的那些战术令他跃跃欲试，而诸葛孔明遗世的作战要诀则让他下功夫训练出一支纪律严明、攻守兼备、进退从容的队伍。可惜的是，他在二十多年前被召回京都做了辅政大臣，那支心爱的军队只能留在武陵国的崇山峻岭之中，涣散，松懈，直至作鸟兽散也。若是那支队伍当年跟着他来京城，或者，他能在京城按照自己的心思和意愿重新训练一支军队，王朝的军事取向怎会任由殷浩之流、桓温之流恣意操纵乎？

那些年月里，他将诸葛孔明七出祁山的战例反复阅读，直到心领神会。诸葛孔明出祁山的战略意图和每一次的战术线路又一次清晰地展现在眼前，这跟他在武陵国大山里阅读时有了不同的感受。他还注意到，孔明大人每一次调兵遣将准备大举进攻之前，总是备足了给养，甚至不惜在距离战场并不很远的后方开辟一大片农田。这样做的好处是每一次大的征战都不曾发生过给养中断的事故。这就确保了每次征战都能取得战略上的胜利。在这些战例中，司马晞很满意地收获了稳扎稳打，步步为营，声东击西，为取其一、必争其二等等战争的妙法。司马晞经常会想到王师诸葛恢大人。他感激诸葛恢大人开启了他这方面的心智，使他有可能成为司马皇室在江左立国以来，最具战略眼光和最具战术修养的成员。也正是这位前东吴大司马诸葛靓的儿子、蜀国丞相诸葛亮的从孙子、琅琊诸葛氏的后人督促司马晞熟读了诸葛孔明全部兵法书籍，令司马晞对排兵布阵、指挥千军万马作战着了迷。有一段时间，司马晞天天就知道演练战阵：进以何法，退用何策；如何增援，如何解困；等等。

他接到先皇遗诏嘱其前往京都受领辅政大臣之职时，便快马加鞭赶到京城。到达京城当晚，他在等待新登基的皇上诏见之前，最先看望了自己的老师诸葛恢。共辅幼主的日子里，司马晞还与中书监庾冰大人、中书令何充大人建立了深厚的友谊。司马晞从这几位王朝老臣身上不仅学到了理政的方法和技巧，也学到了对王朝的忠诚。也就在那段时间里，司马晞第一次听到桓温的名字，也就知道了此人原来是侄女司马兴男的夫君。更了解到如果那时候听了庾冰大人的安排，桓温便不可能坐镇王朝最为重要的征镇荆州府。那么，桓温还能否成为如今日这样叱咤风云、令朝野觳觫的霸王级人物乎？庾冰和何充，一个是皇上的亲舅舅，一个是开国元勋、东晋王朝的第一位丞相王导大人的外甥，二人在辅政大臣中都是一言九鼎的威权人物呢。

那一次，司马晞第一次见到自己的同父异母阿弟司马昱。司马昱二十二岁，只比司马晞小四岁，长得器宇轩昂。廊庙上的老臣们一致认为，在中宗皇帝的六个儿子里，唯司马昱长得最像父皇。

谁也没有料到，新皇上竟然登基仅仅两年光景就突然驾崩了。当诸葛恢提出应该请中宗皇帝遗世的唯一儿子司马昱登基的动议后，已经二十四岁的司马昱居然受到惊吓而无法上朝。

何充大人当时态度是暧昧的。在太极殿东堂，庾冰大人和诸葛恢大人为此发生争吵。司马晞第一次听到诸葛恢怒不可遏地斥责庾冰大人的行为是小人之举，是为了维系庾氏王朝，而不是从大局出发，让王朝在根正苗红、真正代表中宗皇帝血统的司马昱的统领下走向又一个辉煌。

也就在这次东堂密会上，司马晞终于看清他在这些重臣心目中的地位。即使在争执不下，弄得面红耳赤的状况下，也没有谁提到过他这个中宗皇帝的骨肉，并且还是拥有琅琊王氏血缘的武陵王。甚至，那两位德高望重的老臣还征求他的意见，希望他能就这件事关王朝未来的重大事件发表见解，却没有哪一位提出他坐上皇位的可能性。所以，他无言以对，或者说一点儿都不想纠缠其间。

从此，司马晞开始有意识地靠拢琅琊王氏族人。无论走到哪里，他都不会隐瞒血统中琅琊王氏的成分。随着在京城的日子越来越长，廊庙上的事情看得越来越透彻。辅佐了四朝皇帝，直到现下第二位从孙坐上了皇帝的龙床，他都没有看到自己的机会。而让他淹没在几十年岁月中的，正是远在于湖大营的大司马桓温。这一次，也许机会来了。桓温在两年前北伐失败后，再没有踏足建康宫。尤其皇上再三敕令其返京主持朝政，桓温依然故我地驻扎在于湖军营里。关于此，传闻不绝于耳，说什么的都有。但司马晞很清楚，那都不过是捕风捉影，都是以小人之心度君子之腹。桓温已经六十高龄，而且痼疾缠身，在收复寿春的战役中可以领略他依然存在的统军权威，他将袁真的子嗣以及族人押送到京城，以王朝大军统帅之身份敕令将这数百人统统在集市上斩首示众，充分表露了他对权柄的眷恋。别人都认为桓温此举是为了震慑围绕着皇上的廊庙众臣，只有司马晞从这样的残暴里，嗅出了一个垂暮老人内心的惶恐不安。

蓦地，司马晞脑海里跳出了一句话："受任于败军之际，奉命于危难之间"，这是诸葛孔明大人写在《辞后主》（后世人定名为《出师表》）中的一句话。司马晞内心又掀起一阵冲动。当下王朝面临的境遇不正如其中所说一般。又或者这个局面犹如孟子所云"天降大任于斯人也"乎？作为旁观者，早在殷浩北伐的时候，司马晞就见到过表兄王羲之专门写给六弟司马昱的亲笔信。王羲之试图阻止那次征战，结果是显而易见的。没人听取表兄的肺腑之言，晋王朝自然也就吞下了失败的恶果。

这几十年里，司马晞经常会想到表兄王羲之，最令他唏嘘不已的还是两人在武陵国一起度过的那三天。而最让他感到伤感的就是表兄王羲之去世后，司马晞代表朝廷前往会稽郡为表兄颁发爵位的日子。那时候，司马晞在太宰位上已经九年。先是与郗鉴大将军举荐的蔡谟大人共事，后来又与褚太后的兄长褚裒共襄国是，这之后，桓温成为辅政大臣之一。然后，所有辅政大臣就失去了参与国事要务的兴趣和机会。而近来，他才终于想明白了表兄王羲之何以拒绝接受朝廷的任何授勋，甚至拒绝接受朝廷赐予的谥号。这已经是十年前的事情了，那日，看着面前跪成一列的表兄的后人，除了敬佩表兄对子嗣后人所产生的如此之大的影响力和约束力，他甚至想到自己也应该如王羲之一样，生下一大堆子嗣，将自己的人格品德素养统统遗留给他们。王羲之的后人坚决拒绝了皇上的所有赏赐，司马晞对此十分感慨，不仅因为整个王朝也就只有王羲之敢于做出如此壮举，而且，看着眼前六位表侄子，深感这家人所拥有的与众不同的风范和气节。回到京都，司马晞还把自己的三个儿子唤到身前，将在会稽郡的所见所闻和无限感慨告诉了他们，嘱儿子们务必效仿那几位表兄弟，做个正派人，做个有骨气的男儿呢。

从王羲之，司马晞又想到了面临着的令人烦恼甚至有些惶恐的现状。司马晞急于为自己或者说为皇室的未来在身边聚拢起一批王朝精英。桓温为此经营了几十年，而司马晞自知动手太晚了。所以，既然不大可能将陈留谢氏族人聚拢在身旁，那就试着将琅琊王氏的族人聚拢在身边。为此，他审视了许久。琅琊王氏族人也就只有表兄王羲之的后人最为众多，而且，王羲之的七个儿子迎娶的都是朝廷重臣的后代。想到这里，司马晞真心钦佩表兄的高瞻远瞩。只是，表兄从来没有利用这样的优势为自身谋什么利益。表兄就是这么矜持、高傲呢。

一个月前，司马晞在御街上巧遇表侄子王献之。当王献之朝着司马晞行了长幼礼节后，司马晞上前双手扶起王献之，说道："官奴侄儿，本公这些日子时常想起你家尊，真的越发怀念他与本公几十年前在武陵王国一起度过的那三日呢。你如今在何处为官？近日又在做何事情？"

王献之急忙再拜道："承蒙太宰殿下荫庇，小子几年前就在秘书省做郎了。再回殿下，小子自三年前开始潜心抄录历代兵法大师的兵法要诀和战例，收获颇丰欤。"

司马晞看着王献之的眉眼，立刻就想起了王羲之，不觉一阵感叹，脱口说道："官奴侄儿，既然做了几年还是秘书郎，不如到太宰府做长史吧，官阶不低，官秩也不少焉。"

王献之深深一拜，感激地说道："太宰殿下厚爱，小子没齿不忘。可是，吏部谢安大人曾有一约，让小子到吏部做事。"

司马晞一摆手："侄儿不必为此纠结，本王找他去说就是耶。"分手时，司马晞也没忘了叮嘱王献之："官奴侄儿，本王近期很是忙碌，若有闲暇，你来府上与本王说说抄录兵书之心得，何如？"

太宰长史庾倩和散骑常侍庾柔什么时候站在身后的，司马晞竟然没有觉察。这兄弟二人，都是已故中书监兼辅政大臣庾冰的儿子。

二人其实早就站在司马晞身后了，只是司马晞太过凝神，没有发现而已。二人也是见司马晞沉浸在想象之中，没敢打扰。一直等到司马晞停止自言自语，长史庾倩这才轻轻咳了一声。

听见有人在身后轻轻咳了一声，司马晞立刻停止回忆，转过身来。

庾氏兄弟慌忙行了大礼。庾柔说道："殿下又在想征战的事情了。"

司马晞嘴里不经意地嘟哝了一声，看着庾柔问道："几日前，本殿下呈奏文请求北巡，可是皇上欲要召见？"

庾柔回答道："皇上尚未出寝宫，昨晚上与侍寝的那几位玩到很晚。"作为散骑常侍，庾柔算是皇上最为亲信之人。皇上司马奕是庾冰的甥孙，论起辈分来，皇上还应该叫庾倩这几兄弟表舅呢。庾柔所说的侍寝那几位，并非皇上的嫔妃或者女官，而是皇上最为宠信的近臣相龙等佞臣。庾柔的话语里满是担忧。

司马晞听了这话，唔了一声，对庾倩说道："于湖那边，你还是要派人盯紧了。关于圣上的谣传已经有些时日，若是本殿下推断无误，于湖那边一定正在谋划闹出大动静来。另外，本王不愿意北巡期间在广陵与桓温撞个满怀。"

庾倩恭敬地回道："在暨阳（今江阴一带）躲避风头的家兄不断遣人送来消息，桓浮子自从自领扬州牧后，只在去年前往巡查过，近期并未去过广陵。"

庾柔这时插话说："殿下，桓浮子之谋主郗景兴被大司马迁升进了中书省做中书侍郎，据说不久就要进京述职。同郗景兴一道进京的还有豫州刺史桓冲。"

司马晞点点头，并没有下达进一步的指令，而是对庾倩说道："两年前，你家庾始彦（庾希字，庾冰长子，曾任北中郎将）被桓温褫夺兵权，但这并不会影响本王北巡。此次北巡最远是要抵达下邳的，爱卿知晓本殿下对何事最为关切乎？"

庾倩答道："家兄虽遭桓温迫害，然下邳各路将军依然皆为家兄幕僚，桓温权威盖主却一时难以鞭及徐州、兖州。据家兄称，徐兖一线将领包括京口驻军均不忘郗鉴大将军多年之义，桓温在那一带并无威望可言。家兄通报称，自

031

一年前接到殿下扩军和屯粮敕令后，一直在从容进行。臣月前刚从那里回来，臣以为，一旦殿下发动邺城征战，兵员和粮草给养绝无后顾之忧。"

司马晞喝了一声彩，表示非常满意，然后把面前的二人一一看过，说道："距桓浮子北伐溃败已经两年，本王……"司马晞本打算说出已经见过崇德皇太后褚蒜子，却猛然打住，转换话题问道："你们这几日可见到过王子敬（王献之字）？"

庾倩和庾柔面面相觑，不知司马晞何以突然转换话题。二人一个在太宰府不离司马晞左右，一个在后宫，须臾不敢错过皇上的招呼。所以，两人连连摇头，表示无人见到过王献之。庾倩说道："殿下，臣听说吏部提交了奏折，要将王子敬迁职吏部府做丞官。"

司马晞呵呵了两声，将两只手绞在了一起，这是他的标志性动作。而庾倩听到司马晞呵呵两声又见他做出这个动作，心里不禁一惊，这表明主公对所问之事非常在意。庾倩轻声问道："殿下何以突然问及王子敬？"

司马晞鼻子里哼了一声，没做回答，而是说道："本公若是北巡，希望带着他一同前往，让他也跟着见见世面。此事尚未决定，可搁置些日子再说。然，你去乌衣巷走一遭，告请王彪之大人，本王会择日前往乌衣巷拜访他，倘若王献之能在场最好。"

第一章

　　冬月终于将尽，在京城朝廷秘书省任秘书郎的王献之和妻子郗道茂带着老仆从建康城出发，到会稽郡山阴县用了差不多七天时间。途中，二人在震泽大湖的南浔镇逗留了半日。妻子郗道茂的父亲郗昙大人那年就是在这个镇子去世的。去世前，郗昙着意留下遗嘱说不想让尸骨返回京城，更不想魂归故里。他是希望能在百年后在会稽郡的治所山阴县寻觅一块风水之地停留。可是，他去世后由于种种原因后辈只能将坟茔留在震泽大湖湖畔了。王献之和郗道茂夫妻此次前往会稽，随行的还有一直躺在车上棺材里的小儿子，于是二人匆匆地祭拜了郗昙的坟茔，便于次日赶往会稽郡山阴县。

　　到达山阴县已经是后晌了，二人回祖宅取了祭祀用的物品，又从留在祖宅看家护院的伙计里挑了三个身强力壮的男丁，没敢停留，一路来到祖父祖母的坟茔前。

　　王献之和郗道茂在坟前为祖父母焚香叩首，絮叨着只有去了另一个世界的孩子才能听得懂的话语。在二人为祖父母焚香祭奠的当儿，老仆人指挥着留在会稽郡看家护院的家丁们挖好了安放棺椁的深穴。小儿子是躺在棺材里一路过来的，虽然经过了七天的颠簸，好在天气阴冷，加上棺材里放置了一些冰块，因此，小儿子的容颜看上去尚未变化。

　　王献之看着妻子郗道茂像是要把死去的儿子抱出来，便嘟哝着说："不可再惊扰小儿，让他就这么睡着走吧。"郗道茂这才没有将儿子重新抱在怀里，噙着泪水为小儿子再一次整理了衣裳，又将盖在身上的绸缎被子仔细掖了一遍，这才后退几步，低声啜泣着看着家丁们将棺盖用扒钉和棺箱牢牢地钉在一起。

　　当棺材被缓缓放入墓穴的时候，郗道茂失声痛哭起来。王献之等妻子哭够了，这才在妻子身旁坐下。

　　这已经是他们为第四个孩子下葬。第一个孩子出生没多久就夭折了，那时候，夫妻二人还住在会稽郡呢。按照习俗，他们没有将孩子跟祖父王羲之埋在一起，而是埋在了曾祖父母的坟茔旁。四个孩子都没能活下来，这让夫妻二人感到悲哀和痛心。可是又能怎样呢？尽管二人从来不说及这样的话题，可是几位兄长却没少朝二人发牢骚。尤其二哥王凝之，更是只要与他们见面就会直言不讳地说及二人实在不适合做夫妻这类的话语，弄得王献之既无奈又尴尬，而郗道茂每次都会悄悄地哭上一场。二人血脉太近，对王献之而言，郗道茂是亲舅舅的女儿，而对郗道茂来说，王献之则是亲姑姑的儿子。谁都知晓这样的血脉至亲是不能做夫妻的。可是，父母之命媒妁之言，双方父亲大人认定了二人的关系，当时还是少年的二人根本是无法否决的。而且，二人婚后的生活甜蜜而又快乐。二人始终相信总会生出一个健康的孩子来。因此十几年来，二人从不曾为生育的事情发生过龃龉，依然朝朝恩爱，卿卿我我。

等到老仆人轻声唤二人给墓穴填第一抔干土时，二人这才缓缓站起身来，将老仆人准备好的、筛过一遍的细土，一捧一捧地抛向墓穴里，直到将小棺材掩埋住才住了手。接下来，二人退到后面，看着家丁们将墓穴一点一点填满，夯实。按照习俗，重孙子的坟茔是不可以在地面上拢起来的。二人把事先准备好的木制小墓碑安插在墓穴上方，仪式就算是结束了。

当晚，王献之和郗道茂就在老宅歇下来。晚上，二人说了一夜话，几乎没睡。总算将白天和一路上蓄积起来的郁闷和伤感说尽了，情感里沉重的压力也释放掉了，二人这才在黎明时浅浅地打了个盹。

天一放亮，王献之就披衣起床了。碧蓝的天空中缀着几片白云，是个晴朗的日子。风里还是有些冷意，吹在脸上让人很不舒服。趁着郗道茂收拾出行的行李的当儿，王献之先是围着祖宅转了一大圈。祖宅很大，称得上庄园了。当初王羲之开拓庄园的时候，每出生一个孩子，就给辟出一院屋舍，所以，八个孩子尽管出生地并不都在会稽郡，但都是在自己的院落里长大成人的。绕着庄园走一圈，走走停停，缅怀着旧日的时光，用了不少时间。离开老宅，王献之又走向自家那二百几十亩田地的田埂上。田亩尚未耕种，过了一个冬天的青草已经冒了老高。一眼望去，辽阔的土地上像是覆盖着绿色的绒毯一般。这些青草会在几天后开始的春耕中被翻埋到土下，成为庄稼的肥料。类似这样的农业常识，王献之还知道不少呢，都是少年时听父亲大人跟农夫闲谈时记下来的。心里想着，脚下也就停不下来。直到老仆人过来大声呼唤他的名字，王献之才发现自己已经走了不短的一段路呢。多好的地方，悠闲得让人生出无限的怠惰之意，王献之心想。他蹲下身来，拔了一把青草放在鼻子下很是深情地嗅了一阵子。青草的气味着实唤起了他对少年时很多往事的追忆和怀念，这样的怀念令他不由得生发出无限感慨来。岁月因何如此无情？却又为何将这么多有情之物刻印在脑海中？从京城出来之前，王献之就想过，若是在老宅能够重新寻觅到童年时的快乐，他就辞去秘书郎，做一介草民了。秘书郎的官秩不过六百石，而眼前这二百多亩田园每年收获的粟米足够一家人享用了。

回到院子里，牛车已经准备好了，还特意准备了一副肩辇。这是老仆人要求准备的，老仆人还告诉王献之说，王羲之大人十几年前在兰亭那里盖有一院草庐，老宅留守的家丁们每年都会去修葺一次，就等着主人回来居住呢。听了这话，王献之就让把肩辇放回去，说那就索性在草庐里住上一段日子，然后从那里直接前往剡县去拜祭父亲和母亲。

牛车才走了十多里路，王献之就坚决要求下车走完剩下的路程。道路年久失修，牛车的木制轮子被颠簸得发出很响的吱扭声，坐在上面的人既感到很不舒服，也担心两个木轮会突然破碎。

王献之在前面走得很快，牛车被远远地抛在身后。郗道茂紧赶了几步追上丈夫，小声说道："子敬，你走得太快。"

王献之这才像是如梦初醒，放慢脚步，步幅也随之小了不少。他唔了一声，说道："这条路子实在太熟悉了，到山阴来了这么多次，怎就从未想到重新走走这条路子？"

"是喽，这条路子多么熟悉哦。"郗道茂随声附和着。

"正是如此，让人不由想起十多年前跟着父亲大人一路前往兰亭修禊之往事耶。"

"妾身亦有很多感慨。刚才下车走出几步，妾身仿佛听见了十多年前自己发出之笑声。哟，子敬，你又长头虱耶。"

王献之唔了一声，没说话，脚步又快起来。

"今晚住下后，妾身要给你用热水洗头。"

走在前面的王献之呵呵了几声："也罢，在兰亭把周身打理干净，到剡县祭拜父亲大人时就不用沐浴矣。"

道路两旁的行道树已经残缺不全。在王献之的记忆里，父亲大人担任会稽内史的那几年，每年都会亲自巡查通往外界的几条路子，见到有枯死的行道树就会让人即刻栽上新的。所以，那时候前来会稽郡拜访内史大人的文人墨客或者官员都会对此交口称赞呢。毕竟是春天了，道路两旁已见草木有鲜嫩的芽子从深绿色的老叶里拱出来，举目远眺，兰亭方向一派青葱。

在当地人眼里，兰亭不过是一座告别用的木制亭子。在那个年代，方镇官府都会在治所通往外界的官道上修盖这样的公共建筑，用来迎来送往。可是，这些年山阴县又修了几条通往外面的官道，离开山阴县外出，或者前往会稽会友的文人墨客大都不再经过这里。所以，这座在当年非常有名的别亭便渐渐颓败了。亭子不远处的溪水依然潺潺而流，水声依然轻灵动听，水流依然清澈见底，只是距离一年一度的修禊日还有些日子，还感受不到草长莺飞的温热气息。

王献之先去了当年沐洗长发的地方，借着平静的水面仔细将自己打量了一番——他看到了一张消瘦的面庞。王献之长得最像父亲王羲之，狭长的双眼，挺拔的鼻梁，鼻翼较几个哥哥略显粗大，这就使得鼻翼下的嘴巴看上去小而唇厚。他特意咧开嘴露出整齐的牙齿，伸出舌头来，却看不清楚舌苔是否还像从京城出来的时候那么白而厚。那几日他的确没有睡好，也吃不下饭食。第四个孩子的夭折令他不知所措，彻底慌了神。一想到又给几位执意横挑鼻子竖挑眼的阿哥们留下了训斥他的口实，他心里就堵得慌。好在他住在乌衣巷老宅里，周围的宅院虽然还是琅琊王氏各支的老宅，但是大部分宅院都只留下看守房产的仆人，而主人们都外放做官去了。相比六十多年前，乌衣巷正在凋零下去。也就是说，族群里面并不会有人在第一时间知道这件事情。即便这样，王献之还是去见了吏部尚书谢安，向谢安告假说要返回会稽郡的老宅处理一下家事。只是，他说起处理家事时犹豫不定的语气和躲闪的目光又怎能躲过谢安那双穿透力极强的眼睛？几句话后，谢安径直询问是不是生下不过半月的孩子出了事故。王献之自知难以自圆其说，索性说了实话。站在谢安的面前，王献之从来都有被父亲审视的感觉。而且，一直以来，承蒙谢安大人的荫庇和关照，王献之在京城过得很是安逸呢。听罢王献之说完孩子的事，谢安好生宽慰了几句，但也仅此而已。王献之几乎与父亲王羲之长得一样高，七尺左右的身材，算不上高大伟岸，却有玉树临风之感。父亲去世后，他感觉自己就再没有长高一点儿。这些日子，由于孩子夭折，也由于妻子郗道茂终日以泪洗面，王献之整个人看上去精神萎靡，面容憔悴，人也像是矮了几寸。倒影中的人才不过二十八岁，可怎么看都像是年过不惑老气横秋的中年男子，尺把长的胡须，额头上隐约可见的皱纹，失去神采的眼睛。王献之朝着自己的影子做了个鬼脸，脱下鞋子赤脚踩进河水里，冰冷的河水刺激得他哟哟叫个不停。身后的郗道茂就心疼地唤他快快从河里出来，王献之却站定在那里高声说道："当年第一次来这里时，母亲大人就是在这一段河水里给我沐洗头发。解开头发时，母亲大人说我的头发犹如父亲大人的一样柔软也。"说罢，朗声笑起来，弯腰掬起一捧水向郗道茂甩了过去。

郗道茂也不躲闪，捡起一块鹅卵石掷了过去，鹅卵石溅起的水花淋了王献之一身。见妻子摆脱了昨日的悲伤，王献之的双脚也适应了河水的冰冷，便喊道："姊姊，大人我索性就在这河水里沐洗头发，你看如何？"说着就拔去了固定长发的簪子。

郗道茂惊叫起来，顾不上脱鞋子就冲了过去。

二人重新回到岸上后，郗道茂帮着夫君将散开的长发重新拢在一起，又从自己的衣袖上解下一根綦绳，将长发在夫君的头顶上捆扎出一个漂亮的髻来。返回的路上，郗道茂一路揪着王献之腰间的束带不撒手。王献之只好向郗道茂告饶说："姊姊，小弟再不敢如此任性，求姊姊松开手吧。"老仆人在后面看不下去了，便重重地咳了几声说："大人只是逗你欢乐呢，难道你看不出来？"郗道茂这才松开了手，却一步不落地紧跟在王献之身后。

王献之沿着曲折的溪水，找到十八年前自己坐过的那块平地，见地面上杂草丛生。不仅如此，小溪两旁完全看不出那些年每逢修禊日在这里嬉戏饮酒的痕迹了。这使王献之不禁徒生了很多感慨。他一边提醒跟在身后的郗道茂小心脚下苔滑，一边将地面上的杂草拔除干净，然后又在下游找到父亲大人坐过的青石。擦拭青石上的苔藓时，父亲大人的音容笑貌兀然显现出来，王献之觉着有泪水盈满了眼眶。

郗道茂从身后递过来一块毡子，让王献之铺在青石板上，问道："咱们还是坐回到你那年席地而坐之处，还可以远远看着父亲大人。"

王献之顺从地唔了一声，便跟在郗道茂身后走了过去。

二人在小溪边坐下来，看着老仆人将一块毛毡铺在地上，在毛毡上摆了一坛好酒和几碟冷菜。王献之让老仆人跟着一块儿喝几樽，老仆人说还要监督着匠人们快快将草庐打扫停当，今晚上还要住进去呢。说完就走了。

老仆人一走，郗道茂就开启酒坛，给王献之倒了一樽。说道："夫君大人先独饮三樽，然后我再陪你喝耶。"

王献之也不推辞，连着饮了三樽，又看着妻子饮下一樽。妻子郗道茂面容憔悴，十几年里接连死了四个孩子，这对任何一位母亲都是致命的打击。妻子看上去比王献之更显得苍老，尽管一颦一敛依然妩媚，谈吐之间依然还有当年的清纯，可是十二年前结婚时那个花季女子已然不复存在了。王献之不想让妻子看出心事来，便深吸了一口气，打起精神说道："爱卿，那年，我没能吟出诗句来，被罚酒三樽。至今想起，依然觉着愧对父亲大人悉心栽培。尤其父亲大人的眼神更是永生难忘，父亲大人虽然没责怪小子我，但我还是从他的眼神里看出些许失望。"看着妻子又倒满了酒樽，便说道："姐姐也喝上一樽吧。"

郗道茂一哂，接过酒樽却没有喝，而是说道："我也还记得呢，那天见到你，你就始终闷闷不乐。可是大人你还是忘了，那年你才十岁耶，不必如此内疚不安。若是到了束发之龄还吟不出诗，就真该反省了。然，夫君大人以十岁之龄能饮三樽老酒，父亲大人应该感到欣慰才是。"

王献之低头良久，扬起脸来便吟道："四塞高禽，九衢通达，吾族千代，纵横北南。莺飞草长，寰宇浩渺，吾辈……"吟着，已是泪流满面。

郗道茂见夫君动了感情，也跟着落了泪。可是又担心他犯了痴，执意留在会稽老宅坚决不回京城述职，只好收住感情，说道："夫君大人，你可还记得父亲大人当年所书《兰亭集序》乎？"

王献之迟疑了一下，点点头说道："大约记得一些，外父大人（岳父郗昙）去世那天，我是最后一次看到《兰亭集序》，也是最后一次听到父亲大人吟诵。过去有十多年矣。然，大约记得，大约记得。"一边说着，脸上泛起了神采，眼睛也变得亮起来。"卿的意思是让子敬复诵父亲大人的诗序？"

郗道茂摇摇头，说道："自那以后你再没有机会临写父亲大人的《兰亭集序》，妾身每每想起就会深觉遗憾呢。还是罢了。"

王献之紧闭嘴唇，低下头沉吟良久，抬起头来后，看着不远处那座破败的别亭，说道："卿卿，我与你到亭子里去吧。"

进到木亭，从草庐提前返回来的老仆人已经将亭子中央的石桌和石墩打扫出来。王献之在亭子里慢慢走了几圈，驻足从亭子里向外眺望。远处山峦的后面正有一团浓重的云升了上来,这团云的边缘被太阳照耀得很是炫亮。王献之嘟囔了一句"别是要落雨了",转过身来,郗道茂已经在石桌上铺开了纸张,又从老仆人手里接过墨块,在砚台里磨出浓黑的墨汁来。

看着郗道茂做完这一切,王献之才坐下来,双手搭在石桌的纸张上,阖目静思。那凝神静气的样子,像是担心惊动了依然在这兰亭上空环绕盘旋的灵魂。许久,他终于睁开眼睛,双手一遍一遍将有些褶皱的纸张抹平,这才小心翼翼地捉起笔来,将笔毫浸在砚台里饱饱地蘸上墨汁,又不厌其烦地将笔毫在砚台上抹了又抹,这才在纸上落笔,写出来的竟然不是父亲大人的《兰亭集》序文,而是前朝曹魏时代曹植的《洛神赋》。事后连他自己都感到惊异,手中的毛笔并没有从这篇写了不知多少遍的辞赋的篇首起笔,而是跳过了主仆二人在洛川发现洛神的初始,直接写出了辞赋作者被洛神惊世骇俗的面容姿态身形所震慑的句子,这一写,竟然停不下来:"余告之曰:其形也,翩若惊鸿,婉若游龙。荣曜秋菊,华茂春松。髣髴兮若轻云之蔽月,飘飖兮若流风之回雪。远而望之,皎若太阳升朝霞;迫而察之,灼若芙蕖出渌波。秾纤得衷,修短合度。肩若削成,腰如约素。延颈秀项,皓质呈露。芳泽无加,铅华弗御。云髻峨峨,修眉联娟。丹唇外朗,皓齿内鲜。明眸善睐,靥辅承权。瑰姿艳逸,仪静体闲。柔情绰态,媚于语言。奇服旷世,骨像应图。披罗衣之璀粲兮,珥瑶碧之华琚。戴金翠之首饰,缀明珠以耀躯。践远游之文履,曳雾绡之轻裾。微幽兰之芳蔼兮,步踟蹰于山隅。于是忽焉纵体,以遨以嬉。左倚采旄,右荫桂旗。攘皓腕于神浒兮,采湍濑之玄芝。"

直到身旁的妻子郗道茂忍不住发出惊讶的赞叹,王献之这才如梦初醒,放下毛笔,仔细将写出来的这段文字端详一番,叹了口气,自言自语道:"禀告父亲大人,小子写此正书已然背离大人指点,万望父亲大人见谅也哉。"

郗道茂已经将纸张捧于手中,一番端详,说道:"子敬夫君,此书与父亲大人所书《乐毅论》当真相去甚远欤。你心里有何想法?"

王献之摇摇头,叹道:"子敬每每书写并未忘却父亲大人当年教诲,耳畔多有庭训萦绕。多年来,我一直试图将大人训导融入书写之中。可是,正如谢安大人所说,书写技艺发端于心,指点于手,动之于笔触也,与临摹所学已然没有连带之关系。小子临写父亲大人手书长达二十几年,孩提入门,从不敢越雷池一步,反而渐行渐远。实在令人百般无奈。"

郗道茂见丈夫如每次书写之后那样，苦恼频仍，担心坏了情绪，便说道："谢安大人所言自有他的一番寓意。大人与父亲交往甚深，见其经历，窥其内心，伴其苦乐，实非我们晚辈所能达到之高度。"

王献之信服地点头称是，重新捉笔，连连摇头后却又将笔放下，再一次陷入沉思。

郗道茂见状，便又说道："卿记得父亲大人每每审视你的书写，便要告诫书写技艺与刀法刀术之相关联之技，然，子敬你虽时有持刀习练，不过把玩而已，实在说不上有习武之意，更不要说将二者融会贯通也。"

王献之频频点头，说道："我发现无法像父亲大人那样将书艺与刀术视为一体之后，甚是苦恼，却难以自拔。时常想起，恐与本人心绪大有关系。"

王献之的苦恼让郗道茂很是心疼，便安慰道："官奴，父亲大人有一日到我家探访家君（对别人称自己的父亲）大人，我当时也正在习练书艺，大人站在身后看过良久，然后对家君说：'姜儿（郗道茂乳名）捉笔还是松弛，不如我家官奴那般有如手握长刀之雄力呢，所以落笔之时才显虚弱，行笔之时就有力不从心之感。'"

"舅舅又如何说？"王献之好奇地问道。

郗道茂嫣然一笑，说道："家君忍不住就夸赞起你来，言称'官奴有一日终能超越你这座大山耳'。我在一旁听了，心中就想，若是有一日家君询问想找寻何样夫君，我会不假思索回复家君，非官奴不嫁耶。"

王献之不由得深受感动，抓起郗道茂的手，在她手心里写了几个字，立刻便听到妻子咯咯笑出声来，于是说道："卿，不如我试着书写父亲大人的《兰亭集序》，看能否重现当年？"一边说着，一边染翰操纸，书写起来。

写至一半，王献之突然停住书写，长叹一声说道："卿卿，你以为如何？"

郗道茂端详一番，说道："妾身仅在家翁过世那日见过一回《兰亭集序》，还是匆匆一瞥。妾身以为，起始三行极为相像，之后便相去渐远也。"

王献之又是一声长叹，道："父亲大人之书写技艺，普天之下无人能及，即使临仿，至今未见一人能惟妙惟肖。小子今生今世恐难及也。"一边说着，一边起身接过郗道茂递过来的长刀。

王献之手持长刀站立良久，整个人看上去仍然很是忧郁。许久以来，王献之都会在临写父亲法帖的时候出现这样的状况：精神是萎靡的，思绪是复杂的，手下的长毫便十分迟滞。要么临写不下去，要么即使心存敬畏，手里的长毫写出来的却是四不像。因此，这段日子，捉起笔来，心情就非常沉重，写出来的字简直不敢直视。终于，王献之平举双臂，做出了王氏刀法的起式第一招。他舞得很慢。又有很多日子没有习练家传刀术了。很久以来，他在习练刀术的时候，父亲大人的面庞和招式不再出现在脑海里，脑海里不断浮现着的是随之义兄在江州的时候那张严峻的面孔和操演刀术时娴熟的身手。很快，王献之觉着有神灵附体，操演的手法、挪移的步法开始流畅起来。

晚上宿在草庐里，王献之半夜醒来，见郗道茂睡得香甜，不忍打扰，便悄然踱出屋舍，来到宅院外的场坪上。夜风已经很冷，夜空里的星汉却十分清晰。王献之凝神看着星汉，突然萌生了不再返回京城的念头。

第二章

桓温从牛渚矶回来也有一个月了，除仆人之外，只有从荆州请了高士回来的桓冲被允许进入过营帐。卜卦的高士离开也已有十天。桓温的几个儿子和兄弟也从四面八方各自的辖地聚拢到于湖大营，奇怪的是，这些桓氏家族的人并没有被请入营帐。没有人知道大将军何以如此。但是，不久前被桓温授予于湖大营都督长江中下游诸郡镇总军事，已经内定为桓温接班人的四弟桓冲坚持要独自守在桓温的营帐外，大家只好在离桓温营帐几丈远的地方专门给桓冲搭建起一座临时营帐，其他几人暂时回到各自的营帐里待命。

天气日渐回暖，接连好几天都是晴空万里，阳光灿烂。终于，桓温的仆人传出话来：大将军要离开牛渚矶，到紧邻着的那片森林里走一走。于是，桓温坐进了肩辇，身后跟着一众族人和麾下向森林而去。

桓温下了肩辇，独自走在众人前面，一直走到那片茂密森林的边缘才停下来。这段距离大约有三四里地。桓温心想：能徒步行走如此之长的路程会向身后的这些兄弟子嗣以及幕僚传递出怎样的讯息呢？他自己不得而知，但有一点是可以肯定的，那些不胫而走的关于桓大将军痼疾复发、难以主持大营征战之事、难以支撑王朝稳定大局的传闻自会不攻自破了。此刻的桓温连站立的气力都快丧失殆尽了，可是，他必须坚持住。这时，紧跟其后的郗超将一把胡床（类似于现在小憩用的马夹）放在桓温身下。桓温犹豫了一下，回头看距离自家那两个兄弟桓豁和桓冲还有一箭之地，而护卫的军士正在纷纷散开来形成保护圈，便感激地朝着郗超点了点头，顺势就坐下来，嘴上却说道："本公将歇片刻，还是要进林子里转转焉。"

郗超急忙阻止道："明公身体欠安，恐不宜进入山林。臣以为，若是明公心中早有打算，不如尽快定夺也。"

桓温惊讶地看着郗超，内心甚是喜悦，抬手拍着郗超的肩膀，说道："景兴爱卿，你果然了得，本公心思竟然让你一眼看穿欤。"桓温没有去看远远跟在身后的那些人，而是用手臂轻轻撞了撞站在身旁的郗超："不妨说说，本公有何心事？"

郗超看着远处正朝着这边缓缓走来的一干人马，说道："明公突然将一众族人聚拢于此，臣这些日子便忧心忡忡，难以成寐。"

"爱卿何忧之有乎？"桓温这才回望身后的族人，旋即就哦了一声。他看见远处二弟桓豁正与营中参军伏滔说得热闹，两个人都指手画脚的像是在争论着什么。二人后面不远，四弟桓冲踽踽而行，而三弟桓祕以及自己的两个儿子桓熙、桓济却与桓冲保持一段很远的距离，一看就知这三人是故意为之。尾随在三人后面的十三曹的一众参军长史，好生为难，不知如何抉择。只见新晋参军顾恺之一会儿跑到桓冲身后，走了几步似乎感觉跟错了人，又折身回去跟在桓祕身后。

郗超听出桓温这一声里充满忧虑，于是叹声说道："明公明鉴。臣以为，寿春一战足见万马千军依然牢牢握在明公手中。待有重走征途日，定将横扫敌军，所向披靡也。然而，明公还是应该厘清身前脑后之事，方能抖擞精神，披挂上阵，重现昔日威武。"

桓温呵呵了两声，说道："景兴爱卿，你出此言便不如孙兴公（孙绰字，曾上书反对桓温迁都洛阳，获皇上赞赏）直率。眼前情景，正是本公忧虑所在，爱卿有何感言，但说无妨焉。"

郗超先说了句："明公明鉴，臣只好知无不言了，万请明公恕臣之直言冒犯。"见桓温挥了挥手，于是接着说道："明公适才叹息，实为眼前之景况而忧心忡忡。自古以来，求大业者，必先安内。所谓内乱祸国殃民，此类事例多见于太史公之《史记》。最典型之例子乃楚昭王被吴国伍子胥大军驱赶，居无定所，连国都都只能放而弃之。然，趁着吴国内乱，楚昭王得以返回国都，从而开始中兴楚国之大业。"

桓温这时见随行官员越来越近，有些着急，催促道："爱卿，不必舍近求远，直接讲来欤。"

郗超这才说道："二十几年间，明公征战南北，终将大业有成。举国上下，廊庙内外，荣获一致拥戴，可谓天时地利人和。然而，臣最为担心者，大业未竟，内乱已经生成。而内乱者，必将使明公大业功败垂成。让臣等释怀的是，明公早已明察秋毫，生乱者，已然近在眼前，而且肆无忌惮欤。"

桓温恶狠狠地瞅了郗超一眼："身后足有五十多人，爱卿何不点出名来？"

郗超谦卑地行了君臣之礼，说道："明公，幼子大人进监江州、荆州之江夏和随郡、豫州之汝南西阳新蔡颍川三州六郡诸军事、南中郎将、江州刺史、假节，即使朗子（桓温二弟桓豁字）大人也未曾获如此重要之权柄，可见明公已然确立了幼子大人接班人的地位。可是，臣一直以为明公会将江州一线区域交给穆子（桓温三弟桓祕字）大人监理。依战功而论，穆子大人一点儿不弱于幼子大人。明公，臣已经知无不言欤。"

"接着说。"

"明公明鉴。很显然，穆子大人对明公之安排心有不满。几日前，明公曾询问臣若是将爵位改授会有何后果，臣不置可否。然而，臣以为明公若是要将世子之郡公爵位改授幼子大人，务请三思。臣得到密报，世子伯道（桓温长子桓熙字）和仲道（桓温二子桓济字）数月来频频往来于辖地和京城，在京城便住在穆子大人官邸。明公曾为此下过军令，桓氏族人不得在军中过从甚密。臣为此甚为忧虑也。"郗超说完，下意识地向后退了几步。

桓温果真将手放在了腰间的刀柄上："本公不容任何人乱我阵营。"

郗超不得不继续说道："臣以为，明公当慎思慎行。伯道和仲道皆为肃宗之南康公主所生，皇族血脉清晰可见。穆子大人在刘真长（刘惔字）故去后，又接续了肃宗之庐陵公主为妻。如此一来，三人皆为外戚也。"

"景兴，你本想说我那三弟已经与本公成为连襟？"桓温忍住怒气，问道。

"臣不敢，但是，军中各级长史参军无不以此为禁忌。"郗超硬着头皮说。

"此乃你所言之内乱乎？"

"正是臣所顾虑和担忧之处。所谓内乱不除，大业难竟也。"

桓温突然手握刀柄，将长刀抽出一截，又猛地插了回去："爱卿历来所言皆令本公震撼，今日能如此坦荡无畏，实令本公敬佩。二十几年来，爱卿每每以洞若观火之察警醒本公，本公实在应该将军中大权放心交予你才是。"

"臣从未曾生此等不臣之谋。臣追随明公，肝脑涂地，死而后已，并以此为毕生之荣耀。"

"也罢也罢，这都是自家事情，皆在掌握之中，本公自会视事态发展定夺。至于穆子，这家伙心性阴损，已经位高权重，可与朗子和幼子比肩，当他接续庐陵公主为内室，其包藏之祸心便昭然若揭了。"桓温冷笑一声，突然问道，"本公从伏滔参军那里得知，新安公主从仲道大营不辞而别，已经回到京城有些时日了。"

郗超嗯嗯了两声，一时间有些犹豫，不得已说道："明公明鉴。伏滔只知其一。"

"其二为何乎？"

"臣月前入京至崇德宫觐见崇德皇太后，在后宫偶遇宫内担任右卫率的道胤（郗恢字，郗昙之子，郗超堂弟）阿弟，意外获知公主或因得知仲道参与穆子图谋不轨之计划，而弃他而去。幼子大人近期压力深重，若明公对状况漠然置之，久拖下去，幼子大人或不堪重负也！明公，臣只能说到此也。"

桓温看出郗超真的是胆怯了。

晚上，桓温让桓冲将小儿子桓玄带到营帐里，然后挥挥手让桓冲离开了，却留下了郗超。营帐里粗壮的蜡炬一直在呼呼燃烧，跃动的火苗不知疲倦地释放着光亮和气味。桓温喜欢这种特殊的气味，在这样的气味里，他被熏陶了数十年，这常常令他感到自己与众不同，也常常唤起他对戎马倥偬生涯的追忆。而这样的追忆又常常令他在感叹人生短暂的同时，又觉着此生恐再无坐上龙床的机会。他最小的儿子桓玄出生后就被他一直带在身旁，尽管现今只有两岁，此次北伐，他执意带着桓玄出征，不允许任何人对此置喙——包括小儿子的母亲阿马。他认为膝下这个已经能听懂大人话语的小子，说不定当真如卦师所称，是为龙子也。既然是龙子，谁又能说他听不明白成人们说的阻止征战的话语中的其他含义呢。龙子就不可以在温情里长大成人。所以，小妾阿马虽然为此整日哭泣，说些儿女情长的话语，却无法动摇桓温将龙子培养成一代君王的决心。桓玄是听话的，乖巧的，有时还会表现得很是温顺，这令桓温怀疑这孩子会不会在这样的驯养中变得软弱了。这也就更加坚定了桓温带着桓玄上战场的信念。桓温对南康公主司马兴男诞下的几个儿子从来就没有满意过，这几个家伙出生在皇宫里，成长的过程中几乎也没有离开过建康宫。尽管肃宗皇帝英年早逝，但是，却在后宫给长女司马兴男留了一块不容他人染指的地盘。公主就是在这样无人敢惹的环境中长大的，然后嫁给了他。他应该感激庾翼，是庾翼撮合了这门婚事。庾翼是有眼光的，但是，桓温却一点儿也不感激庾翼，或者准确地说,他后来一点儿也不感恩庾翼。后宫这样的环境是哺育不出无往而不胜的战争之神的。

白天郗超说的那些话,足以让桓温思考一个后晌。桓温当真犹豫不决,也当真知晓若不果断出手,桓氏大业最终是要毁在桓氏自家人手里的。

桓玄被置放在一张量身定制的圈椅里,这使得这个两岁的孩子只能端坐着。桓温还是忍不住逗了一会儿小儿子,毕竟这是他的筋骨和血肉,也是他的骄傲,同时还被他寄托了坐上龙床的厚望。小家伙十分温顺地接受着父亲的爱抚,任由父亲轻轻揪扯粉嫩的面颊,把那张喷吐着怪味的大嘴堵在自家柔软小巧的嘴巴上,憋得上不来气也只是扭动一下身体,并不因此哭闹。和小儿子逗耍了一阵子,桓温转而看着郗超问道:"爱卿可有话说?"

郗超说道:"容臣斗胆放言,此子将使王朝得以辉煌。"

桓温咕咕地笑起来,很长时间了,郗超没有听到过桓温笑得如此开心。

桓温又在小儿子脸蛋儿上轻轻搓了一把,对郗超说道:"你可以接着往下说了,有些话,本公以为,幼子将军并不适合听。"

郗超用力点点头,坚决地说道:"臣白天所言望明公速速裁定,臣担忧幼子大人终有一日会死于非命。"

桓温哈哈笑起来,但是只有笑声不见笑容。笑罢,依然轻描淡写地说道:"景兴爱卿果然忠诚之至焉。本公对家事自有手段,你不必过虑,几日之后便见分晓。本公时下最为关切的还是司马道万。"

郗超于是说道:"明公明鉴,司马昱殿下身体有恙,已然不是秘密了。臣甚至听说过这样的话,若是司马昱殿下薨殂,王朝将不再是宣帝所创之王朝了。言下之意亦是对现下后宫之乱的后果深感忧虑。臣倒是愿意直说,司马昱殿下坐上龙床,廊庙上下似不会有甚非议。臣深入探查了殿下疾患状况,御医断言,司马昱病情甚笃,恐难挨过一年。臣以为,据此而言,即使明公将司马昱扶上龙床,龙床未热,疾笃而终也。"

桓温乜斜着眼睛看了一眼身旁的儿子,小子静静地坐着,似乎还在认真地谛听呢。"爱卿认为司马昱命将不久乎?"

"正是如此。明公正好可顺势而为,此乃天助明公也。"

第三章

　　王献之和郗道茂在山阴兰亭旁的草庐里一住就是十来天，除了每日在兰亭盘桓，陷入深深的回忆之中，没有做其他任何事情。然后，王献之和郗道茂一路南下前往剡县（现嵊州）去祭拜父亲和母亲的坟茔。今年是父亲去世十周年，若是等到忌日那一天祭拜，恐难以告假离开京城。所以，离开京城后，二人就商量好了，为小儿下葬后就去祭拜父亲王羲之。

　　郗道茂自打出了山阴，情绪渐渐开朗起来。因小儿亡故，二人心头笼罩了许久的阴霾也被一路熟悉的景色驱散了。

　　从山阴到剡县，道路更是难走。一路上虽说基本不见山路，可两县之间的官道已经残破得难以行车，尤其经年压出的车辙，说是壕沟也不过分。车行至此，土块几乎能撞到大车的中轴。一行人就这么跌跌撞撞地走了两天，好不容易才到达剡县故居。令王献之颇感惊诧的是，几位兄长像是约好了，竟然都已经先于他来到剡县。

　　到达剡县的第二天，王献之和郗道茂便挨个儿将几位兄长拜访了一遍。这里的祖居比山阴祖居的规模略小一点，但依然是每个孩子都有属于自己的院落。

　　长兄王玄之刚结婚没多久就去世了，身后没有子嗣，二哥王凝之的儿子就过继给了他。大嫂何氏是曾经的中书监兼辅政重臣何充的小女儿，未曾改嫁，一直就跟着王羲之全家老小东迁西移。王羲之去世之前将最大的一套院落给了大儿子的遗孀，何氏从此就定居下来，再也没有离开过。王献之第一个拜访的就是大嫂何氏。从大嫂的宅院出来，一拐弯就进了三哥王涣之的院子。三哥涣之娶的是顾荣大人的孙女，可是，官阶却始终得不到晋升。这算是三哥在兄弟面前难以启齿的软肋。外人究竟如何看待这些其实真的不重要。一次，兄弟们聚在一起说事情，三哥涣之说起当年父亲大人抱怨几个儿子无人能够如王述大人的儿子王坦之那样身居高位。排行靠后的几个兄弟并不知晓这件事情，只有前面四位阿哥个个面露惭色。可是，五哥徽之的一句话却给几位哥哥解了围。

当时还是秘书郎的徽之不以为然地连连晃头说："身居高位又有何难？大哥身体不好，常年卧病在床，实在无心做官。其他几位哥哥难道没有意识到，咱家的几位嫂嫂都是大家闺秀，相比王坦之好太多了。所以说父亲大人为我们兄弟七人定下的婚事直到如今依然无人能及呢。"二哥听了也是连声叹气却也认为五弟所言并无差错。

在叔父尚书右仆射王彪之麾下做掾属的四哥肃之与骠骑将军纪瞻大人的外孙女喜结良缘，二人的婚姻是由叔父大人出面撮合的，而且，还请了当时京城最为著名的媒人带着肃之将婚姻程式从头到尾完完整整走了一遍。据说，为此还惹得二嫂谢道韫当着众人面发了一通牢骚，说当年凝之婚娶的时候，并没有完整地把这个程式走一遍，甚至连一只大雁都没有送过呢。二哥凝之不敢回嘴，只是嘟哝说整个过程都是谢安大人一手操办的，而且，那场婚礼在当时也算得上是豪华的了。五哥徽之的婚事让父亲最感得意，这给年纪尚小的王献之留下了很深的印象。父亲崇仰陆机大人，这在家中不是秘密，父亲甚至经常当着人面大肆赞赏陆机大人一生传世的几部名作，尤其对陆机大人的《豪士论》推崇至极。最后把陆机大人手书的传家宝《文赋》传给了五儿子王徽之，这是因为徽之娶了尚书左仆射陆玩大人的孙女。陆玩大人是陆机大人的叔伯兄弟。父亲大人悄悄告诉献之："若不是当年阴差阳错，你们的大伯母就是陆机大人的女儿呢，你祖父当年因为没能跟陆机大人唯一在世的女儿结亲，不知有多遗憾呢。"六哥的婚事是祖母大人在世的时候，前朝司空贺循大人亲自上门到家里来说定的。王献之并不知晓何以贺循大人在世的时候就定下这门亲事，那时候两家并不知晓身后几十年的事情。但是兄弟们都知道，会稽郡那片田亩的地契上盖着当年贺循大人担任会稽内史时的官印呢。

王献之和郗道茂挨着门户将六位兄长的宅院走了一遍，相互之间行的都是拜手稽首礼，然后一通嬉笑打闹，互揭短长，说的都是小时候那些见不得人的糗事。每从一家出来，王献之都会在走进下一家大门之前对郗道茂说此行让他重温了二十年前兄弟间牢不可破的友谊呢。郗道茂也频频点头，呼应着夫君的无限感慨。

当晚，这个大家族的一次绝无仅有的大团聚并没有用举行一场盛大的晚宴作为注脚。子时未到，一座偌大的庄园就沉浸在一派静谧中。

第二天，是一个多云的天气。山里的气温比山阴那边还要冷了许多，众人都穿上了厚重的衣裳，相继来到二哥王凝之的宅院门外，等人都来齐了，便一起前往父亲王羲之的坟茔。

在坟茔前面守墓人居住的草庐前，众人停住。草庐在面朝坟茔的右侧，其实是一座十分简陋的宅院。宅院里有四间草屋，其中有两间是住人的，另外两间用来做饭和置放耕种用的农具。一条小路从宅院前面通往坟茔左侧，顺着这条路走不远是一座凸起的山包。山包不大，很平坦，用凿刻出来的长条石板搭建了一座平台。这是用来祭祀的祭台。守墓人提前在祭台上的香炉前摆上了足够焚烧的香烛。香炉两侧按照人头置放着六个青铜制作的酒樽。祭台的两侧插着代表琅琊王氏的紫色图腾（刀和麒麟）旗子。琅琊王氏族群里的子嗣，只要另立门户都会在屋舍的正堂朝南的山墙上张挂这面旗子，但遇祭祀修禊等群体活动，还必得在活动场所悬挂。族旗下摆有用谷物制作的食品和水果蔬菜。石板下可见三个尚未开封的酒坛。这个山包只有琅琊王氏王羲之一支的子嗣才有资格站立上去。当一众人等在山包上站定后，守墓人还是忍不住回身看了一眼站在山包下的那些女眷们，这才慢慢走到祭台前，点着了祭台上的一根手臂粗细的蜡炬，然后又将香炉前的焚香给每人三根——正所谓三生万物是也。接着，祭拜远方琅琊故乡的仪式才正式开始。众人跟随着守墓人低沉的语调，吟诵了一段从小到大滚瓜烂熟的语句，这段语句饱含着对琅琊故乡的思念和不舍。尽管这座山包上的所有后嗣都不曾踏上过故乡的土地，甚至从父亲大人那里接续过来的记忆也仅仅只是一条清凌凌的沂水河从比乌衣巷不知大多少的家族庄园旁缓缓流过。然而，每一次在祭祀时还是能唤起弟兄们望眼欲穿的顾盼和向往。

一整套礼仪完结后，众兄弟依照遗训，朝着北方琅琊国方向齐齐跪下，二哥王凝之嘴里念念有词，大意是：我琅琊王氏自永嘉三年，遵循天意，依照族愿，为王朝大业计，举族迁徙，至今已逾三代，值六十余载。后嗣历代，不敢遗忘，祈天护佑，有朝一日，收拾河山，重返故土，云云。

王凝之吟罢，众兄弟跟着应和了一遍，然后将各自面前铜制酒樽里的老酒洒在地上。

众人在山包上跪了差不多半个时辰，这期间，没有人说话。每个人都垂着脑袋，气氛肃穆而死寂。王献之没敢左右张望，小的时候他会对这样沉寂的气氛感到好奇。他为此问过父亲大人，父亲对他的提问做了一次深入的阐述，十几年过去了,他已经差不多忘干净了,只有一句话像是用刀刻在心上:"琅琊国是我们的根,离开那里后,伟大的琅琊王氏只能是侨民了。"王献之此刻试着揣摩几位兄长在想些什么,虽然不得要领,却以为一定跟自己一样,在回忆父亲大人的遗训。他当然不会想到,几位兄长在他到达剡县祖居之前就对王献之的未来达成了共识。

下了山包,子嗣们首尾相接,鱼贯走向父亲王羲之的坟茔。路过守墓人的草庐时,王献之习惯性地朝里面张望。庭院打扫得十分干净,草庐内暗淡无光,看不清里面,似乎有人影晃动,想来应该是守墓人的家眷了。

一行人在父亲的坟茔前站定,坟前是一块用厚重木材制作的木碑,上面刻有琅琊王氏某支某门字样,没有墓志铭。按照王朝规矩和习俗,坟茔是不允许有隆起来的坟包的,只能将一块木制的东西立在埋葬死者的上方,而真正的石碑是要随着棺椁一同被埋入地下的。

王羲之在世的六个儿子悉数到场,按照长幼从左到右一字排开,各自身后跟着他们的子嗣。长兄王玄之的位置站着从兄弟那里过继来的儿子,而王献之这一支只有他孤零零地站着。依照规矩六位女士不能与夫君比肩而立,只能站在夫君身后数丈开外的地方。当丈夫们在陵墓前跪下,妯娌们也跟着远远地跪着行相同的祭拜大礼。祭奠仪式的司仪是从当地请来的道士。随着道士的念唱,六兄弟和媳妇儿、儿子们应和着吟诵起来。这是一段五斗米道祭拜时的通用文辞,大意是死生乃天之常理,为天师操纵之法轮,云云。

返回宅院的路上,王献之突然觉着心情非常不好,而众兄长似乎也感觉到了,因此,众人一路无话。郗道茂必须紧走着才能追上王献之的步子,她多少能明白夫君那股子失落的情绪是从何而来。

兄弟六人没有返回各自的宅院,而是径直进了庄园入口处的祠堂。尾随在后面的妯娌们知趣地跟着二嫂谢道韫去了王凝之的宅院。祠堂是一处单独的院落,正堂并不比宅院里的堂屋大多少。正堂的正面案台上摆放着曾祖父以下长辈们的牌位,也就只有三座。两侧是偏房。六兄弟没有进入正堂,因为昨天就已经在里面叩拜过了,因此一行人就来到偏房里坐下。家仆早已经将偏房打扫干净,桌几也被擦拭得现出本来的模样。

刚才二哥没让大家返回自家宅院,王献之心中就有了不祥之感。待几位哥哥坐下之后一齐将严肃的目光投向王献之,王献之就从这些目光中感受到了急切和不容推诿的气息。他不由得深深吸了口气。

二哥王凝之率先开腔，甚至省却了平日家庭聚会时常用的开场词："官奴，我们兄弟六人聚在一起实乃不易，你环视一下几位兄长，都已经儿孙满堂，只有你……"这话开门见山，劈头盖脸，没有一点隐晦。

王献之感觉脸上像被扇了一巴掌，顿时憋得通红。

排行老五的王徽之打断了王凝之的话："二哥，既然知晓官奴阿弟状况，你若是有何叮嘱，何不私下与官奴细说？你当众说起，官奴那颗头颅都抬不起来了，心里头一定颇有抵触耳。"

王献之此刻的心情正如王徽之所说，又恼火又震惊，还掺杂有羞愧。可是，二哥已然以长兄自居，"孝悌"二字的含义最为这兄弟六人所推崇。父母都已经不在人世，尊重兄长体现了一个人全部的斯文和教养。所以，王献之除了低头不语，实在无以为对。

王凝之朝着王徽之做了个坚决的手势，让他闭嘴，又说："你们若是有异议可讲出来，否则就闭嘴。大哥早几年就过世了，如今我责无旁贷。父亲大人在世时对后嗣最为关注，他老人家虽然一生未曾入列九卿，却为我们定下了令人仰视之婚姻，就是让琅琊王氏咱家这一门支传续后代，光宗耀祖也。"王凝之说到这里看了一眼一直低着头的七弟王献之。王凝之说，多年前将七弟召至江州府做主簿，经常为这件事情劝导他。可是这些年过去了，这个不争气的小弟我行我素，全然不把阿哥的一番肺腑之言放在心上。"这种行为，让我这个当家的怎么面对父亲大人当年的良苦用心，怎么面对老人家在天之灵？"

说着，王凝之从身后的袋子里取出《礼记》，翻开后在《士昏礼》中挑选了几段念起来，都是关于士族婚姻的礼数和规矩。看得出，王凝之是有备而来的。可是王献之觉着没有哪一条能用在他身上，而且，自己和郗道茂这样的中表之亲的婚姻在当时最为贵族所推崇呢。

王凝之不再照着书念了，环视了一下众弟弟，语气变得平和起来："咱家兄弟六人，论婚姻已然无人能出其右，娶的都是大家闺秀，没有辱没琅琊王氏咱家这一支的赫赫名声。父亲大人离世时应该心存满足。"说到这里，王凝之重新拿起书来，扫了一眼又合上了。又引用了《左传·文公六年》及其他几部著作的文字，都是些周王朝时期几个属国大王与大妃、二妃甚至下妃生育子女的事例。

六哥王操之轻轻撞了一下王献之，不好意思地低声说道："二哥昨晚上从我那里拿走了《礼记》，若是知道在这里派上用场，当初真该说家里不曾有过此书。"

王献之也低声跟着应和道："二哥以为用《礼记》说事就足以服人？"他不屑地哼了一声："《左传·桓公十八年》中就有明文'并后、匹嫡，乱之本也'。"

六哥慌得搡了王献之一把，面色紧张地说道："官奴，这话不得乱说，虽有明文，场合却很不合适。你听不出来二哥念这些文字都是朝着你而来？"

"怎会听不出。"王献之依然嘟哝说，"李悝《法经》之《杂法》中却不是如此而言，明确律制曰'夫有二妻则诛'。"

王操之更是慌了："官奴，你听出二哥是要让你另娶二房？可是自周以降，纳妾盛行，典籍里多有记载。若是命你纳妾，并不违反律制。你要有所提防欤。"

王献之瞥了神情慌张的王操之一眼，没往下说。

这时就听见王徽之朗声道："二哥，你一番引经据典，阿弟几个都听得很是认真，难道二哥自己要娶上几房嫂嫂，或者是要让咱家几个弟弟都跟着你娶上几房妻妾乎？"

弟兄们哄堂大笑起来。

王凝之并没有理会五弟的调侃，在哄笑声中继续捧着书本朗声念下去。

王徽之这时搂着王献之，低声耳语道："官奴阿弟，二哥虽用心良苦，你却可无动于衷。"

王献之轻轻点点头。

王徽之又说："阿哥知你已经尽力，然，你能不改初衷，父亲在天之灵定当欣慰。"

这时，王凝之朝着二人高声说道："子猷（王徽之字），我知晓你在跟子敬说甚。你平日放浪形骸，为兄不会阻止你。今日是议琅琊王氏咱家这一门之未来大事，却由不得你胡言乱语。"

王徽之缩了缩脖子，像是担心惹恼了二哥似的，松开了王献之。

王献之终于坐不住了，梗着脖子辩解道："我家姜儿并非不能生育，这些年也有四个婴儿临世，只是没有成活罢了。这该是父母的责任。"

三哥涣之连连摇头,叹声说道:"官奴阿弟,你与姜儿是两家父亲大人定下的婚事,虽说该是良缘,却难免会留下遗憾。"

王献之听了这话,顿时怒了,大声说道:"三哥,你此言差矣,怎就又是良缘,又是遗憾?父亲大人与外父大人在世为我与姜儿指婚,你们怎就不见阻拦?"

王凝之呵斥了一声,让涣之住嘴,然后指着王献之问道:"官奴,结婚十年,无有子嗣,若非遗憾,又该为何?"

王献之见二哥发怒了,一下子泄了气,嘟哝着说道:"只能是天意也。"这话一出口,献之就后悔得不得了。

二哥果然怒了:"何以是天意?何以是天意?"声音粗重而且高亢,像是雷声滚滚,把一屋子人都吓得不敢说话了。

王献之情知失言,只好重新低下头去,既不说话也不看二哥。

王凝之继续发怒道:"孟子有言,不孝有三,无后为大。今日兄弟齐聚祖居,正是要将此事说个明白。几位阿弟,都给我住嘴。长兄过世,我为大矣,在此执事可视为替父代言。尔等可有异议乎?"见无人接话,便又说道:"既然如此,我说话时再有人闲言碎语,不知轻重,家法伺候。"

再没人敢插话。可是,也许是没料到几位弟弟敢于在这件事情上议论纷纷,也许是被自己的怒气惊住了,刚才还站着的王凝之,一屁股坐下来,也不说话了。六个男子汉开始闷头喝酒,互相并不直视。

过了很长时间,桌几上下的酒坛都已经空了。王徽之让仆人快快将酒坛端上来,被情绪恶劣的王凝之制止住了。"说清楚之前,不许再喝酒。官奴能说出此等无妄之言,令为兄震惊之至。"见王献之像是要哭出来,王凝之也不好继续发火,平息了一下情绪,说道:"几位阿弟一定听明白了我刚才那番话的用心所在,良苦矣,良苦兮。官奴是我最为疼爱之小弟。你们一定都还记得,官奴在孩提之龄时,有一日正在习练书写技艺,父亲大人蹑足而至,从后面突然拔笔,岂料竟没有拔出来。官奴,你还记得此事乎?不记得不记得,唉。父亲大人将这事情告知于我,惊喜之情溢于言表。官奴,你知为何?"

王献之还是低头不语,刚才二哥那通训斥令他心神受挫,人一点儿也打不起精神来。王操之担心场面尴尬,只好说道:"我们几个兄长都知道,父亲大人对官奴寄予厚望也哉。"

"正是如此。官奴果然不负父亲大人重望,如今书写技艺在王朝已难有人与之比肩。"王凝之真心说道,"此等杰出成就皆因父亲大人在你身上倾注了最多心血,然而,如今你已年近而立,依然是六品秘书郎。再看看几位兄长,子猷是我平日最为担心的,以他那放浪形骸的处世风度,为兄始终担心让家族蒙羞呢。子猷你听为兄讲完。可是,子猷现在做了黄门侍郎,在前朝,咱家琅琊王氏里只有处仲(王敦字)伯祖在朝廷担任过这么高的职务。你出仕已然快八年,却仍然是六品官秩,这让二哥我颇感羞耻。"

王徽之还是没忍住,把面前的桌几拍得啪啪生响,抗议道:"二哥不可如此数落幼弟,也不可以拿我来与官奴比较。几天前,我在官里见到安石大人,大人让我一定要转告子敬,让到他府上去做长史,我还没来得及告诉子敬呢。二哥,你虽为家长,但说出这等不顾及情理之言,很是失礼欤。"

王凝之听了这话,心里不禁一喜,脸却依然绷着:"若当真有此事,返回京城就速速上任。长史乃掾属之首,虽不比太守势大,却也是五品了。可喜可贺欤!"

王献之什么也没听到,却也什么都听得真切。可是,此刻王献之心里却深深陷入另外一个心结。所以他只是唔了一声,仍然认真盘算心里头已经成熟的那个念头。这时就听见二哥继续说道:"这些年来,咱家弟兄们谨记父亲大人在世时的教诲,家家人丁兴旺,户户门庭若市。可是,只有官奴依然是无有后嗣,怎能对得起父亲大人的厚望?"王凝之的话立刻招来一片抗议。

还是王徽之的大嗓门,打断了王凝之的话,说道:"二哥,你此话差矣,此话谬矣。何不问问官奴再做定论乎?"

"有何可问?官奴,父亲大人生前多次说到过,能有我们兄弟七人,还有义子随之,我们八个兄弟,是因为他曾经对祖父大人许过诺言。咱兄弟七人一个接着一个来到人世,父亲大人将此当作最为值得庆祝之大事载入家族史册。"

王徽之又大声说道:"父亲大人并未让我们兄弟如他那样去做。子猷记得,父亲大人每念于此便会感念天地,足矣足矣而赞叹不已欤。"

王涣之和王肃之一齐应和说:"当真如此,父亲大人并未要求我们如他一样膝下拥有八个儿子。"

王献之突然发出声音来,虽不响亮,却将众人吓了一跳:"几位阿哥都是通今博古之人,读书亦是破了万卷。想必都知晓远古舜帝之后姚氏和虞氏,还有陈氏和田氏，皆一脉相承，然而，这些家族世皆为婚，绵延千年，至今礼律不禁。小弟与姜儿之婚姻，正是同理。怎就让二哥说得如此不堪哉？"王献之说出这话，眼泪随之而下。

王献之这番话一出口，众阿哥面面相觑，竟然无人可以反驳。王徽之嘿嘿一乐，拍着桌几喝彩道："官奴此言并非杜撰，确系实情。几位阿哥都做过著作郎，典籍上白纸黑字，难道你们都没见过？不是五弟无礼，近代前朝吏部尚书刘颂大人就曾以此为依据，力排众议，将膝下小女嫁入临淮陈矫门里。二哥，你先不急，容小弟说完。临淮陈矫本为刘氏后裔，与刘颂大人是为近亲，因出养于姑家，故而改姓为陈。"

王凝之撇了撇嘴，自知不能反驳五弟，即刻委顿下来，其他几位阿哥这时纷纷移身王献之，忙不迭地宽慰起来。

王凝之心里清楚，今日说的事情已经拖得太久，万万不可再行迟误，若不能做个决定，一旦六人各自东西，那就晚了，于是硬着头皮说道："适才在父亲大人坟茔前，我立下誓言，官奴今日之后，务必尽快出妻，以告慰父亲大人在天之灵钦！"

王凝之"出妻"二字一说出口，众兄弟都被吓住了。王献之只觉着耳畔响起炸雷，一声接着一声，一声比一声震耳，直震得他五脏生疼，感觉有被五马分尸之剧痛传遍全身。他坐在那里僵住了。

只有王徽之跳起来吼道："二哥二哥，此话荒谬至极，荒谬至极耶！你何以出此疯话，难道不惧要了官奴小命欤？"

王操之急忙起身将王徽之压回座位上，一面带着哭腔说道："二哥二哥，以你之地位，不该出此荒谬之言。你在兄弟几个心里犹如父亲，若是父亲大人在世，断不会如你这般对待小弟。"

王凝之恶狠狠说道："那倒也是，那是父亲大人溺爱所致。然，我若不说，若不做此决定，又怎能算是一家之长？我就说了，你们欲要何为乎？"

王献之仍然僵坐在那里，几位兄长为二哥出妻之言吵得不可开交，似乎跟自己毫无关系。他主意已定，所以很有处惊不乱之定力。

王凝之听着五弟王徽之和六弟王操之强力为小弟辩护，也是很受震动。然而，琅琊王氏毕竟是名门望族，小弟甚至连女儿都没有，这是无法容忍的。

想到这里，王凝之起身走到王献之跟前说道："官奴，不管你此刻作何感想，都必须跟我到法事舍静室走一趟。"说着，自己先出了屋子。

王凝之所说的法事舍静室，是王羲之在世时专门修建用来祈告天灵的。

王凝之让王献之在外面稍等，自己先进了静室，在里面嘟嘟哝哝说了一番话，这才招呼王献之进来。二人坐定，王凝之看着王献之，四目相对。王献之打算说些什么，却欲言又止。王凝之也看出王献之对他当着众兄弟的面说出出妻的动议既不理解，也很愤怒。然而，王凝之并不在乎这些，说道："官奴，二哥也是出于无奈。这些日子以来，父亲大人屡屡托梦与我，嘱我要尽快解决你至今无有子嗣之事。你有何话要讲，尽可说来。"

王献之嘟哝道："父亲大人时常托梦与我，嘱我好生善待姜儿。还告诉我，姜儿之乳名正是我家外父大人坚决请求父亲大人取了大姐孟姜一字而成，以表两家百年修好，心无旁骛。"王凝之一听这话，心里就着急，知道七弟不会胡说，却也是十分无奈，脱口说："若是你能像十年前在我那里做主簿那般听话，该有多好。"见王献之并不接话，只好转过身去做起法事来。

法事程序复杂，时间也不短。王献之一边如提线木偶般跟着二哥写帖焚纸，净手撒洒，一边想着自己的心事，仿佛当真就回到了十年前在江州做事的日子。

第四章

　　正是枯水期，长江的水势比几个月前小了很多，江面也变得窄了许多。王献之和郗道茂趁着黄昏，夕阳尚在，余晖灿烂，早早就来到江边。这里离码头很近，船来船往的情景，不断刺激着王献之的思乡之情。他十分怀念夫妻二人在乌衣巷居住的那几年，也非常想念父亲故去后，二人在会稽郡祖宅里居住的那些年，无忧无虑，即使香儿（二人的第一个女儿）生下不久夭折，也没能削弱二人的恩爱和每日里随心所欲的生活带来的轻松、惬意。

　　江风已经很有些凉意了，毕竟已经到了晚秋，再过不久，冬天就来到了。王献之并不喜欢江州（今九江）的冬天。前年春上，二哥邀不到二十岁的王献之到江州太守府做主簿。王献之打心眼里不愿意去二哥那里做掾属，二哥对人严苛，又不近情理。兄弟几个在一起的时候，二哥总会表现得盛气凌人，不是训导这个，就是斥责那个，弄得兄弟们在一起很少有随心所欲的时刻。所以众弟弟大都对他敬而远之，王献之因为最受苛责，避之唯恐不及呢。可是郗道茂却十分仰慕二嫂谢道韫，而谢道韫也对最小的妯娌颇多照顾，郗道茂便成天缠着让去。加之，王献之已经到了弱冠之龄，不去哥哥那里谋事，就只能到秘书省去干抄抄写写的事情了。一想到父亲大人当年在秘书省的书房里一坐就是五年时间，心里头不知有多郁闷，便应召前往江州。

　　二哥比王献之大了十多岁，也是从秘书郎做起，三十五岁时做了江州太守。自从二哥做了江州太守，兄弟二人就再没有见过。这次相见，在王献之眼里二哥老了许多，官架子也大了不少。兄弟二人私下里说话，王凝之也是像坐在官府的大案前，摆着一副臭脸。这是后来在桓冲那里做事情的五哥徽之来看望他们时，王献之偷偷说出的感受。

　　夫妻二人任由江风拂面，早就感到冷了，却一点儿不想返回。这时，就见上游下来一条中型客船，站在船首的竟然是多年不见的义兄王随之。两人眼睛一对视，立刻都欢呼起来。王献之不顾一切奔了过去，沿着江岸跟船一路跑向

057

码头。

　　这一晚，兄弟二人彻夜不眠，有说不完的话，道不完的思念。王随之十六岁以义子身份追随王羲之数十年，年纪比王献之的大哥还要大近十岁。接下来连着五天，王献之陪着义兄游山玩水，好不快活。

　　自从王献之出生，就很受兄长随之的关照。只要出行，王随之背上背着的一定是王献之。两人年龄相差二十几岁，在随之心里，王献之是他最小的弟弟，而在王献之眼里，王随之无异于父亲。只要受了委屈，王献之第一个找的就是王随之。无论王献之受到谁的欺负，只要随之出面就能替他讨回公道。外人无人敢欺负这家的任何一个孩子，正是因为有王随之的强力呵护。父亲大人常年为官，并无精力关顾家里面的琐事，而母亲大人又特别信赖这位义子，所以，家里事无巨细都交给随之管理了。随之也非常尽责，对外，像是一只充满斗志的大公鸡，凭着一身功夫和手中的长刀，为七个弟妹遮挡危险；对内，凭着一颗孝心，尽心尽力帮着义母操持家务。

　　这些天里，王献之将这些记忆深处的感慨和留恋一股脑地说了出来，说到情深之处，两个人都会泪水涟涟呢。这天，又是黄昏时分，二人来到几天前撞见的那座码头旁，义兄才告诉王献之此次还将继续东去，一路前往会稽郡祖宅，还会专门去剡县拜谒义父大人的陵寝。

　　王献之这时依然沉浸在感慨之中，不觉问道："随之阿哥，当年你何以突然要离开剡县老家？当真是因你家父亲大人故去乎？然，丁艰之后何以再未返回？"

　　王随之认真地看着王献之……这时王献之才看清随之阿哥当真老了，额头上的皱纹如刀刻一般，牙齿也脱落了几颗，已经不再是那些年跟着父亲大人走南闯北的英俊青年。王随之听了王献之的疑问，不觉叹了口气："官奴阿弟，承蒙义父大人关照，我在祖籍早已经婚娶。我家父亲大人虽然子孙满堂，可是，几位兄长早年就相继去世，家乡必须有人操持祖业。义父大人多次催我返回家乡主持家业，可是，眼看着义父大人身体日渐衰竭，我怎忍心离开？尤其在义母辞世之后，义父大人便每况愈下，为兄担心义父大人会有闪失，不敢离开左右，直到他去世之前一天，大人专门把我唤到身旁，嘱我在他离世之后，即可返回家乡，归于宗祠。于是，我只能走了。"

　　两人又说了很多闲话，随之语重心长地告诉王献之，见到叔平（王凝之字）和官奴二位弟弟，一件牵挂多年的心事算是彻底放下了。明天东去，只有两件事情行前必须告知王献之。第一件事情事关家族荣耀，这就是一脉相传的在王朝无人能出其右的书写技艺。王随之将义父王羲之书写技艺在王朝的崇高地位再一次说过一遍，这才说道："这几日，见你每日无论多忙都会伏案书写，实在欣慰。但是，为兄将你书写文字仔细读过，却发现在你这里，并没有看到义父大人那出神入化之书写手法，为兄对此很是不解。接下来，我颇为深入地揣摩了你之书写笔法，为兄总算发现你是将义父大人书写筋骨丢失掉欤。"

王献之听了这话，感到紧张，也十分佩服，说道："小弟这些年为此颇为苦恼，一心要追随父亲大人笔法前行，却发现渐行渐远，心中多有恐慌却不知如何才好。"

王随之起身走到前面的滩地上，抽出随身佩戴的长刀，将王氏刀法一丝不苟地走了一趟。回到王献之身边后，随之说道："官奴，你恐不记得父亲大人书写《兰亭集序》时情景焉。那日，当父亲大人为诗集作序之际，周围鸦雀无声。父亲大人第一次亮出举世未见之书体笔法，周围四十多位青年俊杰皆为之震慑。为兄就在一旁为义父大人伺候笔墨，不知何时，谢安石大人情不自禁赞此书写笔法乃横空出世也，再无人能出其右。支道林大人竟然感动得诵起经来。"

王献之连连说道："官奴记得，官奴记得。"

王随之拉起王献之的手，将长刀交给他，蹙起眉头问道："叔平阿弟官事缠身，日理万机，却能循着父亲大人足迹款款前行。虽还需努力，却并非南辕北辙，而你则令为兄忧心不已。"

王献之一时间有些口拙，犹豫了一下，只好实话实说："小弟惭愧。想父亲大人对小弟寄予厚望，可是这些年却并未将家传刀法接续过来。只是只是，小弟旦夕不敢忘记父亲大人关于书写笔法的教诲，终日潜心苦思冥想，却终不得要领。时常想起，倍感焦虑。彼时便越发思念父亲大人。若是再有十年，官奴定能分毫不差地继承父亲大人之衣钵。"说到这里，眼泪都急了出来。

王随之搂着王献之的肩膀，为他抹去泪水，说道："官奴不必如此。为兄天性愚钝，但每日侍立义父左右，却也颇有心得。父亲大人多次在书写时扔掉竹笔，起身去到当院，将刀术反复习练，再回到桌几前笔下便有了生气。为兄时常听大人评议先人书体似多有疑惑，大人以为先人书写过于拘泥于规矩，无论隶书篆体，还是正书章草，几百年来竟然不见变化。他还多次说到咱家姨祖母卫夫人当年教授他书写技艺，并将这些教授讲义与二叔祖世将（王廙字）讲习的教义相比较。大人以为二叔祖的笔体现在看来更比姨祖母赏心悦目，变化多多。这大概源于二叔祖精通绘画，在书写体式上便融入了绘画运笔之心得。同是隶书，二叔祖似更适应当朝人之审美趋向。"

　　王献之听到这里连连点头："阿哥所言极是，小弟有茅塞顿开之感。"

　　王随之松开王献之的肩膀，让王献之握紧长刀，说道："大人还会让我习练刀术，他坐在那里认真看着。有几次我看大人眼睛瞅着为兄，但精神却似乎超脱出去了。为兄不敢断言大人书体来自刀术之幻化，对大人书写体式为兄从一开始见到就五体投地，无以言表。但是，难道你看不出？大人书写笔画运势竟如同刀法一样挥洒从容，遒劲得力，每到转折当真似刀势变化，旁观者只能视其游走，却无法料其以何种方式落笔出笔，令人顿生变幻莫测之感。父亲大人曾经对我说过，笔在心中犹如刀在手中，只有书写者知道笔画走向和体式，否则，怎会石破天惊哉！而笔势一旦行走开来，定将令人目不暇接，叹为观止也。"

　　王献之从未听人这样评说过父亲大人的书写体式，鞭辟入里，惟妙惟肖。他倒是听到过谢安大人或者彪之叔父，甚至桓温大将军对父亲大人的书写体式赞不绝口，但也仅此而已。随之义兄一番话语犹如醍醐灌顶，令他顿觉眼前一片豁亮。

　　说到这里，王随之仍像当年那样伸出手来抚弄了一下王献之的头："官奴小弟，父亲大人一生只爱刀术与书写，你若不再研习刀术，书写体式筋骨从何而来？更勿论出神入化、石破天惊、垂范后世欤！"

　　王献之深感羞愧，说道："阿哥，小弟久未习练刀术，恐记不周全，不如阿哥当下就教授小弟，小弟定将父亲刀术牢记心中，从今往后日日习练，决不懈怠。"

　　随之看着天色说道："为兄明日就将告别，你要将父亲刀法烂熟于胸，恐要到后半夜了。也罢也罢，你还是小时候脾性，倔强得很。不过，为兄还有一件十分重要的事情，必须在行前与你说个明白。来呀，快快抓紧习练。"

　　说罢，兄弟二人就在滩地上习练起来。王献之虽然久未操演刀术，可是毕竟是从小学到手的功夫，说是忘得干净了，刀一上手，很快就从记忆中寻找到了那些熟悉的套路。大约用了一个时辰，王献之就已经把父亲王羲之独创的刀术走得十分熟练了。让王献之感到特别兴奋的是，义兄一边教授，一边指点，将当年父亲传授给他的刀术如何引导书写技艺的提升和融会贯通的独门心得也一并传给了他。

兄弟二人就书写和刀术说得非常投机，不知不觉天就黑严了。二人居然全无感觉。从后晌开始，直到此刻，王献之一直深感受到极大震动和教益。不住地发出探问，有些探问令王随之反而觉着很是惊诧：难道这么多年，小弟的几位兄长竟然在书写技艺这门家传绝学上无任何传承？这多少让他觉着不可思议。

看着星光渐现，随之便提醒献之："再不回去你叔平阿哥就该派人满城找寻我二人了。"王献之使劲摇着头脱口说："每日只要走出那座院子，就不想再回去。"王随之听出话里多有不满，其实这几天他也感受到这两兄弟关系很是冷淡。即使是在吃饭的时候，哥儿俩也没有眼神的交流。二嫂不得不连连给小叔子王献之夹菜，而献之连个道谢也没有，反而是小弟媳妇郗道茂忙不迭地道谢。

"官奴阿弟，难道让义兄猜中了，你对叔平阿哥心存不满？这又因何而起？"王随之关切地询问道。

王献之不大想说这个话题，又担心随之阿哥追问，只好承认道："二哥管束很是严格，全不顾我已经是二十有二之人，甚至当着二嫂和姜儿的面也一点儿不收敛，这让小弟感到很是不满，尽管如此，因为二哥对我自小就以父亲自居，虽然严苛，小弟也能忍受。但是，这次小弟前来江州帮协二哥，现在看来并非二哥本意。"

"难道你叔平二哥对你还存有其他意思？"王献之的话让王随之感到诧异。

王献之无奈地叹了口气，点点头说道："不仅如此，二嫂竟然也跟着二哥催促于我。"

"催促你做什么？"王随之听着就很着急。

王献之说话的声音突然变小了，吐字也跟着含混起来："二哥见我多年不曾生养，其实，义兄不知晓，姜儿已经生育了两次，却都夭折了。所以，二哥坚持让我纳妾，而且不允我回避推诿。"

王随之听了这话也很吃惊，不觉问道："姜儿也在当堂？"

王献之摇摇头，说道："若是二哥不顾礼数，我也会不管不顾。"

"你要怎样？"

"拔腿走人，再不见他也。"

王随之哈哈大笑起来，笑罢，用力捶了王献之一拳。少顷，才说道："官奴阿弟，你有所不知，对你与姜儿的婚姻，母亲大人曾极力反对。然，你二人是娃娃亲，父亲大人在你十岁上下就与郗昙大人说定。不仅如此，父亲大人又视郗昙大人情如手足，而且，堂亲表戚联姻又颇为世人所羡。尤其，外祖大人郗鉴格外看重望族与名门结亲。为兄听说，外祖大人病危之际还特别叮嘱父亲大人和郗昙大人，两家若是能有二代姻亲，那他就死而瞑目也。"

王献之打断了王随之的话，说道："可是，外祖父大人过世之时，我与姜儿都还没有出世呢。"

"正是正是。"

兄弟二人之间又出现了一阵冷场，王随之接着像鼓足了勇气似的，长长地出了一口气，又重重地拍了王献之一掌，说道："官奴阿弟，还有一件事情需要对你说清楚。这件事对你我来说都极为重要。其实，那日叔平阿弟也与我说起你家传续后嗣之事，看得出来，叔平为这件事焦急不安。"

王献之打断王随之的话，说道："义兄，若是这件事情，你就不必说了。我与姜儿至今恩爱如初，并未因后嗣之事感到困惑。"

王随之听出王献之早有心理准备，而且，主意十分坚定，便叹了口气让王献之先不要急着打断他，听他说完后再做计较不迟。接着，王随之便将想了好几天的打算说了出来。王随之生养有七个儿子六个女儿，最小的女儿只有十二岁，其他五个女儿都已经婚配。他想让小女儿嫁入王献之门里做媵妾："小女知书达理，本门在当地是豪门，小女也就算是大家闺秀了。"王随之说，如果王献之没有异议，等他返回家乡后即刻亲自将小女送来江州，完成全部仪式。

听完义兄一番讲述，知道他已经决定了这件事情。这令王献之感到相当困窘。义兄甘于让自己的小女儿做王献之媵妾的心意绝对不会有任何私心杂念，而是长久以来追随在义父王羲之左右，受到熏陶，对琅琊王氏发自内心地崇仰。他说，小女儿只有十二岁，可以先做郗道茂的贴身侍女，等女儿及笄时再改做媵妾，为王献之这一门生养儿女传宗接代。此乃义薄云天之情谊。这样无私的情谊让王献之顿时浑身颤抖。他不知该说些感激的话，还是索性就答应下来。然而，他嘴上说道："义兄此情，官奴没齿难忘，一生无法报答。可是可是，依照本朝律法，同姓不得婚配。"

王随之一愣，旋即仰天大笑："官奴阿弟，这话还真把为兄吓得不轻。为兄返回故乡继承祖业，自然要将姓氏改回去。跟随义父大人那么多年，为兄甚至都快忘了自家姓氏了。官奴阿弟，为兄本家姓李，在中原老家也是大姓，算是当地名门。因此，小女嫁于琅琊王氏门中，虽说不上门当户对，却也不会辱没义父大人门第。为兄也知晓，当朝之下，即使进入琅琊王氏做媵妾，出身也不能低焉。"

王献之急忙摆手，说话竟有些呜咽了："阿哥，官奴与姜儿都还年轻，若仅仅为传续后嗣，大可不必让兄长小女屈尊而来。若是姜儿再有生养，岂不误了侄女美好未来？阿哥对官奴一片真情令小弟无地自容，所以……所以小弟哪里敢接受阿哥如此厚重之恩赐！"

随之拉过王献之的手，将一块玉佩轻轻放在他手心里，说话时，语气也变得轻柔起来："阿弟不必多说了，为兄这几日早就想透彻了。再说，嫁入琅琊王氏门里绝非低人一等之事，民俗亦是如此。小女儿能终日陪伴在阿弟身边，又能得到姜儿细心照顾，我身为父亲也算是对得起她耳。这件玉佩，是为兄这次出来在江州集市上专门给小女儿购的，现在交到你手里，就当作是将她交给了你。"

王献之抽泣起来。

"官奴阿弟，你不必感恩戴德，也不必觉着承受不起。我们两家之命运早已经紧紧连在一起，我从十六岁就追随父亲大人，从未反悔，只觉着大人离世太早，乃是天大憾事。甚至觉着若我能早点儿阻止大人服食五石散，大人也许今日还在人世也未可知呢。"

王献之听了这话，感到震惊："大哥怎会有此一说？"

王随之叹道："你们兄弟那时都还很小，子重（王操之字）和你甚至还没有出生呢。父亲大人因无法阻止殷浩大人北伐，焦虑万分。在做护军将军期间，整饬军纪，壮大军力，为此日夜操劳，罹患寒病，不得不开始服食五石散。起初并不常用，后来做了会稽内史，日理万机，烦恼之事纷至沓来，服食五石散更是频繁了，绝非后人所说与那些清谈之人混迹所染。唉，都已是往事，为兄突然说起，也只是又想起父亲大人之恩德。官奴阿弟，为兄让小女入你门下做媵妾绝非心血来潮，你趁早与姜儿商议妥当。为兄与你今日就定下日期，三年之后，为兄若没能等到你的来信，只能将小女嫁于他人之家了。"

王献之朝着王随之扑通跪了下去。

这时，王献之头上重重地挨了一掌，将他从极深的恍惚中打了回来。挨了一巴掌，坚定了王献之做最后一搏的决心，于是便将刚才恍惚之间回忆起的与义兄王随之曾商议的事情从头到尾说了一遍。

王凝之听完王献之的这段往事，不觉嘿嘿冷笑，说这件事情他早就知晓。那年之后，随之每年都会到江州探访，就是坚持让小女儿去给王献之做媵妾，以传续后嗣，让王凝之尽早定夺。王凝之长叹一声："我再问你，不得谎话连篇。刚才你说父亲大人托梦与你，可是当真？"见王献之用力点头，又是一声长叹："也罢也罢，出妻之事已非你所能左右。事关家族兴衰，也关乎你未来之成长，我已与你三哥和四哥为此彻夜攀谈，就算是我们三人做出之决定也。咱家与郗家是世交，我听父亲大人感慨过，若非外祖父大人指定与我家联姻，恐无你我之今日。因此，两家父母指婚，自然并非你之错误。可是，结婚已逾十年，至今不仅无有子嗣，就连女儿也不曾养活一个。举家上下，无不为你身后事情忧心忡忡，阿哥我更是如此。"

"二哥，出妻之事你声称与三哥、四哥商讨过，何不与五哥、六哥说及此事？"王献之喃喃道。

王凝之瞪了王献之一眼："子猷实为放浪形骸之徒，这种事情他怎会放在心上？而子重事无巨细定会站在你那一边。故而，即使对他们说了，对这件事情并无任何帮助。再说，父亲大人曾经说过，家族大事，但有三位兄长定夺，若是你大哥还在，我才不会做这般恶人耳。"

王献之嘻嘻一笑："二哥终于良心发现，也以为逼着小弟出妻实为恶人之举乎？"

王凝之又狠狠瞪了王献之一眼，语气坚决地说道："再来说父亲大人所托之梦。父亲大人垂泪托梦，对我所说你子嗣之事，情急意切，大有不得耽误之意。"

王献之急忙说道:"子猷阿哥刚才说了,要将他次子过继于我。再说,咱家琅琊王氏不论上辈还是祖辈,都有过继子嗣之所为,我因何不能?"说到这里,王献之眼睛一亮,又说:"王朝辅政大臣司马晞表叔不也是表叔祖先皇元帝司马睿过继给二表叔祖司马喆的吗?另外三表叔司马冲也过继给东海王司马越为子嗣……"

"你给我住嘴!"王凝之大喝一声,打断了王献之的话。

第五章

另一间屋子里，郗道茂已经哭了很长时间。几位嫂嫂围坐在她四周，但都没有坐得很近，像是要等着弟妹哭够了才开始劝说。郗道茂也不管不顾，自个儿先哭个够再说。这些年来，每一次弟兄几位相聚在一起，似乎就只有一个话题，责怪郗道茂至今不能给王献之生养一个活蹦乱跳的儿子来，今年条件已经降得很低了，能生个女儿出来也行。可是可是，郗道茂有苦难言哟。

二哥王凝之是众兄弟中官职最高的，自然就处于长兄为父这一家族的道义位置，兄弟们只要聚在一起，一切都会以王凝之马首是瞻。二嫂是陈留谢氏谢奕的长女谢道韫，谢道韫的叔父正是当朝仆射兼吏部尚书谢安，也因此说起家事来完全就像个当家人的模样，虽然从来不会说一不二，但谈吐中柔声里透着威严，缓慢里显出果断。只有六嫂子贺姐姐从来不会对这件事情发表任何看法，不仅如此，还会时不时地打断这个要命的话题，建议几位嫂嫂多站在郗道茂的位置上想一想。六嫂的祖父是中宗皇帝时期的司空大人贺循，从小就经常听祖父跟她讲述王献之的祖父王旷的事情，把贺循和王旷二人从琅琊国一路南下，来到会稽郡买下一大片土地的事情不知说过多少遍。

谢道韫再一次开口说话的时候，郗道茂已经停止哭泣了，只是一下一下地抽动着鼻子，算是将心中的伤感一点点排遣出去的余声了。

"七弟妹，几位嫂嫂已是言无不尽了，这些话语都是为了你好。无论是继续生养，还是让子敬阿弟纳妾，无非是希望你这一支延续香火。众嫂子对你和官奴阿弟毫无恶意，但是今日，依照你二哥嘱咐，必须要有个定论才能罢休。官奴已年近三十，在京城为官，行走在御街上怎能任由他人在身后指指点点欤？"

郗道茂瘪了瘪嘴，带着哭腔说道："二嫂，弟妇与官奴结为夫妻既不违天理，亦顺应父母之命，何以非要逼着弟妇离家而去乎？"

六嫂贺氏急忙说道："弟妇所言极是，二嫂切莫强人所难。"

"怎就强人所难了？"谢道韫拧起眉头问道，"咱家官奴已然快三十岁之人，未有子嗣，已是悖逆人伦常情。七弟妇心中早该有数。"

郗道茂低着头回了一句："弟妇所知，王朝律法不允同姓婚姻，而对中表结亲非但不予制止，反而大加赞赏。弟妇与官奴之婚正是中表之姻缘，当是时下最为人称道之婚姻。阿嫂当年不也夸赞咱家姻缘是当世奇缘乎？"

谢道韫一愣，却想不起来是不是说过此话，旋即扑哧笑出声来，说道："你这弟妇，不愧是官奴心中蜡炬。然，你与官奴结为伉俪已有十年之久，至今无后，一家人怎会不为此焦虑？"谢道韫原本想说不孝有三，无后为大，却没说出口来。她用手朝着众妯娌划了一下："所以，我们才会将你围在中央，等着你找出策略来耶。"她又朝着堂屋的方向努了努嘴："你家叔平二哥可不会像我们这样对你和颜悦色说及此事，你可明白？"

郗道茂点点头，问道："二嫂，难道只有让咱家官奴纳妾一条路子可选？"

谢道韫重重地咳了一声，提示各位妯娌她有话可说。她刚刚说到王凝之让官奴到江州去做官府的主簿时兄弟二人多次议过后嗣之事，郗道茂又大声哭起来，弄得谢道韫说了个开头，却难以继续说下去。谢道韫见五弟媳和六弟媳左右搂着郗道茂低声安慰，心中便有了恻隐之情，于是说道："姜儿你也不必啼哭不止，不如你自己好生思忖一番，若是能顿悟，其实接下来媵妾之事并不艰难。你若是能替官奴着想，媵妾即使入门，又怎会搅扰了你二人之生活？"见郗道茂不住地点头，谢道韫也不相信她当真能心悦诚服，只当是她肩负了作为一家长嫂而不得不为之的责任，尽到心便是了。

然后她又对着其他几位妯娌说："堂屋里一定不是这个样子，你们的阿哥为此事愁了经年，头发都愁白了。"说到这里，谢道韫自知说得夸张了，不觉笑出声来。屋子里低沉的气氛顿时变得轻松了不少。谢道韫来到郗道茂身边坐下，推开五弟媳和六弟媳，搂住郗道茂的肩膀说道："姜儿，你二哥为此焦虑不安，你若不能确认今后几年定能诞下儿子，只要能生养一个女儿也行。咱家琅琊王氏并非没有先例，处仲伯祖膝下亦无子嗣，但是却生养了一群女儿，后来不也过继了大伯祖父的儿子为嗣。"最后一句谢道韫是伏在郗道茂的耳根子上说的："只是，你一定不知道，处仲伯祖是纳了媵妾的。我谢家门里，仁祖从伯父一生阅女无数，却终不得子嗣，若非我家父亲大人将我那小弟过继给他，怕是要绝后焉。"

郗道茂偏过脸去，也是伏在谢道韫耳边说道："嫂嫂之父亲大人不是纳入六房妻妾，才有了人丁兴旺之福乎？"

谢道韫在郗道茂脸上轻轻拧了一把："正是如此。你既然心知肚明，何以如此冥顽不化？"

王献之忍气吞声、耐着性子挨到了几位兄长陆续离开。若不是六哥操之执意留他多住几日，他恐怕也会跟着离开了。说心里话，王献之与五哥徽之和六哥操之关系最好，这不仅因为弟兄三人年龄接近，还因为三人志趣也很是相投，都不喜欢舞刀弄枪，都喜欢研习书法技艺。只要见了面，几天之内几乎都不会出门，而是待在家中吟诗诵赋。献之还弹得一手古琴，虽然更多的时候是即兴弹奏，并无成型曲目，但是，由于能够辨识古谱，所以对遗留至今的几部古曲也能抚琴弹奏片段。秘书省书库里藏有不少从民间收集上来的古曲谱，朝廷还专门请宫里的乐师前来甄别，最后判定，这些曲子旋律复杂，音调烦琐，定是从长安地区收集上来的周天子时期的古曲，不仅高雅，而且甚是珍贵，完全不是那种下里巴人的俗调。王献之自那以后还偷着学了一阵子呢。

接连几个晚上，王献之和郗道茂夫妻二人几乎都没能睡踏实。早早地吹熄了蜡炬，然后黑灯瞎火地说些不着边际的胡话。可是，二人都知道这种自欺欺人的把戏无法平息心中的忧愁和郁闷，便起身秉烛夜谈。郗道茂的情绪似乎一点儿也不激烈，听着夫君王献之哭哭啼啼说着难舍难分的话语，心里头其实很是感到温暖呢。郗道茂也很是诧异，几天前那个被嫂嫂们围攻、哭得梨花带雨的弱女子，在夫君面前竟然会如此坚强！王献之像是陷入梦魇，有时候会不顾一切地大声啼哭，哭上一会儿，又让郗道茂研墨铺纸，写几段《洛神赋》，觉着横看竖看都没有模样，于是，索性将写出来的诗句撕得粉碎。等心情平静下来，又开始尝试着凭记忆书写《兰亭集序》，几行写下来，王献之又扔下鼠须笔抱头哭了一场，嘴里面喃喃说："竟然不如随之义兄写得那么惟妙惟肖，可见父亲大人在心中已经淡了……怎会如此薄情寡义？想随之义兄离开那么久了，书写的《兰亭集序》仍然与父亲大人如出一辙。"说着说着便又是一场长时间的带着追悔味道的哭泣。

郗道茂看着面前哭成泪人的夫君心想，这位比自己小两岁的男子汉，真的就被身后无有子嗣击中了，打垮了。于是，郗道茂捧着王献之的脸说她已经想好了，就照着随之义兄的话做吧，把他的小女儿接进门来做媵妾："想想又不是外人，她做了你的媵妾，不正是亲上加亲？若是明年就能给咱家诞下一个儿子，或者就是女儿也行，从此以后咱就不用再忍受别人的冷言冷语。王献之听了这话，惊愕地望着面前的结发之妻，仿佛看见了天使下凡一般。"真的可以这样做吗？"他问道。"怎就不行？"郗道茂仿佛在说别人家的事情，"如琅琊王氏这样的门第，即使纳入三五个媵妾，别人看着也只有羡慕的份。"郗道茂将实话说出嘴来，心里面踏实多了。不然如何是好乎？

两人当下就书信一封，派了跟来的下人即刻启程将信送往临川，并且告诉下人，拿到回信后，直接就往山阴县的祖宅而去，他们会在那里等着。

第二天，夫妻二人为了避开六哥和六嫂的纠缠，先是在宗祠里待了半晌。晌午饭用毕后，王献之板着脸对六哥说要进做法事的静室里静修半晌，谁也不得前来打扰，然后便和郗道茂携手进了静室。两人依次将黄帖贴在代表天神、地神的位置，然后就一前一后坐着，各想各的心事。一定是心事太多，思来想去总是不得要领，这一坐竟然到了天黑。

从静室出来，不管郗道茂怎么劝说，王献之坚决不去拜见哥嫂，两人便径直进了自家的院子。就寝的时候，郗道茂问王献之是否还要彻夜秉烛说事儿，王献之也没说啥，自己爬过去吹灭了蜡炬。黑暗中，只能听得见两人不安的呼吸声。这时，郗道茂终于忍不住说："官奴呀，你还在想着纳妾的事儿？"王献之回话说："卿呐，若是随之阿哥真的让女儿跟了过来，咱家就只能硬着头皮纳她了。"郗道茂应道："那是自然。随之阿哥的女儿算是咱们的侄女儿了，纳入门里，名正言顺，也能让几位阿嫂从此闭了嘴巴。""你心里头没事儿？"王献之问道。"有又能怎样？"郗道茂回话说。然后把几位阿嫂那天说的话一股脑说出来："官奴，若是我们坚决从一而终，伦理上没错，情理上则给人留了话柄，你说呢？"王献之沉默了好一会儿才说："还要办仪式呢。"他说的意思是，像这样明面上将随之阿哥的女儿以媵妾的名分纳入家门，是有规定议程的，虽说比明媒正娶的程式简单很多，可也是要一项一项进行的，并不是悄悄接进门来就完事儿了。郗道茂唔了一声，没有接话。她心里难过得很，可是也不得不把这事情想开了。"卿呐，"一会儿王献之又说话了，"我的意思是先不要举行仪式，等等再说。"郗道茂表示反对："随之阿哥会如何想呢？若是他也跟着女儿来了呢？以随之阿哥跟咱家的感情，大概不会想太多。可是，咱家不立刻举行接纳仪式，随之阿哥会以为我们歧视他女儿呢。"王献之嘟哝了一声说："我还是以为，接下来我们先好生努力一番，三个月后，若是你又有了，那就等生下来后再说不迟。怎样？我会跟随之阿哥说透彻的。"

王献之嘴上说着，一边就将郗道茂搂进怀里。郗道茂紧紧搂着王献之轻柔地说："大人，卿已是徐娘半老之身，怕是很难怀上了。"王献之一边将双手伸进郗道茂的亵衣里摩挲着，一边含混着说："我家母亲大人也是在三十几岁才怀了我的，你才刚刚三十岁哟。"郗道茂心里一阵感动，将王献之搂得更紧。两个人很快脱得精光，虽然是黑灯瞎火的，可是两人做了多年夫妻，熟悉得很。只是这次又不一样，二人似乎都把从今往后的床笫之事提升到了一个高尚的程度，不仅是增丁添口，也不仅是让哥嫂们永远闭嘴。二人心照不宣的是，都不想让这个只能躺下两个人的卧榻上，兀然又挤进一个妙龄少女来。这像是一次心有灵犀的再度融合，二人都做得热情洋溢，像是对创造新生命进行的一次虔诚的朝拜，他们祈求上天能降福于这张温暖的床榻和这一对恩爱如初的可心人儿。

离开剡县的前一天，六哥操之和六嫂贺氏备了一桌上好的酒菜为二人饯行。王献之从始至终没说一句话，喝光了面前三个酒坛，然后将酒樽一推，起身走了。六哥操之拦住郗道茂满怀歉疚地对那日的围攻解释了一番，六嫂贺氏甚至哭泣起来。郗道茂恭恭敬敬听完哥嫂的话，跪下身来，满满地行了一个大礼，也是什么话都没说，转身离开了。

第二天天才蒙蒙亮，王献之和郗道茂就起身往会稽治所山阴去了。他们没有向六哥和六嫂辞别，王献之留下了一封辞书，拜托六哥返回京城后呈给吏部尚书谢安石大人，辞书没有对辞去官职做任何解释。在辞书的末尾，王献之连着用三个"顿首"表示了深深的歉意。

第六章

　　回到山阴县祖居，王献之情绪这才渐渐好起来。除了每日都会在自家的田亩上走上一圈，也张罗着要像父亲王羲之那样，种上几亩果树。那封留给六哥的辞书是在后半夜写的，妻子郗道茂并不知晓。他也不想让妻子知道这个让他的身心得到解脱的决定。郗道茂来到山阴老宅也跟回到祖居一样兴奋，也跟着王献之巡视田亩，商量种些什么果树。两人都没再提纳妾的事情，但两人都知道留在山阴是在等什么。大概过了二十几天，送信的下人总算回来了，带回来随之义兄的一封亲笔书信。在信里，随之阿哥满是歉意地告诉二人，在等了三年没有等到子敬小弟的任何消息后，他半年前将女儿嫁了出去。得知子敬欲要接纳小女儿做媵妾，他高兴得合不上眼睛。这是他最为期盼的事情。真的是上天没有将这个机会赐予他的女儿。随之阿哥在信的末尾发出一个祈愿，说如果有来世的话，他是打定主意要跟琅琊王氏这一门结为亲家的。

　　王献之反而变得若有所失，后来的日子就郁郁寡欢，似乎没有什么事情能使他变得开心了。郗道茂却显得很淡定。说心里话，尽管她强烈抵触几位妯娌强迫夫君纳妾的安排，但是，若是此事无法避免的话，她倒宁愿让夫君将随之义兄的女儿接纳为妾。当然，最好就像现在这个样子，王献之赞同纳妾，而义兄的女儿早已经嫁为人妻，这才是天遂人愿呢。郗道茂这些日子一直避免跟夫君说起此事，心里头却既轻松又欢悦呢。

　　很快就进入了春分时节，一晃竟然过去了两个多月。京城那边并没有对王献之的辞呈做任何回应，似乎就是表示默认了。

　　清明之前，王献之和郗道茂亲自动手辟出来几畦沃田，栽种了平日喜欢吃的蔬菜。栽种果木已经过了节气，而且仆人告诉王献之，在这样平坦的沃田里种果树实在可惜了这大片的田亩。一位老仆人说果木在山里才能长势良好，这也是内史大人在剡县老宅那里种的果木能喜获丰收的缘由。本来就是为了平复在京城混乱的心境，也没指望能喜获丰收，所以，王献之也就采纳了老仆人

071

的建议，在水塘里种了莲藕和莼菜，在地里种的都是时令蔬菜苋菜、蔓菁、芫荽、菜姜。这段日子遇到连阴雨，王献之就窝在家中，兴之所至，每日接连习书前朝洛阳二十四友之潘安仁大人的《闲居赋》。说是习书，其实老宅里正好就有父亲大人那些年闲暇之时写就的《闲居赋》的一些段落。这些段落都是用正书书写的，抄写这些文字，王献之唯一的感受是，照着父亲大人的字迹原封不动地临写实在没有意思，便依着自身的感悟试着跳出原帖的窠臼，结果，当真有了一些变化呢。王献之接着前几天的往下写："爰定我居，筑室穿池。长杨映沼，芳枳树篱。游鳞瀺灂，菡萏敷披。竹木蓊蔼，灵果参差。张公大谷之梨，梁侯乌椑之柿，周文弱枝之枣，房陵朱仲之李，靡不毕植。三桃表樱胡之别，二柰曜丹白之色。石榴蒲陶之珍，磊落蔓衍乎其侧。梅杏郁棣之属，繁荣丽藻之饰。华实照烂，言所不能极也。菜则葱韭蒜芋，青笋紫姜。堇荠甘旨，蓼荾芬芳。蘘荷依阴，时藿向阳。绿葵含露，白薤负霜。"写到这里，王献之很是尽兴。一边写着，一边就对身旁研墨的郗道茂说："潘安仁大人在洛阳京城居然可以卖鲜鱼、蔬菜和羊酪，并收春税，生活舒适安逸。卿姐，咱家地阔亩壮，田肥土沃，安仁大人与咱家相比可有天壤之差。就算那水塘，想来定比安仁大人之水塘要大得多。咱家也要饲养鱼儿，待长大后送到集市上贩卖。"

郗道茂就笑着问道："何不依照安仁大人那样，弄上几部水锥（用流水推动舂米的器械），咱家也收些舂税，岂不越发富有乎？"

王献之一听这话，果然来了精神，可是看着郗道茂一脸讪笑，不知说的是不是真心话儿，抬起笔来在郗道茂鼻尖上点了一点儿墨迹，自家非常认真地说道："山阴这里水网发达，亦是平坦，咱家水锥安在何处？"

郗道茂用指尖在砚台里轻轻一点，也在王献之鼻尖上点了墨迹，笑道："此处山阴，各家都是自己舂米，咱家若是在远处的会稽山引流安锥，怎会有人舍近求远，不辞辛苦到咱家舂米？哪里还有生意可做？你还是继续安心临写也。"

王献之刚写了一行，又想起什么："卿卿，安仁大人辞赋之中所写蘘荷、时藿、绿葵和白薤都是何种蔬菜，我怎就从未见过？"

郗道茂已经不再研磨了，这时站起身来说道："官奴阿弟，你临写父亲大人正书，若是心不在焉，不能凝神屏气，却是渐行渐远了。父亲大人运笔浑实，笔触所到顿显力道和心劲。你此刻心浮气躁，不宜书写，不如让我去烧上一大桶热水，为你沐浴何如？"

王献之还沉浸在诗赋的情境之中，没有听见郗道茂的评价，而是问道："卿卿，还记得随之义兄在江州如何说欤？"王献之其实是想起义兄所说关于刀术与书写的关系的那些话。

郗道茂却故意说道："随之义兄要将小女送你做媵妾，此事不便再提及。若是你我早点儿醒悟，今日便应该是随之义兄小女为大人烧水沐浴了。"说完这话，郗道茂就起身要出去烧水，却被王献之叫住。

王献之想去拉郗道茂的手，被躲了过去，只好说道："爱卿又在打趣官奴，你家高平郗氏早有规矩，无论子嗣还是女儿，无论婚耶嫁耶都不得纳妾。你以为我不知乎？父亲大人在世时就说及过母亲大人家中规矩，琅琊王氏上两代人中，只有咱家这一支长辈从一而终也哉。"

郗道茂咯咯一笑，嗤了一声，很是阴险地小声说道："我可是听父亲大人说过，咱家祖父大人纳有小妾。"

王献之一愣，想说的话被堵了回去，听着郗道茂笑个不停，一时间也不知如何反诘，只好重新捉起笔来继续书写《闲居赋》下面的句子："于是凛秋暑退，熙春寒往。微雨新晴，六合清朗。太夫人乃御版舆，升轻轩，远览王畿，近周家园。体以行和，药以劳宣。常膳载加，旧痾有瘳。席长筵，列孙子。柳垂阴，车结轨。陆摘紫房，水挂赪鲤。或宴于林，或禊于汜。昆弟班白，儿童稚齿。称万寿以献觞，咸一惧而一喜。寿觞举，慈颜和。浮杯乐饮，丝竹骈罗。顿足起舞，抗音高歌。人生安乐，孰知其他。"蓦地，王献之像是想起了什么，停住书写，对郗道茂说道："你兀然说到咱家父亲大人，令我顿觉恍惚。咱家祖父大人纳妾一事却是有别于从祖父茂弘大人和其他琅琊王氏长辈。迥异也。"

郗道茂走到门口，转身说道："妾身怎会不知？祖父大人之妾是先皇惠帝为表彰祖父大人忠诚于皇室赐予，身份却是小妾，那是无疑。只是我还是诧异，父亲大人还说过祖父大人身后遗有后嗣。可是，这么多年，你们兄弟几人竟然从来没人去拜见过那些阿叔与阿姑。"

"卿卿你又在胡言乱语，怎知无人前去拜见过我家阿叔阿姑？咱家子猷五哥还是去过。"

这话让郗道茂一惊，旋即又咯咯笑起来说了声"五哥说的话我才不信耶",便出去招呼老仆人烧水去了。

　　王献之还是如几天前那样拒绝洗头,头发太长,洗完之后要很长时间才能干透,尤其是在春天,干的时间还要更长。他不喜欢湿漉漉的头发披在肩上的感觉,反而喜欢每天无事可做时,解开捆扎了一天的长发,让郗道茂用篦子从头顶开始,一点一点向下梳理。篦子轻轻划过头皮时产生的摩擦,会在全身引起愉悦的快感,在这样的快意中再看着郗道茂将梳理下来的头虱丢进火盆里,或者丢进水盆中,真的是无比舒适呢。见王献之坚决不让洗头,郗道茂笑着出去了。王献之站在洗澡的木桶外面,用木制水勺将舀出的温水从脖颈往下浇下去,温水激起皮肤发生的反应刹那间就引发身体一阵一阵的战栗。王献之嘴里止不住地发出咝溜溜的声音,顺手抓起一颗放在陶盘里的澡豆(两晋时期,大户人家洗澡时用于去除污垢的洗涤用品。用猪胰脏研磨成糊状加入天然碱以及猪脂和香料制成球状固体,用来洗澡或者洗头)。澡豆在温水的作用下很快就融化开来,经过手掌与身体的摩擦,即刻泛起一层细细的白色泡沫,散发着淡淡的花香。王献之从不在这个时候欣赏自己的身体,这与他成长过程中时常遭到几位阿哥的讪笑和戏弄有关。他没有强健的身板,即使年近三十,看上去也是瘦巴巴的。王献之没舍得用第二颗澡豆,便用温水冲干净身上的泡沫,然后跨进木桶里。木桶比半人还高,王献之将身体深深地埋在水里,只露出脸。这种状态下,水的压力会让他有一种莫名的快感。郗道茂在洗澡前说到错过了接纳义兄的女儿为妾的机会,那神情看来是真诚的。如果那时候他答应了义兄的提议,郗道茂当真能破坏高平郗氏祖上定下来不得纳妾的规矩吗?也许因为义兄的关系,郗道茂真的会这么做呢。恍惚间,王献之又想起了三年前的春天叔父王彪之大人召见他时的情景。在王献之眼里,叔父大人始终是严肃的,不苟言笑的。那日叔父却格外亲切和蔼,先是让王献之当堂写了一幅正书,内容是庄子《南华经·养生主》中的名章《庖丁为文惠君解牛》,不得阅书,全凭记忆。王献之不知叔父所为何意,但还是照着做了。背写的时候,王彪之并没有在一旁观看,而是面对着北方琅琊国故乡的方向一动不动地坐着。在北面的山墙上,张贴着一幅堂祖父王廙亲手绘制的琅琊王国疆域图,疆域图旁挂着一把长刀。疆域图中最为醒目的正是琅琊王氏家族的庄园所在地。据说这样的手绘地图,本门三支只有这一幅,二叔祖过世前让从祖父王敦大人转交给了三叔祖王彬。王彪之是王彬如今唯一在世的儿子,也是琅琊王氏王正一支第三代人中唯一尚在人世的子嗣。叔父自从四岁时离开琅琊故乡就再没有回去过，这个时候面壁而坐，又是面对着故乡的方向，这举止令王献之心中惶恐不安。王献之刚放下笔，王彪之就转过身来。

"叔父大人，"王献之看着面色木然的王彪之，硬着头皮问道，"大人何以面壁而坐？"

王彪之没有马上回答，而是说道："我依稀尚能记起四岁时那年夏末随着琅琊王氏族群大迁徙的些许往事，那段日子真是难啊。咱家一门男性尊长都不在迁徙行列中，你祖父在京城洛阳，二叔祖在濮阳做太守，家父跟随中宗皇帝早前就去了建邺。咱家一门就只有你家祖母与二祖母，还有家母大人。三妯娌那时候相互帮衬，拖拽着三家十几个半大孩子跌跌撞撞走了将近百天。"王彪之舒出一口气，情绪也平静下来："官奴，你刚才有何要说？"

王献之又把刚才的问话说了一遍。

王彪之微笑着看向王献之，反问道："官奴儿，你家尊大人难道没对你们说起过故乡那条沂水河乎？"

王献之被这话问得不知怎样回答，记忆中似乎没有听父亲大人念叨过叫沂水的河流，但还是点点头。

于是，王彪之告诉侄儿关于那条河他唯一的记忆就是，那是一条不怎么清澈的河流，四岁那年夏天他刚学会浮水，每天都会跟着六岁的堂兄王羲之和九岁的堂兄王胡之到那条河浮水，之后就再没有机会了。所以那条河流成了他永久的记忆。从沂水河说起，王彪之很快就说到了二十几岁时，一连三天被堂兄王羲之连拉带拽地到京城燕子矶的湿地捕捉大雁的往事。"晓得你家尊大人何以如此急切地捕捉活大雁乎？哈哈，你小子自然无法知道。那是为了前往京口郗鉴大人府邸求亲耶。"接下来，王彪之沉浸在一种超脱的状态中，一连串的旧日往事从嘴里滔滔不绝地流淌出来。他陶醉在这样的状态中。

兀然，王彪之又说起了另一门的从叔父王允之。王献之点点头说知晓，又摇摇头说仅此而已了。王彪之就无限感慨地说，王允之若不是去世太早，司马昱殿下当年最有可能的就是请他出任扬州刺史、北中郎将，而不是让殷渊源这个毫无军事才能的清谈之人担此重任。或许就能一举收复中原，攻克邺城，将鲜卑贼寇的叛军打得落荒而逃。琅琊王氏各门中，只有你父亲和这位从叔父有能力统率千军万马。然而，事实却难如人愿。殷渊源北伐惨败，却让桓浮子鹤立鸡群，以至于发展到今日，王朝上下竟无一人能与之抗衡。

王彪之看出王献之听得很是恍惚，便转换话题说回到三十年前在武陵王国与王羲之重逢的事情来。一经说起，王彪之立刻又沉浸在回忆中，很快武陵王国的崇山峻岭、民风习俗便跃于王献之眼前。说到在演兵场和武陵王司马晞以及来访的兄长王羲之一道校阅那支数百人的军队时，王彪之呼地站起身来，尽脱龙钟老态，仿佛年轻了几十岁。只见王彪之一只手叉在腰际，另一只手挥动着，手指之处便是那万千兵马似的。那些日子尽管短暂，可是三人没有别的话题，就是围绕着兵书兵法没完没了地说，从白天到深夜，不亦乐乎！

"那几日，你家尊与司马晞殿下大谈兵书之优劣高低，司马晞推崇《孙子兵法》，我那堂兄却对《韩信兵法》情有独钟。殿下言称孙武乃兵圣之首，兵法如老子之《道德经》一般放之四海而皆准。你家尊却言称韩信虽难称兵圣，其兵法所言乃实战精粹，而且，坚称韩淮阴（韩信被贬做淮阴侯，后世人称韩淮阴）之兵法以灵活多变、随机而动、相机运兵取胜，经年征战，胜绩无数，仅井陉之战就足以垂范后世，无人能出其右矣！明修栈道乎，暗度陈仓乎，沉沙决水乎，半渡而击乎耶！妙哉，妙哉！"王彪之模仿着王羲之当年的口吻和语调连声呼喊起来。

王献之一下就听出了这是父亲大人的声音，以为是父亲大人此刻突然附身于叔虎叔父，慌得起身跪下，连连叩首，不敢抬头仰视。

王彪之没有理会一脸惊愕的王献之，起身从墙上摘下长刀，一边缓缓地走着刀式，一边说起了王羲之出神入化的刀法，那一脸沉浸在追忆中的苍凉和遥远令王献之深切感到老人家心中的万般遗憾。"琅琊王氏门中只有你家尊大人将王氏刀法发扬光大了，你家随之义兄正是当年他在临川以绝伦于世之刀术收服的土豪之子。"

那年二人从武陵国来到征西府当天就遭遇后赵奸细部队的攻击，那次战斗王羲之指挥若定，竟用十几人就硬生生抗衡了上百人的数次进攻，甚至已经安排好了一旦失败，如何撤出战场的线路。也正是在那次战斗后，征西大将军庾元规（庾亮字）与王羲之经过一番密谈，领略了他对军事兵法的熟稔程度，以及对与后赵大军形成对峙战局的判断，决定派王羲之带一队人马突袭石勒驻扎在丹江流域的后赵军队。"可是，你父亲坚持要先使用离间计，并同时在后方建立起牢靠的辎重粮草补给之地，只有到了那时候才具备发起总攻的最佳条件。"王彪之像是自说自话道，"庾亮是为外戚，而咱家可是皇亲。我在武昌征西府待的时间并不长，但知晓庾元规非常欣赏你家尊大人。后来随着我在京城久居，一直在廊庙上行走，便渐渐知晓了庾元规尽管欣赏你家尊大人，但也仅此而已。他在征西府收罗了琅琊王氏各支的诸多兄弟，却从来没有重用过。庾元规始终提防着琅琊王氏，只是到了薨殂之前才顿然醒悟过来。"

王献之插话说："小子在典藏的文册中看到过庾元规大人曾发起北伐征战，却并未见家君大人率军突袭后赵的文字呢？"

王彪之点点头立刻又摇摇头说道："离开征西府的前一晚，我和你家尊大人一夜未曾合眼。他非常激动。那时候，后赵皇帝石勒刚死，你家尊预见到石虎必定会篡夺皇位。这个预见被庾元规接受了。结果你已经看到了，庾元规最终并没有让你家尊率大军前往，庾元规大人自请率军北出攻击后赵，不料却被后赵军队攻击了征西府辎重粮草重地。尽管那之后听人说庾元规十分后悔，便在去世前向皇上举荐你家尊大人，可是……"说到这里，王彪之的回忆戛然而止，似乎后面的记忆便有了太多的遗憾甚至悲伤。

王彪之将长刀重新挂回到墙上，到书房取来一摞书籍。这是一些关于兵法军事的书籍，上面还保留着很多阅读者做的批注。

"官奴，这些年只要想起你家尊大人，我就会想到那年我与他在征西府分手时他对子嗣的寄托。你家尊大人一生都希望能有一次报国的机会，却始终没有等到。所以，他从那时就希望子嗣中能有人接过他手中长刀，不仅如他一般以无人匹敌之刀法行走在官场内外，也能如你祖父那样，追随皇族征战沙场，杀敌建功。你难道不知晓八十多年前你尊祖与王处仲从尊祖跟随先皇武帝在常山一带大破鲜卑贼寇，从而使鲜卑部族首领臣服于大晋王朝的事迹？"

说到这里，王彪之将桌几上的典籍呼啦啦拨开。这些书籍全都是人称"兵家四圣"留下的典籍，其中兵圣孙武的《孙子兵法》王献之记得父亲大人在世的时候他粗略地读过几遍，印象甚浅了，而计圣孙膑的《孙膑兵法》他却从未曾见到过。至于后来被加入兵圣行列的汉代名将韩信的《韩信兵法》虽偶有领略，却实在是不得要领。

王彪之将这些典籍摊开来，指着其中的《孙子兵法》和《韩信兵法》说，这两部典籍必须在百天内仔细读一遍，然后还必须在一年中剩下的时间里将这

077

两部兵书抄写一遍,所谓眼过千遍,不如手过一遍也。王献之看着眼前摊开来的兵书典籍问了声:"叔父大人也对兵法青睐有加乎?"王彪之摇头说:"对打仗的计谋和策略我从来都是诚惶诚恐,很难如司马晞殿下和堂兄那样如醉如痴。但是,我对韩信兵书中的军中律法兴趣很大。当年堂兄做护军将军时,就曾将这些律法整理成适合王朝军使用的条规,提供给我做参考呢。"

那天之后,王献之被父亲大人酷爱军事谋略并立志率军征战的志向震撼了,便决定遵照叔父大人的要求每日苦读兵书。直到抄写完那天,王献之脑子里留下最为深刻的记忆依然是祖父王旷与从祖父王敦随先皇武帝征战鲜卑贼寇的点点滴滴。

大概过了三个月,一天王彪之突然来到秘书省找到王献之,问起是否读完了那些兵书。尽管猝不及防,王献之在稳定情绪之后大谈起《韩信兵法》中的井陉之战,并颇有心得。王彪之听罢竟然没有再说一句话,转身出了秘书省的藏书室。那天,直到确信叔虎叔父已经消失在御街尽头,王献之急匆匆返回藏书室,在桌几前坐定,然后呼哈哈大笑起来,直笑得气都喘不上来。

一瓢热水缓缓从头顶上浇下来,这才让在水桶里陷入沉思的王献之惊醒过来。郗道茂的声音在耳畔响起:"官奴,你怎就不觉着木桶里的水早已凉焉?"

晚上睡下后,郗道茂又提起洗澡时王献之犯痴的情景,王献之却始终不予理会,直到强烈的倦意袭了上来,王献之这才含混地说了句:"小子定要步父亲大人之后尘也欤!"

大概因为洗澡时想起了叔虎叔父和父亲大人,这一晚上,王献之依然乱梦不断。第二天,王献之就主动提出往兰亭走一趟。王献之和郗道茂从剡县返回山阴后,因为情绪低落,心思黯然,二人都没再提起过兰亭。即使那时候就听庄园的护丁说许久前尚书右仆射王彪之和吏部尚书谢安跟着辅政丞相司马昱殿下到会稽封国巡视来了,还带着各自庄园的家丁抽空去了兰亭,王献之也没有动这个心思。

这天二人去了兰亭,却看见兰亭周围的荒草已经有半人高了,而亭子里的石凳、石桌却像是有人擦拭过。很显然,王彪之和谢安石二位大人只是在这座破颓的木亭里坐了片刻。这座木亭对谢安石大人来说意义不凡,而叔父王彪之两年前被桓温贬谪到会稽郡做了一段时间内史，想来也是经常光顾这里。叔父大人能和谢安石大人一块儿来到兰亭，许是表达对父亲大人的缅怀之情。

王献之和郗道茂在兰亭旁的草庐中住了三天，直到仆人们将兰亭周围的杂草全部清除干净，又将木亭重新刷了一遍生漆。会稽郡有一座官家漆园，王羲之在世的时候对管理漆园的漆吏多有照应，因此，每年割漆季节，漆吏总会送来几桶生漆。尽管已经过去了十几年，草庐中还存有一些生漆呢。

打理完兰亭的事情，王献之和郗道茂又慢悠悠地返回了山阴城里的宅院。第二天天刚放亮，王献之从梦里惊醒，坐起来后嘟嘟囔囔说了一堆旁人难以听懂的话。跟着惊醒过来的郗道茂倒是听懂了几句，好像是故去十几年的家君大人托梦说让王献之把在世时使用的做法事的静室打扫干净，还斥责王献之在山阴老宅住了那么久竟然没有踏进静室一步，简直是数典忘祖的不肖子孙。郗道茂看出王献之并没有完全醒过来，急忙在他的后脑勺上轻轻拍打了几下。再问王献之可还记得父亲大人斥责谁是不肖子孙，王献之一惊说："父亲大人从来没有用这样严峻的话语斥责过我们哟，而且，他老人家何以知晓我从来不曾进过静室？"

所谓静室其实是一间很大的屋舍，是五斗米道作法的道场，足有三四丈见方。道场北墙的正中央是一座五斗米道教徒供奉的道教始祖张天师的手绘坐像，坐像下并没有佛教寺院正殿中庞大的供桌，仅有一张矮几。画像两侧也没有其他闲杂泥塑或者画像。五斗米道信奉张天师，却对天师那些传说中的高徒不感兴趣。在琅琊王氏族群中流传着这样一种信念，自古以来只有琅琊王氏是天师最为忠诚的信徒，其他人不过是以讹传讹地传说罢了。

静室虽说年久，却并没有失修。王羲之去世后，掌管家族事务的二儿子王凝之每年入冬之前，就让人捎回修葺静室的钱款。留守的仆人们会按照要求将屋舍的四面墙用白垩粉里里外外仔细刷一遍，也会用生漆将屋舍的梁柱椽子窗棂刷一遍。修葺屋舍的同时自然就要将静室里的地面清扫干净，但是主人通常都不让挪动道场里面的物什，天师泥塑更是不得触摸。所以这些物什上都落了一层厚厚的灰尘。

王献之在静室外伫立良久，心里面依然在想父亲大人何以托梦于他，却百思不得其解。直到站在身后的郗道茂催促他，他才抬脚往里走。

进到里面，王献之依照规矩开始作三官手书。兄弟七人中只有二哥凝之是奸令祭酒，这在五斗米道中算是高的道行了。王献之是在二十五岁那年被确认为鬼吏的，这在五斗米道中只是个打杂的身份。可是今天并没有奸令在场，王献之在写作手书时，嘴里面就念叨着父亲王羲之昨晚上托梦时说的那些话。王羲之本是奸令，三张帖子也就算是他亲手写出的。三张手书帖子其一是要交付于天的，必须在山上焚烧才算完成，其一埋于地，其一沉于水。王献之进来之前就已经想好了这三张手书的去处。明天，他会亲自走一趟会稽山，将第一张手书在山上放飞——他不想焚烧，觉着若是乘风而去岂不美哉！埋在地下的那张索性就在静室外面找个地方埋下去。而沉入水中的那张帖子，他决定将其沉入父亲大人当年洗涮毛笔的池塘中。那池塘里面的水早已经变得清澈，也许，父亲大人是希望他再次用经年书写将其染黑呢。

　　王献之并没有亲自动手清扫，写完三张帖子后，他就在泥塑前的一张草编的蒲团上坐下来。静室内其实还算干净。贴身老仆人指挥一名年轻的男仆举着绑了一束芦苇的长杆小心翼翼地掸去泥塑上的灰尘，嘴里大声提醒着轻点再轻点。一名中年女仆认真地擦拭着静室内所有的台面。郗道茂似乎并不放心女仆，跟在其身后指点，时不时还亲自上手整理堆放在靠墙两排木架上的书册和纸张。这些书籍大都是王羲之当年在静室中修心养性时看的，所以，除了他本人，子女们都不敢轻易挪动这些书籍，仆人们更是不敢触摸了。郗道茂见上面覆盖了一层厚厚的灰尘，便一本一本取下来小心掸去灰尘，顺便翻看一下这些静修读物。当翻看到最后一本书时，见里面夹着一张写满字的纸，字是用章草写就的。在郗道茂的记忆中，公公大人但凡写重要书信，大都用章草，而章草行笔之方式却是他人难以效仿的。心有所动，目下就仔细看起来。但见书信首行写着"我之诸子，父言如后"的字样，很显然，这是一封写给七个儿子的书信，看到写给王献之的条目时郗道茂心中不由一凛，两腿顿时一软，险些跪了下去。转过神来，再往后看，落款处不见年月，也不见名讳。但是仅凭章草的写法足可以断定此书信出自王羲之之手。郗道茂急忙回头朝着王献之看去，只见王献之双目紧闭，心事重重，依然沉浸在昨晚的梦中。看着夫君紧蹙眉头的样子，郗道茂突然生出一阵感伤。联想到手中公公留下的书信，顿觉这就是天意。老人家早有预感，却囿于各种繁难而最终将这封已经写就的家书藏于静室之中。

　　起初一闪念间，郗道茂有心将这封遗书带出去烧掉，但顷刻间就放弃了这个念头。她将书信小心折叠好，重新夹入书页中，又将书册小心放回到原处。她走回到王献之身后的蒲团坐下来，一直等到仆人们打扫完毕离去，才随着王献之回到了居住的屋舍中。

接连几天，郗道茂的心情一直处于深度矛盾之中，低沉却似乎又很是明朗，紧张却似乎又有些轻松。最后，她还是决定不把这个发现告诉王献之。若是夫君大人此生看不到这封遗书，那也是天意。

一晃又过去了三个月，时令已入秋月，山阴的天气亦由热变凉了。自打被父亲托梦之后，王献之每天都会独自到静室里坐上一个时辰。在静室里的蒲团上可以用一种类似于箕踞（盘腿而坐）的坐姿，随便得很，不用像坐在家中那样稽颡而坐，时间长了，身体的重量压得两腿生疼。这天，王献之从静室出来，就见郗道茂神色慌张地迎了上来，告知王献之，太宰府长史庾倩大人从京城赶来山阴，带来太宰司马晞殿下的手谕，让王献之速速赶回京城接受召见，不得借故延误。

王献之哪敢迟疑，第二天就和郗道茂一同往京城赶去。

第七章

　　司马晞已经将前往乌衣巷拜访的事情忘了，却意外从太宰府长史庾倩那里听说王献之递交了辞呈，这可不是他所希望看到的。对表兄王羲之的这个儿子的未来去向，司马晞早有安排。这也是四十多年前二人在武陵国聚首时司马晞对王羲之的应诺。司马晞对王羲之的前几个儿子都做过考察，最终将视线落在了王羲之七子王献之身上。所以，当看到辞呈时，司马晞即刻亲笔写了一封太宰诏令，令王献之火速返回京城。尽管多有人说王羲之的七个儿子中，唯有这个七子承继了王羲之的风范，也因此性格内敛而又倔强，恐难以调教；但也有人透露说从三年前开始，王献之每日在秘书省抄写藏书室里"兵家四圣"所有遗世的兵书，这一举动令人错愕。听了这话，司马晞心中不禁为之一震。昨晚，长史庾倩报告说王献之在日昃之时回到京城了。

　　这半年多的时间里，太宰司马晞先是听说于湖大营的桓温派人潜入建康宫的崇德宫觐见了崇德皇太后，然后悄然离去。这些人没有来觐见他这位辅政的王朝太宰，倒也罢了，竟然不去参拜录尚书事、总揽王朝军政要务的丞相琅琊王司马昱却是令人觉着其行踪不仅可疑，且定有不能示人的秘密。而当他听说来人由大司马桓温的心腹谋士郗超带队，心中的疑惑便被无限放大了。这些人是领了怎样的命令去觐见早就隐退的崇德皇太后，而不屑于来觐见自己，司马晞大致可以猜到一二，他并不太在乎这些。如果说他想知晓那几个人跟崇德皇太后密谋了什么的话，也是出于对王朝未来走向的关心而已。当朝皇上是崇德皇太后的侄子，也是大司马桓温的外甥，更是太宰司马晞的侄孙，这样明确而又复杂的关系似乎表明，桓温即使正在酝酿什么阴谋，这个阴谋应该不至于危及他这个太宰。何况，司马晞自认为辅政近三十年来，经历过出自于湖大营的阴谋实在是太多了。每一次阴谋都没有殃及司马晞，这一次难道就会例外吗？

然而，接连几天，太宰长史庾倩和散骑常侍庾柔兄弟二人几乎每日都要到太宰府来拜见司马晞，最后一次还带着著作郎殷涓一同来到府上拜见。话题很杂，但都不是司马晞关心的。司马晞仅仅关心徐州和兖州一线王朝防线的安危。只是在昨天晚上，庾倩、庾柔兄弟又和殷涓一起突然造访，这次谈话的内容引起了司马晞的重视。庾氏兄弟均为当朝皇帝司马奕的皇后庾道怜的兄长，虽然皇后已崩殂，但从肃宗时代起，颍川庾氏家族就始终是国戚一族。六十多年来，没有人敢触碰这个家族，司马晞将庾倩收进太宰府并无他求，只是希望这位当朝已故皇后的兄长能低调做人行事，多读兵书，也想为颍川庾氏栽培出一个军事人才来。

两兄弟禀报司马晞，从崇德皇太后的黄门那里听得大司马桓温有篡逆的企图。司马晞将信将疑，问此讯息从何而来。三个人都说那黄门言称大司马桓温亲信带来了桓温的亲笔书信，信中表达了对后宫之乱深恶痛绝，提醒崇德皇太后，若是皇上对后宫淫乱置之不理的话，大司马将亲自过问后宫之事。殷涓这时插话说桓温此举将触犯皇族权威。司马晞早就听说了后宫淫乱的传闻，但是，庾皇后在世时并没有对那三个皇子表示出任何不满来，尽管所有人都知道他们不是庾皇后所生，可是，依照皇家规矩，这三子即使出自嫔妃，也算是皇家之后了。司马晞就将这个想法说了出来，没想到庾倩直接说："这三子实为孽种，乃出自皇上三个近臣之体。"这种话出自庾皇后的兄长之口，让司马晞倒吸了一口冷气。庾倩能用如此坚决的口吻说出这种话来，恰好证实了司马晞早就听说的庾皇后无法繁育后代实则乃皇上龙体欠佳所致的传闻。在司马晞心中仅仅存留着收复中原、重振武皇帝时候的皇皇大业、扬王朝之国威的企望，若是还有什么的话，就是自家血管里流淌着的不仅有皇室的血液，还有琅琊王氏的威望和尊严。司马晞无意责备这几个年轻的世族之后。他记得有一次让殷涓和王献之一道，看是否能整理出一册关于时政和传承的典籍文书来，过后他问过殷涓，这个家伙居然说自己并没有参与，只是交给王献之去做了。几天之后，王献之亲自送来了一册抄写出来的文书，其中印象最深的是大晋王朝开国初年的一位叫王沈的文学郎写的《释时论》。司马晞将其中的一段文字择出来，张贴在书室的正面墙上："夫道有安危，时有险易，才有所应，行有所适。英奇奋于从横之世，贤智显于霸王之初，当厄难则骋权谲以良图，值制作则展儒道以畅摅，是则衮龙出于缊褐，卿相起于匹夫，故有朝贱而夕贵，先卷而后舒。"司马晞喜欢这段文字，不仅因为文字里蕴含着适时的哲理，还因为，这段文字出自王献之之手，行书之妙令人爱不释手。

庾氏兄弟这一次拜见所讲的事情中关于桓温试图介入后官之事继而插手皇权之事的可能性，引起了司马晞的高度警觉。他不得不深入思考该如何应对接下来可能出现的恶劣局势。

王献之返回京城的当天，司马晞让长史庾倩再往乌衣巷，传话要求太宰莅临乌衣巷的那天，也同时要见到王献之。司马晞事前就向有司打过招呼，探访王彪之完全是家事，不允许动用皇室仪仗队。主管皇室宗族事务的大宗正也觉着司马晞的提议在情在理，满朝文武都知晓尚书右仆射王彪之是太宰司马晞、丞相司马昱的至亲表兄，所以便应允了司马晞的要求，但是却坚持要让司马晞带着卫队前往。

王彪之已经在乌衣巷琅琊王氏的宗祠前等待着了，见司马晞的车辇过了运渎水，便快步迎了上去。司马晞双脚刚一着地，王彪之就要跪拜，被司马晞一把抓住，连忙说："此次前来实为探亲，不必施行君臣大礼。"接着，二人进了宗祠，面对祖宗牌位行了大礼，转身又相互行了兄弟之间的拜手稽首礼。司马晞坚持要看一看母亲王才人（司马晞的生母是中宗皇帝司马睿后宫的嫔妃王才人）那一支的先祖牌位，王彪之只好领着他来到最后一间牌位室。琅琊王氏宗祠自王彪之的祖父王览一直到第十九世祖王翦的牌位都是摆放在宗祠正殿上。大殿很大，依次摆放了上百位先祖的牌位，整个大殿显得庄严肃穆。自王祥和王览之后，两兄弟又分开来。王祥分为三支，王览身后有六支传世。这九支后人的牌位又被分别安放在九间单独的小室里。王才人的父亲在王览六位子嗣中排行第六，因此，牌位小室也就自然按顺序排在最后了。因为司马晞是琅琊王氏的外系子嗣，而且，从来不曾进过宗祠，按照族规，司马晞的母亲虽贵为中宗皇帝的后妃，却不能在宗祠里拥有自己的牌位。最主要的还是司马晞的母亲王才人过世太早，就连司马晞也完全不记得母亲的模样了。这种状况下，作为琅琊王氏在世辈分最高、官职最高的王彪之见司马晞态度坚决，也只好顺其自然了。

司马晞进到自家门系的小室里，接过王彪之递来的香烛，亲手点燃。然后扑通跪在外祖父王彦的牌位前，嘴里呜呜呀呀说了一通话，起身的时候，眼睛里盈满了泪水。

　　从宗祠出来，司马晞在王彪之的引领下进了正堂。进到正堂，司马晞环顾着已经十分破旧的屋舍，不由得啧啧了几声，说道："叔虎阿哥，这一片屋舍也该修葺耶。父皇曾亲授大匠一职与我世儒（王彪之的父亲王彬字）阿叔欤。"

　　王彪之应和着，并没有说什么。屋舍建于五十多年前，其间只是在王彪之升任太常府太常后简单地修整过一次，一晃也已过去二十年了。只是司马晞突然说及父亲王彬，王彪之这才蓦然感觉到时过境迁竟然如此之快。

　　这时，仆人已经将燃得正旺的火盆端进了正堂，二人便就势坐在了火盆旁。

　　看着面前坐着的六十多岁的王彪之，司马晞鼻子有些发酸。那应该是快四十年的往事了，当时武陵王司马晞的王师诸葛恢被调回京城，前来接替诸葛恢的就是王彪之。那时的王彪之不过二十出头，而司马晞不过七八岁。对一个四岁就被送到武陵国的穷山恶水落脚的皇子来说，人生的落差之大和幼小的心灵受到的冲击之大是难以想象的。而诸葛恢的离去几乎令只有七八岁的司马晞丧失了生活的乐趣，多亏了眼前这位王彪之。当司马晞初见王彪之，又听说此人竟然是自己的表哥时，司马晞跪在王彪之面前呜呜大哭了一阵子呢。

　　王彪之知道司马晞看着自己，也清楚他心里一定又是感慨万千。这是个激情满怀的男人，当年如此，三十几年后依然如故。在武陵国做司马晞王友的那些年月是怎么也忘不了的。因为受到过前任王师诸葛恢的精心栽培，那时候的司马晞整个人看上去比同龄人要成熟得多，喜欢诉说，说起来滔滔不绝。司马晞不喜欢谈论四书五经，这些典籍只要读过，就再不想重新读一遍；可是，只要说起兵书和用兵之道则神采奕奕，听得出他熟读兵书并深谙兵法运用之要诀。

　　老管家进来的时候，两个人之间并没有说多少话，除了一问一答，更多时间都像是沉浸在各自的回忆中。王彪之家的老管家是司马晞从武陵国带到京城的，也算是给曾经的知心朋友、表兄王彪之送的礼物。王彪之非常喜欢老管家那时候做的醢，味道极美，食之难忘。所以，司马晞到京城出任辅政大臣的时候，就将这名管家一并带到京城，并将他安置在了王彪之家做仆人。

　　管家当着司马晞和王彪之的面揭开陶罐的封纸，即使还没有揭开封泥，司马晞也知这是自己最喜爱的醢了。

　　醢是用牛肉制作的。将刚宰杀的尚有余热的牛肩肉和牛腩肉剁成碎丁，用

085

适量的井盐腌制多日后，再用复杂的调味料仔细搅拌，然后装入陶瓷罐里，罐口用浸过油的纸包裹起来，最后再用拌了盐的黄泥将罐口密封起来，埋入周围没有水源或者水塘的地下三尺深。三个月后，就可以取食了。

罐口一开封，扑鼻的浓香顿时充满了屋舍。老仆人将醓舀入面前的大盘里，跟着进来的女仆又在两人面前各放了一大把青嫩的芫荽。司马晞用力拍着桌几叫起来。面对如此诱人的美食，司马晞当仁不让，先是接连饮下三樽烧酒，然后将右手并成铲状，插进醓里，实实地抄了一下子，完全不顾殿下的高贵身份，张大嘴巴将手里的醓塞了进去。

等司马晞把嘴里的醓咽下去后，王彪之这才朝着正堂右侧的偏室吆喝了一声。随着吆喝声，王献之从里面赤着脚趋步而出。两位长辈拜谒宗祠的时候，王献之就在正堂的偏室里等候了，按照宗祠拜谒的规矩，他是没有资格参与其中的。

王献之跪下来，先是朝着两位长辈行了稽首大礼，接着再匍匐到司马晞面前又施行大礼，然后才直起身子呈稽颡状，面对着叔父王彪之。这一连串中规中矩的礼数完全依照琅琊王氏传统规矩施行，规矩中有一条十分严格，屋舍里，无论职位高低，所有其他人在行过大礼之后必须面对年纪最长者稽颡而坐。

这时司马晞从矮椅上站起身来，走到王献之身旁俯下身将王献之仔细打量一番，突然就有泪水盈满了眼眶。司马晞双手按住王献之的双肩，颇动感情地说道："官奴儿！"这是他第一次这样称呼王献之，不仅是要表示二人之间血脉相连的亲近，而且当真很是冲动呢。"官奴儿哟，你从会稽郡住进乌衣巷也有十多年了，表叔是只闻其名，难见其人哇。那年让殷涓与你给我整理文册，收到文册却没能见到人哟。今日得以相见，又是如此之近，表叔兀然觉着你正是我那逸少兄长也。起来起来耶！"说着就伸手去拉王献之。

王献之被司马晞的举动惊到了，连做了几个磕头的动作，不敢抬头，说道："殿下在上，再受小子一拜。小子德行浅薄，怎敢在殿下面前起身？"

司马晞还是不由分说地将王献之拉起来，看着他坐进低矮的圈椅里，万千感慨地对王彪之说道："叔虎阿哥，官奴儿像极了我那逸少阿哥，近处端详，当真令我生出恍若隔世之感。"说着，眼圈又红了。

王彪之起初并没有应和着司马晞回顾往事，但是，一说到堂兄王羲之，他也难免动了感情。听了司马晞的赞叹，王彪之跟着连连点头："正是正是，逸少阿哥七个儿子，就属官奴最像阿哥。不怕殿下讪笑，为了不让自己陷进那些难忘的往事之中，我甚至经常不敢直视咱家官奴儿焉。"

司马晞颇有同感地拍起手来，说道："阿哥所言极是，你这一说，我觉着若是不想被旧事纠缠，当真不能再见到官奴儿耶。小子，你一定听你父亲大人说起过他和本王在武陵国相聚那几日是如何度过焉。"

王献之急忙点点头，他虽然没听父亲大人说过，却在不久前听叔虎叔父仔细说过呢。王献之一点头不要紧，立时就将司马晞的话匣子打开了。说到送王羲之和王彪之离开武陵国时来到大湖畔三个人难舍难分的情景，司马晞的泪水止不住再次夺眶而出。

在司马晞说话期间，老仆人几进几出餐室，已经将一只铜制火盆摆在了餐室的另一边，而且生了一盆炭火。火盆旁的一张桌几上摆放了几条经过熏制的色泽黢黑的猪肉，两把锋利的匕首摆在支撑火盆的木架上，匕首旁边还放置着各色粉状的调味料，火盆上还置放着一个铁条编制的烤架。

司马晞拉着王献之来到火盆前，抓起一把匕首，递给王献之，说道："官奴儿，你父亲大人那把长刀传给谁了？"听说是传给了王凝之，便若有所思地愣神了，少顷，才接着说："出神入化也哉。本殿下我从那以后再不曾见到过谁人刀术能超过你父亲大人。很久之后，我才领会了你父亲大人当年所说刀术之精髓是进攻，正如书写技艺之精髓亦是进攻一般。官奴儿，我见过你书写的字迹，也十分喜欢，但我可以告诉你那年你父亲大人对我说的关于书写之金句。"司马晞想了想，才继续说："捉笔若出征临战，落笔若同仇敌忾，行笔若与敌厮杀，书写起来恰如在敌群中左劈右砍，若挡若刺，若进若退，若有若无，若无其事是也。说这番话时，他俨然是一位指挥千军万马的大将军耶。"说罢，司马晞呼哈哈大笑起来，笑罢继续说道："本王当真尝试过，却难得真谛，不得要领。故而，至今难以望其项背耶。"

王彪之跟着说道："官奴儿，太宰殿下所言极是。凡我所知，普天之下文人名士，纷纷效法，却始终无人能与你家尊比肩。这些年，但凡进入秘书省做郎之仕，哪个不是在典籍中遍寻我那兄长之遗笔？只要寻着，哪个不是终日临摹书写？竟成一时之风气。官奴儿，殿下所言，你当视为勉励之语，锲而不舍，坚持不懈。我记得，你家尊珍藏有前朝蔡中郎、陆士衡、左太冲等大人书写真迹，可不敢暴殄天物耶。"

王献之接过司马晞递过来的匕首，然后放下，起身再向二位长辈拜过，说道："小子谨记殿下与叔父大人教诲，必将穷吾之一生，追随父亲大人足迹，攀爬书艺之群峦，不负殿下与叔父大人之厚望也。"

三人吃着烤熏肉，话题自然又说到几人武陵国的那几日，说到那几日，司马晞还是忍不住要说自己苦心孤诣训练出来的那一支军队。那是一支能够打仗的军队哟，司马晞无限感慨地说："你们后来都离我而去……我不能阻拦你们。你们走之后，我难过了很长时间，难以摆脱对你们尤其是你叔虎阿哥的怀念。"说到这里，司马晞露出羞惭的神情，真的哭过许多次呢。"那之后，我只能将心血投入到训练军队中。每日清晨，我的军队在校场上集合，我要让他们保持高度的警觉和充沛的战斗激情。我会站在点将台上大声带领这些士兵诵读《孙子兵法》中的重要章句，比如《地形篇》《军形篇》里关于作战的关键要素。士兵们跟着我大声诵读，那声音嘹亮而又激昂，在群山峻岭中回荡。"司马晞这才终于说出他一生的梦想就是亲率大军征战中原，收复而不是占领洛阳，让王朝军队的大纛重新飘扬在邺城的三台上。司马晞全然没有意识到回忆得太过深入，也太过投入，那专注的神情仿佛又回到了几十年前。说到和王羲之、王彪之一道检阅自家训练出来的乡军时，司马晞激动地站起身来，走到正堂中央，将腰间虚拟的长刀抽出来，高举在手，向左一挥，一边解释说，这个时候，操纵令旗的军士就会一起将军旗挥向左面，军队就会潮水般向左面移动。上千人移动时整齐的脚步声，能把敌人吓个半死。说到这里，他又将从诸葛孔明书上所学心得复述一遍，然后又将那把看不见的长刀挥向右边。突然，司马晞放下挥动的手臂，问王献之道："你可知晓本殿下何以钟情于长刀？"王献之连连摇头。司马晞脸上似乎闪过一丝遗憾的神情，嘴上却说："长刀是琅琊王氏的镇族之宝，本殿下的母亲正是出自琅琊王氏。"说到此，司马晞又开始眉飞色舞地回忆请教王羲之刀法的精髓和让王羲之亲自传授家丁中的几名被称作伍头的军士长刀法的事。王羲之走后，司马晞继续操练这支队伍，到他离开武陵国前往京城成为宰辅之臣之时，这支私兵队伍中的伍头都已经能在与盗匪的搏杀中娴熟运用刀法："那时候，整个武陵王国中盗匪几乎绝迹，无人敢与我的军队对垒厮杀了。"

王献之认真地听着司马晞讲述当年与父亲大人在武陵国那几日发生的故

事，竟然听得入迷了，所以，当司马晞中断回忆突然说"官奴，本殿下近期欲前往徐州一带巡视，你可愿意跟随我一道前往？"的时候，王献之仅仅是愣了一下。他觉着似乎看到叔虎堂叔轻轻摇了摇头，再定眼看时，王彪之却是面无表情。大概是太想听司马晞讲述关于父亲大人的往事了，王献之急忙跪起身来，对司马晞表达了愿意随司马晞前往前线的意愿。这时候他似乎又听见叔虎堂叔发出一声极轻的叹息，却也没有时间弄清楚堂叔对这件事究竟是反对还是赞成。王献之关于父亲大人的过往知之甚少，几位兄长从来不曾主动说起父亲之事。

不知什么时候，司马晞开始说起北伐中原、征战河内（两晋时称黄河以北为河内）了。这时，他的语速变得很快，但是，语气却异常坚定，神情亦是十分坦荡，从战略设定、战术运用、攻防要旨娓娓道来。司马晞在陈述之时，不时地停下来割下一条熏肉，放在火上炙烤，吃下去之后，继续侃侃而谈。

王献之从进到屋里就没有说话，这是他平生第一次与太宰司马晞坐在一起，能这么近距离地看着司马晞，这令王献之感到有如在云雾之中。司马晞高大的身材、高亢的声音、高昂的情绪和面颊上依然浓密的长髯都令他着迷。王献之被司马晞说话的语调打动了，他偷偷抬起头来瞥了一眼，正好看到有两行泪珠从司马晞的面颊上滚落而下。王献之慌忙低下头，心想，老太宰当真动了感情，难道过去的那些日子真的就这么令老人难以忘怀？难道那两座自己从来没有去过的老城就这么令他心驰神往？王献之相信，邺城这座只是从秘书省收藏的典籍中偶尔看到的城池，只能在前辈圣贤的辞赋中看到的邺城三台，几乎被这座江左京城里的所有人忘却了。洛阳，那座曾经辉煌过的都城真的就这么重要，重要到从六十多年前的祖逖大人到今日面前这位皇室之后不踏进城池就死不瞑目乎？

坐在司马晞对面的王彪之这时也被司马晞的真诚强烈吸引了。在司马晞陈述征战要旨的时候，他不仅听得专注，而且还频频点头呼应。自从王彪之从武陵国进入朝廷擢升为重臣后，他亲眼看到过桓温对征战西蜀的随性、褚裒对挥师中原的忘我，殷浩对北伐荡寇的草率和谢尚在北伐沙场上的轻妄，却从未见到过一位皇室正统之后对待征战有如此审慎的分析、如此精细的思量，称之为运筹帷幄亦不为过。这还是王彪之头一次听到一位皇室成员这么深入浅出地谈论征战，也是头一次听到如此鞭辟入里的对征战过程的剖析。说心里话，仅就这一点，他认为司马晞绝无炫耀之心，其北伐之心亦无任何私意，而是深思熟虑的。

　　王彪之已经从王献之那里知晓是司马晞派庾倩专门到山阴传回了王献之，却不知晓他因何而为，尤其，司马晞位于王朝权力顶峰，身为太宰的辅政大臣紧急召见一位五品官员，若非情有所迫，怎会做得出来？想到这里，他也不顾及王献之在场了，便问道："殿下如此急迫召见小侄官奴，定有不便示人之隐。但官奴实乃平常青年，恐难承殿下委托之重。"

　　王献之一听说到自己，慌忙朝着司马晞跪着说道："殿下，小子自接到庾倩长史所传殿下手谕，一路赶回京城，心里忐忑不安，称之惊恐万状亦不为过。小子在秘书省一坐八年，每日埋头典籍之中，实非栋梁之材。"

　　司马晞将面前的叔侄二人看过一遍，目光落在诚惶诚恐的王献之脸上，猛然仰天大笑起来。笑罢，正了颜色，语气也变得严肃了，说道："本王传你回来，由你那辞呈引起，却并不想由此说起。本王还听人说起你潜心钻研兵圣之兵法要诀，召你回来便是为此。"

　　王彪之在一旁刚想插话，被司马晞打断："叔虎阿兄，今日我有两件事需要从你叔侄二人这里得到答案。第一个疑问已经从官奴儿这里得到答案，官奴儿愿意随本王北巡，令本王甚感鼓舞。"

　　王彪之还是坚持说道："殿下适才说到北伐，意气风发，令臣深感振奋。尽管是在家中叙谈，彼此互称兄弟，但你是殿下，我是臣子却不能改变。"见司马晞没有坚持，王彪之又说："殿下，半年前于湖大营派人进入后宫觐见崇德太后，你可知晓？"

　　司马晞点点头表示知晓此事。

　　"于湖大营来人向褚太后转述，桓温大司马欲惩戒后宫，并让皇上自省后宫之乱，否则将行霍光之法，殿下可知晓乎？"

　　司马晞还是点点头，但从神情上看似乎并不在乎这件事情："叔虎阿兄，本王前来乌衣巷正为此事，但只能在你我君臣之间深入谈论。"说着，司马晞示意王献之坐到身边来，然后说道："适才与你说及兵书一事，你可曾将兵圣们的兵法之书悉数抄过一遍？"见王献之点头认可，便又问："可曾潜心研读？"

　　王献之不觉一愣，抄写兵书是叔虎叔父要求的，而且已经过去了很久。这件事情竟然会传到司马晞耳朵里，还是令他感到非常意外，可又不知司马晞问起此事有何用意，便点点头说："小子遵从叔虎叔父教诲，不仅抄写兵书，而且将其中一些重要战役牢记在心。只是，小子以为即便如此亦不过是囫囵吞枣，不得其解。"

司马晞兴致盎然道："官奴，此话令本王大为欣悦。本王辅政三十几载，从未曾听说有人尽读典藏兵书，即便本王世子也不曾有过如此广泛的阅读。你不妨说来听听——可略过兵圣之首孙武之兵法。本王自信，普天之下，能将孙武之兵法烂熟于心者，唯本王也。"说完，又是一阵大笑。

王献之认真地想了片刻才说道："殿下，小子虽然尽读典藏兵书，却从未上过战场，难免纸上谈兵。然，小子在典藏史册记载中见祖父王旷兵败于太行壶关的文字，便有心探索之，故而对淮阴侯在井陉战役中之调兵遣将多有深入关注。韩淮阴能取此胜，盖因布阵奇妙，运兵神速，随机应变，置之死地而后生也。然，于今日王朝所处地域而言，江河湖汉，水网密布，可谓得天独厚。因而，小子更多留意了韩淮阴在兖州府高密境内那场潍水之战。那时就想，若能深谙此战精髓，不仅对王朝固守长江流域广袤疆土大有裨益，更对夺取洛阳旧都和邺城城池有可资借鉴之战例战法也。"

司马晞连连发出赞叹之声，问道："官奴儿，若是本王发兵征战中原，夺取洛阳和邺城，你有何说法？"

王献之说道："小子不敢置喙。"

司马晞鼓励道："说说无妨，在本王和你叔父面前论及运兵之策，无须顾及犯上之虞。"

王献之知道话已至此，不说反而会令太宰司马晞陡生反感，于是沉吟片刻后，说道："殿下在上，小子虽然对王朝大军数次征战中原之记载也多有涉猎，可是，却并未深入研习。尤其在阅读孙绰大人之反对迁都洛阳的谏言后，多受孙绰大人观念之影响。迁都作为虽说与战争无关，其文中所涉各方却意义深远。"接着王献之阐述了对征战中原的思考和忧虑，最后说道："一年前，叔虎叔父曾对小子说起过，三十年前家君大人曾对当时的征西大将军庾元规大人论及北伐征战，坚持起兵之前必须建有实力雄厚的辎重粮草大后方和运输线。小子感悟与家君如出一辙也。如前所说，王朝军队已对借助水网拒敌于疆域之外颇有心得。洛阳城南有洛水、伊水流经，邺城三台有漳河环绕，若是能利用这些水道河流，使之助我一臂之力，收复中原后固守成果，从而光大先祖基业，并非不可能耳。"

王献之的这番话，让司马晞顿生惊喜。他招招手，示意王献之坐得离自己更近些，然后将一条烤制得吱吱冒油的熏肉递给王献之，饶有兴致地看着王献之将这条熏肉吃了下去。

王献之刚把熏肉咽下肚子，就听见叔虎阿叔对司马晞说道："太宰殿下，你也许有所不知，吏部三日前就已经知会秘书省，要将官奴调往吏部为谢安大人做长史。"

"真有此事？那是极好。本殿下时常就为此感到纳闷，何以其他凡夫俗子都早已得到升迁，而如官奴儿这般胸怀大志、出自名门望族之青年才俊没有擢升机会？"

"殿下让官奴跟随巡视，有司那里可否允许？安石大人可否赞同？"王彪之小心翼翼地提醒道。

司马晞不假思索说道："本殿下身为太宰，辅政大臣是也，用不着顾忌有司和吏部想法，明日我就跟道万丞相和谢安知会一声。官奴儿刚才也无异议耶。"

王献之见又说到自己，便硬着头皮问道："殿下，小子斗胆冒昧一问，殿下让小子跟随巡视意欲何为？"

司马晞没有马上回答，而是说道："琅琊王氏最早任北中郎将的就是王舒大人了，然而，至今未出一位率军北伐收复中原的大将军。若是当年听了我之举荐，由逸少阿哥率军北伐，终不至于如殷渊源大人那样尚未出师便败局已定。叔虎阿哥，你可有同感？"

王彪之点点头，但没说什么。

司马晞这才对王献之说道："率军出征中原是你家尊之夙愿，唯你可子承父志。与本王出巡徐州，让你将视野置放于京都之外，中原之上，使你之胸襟揣度于八方六合。本王以为，琅琊王氏应终有一天有人率军征战中原，此意可深远耳！"

王彪之对司马晞的设想并无异议，但还是表示了担忧，说道："殿下，臣有二事须从殿下这里得到澄清呢。殿下要巡视徐州，即使皇上恩准殿下巡视，于湖大营那边即刻就会得知此事，王朝统领全国军事者乃桓温大司马，殿下是否需要事先知会大司马，并得到允许？殿下是否需要再做斟酌，以免授人口实？这是其一。"

司马晞变得犹豫起来，他朝着王献之摆了摆手，示意他可以走了。

王献之刚一出门，司马晞即刻拉住王彪之的手，神情焦灼地说道："叔虎阿哥，本王近日心中正为此事焦虑。"

"臣请殿下格外谨慎。桓温几个月前就表明要整饬后宫，明显是针对皇上而来。朝廷上下对此多有议论，不解有之，忧虑有之，愤慨有之，莫衷一是也。臣担心，如此一来，殿下和道万丞相难免受到牵连。殿下可还记得皇上多次给桓温赐予荣誉，桓温上书皆称二十几年并未在京城驻足？这是其二。"

司马晞想了想，点点头说道："果真如此呢。难道他那时就有不臣之意？"说出这个话，把司马晞自己也吓了一跳。

第八章

　　第二天清早，一夜未曾合眼的王献之还沉浸在与太宰司马晞那番谈话之中，情绪依然高涨。郗道茂见夫君难得有如此好情绪，就张罗着让家中的女仆弄几样下酒菜。酒菜还没上桌，王彪之家的仆人便敲响了王献之的家门，说仆射大人有要事训导，让王献之即刻去一趟。王献之不敢耽误，急匆匆就赶到了王彪之家。两家住的都是祖宅，相距很近，差不多抬脚就到。

　　正堂里烤熏肉的味道还没有散去。王彪之正在和大儿子王越之说话，见王献之踏进堂屋，便打住话头，朝着当朝抚军大将军、司马昱的参军王越之扬了扬下巴。王越之起身走到山墙前，将挂在地图旁的长刀摘了下来，交到王彪之手里。

　　王彪之从刀鞘里抽出长刀，一只手在铮亮的刀面上轻轻滑过，问道："官奴儿，认识这把长刀吗？"

　　王献之点点头。在琅琊王氏家族，所有门户中都会有这样一把长刀，而且，代代相传。只是，王羲之这一支的长刀传到了王凝之手上。

　　王彪之将长刀推进鞘里，递给王献之，什么也没说。

　　王献之乖乖接过长刀，起身走到正堂中央，站定，行礼，然后进入起式，开始舞起来。刀路走到一半，被王彪之叫停。"官奴，你没有辜负你家尊大人的寄托。我少年时见过你祖父，也就是我伯父大人，向他请教刀术。那年我只有十二岁，也是最后一次见他老人家。他看过我习练刀术后，只说了一句话：'长刀出鞘并不为提醒对手，亦不为防守，唯进攻也。'你家尊大人承继了琅琊王氏刀法之精髓，出手只为进攻，每一招式皆含有杀机。你刚才刀出鞘那一式颇有乃父之形，却尚未领悟这一式之真谛也。孺子可教也。"

　　王献之竟然咧着嘴嘿嘿笑了。自从在江州见过义兄之后，他没再敢懈怠，这些年坚持下来，刀路已非常娴熟，只是缺少了力道和杀气，没有进攻的气势，就难以震慑对手。能得到叔父的夸奖，王献之不仅吃惊，还甚为得意。

等王献之重新坐下来，王彪之意味深长地问道："官奴儿，昨日在太宰殿下面前，叔父不便阻拦你应诺随他巡视。但我确信你不是因冲动而为。太宰殿下与你家尊确实感情深厚，也正如他所言，多次疏通有司欲要委以你家尊重任，却受到莫名其妙的阻拦。因何如此？我大概能猜出一二，却仅为猜测而已。太宰殿下有意栽培你，其真诚可鉴。然，虽咱家一门三支在江左立朝中兴之后被称为皇族一系，你世将二祖父薨殂后，中宗皇帝让肃宗皇帝（斯时为太子司马绍）为他扶灵，招摇过市，震撼京城。然而，自你家祖父大人一辈起却无人据此有恃无恐。因何如此乎？"见王献之摇了摇头，于是又说："你家尊大人经历过苏峻之乱，他曾对我说过，皇族身世虽显赫却更多凶险，与外戚大不相同。中兴以来，并无皇族一系因身份而平步青云，外戚则大有人在。何为凶险？后来我才明白。"接着，王彪之回忆了当年庾亮为保住家族利益而诬杀了皇族正宗后嗣南顿王司马宗的往事，当时引起显宗皇帝的震怒，但是却因为皇帝那时候太小，而摄政的正是显宗皇帝的母亲庾太后，此事不了了之。你从祖父王茂弘那时似已日渐昏庸。这次对皇族之杀戮导致了历阳太守苏峻与淮南太守祖约逆反，险些毁了大晋王朝中兴江左的大好局面。皇族凶险一说，可见一斑。"

王献之听出王彪之话中深意。"小子心领神会欤。叔父大人所言凶险所在，出自外戚焉。大司马桓温可是外戚乎？"他还是忍不住问了一句。

王彪之没有正面回答这个问题，而是颇有深意地告诉王献之，他入京做到太常时，桓温不过崭露头角的少壮之人，后因庾翼将其保媒于明皇帝之女，使之成为外戚之君，而何充（王导妻家外甥）力荐其掌管荆州，控制了王朝上游的半壁河山，才渐得大势。说到这里，王彪之不禁一叹道："叔父曾经被桓温以莫须有之罪名收监，若不是录尚书事抚军大将军司马昱强行将我复职，朝廷上恐只有王坦之和谢安二人支撑局面欤。王坦之其人性情胆小而古板，循规蹈矩，亦不曾经历过王朝最危难时刻，所以难成大事。然而，谢安大人乃谢尚大人之堂弟，崇德皇后之表舅，也可算是外戚中人，却成为王朝多事之秋时的中流砥柱。此出人意料也。"

接着，王彪之明确表达了不希望王献之跟司马晞前往徐州前线巡视的想法。"官奴儿，当着太宰殿下的面，叔父不便表示异议。然，你随太宰殿下出巡实在犯了咱家之大忌。叔父刚才所言皇室凶险正在于此。司马晞殿下一意亲率大军北伐，这在皇室历史上并非没有先例。中宗皇帝二子司马衷就曾与祖逖大人一道在中原与石勒叛军周旋，只可惜薨殂时只有十八岁。"

王献之回身从墙上摘下刚挂上去的长刀，来到王彪之面前，扑通一声跪了下去，说道："叔父大人，小子能蒙殿下厚爱，跃跃欲试之心深而重也，昨夜为此彻夜难眠。殿下言必出家君大人，崇仰之情溢于言表，若是小子临阵退缩，岂不辜负了殿下栽培小子之盛情？正如殿下所言，小子一辈若不能有人征战中原，收复洛阳，何以有颜面拜见祖宗牌位？岂不愧对皇族盛名焉？"

王彪之并没有让王献之起身，而是说道："那年，你父亲前往征西府上任，专程到武陵国探访殿下。昨日你也听殿下说了，那次相聚让他终生难忘。他没告诉你的是，那次相聚，你父亲在临别的那个晚上曾说过，但有一天王朝需要琅邪王氏率军北伐，如果不是他本人，那个人就应该是他之子嗣。"王彪之接着叙述了他自己再一次与司马晞殿下在京城相会的往事。那时候，殿下已经是辅政大臣了，而他则主理太常府。二人见面机会不多，只要有机会独处，听到的就是司马晞殿下对王羲之充满崇仰的热情。几年前，司马晞终于成为掌管王朝六典（治典、教典、礼典、政典、刑典、事典）的太宰，专门召见了王彪之，拜托他着意栽培王羲之的子嗣，以期培养出一位熟读兵书、能征战中原的将军来。"那之后很长一段日子，我就思忖，咱家这一门到你家尊时，也就他精通军事兵法，武艺高强，若是你家弟兄七人能有一人继承父业，可谓子承父志。最终，我想起你家尊在你十岁时说过的一句话——小子会是可造之才。这话虽然由书写技艺引起，却证明他对你格外用心。你这么大小之时，"王彪之用手比画了王献之十岁那年的身高，脸上涌上一丝慈祥的神容，"你家尊带你去兰亭修禊，个中含义很是深远欤。"王彪之说到这里沉吟片刻才又说："若是在三年前，叔父甚至会怂恿你追随殿下，可是，如今形势凶险。桓温咄咄逼人，似有不达目的誓不罢休之势。桓温若是当真行霍光之为问罪于后宫，必定要株连皇族一系。此时殿下突然提出要北巡，实在不算是英明决策。叔父担心其中会有庾氏兄弟二人鼓动撺掇。若果真如此，此事越发凶险也。"

王彪之见王献之低头不语，知晓这孩子已经长大，有了自己的主意，继续劝告下去必定适得其反，于是话题一转，说起了一件旧事。当年桓温在殷浩北伐失败之后，强烈敦促皇上罢免殷浩，却迟迟得不到答复，而殷浩将自己关在家中，既不出门，也不表示态度。于是，桓温恼羞成怒，从荆州府挥师南下，大军顺江而下直指京城。那时候，廊庙震惊，却无人能找出良策来。斯时，王彪之官至御史中丞，司职督察太子以下百官行为，为打破僵局，他先找到抚军大将军司马昱，说服这位对殷浩十分赏识的辅政重臣上书皇上，罢免殷浩。说到这里，王彪之很是感慨道："那时你家尊大人正担任护军将军，他坚决反对殷渊源北伐的决策，言称妄动必败。甚至上书司马昱，请求他出面阻拦殷渊源北伐。可是，殷渊源大人无意中断北伐。结果你已知晓，那次北伐致使殷渊源大人从此远离京城，死于孤独之中。而司马昱殿下之决策又一次在朝廷中遭到重大挫折。可是，殿下不愿意屈尊下就去见殷渊源，并敦促他辞官。最后只好由我出面说服殷渊源大人。"说到这里，王彪之长叹一声，很长时间没有说话："殷渊源大人并无辞官之意，而且，任凭我如何劝说，依然故我。我只好告诉他：'桓温呈给皇上的奏表中，罗列了诸多问罪事例和人士，你首当其冲。桓温动用大军胁迫皇上，势在必得。只有你请辞下野，此事方可作罢。个中利害，你当审时度势，三思而行。'几天后，殷渊源向有司递交了辞呈，桓温大军返回武昌。"

王越之突然进来，王彪之只好停住话头，转而问道："小子，文册可否拿来？"

越之堂兄何时离开了正堂，王献之竟然没有觉察到，这时却见他手里捧着一本文册从外面进了正堂，将文册交给王彪之后，又在王献之对面坐下来。

文册很厚，掂在手里沉甸甸的。王彪之让王献之粗略地翻看一遍。于是，王献之一边翻看着，一边听堂兄越之说，在做秘书郎那几年，父亲让他着意整理出堂伯祖处仲大人和茂弘大人之间的往来信函，这些看起来谈论治国理政的书信，蕴藏着六十年前非常多的不为人知的秘密。除了书信，还有处仲伯祖亲手撰写的诸多奏文，包括史官们记录的处仲大人和茂弘大人与中宗皇帝在中兴初期（中宗皇帝还是晋王时），壮大江左政权的谋划策略。

"官奴儿，你会在这本文册中看到，中宗皇帝对世子和其他皇子寄予诸多之厚望，并嘱咐太子侍读须着重讲授几部史籍。"王彪之说到这里语气突然变得非常困惑，"但是，中宗皇帝将《霍光传》作为太子读史重要史籍之一让人感到迷惑。据说当时身为陪读的庾元规并没有将这部史籍读给肃宗皇帝。官奴儿，你以为何以如此乎？"

王献之便要跪起来回话，被王彪之挥手制止了。王献之想了想，说道：

"叔父大人，非要让小子说出来吗？"

王彪之坚决地点点头，然后叫住正要离开的长子王越之，问道："吾儿，你先来回答。中宗皇帝用意何在？庾元规大人用意何在？"

王越之胸有成竹地说道："小子不止一次听父亲大人说起过此类皇室传承规矩。记得家君大人主理太常府时，在修订前朝许多不合时宜的章程的过程中，多次和大宗正大人说及皇室规矩的废立与荒芜，曾说到关于中宗皇帝要求陪读侍讲们向肃宗皇帝讲授《霍光传》的事情。只是，说到庾元规大人何以不将此书传授于肃宗皇帝，小子还是第一次听说，因此……"王越之很是犹豫，不知怎样说才好。

这时就听见王彪之说道："庾元规是中宗皇帝钦点的太子侍读，不仅因为那时候庾元规的妹妹庾文君已做了太子妃，而且，中宗皇帝对庾元规亦是十分信任。庾元规那时已是而立之年，不可能不知晓中宗皇帝的用意。"

就听见王越之哟了一声："父亲大人，难道是庾元规大人有意为之？"

王彪之没有做出肯定的回答，而是反问道："阿翔（王越之小名）小子，你已近不惑之年，跟随道万殿下亦有多年，殿下当年点名让你到王府做掾属，不仅因为你是他侄子，还因为要向世人表明其作为中宗皇帝唯一传人之态度。"

王献之听着王彪之父子二人的此番对话，心中便有了警醒，觉着叔父大人一定不是无意中提及此事。这时，他猛然想到刚才在眼前闪过一段中宗皇帝因处仲伯祖在奏疏中将中宗皇帝比作太甲而龙颜大怒的文字，心里头还是受到了很大的震动。难道处仲伯祖此话当真如后世人所说有篡逆之嫌？或者处仲伯祖话中之意不过是让中宗皇帝明白，他若恣意任用奸佞之臣，并言听计从的话，为维护王朝根本利益，处仲伯祖不惜行伊尹之举？若果真如此，处仲伯祖何罪之有乎？事实证明，刘隗叛逃后赵，做了羯人石勒的狗腿子，其心可诛。有一行文字从脑海闪出，可视为处仲伯祖临终遗训，虽只有一句，却掷地有声，铿锵震耳。看到这一行文字，王献之心中先是不觉一震，继而竟有热血从脚底冲上头顶。这些文字，叔虎叔父必定仔细看过，而堂兄越之亲手整理出来，亦当颇有感触。过了这么些年，却拿出来交到他手里，定有深藏的用意。一忽儿间，纷杂的思绪在心头碰撞，令王献之颇有应接不暇之感。没容他继续想下去，就听王彪之向他发问："对庾元规不将霍光生平传授于肃宗皇帝，可有感悟？"

王献之还是起身换作跪姿，然后说道："小子见识浅薄，虽在秘书省博览群书，不过兴趣使然，很少想过历史典籍中那些典故与今朝有何关系。然，叔父大人问起小子作何看法，小子只好随性回答了。"接着，王献之便将侍读的庾元规不给肃宗皇帝宣讲《霍光传》的缘由，按照自己的理解说了出来。整个叙述过程中，王彪之既不点头也不摇头。但是，从他流露出来的眼神中能够看出他对王献之的解释还是认可的。

得到了王献之的回答，而且，王献之竟然这么短的时间里就能说出庾元规不授《霍光传》的个中深意，王彪之非常满意，于是语重心长地说："咱家休征（王祥字）先祖历经宣皇帝、文皇帝和武皇帝，辅佐了文武二皇帝，那时起，先祖就为琅琊王氏定下不可逾越之族规，到你这一代已经第五代。族规首条便为永不篡逆，世代做大晋王朝中流砥柱。我与桓温为同时代人，眼见着桓浮子坐大，目空一切，心中焦急万分。"

王献之听了这话，不由说道："叔虎阿叔，何不将心中担忧告知抚军大将军道万阿叔？"

王彪之连连摇头："你从祖父茂弘大人薨殂之后，琅琊王氏再无人进入宰辅之列。我虽身列九卿，却在国事要务上难有作为。况且，毕竟已近古稀，人老气衰，心中即使存大志，怎奈力不从心！因而，这几年便着意在你们这一辈中栽培后继之人。现在看来，道叔殿下与我不谋而合。只是，即使如此，依然不得不顾忌凶险随时会从天而降。如前所说，桓浮子刻意贬谪于我，道万殿下却刻意擢升于我。二人斗法，足见凶险已然迫近。"

王献之听出叔父的语气里多有告诫、担心和责备之意，看着老人布满阴云的面孔，感到十分愧疚。可是，心里面跃动了一个晚上的激情使他不想轻易放弃这次机会。皇族也好，凶险也好，的确需要认真思考，接下来在京城廊庙行走时必须谨慎小心，但这大概应该是后半生之所为，而非当前放弃徐州之行之理由。想到这里，王献之坚决而又小心翼翼地说道："叔父大人，小子在秘书省一坐八年，难得走出京城，虽从未想过迁官晋爵，却也待得着实厌烦。倘若放弃徐州之行，小子刀术即使能达到家君大人那样出神入化之地步，小子即使将兵书倒背如流，却也无用武之地。小子叩请叔父大人准予随行是也。"

"你不是刚在山阴和剡县住了多半年？大山大河任你游荡。"王彪之说道。

王献之连忙应是，却说道："叔父大人有所不知，小子此次山阴剡县之行颇多懊悔，返回京城一路上，思来想去甚是恼火。"见王彪之一脸狐疑，王献之便说了在剡县与几位兄长意外聚首，却遭兄长们逼他休妻或者纳妾而群起训导的事。滞留山阴，提交辞呈，皆因他心境灰暗，既无开阔眼界之心情，又无游山玩水之闲情，反而生出做隐士之念。担心王彪之追问，王献之索性把几位哥哥的训导之词一股脑说了出来。坐在一旁的王越之不时被几位堂兄弟逼迫王献之的话语逗得忍不住笑出声来。王彪之虽然没笑，那神情分明对王献之的窘境一点儿也不同情。

王献之说完后，王越之一本正经道："官奴阿弟，若是选择立场，阿哥我不会与你站在一边。"

王献之剜了堂兄一眼，没有理睬堂兄的话，而是对王彪之说道："叔父大人，记得三年前您嘱咐小子潜心熟读兵法典籍，小子从此用心。然，小子从未曾有机会踏上征途，更不曾跃马横刀，驰骋疆场，未曾见识过中原故土之辽阔，更不用说八方六合之旷景焉。若是太顾忌皇族凶险，不敢越雷池一步，岂不将报国之心束之高阁乎？"

王彪之没有理睬情绪激烈的王献之，而是让儿子将刚才那本文册拿了过来，再次交到王献之手里，说道："官奴儿，这本文册并非为你所做，而是为太宰殿下所做。殿下为人单纯，处事含混，虽然历经几个皇上，却从不在重大事件上表达心思。除了兵法典籍和古往今来之战例战法，无暇关顾其他典籍和历史文册，一门心思要亲率大军北伐中原，收复失地，重振大晋王朝昔日雄威。此得失显而易见。故而，辅政二十多年，其左右并无真诚追随者，可谓形单影只。让你将此文册交予太宰殿下，你需让殿下明白：其一者，皇室处境凶险乃历朝历代之普遍现象，稍有不慎，将被人置于死地，请殿下行事慎之又慎。其二者，殿下身为皇族，虽以武陵封国，实乃中宗皇帝亲生骨肉。文册中收有大量中宗皇帝对众皇子的教导训诫，不可不读。读之方知其父皇对众皇子之企望，中宗皇帝对时局之洞察更可使皇族后人有醍醐灌顶之启迪，大可规避凶险焉。"

临离开时，王献之斗胆问道："叔父大人，小子知太宰殿下母系出自琅琊王氏，可否告知小子，殿下母系为咱家哪一门乎？"

王彪之犹豫了一下，说道："今日我可以告诉你们，但你们不必逢人便说。殿下母系乃你们从曾祖父王彦一门，而且你们从祖父王处仲自小过继给王彦曾祖父一支，说来，处仲大人乃中宗皇帝之王夫人阿兄也，亦乃太宰殿下阿舅也。"

第九章

一个月后，王献之才在百般焦虑中接到了太宰司马晞殿下的敕令。敕令要求王献之在第三日午时于燕子矶登船。这一个月里，王献之几乎每晚都会捧着那本叔虎阿叔让他亲手交给太宰司马晞的文册仔细阅读。文册分作六卷，因此很厚。直到掩卷时，他才弄明白了叔虎阿叔在几个月前就准备好这本文册的良苦用心。他也想过，倘若没有这次跟随司马晞北巡的机会，叔父大人一定会找其他机会，将这本文册交到司马晞手里。而由王献之亲手呈上，则寓意深远。

王献之提前一个时辰来到燕子矶码头，司马晞乘坐的大船已经在码头等候了。船队由四条大小不等的木船组成。燕子矶码头利用了燕子矶的天然地形，因伸入长江，江水流经这里时会缓慢下来，而江矶的背水一面水势非常平缓，特别适合船只停留靠岸。

王献之没有忙着登船，而是顺着燕子矶人工开凿的石阶登上矶顶，在草木掩映的硕大无朋的巨石上转了一圈，这才下到码头上等候太宰司马晞殿下大驾光临。

午时，太宰司马晞乘坐的官船船队启碇了。离开的时候，京城朝廷官员只有尚书仆射兼吏部尚书谢安大人和尚书右仆射王彪之前往码头送行。依照朝廷礼仪本该前来送行的中书监王坦之大人不知何故没有到场。

趁着没人注意，谢安将一封书信交给王献之，悄声告诉他，太宰殿下在京口巡视的计划里，安排了与徐州一带的流民军大帅会见的议程，以表示王朝对流民自发组织起来保护王朝统辖区域安全的军队的关怀和支持。在京口及其周边地域至少有六支流民军队散落着，虽然这六支流民军队各自为政，有自己的军营，有属于自己的辎重粮草供给渠道，但是，却无一例外自愿接受大晋王朝的统辖。也因此，这些年来，扬州刺史部会根据情况划拨银两和粮秣资助这些流民军队。一旦徐州方向遭到胡人军队的攻击，这些流民军队就会被派遣到前线与王朝军队并肩作战。因为这些军队的成员全部都是从北方流离到京畿一带的百姓，王朝的各种行文和奏章中也称其为北府军。谢安让王献之将这封亲笔书信交到一位名叫刘牢之的流民帅手中。谢安还叮嘱王献之，传递这封书信时要亲手交给本人，而且尽可能回避其他人，尤其不要让太宰殿下看到，以免引起不当猜疑。等大船离开码头时，王献之从船上向码头张望，却已经不见了谢安的身影。

  船队自驶离燕子矶码头后，司马晞就待在船舱里没有露面。王献之和司马晞的世子司马综、小儿子司马遵被安排随行，这时也只能在甲板上观景闲聊。王献之和司马综之间比较陌生。司马综比王献之大了将近十岁，因为身为武陵王世子，平日深居简出，潜心读书，很少能在热闹的场合露面。司马晞的小儿子司马遵却与王献之很熟，王献之几次前往太宰府送典籍文书都是司马遵出面接待，司马遵虽然比王献之小几岁，二人却很是能说得来。二人谈天说地聊了一路，世子司马综只在快到京口时才说了一句："官奴阿弟，殿下官邸里珍藏了一本表伯父馈赠前朝左思大人《三都赋》中的《蜀都赋》。此乃表伯父大人亲手所书，殿下视若珍宝。"然后便不再发声。司马综所说的表伯父正是王献之的父亲大人王羲之。世子突然冒出来的这句话把王献之吓了一跳。左思大人的《三都赋》那可是万二千字的鸿篇巨制哟。父亲去世前将祖父所遗书册的分配权利交给了二哥凝之，父亲去世后，二哥留下了祖传的长刀，将书册一部分留给了自己，其他几个兄弟多多少少都分得几册。王献之得到了左思大人和陆机陆士衡大人的一些诗句，均为作者手书。而左思大人亲手所书，并馈赠给祖父王旷，且又传至父亲大人手里的《三都赋》，王献之只是听说过，却从来未曾见过原作。记得五年前，几兄弟在江州相聚过一次，除了二哥凝之，其他兄弟强烈请求再将父亲所遗书册细分一次，遭到二哥断然拒绝，理由非常粗暴简单——暴殄天物是也。二哥还立下规矩，除非他主动细分书册遗产，谁再提及此事，家法处置也。那以后没人再敢提及此事。年初在剡县那次聚会，王献之曾借着二哥将自己带入静室私下教诲的机会提过能否将左思大人《三都赋》中的《吴都赋》分给自己，二哥不置可否。情绪低落的王献之第二天就离开了剡县，这一次难得的机会便失之交臂了。如今听说竟然还有父亲大人亲手抄写的《三都赋》，这对王献之来说简直就是奇闻。所以，可想而知，王献之一听说此事便缠住了司马综，最后司马综以始终不与之对话的方式，让王献之再一次死了心。

三人面朝着江水，有一句没一句地说着话，没人注意到著作郎殷涓已经踱到了身后。殷涓吟了首即兴短诗："船行大江，水雾淼淼。混沌天地，吾辈清朗。"把三人着实吓了一跳。

殷涓却对自己的恶作剧很是得意，呵呵笑了几声，又说："见三位临江肃立，似无言以对，甚觉诧异。"

世子见是殷涓，急忙行礼，说道："江水浑浊，不得探底，岸色朦胧，扑朔迷离，顿生世事难料之感。三人沉默，当是为此。"这话似诗非诗，却解了三人的尴尬。

王献之也跟着行了礼。殷涓与王献之同在秘书省得领官秩，而殷涓则以官秩四品的高官阶大著作郎之称成为实际上的秘书省长官。二人父辈曾是好友，但在殷涓之父殷浩大举北伐一事上，王羲之曾强烈反对，致使二人从此形同路人。殷涓与王献之的大哥玄之同庚，比王献之大十多岁，大概自以为阅历丰富，说起话来居高临下，颐指气使，着实令人不快。

四人相互寒暄后，殷涓呵呵一笑，又说："情势如江水，顺势而行，滚滚向前。太宰殿下此行意义非凡，廊庙上一片雀跃。数十年来，几代皇上皆受制于上游。殿下此行必使下游军事力量得以壮大，一改不得已屈从于上游的尴尬局面。"

殷涓所说的上游指的是荆州刺史部所辖的广大地域，其他三人都知道他说的正是大司马桓温。荆州刺史部由桓温的弟弟桓冲统领，而顺江而下的武昌、江州一直到当涂、于湖都被桓温设立行营。

司马遵嘟哝了一句："镇北府不过三万弱旅，上游却统领着十数万大军。镇北府即使将忠于朝廷的流民武装计算在内，兵员不会超过四万，若说抗衡上游，殷著作不觉狂狷乎？"

世子频频点头，看着王献之说道："殿下此次北巡从未透露过真实意图，殷著作不可擅自揣度。据我所知，殿下因前秦苻坚贼寇夺占邺城，将一把利刃悬于我朝颈项之上而终日惴惴不安。邺城一日不还，王朝难有宁日。大司马两年前兵发邺城想来亦是为此，不同的是那时邺城却是前燕国都也哉。"

殷涓啧啧了几声，没有理睬世子而是对司马遵说道："忠诚于朝廷那几支流民武装？呵呵，不过乌合之众，即使拥兵五万又怎堪一击！只要太宰大人领军，徐州刺史部征召十万兵员应不在话下。十万大军，铺天盖地之势也！"

听了这话，世子连连摇头。王献之听了还是不禁一喜，说道："殷著作，若当真拥兵十万，大司马桓温早已自领扬州，与南中郎将桓冲大人联手发兵，以摧枯拉朽之势一举灭了前燕慕容胡人。大晋王朝若能如此，社稷当有五十年安宁也。"

殷涓又发出啧啧声，说道："子敬老弟所说自然最好，然，王朝情势并非如此。大司马自两年前溃败于前燕贼寇，举国哗然。众人以为大司马定将报仇雪耻，却不料于湖大营突然插手后宫之事，放纵污言秽语在京城恣意流传，企图掀起腥风血雨。啧啧，庾皇后生前对嫔妃所生之子并无嫌弃之意，怎就横生嫔妃与宠臣通奸得此孽种之污言秽语？大司马此番操弄后宫之事，锋芒所指岂不昭然若揭乎？"

世子嗤了一声，突然问道："殷著作，田美人所生二子，你可见过？"

殷涓一愣，摇摇头，支吾了一句："后宫岂是随意出入之地？我从不涉足后宫。"

世子说道："你若是见过那二子便不会出此言。"

世子这句话，呛得殷涓甚是不堪，一下竟说不出话来。

接下来，几个人话不投机，而殷涓却并无离开的意思。殷涓极力坚持说司马晞北巡对抗衡强势的荆州府，意义重大；世子索性指责殷涓居心叵测，将北巡着意说成是公开向大司马桓温挑衅，定会危及王朝前途。

说话间，几个人没有注意到仪仗手和军士们已经在甲板上列队，直到身后响起"太宰殿下驾到喽"，四个人这才停住争论。这声浪涛般的呼喊声预告了大船即将到达目的地京口。

京口码头比燕子矶码头的规模要大得多。随着仪仗手的吆喝声，太宰司马晞殿下从大舱里出来，被太宰府长史庾倩等一众官员簇拥着上了甲板。

当晚，从京城来的一行人住进了琅邪孝王司马裒（晋元帝司马睿的第二个儿子，和晋明帝司马绍同为鲜卑宫女所生）几十年前在京口建造的王府，在正堂里议了司马晞接下来的行程安排。大堂里坐着或站着的足有上百人，除了太宰司马晞的随行人员和卫队，光前来迎接的镇北府长史参军、中郎将一行就有不下三十人。毕竟在前宣城公、琅邪王司马裒去世五十多年后，终于有皇室成员，还是当朝太宰殿下亲临徐州巡视了。在一众官员看来，太宰大驾光临，并且是以北巡之名，这表明王朝军事布局的重点开始向扬州刺史部所辖地域转移。为了给司马晞举行规格极高的隆重欢迎仪式，镇北府将镇守徐州前线的几位前敌将军也请了来。大堂里的议事大约持续了一个时辰，明确了此次北巡校阅军队、巡视辎重给养重地以及前往下邳前敌统帅的指挥部视察的日程安排后，司马晞突然提出要在京口刺史府设宴款待在京口周边驻扎的六支流民军队的首领。司马晞说不全六位流民帅的名字，但对其中势力最大的一支军队的统帅刘牢之却知之甚多。议事结束后，司马晞将王献之传唤到下榻院落的正堂，在座的还有司马晞的两个儿子。

已是晚秋与冬月交季之时，加之江风呼号，虽然是在屋里，众人却冷得忍不住直打寒战。司马晞叫人在正堂燃起炭火。晚饭是烧烤熏肉，边吃边说。四个人都是第一次来到王朝重镇京口。司马晞一开话题，三位晚辈就各自发表了对京口的印象。司马晞吃得不多，话也不多，似乎心事重重。但是，每吃进一片熏肉，司马晞都会赞不绝口。肉是从京城带出来的，从品相外观上看，这肉与几日前在乌衣巷吃的一样，应该是当年的元日节前就熏制好了的。

吃着烧烤熏肉，每个人都还小酌了几樽酒。话题很快就转到王朝大业上来，王献之决定今日不在这个话题上置喙。他此行的任务有二，首要的是亲临前线，感受王朝受胡人大军环伺的紧张氛围，以修炼心性，其次就是将叔虎叔父交办的事情圆满完成。在用了一个月时间深耕文册后，王献之清楚仅仅将书册交给太宰殿下并非叔虎叔父的真正愿望，叔父是要王献之将自己领会的意思通达给司马晞。一想到那本厚厚的文册，王献之心里不由得感到了压力，并有些紧张起来。

世子率先开口说话，将白天殷涓在大船上的那番说辞讲了出来。看得出司马晞从来没有关注过这些传说，他抬抬手让世子往下说。世子便说起了皇上的嬖人黄门侍郎相龙和行走于后宫的治书侍御史朱灵宝作奸犯科的恶劣行径，以及他无意间见到田美人所生那两个儿子受到的震惊。"可以料定，庾皇后生前对此事心知肚明，只是隐而不发罢了。庾皇后薨殂令后宫一派混乱，淫风秽雨着实令一众正直大臣喟然嗟叹。"世子长叹一声，"父王殿下，儿臣为此茶饭无心，坐卧不宁。乞求殿下能以王朝大业为重，先于大司马桓温整饬后宫。否则，儿臣预感会有不祥之事发生。"接着世子就说了许多关于于湖大营此次突访崇德宫的传闻，最为令人震惊的是，有传闻若皇上不能果断处置淫乱的事主，这也包括田美人、孟美人和二人诞下的三个儿子，于湖大营必将扶持崇德皇太后重新进入太极殿执掌国事。

司马晞一直不动声色地听着，直到世子说完，司马晞也没有对世子所说表示任何态度，却突然问王献之道："官奴，离京之前，不断有堂外杂论弥漫于廊庙内外，无外乎以古代事件影射当代朝政。本殿下自当有些想法，却始终不以为然。今日，本殿下想听一听那些典籍如何评议伊尹和霍光之事迹。你久任秘书郎，博览群书，本殿下因甚爱兵法典籍，对其他典籍并未过多留心。"

王献之以为司马晞会针对世子所言说上几句，所以将一大片烤肉丢进嘴里嚼得正香，听到太宰发问，连忙将嘴里的烤肉咽了下去，噎得他差点闭过气去。这时又听见司马晞说："你不必立刻回应本殿下，只是猛然想起你家叔虎阿叔那日所言，问问而已。"

王献之不敢迟滞，起身改为跪姿，把伊尹助力成汤灭夏建商，并辅佐商汤五朝帝王的历史言简意赅地说了一遍，只是在说到伊尹废太甲的典故时，将伊尹何以流放商汤第四代帝王太甲，三年之后又还政于太甲的过程和原因着意说得详细了一些。王献之此刻已经知道了太宰司马晞需要听到怎样的故事，于是说了霍光以汉武帝钦点的大司马和大将军之身份在汉昭帝驾崩时无子的情况下，迎立昌邑王刘贺即位后，让这位汉武帝的孙子只在皇位上坐了二十七天，便又亲手废除了他。

王献之说到这里，本想接着讲述霍光死后被灭族的事情，转而一想还是没讲出来。这时就听司马晞对世子和三子问道："对官奴所说旧朝之事，你二位理应通晓，何以不让本殿下知晓？"

两个儿子默然跪着，都没做回答。少顷，世子才说道："大人终日沉浸在研习兵法之中，无暇顾及这类旧事。伊尹代太甲执掌国政、霍光废黜刘贺，与大人何干？可是，孩儿得知后宫传出话来，桓温大将军将会依照汉宣帝时摄政大臣霍光的做法行事，恐是先要废黜当朝皇帝钦。"

司马晞一听这话，怒目圆睁，大声呵斥道："小子，不得胡乱揣测，更不得以己度人。"

世子不愿司马晞一直蒙在鼓里或者当真对此等事关王朝颠覆的重大事件漠不关心，坚持说道："父王息怒，想桓温自二十几年前贸然入川大获全胜之后，从此翻手为云，覆手为雨，独断专行，眼中何时有廊庙众臣乎？几朝皇帝非他辅佐，只是那时候辅政大臣均为前朝功勋之臣，桓温大将军不敢太过造次罢了。然而，今非昔比。传话人正是崇德皇太后身边伺候的黄门，不会有误。"

没想到话一出口，司马晞又吼起来，把司马综吓得不敢再开口。但从司马晞的表情上却看不出有责怪之意。司马晞转而又问王献之道："那霍光以何名义废了刘贺？又借了何人之手？"

王献之迅速瞥了世子一眼，那是一张分外沮丧的面孔，眼睛里却充满着焦灼急切和担忧。王献之朝着世子点了点头，示意他不必着急，然后回答道："以荒淫无耻、糜烂无道之名。霍光所为得到上官太后之认可与恩准。"

司马晞沉思良久，这才唔了一声，伸出手来说道："你家叔虎阿叔在燕子矶送行时告诉本殿下，你携带了一本文册要让本殿下看。本王此刻就想过目耳。"

王献之急忙从随身的布袋里掏出文册，说道："殿下，临出发前，叔虎阿叔让小子将此文册带于身旁，以备殿下查询。文册中大都为中宗皇帝以家书形式写给肃宗皇帝和我另外两位皇表叔的家谕，还有对殿下等嗣子寄托的厚望。其余皆为琅琊王氏从祖们在辅佐中宗皇帝时互通的信札和呈上的奏文。"

王献之所说的另外两位皇表叔指的是中宗皇帝司马睿的另外两位儿子，也就是司马晞的两位异母兄长司马衷和司马冲。

司马晞哟了一声，但没有接过文册，也没有表示出惊讶来。"好哇，官奴侄儿，你就选一些读给本殿下听。"他叫了跪在王献之身旁的世子和小儿子的乳名，"你二人也一块儿听。"

王献之没有先读司马睿的那些训导子嗣深读韩非子其人其事其书，并期待子嗣从中获得教益的圣谕，而是选了王敦大将军上呈中宗皇帝的两封奏疏。这令司马晞格外惊愕，但他决定还是安静地听下去。其中缘由除他对这段过往实在是知之甚少外，还因为他在三十年前曾经从表兄王羲之那里听到的关于王敦的事情，和他从任何人那里听到的都不相同。在写给中宗皇帝司马睿的一份奏文中，王敦提醒中宗皇帝，对鲜卑大王段匹磾向王朝求效忠节的举动，切不可以方州疆域奖赏之。王敦一再提醒司马睿斯时仍然天下倒悬，对王朝来说仍然是极其艰难的时刻，不可滥施恩赐。王敦不断例举春秋以来天子势弱后出现的诸侯奢侈的局面，并说"朝廷诸所加授，颇多爵位兼重。今自臣以下，宜皆除之，以塞群小矜功之望，夷狄无厌之求"。当念到"昔臣亲受嘉命，云：'吾与卿及茂弘当管鲍之交。'"时，王献之见司马晞抬起手来，便停止念诵。

司马晞不知该点头赞叹还是摇头否定，只好晃了晃头，说道："官奴侄儿，此奏文真实否？"

王献之说道："小子核对过笔迹，出自王处仲大人之手当是无疑。"

"你可知你家叔虎阿叔让本殿下阅看这些奏文用意何在？"

王献之说道："叔虎阿叔希望还原历史真相，以史为鉴，深入了解琅琊王氏在王朝历史上特受荣任、备兼权重、渥恩偏隆、宠过公族之地位。即使如此，不论处仲从祖还是茂弘从祖却自知曾有触犯龙鳞、迷不自了之过失。平心而论，处仲从祖举管仲三归反坫、子犯临河要君、萧何周勃陷入囹圄，却终成良佐之典故，并无冒犯圣上之意。殿下明察，官奴最感纳闷者，这封奏文处仲从祖敦请茂弘从祖转呈皇上。然，茂弘从祖却并未向中宗皇帝呈上。不仅如此，茂弘从祖将奏文保存下来，而且，交给了秘书省作为史籍收藏下来。"

众人一时间都无话可说，只有司马晞长出一口气，抬了抬手说道："官奴儿，继续，继续。"

王献之没有立刻读第二篇奏文，而是读了一段史官关于这个时期廊庙生态的记载。在史官留下的文字中，中宗皇帝起用刁协和刘隗之后，刁刘二人很快制定并推行"刻碎"之政，以皇上之名开始对琅琊王氏以及在王朝政权中起着中流砥柱作用的其他名门望族大加杀伐，几乎完全摧毁了名门望族在中兴以来形成的辅政集团。

司马晞突然插话问道："结果如何欤？"

王献之被问得一愣，看着手中的文册，却没有回答司马晞的疑问，而是继续念起王敦大将军上奏的另一篇疏文。这其实应该是一片檄文了。檄文通篇严词峻句，揭露了刁协和刘隗两个奸佞之臣邪佞诡媚、谮毁忠良的卑劣人品，罗列了这二人大起事役、劳扰士庶、内自封植、奢僭过制的种种劣迹。念到"奸狡饕餮，未有隗比"的时候，司马晞打断了王献之，惊愕地问道："若果真如处仲大人檄文所言，中宗皇帝因何如此信任其人？"那时候，司马晞不仅年岁很小，而且已经被送往位于南岭的武陵国去了，自然从未听说过刁协和刘隗的这些恶贯满盈的行径。

王献之难以回答，只好据实说道："小子对这二人劣迹也是从文册中得悉，已经过去近六十年，大概只有我家叔虎阿叔了解此二人过往。但是，文册中有一段史官记录显示，刁协在处仲将军清君侧的大军兵临城下时逃出京城，刁协属下部卒无法忍受其平日残酷与凶狠而将其私刑处死，而刘隗则果真如处仲将军所料，投奔羯族胡人叛军石勒做了叛将也。"

司马晞垂下头去，嘴里连声嘟哝着"父皇眼瞀，父皇眼瞀哟"，全然没有了在京城乌衣巷时那位太宰殿下意气风发的精气神。

一旁的世子司马综好奇地问道："官奴阿弟，你在船上说过中宗皇帝因被处仲大人比作太甲而龙颜震怒，可是，怎不见你念到关于太甲幽闭于成汤墓地三年的文字？"

王献之朝着垂头丧气的司马晞努了努嘴，说道："殿下，若是小子念的这些奏文令殿下沮丧，不如待往后殿下心情舒朗之时再行阅看，如何？"

司马晞很长时间没有抬起头来，一动不动，像是在沉思。王献之看着烛火中那颗满是白发的头颅，心里头顿生怜惜。这时就想起叔虎阿叔说的话：殿下性情爽直却太过单纯，虽说在京城廊庙做了二十几年的辅政大臣，却不谙围绕着皇室从来没有停止过的明争暗斗。许久，司马晞终于直起身子，连着长出好几口气。

"官奴儿，本殿下有疑问需要你解答：让本殿下获知这段鲜为人知的历史有何指向乎？"司马晞问道。

王献之这些日子一直在寻思这件事情，既然司马晞发问，他没有理由所答非所问，于是说道："殿下明察，臣冒昧揣测，叔虎阿叔虽对殿下北征不无钦佩，却不得不采用此种方式告知殿下，王朝中兴以降中宗皇帝对子嗣之寄托。殿下母系出自琅琊王氏，难免不得不为王朝那段历史担当责任。叔虎阿叔以为，厘清那段历史的真相，可以令殿下心无旁骛，尽为复兴王朝殚精竭虑是也。"

"史官失责乎？"司马晞突然问了一声。

"以小子之陋见，史官并无隐瞒之责。小子翻阅王朝史典发现，大量入册文本出自历朝尚书郎之手，尤其对人物言行之记录。阿弘兄（世子司马综）从尚书郎入仕，对此定有感悟。"

世子司马综接话道："官奴所说无误。自武皇帝立朝以降，尚书府入职尚书郎首要之事便是撰写前朝重臣事迹，所谓传记是也。然，重臣奏表和重臣之间往来书信却是因事而择录。小子入职后为南顿王司马宗写传，就被允许将成皇帝（晋成帝司马衍）怀念南顿王一事载入，也才知晓南顿王是被中书监庾元规大人以企图篡逆之罪名所杀。小子如实写来，后任中书监庾冰大人并未因此责令删除这段历史记载。"

这时，只见司马晞直起身子来，问道："据本殿下所知，南顿王司马宗从未宣称要将肃宗皇帝或者成皇帝取而代之耳。"

司马综说道："父王所记并无差错，且史官记载也未见此类文字。史籍中，庾元规给南顿王罗列的罪名有十数条之多，但以篡逆为最，并依惠皇帝时处置赵王司马伦篡逆之罪为皇族处置范例。"

"赐鸩酒饮杀乎？"

"非也，乱箭射杀也！"

很长时间，司马晞盯着烛火一动不动。正堂里一片寂静。待司马晞终于开口说话后，却对王献之说道："本殿下明日宴请流民帅们，官奴儿，你要把琅琊王氏刀法在这些流民帅面前演练一番。"

第十章

　　昨晚睡得并不晚。王献之对司马晞提出让他在宴席上当众演练刀术没有推辞，也不敢推辞。接下来又遵照司马晞的要求，在文册中有选择地念诵了中宗皇帝写给肃宗皇帝和身在收复中原前线的已经过继给司马浑的二子司马裒的书信，以及中宗皇帝对其他儿子包括过继给东海王司马越做嗣子的三子司马冲、过继给武陵王为后人的四子司马晞寄予的厚望。大概是司马昱太小的缘故，或者中宗皇帝已经病入膏肓，影响了睿智的思维，中宗皇帝对六子司马昱却没留下太多的寄言嘱托。信札都很短，最多也就三四十个字的篇幅。司马晞听得非常认真，若不是瞪着眼睛，真让人以为是睡着了呢。信札读完，司马晞让王献之把父皇司马睿教导肃宗皇帝深耕韩非子的那些著作读几篇听听。王献之只好告诉司马晞，这本文册中并没有囊括韩非子的所有著作，即使是中宗皇帝多次钦点的韩非子著作也不过是择选了一些重要章句，而这些钦点的著作原本是要让庾元规大人和温峤大人侍读于肃宗皇帝。奇怪的是，从中宗皇帝信中的语气可以读出来，这两位侍读并没有遵旨而行。为此，王献之也曾专门深读了这些著作。他看见司马晞在听到说及肃宗皇帝的时候脸上就会露出一丝极为厌恶的表情，尽管稍纵即逝，但王献之还是看出司马晞内心对肃宗皇帝是怎样的感情了。他决定暂时不将这些摘录读给司马晞，而是说道："殿下，夤夜将至，明日还要大宴宾客。不如择日再深读韩非子之书，文册中尚有一些未读之家书，皆为写给宣城郡公的，殿下不妨听上几封。"见司马晞点头同意，王献之选择了宣城郡公司马裒在北征石勒胡贼时期中宗皇帝写给他的家书念给司马晞。其中一封家书中出现了"朕册立太子并非以年龄而是以德行为标准"（立子以德不以年）的字句。另有一封家书中附有一封诏书，诏书撤销了司马裒过继给中宗皇帝的弟弟长乐亭侯司马浑为嗣子的决定和司马裒宣城郡公的封号，而改封司马裒为琅琊王，奉琅琊恭王司马觐祀（中宗皇帝的父亲，如此一来，司马裒便和司马睿成为平辈）后，拜散骑常侍、使持节、都督青徐兖三州诸军事、车骑将军。诏书读完，司马晞打断了王献之，甚是惊诧地问道："将道成（司马衷字）阿兄过继于阿叔司马浑为子时，中宗皇帝尚是安东府将军。践祚之后，收回嗣子之封，皇族可有先例乎？"

王献之回答道："自武皇帝（晋武帝司马炎）立朝之后，并无先例。但中宗皇帝关于册立太子之言寓意明了而又深远也。"

司马晞没让王献之继续读下去，再一次陷入沉思，嘴里不断重复着："可以撤销嗣子之封，可以撤销嗣子之封耶！"

当晚，王献之与司马晞三子司马遵同居一室。两人东拉西扯了一阵子闲话，吹灭烛火后，司马遵冒出一句："官奴阿哥，中宗皇帝那句'立子以德不以年'之圣谕，你以为，父王殿下今夜会否因此辗转反侧？"

王献之自然知晓那句话的含义，也听叔虎阿叔说过中宗皇帝内心是愿意册立司马衷为太子的，最后被从祖王导否定。但他不认为武陵王司马晞会为此难以入眠。"否也。殿下乃求取身后功名之君也，而非为坐上龙床。"

很快，卧房里就响起了此起彼伏的鼾声。

款待流民大帅的晚宴就设在皇族的官邸里。说是晚宴，其实从午后就已经开始了。皇族官邸占地面积不太大，也绝不奢华，是五十多年前宣城公琅琊王司马衷出任北中郎将时修建的。这里自中宗皇帝南迁建康设立镇东府行营后，便作为未来大晋王朝的东北方向抗拒胡人侵略的铜墙铁壁，以及王朝大军北进征讨胡儿贼寇的出发地。踏进官府厚重的大门前，王献之在府门前飘扬着的大纛下伫立良久，心想：在这扇厚重的官邸大门后，究竟发生过多少次战略运筹和谋划？宣城公司马衷十六岁就坐镇京口，并奉中宗皇帝命率三万大军征讨石勒胡贼。多大的气度，何其壮哉。而如今，自家以而立之年将有幸随司马晞北上征讨前燕胡贼，虽然晚了，却一样壮烈也哉！想到这里，王献之便阔步走向府衙大门，挺着胸脯走了进去。

宴会之前，太宰司马晞接受了流民帅们的觐见大礼。七人分别是徐州刘牢之、东海何谦、琅琊诸葛侃、平安高衡、东平刘轨、西河田洛及晋陵孙无终。在进入殿堂前，七人都依照规矩将随身佩戴的刀剑卸在堂外。和觐见皇上不一样的是，七位流民帅不用脱去鞋子，也不用进入大堂后趋步而行。进入大堂后，七位流民帅齐刷刷跪在主座上正襟危坐的司马晞面前，行一稽到底的君臣大礼，轮流呼喊着各自事先准备好的敬辞。

正堂主座左侧站立着镇北府的诸位将军和长史参军，右侧站立着徐兖两州的刺史和太宰随行官员，王献之便在其列。

在如此庄严肃穆而又隆重规矩的仪式中，王献之心里不断涌起一阵一阵的冲动。这样的阵仗他还是第一次经历，觉着此情此景俨然大军出征前举行的各路将军拜见统帅的仪式。联想到官府门前在风中猎猎飘舞的五色彩旗，蓦然就想到了在诸葛孔明的兵法规则中看到的此时起、彼时落的彩色令旗和在令旗指挥下进攻或后撤的军阵。

在这样一种临战的冲动中，王献之的目光停留在刘牢之身上。

刘牢之看上去比二十岁的实际年龄要老成得多。此人身材伟岸，虎背熊腰，面色赤红，尺把的长髯从耳后垂下直达颈项，胡须粗而硬，令人顿生蜀国大将军张飞张翼德在世之感。浓重的眉毛像两条卧蚕压在眼睛上方，两只眼睛长得很近，且大而圆，远远看去，眉毛和眼睛浑然一体，给人不测之深邃的惊愕。此人搭眼一看就能看出乃性格深沉刚毅之人。说话时嗓门嘹亮，鼻音厚重。刘牢之为流民帅之首，是徐州土生土长人士。这支流民军兵员雄厚，超过六千常备兵员。麾下绝大多数官兵都来自徐州辖域，更有从中原投奔从戎的官吏后人，因此兵员的质量很高。六位流民帅中就数他说话声音最大了。其他几位一看就知道比刘牢之年长了不少，可是，那目光看着刘牢之，似都有些畏惧此人呢。

仪式很快就结束了，众人按照官阶依次坐在事先就摆放好的桌几前。七位流民帅被镇北府从前线回来迎接太宰的将军们分隔开来，说起话来就非常投机。

太宰司马晞频频举杯。古人欢宴，并无劝酒之习俗，亦无干杯之吆喝。官阶最高的双手将酒樽端于胸前，一众主客便随之杯举酒尽。几轮烧酒落肚，众人的话就多起来，话中就少了古板生硬的谦辞。饮酒的频次也加快了，时不时地还会听到此起彼伏的欢呼声。

忽听到有人说起了两年前大司马桓温北征邺城路过徐州刺史府，浩浩荡荡一路北上的情景，那是琅琊流民帅诸葛侃在说这事儿呢。诸葛侃饱含崇仰之情地说曾经在琅琊国做过内史的大司马桓温在经过当年亲手栽种的柳树时，双手高举，紧紧抓住低垂的柳枝仰天长叹："呜呼兮，光阴荏苒，岁月如梭，当年亲手栽下的柳树幼苗如今竟然已成参天大树，木犹如此，人何以堪！""如此威震敌胆的大将军言之至此，竟然潸然泪下耶！"刘牢之嗷地怪叫了一声，一拍坐下的毛毡，站起身来。众人被他的举动惊住了，都将目光转向了刘牢之。就连正在跟庾倩低声交谈的太宰司马晞殿下也不得不停住交谈，转而看着刘牢之。这位流民大帅当真喝得太多了，他甚至没有朝司马晞那边看上一眼，径自大声说道："诸葛将军，可是你亲眼所见乎？北征北征，尽管名头响亮，最终却落得损兵折将，抱头鼠窜，有甚可值得颂扬。"庾倩大声提醒刘牢之当着太宰大人的面不可造次，却被他挥手打断了。大概是看到司马晞正惊愕地盯着自己，便顺手朝着司马晞一拜，继续说道："那年受诸位将军之托，牢之只身前往金乡北征大营晋见大司马，向大司马请愿，随征讨大军一道北伐前燕。那慕容胡人与我有毁村焚宅、涂炭子民之仇。牢之立誓收复故土，让流民百姓返回家园，可谓信念坚定，不可追悔。那时候兖州一线饱受鲜卑贼寇蹂躏，民不聊生，民怨鼎沸。我们这几支民间武装加起来足有上万兵马，又皆为土生土长，对北征一线河流山峦了如指掌。"刘牢之弯腰从桌几上抓起酒坛，一口气饮下半坛子烧酒，长出一口闷气。"呼哈哈耶，岂料大司马桓温与我近在咫尺，竟然不屑于亲自出面接见于我，而是派了负责漕运的豫州刺史部袁真虚与委蛇。袁真如今早已经人头落地，本不该遭受议论。可我至今咽不下这口闷气。当我言辞真切地表达了愿以身家性命随大军北伐，并担纲前锋将军之后，那袁真居然奚落于我，对我一片赤诚之心嗤之以鼻，声称我之武装即使十五万也不过是一群草寇耳。呸！气杀我也！"说罢，刘牢之一屁股坐下，将剩下的半坛子酒一饮而尽。

众人的目光又一下子集中到太宰殿下身上，只见司马晞依然笑容满面，朝着众人挥了挥手，说了声："若是果真北伐再起，刘将军所说之事，断不会再次发生。"

人群中发出响亮的欢呼声，侍从们又往大堂里搬进来十几个酒坛子。每位在座的嘉宾都喝光了面前的第一坛子酒，大厅重新喧闹起来。刘牢之趁着其他人都捉对对饮的工夫，来到王献之的桌几前，在对面恭恭敬敬坐下来。没等刘牢之开口，王献之便给他斟满了酒樽。二人未开口就对饮了三樽。然后王献之一笑，说道："听将军说话口音，亲切得很。如此年轻就已统率千军万马，令人敬佩不已。"

刘牢之憨厚地一笑，脸上全然没有传说中的凶相，而是紧张和羞涩呢：

"大人抬爱，末将在大人面前甚至不敢直视。"看出王献之对这句话很是惊诧，便解释说："祖上传下来的很少的几封家书中有这样一段记载，是曾祖写给祖父大人的，让祖父凭此信札找到郗鉴大将军。那时候，郗鉴大将军的身份似乎和我现在的身份一样，手下有几千追随他从高平郡峄山一带辗转到下邳躲避灾难的流民，这些流民大多是随着郗鉴大人从中原逃出来的。牢之后来知道了郗鉴大人收留了祖父。祖父被派往当时的北中郎将王舒大人军营中，从那以后祖父大人就追随着王舒大人南征北战，建立功勋。"说到这里，刘牢之不好意思地挠了挠头："大人，末将一听到大人出自琅琊王氏，而且还是郗鉴大人外孙，甚感激动。"紧接着，刘牢之又絮絮叨叨说了一些记忆中祖父说过的事情。这个高大威猛的汉子说这些话时全然没有了那股子勇往直前的劲头，倒像是一位久逢知己又少见世面的青年人，声调低婉，语气恳切。

趁着无人注意，王献之掏出谢安大人交代的信札，悄声说了句"朝廷的吏部尚书谢安石大人嘱我将这封信交到将军手里"。刘牢之眼睛一亮，但刹那间就恢复了常态，接过信札并没有看一眼，而是神情淡然地将信札揣进怀中的衣袋里。

二人的交谈还算顺畅。刘牢之操着浓重的北方口音，倒也不是所有的时间都使用大嗓门对话。而且，这种北方口音听上去像极了大舅郗愔的口音，因此王献之听来很是亲切呢。

几番交谈之后，二人又喝光了一坛酒。这时，刘牢之又将身体朝着王献之挪了挪，两人坐得很近了。

刘牢之的脸凑得很近，说话变得无遮无拦，想到哪里就说到哪里。见王献之对自己的举动有些吃惊，便神秘地眨了眨眼睛说道："大人一定不知道，牢之的母系出自吕梁山。"王献之心里咯噔一下，吕梁山在七十年前乃匈奴五部联盟所在地，北方刘渊自立的前汉国和后来刘渊的义子刘曜自立的前赵国都发源于吕梁山。怪不得刘牢之的相貌如此狂豪，面颊上的长髯如此浓密，而声音则高亢震耳。他不动声色地点了点头，跟了一句："我听家君大人说起过吕梁山，家祖大人曾代表皇上前往那里面见五部联盟总都督刘渊大人，并在那里与后来的后赵皇帝石勒比武。"

"哪个赢了？"刘牢之顿生兴致，问道。

"自然是家祖大人。"

刘牢之哟了一声，猛然想起，用力拍打了一下前额，说道："琅琊王氏刀法乃大晋第一刀法，世间所传天下第一刀手难道就是令尊祖乎？"

王献之点点头，尽量让脸上的表情平淡一些。

坐在不远处的司马晞虽然面对着众人，却很是留意二人的对话。见刘牢之一副惊愕不已的样子，便抬手朝着正在喧哗的众人挥了挥，喧闹声很快就消停下来。太宰司马晞示意王献之和刘牢之站起身来，然后说道："本殿下见诸位爱卿已酒到酣处，可谓兴致勃勃也。此时若以武助酒，岂不兴致甚浓焉。爱卿子敬出自琅琊王氏，练得一手王氏刀法，神出鬼没。道坚将军四代行伍，据说剑术高超，以一当十。二人适才正在议论刀法剑术，不如当众习演一番，以助酒兴耶！"

在一片山呼海啸般的欢呼声中，王献之和刘牢之接过太宰侍从递上来的长剑，摇晃着走到大堂中央。木剑用青钢木削制而成，做工很是精致，还用生漆涂上了颜色。虽然较之真刀真剑轻了许多，但十分趁手。两人面对面站着，都喝得上了头。刘牢之脚下明显不稳，而王献之虽然喝得少一些，怎奈酒量大不如刘牢之，一坛子落肚也飘飘然难以自已。

刘牢之先朝着王献之做了个手势，示意可以先出手。王献之则不愿接受这样的谦让，也朝着刘牢之做了个手势，示意一起发动。

刘牢之平日的武器是一杆长矛，虽不及张飞张翼德的丈八长矛，也足有丈把长短。据说前燕贼寇的将军出阵之前只要见到刘牢之坐下青鬃马和手中的丈把长矛，一般都会不战自退。古人作战，双方实力并不以兵卒多少而论胜负，只要将军战败或者战死，兵卒们要么四下散去，要么就自动加入对方阵营。所以对刘牢之来说，使剑或者刀都不是长项，然而，这种场合用刀或者剑来助兴却是相当时髦，很长面子的。

两人行过开练的礼节后几乎同时出手。因为具备表演助兴性质，所以，王献之的起式使用了曾经为叔虎叔父演练的那套家传刀法中的"气定神闲"一式，这一式看起来风轻云淡，却内藏着攻可以出奇制胜、守可以退而有据的优势。尽管手中握的是长剑，一招出去却尽显刀术之精准流畅。刘牢之怎能看得出来，一出手就欲要双剑碰撞，试图以力气压倒对方，从而让这场意外发生的剑舞之节奏掌控在自己手中。

刘牢之想占据上风，在助兴中尽显王者风范，王献之却只想着尽心演练，在演练中体悟琅琊刀法之精妙。因此，大堂中央就显现出一支木剑舞动生风，招招硬朗，另一支木剑似行云流水，式式飘逸。

司马晞看得真切，心想这官奴孩儿刀术竟然如此娴熟，而流民大帅刘牢之的剑法可是相形见绌，流民帅的剑法除了硬朗，全无套路章法可言。

王献之很是投入，渐渐地已然进入无我状态。这些年尽管并不热爱家传刀法，每日习练也无太多心得，却将刀术习练得十分娴熟流畅。几式过后，便将刘牢之带入了王氏刀法的节奏中。

当王献之再一次意识到刘牢之是在躲避迎面而去的剑锋的时候，突然对自家刀法有了领悟。毕竟从未曾有过实战经验，更不知自家刀法在实战中如何使用，也就不可能对来自对方的攻击做出正确反应。他只能按照刀法套路一式连着一式做下去，并尽可能使之流畅。直到接连几次荡开了对面刺过来的剑锋，王献之对刀法套路和其深藏着的意义才有了新的理解。双方的木剑经过几次接触碰撞，王献之在套路的支配下舞动木剑之际，眼睛开始随着木剑的游动转动起来，甚至达到了目随剑动的和谐。这一发现让他心里一喜。叔虎叔父那日的话就在耳畔响起来，王氏刀法从起式就蕴含着进攻的态势，整个套路中的一招一式概莫能外。长刀是短兵器，除了进攻别无选择。书写技艺亦是如此耶。"书写"这二字在眼前一闪，又让王献之心中一喜。

王献之的木剑在走势中又一次荡开了刘牢之的木剑，尽管缺少力道，但是紧接着的下一式直逼对方的咽喉而去，将对方惊得连退了几步。这已经不是第一次显示出王氏刀法的进攻威力了，只不过王献之在看到对方有些失态的表情时才意识到所谓招招都蕴含着凶险的攻势是怎么一回事儿。

刘牢之情知是在表演，所以也十分注意保持两人之间的距离，以免由于不慎而伤及对方。他早就从祖父和父亲那里听说过琅琊王氏刀法独步天下，至少在王朝上下无人能出其右，因此也非常谨慎。当看到王献之的起式时心里也不觉一震。看上去这个起式并无震天的力道，也看不出内藏的杀机，可是，这却是他从未见到过的起式，似乎是准备防守，又能够感觉到随时可以转化成攻势。他决定先按照自己的套路远远地走上几式，看对方接下来的套路再做出应对。然而，几式下来竟然看不出对方攻守的意图了，于是便决定试探一下能不能将对方带入自家的节奏。心里想着，脚下就向前滑动了几步，长剑也开始注入了些许力道，便有了木剑在空中劈斩转圜时划过空气的声响。让他甚感意外的是，这一注入了力道的剑式在遇到对方的剑式时竟然被轻易荡开了。不仅如此，当他眼睁睁地看着刺出去的木剑被荡开后，几乎就是电光火石般的一刹那，王献之手持的木剑的剑锋就从他的咽喉前面悄然划过。第一次，刘牢之只是心中一惊，再看王献之，一脸的从容淡定，眼睛里丝毫不见杀气。也就是说，王献之并没有意识到自家刀法的绝妙之处。接着，两人又各自按照自家套路在场地上走了一趟花步，两支木剑再一次相撞的刹那间，刘牢之特别注意到王献之木剑的出式简直是轻描淡写，剑势将到尽头之时，却见剑锋突然向前一刺，恰像蜻蜓之尾在水面上一点，瞬间又变作下一式，着实令刘牢之有猝不及防之感呢。而王献之则目光专注，那表情像极书生读书到酣处之欣悦，却无刀手置人于死地之残忍。

击节声不断响起，来自琅琊国的流民帅诸葛侃欢呼得尤其高亢，依稀可以辨出其中竟有"琅琊王氏刀法举世无双"的呼喊声。

司马晞看出刘牢之已经使出了浑身解数，却始终无法在表演中让手中的木剑接近王献之，还看出表侄儿王献之将王氏刀法演练得渐入佳境，知道到了该打住的时候了，便高声吆喝道："二位爱卿，众人已然尽兴，可以罢手耶！"

二人回到桌几旁坐下，刘牢之闷着头连着干掉了三樽酒，突然一拍桌几，将身体从地上一跃而起，朝着王献之问道："大人可否听说过鸲鹆舞？"见王献之从容点头，便一挥长臂，朝着几位流民帅吆喝道："请诸位将军为牢之击节助兴哟！"话音一落，脚下一滑就来到大堂中央。随着一众人等击掌的节奏，刘牢之一瞪圆眼，一抖身体，头颅做出寻常人很难做出来的前后左右迅速移动的动作来，像极了一只正在观察四周动静的山鸟，而面颊的长髯也随之夸张地抖动着。接着刘牢之开始将身体俯仰摇动，忽前忽后，突左突右，时而低垂近地，时而后仰望天。双臂并不跟着摇晃，而是随着身体的摆动像鸲鹆（八哥的别称）的爪子僵硬地紧贴着身体。众人击掌的节奏越来越快，刘牢之的动作也越来越快。直到他轰然倒在地上，舞蹈结束了。

刘牢之表演鸲鹆舞的时候，人群中只有司马晞发出愉快的、惊讶的欢叫声。见刘牢之轰然倒地，司马晞腾地站起身来高声叫道："道坚将军，本公着实惊愕。此鸲鹆舞早已绝世，何以将军能舞得如此惟妙惟肖！"

刘牢之起身朝着司马晞行了个君臣大礼，并没有回答司马晞惊诧中的疑问，而是回到王献之旁边的桌几前坐下，又是一口气连饮三樽酒。这时，几位流民帅纷纷登场，向太宰司马晞献上各自的绝活儿，直看得司马晞连声喝彩。

刘牢之又凑到王献之的身旁，两人对饮了三樽后，王献之惊喜地说道："刚才舞剑，承蒙将军谦让。然，将军方才的鸲鹆舞才称得上震惊四座之作。据我所知，此鸲鹆舞乃陈留谢氏之谢鲲大人传与子嗣，近世只听说三十年前，谢尚大人有过出彩之表演，甚得太宰相王茂弘大人喜欢。将军怎会得之乎？"

刘牢之抹了一把脸上的汗水，憨厚地笑了笑，说道："大人有所不知，如前所说，家祖曾在四十多年前追随琅琊王氏王舒大人征战四方。这成为族人傲立于后世的荣耀。故而，牢之见到大人就如同见到家族的尊长一般亲切，不由得肃然起敬。"

王献之一笑，说道："琅琊王氏族人中并无人会这鸲鹆舞。"

刘牢之说道："牢之祖父视追随琅琊王氏为显赫荣耀，然，二十多年前，家君大人却有幸跟随谢尚大人征战邺城。大人一定知晓正是谢尚大人从冉魏皇帝那里得到传国玉玺（据说乃秦汉玉玺），从而在鲜卑慕容氏、段氏和王敦大将军奉献中宗皇帝多个传国玉玺之后，终将始皇之后历代天朝传国玉玺集于大晋。此乃天意也哉！而家君大人正是谢尚大人派遣护送玉玺返回京都建康城的二百骑兵之一员。那次护送玉玺，家君大人得皇上亲赐绸缎二十匹，并得终生免除税赋。这之后，家君在谢尚大人被解职后，义无反顾地投到了谢万大人麾下继续征战中原。那次征战虽然以失败告终，而且，家君因身负重伤不得已返回家乡疗伤，然，家族因此而世代衔王朝垂青之荣耀。延续至末将，自当为王朝肝脑涂地。"

在接连畅饮下半坛子老酒后，刘牢之开始讲述他父亲那支马队从千里之外将这枚秦汉玉玺护送到京城的惊险过程。

王献之听着刘牢之讲述这段家族最值得称道和骄傲的历史，看着面前这个彪形大汉在诉说时像是展示一件珍藏多年的宝物一般，神情庄重，语气委婉，毕恭毕敬。刘牢之在接过王献之捎来的谢安石大人的信札时，神情淡然，眼睛里却发出熠熠光彩的情景，倏忽间在眼前划过。王献之这才明白了，在刘牢之心目中，陈留谢氏一纸信札无论内容为何，便有如一道敕令，即使赴汤蹈火又怎会眨一下眼睛。

第十一章

醒来的时候，王献之脑袋里面一下一下跳着疼。王献之心里清楚昨天晚上的那顿酒喝得过量了，这是宿醉的反应。但他还是坚持着起了床。昨晚上怎么回到住所的，他记不清楚了，但似乎记得太宰司马晞让人将他扶进居所，可怎样被人搀扶进了所住的卧房却是怎么都回忆不起来。

从住所出来，经过司马晞的住所时，可以看见有卫兵在屋舍外站立。王献之判断太宰殿下一定还没有醒过来，于是，便放弃了跟随行的太宰长史庾倩打招呼的念头，悄然出了大宅。

出得大门，才意识到天刚放亮，街巷里冷冷清清的，完全没有了昨日抵达时那番热闹的景象。

昨晚筵席结束的时候，经过一番争执，总算确定了司马晞殿下不必到每一支流民军驻地去观摩军阵，而是从刘牢之的队伍里调集五百人到京口接受检阅，时间定在第二天正午。刘牢之的一支"快速将兵队"距离京口校阅场只有不到十里路。这是一支步骑兵混编的队伍，大约不到两千人。骑兵人数约有五百，步兵人数则在一千上下。这支快速将兵队看起来规模不大，人数也不多，却是徐州刺史部统辖区域里战斗力最强的军队。据说，一旦战事需要，这支部队能在一个昼夜行军一百五十里。用昨天刘牢之酒后的话说，两年前若是大司马桓温器重他的军队的话，仅靠这支快速部队就足以攻下前燕贼寇国都邺城，可见实力不能小觑。司马晞一听有这样一支军队，自然不会放过亲自校阅的机会了。加上刘牢之的嗓门最大，此人扯开嗓门一叫喊，其他几位流民帅就只好遂他所愿，不再坚持调动自家武装部队前来京口接受校阅。不过，这些拥有自家军队的流民帅都承认，刘大帅的这支快速将兵队令鲜卑贼寇最为害怕的并不仅仅是它移动起来十分神速，还在于这支不到两千人的军队，竟然配备了一百多人的粮草供应后援和四条可在一般水域里通行的平底大船。战时，这支补给后援紧跟在进攻队伍后面，一步不落地尾随着前行的大军。在可以顾及的作战范围里，只要有河流，四条平底船就会随之前往，确保向攻击部队提供必需的给养和辎重。有人悄悄地告诉王献之，刘牢之的这支快速部队一旦冲进敌方阵营，站稳脚跟，即使三十天断了粮草，士兵依然不会饿着肚子作战。

强劲的风裹着重重的肃杀之气从江面上掠过，吹进城镇，顺着大街小巷起劲儿地窜着。王献之禁不住收紧了外衣的领口，又将绸缎大氅的腰带束紧了些。这座长江下游的重镇还没有苏醒过来，王献之加快脚步，路过金市的时候还短暂地停留了片刻。早就听郗道茂说过这座京口最大的集市，此刻，集市可见鳞次栉比的商铺，但都是门板紧闭，见不到有人在活动。昨天就打听好了前往郗府的路径，从金市一拐弯，远处一座宏大的府邸就撞进了视野里。

留守宅邸的管家当然知晓王献之是谁，忙不迭地将他迎进大院里第一进院子的正堂。王献之甫一坐定，管家转身就出去了。

王献之第一次到京口，自然也就是第一次走进外祖父的宅邸。趁着无人关照，王献之出了正堂，径自沿着侧面的石径向后面走去。外祖父的官邸有五进纵深。五进宅院各不相同。最大的一进院子竟然是第三进。第三进院子又有两条石径向东西延展而去。东面的石径通向一片水面，水面总有三四亩大小。西面的石径通向一处建有两座楼阁的庭园。庭园比之水面还要大一些。楼阁建在岩石堆砌而成的假山上。王献之犹豫了一下，并没有走过去，而是转身进了正堂。

第三进院子正堂也要比其他院子正堂大很多。透过正堂后侧的窗棂，可以看见正堂屋外的花坛和花坛对面的一院屋舍，王献之知道那院屋舍被称作闺房，是家中女眷住所。蓦然地，脑海里跳出了少年时听到过的家君大人与外父大人（郗昙）的一段对话，那是关于家君带着一只活大雁亲自到京口母亲家确认姻缘的一段回忆。两位长辈说到过家君大人隔窗与母亲大人相望，那时候外父大人只有九岁，与家君大人的年龄相差十七岁。王献之记忆中最为深刻的是外父大人说及此事时的口吻是仰慕的，而父亲大人的神容是得意的。但是这段对话的背景对王献之来说一直是含混不清的。王献之即使站在现场，也很难再现那时的情景。父亲大人过世已经十年，而那段对话更是过去了几十年。一切都是模糊混沌的，只有感情是真挚的。伫立良久之后，王献之心里升起一丝莫名的后悔之意，后悔怎就没带妻子郗道茂一同前来京口。

正堂东墙上的一幅地图引起了王献之的注意，他踱了过去。因为地图上并没有标明性质,所以,看了好一会儿王献之才弄清楚这其实是一张京口以北包含琅琊国、高平国以及更远的黄河以西广袤地域的地图。地图的比例严重失真,但对重要山脉河流和郡县都有清晰的标注,只是在实际距离上偏差太大。比如徐州府治所下邳距离京口实际很远,可是地图上显示,二者的距离似乎近在咫尺,就连兖州府统辖范围内的几个湖泊也好像抬脚就能到达。王献之在地图上有意找寻五百多年前淮阴侯韩信大败齐国军队的潍水之战的发动地,这个叫峡山湖的战场本属于青州府的地域,居然被标注在琅琊国治所北面不远的地方。王献之的心思仅在这里停留了少顷,目光便找到了外祖父郗鉴大人的祖籍金乡。大司马桓温的五万征战大军正是从这里继续向西北方向的巨野挺进。从巨野到位于太行山东麓的邺城,地图上仅有一箭之地,其实足有上千里路。征战大军一路北上到达枋头(河南浚县地区),和前沿的先头部队一经接触,竟然就败下阵来,而且一溃千里,无法收拾。王献之曾经听亲身参加过北伐邺城征战的谢玄说及这件事。谢玄很显然不愿意多说,仅是语焉不详地说了些关于辎重补给不足使征战大军的进攻态势捉襟见肘,难以为继。难道没有其他的原因吗?王献之和郗道茂一次回到京城郗家大宅探访妻弟郗恢时,撞见了从于湖大营回来的堂兄郗超。郗超正好与郗道茂的阿弟、太常府从事中郎郗恢说起这次征战,尽管郗恢打破砂锅问到底,而郗超却似有难言之隐。但郗超还是说了他那时候的态度和策略。记得郗超说以他对战局的判断,曾力主速战速决,强行渡过黄河,且行且收纳兵员和粮秣,这一路上皆为大晋王朝故土,兆庶黎民亦皆为大晋子民。多年经受后赵羯胡贼寇和鲜卑贼寇蹂躏洗劫,早有将贼寇政权赶出中原的强烈愿望。这算是民心所向,而鲜卑贼寇毕竟是入侵者,毕竟对中原民心甚多忌惮。以此地利人和为依托,一举攻下邺城应在情理之中。郗超见王献之进了正堂便不再继续说下去。那时候,王献之也无心关注这类事情。

　　王献之一边想着,眼睛一边在地图上移动,很快目光停留在黄河边一个叫仓垣的地方。王献之从秘书省的藏典中经常看到这个地名,因为前朝怀皇帝(晋武帝之子司马炽)亲诏的辅政大将军苟晞曾在此建立陪都,将怀皇帝之子豫章王司马端带出危机重重、濒临陷落的京都洛阳,落脚于此,并在此处囤黍米上千斛(古代量器,一斛为五到十斗不等),尊拥司马端为皇太子。由此可见,这个名为仓垣的地方民心基础牢固,漕运交通便利,粮草丰富,城垣建设较有规模,具备了建都的条件。而对现下打算北上征讨的王朝大军来说,无论是屯兵，还是作为辎重给养保障后方，这一带理应是首选之地。

由此，王献之又开始寻找大司马桓温北上征战邺城何以不选择从这里渡过黄河的原因。何以乎？何以乎？

眼睛继续往下游移，王献之心里咯噔一下。在仓垣的西南方向并不很远的地方竟然是官渡之战之前，北方枭雄袁绍数十万大军的粮草仓储之地。曹孟德（曹操）在那里用并不多的精兵强将一举攻下袁绍的粮草大后方，从而在官渡一役中彻底终结袁绍盘踞北方的势力。王献之猛然想起在温习官渡之战的战例时，看到对这个地区有这样一段介绍：河流纵横，物产丰饶，人口稠密，市井繁华。虽频遭水患之扰，却不失为建陪都的好地点。桓温难道是为了避开这片不祥之地，才选择了从金乡上巨野？还要花费巨大的人力和漫长的时间开凿漕运水路，以至于贻误了向前燕贼寇发动致命攻击的最佳时间。

袁绍一生荣耀在此被终结的确令人扼腕，然，曹操一生之荣耀不正是从这里开始的吗？此人一时彼人一时也。

内心发生的慎思和分析让王献之横生快意，有一股热流不断伴随着这样的快意激荡着头脑里渐次清晰的思绪。王献之不禁一乐，心中的快意变成了欣喜和满足。做秘书郎实在太久了，久得让他变成墨守成规的书痴，久得使他变成与世无争的隐士。然而，琅琊王氏这一门中是需要有人挺身而出，做出一番惊天动地的伟业的。这个人难道不能是自己吗？那些在秘书省里听到的关于他这一门的种种流言蜚语尽管可以嗤之以鼻，却难以平息心头之困惑和迷惘。这是一种混乱的思绪，可以产生困惑，也可以坠入迷惘，却根本不会滋生出自卑。然而，这种思绪却可以久久地纠缠着他，驱赶不走，拂掸不去。

王献之看得出神，心里所想已经越来越复杂，而思绪却变得越来越清晰。叔虎叔父的声音不断在耳畔响起来，都是告诫和提醒。有一句话则始终在这些闪回中跳跃："司马晞从未得到过琅琊王氏各门青年俊杰的拥戴，尽管殿下的母系是出自琅琊王氏。官奴儿，你要慎之又慎也哉！"

老宅管家惊慌的吆喝声将王献之从沉思中唤了回来，再回身的时候，太宰司马晞和他的两个儿子已经在老管家的引导下踏进了正堂。

司马晞一眼就看见王献之身后墙上的地图，甚至一下子就看出这是一张京口以北地区的地图。司马晞仅仅跟王献之说了声"郗鉴大人的京口官邸果然名不虚传"，就盯住了地图。良久，司马晞用右手按住地图，手指顺着京口的标志开始缓慢地向北移动起来。

世子司马综看着司马晞在地图上滑动的手指，当手指滑动到巨野的时候，一定是发现了什么，脱口说了一句"大司马北伐邺城，实在操之过急，时机不对"，话音一落，就遭到司马晞的呵斥。

王献之对司马晞突然呵斥世子，感到很是意外。世子所言并无指责之意，更多的是遗憾。司马晞却显得很是恼火，这有些不近情理。何况，如司马晞所言，若是皇上恩准再次北伐，世子必定是要随大军一同征战的。正想着，就听见司马晞转而叫了自己："官奴儿，你似有话要说？那就不必遮掩，却不可一味责怪大司马北伐邺城失败。本殿下早已经将那次征战审慎端详透彻，一场战争总有赢输，赢者乃胜利者，却并不意味着输者便必定是失败者，不过此一时彼一时罢了。官奴，你尽可畅所欲言，本殿下早就想听听你有何真知灼见。"

王献之对桓温两年前发动的北伐邺城的始末知之不多。大军出动时京城自然如每一次北伐一样，御街上所能见到的官员都会为此交头接耳，议论纷纷。至于朝会上会是怎样的气氛，不得而知，但王献之能感觉到是一派兴奋和期待。但是，几个月后，失败的消息传到京城，人们顿时噤声了。御街上，大官小吏似乎都心照不宣，有一股子莫谈国事的肃杀之气。

王献之自然也看到了司马晞手指所在的巨野，心中的想法或许与世子相同呢，可是一句"知己知彼，百战不殆"的兵法用语说出来的刹那间，王献之立时就清楚了心中所念与世子迥然不同。

司马晞没听明白，又问了声："此话何意乎？"这让王献之有些紧张了，只好实话实说这是临离开京城时叔父王彪之让转达给太宰殿下的，个中的意思恐不仅仅是应知晓鲜卑与前秦贼寇之布局或者实力也，亦当知晓王朝大军必须面对的暗流。"掣肘之暗流。"王献之最后补了一句。

司马晞将点在地图上的手收了回来，两个小子的话语让他陡生疑惑，便又问道："你二人心中似都有答案，何不如实说来。"

王献之犹豫了一下，心里所想可能是叔父大人担心太宰过于乐观，弄不好就地带着军队就杀向邺城。而这些日子，王献之和司马晞所谈涉及的话题除了兵法，就是不久前才被前秦王猛军攻占的邺城了。但是，在这个场合，王献之还是希望世子司马综将心中所想说出来。这不仅关乎太宰对当前局势的关切正确与否，也关乎太宰殿下着意栽培世子的良苦用心是否能收获硕果。毕竟，在司马晞心目中，能与之一同跃马扬鞭的还是自家长子，所谓上阵父子兵是也。

世子这次没有犹豫，走到地图前接连指了几个地方，嘴里一边说着此处焉此处焉。手所指处形成了一条路线，这条路线沿着徐州，北上兖州郡的东平，东向谯城（现安徽亳州）郡的鹿邑。然后说道："殿下，儿臣以为，若果然北伐邺城，需分两步进行。第一步在这一线建立强大粮草给养后方，招募足够继续向北挺进并在最后一役中取得胜利之兵员。"

"时间，本殿下需要听到你所说囤积粮草、兵员招募，凡此等等需要多长时间。"司马晞不客气地打断儿子的话，说道。

世子点了点头表示听明白了，但还是接着说："何以在这一线构建一道储兵后方？"世子的手接着向下滑行。"儿臣所思，这条北征伐邺城之补给线若是继续向南，就接上了大司马桓温建立于寿春的与鲜卑慕容对峙之防线。如此一来，王朝将拥有一条防御鲜卑贼寇和前秦贼寇的天堑，势必迫使鲜卑贼寇不得不将所有军队拉长战线。一旦战事开打，胡儿慕容将顾此失彼，直至全线崩溃。至于邺城，前秦立足未稳，又缺失强大辎重给养后方，攻占邺城应不在话下。"

司马晞的鼻管发出一丝轻蔑的嗤声。"吾儿，本殿下若是北伐，剑锋所指是邺城，与桓温有何相干？即使相干，你以为那桓浮子会与我联手剪灭鲜卑胡儿和前秦贼寇乎？你勿用与我解释，本殿下看不出适才你所说与我心中所想有何关联。况，依你所言哪里算是北伐征战，不过是在自家统辖地域上摆了一道防卫屏障而已。征战欤，剪灭欤，胜利尔，邺城城头飘扬咱家大晋王朝大纛又待何日乎？你说吧，"司马晞指着王献之，"本殿下与你说及征伐邺城已有多日，你不会置若罔闻。昨日见你与刘牢之说得痛快，似乎也听到关乎北伐的只言片语，说，说，畅所欲言。只是若与世子所见略同，则实在与本殿下征伐鲜卑贼寇和氐羌贼寇之谋划相去甚远欤。"

王献之知道此刻不说显然不行了，于是走上前用手指直接点到仓垣一处，将二人到来之前心中所想关于曹操在官渡之战中取胜的根本原因，关于六十多年前怀皇帝钦点大将军苟晞何以选择此地为陪都，以及对仓垣一地可能拥有的地理优势、兵员优势道了出来，然后说道："殿下，诚如世子所言，与大司马于湖大营构成一条漫长之防线，使王朝疆域得以固若金汤，当是良策。只是小子却以为大司马军力强大，兵员充足，固守寿春一线应是上策。而延长战线，大司马也许愿意，桓冲将军和大司马麾下参军们未必赞成呢。"说到这里，王献之停顿了一下，看着司马曦。司马曦做了个手势让继续说下去。王献之便将刚才设想的不走两年前北伐的老路，而是径直向东，一边利用刘牢之将军在这一线拥有的强大影响力扩充兵员和囤积粮草辎重，一边不断给鲜卑贼寇以持续的压力。

王献之终于还是没有忍住，转而指着兖州青州管辖的地域说道："殿下，若是重新沿着大司马当年北征邺城之路，难免覆辙重蹈。昨日刘牢之将军已经再一次向殿下发了重誓，一声令下，前赴后继是也。而这条线路现时是东平流民帅刘轨势力范围。刘轨在六支流民武装中算是弱旅，即使有心随大军北伐征战，只怕到头来依然心有余而力不足。昨日表态时，臣见刘轨将军面露畏葸之色，恐与此有关。"见司马曦在认真聆听，王献之便继续说下去。他先是从六十几年前的永嘉（晋怀帝司马炽年号）之乱说起，然后说到外祖父郗鉴大人之所以能受到中宗皇帝的器重，并特别派遣从祖父宰相王茂弘前往赐予军阶和荣誉称号，盖因当年有近万北方流民因感恩外祖父在永嘉之乱中以朝廷官员身份带领他们从京畿之地逃往峄山避难，从而逃过死劫。而这些人的后裔如今已经在这一带繁衍后代，并成为刘牢之兵员之最大补充资源。"刘将军不无夸耀地告诉臣，他可以轻易征召这一带大约五百座城池中的适龄壮丁。我问将军可征多少适龄壮丁。将军没有明说，而是张开五根指头。呵呵，将军所言断不会是五百人，那么可以判断，至少五千壮丁是也。"

"官奴，你意思是在仓垣囤蓄兵员粮草？并以此为进军邺城之大后方？"司马曦不无肯定地问道。

"正是如此，殿下明察。"王献之说道，"仓垣屯兵意义有二。一则可伺机切断鲜卑贼寇漫长战线，使之首尾难顾。二则仓垣水路顺畅，北向有多条河流通往枋头一带，甚至可以与漳水相连。漳水乃邺城境内唯一可以漕运之河流，西向可直达旧都洛阳，鲜卑贼寇必定难以预测我军进攻意图。殿下明察，小子问过刘牢之将军，从仓垣到徐州再到下邳，有很多季节性河流。小子那时就想，若是能在仓垣一带利用这些河流之季节特质，一旦遭遇贼寇，就能够使用古代兵书中的那些制胜战法呢。"

司马曦用一个果断的手势打断了王献之，却良久没有说话。最后开口时说道："吾儿，桓浮子有几多可能会在这一带牵制鲜卑贼寇？"

世子犹豫了一下，回答道："小子未知也。"

司马晞又问："官奴儿，从仓垣发兵邺城，若是水陆并进，取胜有把握乎？"

王献之老老实实地回答道："小子未知也！"

午时尚未到的时候，太宰府长史庾倩找了过来，见四个人正围着墙上的地图伫立着，并没有表现出惊讶，而是向司马晞呈报说刘牢之接受校阅的队伍已经进入了校阅场。说完后又跟了一句"校场上闹哄哄的"。

司马晞二话没说，转身离开了大宅。

校阅场离郗氏宅邸不远，一行人身体还没走热就可以看见校场入口飘扬着的代表王朝军威的五彩大纛。校场中，根据太宰的要求从镇北府所辖的王朝嫡系部队调来的旗手和金鼓手也已经列队待命。

刘牢之的快速部队果然了得。即使前来接受校阅的仅是总数的大概三分之一，两百名骑兵在前，四百名步兵紧随其后，在校场上踏出漫天飞扬的土尘，就已经营造出临战前的气氛来。

司马晞没有急着进入校阅场，而是朝着紧跟在身后的三位参军一挥手。三位参军接受了司马晞的指令后便跑进校场。司马晞原本想使用韩淮阴在《韩信兵法》中规定的一些调兵旗号和鸣金号令，最后还是决定使用诸葛孔明在对阵曹魏大军时使用的调兵号令，毕竟韩信使用兵法至今已逾五百年，而三国鼎立距今日还不算久远。

参军们告诉准备接受检阅的刘牢之和有领军任务的军士长，应该怎样区别战阵后面的旗手发出的旗令，如何辨别金鼓手发出的调动部队的金鼓声。比如听见鼓声响起，同时看见指挥阵举起了白色旗帜，就表明大将军下达了大小船齐头并进的军令，不进者斩。如果船队前进途中听见鸣金的声音，同时看见指挥阵中有青旗举起，船队就必须折返。这是行船作战的调动法规。如果是步骑兵运动作战，则在听到鼓声，同时看到指挥阵中举起了黄帛两半幡的时候，就形成三面围击的阵形。诸如此类，不一而足。参军们告诉刘牢之，这些作战时使用的旗语鼓音，王朝军队已经十分娴熟。若想与王朝军队并肩作战，流民军队也必须接受军令的调遣。参军们最后强调说，只要两军对阵拉开了架势，我方军阵中就不得喧哗，除了主战将军可以与敌方主将叫阵，或者接受敌方主将叫阵，副帅以下将兵必须噤声。这是为了能听清楚指挥阵中发出的调兵遣将的金鼓之声。负责紧盯幡麾的人，要随着幡麾的指引，传令部队或前进或后退，或左向或右向。不听指挥者，一律问斩。

紧接着，几位参军又向刘牢之和部将们传授指挥战阵的旗语和金鼓号令。

刘牢之起先还频频点头，不一会儿，隔着八丈远就能听得见刘牢之发出来的"嗷嗷"的啸叫声，自然是对第一次面对严苛的军法阵法号令感到极为不适应。王献之回头看了一眼面容严肃的司马晞。司马晞的目光似乎没有朝着刘牢之的方向看去，而是看得更远，越过了嘈杂的校场，看向远处长江江面上升腾起的苍茫的霭汽。

校场上，调教仍然在进行着，可以听得见参军们声嘶力竭的大呼小叫，可以看得见五六百人的接受检阅的队伍在尝试着纳入参军们的口令声和旗帜的指挥中。

经过大约一个时辰的调训，刘牢之的部队渐渐有了秩序。

这时，司马晞才走上校阅台，亲自指挥刘牢之和他的六百将兵向校阅台的左侧走出去百十丈远，等随行而来的旗手和鸣金鼓手在台前摆下阵势后，司马晞朝着台下军阵中的刘牢之大声喊道："道坚将军，可将你麾下军士们分作四个方阵等待调兵号令耶！"

最先由庾希指挥，演练的是战船在进攻前的仪式，根据军法之令，战船启碇时必须先将一块儿白璧沉入河水中，同时祷告于河神，说一番贼寇鲜卑慕容北方作乱，天子遣使本将军率大军渡河前往征讨丑类，以白璧献于诸神，惟尔祈求诸神助威制裁之云云。这个仪式做完后，领头的参军将手中的步障在臆想中的河水中浸透，所有步兵皆照样子做一遍，这个战前准备的意义在于一旦船队遭遇贼寇火炬和火箭攻击，可以即刻使用手中浸湿的步障或布巾扑灭之。接着，只见司马晞命令旗手举起白色旗帜，表示大小战船齐发。部队向前走出百十步后，司马晞又让旗手摇撼青色旗帜，台下军士们便转身后退，表示战船可以返回或者后退。

战船反复演练了三次，接着便是步骑兵在旗帜和金鼓的调动中，演练进攻和后撤以及变换阵形。尤其在变换阵形时，接受校阅的军队出现了不少混乱场面，校阅场尘土飞扬，虽然要求噤声却依然听得见嘈杂声此起彼伏。

庾倩看着混乱的场面，连连摇头，不满地说道："军阵不可无，然，这些散兵游勇惯常一拥而上，或者作鸟兽散，无可救药也。"

殷涓随声附和道："大司马当年不屑于与之为伍，恐因如此。"

司马晞一言不发，看不出是满意还是沮丧。站在司马晞身后的王献之此刻倒是对二人的不屑颇有异议。诸葛孔明之七出祁山和其他大小战役大多发生于山地丛林中,这是不假。然,军队训练乃修炼将兵们令行禁止的作风,尤其大战,上万人或掩杀或撤退,或长驱直入或短兵相接,昏天黑地,人仰马翻,难以判断战场形势的发展,更无机会审时度势。只有接受纵观局势的统帅的指挥,随时听从旗帜和金鼓之调遣,才可能在混战中进退有序,在厮杀中张弛自如。心里想着,嘴上就说了出来:"两军相遇,军阵对峙,若无纪律,马队无形,将兵无阵,立时便输了一招。只要敌方训练有素,旗令所指,变换战阵,我方无以相对,将兵之心先是怯了,阵营必乱无疑。"

司马晞听了王献之的话频频点头,开口说道:"没有规矩何以成方圆。军无号令,战无阵法,任意厮杀自然爽快,然而自古作战,即使乘胜追击,若不遵照统帅号令,必以失败告终。"

几个人正说着,刘牢之纵马奔了过来,到了校阅台前一勒马辔,坐下战马原地转了一圈。刘牢之非常兴奋,冲着司马晞高声说道:"太宰殿下,可满意乎?"

司马晞没有回答,只是用力点点头。

刘牢之呼哈哈大笑几声,说道:"殿下见笑。末将之兵士初次受训,很是有板有眼啊。尤以船队训练更显难得,末将从不曾想过指挥大小船只几十艘,学此阵法和调遣号令,将来若是有战,末将定能调动一二十艘战船啊。"

司马晞脸上绽开笑容,朗声回道:"道坚将军,本殿下今日之阅兵,见识了将军之雄兵英姿,甚是欣悦,亦是慰然于心也。待有战事发生,必将召将军助阵。道坚将军,若是有意,不妨由本殿下亲自指挥演练,何如乎?"

刘牢之一听这话,双腿猛地一夹马肚,战马又在原地连转两圈。"太宰殿下,末将听凭调遣是也。"话音未落,战马一溜烟地返回军阵之中。

江风依然吹得紧,冷气逼人。校阅场上杀声震天,却感觉不到一丝冬天已至的寒意。

入夜,太宰司马晞推辞掉刘牢之盛情之下设定的筵席。返回到住处后,司马晞让王献之将白天在郗鉴官邸说的那番关于仓垣屯兵和官渡之战的分析重新说过一遍。在王献之说的过程中,司马晞不着一言,眼睛似乎也没有盯着说话的王献之,而是不断地斜着瞥一眼身边的世子。待王献之讲完之后,司马晞也没对这番分析做出任何评价,而是让三儿子司马遵送王羲之到郗鉴官邸下榻。

第十二章

　　王献之当晚就和司马晞的三子司马遵住在了外祖父郗鉴的京口官邸里。接下来一行人又在京口住了十天。这几天司马晞闭口不提前往下邳的镇北府，也不再提北巡的事情。但王献之和世子都感觉得出司马晞对接下来的巡视忧心很重。王朝最大的一支船舰战队就驻扎在广陵。从去年开始，为应对鲜卑贼寇可能因大胜桓温后，将徐州一线视为下一个攻击的目标，徐州一线除了保留足够的兵力之外，镇北府就迁往了下邳。下邳原本就是徐州府治所所在地，而从下邳到广陵尽管路途非常遥远，却因为有流畅的水路和几个大的湖泊相连接，行船的速度比陆路行军要快得多。

　　这几天，司马晞要么让两个儿子和王献之陪着到京口港口的码头上遛几圈，或者上到巡视船队的旗舰上，让随从在甲板上生着炭火，一边吃着烤熏肉，一边饮着老酒，话题总是回忆他当年在武陵国发生的那些无法忘怀的旧事。要么就是来到郗鉴的官邸，站在正堂里的那张地图前，凝视良久，一言不发，也不询问也不让其他人说话。伫立的时间可以长达一两个时辰。司马晞看得累了，就会带着世子返回京口的北中郎将官邸歇息，仍然让三子陪着王献之住在郗鉴官邸里。

　　这日，王献之和司马遵躺下之后，又如往日一样闲聊了很久。蜡炬将尽，火光也变得忽闪不定。王献之已经开始有了沉睡前思绪即将关闭的恍惚感，周围一切都开始下坠，可是，聊兴尚浓的司马遵突然说起了十几年前，也就是他不到十岁时发生在太宰府的事情来。那天司马遵在正堂前的庭院跟即将出继给梁王做嗣子的二兄司马逢玩投壶游戏。这时，与司马晞同为辅政大臣的会稽王司马昱前来造访。二人同为中宗皇帝的亲生骨肉，司马晞年长司马昱四岁。那日司马昱因何造访，司马遵早已忘记，但是二人在正堂寒暄一阵后，司马晞说话的调门突然高亢起来，像是跟会稽王司马昱争论起什么来。"父王不断重复着会稽内史王羲之的名字，并且用这个人跟扬州刺史王述做比较，似乎是在质问司马昱何以在皇族一系渐次式微的紧要关头依旧处之泰然。而这个叫王述的刺史大人无论从口碑上还是才能上都难以与王羲之比肩。两人围绕着这两个人争论了很久，到后来，会稽王司马昱只是长吁短叹，不再与父王争执了。几年前，我想起这件事情，询问父王王羲之为何许人也，才知道他竟然是你的父亲，而且还是我的表伯父大人。"

王献之只是听着，并没有做出任何反应。他又能说什么呢？这些年多次听叔虎叔父和谢安大人提及类似的事情，这些朝廷重臣对此除了满腹狐疑，就是难以置信。刹那间，王献之感觉到整个人正向深渊坠去，司马遵又冒出一句："官奴阿兄，你可知大司马桓温将元妻（原配的意思）南康公主的两个儿子打入冷宫之事？"

王献之心里打了个激灵，但整个人仍然没有停止向下坠落。"因何如此乎？"他含混地嘟哝了一句，神志开始模糊了。

司马遵便将桓温的世子桓熙和二儿子桓济联合三叔桓祕企图谋杀四叔桓冲的事情说了一遍。而桓冲刚刚被大司马桓温确定为接班人，并委任其为荆州刺史持节都督六个郡的军事。

王献之听说过桓冲的名字却从没有与其打过照面，但对桓祕倒是很熟悉。桓祕在京城做中领军，掌管宫城禁卫军。"打入冷宫？冷宫于何处乎？"王献之简直就要睡着了。

蒙眬中就听司马遵说道："桓济此次与那刘玄德无有二致，算是赔了夫人又折兵耶！"

"夫人乎？夫人乎？"王献之的神志正随着身体坠入五里迷雾之中。

"你怎会不知？当朝录尚书事的会稽王司马昱殿下——我那叔父的女儿司马道福郡主是也。"

一个非常熟悉的名字，一段十多年前的记忆，一定是位女子也。王献之的听觉刹那间丧失了一切功能。他沉睡过去。

第三天一大早，世子突然来到王献之下榻的郗鉴官邸说太宰殿下紧急召见他。两人急匆匆离开郗鉴官邸，一路上王献之见世子神情肃然，也没好开口询问是何紧急要事。二人来到暂住的官邸，司马晞支开了两个儿子，然后才告诉王献之不能随行广陵，也不能继续北巡下邳了。原来京城那日在乌衣巷时司马晞和王彪之就说好的，让王献之陪着他北巡最远就只到京口。王彪之的理由很简单，王献之已经从秘书省的秘书丞一职，迁任了尚书仆射兼吏部尚书谢安府上的左长史兼任侍郎。长史乃重臣掾属中职级最高的官员，按照朝廷规矩，除非特殊情况，一般是不允许离开重臣左右的，而侍郎则被视为坐吏部府院的第二把交椅的重职。而司马晞坚持让王献之陪同北巡的理由，对王献之而言则要重要得多，王彪之也没有更好的理由拒绝王献之随司马晞出行。所以，二人达成的共识是让王献之跟着司马晞去往京口，陪同会见了流民帅后就可以返回京城了。

司马晞和王献之对在京口分手都有些不舍。尤其司马晞，当王献之跪在当面，说出了"恳求太宰带领小子走到下邳，小子此生足矣"的话时，司马晞看着泪眼婆娑的王献之，鼻子一酸险些流下眼泪来，说道："官奴儿，你此次随本公尽管行之不远，却让本公得到了最大之宽慰。本公果然没有看错你。本公但有北伐前燕贼寇那一日，定将你请入大营来做参军，就如同郗景兴（郗超字，王献之娘家兄长）在桓浮子那里一样。"这是一个分量极重的承诺，只是，两个人谁都难以预料，再一次北伐邺城能否成为事实。既然太宰司马晞话已至此，王献之知道再说也是徒劳，于是连叩了三个响头，起身走了。

离开官邸后，王献之当即在京口乘船逆水而上返回京城去了。

司马晞一行人第二天就上路了。五艘大船在长江上顺流而下，发往广陵（今扬州）。广陵土肥水美，物产丰富，是徐州刺史部所辖军事大区的大后方。

司马晞的船队顺江而下，还没到广陵，就见远远地迎上来一支船队。船队由八条战船组成，呈扇形缓缓逆水而上，从旗舰上飘扬的大纛看，这正是王朝最为仰仗的水军舰队，即使跟上游荆州府的水军相比，无论船队的规模还是船队的战斗能力一点儿也不逊色，甚至还强不少呢。眼前，八条战船所摆出的队形让司马晞甚感欣慰。仅从队形上看，这就是一支能够战斗的水军呢。

两支船队很快就在距离广陵要塞十里水路的江面上会合，当司马晞站在船头看见北方水军舰队旗舰上站立着的一身戎装的水军将领时，竟以为那人依然还是前北中郎将庾希呢。他让身后的世子朝着将军做了一个继续前进的手势，自己也朝着正看着他的将军颔首致意表达了内心的欣赏。

前北中郎将庾希是他最为欣赏的战将，没有之一。不仅因为这位比司马晞小几岁的将军是前朝中书监庾冰之子，不仅因为此人还曾经担任过北中郎将，徐、兖二州刺史，都督北方军事的朝廷重臣，不仅因为他是当朝皇帝、司马晞的从孙子司马奕的小舅子，还因为庾希是他必须信任并且依靠的军事力量，一个出自皇族、听命于皇室、皇室唯一可以依赖的军队总都督。而庾希这位有着双外戚身份（前皇后庾文君的亲侄儿、当朝皇后庾道怜的亲哥哥）的王朝重臣，名将之后，在廊庙上下也有着极好的口碑。可是，一年前，桓温以莫须有的罪名将庾希罢免。为免杀身之祸，庾希只能躲在暨阳。前几日再见到庾希才知道，桓温虽然自领扬州，但不能坐镇京口，也无暇顾及广陵的水军。所以，庾希还是会在两处的军营里出没。庾希真心不舍由自己壮大起来的水军和强大的给养供应后方。

上到岸上，庾希果真从旗舰的船舱下到码头，与那位将军一同跪拜了司马晞。司马晞立刻走上前去亲手扶起庾希，然后说了见面后的第一句话："始彦（庾希字）将军，这支军队能征战乎？"

庾希恭恭敬敬回答道："殿下，正如诸葛孔明所言，万事俱备，只欠东风是也。"

司马晞接下来便询问了诸多关于舰船随大军征战的事宜，庾希应对自如，并无半点躲闪之意和虚妄之词。说到最后，庾希长叹道："只可惜臣为征战而准备这一切，皆为桓浮子而做欤。"

司马晞嗤了一声，说道："当今王朝，桓浮子已经没有脸面再一次提出北伐之请愿了。所以，但有一天北伐征战被皇上恩准，率大军征战者定是本王。王朝内外，别无他人可以担此重任耳。"说罢，仰天大笑起来。

司马晞绝口不提为庾希正名昭雪的事情，事已至此，时机并不合适。即便他联手司马昱一同为庾希解困，都很难奏效。庾皇后已经故去，颍川庾氏的双外戚身份已然失色。庾氏前辈的那些高官树立了太多的政敌，留下了太多的冤情，同时也就埋下了数不清的隐患。何况，桓温那里磨刀霍霍，身为太宰的司马晞非常明白这把刀是要很快砍下来的。若是这把刀最终砍下来，他只能在自保的同时看能不能保住太宰府长史庾倩和散骑常侍庾柔的官位了。

所以，司马晞拒绝了庾希为他准备的私人晚宴，仅看了一眼被邀请的宾客名单就断然回绝了。不仅如此，他还告诉庾希，即使最后桓温答应给庾希一个偏将的官职，他也必须拼尽全力驰骋沙场。司马晞明确告诫庾希，身为太宰，作为这个王朝的殿下，若是想大宴宾客，完全不必在这个充满临战气氛的前线进行。这里所做的一切都必须是为了北伐。

　　晚饭挨到了太阳西斜才开始。到达下邳后，司马晞只在官府小憩片刻，其实在船上他就已经睡过。毕竟是五十多岁的人了，在他这个年纪上，有多少朝廷重臣已经在惦记着乞骸骨还乡了。而他不行，司马晞希望在这个王朝，这个生身父亲创立下的王朝有所建树。几十年来，他听到过的、亲眼看到过的、展现在面前的却都是王朝大厦将倾。一到京城就任辅政大臣，司马晞就让秘书省整理了一册关于王朝中兴的文书。他在武陵国就多次听诸葛恢和王彪之说起过"王朝中兴"这个词。可是，在武陵国那片大山里，即使是在王府里，他听到看到的都不足以说明王朝是在兴盛起来。大概过了十天吧，时间过得太久了，具体多少天已经记不大清楚了，在这份文书中，司马晞看到了土断政策，看到了一次次北伐征战，却没有看到收复中原胜利的记录。及至两年前，大司马桓温不顾一切发动的北伐还是以失败告终。王朝在中原复辟的可能性越来越小了。

　　晚餐时间并不长，侍餐的就只有庾希和司马晞的世子司马综、三子司马遵。四个人的晚餐，可想而知有多单调。然而，四人还是喝下了十几坛老酒。喝到酒酣耳热时，庾希大着胆子向司马晞询问北伐征战的具体日期。司马晞沉吟良久，这期间足足喝干一坛老酒，才说道："待本殿下巡视过粮草大营之后，便心中有数了。"说到这里，他有意盯着庾希凝视，见对方并不回避，于是又说："爱卿切记，你曾经是徐州刺史，曾经都督北方总军事。若是本殿下平日与你叮嘱的事项悉数完备，那就该到了启程北伐之时欤。两年前桓浮子北伐溃败之教训，不可以重现。"

　　庾希连连点头称是："太宰殿下，臣始终牢记殿下教诲。臣尽管已不在位，然，镇北府各级将军皆为臣一手栽培。如今，经过一整年操演，将军们对兵法阵法掌握娴熟，士兵们亦是如此。如殿下所说，全军操演一概使用殿下编撰的兵法操演条规，亦步亦趋绝无走样。臣以为，现如今征讨大军可谓兵强马壮。如今秋收刚过，徐州一线所有官仓粮秣充足，兵器堆积如山，将士如狼似虎。只待殿下一声令下，万马齐发，千军虎跃。邺城指日可破也，到了那时，臣即使陈尸沙场也可瞑目耳。"

　　离开的时候，庾希坚决要送司马晞到下榻的官舍，被司马晞拒绝了。

　　司马晞带着两个儿子，在卫队的护卫下来到长江边的要塞堡垒外。这是一个没有星光的夜晚,在漆黑中依然可以听到江水滚滚向前发出的沉闷涛声。后响抵达时,一行人都领略过广陵段长江水势的汹涌澎湃。当时,司马睎听见身后伫立着的世子司马综长长地呼出一口气。广陵的水面虽不如京口开阔,但水流湍急,而且还能够在江水蒸腾而起的雾霭中看到临江的要塞,要塞因太宰殿下莅临而吹响的号角,令周围顿时笼罩在一片肃杀之中。

在一片黑暗中,司马睎颇有了临战之感,便轻声问道:"吾儿,你等可听见与鲜卑贼寇厮杀之呐喊?"

世子回答道:"父亲殿下,小子没有听到厮杀声,可是小子已经遵父亲殿下的旨意,做好了万全之备。若是东风来临,小子定将杀将而去,所向披靡,饮马漳水(流经邺城),取贼贼首级,传往京城是也。"

"小子,为父听出你很是紧张。嘘,"司马睎用一声呼哨将司马综想要说的话堵了回去,"其实,想起征战,为父亦是十分紧张也。尤其,有前车之鉴。"

"殿下可赞同王子敬在京口所做与前燕作战之析理?"

"小子,你二人不可小觑官奴儿。逸少之后中唯官奴已显帅才之相,亦是天才。那日与刘牢之舞剑竟然令这位膀大腰圆的流民帅无所适从,难以招架,可见王氏刀法何其神奇。你没见过逸少阿伯那柄长刀,足有十多斤重。若无过人之腕力,别说杀敌致死,就连舞弄几下也是十分吃力。官奴还需假以时日呢。"司马睎没有正面回答儿子的问题,"吾儿,回京之后,为父将上书皇上和崇德皇太后,明年雨季到来前,向邺城贼寇发起攻击。你和茂远(司马遵字)一如前朝陆士衡大人一样,随父征战。故而,务必熟读兵书,熟练运用战场法规,无往而不胜也哉。"

"儿臣谨记殿下教诲。活用兵法战法,如大汉韩淮阴那般。"

司马睎呵呵地笑了一声,算是对世子的褒奖:"如何活用?"

"孙武曰'将通于九变之利者,知用兵矣;将不通于九变之利者,虽知地形,不能得地之利矣;治兵不知九变之术,虽知五利,不能得人之用矣',斯是也。"司马综回答道。

司马睎对这样的回答非常满意,点了点头,说道:"勿忘孙武亦曰:'凡用兵之法,将受命于君,合军聚众。圮地无舍,衢地交合,绝地无留,围地则谋,死地则战。途有所不由,军有所不击,城有所不攻,地有所不争,君命有所不受。'只要开始用兵,以变制变,是为宗旨。故而,君命有所不受,是为要旨。"

"小子谨记钦。"

父子三人之间陷入很长一段沉默，有夜行小兽从距三人不远的地方跑了过去，发出一阵窸窸窣窣的响动。司马晞又开口说话了："吾儿，为父再有一问，若是与前燕贼寇正面遭遇，尔等如何应对乎？"

司马综不假思索地说道："除却善用兵法战法，一如长勺之战（《左传》之曹刿论战），挺住前燕贼寇之三通战鼓。所谓一鼓作气，再而衰，三而竭。嗣后，大军掩杀。无往而不胜也！"

司马晞十分满意，黑暗中看不出他是怎样的表情。儿子的回答让他兀然回忆起蛰伏于武陵国那片无穷无尽的崇山峻岭中度过的那些无尽的日月。那些日子，他无数次在脑海中演练过所有兵法典籍中记录下来的战例战法，无数次想象着率领着司马王朝的无敌大军征战于中原广袤的战场上，打败敌人，收复失地，重现大晋王朝曾经有过的辉煌。先帝文皇帝（司马昭）和武皇帝（司马炎）发动过的一次次征战也令他着迷。有一段时间，不管是诸葛恢还是王彪之，这二人频繁往返武陵国和京城，为他抄录回来先帝们不朽的业绩。他夜以继日、废寝忘食地阅读，遐想。最后调动着仅有的千把家丁演练。他当然不会幼稚到组织一支拥有百乘的军队，坐着战车作战，那都是六七百年前的方式了。他也会拥有战车，那不过是运送给养和辎重的车队。七百年后作战，靠的是骑兵和步兵相结合，是威武的战阵，是严明的战场纪律，尤其是必须拥有强大到无法摧毁的粮草和辎重供给线。

想到这里，司马晞站起身来说道："我们回去。儿子们，为父所言之明年向前燕贼寇开战，不得向任何人说起，也包括王子敬。"

离开广陵的前一夜，司马晞第一次将徐州刺史部所辖战区的将军们召集起来，说是邀请将军们吃顿便饭。在广陵新近落成的指挥大帐里，燃着十根粗壮的大蜡炬，安静下来的时候，人们可以听得见蜡炬燃烧发出来的呼呼声响。这声响加剧了将军们的紧张感，似乎这群将军明日就要跃马扬鞭冲进疆场大肆杀伐，为收复大晋王朝曾经拥有的广袤疆域而建功立业了。

桌几上没有珍馐佳肴，每人面前摆放着司马晞从京城带来的一坛产于武陵国的醽醁醇酒和一大碗肉醢。大帐里，烛火熊熊燃烧，有烟气在屋梁上缭绕。而肉醢的香气，混杂在蜡炬浑浊的气味中，使得将军们的呼吸都有了压迫感。

在开始讲话之前，司马晞先跟将军们痛饮下三坛老酒，并将面前的肉醢吃了个精光。然后司马晞才说起他因何发动这次北巡，说到军阵之森严对震慑敌方的作用，说到兵法之运用对于战争取胜之关键，亦说到强大的补给线之于战争的重要性，却只字不提何日开始讨伐贼寇，攻取邺城。司马晞看到面前的将军们对刚才的一番指点已经听得清楚了，便突然问道："诸位爱卿，本殿下所带肉醢可否适口？"

将军们纷纷拍着桌几吆喝说："即使珍馐佳肴又怎能比得上这美味的醢耶！"司马晞心里头一乐，他当然知晓这些人大概平生从未吃过这样美味的醢，甚至有些人只是听说过，从来未曾品尝过。

离开广陵，司马晞一行人乘船直航下邳。在下邳期间，司马晞巡视了北线最大的屯兵军营和十数座大型官仓，这些官仓囤积的粮草可以供给至少五万人一年所用。除此之外，司马晞还巡视了由士卒们在河堤内开垦的上百公顷农田。尽管冬季农田处于休耕状态，可是，司马晞还是对坚固的堤坝、平整的土地、笔直的田埂感到非常满意。这天，司马晞在镇北府前将军和儿子们的陪伴下，出了城垣便纵马在田野里驰骋了十数里，然后回望下邳城垣，油然而生无限感慨，问前将军道："将军，可记得谁在此水漫城垣乎？"

将军答道："曹孟德以此战法围歼吕布也。"

司马晞颔首道："吕布何其壮勇，若在这里，谁能奈何于他。所以不可作茧自缚。"转而又问司马综道："吾儿，吕布以为下邳城垣固若金汤，婴城固守，结果被缢杀于白门楼。有何感悟乎？"

司马综答道："若有朝一日北征大军围攻邺城，可借漳水如法炮制也哉。"

"然！"

司马晞在下邳多待了几日，重点视察了官仓。这里将为接下来的北伐征战源源不断地提供粮草和战衣、兵器和兵员。按照司马晞的战略筹划，下邳将常年豢养一万名上下的军士。这一万名军士，将视前方战情不断补充兵员。至于粮草辎重战车、战船，都会在这里做好准备，随时应召发往前线。因此，下邳既是仓储之地，也是屯兵之所。因而下邳便自然成为王朝须臾不可离开的军事重地。司马晞将一改京口常年作为王朝重镇的地位，而将重镇前移。这是史无前例的，对王朝地域的扩展意义非常重大。

返回京城，司马晞没有选择走水路，却选了陆路返回，让船队原路返回，在京城外当年阻击苏峻大军的战略要地白石垒接应他过江回到京城。当然，他知道在谯郡治所和蒙城一带还驻扎着前燕的军队。这支军队其实是从寿春败退一路奔逃来到这里的。桓温何以没有乘胜追击，不得而知。但是，谯郡这座王朝门户重镇他是迟早要拿回来的。出了徐州府，司马晞谨慎地贴着洪泽湖西岸快速而行。马队本不打算在泗洪驻足，但是，队伍到达泗洪的时候，司马晞让队伍停下来歇息了几日，毕竟在京口检阅流民帅武装后，自己连同这支随从队伍一路鞍马劳顿难得休息。何况还没到泗洪，司马晞就想起应该将泗洪一带发生过的事情给两个儿子细细诉说一通。

这天，吃过晌午饭，司马晞带着两个儿子和十名贴身护卫向西走了十多里路。马队在一片起伏的浅丘中穿行，直到被一道明显高于四周地势的丘陵拦住了。司马晞驱赶坐骑上了这道高陵。

顺着司马晞手指的方向看过去，司马综和司马遵看到的仍然是一望无际的萋萋野草，冰冷的风在洪泽湖面上形成，渐次聚集为一股强劲之风，狂乱地抖动着庞大的身躯，这使得草原看上去像是被激怒的野马群。

司马晞问道："小子们，顺着为父手指远望过去，尔等看到何物？"

两个儿子面面相觑，连连摇头，表示只见荒原，并未看见有其他何物。

司马晞嗤了一声。"五十几年前，王朝中兴初期，平西大将军祖逖大人率领征讨大军，从洪泽湖畔之泗口出发，途经此处时，正遇见羯人石勒之叛军率草寇之众抢掠向江左奔逃的中原百姓。祖逖大人率领只有五千人的军队义无反顾地冲杀进去。关于这场战斗，典籍上记载称，我那道成二哥，也就是尔等二伯父，斯时就在军中，随大军一道与敌厮杀。"司马晞的语气中充满了自豪，"那是王朝在江左重新立国之后，史册中记录下来的唯一一位与大军一道北伐西征的咱家皇室子嗣。父皇当年传檄天下，为父将那檄文铭刻于心：'逆贼石勒，肆虐河朔，逋诛历载，游魂纵逸。复遣凶党石虎犬羊之众，越河南渡，纵其鸩毒。平西将军祖逖帅众讨击，应时溃散。今遣车骑将军、琅琊王裒等九军，锐卒三万，水陆四道，径造贼场，受逖节度。'"司马晞说到这里，戛然而止，突然转换话题道："为父适才贸然称中宗皇帝为父皇实乃大不敬、大不孝耶。中宗皇帝将为父过继给武陵王为嗣，从此为父只能承继武陵王司马晞衣钵，而不可心怀杂念。"他回转脸看着两个儿子道："就如同咱家老二过继给了梁王为嗣，我虽为生父，却不可贪恋父子之情一样。尔等皆须牢记，咱家现下只能是武陵王之后欤。"

世子司马综和三子司马遵异口同声说道："小子们终生谨记太宰殿下教诲。"

司马晞满意地点点头，又说道："为父此次返回京都，何以选择这条凶险之路？便是要让你二人站在这片曾经之战场上重温《孙子兵法》全部要诀，却不可陷于纸上谈兵。孙子又曰：'故将有五危：必死可杀，必生可虏，忿速可侮，廉洁可辱，爱民可烦。凡此五者，将之过也，用兵之灾也。覆军杀将，必以五危，不可不察也。'古往之教训，尔等切切铭记在心耳。"

司马晞接着在感慨万千之中回顾了自王朝在江左重新兴盛之后，所有的北伐西征之战。列数了桓温北伐、庾亮北伐、庾翼和庾冰北伐，乃至褚裒北伐，也包括谢万石和郗昙北伐，均以失败告终，即使桓温曾经攻取洛阳旧都，那也不过是短暂的胜利，很快就退出洛阳城了。"何以会有如此黯然之结局乎？"看着两个儿子都在摇头，便又说，"自王朝中兴以来，但凡北伐征战，均为外戚所为。外戚，因与皇室通亲而得名也，所为沽名钓誉者也。想中宗皇帝派遣我那道成二哥亲率大军，驰援祖逖大人，便正是欲将外戚屏蔽于为国征战者之外。征战者，国之要事也。若让外戚染指，实乃重蹈大汉以降之覆辙也哉。想当年，中宗皇帝自虞元敬皇后薨殂，石婕妤旋即追随而去之后，并非无重新册立皇后之意，而尔等祖母大人便为首选。可是，中宗皇帝那时已将为父过继给武陵王为嗣。然，为父多次感知冥冥之中中宗皇帝之凤愿。尔等二伯父以琅琊王之尊贵身份薨殂令中宗皇帝痛不欲生，为父和尔等三伯父东海哀王（司马冲，过继给东海王为嗣）均已过继于其他藩王，这令中宗皇帝在册立后嗣一事上陷入为难之窘境。"说到这里，司马晞让世子从马褡上取出王献之奉上的文册，在荒野上付之一炬。待文册的灰烬被大风吹散后，才又说道："这本文册，为父读了一路，熟记于心，留着反而会成祸害。你二人牢记，中宗皇帝因琅琊王氏之处仲（王敦）大人欲要拥立尔等三伯父司马冲为帝，而绝不收回成命。中宗皇帝因为咱家母系为琅琊王氏亦难收回将为父过继于他人之成命。中宗皇帝有心再立尔等之五叔父琅琊悼王（司马焕）为储，却因为其早夭而作罢。最后，他老人家又立尔等六叔父（司马昱）为琅琊藩王，然，显宗皇帝（司马衍）践祚后遵先帝遗嘱宣尔等六叔父赴藩国归第时，尔等六叔父却以死相逼，不做琅琊王。显宗皇帝只能将他改封会稽郡王。唉，所谓世事难料，现如今皇上又改封尔等六叔父为琅琊王，这一切正所谓天意。我们只能认命矣！"司马晞点明了这段话的核心要义，也就不再继续说了。

两个儿子在漫天飞舞的纸灰中跪了下来，齐声说道："小子们谨记教导，绝不敢心生异念钦！"

而这一停一歇，则让司马晞彻底失去了可能力挽狂澜的机会。

经过一个夏天的调养，大司马桓温感觉精气神又回到了身体里。长江边的冬天到来的时候，桓温从春天就开始酝酿的，被他视为此生最为重大的举动终于到了应该实施并尘埃落定的日子了。

这几日，天气良好，夏历十一月本该是冰寒彻骨的季节，可是有太阳每日明晃晃地当头照耀着，竟然给人春意盎然的感觉。

十天前，一支五千人的军队已经先于桓温进驻距离京城几十里地的新亭，军队的这次调动没有通报朝廷有司，皇上自然也就不可能知晓。而桓温本人则在得到太宰司马晞离开京口前往下邳等地巡察的讯息后，当即亲率三千水军，悄然从当涂燕子矶码头乘舰船顺水而下，直抵广陵的水军舰船泊锚地，以大司马和扬州牧之威名接管了王朝广陵水军的数十条战船和近八千水军。这个时候，太宰司马晞还带着两个儿子和亲信在流民帅刘牢之的陪同下巡视下邳官仓和徐州一线的屯兵，全然不知晓"螳螂捕蝉，黄雀在后"的凶险大网已经拉开。

当桓温派去跟踪太宰司马晞行程的尖兵回来报告说太宰司马晞开始返回京城时，桓温下令登船，并扔出第一支令箭，令桓冲率蛰伏于新亭的五千人马即刻入京，并封锁出入京城的所有通道。

坐在发往建康城的旗舰上，桓温心情极好，询问随行的顾恺之《女史箴图》可否完成。其实他是明知故问。

顾恺之答曰："臣遵明公旨意，一个月前已将画作交桓冲将军付验。"

"桓将军满意乎？"

顾恺之实话实说道："臣不知。然，臣为之殚精竭虑，以为可谓传世之作矣。"

舰队行至白石垒关隘，桓温突然改变了主意，他没有下船，而是换乘了一艘中型战船，顺中渎水来到京城南面的朱雀桁前。坐上肩辇之后，桓温朝着乌衣巷看过去，冬日的暖阳下，不远处乌衣巷庞大的身形清晰可辨。桓温从来没有进过乌衣巷，但知道直到今日，乌衣巷里还居住着让王朝所有名门望族仰视的陈留谢氏和琅琊王氏的遗世后人。

桓温貌似漫不经心地看了一眼紧随在身后的参军谢玄，问了句："近来可去探望过安石大人？"

谢玄这时也正看着乌衣巷方向，听到询问，并不知道桓温话中深意，随口回答道："臣自北方征战回来后，始终在大将军左右，未曾离开一步，哪有机会返京探视叔父大人软！"

桓温嘴里低声说了句让人难以辨识的话——他最不喜欢别人提起征战邺城鲜卑人大败而归的事情。但听出谢玄仅仅是回应他的关心，并无恶意，于是，又说了句："今日入夜，本公允你回去看望安石大人。"

进了朱雀门，便是御街了。从御街看过去虽然有一道不高的城垣，但透过城垣的开阳门仍然能够看到建康宫的大司马门。桓温乘坐的肩辇在一支数百人组成的精锐部队的拱卫下，踩过御街的青石板大路，从大司马门进入建康宫。

下了肩辇，走在建康宫并不宽阔的壸道上，桓温心中感慨颇多。已经许多年了，桓温没有进过京城，没参与过一次朝会，甚至没将皇帝放在眼里。因此，也就没有机会踏进象征着大晋王朝最高威望的建康宫，而此次要前往的是褚太后居住的崇德宫。崇德宫坐落在建康宫的东北角，准确的位置是在东宫后面。东宫是历代皇太子居住的地方，然而，这几年却被后宫田美人和孟美人与佞臣所生的三个身份不明的小崽子居住着。第一支部队封锁了建康城，桓温并没有让部队惊扰后宫，直到方才路过东宫时，桓温才让参军伏滔带了一哨军士将两位美人和三个孽种一并押解至宫城东掖门处的官仓羁押起来。

守在崇德宫外的黄门远远见到桓温，急忙迎上来，并告知褚太后已经在等候了，说罢便一路小跑进了崇德宫。不一会儿，崇德宫便响起朗朗的"传桓温进殿"的呼喊声。

桓温没有卸下佩戴在腰际的长剑，自然也不会脱下脚上的皮履。即使在面见皇上时，他也享受着大晋王朝的最高待遇：佩剑，着履，无须趋步，甚至可以不用跪拜。但桓温还是在面对褚太后时跪了下去。桓温这一跪，却将褚太后吓了一大跳。

年初时，褚太后就在崇德宫接受过从于湖大营衔命而来的一干将军的觐见，为首的正是桓温的四弟荆州刺史部刺史桓冲。

一个时辰前，褚太后已经接到治书侍御史的禀报，说大将军大司马桓温的军队已经接管了宫城内的护卫部队，而大将军本人将随后入宫觐见皇太后。褚太后立刻让传下话去，任何人不得阻拦桓温进入后宫。治书侍御史没有禀报的是，建康城内其实已经没有皇家侍卫部队了，无论是负责巡城的部队，还是负责护城的军队，都在这个黎明被于湖大营缴了械，遣散出城了。不仅如此，御街两侧的九卿台阁也都被暂时封闭，而所有大臣都被集中在太极大殿外的广场上等候一次不知内容的朝会。两位治书侍御史尽管对皇上的处境非常担忧，却是万万不敢禀报。此刻，皇上就坐在大殿里的龙床上，而有资格进入朝会大殿陪着皇上的只有荆州刺史桓冲大人和从于湖大营来的几位将军。

褚太后没料到桓温会行如此大礼，一时间竟然语塞，反应过来后，慌忙说道："本宫允大将军起来说话。王朝能有今日之繁华，盖因大将军殚精竭虑，戎马征战。本宫辅佐皇帝历三朝数十载矣，对此颇为感激。"

桓温没有起身，而是说道："臣惶恐。太后之情，臣内心如明镜一般。然，自家翁为大晋王朝悲壮捐躯之后，臣便决意承继父志，为大晋朝江山社稷赴汤蹈火耳！自当无愧矣。"

褚太后犹豫了一下，但碍于身份没站起身走下基座，只是朝着桓温欠了欠身。令褚太后感到不安的另一个原因是二人的关系。从皇族排序上而言，桓温是肃宗皇帝的驸马女婿，褚太后则是肃宗皇帝小儿子司马岳（晋康帝）的皇后。也就是说，桓温是褚太后的姐夫。论年龄，褚太后比桓温小了整整一轮。论民间辈分，桓温与褚太后的亲舅舅情同手足，应该高出褚太后一辈。然而，宫中礼节规定，即使见到父亲褚裒，褚太后也只能接受父亲大人的跪拜。所以，尽管桓温权倾朝野，一言九鼎，论在宫中地位，却在褚太后之下。更何况褚太后皇帝夫君崩殂后，近三十年间，她先是接受了一干大臣的强烈呼吁，抱着两岁的皇帝儿子（晋穆帝）垂帘听政，苦心孤诣辅佐了儿子十三年。孰料，儿子单独理政仅仅四年就告别人世。褚蒜子不得不继续辅佐两位小侄子（晋哀帝司马丕和晋废帝司马奕）相继登基为帝。二十几年的辅佐之苦自不待说，却幸得两位叔父琅琊王司马昱和武陵王司马晞（二人皆为晋明帝司马绍的同父异母弟弟）的尊重，也深得一干重臣的拥戴，想想也是多少有了些宽慰。然而，即便如此，见到跪在面前的这位大司马姐夫，褚太后心里也是觳觫不安的。她知道桓温是来干什么的，也清楚后宫这些年究竟发生了怎样的事情。可是，在庾皇后（皇帝司马奕的皇后，前中书监庾冰之女）崩殂之前，褚蒜子却无力改变任何事情。毕竟，她累了，也倦了，而且，烦透了。为这一天，这位性情坚毅的皇太后已经准备了大半年。可是，若是由她本人手诏废帝，却是着实难杀人也。

桓温跪下来时并没有半点犹豫，他自然清楚褚蒜子在当朝的名望和已经取得的地位。他能直奔崇德宫而来，与整个废帝行动是息息相关的。没有崇德宫的首肯，他接下来要做的事情会遇到许多麻烦。其实他心里最为担忧的还是乌衣巷的谢安和王彪之。所以，桓温必须得到褚太后的亲笔玺书（太后专属诏书，与皇帝诏书有同等效力），以求废帝行动名正言顺。

这时，几名服侍崇德皇太后的侍女，抬着一张木椅进了正殿。这是一把楠木打造的木椅，很沉。崇德宫正殿依规矩除崇德太后坐下龙床外，不得安放任何座椅或蒲团。也就是说，任何进入崇德宫正殿的人，包括褚太后的父亲褚裒，都只能跪在当殿，并在得到太后玺书后，速速退下。褚蒜子终于还是离开座椅，走下台基，请桓温起身就座。

桓温一坐下来，便没容褚太后开口，而是径自说道："臣惶恐。太后尊上容臣言语而尽，再行定夺。"桓温并没有即刻言及因何进入崇德宫，而是从大晋朝皇位移至江左说起。桓温说及中宗皇帝除了倚重琅琊王氏一众重臣外，还倚重"江左八达"。既然说起了"江左八达"，便不得不说起其父亲桓彝。桓温稍稍顿了一下，说道："家翁与谢鲲（褚太后的外祖父）大人时为'八达'之首，着实开创了自前朝'竹林七贤'后京城之崭新天地，引领了王朝中兴之蓬勃风尚，使建邺城云开雾散，晴空朗朗焉。斯时，臣虽不才，却有幸与谢仁祖（谢鲲的儿子，褚太后的亲舅舅）大人结下竹马之交。"

听到桓温说及外祖父和舅舅，褚太后唔了一声，没有接话。她自然知晓桓温说的这些关系，幼时也时常听舅舅谢尚说起桓温，却不知桓温为何不提此次前来的真实意图。

桓温没有停住述说的意思，似乎也没打算停下来。很快话题就说到父亲桓彝在苏峻发动乱朝战争时壮烈牺牲的过往。平定苏峻叛乱的战争中，时为宣城内史的桓彝前往京城勤王，因节节败退，最终退守到一座县城里婴城固守，以期拖住叛军的后援，却被破城而为国捐躯。"家翁彼时不过五十有三"，桓温有意长叹一声，又说道："王朝能有今日之山河璀璨，民心顺服，而京都城池固若金汤，实在来之不易，而家翁功不可没耳。"

褚太后这时急忙接话道："本官早有心意，追赠桓彝廷尉开府仪同三司，并赐予太傅之誉。"

桓温既没有点头，也没有拒绝，甚至没有表示感恩戴德，而是自顾自地继续说道："太后之娘舅谢仁祖将军当年北伐邺城，意气风发，势如破竹，虽说攻城未果，却将秦汉皇玺捧回建康，使得大晋王朝在江左从此名正言顺，无愧于先祖，亦无愧于后世！"

褚太后听着桓温这番叙述，心中激荡。桓温前来崇德宫觐见太后的目的，开春时就被于湖大营来的那些将军们说得十分清楚了。褚太后依然被这番话语震撼到了。大晋王朝江左中兴实属不易，的确不能任由后宫之乱而致江山易主。褚太后很想表达一下心中想法，却无法插进话去。

这时，桓温终于言归正传了："臣惶恐。太后在上，明察久久，圣明遐迩。王朝能有今日之强盛，盖因历代圣上不思旰食，呕心沥血。吾辈怎敢任由后宫之乱恣意弥漫，毁朝灭祖。臣桓温虽不敢与伊霍（伊尹和霍光并称伊霍，这里指能左右朝政的重臣）媲美于朝政，却迫不得已行伊霍之事耳！"

桓温说到霍光，感觉到褚太后浑身一震，便紧接着说："臣一族三代受皇室之恩荫庇，理当为大晋王朝保驾护航。至于身后之事，从不放在心上。（霍光废了昌邑王，拥立宣帝，死后却被灭了三族）臣已决意行伊霍之事，不过仅此而已。龙床换主，一来可重振国威，二来可整肃朝纲，令环伺之五胡不敢越雷池一步，大晋王朝长治久安也哉欤。臣并无取而代之之意。然，初衷却与伊霍相同。伊尹将太甲流放于成汤墓葬之地，守墓三年，悬梁刺股，深刻反省。臣不过请太后施恩，依照旧制，将司马奕归第东海，重为藩王，从此不得过问国事要务也哉欤。"见褚太后点点头，桓温知道太后内心不再惊恐。

褚太后一听这话，心里一松，脱口问道："本官疑惑，司马奕归第藩国，龙床却不可一日无主耳。太宰武陵王司马晞虽是中宗皇帝血亲，然，囿于皇室严峻之法规，已非中宗皇帝直系。"

桓温立刻接话道："臣惶恐，太后明察。抚军大将军司马昱接续琅琊王国号，使大晋王朝皇位接续有人焉。"

褚太后啧啧了两声："据本官所知，道万阿叔经年贵体有恙，沉疴不愈，恐不会接受皇位欤！"

桓温答道："臣惶恐。伏惟太后明察也哉欤！琅琊王司马昱身为中宗皇帝嫡传嗣子，血脉正统，名正言顺，不辱使命。若非经年传续失范，司马昱当为最合适皇位继承人焉。司马昱践祚亦使大晋王朝从此归位汉家天下焉。"（意指自肃宗司马绍之后至今，大晋王朝一直非正统汉人血脉统治。）因为是垂首对话，褚太后无法看到一丝狡黠的神情从桓温脸上划过。这句话，也就断了再从司马绍后嗣中寻找龙座之主的可能。褚太后尽管心里颇有不满，却无言以对。

话已至此，桓温也无意继续说下去。而褚太后心中明白，桓温所说这一切，都是事实，而这些事实应该已经被一干大臣所认可。褚蒜子冰雪聪明，自当认了。只要桓温明确了并无篡逆的意图，褚太后其实也没什么可说的了，随之便唔了一声，点了点头，表示全盘接受。

见状，桓温朝着守在正殿外的顾恺之和谢玄摆了摆手。看着二人去履，脱帽，跨进大殿，踮着足尖跑了几步后匍匐在地。二人对褚太后行过君臣大礼后，没敢抬头。一直等到桓温发了话，这才起身。顾恺之将随身携带而来的画卷《女史箴图》从竹制画筒里小心翼翼取了出来，和谢玄一道将画卷徐徐展开，让褚太后过目。

褚太后走下坐床，示意一旁服侍的宫女从顾恺之和谢玄手里接过画卷，仔细欣赏良久。她当然知道桓温奉上此画的良苦用心。前朝重臣张华大人为惠帝的皇后贾南风献过《女史箴》，希望规劝贾南风尽职后宫，别在廊庙上兴风作浪。而眼下，后宫并无皇后，即使可能坐上龙床的司马昱身旁，也没有能坐上皇后凤辇的人选。而她自己则早就退出宫闱之事，安心做皇太后了。所以，她没有评价画卷，等宫女收起画卷后，关切地看着谢玄问道："遏儿（谢玄小字，论血缘，谢玄与褚太后同辈），你家安石叔父可安好乎？"

谢玄犹豫了一下，不知如何回答。

桓温一旁接话道："臣惶恐。一干朝臣皆在大殿前恭候太后玺书，臣过来时见安石大人端立群臣之首也哉欤！"

褚太后没有回应桓温，嘴里絮絮叨叨地说着"本官还要去焚香事佛"一类的话，等重新回到坐床上，褚太后闭上了眼睛。

桓温朝着顾恺之和谢玄扬了扬下巴，示意二人即刻退出正殿。然后对褚太后说道："臣惶恐。臣在殿外静候太后玺书耳！"说罢，也退出了正殿。

大约不到一个时辰，有黄门从崇德宫正殿出来，双手捧着玺书交给跪在地上接旨的桓温，低声说了几句，转身走了。

桓温没有跟着一众大臣进到太极正殿里，心里头还是不愿意见到吏部尚书谢安和尚书右仆射王彪之，尤其是后者。当年，是桓温将王彪之以督导不力为由，贬谪去做了会稽内史。没想到，桓温刚离开京城没多久，同为宰辅的抚军大将军、录尚书事的琅琊王司马昱就撺掇着皇上下了一纸手诏，又将王彪之从会稽内史的位置上调回了京城。那次，桓温没忍心对谢安下手，除了实在难以找出贬谪谢安的理由外，还因为，谢安是谢裒的儿子、谢尚的堂弟、褚太后的表舅。

这时，大殿里，治书侍御史宣读崇德皇太后的玺书已经将毕，声音也高朗起来："既不可以奉守社稷，敬承宗庙，且昏孽并大，便欲建树储藩。诬罔祖宗，倾移皇基，是而可忍，孰不可怀！今废奕为东海王，以王还第，供卫之仪，皆如汉朝昌邑故事。"

在大司马门负责督查门禁的荆州刺史桓冲一路小跑而来，伏在桓温耳旁说，据报，武陵王司马晞还有一天路程便抵达建康。桓温只是点了点头，没说一句话。一切早就安排妥当。在桓温的通盘计划中，同为宰辅的太宰武陵王司马晞必须被斩首于市。

二人看着已经是东海王的司马奕身着白帢单衣，周身剧烈颤抖着出了太极大殿，转入西堂。

桓温这才对桓冲说道："幼子阿弟，着令你即刻依照皇帝出行之卤簿仪仗，去会稽王府接出琅琊王、抚军大将军司马昱前来登基耳！"

一天后，司马晞一行人站在了长江边上。西斜的暖阳将西边天际的云朵烧成了橘红色，对岸，京城建康被因繁华而升腾起来的大都市气氛笼罩着。站在江对岸的这行人甚至能够感受得到那熙熙攘攘的人群发出来的幸福满足的喘息声，能够听得到建康宫上空弥漫着的后宫那些嫔妃们的欢笑声。在等待接应过江的船队到来的时候，所有人都似乎按捺不住内心的冲动：总算回到京都软！回到这个六合八方宇宙之下最为热闹兴旺的都市里，那是要大肆玩耍一通的。不弄个昏天黑地、三醒三醉那是决不罢休耳。

只有司马晞皱起了眉头。他听见世子和三儿子低声议论着自己的家人，说完妻子儿女，两个儿子不约而同说到要将王献之找来畅快地喝上几天酒，顺便聊聊琅琊王氏的前生后世呢。

可是，等了很长时间没有船队来。夕阳将要落尽时，只见一只中型木帆船从对岸驶了过来，这是一条只能载下二三十人的小型官船。船上下来的竟然是御史中丞司马恬，司马恬身后紧跟着的是掌管京城高官生死予夺大权的廷尉。在这二人身后，紧跟着廷尉寺的左右廷监和二十名身着黑色禁卫军装束的廷尉寺持械刀斧手。司马晞对这二人都非常熟悉，御史中丞司马恬因为出自族亲而在三年前被司马晞擢升到这个位置，而廷尉则是大司马举荐，经太宰府确认后走马上任。

司马恬并没有对太宰司马晞行大礼，而是手举着圣旨高声宣布，奉皇上旨意，司马晞和他的两个儿子必须到廷尉寺接受篡逆大罪之审理。

司马晞顿觉当头挨了一棒，喝道："汝等不得僭越。太宰府长史因何不来迎本殿下入城乎？"

司马恬不敢直视司马晞，回答道："罪人不可高声喧哗。庾倩等太宰府一干随从皆已下入大牢，等待廷尉寺审理后发落也哉！"

司马晞和两个儿子没有被绑起来，而且还有牛车乘坐，但是随行的侍从却被就地遣散。

从京城北面的玄武门进入城垣的时候，司马晞注意到守门军士皆身着征战的戎装，便断定这些军士来自于湖大营，心中不禁一紧，暗暗叫苦。

第十三章

　　早晨醒过来，王献之仍然感到头疼如裂。郗道茂急忙又用贯众（草药名）熬了一碗浓汁儿让王献之喝下去，盖了三床被子，闷出一身透汗。王献之头疼真的就轻多了。郗道茂说一定是那晚上听说太宰司马晞殿下被廷尉收付，下了大牢，急的。王献之承认也许当真如此。自从回到京城，王献之几乎每天都会扳着指头计算司马晞归来的日期。按照估算，太宰殿下应该回京城了，尤其京城廊庙上发生了自王朝在洛阳立国以来从未发生过的废帝事件，太宰应该接到通报了，应该忙不迭地朝回赶呢。那天入夜，越之阿兄慌里慌张撞了进来告知，太宰司马晞尚未过江就被廷尉收付入狱了。没人知晓是谁因何事敢动贵为太宰的武陵王司马晞，就连尚书右仆射王彪之也被这个消息震惊到了。王彪之让儿子越之转告王献之，刚刚践祚当了皇上的司马昱当面就告诉王彪之和谢安，他本人对此毫不知情，亦是甚感震惊。王献之心里认可了这场突如其来的头疼是被司马晞殿下突遭监禁的消息吓出来的。

　　接下来几天，也许五天也许八天，反正记不清了，王献之过得浑浑噩噩，无心习字也无心习练刀术，连家门都无心跨出去。头疼时不时会出现，都是那种浅浅的疼痛，连喝了几天草药也不见起效，索性就不喝了，可是今天却突然又剧烈地疼起来。

　　晌午时分，建康宫的黄门侍郎突然出现在乌衣巷，王献之还在床上躺着呢。黄门侍郎传旨道皇上诏王献之进宫议事。圣旨并没有言明议何事，只是说让王献之在太极殿西堂等候召见。王献之跪接了圣旨后，纠缠了他几日的头疼一下子就消失了。

　　太极殿西堂里，皇上司马昱端坐在龙床上。昨夜又是几乎一夜没有合眼，直到寅时才打了个盹。桓温在京都大开杀戒，每日都会有廷尉呈报刑事讯息，每一个呈报的讯息都是要一个人或者几个大臣的命。而这些大臣必定是前朝刚被废掉的皇上司马奕的所谓同党。令司马昱极度不安的是，这些所谓的同党都是颍川庾氏家族成员，或者和庾氏家族有千丝万缕关系的人，而且都是朝廷高官。三天前，廷尉呈报来的奏折是由桓温亲签的大司马敕令，敕令敦请皇上下旨将被废除的皇帝的三个孽子和他们的母亲田美人一并处以斩刑，并罗列一连串后宫黄门和妃子的证词。证词揭露了前皇上司马奕的宠臣相龙等人与田美人勾搭成奸、终日淫荡而生了三个孽子的事实。司马昱怀着一种惩治恶人的心情签发了圣旨。司马昱此刻正在为桓温控制下的廷尉寺突然拘押了太宰司马晞的事情发愁呢。

右仆射王彪之和尚书仆射领吏部尚书的谢安一前一后来到西堂。

王献之到达太极殿西堂的时候，皇上和两位重臣已经说了一会儿话了。从三人的面容上看得出，心情都是一样焦虑和忐忑。在黄门侍郎的指点下，王献之脱去鞋子，听到侍郎说了声"你需趋步而行"，心中不免一急，没有估计好抬脚的高度，被门槛绊住了脚，向前一扑就趴在了地上。王献之还算反应得快，索性匍匐着来到了皇上的龙床前，一边嘴里高声说道："小子王献之惶恐，应诏前来接受圣训是也。"说罢，连着磕了几个响头。

王献之笨拙的举止将皇上司马昱逗笑了。皇上看着匍匐到龙床下的王献之，又指着坐在龙床前方两侧的王彪之和谢安说道："小子，你怎可仅识龙颜而不识亲颜乎？"

王献之这才注意到坐在两侧的王彪之和谢安，急忙朝着左右行了大礼。那副窘态将王彪之和谢安也逗笑了。

谢安这时说道："官奴儿，在太极殿西堂不可以家内称呼自称。"见王献之不知所措，便又说道："你已在吏部做了侍郎，也是五品了，在此处自称微臣恐为最好。"

皇上说道："官奴已在朕面前俯首叩见，从此不用再自谦小子，微臣之称也不妥当，称臣就是。"

王献之又着忙叩头谢道："谢皇上恩典，臣惶恐。臣这些时日茶饭无心，坐卧不宁，神志很是混沌。若举止失礼失节，伏乞皇上恕罪。"

司马昱扬了扬手说道："朕诏你进入西堂是要听你将京口北巡之经过如实说来。"司马昱顿了一下，大概是在考虑怎样说下面的话："朕所指你可明白？"

王献之怎会不明白皇上话中所指。司马晞被廷尉寺拘押，作为司马晞的

149

亲弟弟，又与其一同辅佐几代皇上治国理政了几十年，怎会无同病相怜、惺惺相惜之感乎？太宰惨遭拘押，罪名无非就是北巡。身为太宰，身为中宗皇帝之子，同时兼具二十多年辅政大臣之身份，即使全国巡视，何罪之有乎？正所谓欲加之罪何患无辞。王献之心中唯一难以纾解的困惑是，桓温怎会对太宰司马晞出手！

于是，接下来王献之便将京口之行亲身经历的宴请七位流民帅、在郗鉴官邸里运筹北征前燕国都邺城的谋略、校阅流民帅刘牢之快速部队的经过一五一十说给了皇上和两位重臣。

王献之说罢，仍然跪着。被皇上唤起来站在一侧，就听见皇上像是自言自语说道："道叔殿下一路所为，有礼有节，合乎身份，并无僭越之劣行耶。"

王彪之和谢安频频点头，并不说话。

皇上便又问王献之道："官奴儿，太宰因何让你从京口返回京城？"

王献之看了谢安一眼，说道："臣惶恐，太宰殿下告知小子，不，告知微臣，不，告知臣，"王献之一紧张结巴起来："太宰殿下说行前就与谢安大人说好，臣之行程到京口为止，然后回京迁职吏部也。"

谢安在一旁证实了此事当真是与司马晞行前说好的，否则，不会让王献之离开京城的。王彪之也说王献之离京陪司马晞北巡事先也与他做过商量。

皇上刚要开口说话，西堂外侍奉的治书侍御史高声通报御史中丞司马恬觐见皇上，紧接着就见御史中丞司马恬在堂外脱去鞋子，双脚一踏进正堂就扑通跪了下来，说道："臣惶恐。臣依照王朝律制，已将罪人司马晞绑在西堂之外，等候皇上下旨发落。带罪人入堂……"

随着司马恬的拖腔，廷尉和两名左右监推着被五花大绑的司马晞进了太极殿西堂。后面跟着的是不久前被大司马桓温任命为督荆州、豫州、江州总军事的桓冲将军。

看到被廷尉的属官左监和右监推搡着进了太极殿西堂的司马晞，司马昱一阵眼晕。眼前的情境不仅令他大吃一惊，而且让他难以容忍。司马晞被五花大绑着，一脸的长髯已被割掉，黑白参差长短不齐的胡须楂子使得五十六岁的前太宰、自己的亲四哥看上去肮脏而又落魄。司马晞嘴巴上被勒着一条粗绳，见到坐在龙床上的六弟司马昱，挣扎着想要摆脱身后两人的羁押，嘴里只能发出呜呜的声响。在廷尉属官身后，桓温大营的两位参军顾恺之和伏滔正在除去鞋履和长刀，准备进入西堂大殿。

大概是受了刺激，司马昱猛烈地咳了一阵子。好不容易止住了咳嗽，司马昱瞪着眼睛，用手指着廷尉和两名廷监，喝道："速速除去太宰身上的羁绊，朕饶尔等不死。"

皇上被这突如其来的场面气坏了。回想起来，两个月前，司马昱还曾经和司马晞在建康宫里的太极大殿西堂共同回应皇上（废帝司马奕）对桓温何以拒绝入朝的狐疑。当时司马昱的回答是："桓温因身体有恙，加之日理万机，操劳过度，难以忍受鞍马劳顿之苦，所以请圣上不必为此过于操心。"而司马晞只说了短短一句话："既无战事，何必将军。"

几十年来，司马晞和桓温的来往并不多。司马晞身为武陵藩王和中宗皇帝血亲，在成皇帝驾崩后就司职辅政大臣，成为参与国事要务的朝廷重臣。而那个时候，桓温刚从琅琊内史的职务上晋升为前锋小督，配合荆州刺史庾翼北伐。而这项擢升任命诏书还是几位辅政大臣集体签署后，被皇上签发的。呈报的奏折上就有司马晞的签名。当真是时过境迁，世事弄人哟。大概就在半年前，谢安就曾提醒过司马昱，桓温擅自任命郗超为朝廷中书侍郎，直接进入中书省参与军机要务的参判，其用心不仅是要对中书监取而代之，恐是要有更大的索取。谢安告诉司马昱，京城关于后宫乱象的流言蜚语突然间甚嚣尘上，让人有呼吸窘迫之感。这种突然发生的流言蜚语，又在如此短暂的时间里形成了巨大压力，只有于湖大营具备此种能量。谢安声称，大司马桓温很快就会顺着这股子妖风邪气打进京城。果然被谢安言中了。

就在这个君不君臣不臣、乱象环生、一人独大、王朝皇室威风扫地的时候，谢氏家族的最后一位清谈名士谢安东山再起，从会稽郡走了出来。一出山，谢安就投入了桓温麾下，走上了一条谢氏家族上一代人曾经走过的路子。临行前，谢安路过京都前来会稽王府拜见司马昱，两人有过一次彻夜长谈。司马昱没能说服谢安留在京都任职，但他却从谢安一番肺腑之言中听明白了谢安对未来前景的自我设计。司马昱认同了谢安的这个人生设计，是因为它非常明确地要达到即使琅琊王氏也从未有过的辉煌。而到达这个辉煌的顶点的设计里极度深入地隐藏着取代桓温家族的蓝图。司马昱是认可这个蓝图的，他甚至不惜促成这个蓝图的实现呢。

只是今日，当四哥司马晞以囚徒面貌被五花大绑出现在眼前，而司马昱坐下正是天授之龙床，这简直就是对他司马昱最彻底的羞辱。司马昱却不可能拍案而起，龙颜大怒。有那么一瞬间，司马昱感觉大殿里突然变得空荡荡的了，一个声音在大殿里响起，震耳欲聋，这个声音竟然是谢安发出来的。司马昱的目光旋即转向坐在左面长案后的谢安，果真听见谢安斥道："廷尉和左右二监，你三人不得着履进入大殿，即刻退出大殿，否则，论律当斩也！"

谢安话音刚落，就见桓冲走向前伏身在地，手举一册多人写就的举报奏文，叩首说道："臣惶恐。臣手中据有廷尉寺搜集的罪臣劣行，有太宰府长史庾倩、大著作郎殷涓和宗臣新蔡王司马晃亲口承认与罪臣策动篡逆之笔录，有随罪臣北巡官兵之踊跃检举。臣请皇上审阅之后定夺耶！"

西堂里的空气顿时凝固了。

司马昱还要发火，却见桓温的脸从西堂外探了出来。桓温自从穆皇帝（晋穆帝司马聃，两岁继位，十九岁驾崩）践祚开始就已经享受朝廷命官的最高待遇，觐见皇上时可以不用免冠、去履，也不用摘除随身佩戴的刀剑，不用趋步而入。所以，桓温只是稍微欠了欠身子，便昂首进了西堂大殿。只是，细心人可以看出桓温的步履迟缓而又谨慎，步幅很小，每一步落下后，身体都会随着摇晃一下。王彪之和谢安都注意到了这一点，两人迅速地对视了一下。

桓温很少进京，但凡入城一定会有关乎贬谪高官、诛杀重臣一类的大事发生。但是，每临太极大殿，桓温都不甚开口说话。桓温的意图非常明确，一干大臣唇枪舌剑之后，生杀予夺则由桓温来定夺。十几年来已成定律。就连皇上也不敢对桓温的决定使用否决权呢。刚才他有意在堂外站立了一会儿，并不急着进去，直到听见谢安发声了，才跨过西堂的门槛走了进来。

桓温既没有向皇上跪叩，也没有请安，却突然看着王献之询问司马晞企图篡逆该当何罪。王献之坚决表示绝不发表任何看法。他辩解说自己仅为吏部府侍郎，又是晚辈，没有资格在这种生杀之事上置喙。说罢，起身往西堂外走去，走到门前，就被站在殿外的顾恺之和伏滔拦住了。

桓温并没有因为王献之坚决离开而有何不快，这时，见手下拦住了王献之，便说道："王子敬，你之所言尚有道理，不予置评也是你识时务也。只是有一点你还是错了，本公虽为大司马，但论起辈分来，应该是你的表姐夫，与你算是平辈了。安石大人，你敢自称长辈乎？"他突然看着谢安问道。

谢安并不答话，而是挤出了一丝含蓄的笑容，摇摇头。

桓温又说道："子敬，本公对出自琅琊王氏之门的人士历来敬重有加，尤其是对你家尊王逸少大人更是多有仰慕之情。所以，你不可回避本公所问，照实说来就是了。若是你家尊在场，绝不会畏葸不语，或者逃之夭夭耳。"

有何话语可在此种境况下言？王献之平生头一次身临这样充满死亡气息的场合。桓温问司马晞企图谋反该当何罪，他当真是难以启齿。起初他被这句话惊得浑身都在战栗，很长时间才终于止住这种因恐惧而起的身体反应。既然他无法离开这里，既然桓温非让他说些什么，王献之知道再想着逃离现场完全没有可能了。他抬起头看了一眼尚书右仆射叔虎叔父，还看了一眼请他在府上做侍郎的谢安大人，但他没有看皇上。他清楚皇上还在震怒中。他也知道，在桓温面前，皇上一定不会开口说话。尤其是桓温提出这样的询问，只要皇上开口，要么是死，这是皇上坚决不愿意做的；要么赦免，这是皇上不敢做的。这两种决断，让皇上陷入两难之中。叔父只是用坚毅的目光回应了侄儿的注视，而吏部尚书谢安大人则用无法揣测的目光与王献之投射过来的眼神碰撞了一下，即刻就闪开去。

王献之面前的几位长辈，都曾经做过秘书郎，谢安大人还做过一段日子尚书郎呢，对于王朝历史上所有著名记载都了如指掌。据理力争是每逢朝会，廊庙大臣之间必须要进行的，犹如一场不见刀剑的厮杀。比如前朝最让王献之仰慕的御史中丞傅玄大人。傅玄大人历经三朝皇帝，以敢于在皇上面前上谏而深得武皇帝和惠皇帝的尊重和喜爱。而傅玄大人关于廊庙过多的冗员成为朝廷、百姓沉重负担的谏文更是让王献之奉为圭臬，经常读之不忍释手。

王献之心里明白，他没有身负傅玄大人御史中丞这样的重责，而御史中丞是可以弹劾除皇帝和太子以外的所有大臣的。王献之仅仅是个五品官员，根本不具备在王朝重大事情上置喙的资格。可是，桓温却当着皇上的面让他表达对太宰司马晞有何看法，这其实应该被看作对琅琊王氏这个王朝第一望族的挑衅，尤其，琅琊王氏的代表人物王彪之也在现场，这样的所谓询问，其挑衅的意思就十分明显了。

皇上这时打破了僵局，说道："子敬爱卿，既然大司马敦促你表达心想之念。朕允你知无不言。大司马言称是你之姐夫，这很是令人感到宽慰。若如大司马所比，朕应该是与你之血缘很近的表叔，不会有错欤！朕许你直言不讳。"司马昱这话说得意味深长，既然桓温说是王献之的姐夫，司马昱将王

153

献之称为侄儿，言外之意，桓温也该清楚，皇上既是天赐圣位，亦是桓温的叔父呢。

　　王献之没有退路，只能说了，但他决定说实话，而非左右逢源，语焉不详。皇上的话说完，等了一会儿，王献之才向着桓温施以大礼，然后依然转身面对皇上，说道："臣惶恐。臣在秘书省浸淫八年有余，书库里典藏所有典籍大约也通读过一遍。大司马大人令臣直言，臣不敢推辞。皇上诏臣直言不讳，臣接旨了。"接着，王献之在列举了武皇帝以来几个最为典型的范例后，说到了汝南王司马亮之死，也说到了成都王司马颖之死是辅政太傅东海王司马越造成，并非惠皇帝本意。而辅政太尉司马乂惨死于火刑之下也是河间王司马颙的部下张芳擅权所为，惠皇帝并不知道自己的阿弟以这样的方式惨死于藩王的将军手下。王献之说到，皇室八王之死，除了东海王司马越是死于病患外，其他七位藩王均因各种缘由被处死，只是死后不久，都被恢复声誉，并重新立嗣封国。最后又说了几桩旧事，如辅政相国赵王司马伦被赐死，辅政大司马齐王司马冏被赐死，等等，最后统统给予恢复名誉和身份。所以，在王朝江左开国之始，中宗皇帝专门为此下过圣旨，后朝后世，任何皇帝，任何辅政重臣不得以任何罪名对司马皇族处以死刑。圣旨至今还保存在秘书省的书库里。这段陈述算是开门见山地阐明了不杀司马晞的历史原因，而且非常有分量。

　　西堂里一派静谧。王献之不经意间用余光瞥了一眼，正好看到跪在地上的桓冲朝着桓温投出犹豫的眼神，而御史中丞司马恬前额着地，并不抬头。王献之心中不禁松弛下来，刚才这番陈述一定让执意杀死司马晞的人举棋不定了。于是，他决定对司马晞依然使用尊称，想到这里，王献之仰脸看着皇上，果敢地说道："臣虽愚钝，但承蒙皇上降恩，臣便如实说来。一年前，皇上曾让臣抄录过前朝御史中丞傅咸大人之传记，也曾让臣在会稽王府诵读过一段傅玄大人最为著名之谏文。那日，太宰殿下亦在场。傅玄呈上之谏文中有一段文字，臣记忆犹新。那年，先皇武帝崩殂后，汝南王司马亮殿下平息朝臣杨骏之乱，而后辅政专权。傅咸大人上谏曰：'太甲、成王年在蒙幼，故有伊周之事。圣人且犹不免疑，况臣既不圣，王非孺子，而可以行伊周之事乎！'北巡途中，臣亦将傅玄大人谏文说给太宰殿下，殿下当即告诫一干太宰府掾属，不得越俎代庖，不得僭越犯上是也。臣以为，言称太宰殿下企图篡逆难以服众耳！"

　　桓温的腮帮子鼓了鼓，乜斜着眼睛看着坐在对面的王彪之，却并没有瞪着正在说话的王献之，说道："据御史中丞呈上之罪证，罪臣司马道叔家中竟未见一部五经典籍，书室内外，包括正堂卧室均是春秋之后历代兵家之书，若非有所图谋，何以如此乎？"

王献之咽下唾沫，仍然面对着龙床上的司马昱，硬着头皮说道："微臣惶恐。太宰殿下自两岁被中宗皇帝过继给武陵王为嗣，离京之时，除了行囊细软，便是中宗皇帝嘱托其懂事后必须阅读之书。据诸葛恢大人所记，这些书籍足有一车之多，皆为历代兵家之书。中宗皇帝此意十分明了，后世怎能生出歧义乎？"西堂里，一干众人，无人以对，这令王献之顿生豪迈之感，便又说道："臣惶恐。此前，中宗皇帝先是将宣城郡公过继给长乐亭侯司马浑为嗣子，后又收回成命，改封为琅琊王，斯时，宣城郡公正在中原与祖逖大人并肩作战，以期光复旧土。据臣所知，中宗皇帝对宣城郡公之圣训便是希冀其成为军事兵法大家。中宗皇帝这一圣命，顺应天意，寓意深远。然，琅琊孝王（司马裒死后封号）不幸英年早逝。故而，中宗皇帝让仅两岁之龄的司马晞殿下前往藩国时带着满车之兵家典籍，其圣心所托昭然也哉。太宰殿下一生所为不正是遵循先皇所托乎？"

王献之平生头一回进入太极殿西堂，森严庄肃的大殿西堂让他顿生压力，而眼前发生的关乎中宗皇帝亲生子嗣、贵为藩王的太宰殿下性命的极危事件，皇上钦点让他表示看法，更使得这种压力像是一座大山轰然压住了他，令他脱身不得，呼吸不畅。而当开始说话，乃至于在说话间突然而至的和皇上以及桓温的对话、必须回答的质问将这种压力陡然变成了恐惧。事后很长时间，王献之都在这种恐惧中反省，反省自己何以有如此之大的胆魄，跟能够一举废掉皇帝的大司马桓温对峙而绝不后退。叔虎阿叔说胆魄来自望族之力和学识之力，谢安大人说除此之外应该还有皇族血统之力。他们也许都说得对，也许都说得不够全面。王献之内心有一种非常明晰的感觉，桓温之所以怒不可遏却难以痛下杀手，盖因皇上司马昱的偏爱和大司马桓温的惜才之心。再有，王献之自知对中宗皇帝家训遗书烂熟于心，顺势而言，据理而论，旁征博引，岂有理亏耳！

桓冲再一次举起手中的奏文，高声将奏文上检举司马晞篡逆的供词念了一遍，然后接着说道："臣惶恐。王子敬所言与罪臣所犯罪孽并无必然关系。大汉时，诸王崇仰高祖，却并没有打消叛乱之企图。"

王献之也朝着皇上再一次叩头到地，说道："臣惶恐。桓冲大人所言检举之人均已伏法，死无对证。陛下在上，容臣多言，昔日齐桓赦射钩之仇而相管仲，晋文忘斩袪之怨而亲勃鞮（又名寺人披，晋国宦官，两次要杀晋文公，后将功折罪，受晋文公礼待），何况太宰殿下辅政数十年，无论康皇帝和穆皇帝，还是哀皇帝和废帝司马奕，太宰皆勤力朝政，鞍前马后，从无僭越之图。"听见皇上低声说了句"继续说下去"，王献之心中一热："臣日前随太宰殿下北巡，一路走来，聆听殿下对中原故土深切怀念之倾诉，对胡人贼寇侵犯中土之仇恨，畅叙收复河山之壮志，殿下肝胆可鉴，臣则受益匪浅。然，却从未听殿下对当朝吐露丝毫怨嫌之气。称其有犯险篡逆之心，实不可信矣。"

桓温突然冒出来的一句话，让王献之不禁打了一个寒战。桓温说道："王子敬，你与罪臣司马晞也有血缘之亲，难免萌生恻隐之心。然，篡逆之罪乃祸天之罪，罪不可恕也。西堂重地，言行举止皆需慎之又慎。若信口雌黄，恐有杀身之灾。"桓温用了"信口雌黄"，明面上是嘲讽前朝的太尉王衍（信口雌黄因王衍而成为成语），却是冲着琅琊王氏这个王朝第一望族而去的。

王献之自然听出了弦外之音，镇定了一下情绪，朝着桓温深深一拜，说道："明公明鉴，臣不敢于国之要务上掺拌私情，琅琊王氏祖训中便有明示。史鉴明载，中宗皇帝有心栽培琅琊孝王为太子，从祖王导大人亦偏爱琅琊孝王，然而，从祖王导大人以周公所定立长不立幼之继承大法和前朝武皇帝摒弃谗言，坚持册立惠皇帝（智障者）为例，又不断晓之皇室规矩和王朝继承律法，才使中宗皇帝回心转意。"说到这里，王献之看到桓温嘴角一动，知道对方也听出话中之意（桓温是东晋第二任皇帝晋明帝女婿，驸马侍郎也）。"臣惶恐。臣既不敢坏了族规，也无意以私害公。若口是心非，臣之罪也，褰裳赴镬，其甘如荠也。"王献之能够感觉到桓温身体轻微地颤抖了一下。他大胆引用了几年前桓温请诏北迁洛阳疏文中的一段文字。在那篇疏文中，桓温使用了这样的字句来表达对皇上的赤胆忠心。"然，殿下心系王朝未来确是事实。北巡期间，殿下每语臣曰：'若当能领兵征讨鲜卑胡儿，夺下被前秦贼寇占据之邺城，定如大司马一般，成为大晋王朝匪躬之臣。'殿下每出此言，臣顿觉汗颜。而一路北巡，殿下鞍马劳顿，却精神抖擞，意气风发，此随行之人皆所目见也。"王献之听见皇上嘴里发出唏嘘的感叹声。"殿下以天命之龄，宗臣之身，揽复兴之义，实乃大晋王朝之幸。中宗皇帝在天之灵当无比欣慰耶。臣虽位卑言轻，却不得已斗胆伏惟奏上。"说着，再一次朝着龙床上的皇上匍匐在地，"臣惶恐。以臣愚钝，想当年，荆州刺史刘弘大人与先皇武帝有同窗之谊，在东海王司马越执意征讨豫州刺史刘乔大人时，多次上书并面奏皇上，试图息事宁人。奏文中有些章句臣读过，至今难忘。"

皇上说道："爱卿不妨说来，朕很是想听。"

王献之没敢直起身子，伏地诵道："自顷兵戈纷乱，猜祸锋生，恐疑隙构于群王，灾难延于宗子。权柄隆于朝廷，逆顺效于成败，今夕为忠，明旦为逆，翩其反而，互为戎首。载籍以来，骨肉之祸未有如今者也，臣窃悲之，痛心疾首。今边陲无备豫之储，中华有杼轴之困，而股肱之臣不惟国体，职竟寻常，自相楚剥，为害转深，积毁销骨。万一四夷乘虚为变，此亦猛兽交斗，自效于卞庄者矣。"西堂里鸦雀无声，只听见龙座上的皇上发出来的嗯嗯声。

少顷，皇上突然问道："此奏折可有下文乎？"

王献之垂头回答道："臣惶恐。刘弘大人在奏文最后叩请皇上速发诏令，令东海王与刘乔等两释猜嫌，各保分局是也。"

这时就听桓温朝着自家随从问道："诸卿可有他议乎？"

只听见桓温大营的参军伏滔低声说道："王子敬所说刘弘大人奏折并非杜撰。"

桓温不耐烦地说道："本公欲知那东海王司马越是否遵诏息偃兵戈。"

伏滔答道："东海王并未息兵，继续大肆杀伐。然，四夷则趁乱侵我中原，直至今日之困局。"

桓温哼了一声，沉默下来，许久才突然问道："子敬，你如此迷恋前朝典籍史册，想来一定有崇仰之人？"

王献之听出桓温对自己刚才所说很是不以为然，却不想回避自己的主张，便说道："大司马大人所问若是指向朝官，微臣崇仰历经武皇帝和惠皇帝二朝之傅玄大人。"

桓温拧起眉头，转脸看了一眼站在殿外的顾恺之和谢玄。听到顾恺之低声提醒说："傅玄官至御史中丞。履职峻利，京都肃然。谥号贞。深得二朝天子器重。"

桓温点点头，看着王献之说道："本公明晓，御史中丞督司百僚，皇太子以下，其在行马内，有违法宪者皆可弹劾之。本朝御史中丞司马恬上奏诉罪臣司马晞自然亦是履行职权矣。子敬阿弟，"桓温突然用这样的称呼，令王献之不禁一惊，"御史中丞乃三品大臣，你却是高攀不起哟。"

王献之说道："大司马明鉴，臣安于现状，对擢升高位一无所求。刚才大司马所问殿下是否该受戮刑，臣尚未应答完全。臣依然在王朝史官记录之下说事，不敢添加半点私货。"王献之见桓温点了点头，便将当年史官录下的关于庾翼薨殂之后，辅政大臣在朝中议论让谁出镇荆州刺史并征西府的争辩说了一二。然后说道："典籍中对这次争辩亦有详尽记录，庾翼大人病重之时，曾上书向有司举荐自家长子继任司职。文中所言无一不是为了大晋国荆州要地能保持对丹江流域对岸后赵石虎贼寇之压力。举荐其长子继任正是为此，并无私利可言。然而何充大人却力荐大司马前往继任。史官记录下太宰殿下的一番说辞，从这番说辞足以辨识，正是太宰殿下的说辞有理有力，据理力争，才促成大司马入职荆州。如今看来，太宰殿下无疑高瞻远瞩。至于有人大放蛊惑之言，声称太宰殿下有篡逆之心，却并无任何有力证据。太宰殿下乃中宗皇帝直系子嗣，天下人皆知。这正如太宰殿下熟读兵书，精通战法亦为廊庙之上尽人皆知一样。"说到这里，王献之突然想起曾看到过史官记载下来的一桩出自中宗皇帝的叹言，眼睛一亮，说道："臣惶恐。臣接下来所言取自史官记载之中宗皇帝语录，但需伏请皇上恩准，方敢语之焉。"

皇上举起手来向下用力一劈，这是一个坚定的毋庸置疑的手势。

王献之叩谢过皇恩后，说道："臣惶恐。大兴元年（公元318年）琅琊悼王（司马睿五子司马焕）薨殂，之后皇上（指司马昱）不愿继承琅琊国藩王封号，中宗皇帝曾多次向身边重臣提出，希望依照改封琅琊孝王之先例，将太宰殿下改封琅琊王。"这时王献之看到司马晞猛地仰起头来，充满血丝的眼睛看着龙床上的皇上，肺腑里发出低沉的悲戚之声。皇上见状，慌忙将眼光避开去。"然，遭到刁协、刘隗强力阻拦。"

皇上怒气冲冲地打断王献之的话，问道："乱臣刘隗出何秽言，蒙蔽中宗皇帝之眼？"

王献之说道："史官记载，刁协、刘隗二人出言声称武陵国乃征西府所辖之地，且太宰殿下母系乃琅琊王氏也哉！"王献之没继续往下说，但在场的所有人都听明白了，中宗皇帝因何放弃了改封之意。

皇帝听罢，无力地摇了摇头，说道："爱卿继续说来。"

王献之便接着前面的话继续说道："臣惶恐。时下，王朝所面临并非承平之世，但凡重臣皆怀拨乱反正之心。犹如牧野之战，吕望杖钺；淮夷作难，召伯专征；猃狁为暴，卫霍长驱。臣斗胆揣测，太宰殿下深怀报国之意，前秦贼寇伙同前燕贼寇，几十年来对我大晋朝虎视眈眈。卧榻之侧有如此凶悍之族亡我之心不死，身为皇室子嗣怎能不忧心忡忡乎？又怎会在国难当头之时大行篡逆之道乎？太宰殿下胸怀兵家之志，祈愿以皇室之后嗣，亲率大军挥师北上，讨伐顽敌收复旧土失地。如此壮举，何来篡逆？"说到这里，王献之知道不能再往下说，于是戛然而止。

这时，就见御史中丞司马恬又从怀里掏出一份文书，高举过头，朗声说道："臣惶恐。此奏折附有罪臣司马晞一干门人食客检举罪臣篡逆之言行，伏请皇上定夺。"说完，匍匐到龙床前将文册和奏折交给治书侍御史。

王献之见状，怒从胆边生，先是朝着皇帝再拜，又给桓温施行了大礼，这才面对司马恬正色道："臣惶恐。御史中丞大人，适才我与大司马之对话你是听得仔细了。关于罪证之于殿下，大司马并无斥责于我。所以，我以为大司马在以博大之胸襟，容百川之汇流。大司马心胸犹如天地，亦如明镜清流。若如中丞所言，听任殿下门人诬言，并以此为殿下定罪，岂非重演大汉吕后诛杀梁王彭越一幕？（吕后唆使大汉开国元勋梁王彭越门人，诬其谋反，被刘邦残杀并灭三族。）然，吕后所为早已被后世历代引以为戒，万请大司马三思，伏望皇上明鉴焉。"

王献之丝毫没有畏惧之色的谈吐和从容不迫的气度，以及对历史典故和皇室典籍信手拈来表现出的博学，都令桓温甚感惊愕。他从来没有见过王羲之的这个最小的儿子，却听说过不少关于他的传闻，今日得见，倒真是让他有耳目一新之感，而听王献之一番辩词却令人振聋发聩矣。

司马昱看出桓温正在愣神，虽然不知道何以让这位凶神恶煞一般的大司马突然失语，但司马昱知晓，该轮到他这个皇上说话了。

于是，司马昱发出一声重重的干咳，说道："诸位爱卿，自父皇中宗在江左中兴王朝以来，谁又何曾听说过中宗皇帝之子欲要颠覆王朝乎？桓大司马，朕与太宰为中宗皇帝遗世之仅存硕果，你对此会心生疑窦乎？"

桓温一听到司马昱突然说到中宗皇帝，心里不禁一凛。他猛然想起就在几

159

天前，他亲率上千骑兵风卷入城，将建康宫团团围住，然后，他又去拜见皇太后褚蒜子时的情景。当听桓温罗列了当朝皇上诸多罪行，提出废帝的奏请时，褚蒜子呆若木鸡，说不出话来。最后，褚太后在亲手写下废帝的手谕后，只问了一句话："大司马此举可会毁了中宗皇帝创建的王朝基石乎？"桓温当时并没有理会这个女人的诘问。出了建康宫，桓温率一彪骑士又来到会稽王府，恭迎司马昱前往太极殿登基践祚。当司马昱听到皇帝已经被废，而自己竟然被推上皇帝的龙床后，也有一问："桓浮子大将军，父皇中宗在天之灵可知此一变乎？"

对这两问，桓温都没能回答上来。这让他在接下来的日子里内心总感很是不踏实。然而，这些年所有的征战，所有的谋略，便正是为此一举。而这才是走出的第一步。桓温对历史顾及不多，也没多少精力顾及历史上令人困惑的诸多典故。然而，身边的那些谋士却多有高手。刚才王献之所讲尽管他还是第一次听说，也清楚王献之绝不敢胡言乱语。一句话从桓温嘴里脱口而出，连他自己也跟着一惊："当年，东海王由我等扶上龙床，未曾料到竟有近日后宫之乱，险些将王朝大位拱手传于佞臣之孽种。"这话说完，桓温非常后悔。

皇上却没有给他反悔的机会，说道："大司马有此自责，朕甚是欣慰。然，东海王只能算是他咎由自取，大司马也不必过于自责。中兴以来，辅政重臣从不介入后宫之事，这亦是皇室规矩，不可逾越。若由辅政及早出手干预，何至于有今日之乱乎？由此而言，后宫之乱难道崇德太后可以脱责乎？"见桓温低头不语，知道击中了桓温的弱点，司马昱也就岔开话说："适才爱卿王子敬所言足以证明司马晞秉承中宗皇帝寄托，潜心兵法军事，终日为光复中原、荣耀山陵呕心沥血，实乃可歌可泣。况，朕时为大宰相，总录尚书事，王朝一切事务并非司马晞可以定夺。今日西堂上发生之事，虽令朕十分不快，然，能因此辨明是非却是王朝之幸。你等可以退下了。"说罢，司马昱走下龙床来到司马晞身前，一种冲动使他欲要扶起跪在地上的这位四哥，却还是忍住了："道叔四哥，西堂之议，犹在耳畔，你虽为北伐贼寇殚精竭虑，然，以辅政大臣之身份擅自北巡却是触犯了王朝律法，按律必受惩罚。朕今日赦你刑罪之罚，但你必寤寐反省。"

出了太极殿西堂，王献之不敢和桓温并肩而行，便只是远远跟着。走到大司马门时，桓温让肩辇停了下来，从侧窗探出脸来，朝着王献之招了招手，示意他紧走几步来到近前。看着紧张兮兮的王献之，桓温紧绷的脸上兀然涌上一丝温暖的微笑，说话的口吻像是贴心的姐夫，问道："子敬阿弟，本公非常赏识你在西堂上为免司马晞一死而据理力争之胆魄，逸少大人应该为此而甚感骄傲欤。然，本公还有一问，依你之见，本公上书建言移都洛阳城，如何？"

王献之心里一凛。隆和元年（公元362年），大司马桓温北伐收复洛阳后，上书力荐迁都洛阳，并请自"永嘉之乱"南渡者全部北徙河南。朝廷哗然，却无人敢出面反对，皇上（晋哀帝司马丕）哑然，不知如何是好。正当桓温欣然之际，时任散骑常侍的孙绰毅然上书《谏移都洛阳疏》。疏中声言此举劳民伤财，并力陈迁都乃"舍安乐之国，适习乱之乡；出必安之地，就累卵之危"，遗患无穷，不仅使民怨鼎沸，而且给予五胡贼寇可乘之机。结果，迁都之事就此搁置，再无人提及。

王献之也知道桓温一直以来因此对孙绰耿耿于怀，想了一下，说道："臣在京口时，听太宰殿下宣示过北征之战略远景，一旦将邺城收入囊中，身后广袤之河南地区（两晋时，称黄河以北为河内，黄河以南为河南）便有了一道坚固屏障。倘若殿下与大司马联手发动北伐，迁都洛阳可行也。"

桓温听了这话，嗓子眼里咕噜了几声，回身从肩辇里取出一把折扇。折扇用白绸做成，打开后可见白绸上画有山水和江渚。桓温说道："此乃本公爱卿长康所画，可识得画中之物乎？"

王献之点点头："牛渚矶矣。"

"本公听闻你之书艺傲视当今，你认为以何字缀于其间，可相得益彰乎？"

王献之稍加思忖，说道："明公明鉴，臣笨拙，'石磬之乐，逝水难舍'也。"

桓温不觉一阵感慨，将绸扇交到王献之手中，说了句："长康自会去你府上索取此扇。"然后放下侧窗帛帷，肩辇径自出了大司马门。

第十四章

接下来的十天，王献之听从叔虎阿叔和谢安大人的劝告，足不出户，尽管如此，依然终日惴惴不安。直到第十天的傍晚时分，王彪之才派人来告诉王献之，大司马桓温接连五天都呈上奏折，请求皇帝准予司马晞死刑，甚至提出若是顾忌皇室脸面，可以不用在街市上斩首，而是由皇帝将司马晞赐死。然而，皇上坚持司马晞没有篡逆动机，更没有篡逆行为，坚决不予死刑。桓温只能被迫退了一步。结果，司马晞被褫夺了武陵封国王位和一切朝廷职务，贬为庶人。这无论如何都是个大好结局。但是，皇上接受了桓温的另一个奏折，将司马晞驱逐出京城，流放到位于京畿南面的新安郡（今皖南、浙西、赣北交界处），时间定在明天午时。来人还一并带来了皇上司马昱手谕，允许王献之将司马晞送出京城。

王献之接下了圣旨，在忙乱中匆匆吃了早饭后，便赶往司马晞的官邸。太宰官邸的门匾已经摘掉，司马晞一家人连同十几名男女仆人都已经在前院集中起来。看得出来这家人昨晚上一定都没有合眼，每个人都精神萎靡，面色蜡黄。司马晞和三个儿子的冠帽和官服在被捕时就已经被剥掉。只有司马晞灰白稀疏的长发盘在头顶，打了个发髻，三个儿子任由长发散落在身后。王献之这才发现，世子司马综的头发也已经花白了。院子里停放着三辆牛车，这是供司马晞和应妃一行女眷乘坐的。家中的那几匹山地马都充了公，司马晞的三个儿子只能一路步行了。允许带走的物什不多，除了细软和被褥，就只有几个用来装书的行箧，这些物品将由仆人肩挑背扛走过近千里的路程。司马晞的三儿子司马遵悄悄告诉王献之："父亲大人最为宝爱的兵书都被廷尉收缴了，所剩无几的书籍便只好装在几只行箧里。"又说原本是要乘船顺水进入震泽大湖，然后再转乘牛车走完剩下的路程。可是，昨晚被告知，不得使用官方大船，也不得在水面上航行，这才改走旱路前往新安郡。离午时至少还有一个时辰，但司马晞坚持不在院子里继续等待了，宁可在城门处等候城门洞开的时辰到来。于是，一行人从宅院后门悄没声地离开了居住了二十几年的官邸。时间还早，街巷里并没有人。从官邸所在的戚里区（贵族居住区）到城东的建春门并不很远。出人意料的是，守城的军士长认出来是太宰司马晞，似乎也知道了太极殿上发生的事情，并没有为难这行落魄的人，立刻就开了城门放行。

已入隆冬，天气阴霾，幸好没风，出行的人都被悲情笼罩着，也就感觉不到寒冷。出了京城往南走出四五里路后，司马晞撩开侧窗的帛帷，向四处张望，浑浊的眼神里看不出一丝解脱后的喜悦。目力所及，只有熟悉的京郊四野，没有看到有其他送行的人，便将眺望的眼神收了回来。再一次看着王献之的时候，眼睛里充满了亲情和感激。

王献之见司马晞像是有话要说，紧赶了几步，跪下来问道："殿下有何吩咐？"

司马晞听到这个称谓浑身一抖，闷闷地说道："官奴侄儿，老夫不敢再以殿下自称，王法处置，断不敢忤逆也。"司马晞似乎真的要说什么，又好像一下子想不起来，嘴里嘟嘟哝哝了几声，这才想起，转回身从车内的一口木箱子里取出一个丝帛包裹着的物件，从车窗递了出来，说道："吾儿在京口告诉过老夫，你向他索要乃父当年在武陵国写给老夫的墨宝。"

王献之没敢去接，而是急忙解释道："殿下，小子怎敢如此无礼，小子并不知道家君给殿下留下过墨迹。那日兄长猛然提起，让小子欣喜不已，脱口而出罢了。既然是家君馈赠，小子怎敢索回。岂敢岂敢！"

两人说话间，随司马晞一同流放的三个儿子已经聚拢过来。三人的母亲应妃也闻声从后面女眷乘坐的牛车下来。

司马晞叫儿子们把王献之从地上拽起来，然后无限感慨地说道："官奴儿，那日西堂之上，老夫已无开口之可能。那桓浮子虎视眈眈，欲置老夫于死地而后快，却是让我惊出一身汗来。老夫已然年老体衰，即便如此，想着身后的孩儿们要跟着被枭首于街市，不寒而栗也。"说着，禁不住老泪纵横。

王献之心里非常凄楚，却忍着未表现出来。正好应妃走到近前，王献之又朝着应妃跪下来行了叩首大礼，轻轻唤了声："婶娘大人，小子祝愿婶娘康健顺遂。婶娘要随殿下远行，小子但有机会一定跋涉前往新安郡叩见殿下和婶娘大人。"

应妃倒是没有落泪,在她心里,能活下来已是万幸。尽管没有落泪,说话时的语气依然很是凄凉。应妃说了一大堆感激涕零的话语,说话时多次提到了在武陵国见到王羲之的情景,话语中就多了些感慨,感慨一位藩国郡主的命运怎会如此轻贱如草芥,感慨琅琊王氏一族中多亏有了王羲之这一支的后嗣为族群所承担起来的责任。司马晞呆呆地坐在车里听着,一言不发。这些日子对他的打击实在是太大了,一位以光复祖业为人生使命的皇帝之子和藩国之王,竟然会被诬陷有篡逆之图,险些丢了性命。在司马晞心里,性命无所谓,然而,此生却不可能北征邺城,收复故土,则比要了性命还让他痛心疾首。见应妃说得伤感,也有些啰里啰唆,司马晞哼了一声,应妃即刻就停了絮叨。

然后,司马晞挥了挥手,示意儿子们将丝帛卷的字轴打开来。

在父亲的字迹跃入眼帘的刹那间,王献之顿觉一股热流从心房涌出来,周身被这股热流冲撞得燥热。这是一幅用楷书写就的文字,录写的是诸葛孔明兵法三则。王献之身边虽然收藏有父亲的手迹,但是自打能够捉笔时起,临写的就是父亲写的正书《乐毅论》。这幅字轴上的字迹与《乐毅论》并无二致,很是端庄浑厚。

王献之面对字轴扑通一下跪下来,向着字轴连叩三个响头,嘴里念叨着"先考在天之灵显圣""伏见大人神迹"一类的话语。

等王献之收起字轴,司马晞才又继续说道:"官奴儿,老夫在过了东城桁(一座跨越中渎水的浮桥)之后,竟然有了'风萧萧兮易水寒,壮士一去兮不复还'的悲怆之感。走到这里,在你面前,老夫才有了说话之勇气。"他手里攥着那个用丝缎包裹着的纸卷,转过来转过去,看着在四周围远远站立着的那几个跟随了自己几十年的仆人:"官奴儿,老夫此去新安郡便永生难以重回京都,但中兴王朝乃父皇开创,老夫之贱身亦诞于此城。自应诏做了辅政大臣,一晃竟然过去了二十几年,虽未曾踏遍市井街巷,心绪却昼夜萦绕也。一想到再无归来之机会,心中难免凄楚,尚有牵挂多多。"说到这里他还是停顿了一下,然后鼓足了劲儿说:"官奴儿,皇上龙体欠安,痼疾纠缠不去,此乃老夫牵挂之首要。那桓浮子借此废帝之机在廊庙上遍插党羽,气焰猖獗,已呈篡逆之势。然,即使显赫如霍光,也不曾敢于萌生篡逆之邪念。桓浮子虽然自比霍光,却无有胆魄越过雷池。老夫内心依然坦荡,并非桓浮子无有此胆,着实因为有琅琊王氏和陈留谢氏两门望族坐镇廊庙。"说着,司马晞长叹一声,告诉王献之:"在京口收到的那本文册我不知翻阅了多少遍，这才知晓父皇之所以将征镇迁往建邺，是采纳了你尊祖王世宏大人的力谏，又受到处仲大人和茂弘大人的一致拥护，由此才开创了中兴王朝。"说罢这些，司马晞又连声长叹道："后世许多记载是冤枉了咱家琅琊王氏之处仲（王敦）大人的。那时的处仲老伯（以辈分论）是中兴王朝的开国元勋，若无处仲老伯等一干琅琊王氏族人，何以有今日之王朝。然，王处仲的书信和奏折无一处显露出老人家有篡逆之图谋，却尽显着对王朝未来之焦虑和忧愁。上耶，琅琊王氏族规森严，家法严峻，庭训深切，才使得百十年来，代有英才，勠力佐政，却从未有人觊觎皇位。若非如此，以琅琊王氏之势力，扬州荆州均在掌握之中，王朝龙床唾手可得，而且名正言顺也哉。兆民所谓'王与马共天下'岂不正是如此乎？"

说到这里，司马晞戛然而止，撩开牛车前面的帘子，纵身跳了下来。司马晞突如其来的举动和跃下牛车时显露出来的矫健的身手把跪着听司马晞说话的王献之吓得不轻。三个儿子见状，不知发生了何事，都飞也似的跑了过来，齐刷刷跪在地上。

原来，司马晞早就做了准备，要走到远离京城的地方，了却祭拜先祖和故土琅琊国的心愿。只是出了京城，一路心情太过沮丧，竟然给忘了。一众人等找到一块位于河流拐弯处的平坦之地。尽管已经进入冬季，京城往南的地方依然草木葱绿。仆人们忙着用石块支起木板，当作案台，依照司马晞的吩咐，案台安放的位置能够使祭拜的人面朝着琅琊国的方向。木板上摆放了干果和一张羊皮、两支牛角作为祭品。香炉和炷香是必须要有的，甚至还沿用了五斗米道仪式中的黄帖——黄帖是在家里写好的，然后将这些黄帖埋在象征天、地、水三神的地方。这些程序都是由王献之和司马晞的三个儿子完成的。

之后，所有人都在司马晞身后跪下来。这时，司马晞才起身向案台走过去，将案台上的炷香点着，还从衣袋里掏出象征武陵国藩王威权的绶带和帽顶上的豹尾，虔诚地置放在案台最前面。然后，向后退了两步，但仍然在所有人的前面。司马晞跪下来，向着琅琊国方向拜了三拜，然后将三个儿子和王献之依次送到手边的酒樽里的青梅酒缓缓浇在了案台前。待情绪稍微平稳了些，司马晞说道："父皇在天，臣子道叔，伏惟诉告。臣子自幼不曾有过庭之训，承蒙圣意，有王师王友陪伴左右，有父皇兵书护佑昼夜，臣子终成父皇所愿之子，瘖寐跃马扬鞭也哉。然，太和六年，遭奸人诬陷，栽乱朝之罪愆，辱先人之牌位，惨遭褫夺三公之位，不得驰骋疆场。臣子心有不甘矣。蚁狄纵恶于神夏，夷裔肆虐于中原，六合破碎，梓宫沦辱，山陵蒙羞，臣子亟待殪戎之绩，实欲没身报国，輙死自效，致命寇场，以尽臣子之节欤！臣子俯寻琅琊故国，伏身饮泪啜泣兮！臣子蒸尝之敬在心，桑梓之思不泯，岂料渐行渐远矣。先祖略吾之大愆，念后子之小善，猥蒙天恩，放回山林。伏省祈求先祖之佑，圣朝得免戕难，兆庶得免涂炭欤。"祭辞告完，司马晞俯身在地长时间没有起来。

众人听到这里，响起一片哭泣声。司马晞说到不曾有过庭之训时，王献之心中一阵悸动，父亲大人在誓墓辞官时就说过这句话。本不想落泪的王献之这时也潸然泪下。

祭奠仪式完毕后，司马晞默然回到牛车上，车队继续前进。

看着车队走出了一段距离，司马晞的三个儿子和王献之兄弟四人面对面跪下来，行了兄弟之间的拜手稽首礼，然后又说了许多知己贴心的离别话语。世子司马综惊叹王献之竟然敢于仗义执言，凸显出琅琊王氏子嗣承继了王朝第一望族之足够深厚的道德修养和正义之气。司马综直言："京口之行时已经对你刮目相看，那日家君被释放回府，听罢所言，我兄弟更是五体投地，崇仰有加。"司马逢和王献之从未见过面，此刻亦感激王献之救全家幸免于灭族之灾。说完，司马综和司马逢起身去追赶已经走远了的车队。

只有司马遵依然长跪不起，王献之也只能跪着。

司马遵等兄长们走了这才大声哭起来，王献之听着哭声，心里也非常难过。不久前二人还在京口的老宅里筹划着如何昂首阔步走进被收复的邺城呢，如今，司马遵却成了与兆庶为伍的下等人，甚至还不如。王献之也就没有劝阻司马遵，直到他哭够了，才说道："阿弟，殿下大人已经走得远了，阿哥我不能继续送行了。你我兄弟一场，阿哥自不会忘记手足之情。阿哥确信，总有一日，殿下所蒙受之冤情定当洗清。"

司马遵用力点着头，说道："家君蒙冤乃历代宗臣和忠臣之乖命，大汉天下历经数百年，概莫能外。阿弟哭号并不为此。想与官奴阿兄同居京城多年，竟然形同路人，悔之晚矣，此乃感情难却也哉。"司马遵顿了一下，似乎犹豫着接下来的话是不是该说出来。

王献之说道："阿弟，为兄妄言，若有一日为兄能跻身太极殿上，定会亲书奏折，呈请皇上为殿下洗清冤情。为兄笃信这一日不会很远也哉。"

司马遵抹去眼泪，感激地看着王献之，说道："京口行前，那次司马道福公主登门拜访家君，送行时，与兄长和我说起对未来婚姻之期盼。"然后说出了司马道福公主表意要嫁给王献之做正妻，定要为王献之这一支繁衍后嗣，光大族群。还将司马道福离开后，司马晞一家人热议此事得出的结论也一并讲了出来。最后说道："官奴阿哥，你方才所说来日跻身太极殿，娶公主为妻恐是一条便捷之路。那日，家君大人对司马道福公主决意往之，亦是甚感震撼，甚为欣慰。今日与你说起此事，亦是不得已而为之。否则，为家君申冤雪耻，恢复藩国也是枉然。万望官奴阿哥慎思慎思。"说罢，朝着王献之重重一拜，起身追赶队伍去了。

此事突兀，造成的混乱可想而知。还没等王献之回过神来，又见司马晞的车队竟然停下来，司马综朝着王献之飞奔而来。

王献之慌忙迎了上去。司马综二话不说，拉着王献之的手疾步走到司马晞的车前，大声说道："大人，小子已将官奴阿弟请了过来。"

牛车上的帛帷迟迟没有掀开，能听得见司马晞在车内重重地咳了几声。帛帷始终没有掀开，司马晞说话的声音沉闷而又无力，刚才祭祀琅琊国时的充沛的中气似已殆尽。司马晞一开口，王献之就跪了下去。

"官奴儿，表叔所言，并非司马道福公主之托。然，那日公主之决心令人震撼。正是那日，表叔才知晓你膝下竟无子嗣，亦是甚感震惊。想三十几年前你家尊与我在武陵藩国说起家事，记忆最深便是他曾在七岁时向你尊祖发誓生养八个儿子，为此，他不惜收下义子以了却夙愿。"司马晞又重重地咳了几声，"官奴儿，你与公主之姻亲乃两相情愿之事，阿叔不便说三道四。然，你若是要跻身九卿，却并非便宜之事。个中羁绊丛生已然历经几代，琅琊王氏你这一支，才俊满门，却自我逸少阿哥起，至今无一人跻身重臣之列。阿叔我曾因此与皇上（司马昱）多次争辩，但不得要领。而皇上定有难言之隐，却苦于不能昭然于世。另，新安路远，岁月难熬。只是阿叔当真将昭雪沉冤之愿寄托在你身上，你若不娶公主，跻身九卿三省之列便只是枉然也哉。官奴儿，以阿叔之意，欲要振兴家门，让琅琊王氏有子嗣跻身廊庙高位，唯娶公主为捷径也哉。官奴儿慎思慎思欤！"

司马晞的车队已经不见踪影，王献之依然跪在地上，心乱如麻。

第十五章

　　往回返的一路上，王献之走走停停，脑子里乱得一锅粥似的。年初在剡县祖居发生的几位兄长催着休妻、几位嫂嫂逼着纳妾的家事又重新闯进脑海里，跟送别时沮丧的心情搅在了一起，使得王献之的思绪混乱不堪。等到发现已经来到朱雀桁前的时候，王献之这才意识到走过了往乌衣巷拐的街巷。于是，索性就钻进朱雀桁旁的一家很小的酒肆，要了一坛子酒，点了几样清淡的菜肴，自斟自饮起来。酒肆的酒酿造得很粗糙，浑浊的酒液不仅有浓重的糟糠味，甚至还漂浮着没有过滤干净的渣滓。好在两样下酒的小菜很对口味，王献之酒喝得不多，菜却吃了个精光。

　　回到乌衣巷家中，天已经擦黑。王献之倍感体沉气短。郗道茂知道是因为送别司马晞坏了心情，却不知道导致王献之心情低落的根本缘由是离别时司马晞说的那番关于婚娶的肺腑之言。郗道茂让老仆人在堂屋生起了炭火，两人就坐在炭火前随便吃了点东西，算是把晚饭对付过去了。郗道茂几次想问送行的事情，见夫君一脸阴云、郁郁不乐的样子也就没开口。倒是王献之干坐了一会儿，主动说起带回来的父亲大人手书诸葛孔明兵法三则，说着说着，声调就开始哽咽。郗道茂慌忙扔给王献之一个没有缠绕完的丝线团，说了声："快过元日节（春节）了，老人家要给我们的新衣服上刺绣装饰呢。"郗道茂所说的老人家就是从上一代人跟到如今的老女仆。

　　丝线团还没缠完，谢安的儿子谢琰穿过院子进了正堂，说："官奴阿哥，家君大人请你即刻过去呢。"说罢，也不管王献之情绪低落，拉着他就出了王家大院。

　　谢家大院的正堂里，谢安和谢石两位长辈并没有现身，而谢氏第三代做了官的几乎悉数在场。在王献之眼里，面前这几位陈留谢氏第三代中被称作"封胡遏末"四才子的都不过是发小玩伴。其中，谢安的次子谢琰，乳名末，今年刚过弱冠就在秘书省做了秘书郎；谢安的亲弟弟，已故多年的前西中郎将谢万之子谢韶，乳名封，在车骑将军麾下做了司马，已经是四品官秩了。年纪最长的谢玄，乳名遏，是谢安的亲哥哥前安西将军豫州刺史谢奕的儿子，在桓温大营里做参军，深得桓温器重。而谢安的另一个亲弟弟，前散骑常侍谢据的长子谢朗乳名胡，十年前就已经过世。

王献之与谢氏三兄弟面对面箕踞而坐，一开始谁也没有说话。这几位年龄相仿、志趣相投、从小玩到大的青年俊杰，突然齐声大笑起来。谢玄指着自己的坐姿，又指了指其他几人的坐姿，一边笑着，一边大声说道："多少年了，我就没敢如此坐过耶。"他直起身子，又将双腿合拢，双脚垫在屁股下面，朝着堂兄谢韶和王献之行了拜手礼，转而又朝着坐在侧面的堂弟，叔父谢安的儿子谢琰行了拜手礼。礼毕之后，还是忍不住大笑不止，又恢复了箕踞而坐的姿势。

王献之没有那么随意，在和谢氏家族的这几位俊杰行过兄弟之间的拜手礼后，像往常一样稽颡而坐。再看谢家的其他几位兄弟却都是以箕踞姿势大大咧咧地席地而坐，一边很随便地谈天说地。王献之不觉有些尴尬，只认为是自己过于讲究礼数。于是，挪动身子，将臀部着地，双腿置于身前，取盘腿的姿势，嘴里面喃喃说着："箕踞之欢，箕踞之欢是也。"谢玄一定是听见了王献之说的话，伸过手来在王献之的膝盖上拍了拍，笑着说道："子敬阿弟不必拘泥。"

几个人话还没说几句，谢安的又一个侄儿谢瑶和谢朗的儿子、谢安的侄孙谢重跑了进来。谢瑶是谢安幼弟谢铁的长子，今年不过十三岁，尚未到束发之龄呢。两个孩子立刻就跟几位堂兄堂叔打到一起，在地上滚作一团。

一看到谢瑶和谢重，王献之心里顿觉不是滋味。今年开春，谢家才去郗超府上为谢瑶求了亲，比之上一辈的相亲程式，如今要简单得多了，几回往来，送了聘礼，这婚事也就定了下来。之所以感到不是滋味，大概还是触景生情有了感叹而已。谢重才十岁，几个月前，王献之曾经在乌衣巷见过谢重和其母亲谢王氏。因为两人的血缘非常亲近，谢王氏是王胡之的女儿，王廙的孙女，是王献之的血亲堂妹，王献之就多说了几句体己的话。王献之劝说谢王氏回来住在琅邪家族院落里，既不会受人冷眼，将来谢重长大了也会有族人帮衬着游说亲家；或者索性找个望族之后嫁出去，对自己和儿子都有个好的交代。谢王氏当时硬生生地回了句："咱家给谢家生了儿子，咱家就没啥好忧愁的。"说罢，剜了王献之一眼，拉着儿子走了。这一眼可把个无子无女的王献之疼得几天都没缓过劲儿来。

没有人注意到谢安已经站在门口了，谢安见几位晚辈说得正起劲，也不忍打断他们。都是快三十岁的人了，也都开始在廊庙上崭露头角。他心里头一直以来就只有一个心愿，这些陈留谢氏的子嗣们快快占据廊庙上重要的位置。作为尚书仆射领吏部尚书职的谢安的心愿还多着呢。屋里的这些孩子都是在他身旁长大的，经常地，谢安就会发出一些感叹来，陈留谢氏即使出不了琅琊王氏那么多王朝中流砥柱般的人物，也要出几个能够荫庇后代的重臣来。

谢安非常清楚，面前的这些子侄，无论是出自陈留谢氏，还是琅琊王氏，自己必须肩负起将其培养成王朝栋梁之材的责任。这些子侄不仅出自名门望族，而且睿智聪敏，腹有经纶，皆是可造之才。王朝眼下虽无当年中兴初期刁协刘隗之流，或企图剪灭名门望族的佞臣，却必须正视谯国桓氏家族已成大势的事实，并且大有豪夺司马氏开创的大晋天下之野心。此次桓温废帝之举发生后，对颍川庾氏行灭族之杀，令人不寒而栗，更令望族之门的众掌门人不得不做出与之抗衡的准备。关于这一点，谢安早已经与琅琊王氏在世的唯一长辈王彪之交流过，并得到了肯定的答复。只是，今日的陈留谢氏尚不具有与谯国桓氏抗衡的绝对实力，琅琊王氏也已经日渐式微。然而，倘若这两个望族能休戚与共，勠力同心，谯国桓氏窃国之梦则只能是一枕黄粱了。这个计划的实施，在桓温向颍川庾氏举起屠刀的时候，越发显得紧迫了。

谢安等着孩子们打闹够了，这才咳了一声。

两个小孩子"嗷"的一声蹿了出去，谢安便在正堂中央的矮椅上坐下来，扬了扬手中的麈尾，让四个青年俊杰坐在对面，也示意四人不必施行大礼。然后说道："见你们兄弟之间无有罅隙之嫌，大人我甚是欣慰。接下来大人我说的话不可外传。废帝至今，不过十数日，大司马桓温已经将颍川庾氏和陈留殷氏的妻息大小以及族人悉数问斩了。"这是谢安开口说的第一句话。

正堂里鸦雀无声，一片死一般的静谧中，四个青年俊杰发出的喘息声如雷鸣一般，却看不到四人脸上有丝毫恐惧之色。这令谢安非常满意。

片刻后，谢安才又说道："司马晞和妻息大小能活着走出京城，官奴立了大功。这是皇上亲口赞誉的。官奴儿，皇上对你在太极殿西堂的表现满意至极。"

谢氏的三位俊杰六只眼睛一齐转向了王献之。王献之撇了撇嘴角，说道："小子无畏无惧皆因皇恩如日，其光辉岂容奸小胡作非为矣。"

谢安满意地点点头，说道："三天前，我已遣你们石奴（谢石字）阿叔去往京口和广陵拜见流民帅刘牢之将军……"

谢琰轻轻嗷了一声，脱口说道："父亲大人，大司马几日前刚委任桓冲大人接任了扬州刺史，五叔此时前往那里，凶险难测哟！"

一旁坐着的谢韶也跟着说道："诚如瑷度（谢琰字）阿哥所言，大司马已然遣派重兵前往京口追杀庾希大人，京口必有一场恶战。石奴阿叔此时涉足京口凶多吉少耶！"

谢玄没让二人说下去："庾希大人已经逃出京口，那里反而并不凶险了。瑷度和穆度（谢韶字）阿弟，少安毋躁，更无须恐慌，咱家大人若非深思熟虑，何见与子侄开口论政乎？"作为桓温的参军，谢玄对桓温发兵指向自然比别人清楚。

谢安将手中麈尾在谢玄面前轻轻拂过，满意地嗯了一声，问道："文度阿侄所言正是。然，你又怎知大人我要与你等论政乎？"

谢玄说道："叔父大人在上，若非论政，大人怎会于官奴阿弟送走太宰殿下之后，在此时邀他过来。"

谢安点点头，说道："那就先解开瑷度和穆度之焦虑。石奴阿叔恰好赋闲在家，迁职一事我已明告他暂缓。石奴到京口走动，即使去看望刘牢之，桓温也断不会心生疑惑，即使心生疑惑也无妨。你等可不要忘了，即便大司马可以无视崇德皇太后母系出自咱家谢氏（褚蒜子为谢尚妹妹谢真石之女），陈留谢氏在王朝之地位和声望已然今非昔比，大司马怎敢恣意妄为四面树敌而戕害王朝望族？那是自寻死路矣。你等静下心来，接下来我说的话不可错过，自然更不可外传。"

于是，谢安从王朝局势说起，论及桓温大肆杀伐王朝名门之后在廊庙上造成的逆反躁动，桓温迫皇上任命桓冲出任扬州刺史，以及桓冲不会在扬州刺史位上滞留过久的原因，分析了中书监王坦之何以一直以来都在力争出任扬州刺史，以及他从父亲王述时起就与扬州刺史部结下的渊源。说到王坦之，谢安不经意地看了一眼侄儿谢韶。谢韶的父亲是谢安的亲弟弟谢万，谢韶的母亲王荃正是王述的女儿，也就是王坦之的姐姐。接着，谢安又详细分析了陈留谢氏从

171

王朝中兴一路发展至今形成的强大实力，这种实力对王朝未来重大局势所能够产生的影响，以及面临当前之紧迫局势和未来必须采取的对策。

谢安侃侃而谈时，王献之心里也颇有感触，谢安说的这些看似关乎陈留谢氏未来发展的事情，实际上也与王朝未来息息相关。可是，皇上知晓谢安大人的这些关注吗？驻扎在于湖的大司马桓温大将军能揣测到这些关注吗？谢安大人的亲侄儿谢玄正在于湖大营中担纲桓温大将军某个大营事务的参军，他听了这些计划会做出怎样的判断呢？王献之想到这里不由得看了一眼正襟危坐的谢玄。谢玄的面色严肃甚至有些冷峻，若是他赞同叔父的谋划应该激动才是哟。王献之有些走神。

谢玄表情淡定说明了什么？他内心赞同养育了他几十年的叔父的谋划吗？若是赞成，并且配合的话，会不会有性命之忧呢？毕竟谢玄快三十岁了，用不了多少时日，就会自然擢升进入四品高官序列，或许能在廊庙上取得廷尉这样的职衔也未可知呢。

桓温大营中有上百位长史和参军，而满京城中还不知有多少廊庙的政情官员心甘情愿向桓温告发乌衣巷里的异动呢。颍川庾氏的家族势力已经在京城经营了数十年，历经了五朝皇帝，顶着无人能与之比肩的双外戚桂冠。结果，桓温只用了短短十多天时间，就将其一举剪灭。手段残忍不说，此迅雷不及掩耳之势就令人不寒而栗呢。

想到这里，王献之突然冒出一句："大人之筹划怎知不会被于湖大营探去呢？"

谢安没有回答王献之突发的疑问，大概是觉着话已至此，继续在这上面纠缠亦是多余，便重新把麈尾拿到手里，缓缓指向面前这四位未来必定在朝廷上举足轻重、被兆民所崇仰的青年俊杰，语气郑重而又严肃地说道："综上所述，我们以为，我们必须从现在开始，筹建一支只有我们能够指挥的强大之军队耳。"谢安没有解释他使用的我们都包括谁在内，但王献之立刻就想到了皇上和叔虎阿叔。

王献之谨慎地问道："石奴大人此行京口探访刘牢之将军，难道正是为此？"

"正是。"谢安简练地回答道。

一时间，谁都没有再说话。建立一支自家可以指挥调动的强大武装这样敏感的话题，即使想一想都会令人心生悸动，战栗不已。而受人敬仰的谢安竟然是用平静的口吻说出来的，可见大人早已对此胸有成竹，并已经拥有擎天之定力。作为子侄，四个人心中都非常清楚，若非已经将此重任看作四人必担之责，已经年过五十的谢安绝对不会在如此人人自危、杀伐笼罩的时刻将酝酿许久的计划和盘托出的。

正堂里的寂静持续了很长时间。事情已经挑明，任务已经下达，谢安不打算继续说下去。四位子侄则在经受着内心被点燃的熊熊心火的煎烤，也无话可说。

外面，很远的地方炸响了一根爆竹。从声音传来的方向判断，这该是位于东城桁的歌姬坊传过来的。声音虽远却十分清晰。围着火盆的众人甚至能从这突如其来的爆竹声里感受到屋外的冰冷，王献之不由得打了个冷战。

谢安这时指着自家子侄说道："你们可以出去了，官奴儿留下，我有话要说。"

谢玄临出门时给炭火盆里添了几条木炭，又凑近前去将火吹旺，一边吹着一边歪着头看了一眼王献之，敬佩地说道："子敬，再过几日就要到元日节了，为兄备下酒席，邀请你来说一说太极殿西堂上发生了何事，如何？"

王献之若有所思地点了点头，并没有说话。谢安大人将他单独留下说话，令他有不祥之感。果然，谢安问道："官奴儿，桓熙和桓济兄弟二人因企图夺取桓冲的军权，已经被大司马革去官职，等候发落。司马道福公主月前就回到京城了，一直住在会稽王府。公主念旧，期望能在会稽王府与你见上一面，可否？"

王献之什么话也没说，只是用力摇了几下脑袋，表示坚决不见。

谢安感到蹊跷，问道："官奴儿，你何以如此决绝乎？"

王献之本不想说话，更不打算就此发表看法，但听出谢安话里的意思，又不好让谢安尴尬，便说道："大人，小子虽膝下无后，却很是知足了。"说完站了起来。

谢安见王献之要走，急忙说道："再过一旬就是元日节了，阿遏（谢玄乳名）邀请你，你要来焉。"

回到家里已经很晚，妻子郗道茂早就在卧房的床上给夫君暖衾等着呢。王献之也不答话，一口吹熄了烛火，摸黑脱个精光钻进被衾里，一把将同样精光的郗道茂用力揽进怀里，力气使得太大，勒得郗道茂从肺腑深处发出一声沉重的喘息……

一个梦魇自始至终纠缠着王献之，先是一个模糊不清的未及总角的女孩出现在眼前，不停地呼唤着王献之的乳名，声音稚嫩而尖利。然而，那张面孔却始终难以分辨清楚。这女孩子消失不久，表叔司马晞的老脸就不断出现在眼前，老泪纵横，一副病入膏肓的模样，喘息忽而重得如雷贯耳，忽而又轻得难以辨听，只是说出的话却异常清晰。司马晞一会儿紧握王献之的手诉说不能北征攻占邺城的悲伤，一忽儿又紧紧搂着王献之的脖子乞求他再去皇上那里将他从新安郡解救出来，一忽儿，两人并肩站在邺城的冰井台上，高耸入云的土台下，躺满了鲜卑贼寇的尸体，忽然间，就连漳河里也挤满了鲜卑贼寇尸体，被汹涌澎湃的河水冲卷而下。两人远眺着百里之外朦胧的太行山，司马晞突然问道："官奴大将军，若是本殿下派你打过太行山，取败逃于咱家并州郡的鲜卑慕容之首级，你将在太行八陉中选择从哪道山陉进入晋中乎？"

王献之不假思索地脱口说道："殿下，小子将效法韩淮阴，重打一次井陉之战，毕其功于一役也。"

司马晞听罢大笑，张开双臂将王献之紧紧搂进怀里，勒得王献之几乎闭过气去，不得不用尽全身的力气伸长脖子，高声叫道："殿下要是还不放手，小子终将无法率军攻过井陉山隘也哉！"

王献之话音未落，脸上就重重地挨了一掌，疼得他跃身而起，耳畔一个熟悉的声音尖利地嘶叫着："夫君大人，妾身从你臂膀下挣脱而出，死而复生矣！"

第十六章

咸安二年（公元372年）元日，是司马昱践祚之后的第一个元日新年。在进入腊月的第一次朝会上，有司首脑代表皇上宣布，全国上下，各家各户，要在腊月二十五这一天把绑缚火炬的长竿立在田野中，用火焰来占卜新年，火焰旺则预兆来年丰收。这次散朝后，一干大臣返回居住地，这场覆盖全城的元日节庆自此拉开序幕。而在这之后，依照传统习俗，京城廊庙上能有资格在城里居住或者只能居住在城墙外的大小官员，以及居住在远离京城的方镇的大员们会在接下来的几天里，分别在规定的日子里完成洗福禄（洗澡）、洗疢疾（草药浸润）、洗邋遢（洗衣）等一系列烦琐却无人敢懈怠的习俗。散朝的时候，司马昱一脸喜悦，说了声："诸爱卿，下次早朝，希望你们周身香气扑鼻，朕甚是喜欢耶。"

元日是要在建康宫里举行大型庆典的。各路征镇大员，除了镇守于湖的大司马桓温没有返京外，其他征镇的大将军和刺史郡守几日前就陆续返京。这一天，朝廷各府院的大臣和方镇大员齐聚太极大殿，场面热闹非凡。文武百官先是在大司马门前的广场上聚集，然后在后宫侍从总管的引导下进入皇宫，从太极殿侧门进入东阁依次坐下。因为时辰未到，皇上尚未现身，一干人等便捉对攀谈起来，东阁中一片欢声笑语。午时一到，殿外的鼓乐声顿时响彻云霄，这时皇帝司马昱踏着鼓乐声进入大殿。众臣伏拜，司马昱坐定，大臣们和方镇大员们依次献礼贺拜。这一天是不谈国事要务的。

贺拜的过程虽然不是很长，而且跪拜的大臣和将军们都面熟得很，可是，这道礼仪完毕，司马昱还是感觉身体困乏，难以应付了。所以司马昱示意众臣，说要在西堂进行一次短暂的国事要务商议，话毕，转身进了西堂。西堂是皇上与重臣议论军机的殿堂，附设有供皇帝休息的龙榻，长期有嫔妃中才人一级的妃子驻守在其中。自从坐上龙床，司马昱没有一天不感觉疲乏。他心里清楚这不是个好兆头，但又能怎样呢？尤其像今天这样的好日子。接受众人朝拜的时候，他特意在人群中寻找了一番，桓温真的没有现身，但是，他看到了王彪之和谢安石，还有在这二人一侧的王坦之，多少有些安慰了。大概睡了一小会儿，才人柔软的小手又将他弄醒过来，说该去东阁接受众臣献酒了。司马昱这才起身重新回到东阁。今日的鼓乐声实在显得很是刺耳，尤其那几个吹奏茄的乐手，铆足了劲儿似的，茄的声音就很不协调，可是又不好叫停下来。司马昱只能硬着头皮在鼓乐声中坐下来，接受百官依次献上来的酒。

献酒时，酒盏由侍中转呈到御前，献酒者先自酌，然后大鸿胪和大宗正带着享有侍中头衔的一干近臣跪着朝司马昱大拜三次，同时高声奏道："臣惶恐，奉觞再拜，上千万岁寿。"中书监王坦之作为众侍中的代表，尖着嗓子又是一声高呼："臣惶恐耶，觞已上耶。"满堂的大臣要员紧跟着齐声呼喊："天道佑吾皇万岁，万岁！"

酒是椒酒，用椒花炮制而成。司马昱只敢用酒润一下嘴唇，当真要喝下一坛的话，他便只有当众出丑了。还不知晓多少大臣知道皇上是在服食五石散呢。这酒过去每年都要喝，每次都不会少于一坛，一口入喉，唇齿留香。可今年第一次坐在龙床上饮下这酒，却觉着酒味清寡，甚至还有些苦涩。

依照传统仪式，寿酒献完，就要开始用膳。当着众臣的面，皇上要先吃下自己面前的珍馐佳肴，每动一次筷子，大臣们就要齐声高呼一声"万岁万万岁"。皇上用膳完毕，就是和众臣再一次欢宴，一边欣赏歌舞，或者耐着性子听大臣们赋诗作词，朗朗吟诵，直到入夜。司马昱情知身体应付不了这样的喧闹，便在朝会前下了一道圣旨，说是梦见父皇中宗皇帝，父皇嘱他不可穷奢极欲，不可劳民伤财，要将元日节的庆祝程序变成君臣共议国事、共庆国泰民安的仪式。所以，圣旨中着意突出了简化仪式，点到为止。因此，献酒之后的用膳和君臣欢宴仪式就被取消了。

乌衣巷里的人们自然不能免俗。宗祠在五天前就打扫布置停当，也被琅琊王氏的宗正（负责主管族群各门各支的继承、传续、过继等事务的年长者，在京城也就只有琅琊王氏还设有这个头衔）带着几个徒弟用花椒熏了一遍。能够享受这般待遇的只是宗祠里摆放列祖列宗牌位的两间大堂，还有一间长者用来接受晚辈行稽颡大礼的前堂。宗正特别在大堂座椅的两侧置放了四只木匣子。木匣子里盛满了香气扑鼻的花椒。这些花椒都是方镇大员们在来乌衣巷探访时带来的礼物。还有些据说是从洛阳城甚至长安城带来的呢，可是有些年头了。

王献之一醒过来就闻到了屋子里一点一点升腾起来的椒香，虽然没有睁开眼睛，心里头却明白得很，老仆人这是在告诉屋子里的人，该起床了。

王献之硬是不想起床，被窝里很暖和，而且，好像才打了个盹似的。卧房里是没有炭火的，所以，虽盖着很厚的被衾，脸露在外面还是会感到冰冷。看着身旁的妻子郗道茂睡得四仰八叉的模样，王献之在心里面笑起来。卧床并不宽大，卧床四周被竖起来的板子包围着，只在上下床的那一面有一块儿可以移动的床板。上得床后，都会将板子移到中间，把缺口挡起来。老辈人说，这样的围床既可以遮挡潮湿——江左的天气实在潮湿难挨，也可以阻拦虫蛇侵入。这里的虫蛇更是昼夜出没，令人防不胜防。这样一来，便使得卧床显得狭窄逼仄。

一家人昨晚上没有合眼，守岁到寅时。正堂屋烧着一大盆炭火，暖和得很。后半夜的时候，王献之提议索性就睡在炭火盆旁，暖和又干燥。郗道茂不愿意，老仆人更是坚决反对。卯时的时候，一家人都听到了乌衣巷打更人敲响了的更梆，老仆人就催着夫妻二人赶快回到卧房小睡个把时辰。新年伊始，依照规矩就能在这个时辰里眯瞪一会儿。辰时一到，就必须翻身坐起。老仆人这个时候也已经把朝食做好，这顿早饭吃过，就该去宗祠拜见祖宗和长辈了。谁也不敢落人之后，这在乌衣巷的琅琊王氏早就是约定俗成的家规了。

王献之侧耳谛听着院子里的动静，没有听见打更声，但听得见老仆人透过门板向卧室里扇椒香发出的声响。王献之见爱妻睡得正香甜便很不忍心叫醒她。从堂屋回到卧房，倒头睡之前，郗道茂说了声"我明日不想去宗祠了"，说完，头一沾枕头就睡着了。爱妻这段日子难过得很，心里的苦处也只有王献之知晓。自打从会稽返回京城，郗道茂似乎就没得安宁日子过活了。因为都住在乌衣巷，三哥涣之家的嫂子和四哥肃之家的嫂子时不时就撞进家来，事先也不打个招呼。进到家里只有一件事情，就是试图说服郗道茂要么允许小弟王献之纳妾，要么……，两位嫂子每到此时便做出欲言又止状，弄得郗道茂既不能生气发火，更不能下逐客令，只能忍气吞声地听着两位嫂嫂唠叨个不停。两位兄长倒并不常来，可是只要踏进家门，几坛子醇酒下肚，话题必定落在休妻纳妾、诞生子嗣的事情上。而且，从来都是当着郗道茂的面，将这件事情反复说个透彻。就连王献之都耐不住性子了，绷着脸警告两位阿哥说若再听到说休

177

妻纳妾的事情，就别怪兄弟之间反目为仇了。更气人的是，两位哥哥却根本不怕，一边呼哈哈大笑着，一边起身揪住王献之的耳朵威胁说："你若是敢反目为仇，我们定要发动乌衣巷琅琊王氏族人群起而攻之，不怕你不顺从呢。"

郗道茂就在这样的环境里打发着每一天，心情怎会有好的时候呢。

王献之想到这里，便将目光移向爱妻的脸。这张面孔他自记事的时候起就开始看了，屈指数来，都快三十年了。可是，却从来没有看腻过。小巧的鼻子，一双杏仁状的眼睛，闭着的时候就显得狭长。睫毛已经不如豆蔻年华时那么长了，却依然能将双目点缀得妩媚而又多情。脸是那种惹人怜爱的鸭蛋形，下巴柔软，托举着上方薄厚适中的红唇，风韵款款呢。王献之最欣赏的还是爱妻那对眉毛，十多年来，他不知多少次当面描述过它们。每一次饱含深情的描述，都会惹得郗道茂咯咯笑个不停呢。

郗道茂突然翻身坐起来，把正看得出神的献之吓了一大跳。郗道茂惊叫了一声说："睡过了睡过了，怕是要误了拜见先人的时辰哟。"献之也顺势起了身，拉开床侧的挡板。两人一边嗅着从门缝里钻进来的椒香味，一边做着鬼脸，脚下也不敢停。来到门口，并不将门打开，而是面对着睡房的木门坐定，让一股股钻进屋里的椒香在身前脑后缭绕。这是琅琊王氏王羲之这一支从父辈继承下来的家俗，王献之听说是祖父大人王旷从洛阳京城带回来的规矩。父亲大人曾经在一年的元日节郑重其事地将这个家俗的起因和传承传授给了八个孩子。王献之已经记不大清楚父亲大人说的内容了，但对起因却记忆犹新。依照王朝礼仪，只有后宫才可以建有椒房，即使藩王在藩国中也不得逾矩。于是，这种将花椒盛在木匣子里，放置在正堂或者卧房门外，使香气四溢、椒香均沾的习俗就在名门望族中流行开来。

两人一声不吭地沐浴在椒香里，直到老仆人在门外吆喝让二人快前往宗祠拜见琅琊王氏族群中德高望重的年长者，二人才起身出了家门去吃朝食。朝食的饭菜与平日不一样，主食还是粟米干饭，菜肴可就多了几样。一碟肉醢，在坛子里经日蕴藏的香气逗得王献之直吸鼻子；一碟用炭火烤得膨胀起来的糍粑；一碟切得很薄还淋了蜜糖的蒸茭白；一碟卤制的鸭腿；还有一碟家常小菜。此外，一坛屠苏酒还没有启封。等二人坐定，老仆人这才慢条斯理地开启了酒坛的泥封。撕开封坛的油纸后，屠苏酒特有的草药味顿时在堂屋里弥漫开来。王献之不喜欢屠苏酒的味道，可是，开年第一樽酒自然不能错过。二人先是把每一样菜肴吃了一口,这才端起酒樽小口啜饮起来。等王献之将第一樽屠苏酒一饮而尽后,郗道茂用左手遮住酒樽,很淑女地喝干了酒樽里的酒。两人相视一笑,然后你敬一樽、我让一口地将朝食吃了个精光。饭毕,二人便直奔宗祠而去。

宗祠里,元日节的气氛庄重而又祥和。宗祠的跪拜仪式被安排在宗祠前面的宾客堂里进行,琅琊王氏族群中最为年长的王彪之,坐在堂屋正中的高脚圈椅里。王彪之的夫人去世多年,他这一门中就只有他和两个儿子。大儿子王越之在抚军大将军府做了多年参军,现在的官名是长史参军,官秩四品呢。二儿子王临之即将外放到东阳郡去做太守。两个儿子携妻息大小排在最前面,因为仪式还没有开始,所以见王献之和郗道茂进了宾客堂,便连连招手,让二人挤到前面来。郗道茂并不想在这种场合太过招摇,于是悄声阻止夫君不可不顾礼仪,乱了阵营。王献之却不管这些。众人中除了王彪之的两个亲儿子,就数他与王彪之最为亲近了。他拨开站在前面的王珣和王珉,侧着身子挤了过去。就听见王珣嘟哝了一声"子敬很是不晓情理",王珣的弟弟王珉则低声笑个不停,并不反感王献之的鲁莽举动。王献之回手在王珣肩膀上击了一掌说:"初五我要到你屋里喝个通宵达旦,可是不晓情理乎?看僧弥(王珉小字)有多乖巧。"王珣急忙说:"君子一言,驷马难追,僧弥阿弟也一并在场哟。你若又是胡乱应付,我和僧弥再不理睬你欤。"王献之叽叽笑着挤到前面去了。王珣和王珉都是开国宰相王导的亲孙子,父亲王洽官至中书令,却不幸英年早逝。王珣在桓温大营里做参军,王珉在太常府做郎官。

琅琊王氏的宗正宣布行大礼仪式开始。第一项礼仪几十年不曾变过,只有坐在大圈椅里的老者不断变换着。众人跟着离开座椅的王彪之和一众老人,朝着北方琅琊故乡的方向,和着宗正抑扬顿挫的吟诵,十分虔诚地大拜一番。这个稽拜只有一次,时间却最长,直到宗正话音落地,众人才能起身。紧接着,王彪之和几位老者坐回到圈椅里,开始进行第二项仪式。宗正面无表情地看着面前年轻的脸庞,一边用琅琊故乡的乡音诵着另一段王献之这一辈人几乎听不懂的拜文。稽颡大礼一结束,便听见王彪之用琅琊乡音说了一番话语,大意就是天赐福运,使琅琊王氏生生不息、代代繁盛、世世荣华等。每听到此,王献之心中都会油然而生一股神圣而冲动的感情。今次听着,竟然还伴着一阵阵酸楚呢。接下来,只见宗正一挥手,门外便进来十几个平日打理宗祠的仆人,这些人有抱着酒坛的，有捧着酒樽的。这道仪式是由幼及长，所谓先小者，以小者得岁，先酒贺之，老者失岁，故后与酒。也就是最小的子嗣得第一杯酒，依次从小到大饮下椒花酒，最后才是王彪之。这不是故乡的习俗，然而，琅琊王氏离开故乡琅琊至今也有六十几年了，入乡随俗而已。

饮酒仪式完毕，所有参拜之人尾随着王彪之和宗正来到后面摆放祖先牌位的堂屋。进入这个仪式后，所有家眷和王姓女孩会自动离开宗祠，去宗祠外面的场坪上等候。而琅琊王氏的正宗子嗣先是共同拜过曾祖父以上的牌位——这些牌位被集中在宗祠最大的祠堂里，然后，子嗣们会找到各自祖父、父亲大人的牌位认真拜过。离开摆放牌位的祠堂，这些子嗣还必须进入宗祠右侧的一间供奉着天师道教主的房间里，每人必须嘴里念诵着天师道的经文，将早就准备好的或碎银，或铜钱，放进一口大箱子里。这些银两会在大型族群活动中使用。这是元日节的最后一项仪式，一旦结束，子嗣们就可以各回各家过年去了。

从宗祠回家的路上，郗道茂提出让王献之陪着她一起去逛集市，说老仆人早就嘟哝了，让给家里添置几匹花色绚丽的绸缎呢。尽管王献之从来不曾踏进过集市，也觉着那是个自己这样身份的人不该涉足的地方，可是这一次，他十分爽快地答应了。回到家里，郗道茂花了很长时间收拾打扮。妻子打扮停当，在屋子里轻声唤王献之进来，王献之进屋后，将郗道茂浑身上下仔细端详良久，不由得赞声连连，忍不住说道："卿与昨日相比焕然一新也哉！"接着吟诵道："奇服旷世，骨像应图。披罗衣之璀璨兮，珥瑶碧之华琚。戴金翠之首饰，缀明珠以耀躯。践远游之文履，曳雾绡之轻裾。"这当然又是《洛神赋》里的章句，在王献之心目中，郗道茂当真就是《洛神赋》中之洛神呢。

郗道茂身上这套衣裳的材料是时下在贵族妇女中非常流行的丝织品，柔软的丝绸裁成衣裳飘逸而又轻盈，衣袖和裙摆肥硕宽大，使服装上端肩或腰部垂下的部分自然形成了垂直的褶皱。这种浑然天成的褶皱，像一泓山溪陡然直泻，若是遇见山风吹拂一定会飘舞舒展开来，变幻出曲折交叉、顺向逆转的美妙线条，极为绝妙。而郗道茂发髻上的银簪和银簪上轻摇软摆的玉坠，更令她显得出奇地高贵和矜持。这根银簪是二人结婚时父亲大人送给二人的，父亲说银簪是母亲大人去世前留给幼子官奴的。还特别告诉说这是皇族的专属物什，即使如琅琊王氏这般望族名门也难有如此贵重的装饰物品。想到爱妻佩戴如此珍贵的发簪，又见到此情此景，王献之飘飘然起来，不由得又将《洛神赋》吟诵了几句，最后还捎带了一句："卿何以平日不将自家打扮得如此娇艳？"郗道茂嫣然一笑，硬是不作答，反而让王献之顿觉入了仙境。

金市是都城内最大的商品贸易集散地，也因此是京都最热闹的地方。集市非常大，里面纵横有十数条类似于街巷的管弄。这些街巷的名称只是人们习惯的叫法，比如金街、黍街、或者布帛街，这些街巷两旁售卖的都是与名称一致的物品。金市里的街巷都十分狭窄，摊位店面也都是比肩而设，拥挤不堪。人们在里面采买的时候，完全是接踵摩肩，用熙熙攘攘已经无法形容那里的盛况。相比之下，出售玩意的管弄要显得宽敞一些，街面的装潢都要高级得多。所谓玩意，指的是金银首饰和较为稀罕的饰物。又或者诸如珊瑚、玛瑙、玳瑁一类的水生稀罕物、矿石稀罕物等等。这些物品不好单独占据一条街巷，且这些售卖的稀罕物过于繁杂，难以定名，于是就被京城的人们取名为玩意。还有一条管弄被称为绸缎街，街面的规格和玩意街一样。能在这条街上从容采买的人都是都市里的大户人家，开板经营的也都是五湖四海的大商巨贾。所以，店面和街面比玩意街还要敞亮得多。若在平日，这两条街巷的门市店铺那是门可罗雀。今日却大不相同，元日是新年伊始，即使并不富裕的人家也希望在这一天走走这条平日里从不涉足的街巷，钻进店铺里，即使不买任何物品，起码也要饱一下眼福，嗅一下绫罗绸缎那高级的气味呢，或者轻轻地小心翼翼地摩挲一下金银首饰，体验一下那是种怎样的感觉。金银饰品所产生的神秘触感，旋即就能激发出异样的兴奋。年轻的女子会因此发出喜不自禁的惊叫。

在拥挤嘈杂的人群中，郗道茂紧紧跟在王献之后面，寸步不离，担心踩着王献之的长衫，落脚的时候就很是局促。街巷里的人实在太过拥挤。王献之终于还是忍不住回过脸来，悄声抱怨说："卿卿，你这般与我接踵而行，为夫被你绊得好生辛苦。"

郗道茂扑哧笑了一声，把一个更爽朗的笑声堵了回去："妾身知错了，只是，四周人与人相挤而行，妾身亦是身不由己耶。"说罢，伸手轻轻拽了拽王献之的长衫。"官奴，与其在这里拥挤，不如先到绸缎街找一家绸缎店进去。咱们正好要在初五前去看望我家弟弟，我想给弟妹做一件春日襦裙。"

王献之一听也好，索性就打消了要带着郗道茂将金市着实转上一转的念头。走过一家卖绸缎的店面时，王献之正要抬脚登上门前的台阶，被身后的郗道茂一把拽住，嘴里惊讶地哟了一声。王献之这才看到店面前石阶两侧各站有一名手持步障的男仆，因为二人都是将手中步障依墙而立，所以并没有引起王献之的注意。王献之过去听人说过，只有皇室的女眷出门时，为不使路人窥去面容衣裳，都会有家奴跟于两侧，家奴手持方形步障，女子行于步障之间。可是，自打记事以来，从未曾在京城见过这样的出行阵仗。行人撞见这样的阵仗，必须远远躲避。若不是被郗道茂一把拽住，王献之恐是要冒犯规矩的。二人见状，慌忙离开。

一定是被王献之不经意的那声"哟"惊动了，王献之和郗道茂刚刚转身离去，绸缎店里现出一个女子的身影。这女子正是皇上司马昱的膝下女儿司马道福。女子见是王献之夫妇二人，急忙就要招呼，却又立马打住，目送着二人消失在潮水般的人流之中。

第十七章

　　整个都城就在节日的氛围里喧闹了三天。都城照例每日午时三刻打开城门，城外居住的百姓每天都像潮水般涌进城里，集市上很快就变得熙熙攘攘。这些拥挤在各个集市里的人们偶然还能见到居住在城外的各省府的低级官吏。这些人混杂其间，会将自家地里收获的蔬菜跟商贩们以物易物，交换些急用的日常生活用品。

　　乌衣巷却显得有些冷清了。接连几天，王献之和郗道茂足不出户。从元日节的集市上回来后，郗道茂就忙活着给自己做几身好看的衣裳。这事儿都惦记了好几年了，可是，每到元日节的前几个月就会被家里的、外面的、夫君的和自家的事情搅扰了。夫君家的事情还好说，几位兄长大都没住在京城里面，住在京城的就只有三哥涣之和四哥肃之。这两个兄长又都在廊庙上做着不大不小的官吏，都已经做了经年，也都似乎不大情愿继续做下去。两年前，如今的皇上还是辅政宰相，叔虎堂叔就隔三岔五地向上递折子，或者索性就趁着朝会向皇上和宰相提出减员精政的建议。据说这些建议在廊庙上激起的反响很是了得。有怨声载道的，有急忙寻找靠山的，也有无动于衷的。而自家的几位哥哥属于随遇而安的一类人，既不急着外放也不惦着晋升，每天的话题甚至是能解职才更好呢。五哥子猷（王徽之）早就回到会稽祖居做了闲云野鹤，除了二哥凝之，其他几位阿哥都羡慕得很。所以，这天，涣之和肃之两位哥哥就拉着献之一道去见叔虎阿叔，说是要积极响应阿叔的奏折。肃之阿哥说要回剡县经营家君留下的田亩和果园，涣之阿哥说自己已经年过四十，虽然不敢声称告老还乡，但是，在京城住着乌衣巷的老宅实在不安逸。而且，若是琅琊王氏族人不带头响应叔虎阿叔减员精政的号召，满朝文武是要看笑话的。献之无话可说，被逼得急了就实话实说，说是两位哥哥强拉硬拽，不得已而为之的。最后一句话，说得很是不合时宜，把叔虎阿叔一下子惹恼了。献之说朝廷已经快半年不发官秩了，如今的花销全仗着家底，就这也不敢为自家媳妇破费扯几丈绣花缎子做衣裳，弄得媳妇整日里怪怨不已呢。叔虎阿叔听着这话不禁呼哈哈仰天大笑，说："你们这几个小子倒也说得在理，可是，你们几个担责的官位都是人家不愿意干的。你们抬脚走人，朝事谁干乎？"一个发问把三个侄儿问得哑口无言。王献之却不甘心就这么离开京城，于是说出叔虎阿叔不久前减员精政奏折里的章句："今内外百官，较而计之，固应有并省者矣。"叔虎阿叔刚一瞪眼，献之又诵道："虽缉熙之隆、康哉之歌未可，使庶官之选差清，莅职之日差久，无俸禄之虚费，简吏寺之烦役矣。"没料到，叔虎阿叔紧蹙的眉头一下子舒展开来，旋即扑哧笑出了声。

听到夫君的描述，郗道茂都能想象出来当时的情景。叔虎阿叔有多么惊喜自不待说，献之本就是在秘书省做了经年的秘书郎，尽管已经晋升为秘书丞兼做吏部尚书谢安大人的长史，可是在秘书省那些年，奏折、诏书，还有一代一代尚书郎为名臣写的传记，献之可没少读，尤其他还有过目不忘的本事呢。一次，叔虎阿叔对献之推心置腹说他的逸少阿哥此生从未曾在廊庙上做个大官，不是没这个本事，而是由一些不能言传的缘由造成的。从献之的祖父王旷，经过了其父亲王羲之，再到今日，那些缘由早已经被淡化。而这些缘由在皇室引起的不满甚至仇恨，也被冲刷得看不清记不住了。所以，叔虎阿叔叮嘱献之，聪明乃传承了家族血缘而得，只是不能聪明反被聪明误。献之牢牢记住了这些叮嘱，却因为不知缘由的个中底细，所以始终不得要领，一门心思不想做官，便也是这种不得要领造成的。

那次太常府之行的结局是，三兄弟灰溜溜离开太常府，继续回到各自的省院府门，没精打采地做着官事，打发着百无聊赖的日子。那些日子，两位郁郁寡欢的哥哥便经常聚在献之这里大碗喝酒，肆无忌惮地倾泻一肚子的牢骚。献之无奈，只能陪着喝酒，赔着笑脸。所以，哪里有时间陪着妻子到集市上采买布匹绸缎，心情更谈不上了。郗道茂做几身华丽衣裳的事情便只好一次一次搁置下来。

起床之后，两人循着饭食的香气来到用餐的小屋。朝食比之元日节还是要简单一些，有酒，依然是屠苏酒。老仆人的家乡人在入冬前捎过来一些滋补气血的药材，这些药材十分稀罕。收到药材那日，老仆人每样捏了一小撮放进酒坛里，然后用泥巴将酒坛封了起来，说是等到元日节之后择一吉日启封，也好图个吉利。老仆人没说的话是，祈愿这几坛好酒能让女主人得以高中头彩，诞下一婴儿，哪怕是个女儿也行。老仆人的父母亲是从王羲之六岁的时候，从琅琊王国故乡跟过来的，那时候，老仆人还没有出生呢。如今老仆人也已经快六十岁了，十岁上就帮着主家照料孩子，从老大王玄之一直带到老八王献之。她可是看着王献之出生的，甚至郗道茂出生的消息也是她最先听到的。现如今，老仆人已经完全和家人一样了。有时候，小两口一时半会儿拿不定主意，她的话是可以定夺的呢。所以，当她捕风捉影听说了王献之要休妻的传闻后，心里彻底乱了。好在只是传闻，看着小两口每日里依然卿卿我我，老仆人这心里别提多高兴了。可是，她还是在女主人眉间捕捉到了稍纵即逝的阴郁愁苦。所以，见到元日节二人买回来了华美的绸缎，这几日，就开始张罗着为郗道茂做衣裳了。衣裳并不难做，只是式样令老仆人很是为难。为此，她抽空也去了几趟集市，甚至还偷偷去了一趟歌姬坊呢，希望能给郗道茂看上一套衣服的款式。

今天早上醒过来，夫妻二人先来到正堂，老仆人见二人进来，便生了炭火。几根短小的松明一点就着，在燃烧的松明上架上几根细长的木炭，只消一会儿工夫，木炭就在噼噼啪啪的响声中烧起来，紧接着再添几根粗壮的木炭，火势很快就旺了。木炭燃烧时发出特有的香味，于是乎，偌大的堂屋就暖和起来。老仆人几天前看到郗道茂买回来的绸缎子，比郗道茂还要高兴，当下就嘟哝着说大人早该如此，别人家都把媳妇打扮得花枝招展，可是论起门第来，那些人家哪个能跟咱家比呢？这话说得一点儿没错。王献之和郗道茂在正堂没有落座，而是围着火盆绕了几圈，把一双有些冰冷的手烤得热乎乎的，然后便去厨房旁边的餐室吃早饭了。元日节过后直到元宵节都是要吃早饭的。

这个时候，趁着二人去吃饭了，老仆人就将昨日买回来的绸缎搬到了堂屋里。几匹花色迷眼的绸缎顿时搅乱了堂屋中的庄严，使得这间肃穆得死气沉沉的屋子充满了生活的粉彩和跃动。

两人用完朝食，如每一日一般，踱着细碎的步子，说着用餐时没说完的话语来到正堂。见到正堂中央的火盆旁撑起了一张大板子，板子上摆放着裁剪衣裳的模板，郗道茂就激动得欢呼起来，跳跃着就奔裁衣板去了。

王献之看着老仆人和郗道茂像母女俩似的，扯着花绸上下比画着，不断掀起笑声，感觉到很是满足呢。他在正堂坐了一会儿，知道插不上嘴就起身去了书房。元日节在王献之眼里就是小孩子和女人家的节日。自从做了朝官，这个日子除了能唤起很多孩提时的记忆，对王献之似乎就不再具有强烈的诱惑力了。

回到书房，王献之在书桌前坐定后，顺手从堆满案头的书籍中拿起一册来，竟然是祖父遗留下来的前朝陆机大人的《豪士赋》。王献之从捉笔写字那时候起，就开始阅读这册文稿，后来《豪士赋》成为他抄写典籍的必抄之物。只是到做了官吏，才渐渐喜欢上陆士衡大人遗世的所有文册，尤以这本《豪士赋》为甚。

王献之拿着文册，起身到离书桌不远的书写桌几前坐下，研了一砚浓墨，认真地抄写起来。《豪士赋》开篇从来都是最令王献之读之难以释卷的，而抄到"夫我之自我，智士犹婴其累；物之相物，昆虫皆有此情。夫以自我之量而挟非常之勋，神器晖其顾眄，万物随其俯仰，心玩居常之安，耳饱从谀之说，岂识乎功在身外，任出才表者哉！"，王献之明显感觉到手中之笔突然就变得凝重起来。每每如此，王献之只好停下书写，直起身子，双目轻合，遐想起来。陆士衡大人的遗世之作，读起来并不艰涩，理解起来也不难，尤其是不久前发生的朝廷巨变，令王献之对这段文字有了不一样的认识。不由得，他就怀念起被贬谪去了新安郡的表叔司马晞，想到司马晞，心里头就为老人家的安危担忧起来。

想着想着，王献之竟然睡着了。醒来的时候，郗道茂不在屋里。他想起身去找，却又放弃了这个念头。重新将睡着前抄写的文字看过一遍，对书写的笔法还是满意的，于是王献之又慢吞吞地研了一砚墨汁，打算再抄写一节后就去找六哥操之闲谈聊天去。

老仆人慌里慌张闯了进来，把正在专心抄写的王献之吓了一跳。看老仆人那神情似乎撞见了恶鬼，王献之也跟着起身。老仆人压着王献之的肩膀不让他起来，说："少主子万万不可出这间屋子，公主大驾光临，不知是祸是福呢。"说完，慌里慌张地又跑了出去。

王献之一听是公主司马道福来访，也就没再惊慌。十几年前，司马道福不辞而别离开会稽郡，跟随父亲也就是现在的皇上司马昱搬到京城去了。几年后王献之就听说她嫁给了当时已经是征西大将军的桓温的二儿子桓济。这个消息传到会稽郡的时候，最高兴的是郗道茂，而王献之则根本无动于衷，仿佛跟自己完全没有关系。几个月前，京城疯传于湖大营桓氏家族起了内乱，桓济伙同其三叔阴谋篡夺桓温授予其四叔桓冲的军权，结果被桓冲一举拿下，紧接着被大司马桓温一怒之下贬谪去了南岭边陲，并发布大司马敕令，永世不得被举孝廉。这也就断了桓济此生的前程。之后，司马道福宣布离婚，恢复了公主身份返回京城。只是，突然想起司马晞表叔被贬谪离京那天说的那番话，王献之内心立刻就感到非常别扭。郗道茂没在身边，这种别扭感兀然就有了罪恶的成分。

正想着，老仆人再次闯进了书房，说公主要亲自过来看看呢。

王献之一听这话，说了声"先去拦住公主"，急忙换上正装，出了书房朝着正堂快步走去。

正堂的空间已经弥漫着后宫才有的香料气味，乍闻起来很是稀罕呢。

司马道福起身向王献之道了万福，这也让王献之吃惊不小。按年龄司马道福身为表姐，论身份公主的名头可要比侍郎高得多哟。王献之急忙回礼，还是用了姐弟之间的拜手稽首礼。抬起头来的时候，王献之似乎觉着司马道福露出了一个浅浅的笑容。这让他被公主突然造访而激起的惶恐多少平复了一些。看到笑容的同时，王献之也看出了司马道福对站在对面的他的变化也露出吃惊的眼神来。他问了声公主因何而光临寒舍。公主咯咯笑起来，这笑声依然像孩提时那样清脆悦耳。公主说："并非刻意造访，只是到乌衣巷拜见谢安大人，出来时正巧路过这里。也听谢安大人提及官奴阿弟你也住在这里，于是，顺路过来拜见一下分别十多年的阿弟。"司马道福话语中使用了"拜见"二字，这种不同寻常的说法，令王献之心里不觉咯噔一下。王献之忙说："承蒙公主厚爱，寒舍从祖上手里接过后不曾做过修葺，很是破颓不堪了。"司马道福又是咯咯笑个不停，眼睛将正堂看了一遍，问道："官奴，我那姜儿姐姐怎不见一起出来见我乎？"

王献之摇摇头告诉司马道福自己也不知晓郗道茂去了哪里。老仆人这时在一旁插嘴说女主人要去三哥涣之家里讨要做新衣裳的样板，转眼就回来，转眼就回来。看到公主瞪了自己一眼，老仆人知道自己不受欢迎，便一声不吭地退了出去，退出去前，还在炭火盆里添了几根上好的木炭。

王献之和司马道福之间出现了短暂的沉默，似乎都在等对方先开口。王献之相信司马道福是顺路探访的，可司马道福却清楚自己说的是假话。

最后，还是王献之先说了话："公主殿下，官奴祈愿皇上龙体日日无恙。"

"官奴你当真无话可说了,我来看你,何不询问我是否无恙乎?"

王献之尴尬地笑了笑,指着司马道福,却没说出话来,那意思已是非常清楚:你看上去这般健康,气色也是不错,难道还用问吗?司马道福从王献之的眼神里看出了这个意思,有些不好意思地低下头整理起衣裙来。

趁着司马道福整理衣裙下摆的当儿,王献之还是偷偷地仔细将司马道福打量了一番。这一看令他大为震惊。面前的这张面孔上,完全看不到十几年前的任性和清纯。徐娘半老,这是王献之脑袋里冒出来的第一个词。司马道福和郗道茂差不多同岁,都比王献之大一些,司马道福比郗道茂小一点儿,也就是几个月而已,可是,这张脸比起郗道茂来却是布满了茫然无措的神情,好在面色还是红扑扑的,眼角尽管已经有了皱纹,但目光里依然闪烁着大家闺秀的机敏和聪慧。刚才说话的时候,王献之窥见了司马道福口腔里的两排牙齿,还像少女时那样整齐,牙齿上蒙着淡淡的青黑色,还好,从里面传出来的笑声依然清脆如当年。很显然,司马道福并没有着意打扮自己。所以,紧接着抬起头来说出来的话并没有让王献之感到与这样的容貌有何不相符。她也没有感觉出王献之那飞快的一瞥后的惊讶,整理完衣裙后便抬起眼睛看着王献之说了句:"官奴儿,你可是变得太多了哟。"王献之机械地点点头。司马道福又说:"第一眼看到你竟以为见到了我那逸少表叔呢,长得太像了,尤其是你那一脸长须。"司马道福在自己脸上摸了一把,笑着说:"来见你之前,我那两位弟弟的侍读老中郎说,你去年春上还回过山阴老宅,也说你早已经不是当年在会稽郡的官奴儿了。我还想呢,能变成何样乎?"

王献之一边听着司马道福说着这些不着边际的话,一边不好意思地轻轻捋了捋下巴上半尺长短的胡须。若不修剪,都尺把长了呢,他心想。其实,司马道福肯定不知道,朝廷对御街上所有省府都有个不成文的规定,官阶不论大小,胡须不得长过一尺。而且,朝廷每十天都会给大小官员们放一天假,而所有官员都会利用这天假期,将身体发肤认真收拾一番。沐浴是必须的,那些胡须繁茂的官员们还会在这一天修剪胡须。朝廷对方镇战将似乎没有做过规定,所以,那些从前线回来的大小将领除了戎装显赫外,一脸长髯才是惊世骇俗呢。

司马道福接下来说的都是十几年前在会稽郡发生过的事情,每提及一件事情,王献之都能回忆起来,只是他从来不曾回忆过这些往事。一条河流出现在眼前，三个孩子在水边玩耍。河流大约有一丈宽窄，河水清澈见底，甚至可以看得见有幼小的鱼儿贴着河底的乱石来回游动。水流并不湍急，有人在通向对岸的河水中置放了一些大石头，可以借着这些石头轻易地到达对岸。十一岁的王献之已经到了对岸，回身看过，跟在身后的两位姐姐却不敢朝着石头迈出脚步。司马道福这时用不容置疑的口吻要求郗道茂："姜儿，你要先跳上去，再回身扶我过去。"郗道茂硬生生地回了一句："我才不呢。"

王献之听到二人对话，再看二人战战兢兢不敢往石头上跳，只好重新跳回到河对岸问："你二人哪个先过？"话音未落，就听见司马道福尖着嗓子叫起来："自然是我先过。"郗道茂怎能让步，拉起王献之的手说："家君是你亲舅舅，先牵我过河自在情理之中。"司马道福紧紧抓住王献之的另一只手说："我家郡王是你表叔呢（王献之的祖父王旷和司马道福的祖父中宗皇帝司马睿是姨表兄弟）。"听到郗道茂冷笑一声，便又急忙加了一句："我是郡主，自然我先耶。"郗道茂也不示弱说了声："我乃开国伯之女（郗道茂的父亲郗昙承袭郗鉴爵号东安县开国伯），怎能落人之后乎？"

王献之已经记不起来当时是否为此啼笑皆非，却能记着，最终还是郗道茂让了一步。王献之牵着司马道福的手稳稳地过了小河，再回去接郗道茂时，郗道茂眼睛里已经盈满了泪水。

这时就听见司马道福说道："官奴，你因何生笑？"

王献之这才如梦初醒，知道自己刚才走神了，急忙摇摇头说道："我在极力回想你提及的童年旧事，虽然还记得一些，很多都忘却耶。"

司马道福嫣然一笑，笑容很是真诚，这也让王献之感到困惑："官奴，那之后你因何躲着不见我？"

王献之有些蒙，不知道司马道福因何发问，便盯着司马道福一言不发。

司马道福突然造访，而且事先没有知会，这在乌衣巷居住的几家名门望族中还从来没有发生过。现在还住在乌衣巷的还是几十年前的那几家，一直以来，这些人家若是有上门拜访之意，都会事先送来短札，告知拜访时间和拜访中所要涉及的事项。只是这几年间，几家人相互间走动得明显少了，但若是家族中的长者王彪之回来住几天，总会有人送来帖子，请求拜会呢。以司马道福公主的身份前来乌衣巷走访拜会，必定是要事先知会的。王献之的困惑就在于此。那以后何以不再见司马道福，王献之真的遗忘了。会是怎样的原因呢？模糊的记忆里好像是司马道福很快就离开会稽郡，跟着当时接受了辅政重责的父亲司马昱——现在的皇帝去了京城。司马道福这么一问，倒是让王献之感觉到事情也许并没有这么简单。突然地，他想起来父亲大人曾经跟他说起过他与郗道茂定下终身的事情来，郗道茂或许是将这件事情告诉了外父大人。他终于想起来了，那天晚上，郗昙舅舅到家中与父亲大人喝酒聊天，将白天过河的事情告诉了父亲大人。两个大人哈哈大笑，然后，父亲大人唤他进了堂屋，面色严肃地叮嘱王献之，一是检点行为，不得逾越男女授受不亲的法则，尤其不能触摸其他女子的肌肤。王献之还问了声："姜儿姐姐的手也不能拉吗？"舅舅郗昙笑起来："那是可以的，是两家大人准许的。"说到这里，朝着王献之眨着眼睛。父亲大人就在一旁帮腔说："你和姜儿是定了亲的，再过几年咱家就要把姜儿娶进门来做你的媳妇。所以，从今往后，只能跟姜儿姐姐往来，即使有肌肤接触也是被允许的。"一定是这个原因，才使王献之给司马道福留下了躲着不见的记忆。王献之早就忘了，没想到司马道福至今耿耿于怀呢。

司马道福又追问了一句，王献之只好说我许是听说了你与桓济定了儿女终身，若是过从甚密被人传了出去，想必是要被兴师问罪的。说完这话，王献之也觉着太过牵强，不好意思地低下头不再看司马道福，所以也就没有看见冻结在司马道福脸上的尴尬和惊愕。

老仆人这时走了进来，又在炭盆里添了几根木炭，火盆上立刻就爆起无数小火星，煞是好看呢。老仆人当然认识司马道福，可是囿于公主尊贵的身份，有心想站在一旁听二人说些什么，又恐遭到公主的呵斥，只能出了屋子。老仆人一走，司马道福抓起地上的蒲扇，朝着火盆轻轻扇起来

司马道福突然问："因何不见你家的孩子呢？"这句问话一下子就将王献之尚好的情绪打击得沉了下去。他惊愕地看着对面的司马道福，想从对方的眼神中看出此话的用意。王献之结婚后多年不得子女，这在京城望族圈子里并不是秘密。可是司马道福刚从外省回京，不仅知道王献之没有子嗣，而且还如此不顾礼节和两人的身份径自发问。

王献之决定不予回答，而且，坚决不再理睬司马道福了。

第十八章

接下来的几天里，王献之发现郗道茂的情绪很是低落，没有笑脸，话语也少了。夫妻二人之间过去每日入睡之前的揶揄和玩笑完全没有了。有几次他试着逗郗道茂开心，但诙谐的话语像是撞上了一堵墙，弄得他的心情也变得灰暗。他知晓郗道茂这是对司马道福不请自来的一种本能的反应，只是他不明白何以会有这样的反应。三个人自小一块儿玩了那么些年，怎么说也不该有这样激烈的抵抗情绪。这天，王献之在卧室外面的书房里继续抄写陆士衡大人的《豪士赋》余下的段落。正写着，郗道茂从卧房里走了出来，依然是元日节那天华丽的装束，发髻上依然用那根银簪装点。见王献之并不抬头，便挨着王献之坐下，等了一会儿，用生硬的口吻问道："夫君大人，这几日何以不抄写《洛神赋》乎？"

王献之听到郗道茂开口说话了，心里不禁一乐，故意不去理睬她。郗道茂见王献之不说话，就在他继续书写的当儿猛地推了一把，让他难以继续写下去。

王献之放下毛笔，回转身来，并没有回答郗道茂的疑问，而是一本正经地问道："姜儿，这几日何以与我黑面相对，令人心神不安欤？"

郗道茂便也不再隐瞒心事，说道："新安公主突然登门，所为何事？你怎就至今不告诉我她来过咱家？"这是一句责怪，而非疑问。

王献之用力一拍额头，说道："新安公主哟，我可不知晓她何以突然登门造访，说了一阵子闲话，我以为她是来找你的呢！"

郗道茂冷笑一声，转而咯咯笑起来，道："十几年过去了，她还是当年那个颐指气使的疯丫头吗？"

王献之也跟着笑起来："如今咱们若还是这样叫她，她是会禀告皇上让惩戒咱们耶。"

"她当真只是说了闲话？"

"我怎会因此事欺瞒于卿焉。司马道福所说皆为她与你我孩提时之趣事,我都忘得精光,新安公主居然还都记得耶。"

"她当真离开了桓氏家族?"见王献之点头认可,便说道,"传言果真不假。"

"卿卿,你若当真是为新安公主登门就跟我冷面相对,实在是以己度人耳。"

郗道茂连连摇头,扭捏了一下说道:"才不是哦,我是嗔怨你不将此事相告于我,心中甚是不安。"

王献之没想到司马道福的来访会引起郗道茂的不安,便认真说道:"因何不安乎?我们不过是新安公主儿时玩伴,她离开桓氏家族回到京城,除了几位弟妹并无朋友,而且身份一下子又变成公主,出门还要有步障随行,想她内心并不自在。所以才会想到我们,过来叙旧也是人之常情。"王献之说到这里顿了一下。"你是没有见到,新安公主已非十几年前的郡主,模样变化太大。若是行走在外,即使遇见也是难以辨认矣。"

郗道茂心中一乐:"与妾身相比如何?"

"云泥之别哉,无须再说耳。卿卿方才问我何以不临写《洛神赋》,那我当下便写给你看看,这段日子潜心琢磨,颇有些心得。昔日总是想模仿父亲大人笔法,难得要领。试着用正书书写之,比之父亲大人的《乐毅论》当真有了不一样之感觉哦。"王献之说着就转过身去,提笔就写:"于是越北沚,过南冈,纡素领,回清阳,动朱唇以徐言,陈交接之大纲。恨人神之道殊兮,怨盛年之莫当。抗罗袂以掩涕兮,泪流襟之浪浪。悼良会之永绝兮,哀一逝而异乡。无微情以效爱兮,献江南之明珰。虽潜处于太阴,长寄心于君王。忽不悟其所舍,怅神宵而蔽光。"写到此处,不觉放下毛笔左右端详,嘴里面还自言自语地唠叨着什么。

郗道茂看出王献之对司马道福登门拜访并没放在心上,还是自家太小家子气了,心中过意不去,便蹭了过去,像往日一样,一边研墨,一边欣赏夫君的书艺。见王献之停住书写,于是用讨好的口吻说道:"官奴,今日之书写笔法似跳出父亲大人书体之窠臼呢,美哉!"

王献之摆手道:"卿不可如此评价吾之书写笔法,更有谄媚之嫌耶。"

郗道茂面颊涌上红晕,说道:"妾身知晓,却又不得已而为之欤。"

"何以如此乎？"

郗道茂一阵扭捏："妾身就是不相信那新安公主是顺路探访。"

"何以见得？"

"既然是来叙旧，何不等我回来后见了面再走？毕竟我才是公主幼时玩伴。我猜想，这丫头必定是寻声而来，醉翁之意不在酒耳。"说完这话，郗道茂不禁哼了一声。

王献之见郗道茂老是纠结于此，却实在猜不出她话里的意思，也不知道如何应对这样的猜忌，索性不再说话，转身过去继续书写《洛神赋》，刚要动笔，就听见门外响起老仆人的高叫声："新安公主大驾光临耶！"

屋里的二人慌忙起身迎了出去。

三个人有一句没一句地东拉西扯了一阵子，说着说着就没了话题。冷场了一会儿，司马道福郁郁地问道："子敬，你可还记得你我在山阴玩耍那些日夜？"她瞥了一眼坐在王献之身旁的郗道茂接着说道："有一日，我在你家玩耍，从早到晚，忘了回家，父皇差遣奴婢唤我回府。你家尊大人与你一道送到大门，我与你家尊说，我要让父王派人说亲，我非官奴阿弟不嫁焉。"

王献之急忙摇头，连说不记得了，却问道："家君何以应对于你？"

司马道福很显然并没有料到王献之会反问回来，愣了一下，旋即羞红了面颊，故作顽皮地说道："你既然不记得，我就不说与你。"顿了一下，又说："彼时，不止一次，我们三人在你家玩耍，我都是正房，姜儿是妾。你自然应该记得。"司马道福最后这句话是对郗道茂说的。

郗道茂很不情愿地点点头。"可是，有一次被我母亲大人听了去，慌忙阻止说'终身大事不可戏言。你家乃皇室之后，咱家不过名门而已，实在是门不当户不对'。你自然也应该记得。"郗道茂并不想示弱，便说道。

司马道福一撇嘴，欲否认，却又不想当着王献之的面过于凶悍，于是说道："姜儿，你还是住嘴，这件事情，你我都说了不算，还是需官奴定夺。"

王献之一下子蒙了，问道："何事非要我来定夺？"

司马道福便不高兴了，撇了撇嘴说道："入京之后，本公主何时踏足于你家？"

王献之想了想，正要说话，郗道茂抢先说道："公主你自然不会忘记，入京之前，你就被皇上许配与桓仲道（桓济字）。再到乌衣巷，岂不惹来非议？"

司马道福狠狠地瞪了郗道茂一眼："本公主几日前就来过，今日再来，你又如何说？"

　　司马道福分明是要让郗道茂难堪的。这样的场景顿时令王献之感到恍若回到了二十年前的山阴老宅。他终究还是想起来了，那时候三个人可谓来往频繁，只要聚到一起，就会玩得十分忘情。三个只有十岁上下的孩子，常在院子里用竹木摆下让人看不懂的阵仗。两个女孩子还经常争着抢着要做王献之的媳妇。他立刻就想起来父亲大人曾经对司马道福说的那句话。父亲当时被说得愣住了，大概是需要认真想一想，所以等了一会儿才大笑起来，摸着司马道福的发髻耐心地说："你家父王断不会到我家来提亲。"司马道福一脸懵懂地问："何以如此？"父亲继续说："你还是问你家父王才是，个中玄机，表伯父我也是不明就里欤。"

　　那以后，司马道福便不再提及此事，像是从来不曾说过一样。很快，王献之也就忘得干干净净了。记不清过了多久，王献之大概是因为很长时间没有再见到司马道福，便问起父亲大人来，才知道司马道福被已经做了多年辅政大臣的父亲接去了京城。再往后，王献之又听说司马道福嫁给了桓温大将军的次子桓济。直到桓济触犯了桓氏家族的家规被桓温一举打入冷门，贬谪去了长沙。王献之沉浸在回忆中，对妻子郗道茂和表姐司马道福的你来我往互不相让的对话并没有听得真切。这时，就听见司马道福厉声说道："姜儿放肆，不得无礼。我已恢复公主身份，自然也就有了重新择偶之权利。今日前来乌衣巷，你难道以为我是来叙旧乎？"

　　郗道茂回道："正是如此。不然，公主姐姐屈尊来乌衣巷又有何意呢？我家夫君那日与姜儿还说起过公主姐姐，说起在于湖发生的内讧之事，很是嗟叹不已耶。公主姐姐，仲道姐夫竟然冒天下之大不韪，冒犯大司马，岂不胆大包天乎？"

　　郗道茂的这顿抢白，让司马道福半天没接上话来。还是王献之不忍让司马道福难堪，便让郗道茂取酒来，说是三人也有十几年未曾聚首，公主既然屈尊来到乌衣巷，就摆上酒席，款待一番，以尽地主之谊，还说："你二人还是如孩提时一般模样，不见面想得很，一见面就互不相让。"

　　司马道福嘟着嘴说："姜儿长进不少，十几年前，她哪里敢还嘴。"

　　郗道茂起身取酒，走出门前站住说道："姜儿从来不曾想念公主姐姐，官奴不可为我做主。"

三坛老酒，几碟小菜。郗道茂和司马道福从始至终没有吃菜，只是闷头饮酒。王献之也不愿意开口，生怕惹出麻烦来。郗道茂倒是时常与王献之一道饮酒，即使大碗喝酒也不为怪。公主司马道福何时开始饮酒，王献之并不知道，但看着她也跟着郗道茂一樽樽饮将起来，也觉着她这些年跟着一位将军走南闯北，沾染了不少军旅习气，也不觉奇怪了。二人不断地在说话，你来我往，谁也不想落人之后。大概是将郗道茂逼得急了，一时间没有搭上话来，司马道福咯咯地笑起来。这笑声一下就将王献之带回到二十年前。恍惚间，面前的两位女子倏忽变成了二十年前的模样。容不得王献之回过神来，十岁的司马道福和十岁的郗道茂从桌案上伸出手来，两只细嫩的小手在空中抓在一起。就听见司马道福尖声说道："本公主已然自降身份，甘心情愿做官奴儿的妾了。姜儿你若是坚决不让我进你家门做妾的话，今儿妹妹我笃定要做一次正房了。"姜儿并不谦让，司马道福的话把她逼得急了，也跟着尖声叫道："公主你虽说出身皇室，嫁入琅琊王氏官奴儿门中，却并无可炫耀之本。官奴儿祖上与你家祖上互称兄弟（指的是王献之的祖父王旷的母亲和司马道福的祖父元皇帝司马睿的母亲为亲姐妹）。而咱家高平郗氏祖上为王朝平定江山，荣耀显赫，家规亦是十分严明。郗氏族人无论男女，不得纳妾，不得为妾，亦不得容妾。公主你要是坚持为正房，我定将脱离琅琊王氏，另立门户是也。"司马道福又咯咯笑个不停说："姜儿你若是要另立门户，只能重新择选夫君，与我有何相干，又与咱家官奴儿有何相干？去立耶，去立耶。"又是一阵银铃般的笑声。郗道茂被这一通抢白说得大哭起来，一边喃喃地央求着说："官奴儿，你怎就不帮姐姐说话呢？"王献之也是蒙了，并不知晓怎样能让这种争吵停止下来。

　　不知什么时候，王献之一定是被吵得听不下去了，起身就要出去，司马道福迅速起身，拦住王献之说："你若是能牵住我的手，公主我就不再与姜儿纠缠。"王献之看看郗道茂，郗道茂大睁着眼睛愣在那里，一句话说不出来，只好重新坐下来。司马道福见状，又说："官奴阿弟，那日你说还记得十多年前的许多事情……你就是说了。我乃公主之身，怎会强加于你。"见王献之不作声了，便问道："官奴阿弟，我不情愿离开山阴，还为此在你家大哭一场，可记得乎？"

　　王献之不情愿地点点头。

　　司马道福又问："哭过之后，我当着你家尊面将家传银簪送与你，可还记得？"

　　王献之像是被打了一掌，不仅脸上火辣辣的，眼睛也感到火辣辣生疼。事后，他问过司马道福当时是怎样的脸色，司马道福却不敢实话实说。当然，问这话的时候，已经是几年之后了。

　　司马道福意识到尽管说的是一件真实的事情，可选择在这种场合说出实在有失体统，她走到呆坐着的王献之身旁，试图去安抚呆若木鸡的王献之。

　　王献之腾地从地上跃起，快步走到门口，扑通跪在地上，朝着司马道福一拜，几乎是喊着说道："公主殿下，乌衣巷简居陋室，粗席糙几，恕微臣不敢羁留殿下也哉！"

第十九章

　　从王献之家中出来，司马道福的内心是沮丧的，情绪是低落的。然而，她一点儿不打算善罢甘休。司马道福自知不算是个倔强的女子，在桓温家做媳妇超过十年了，为桓温家生了儿子，伴着丈夫南征北战，艰辛可以想见，可是她却从来不曾有过怨言。桓济是对不起她的，她当然心存不满。只是，她把这些不满埋在内心深处，直到这小子触犯了家族利益而被褫夺了一切。几乎就在同时，司马道福丝毫也不犹豫就离开了桓济，她甚至为此放弃了儿子，而且心里没有一点儿追悔之意。回到京城，司马道福住进父皇在京城的老宅会稽王府，直到有一天无意间听到了王献之婚姻现状和没有子嗣的传言。起初她并不相信，派人出去打听，结果这个传闻居然是真实的，这着实吓了司马道福一大跳。那几日，她在王府中几乎没有一刻不在想着这件事情。起初是回忆儿时在会稽郡山阴和王献之发生的各种故事，后来这种回忆就演变成强烈的愿望。是何愿望呢？直到这愿望一日一日渐次清晰起来，变成强烈的欲求。于是，她走进了乌衣巷。而见到王献之之后，少女时代就酝酿而成的怜悯情怀让她不忍看到王献之一直到终老还是没有子嗣，孑然一身。而王献之那总是不经意的顾盼和腼腆的神色同时点燃了她拯救这个不谙世事的男子的热情，加上她对王献之经年的迷恋，令她欲罢不能。肩辇出了乌衣巷，司马道福让轿夫顺着御街走向建康宫，她想到了父皇司马昱。

　　最终，司马道福还是先回了会稽王府，返回京城恢复了公主的身份后她就一直住在这里。这期间，她只匆匆见过父皇一面，她也只来得及说了一句提醒父皇十多年前要与王羲之家结为亲家的话。原本是想过几日再进宫去觐见父皇司马昱，然而，无论是躺在床上假寐，还是在偌大的院子里转悠，心情却始终难以平静下来。她已经到了茶饭无心、夜不能寐的地步。司马道福决定还是要去觐见父皇。在这座几乎无人认识她的京城里，司马道福自认为无人可以倾诉，无人会关心她这个公主的私生活，更何况是情感生活了。也许只有父亲司马昱能关心她，能耐心倾听她的诉说，能为她疏导这个魂牵梦绕又难以启齿的困惑。

昨天，司马道福让管家将写给父皇的表文送进宫里，表文简单而又明确地表达了女儿想见父亲的愿望。原以为起码要等上一些日子才能有回音呢，结果，今天早晨就有主理皇上事务的黄门上门来了，告知皇上会在午时三刻之后接见司马道福。从会稽王府出来，司马道福没有乘坐肩辇而是选择了步行，但她没有拒绝管家派了举步障的女婢随行。这点规矩司马道福还是很清楚的，没有这个阵仗，她甚至无法接近宫城。司马道福特意在贵族居住区绕了一圈。原本可以出了宅邸直走，只消一里地就能来到皇宫的东掖门。通常皇族成员，或者享有开府仪同三司的重臣若是进宫觐见皇上，都会选择从这个门进去。久而久之，从东掖门进出皇宫就成了特权的象征。

时辰尚未到午时，所以街巷上见不到什么人，尤其贵族居住区，更是人迹稀零。

守卫东掖门的右卫率正是郗道茂的弟弟郗恢，自然也就认出了这样的阵仗和新安公主司马道福。郗恢对司马道福行了个大礼后就放她进了宫，还特别派了一名军士带她走宫内的壶道，绕过崇德宫和东宫，径直去了太极殿后皇上的寝宫。

司马昱刚从西堂回到寝宫，这个时候，如往常一样躺在卧榻上接受几位妙龄才人为他做身体按摩。司马昱并没有起身，而是在卧榻上换了一个侧卧的姿势，使自己能看清楚女儿的模样。

几个月前，女儿突然从于湖大营回京，尽管没说原因，但是于湖大营发生的桓温家族因权力纠纷而内讧的事情却在第一时间传到了京城。司马昱只是没有想到，女儿居然也会在第一时间与桓温的儿子终结婚姻关系。那次见面，司马昱甚至没来得及仔细看一眼女儿。女儿扬起脸来并不敢直视的神色让他倏忽间一阵恍惚。那大概是司马昱奉皇诏入京上位以抚军大将军衔领辅政大臣后第五年，他返回会稽郡省亲。回到山阴的日子，司马昱将多年里所担负的重大责任和所遭受的惊恐不安统统甩掉，终日里和嫔妃子嗣厮守欢愉。那真的是一段轻松洒脱的日子。几天之后，他发现很少能见到女儿司马道福。那年司马道福已经十岁出头。于是责问下人，才知道公主每日晨起之后，都要让人将她送到表伯会稽内史王羲之府上，直到晚上才肯回府。再问因何如此，仆人们却谁都回答不上来。这日，司马昱让人把司马道福唤进王府的正殿。小姑娘正准备前往王羲之的庄园呢，已经打扮停当。司马昱见到女儿，方知这些年当真冷落了这个拥有郡主身份的女儿。女儿已经出落得姿容美妙，举手投足都显露出大家闺秀的风采。只是，司马昱心里清楚这一定是得到表兄王羲之家庭氛围的熏陶而成，成天围着女儿身前脑后转悠的女婢们是没这份能耐的。女儿急着外出，并没有注意父王的眼神，行了大礼，跪在地上，静等着父王挥挥手让她出去。果然，司马昱真的就这么做了。

直到今日，司马昱才猛然意识到这是自己的骨肉，比起已经做了太子的司马曜，这个女儿是得到过生活历练的，而且是在桓温大营里。该有多不易呀！

司马昱正想到这里，听到跪在地上的女儿说了声"儿臣惶恐"，便抬手打断了司马道福的话，说道："你又不是朕所命之臣，不用照规矩来，你身为郡主，不是得名果兰乎？知晓因何而得此名乎？"

司马道福连连叩首，心中感激，说道："孩儿不知。"

司马昱其实也忘记了，随口说的话不过是想让女儿放松一些。他把侍女才人支了出去，说道："吾儿，你信中说受了多年委屈，是在桓仲道那里？那小子怎敢让你受委屈乎？"

司马道福一听这话，眼泪就倾泻而下，难以收住。

司马昱侧卧在床榻上，内心是愿意听一听女儿司马道福诉苦的。女儿说，自母亲徐淑仪过世之后，再就没有机会见到父皇的圣容，心中颇为酸楚。尤其嫁入桓温大将军门里，做了桓济的媳妇后，父皇对她就像是陌路人似的，既不过问她的冷暖，也不关心她离开皇室家族后的生活。司马道福说到这里，司马昱便也只能用心听来。同意司马道福嫁给桓温的二儿子桓济，那是情不得已。司马道福出嫁的时候，王朝正面临着官场大腾挪，殷浩北伐失败，褚太后的父亲褚裒北伐也跟着失败，接连几次北伐都是司马昱主导或者坚决支持的。只有桓温两次征西大功告成，发起的北伐居然收复了洛阳，祭扫了司马家族的祖陵。司马昱情知大势所趋，而这个时候桓温差媒人上门求亲，他怎敢拒绝？只能亲自回到藩国将司马道福带到京城，亲自将女儿送给了桓温家族。

女儿不断在说话，听起来像是从远处传来的声音，时而清晰时而非常模糊。女儿又不断说及在桓温大营中发生过的琐碎杂事，这让司马昱的思绪总是围绕着桓温转出来又转回去。思绪总算变得清楚了，司马昱挪动了一下身体，看到了端着药碗站在门口的黄门，便抬了抬手。黄门疾步走到床榻前，司马昱缓慢地喝下这碗又苦又涩的草药。他喝得很慢，药难以下咽。这个时候，女儿就停住唠叨。刚才好像又说到了她母亲徐淑仪。司马昱对徐淑仪的印象已经十分模糊，这位淑仪只给他生了跪在面前的这个女儿，好像还生了两个儿子，可是都夭折了。终于喝完草药汁，司马昱让黄门从后宫再选一个嫔妃来伺候，他现在疲倦得很。等黄门出去了，司马昱才对司马道福说："朕那日得知你请求见朕，方知晓你已脱离于湖大营之羁绊。好哉好哉焉！"

司马昱的思绪在女儿喋喋不休的唠叨中又开始飘忽起来。因为桓温，他又想到了二十多年前，重用殷渊源的往事。可往事如烟也。只是近来，司马昱发现大概跟身体每况愈下大有关系，只要躺在床上就会胡思乱想。只要胡思乱想，思绪就会不断返回二十几年前的那些个由自己开创的局面，当然，如今想起，他还是失算了，败在桓温手下或者说败在桓温身旁的那些谋士手下。如此对比，他其实又是败给了围绕自己身旁的那些个只懂得清谈的所谓高士们。王濛（出自太原王氏）和谢仁祖从隐居的殷渊源那里回来，高度赞赏殷渊源的睿智。当时王濛有一句话至今让他难以忘怀，王濛满怀深情地举荐殷渊源称："渊源不起，当如苍生何！"而谢仁祖说得更是声泪俱下，声称王朝若是置如此高士而不用的话，日后定有灾难是也。于是，司马昱当真动了凡心，加之褚太后的兄长褚衮又极力撺掇，甚至拿身家性命担保，起用殷渊源，王朝将重振雄威。举棋不定犹豫彷徨？不知怎的，思绪就这么又跳跃到了表兄王羲之那里。那时候，只有表兄王羲之出面干预，极力反对北伐，尤其是反对殷渊源领军北伐，认为几无胜率。唔咦，这位故去的表兄此刻有何事可做乎？会不会正在从空中俯瞰建康城里发生的诸多纷乱复杂的朝政之事，讥笑连连耶？

司马昱又走神儿了，这些日子，他意识到体质急剧衰退，有一种令人不安的疾患不断侵袭身体，令他招架不及。

女儿依然在说，似乎开始声泪俱下了。女儿不易，为父心痛。可是，将女儿嫁于桓氏家族完全是他本人的意愿，却也是万般无奈之下做出的选择。那些日子，司马昱过得并不顺畅。殷浩北伐彻底失败，桓温挟功臣之威和正在顺江而下逼近京城的王朝军队之势闹到了廊庙上，大有翻江倒海之企图。皇上只好顺从了桓温的意思，将殷浩贬为庶人。桓温紧接着将矛头转向了司马昱，在朝会上谴责他独断专行，既无审时度势之能，又无知人善用之才，险些毁了王朝震慑四方的大好局面。桓温可是司马昱的外甥女婿哟。那日之后，司马昱终日惶恐不安，悔恨之心令他茶饭无心，坐卧不宁。谁能想到，几天之后，桓温竟然遣媒人带了三只活大雁上门说亲。三只活大雁分明表示了桓温的态度，说亲的前三个程序一次完成，直接进入说亲的第四个程序"纳徵"，也即是说要求确定婚姻关系，并在一个月后奉上大宗彩礼。那日，媒人带来了桓温的话，声称儿子桓济乃肃宗（司马绍）之公主（司马兴男）之后，求娶中宗（司马睿）之皇子（司马昱）之后，实乃天作之合是也。司马昱面对这样差了辈分（司马道福为皇孙女，比皇重外孙桓济高了一辈）的求亲万般无奈，最后，在表兄王彪之的说服下，勉强同意了。表兄言，两家结亲，王朝可免去一乱。可是，那时候，女儿尚未到及笄之龄哟。

　　唉，司马昱想到这里长长地叹了一口气。睁开眼睛，看着仍然跪在面前的女儿司马道福："吾儿，普天之下，难道还有谁身家超过桓氏家族欤？你与桓济结婚，朕那时势单力薄，所谓听天命也哉。然而，如今你又离弃桓济，才寡居不长时间，却开始不断抱怨寡居日子难熬，若知今日，何必当初乎？"

　　司马道福重重地磕了一个头，站起身来，说道："小女惶恐。父皇在上，那桓济自女儿生育之后，便从未进入女儿卧房。那家伙依仗桓大将军之威名，每日里寻花问柳，鱼肉乡里，无恶不作。最后，居然企图杀害桓氏家族新掌门人桓冲，也是恶贯满盈，自作孽不可活也。女儿弃之如敝屣，丝毫无有悔愧之意。"

　　"此话确也在情在理，只是，朕以为，既然如此，寡居有何不可？"见司马道福撇了撇嘴又要哭起来，只好赶忙说道，"那你就告诉朕，希望找个怎样的女婿，朕为你做主就是。"

　　司马道福这才破涕而笑，擦去泪水，扑通跪下，说道："父皇陛下，普天之下，能比肩女儿之身份者唯琅琊王氏之子嗣也，女儿若是嫁人，非要嫁入琅琊王氏门里也。"

　　司马昱在心里暗自叹气，心说："异想天开，怎么可能？"司马道福开始滔滔不绝地说起自己的想法，话题竟然从孩提时候说起，让司马昱好生心烦。于是，司马昱心思飞快地就转到了琅琊王氏门中。又是谁呢？果真还是表兄王羲之在纷乱嘈杂的说话声中显现出来。

　　那大概是永和十一年（公元355年）的事情了，王羲之在谢安和郗昙的陪同下在丹阳城等待朝廷对他送去的关于将会稽郡升级为越国，会稽郡王随之升级为藩国的藩王的奏折的答复。结果已经掌握了朝廷内外实际大权的桓温率领朝廷上所有大臣坚决反对，代行皇权的褚太后左右为难，少年皇上自然无话可说。也许那时候，司马昱还是被这个奏折打动了，可也仅此而已了。他亲自前往丹阳城去向王羲之解释何以不能恢复越国古称，并悄悄告诉了王羲之已故父皇司马睿留下的遗训，遗训未见文字，只允许皇族后嗣口口相传。结果，王羲之听罢遗训，拂袖而去，并且一回到会稽郡就愤然辞官，并发誓永不为官。第二年，司马昱亲往藩国巡视，特别召见了沉浸于游山玩水、含饴弄孙之中的王羲之，希望能在这次巡游时说服王羲之回心转意，可是，王羲之去意已决。看那神情，听其语气，王羲之对先皇中宗的遗训根本无法释怀。其实，就连司马昱也对父皇遗训感到深深不解。司马昱只好信誓旦旦在王羲之面前说，只要他有朝一日践祚，第一件事情就是废了父皇中宗皇帝的遗训。记得当时王羲之对这句话终于露出笑脸。那日，两人对酒当歌，酒到酣处，王羲之伏在司马昱耳边说他在荆州以东的大山里见到了父亲王世宏的陵墓和许多父辈的墓地，不仅如此，那片山里还有琅琊王氏的族群繁衍生息，一派欣欣向荣呢。王羲之说他曾经在法事静室中问过天地，冥冥之中有天神指引。从那之后，每日子时他都会在神明指引下畅游那片大山，竟然撞见山里有一个与建康相比丝毫也不逊色的都城呢，甚至见到了先皇愍帝和一干大臣。司马昱根本不相信，于是哈哈大笑说："逸少阿哥，你定是喝得多了。本王分明听褚太后说起过，我那世宏表叔因为投了匈奴刘曜，从此无颜见江东父老呢。躲进大山成何体统，大山里的都城和廊庙简直一派胡言。"话未落音，就见王羲之将一樽老酒泼将过来，司马昱一偏脑袋，躲了过去。

司马昱记得当时似乎并没有计较王羲之的犯上之举，立刻又嘲笑说："逸少阿哥，本王昨日听闻谢安和郗昙老弟煞有介事地说你在荆州大山里还有一群同父异母的阿弟阿妹，简直是痴人说梦。"话一落音，也将手中金樽里的老酒泼向王羲之。看着酒液顺着这位他曾经畏惧了好些年的王友阿哥，司马昱笑得前仰后合。不料，王羲之居然趁机又泼过来一樽酒，这次正中司马昱的面庞。

两人随之便开始了一场泼酒大战，一边喝着，一边说着，一边相互取笑，一边随性地将手中的酒泼向对方，只要泼中就大笑不止。正闹得鸡飞狗跳、人仰马翻之际，王献之闯了进来。那时候的王献之不过十一二岁，手中捧着一张墨迹未干的绢纸，绢纸上竟然写着司马昱当年写的一首诗。王献之并没有注意两位大人浑身上下被老酒淋得湿漉漉的狼狈相，嘴里欢喜地叫着："大人大人，母亲大人说小子写的这篇字很有父亲大人的风范。"说着，一偏身子就坐在了王羲之腿上。王羲之接过绢纸并没有欣赏，而是递给了司马昱。

司马昱当下就被绢纸上的娟秀书体吸引住了，心中不禁赞道："这小子不过十一二岁，就已经将正书写得如此娟秀，假以时日，定能超过他的父亲大人呢。"正想得出神，听见王羲之压低声音呵斥王献之，司马昱再抬头看去，却原来是王羲之将坐在他腿上的王献之推了下去，斥责说："官奴小子，会稽王在场不得无礼。"王献之一脸委屈站在王羲之面前，想要哭出来。司马昱急忙帮着王献之打圆场说："逸少阿哥，官奴尚小，不过想与你亲近一番，怎可如此厉声训斥。"王羲之并不领情，继续呵斥说："官奴的书写确实有了长进。只是，咱家的规矩你要牢记，只要开始染翰操纸便是成人了，不得如那王怀祖家一般不讲规矩，没有长幼之分。"

司马昱扑哧笑出声来。王羲之历来鄙视王怀祖，这在官场并非秘密。司马昱顺手将王献之揽在怀里，心疼地责备了王羲之几句，当他打算给王献之擦眼泪时，却发现这孩子并没有落泪，而是认真地看着王羲之说："父亲大人，小子谨记大人教诲，从此定不会逾矩是也。"说完，从司马昱手里要过绢纸，又跪下来朝着司马昱行了晚辈大礼，说了声："会稽王明公表叔，让你老人家见笑了"，说罢起身走了。

司马昱掩饰不住对王献之的欣赏，情不自禁说道："逸少阿哥，本公家中正有小女长成，掐指算来，比你家官奴仅大了一岁，不如你我两家现在就结为亲家，岂不是天作之合哉！"

王羲之什么也没说，这让司马昱错以为他已经默许了，心中大喜，当晚特意在王府举行酒筵，将谢安、郗昙、孙绰、许询等一干好友召集于王府之中，好酒好菜大快朵颐。可是，还没等司马昱当众宣布与王羲之结为亲家的喜讯，就被郗昙生拉硬拽出了大厅。郗昙央求司马昱高抬贵手，所谓君子不夺人之美也。原来，早在五年前，郗昙就已经与王羲之结为亲家。这让满心欢喜又觉着愧对王羲之的司马昱，无疑处于尴尬之地。司马昱强硬地回了一句："重熙（郗昙字）不得无礼亦不得僭越，本公返回藩国一来省亲，二来是要带你回京出任本公之司马。你蛰伏山阴已经太久，再不献身王朝，实乃王朝之损失。"

然后看着王羲之说道:"爱卿意下何如乎?本公无意勉强欤!"

王羲之并无为难之色,呵呵一乐说道:"逸少膝下还有犬子六个,明公何不在其中遴选佳婿?"这可不是一句问话,意思十分明确,那就是司马昱可以六选一呢。

司马昱知趣地撇撇嘴无奈地说道:"本公虽久居京城,却已知你那膝下六个小子早已经有了亲家。"然后,扳着指头细数了王羲之家中从老大玄之到老六操之的外父都是何人。"这些人物皆为王朝重臣或者名门重臣之后,本公岂能夺人之美欤。"

王羲之用一句"几日之前请卜师占卜过,妻子腹中之物或是囡囡(女儿)",便将此事一带而过了。

恍惚之间,司马昱听见跪在面前的女儿不断说起王献之的名字,用力晃了晃脑袋,才意识到刚才自己又一次灵魂出窍了。

司马昱不知道女儿何以突然提起王献之,她与桓济那小子离婚应该跟王献之毫无干系。所以,司马昱直起身子,尽管他此刻已经感到精疲力竭。女儿的哭闹打击了他的情绪,令他原本就非常不好的身体顿感难以支撑下去。他需要知晓王献之究竟是怎么一回事儿。结果,司马道福话一说出口,司马昱像是当头挨了一棍子。女儿居然发誓要嫁给王献之,这话又从何说起欤?简直是无视纲常规矩。"你个妇道人家,怎敢如此不顾纲常之约束乎?"司马昱这声呵斥脱口而出,"朕绝对不允许发生此等事情。那郗重熙与朕情同手足,这些年来,朕视其遗世子女为己出。你就死了此心耳。"话一出口,司马昱即刻感到十分后悔:"也罢,朕允许你仔细道来,但除非朕恩准,刚才你所说之言不得说与任何人。说吧,朕在听焉。"

大概是被皇上的震怒吓住了,司马道福等了好一会儿才将嫁给王献之的理由一五一十说了出来。

司马昱听着听着,刚才的怒气渐渐消退下去。这个时候司马昱自我感觉头脑是清楚的,精神也好了许多。听到女儿说起了王献之,司马昱也就来了精神。直到女儿说完,司马昱都没有打断她的话。

寝宫里突然就恢复了死一般的宁静,司马昱这才意识到女儿关于王献之的一大串话说完了,他挥了挥手,问道:"果兰,你十几年前将徐淑仪传与你之王族饰物送给官奴做了信物？"

司马道福听出父亲还是没听明白，便解释道："官奴并没有亲手接下银簪，是郗表伯母亲手接过焉。"

"官奴小子还记得此事乎？"

"许是忘记了，许是不承认。"

司马昱又挥了挥手，说道："吾儿，你可以去了。朕会派人将此事问清楚。"

司马道福退到寝宫门口时，说道："女儿惶恐，女儿还要告诉父皇，官奴至今无儿无女。"说罢，也没管司马昱是怎样的反应，便转身离开了。

身后，就听见司马昱喝令黄门立刻传王彪之进宫。

第二十章

　　司马道福说王献之至今无儿无女的那番话，把司马昱惊到了。作为曾经录尚书事的辅政大臣，又出人意料地坐上了龙床，司马昱回想起来，自己从来没有关心过王羲之这位表哥兼王友的妻息大小。女儿刚才的话，一下子将司马昱埋藏在内心深处几十年的愧疚挖掘出来，摆在了司马昱面前。几十年里，司马昱内心有一个根深蒂固的念想，表兄王羲之是王朝极其难得的才俊，却也是位命运多舛的才俊。然而，他却从未想过怎样利用自己的权杖为他以及他的子嗣做些什么。何以如此乎？这个疑问其实经常会从脑海深处冒出来。然而，司马昱没有探寻过或者说也无心去寻找原因。

　　若不是女儿突然提及王羲之和他的子嗣，他甚至已经忘记了。既然回忆起来了，司马昱心里不觉就升起一阵莫名的恼火。这股子心火涌上来，让司马昱咳嗽了好一阵子。自从几个月前见识了王献之在太极殿西堂不畏威权，敢于跟大司马桓温唇枪舌剑，大肆理论是非，而且可以算是大获全胜，司马昱不仅对王献之刮目相看，而且，产生了一种非常亲切的族亲感。司马昱非常清楚父皇对王羲之一门是留有遗训的，那时候，他也觉着无力扭转乾坤。而一旦坐上了龙床，皇上至高无上的优越感让他开始盘算推翻祖上的口谕。司马昱打定主意要让表兄王羲之的遗世之子中至少一位子嗣进入九卿之列。王献之在太极殿西堂里出色的表现，使这个人选基本就锁定在了王羲之这个最小的儿子身上。

　　想到这里，司马昱心里好受了很多，而对女儿的愧疚似乎也减轻了不少。若是有可能的话，司马昱当然要促成女儿和王献之的婚事。尤其是知道了王献之竟然无儿无女，这突然萌生的念头越来越清晰，也越来越强烈。而且，这念头里还掺杂有许多的怜悯成分。

　　当然，司马昱心里清楚，不能只听信女儿的一面之词，尤其自己现在的身份已经是皇帝了，所谓君权神授，是为上也，说出话来就应当慎重，不能儿戏。他必须先将王彪之召进宫来问个究竟，才好很有针对性地在这件事情上做得既像皇上，言出必行，也像父亲，不顾一切地偏袒女儿。尤其，尤其，尤其什么呢？司马昱又开始感到困惑了。说心里话，作为长辈他打心眼里喜欢王献之。这小子才华横溢，在司马晞的影响下精通兵法、阵法、战法，至少在纸面上可以运筹自如。作为臣子，王献之已经具备了优秀重臣的全部条件：出身名门望族还兼有皇族血统；刚直不阿，在义和道的坚持上，即使面对威权也绝无屈服退让之怯。想着想着，司马昱竟然再一次睡着了。这一次可睡得非常安稳呢。

王彪之在大司马门就下了肩辇，然后跟着传召的黄门一路跌跌撞撞地来到了寝宫外。他制止了黄门通报，而是跪在门外使足了气力道："臣惶恐。臣听闻皇上因盛怒而传臣入宫。臣先叩请皇上赎罪了。"

寝宫里，过了一会儿才响起司马昱低微的声音："黄门侍儿，让王彪之大人入殿，可着履无须趋步也哉。"

王彪之仍然在殿外除掉鞋履，踏进殿门趋步来到床榻前跪了下来。

司马昱并没有立刻开口说话，依然侧卧在床榻之上，眯缝着眼睛看着跪在地上的自己最为倚重的老臣、亲密无间的兄长王彪之。睡着前那股子怒火顷刻间也跟着烟消云散了。但他还是打算将一些事情认真抻一抻，于是说道："叔虎爱卿，大约一年前，若是朕没有记错的话，在山阴兰亭外敕令你和谢安石返回京城后即刻让我那表侄儿王献之迁职于抚军大将军府做从事中郎，官秩四品。这大约就是原话了。"

王彪之一叩到底，颤巍巍回答道："臣惶恐。老臣不记得了。"

司马昱简直就要重新恼怒起来，却还是有气无力地问道："朕再问你，去年在太极殿西堂，官奴与司马晃和桓冲那场荡气回肠舌战之后，朕又问起这事，你是如何回应朕软？"

王彪之犹豫了一下，说道："臣惶恐。老臣依然还是没有牢记，只是依稀记得，皇上嘱臣必得好生看护官奴，谨防遭人暗算。一番皇恩之德令老臣感激不尽。老臣似乎还记得皇上嘱臣不得再上奏乞骸骨，会惹得皇上心情大坏。于是，为报皇恩浩荡，也为能报答皇上给予琅琊王氏我这一门的殊荣，老臣便死了这份心思也。"

司马昱只好长长地叹了一口气，他清楚王彪之感恩的心思是真实的，但语气中还是有了些许恼怒："将朕之敕令压住不发，朕或许难以责怨于你。那时候朕其实也在犹豫，若是桓浮子大闹太极殿之后，将朕而不是道叔打入冷宫，岂不害了官奴乎？便也不再催促。然而，朕已经坐上龙床，你与谢安仍然不遵旨而行，就算朕无意追究你二人欺君之罪，然，你二人故意为之，岂不误了官奴大好前程？"

"臣惶恐。老臣知罪欤。"王彪之便不再说话了。

"也罢，朕知你与谢安有更长远之算计，也不再降罪于你。朕让官奴明日进宫为太子做侍讲，官秩还是四品。去找谢安，让吏部颁发绶印就是了。朕也就对你和谢安既往不咎耳。"

王彪之跪在地上点点头，说道："臣惶恐。皇上若为此事，不如遣侍御史到吏部宣旨，倒是便宜许多呢。或者下次朝会，当殿诏令吏部更加便宜。"等了一会儿，王彪之抬起头，看着司马昱："臣惶恐。臣伏惟猜测，皇上恐是有家事紧急召见臣欤。"

看着王彪之诚惶诚恐的样子，司马昱不觉嘿嘿一乐，说道："起身起身，寝宫中仅朕与你二人，你进门时已经行了君臣大礼，接下来就免礼，免礼！此后但如今日，行过大礼后便不用再三叩首。你在太常府，定了太多规矩，这个规矩就由朕来定，如何？"

王彪之第一下竟然没有站起来，膝盖一阵酸软，一个趔趄险些趴在地上。缓了一下，这才站起身来，走到蒲团上坐下来。

司马昱见状连连晃头，恻隐之心油然而生，说道："朕也不与你周旋，刚才你说到因家事召见，不愧为朕股肱之臣。果然如是耳。"接着，便将司马道福说的那些事情记住多少就说出多少，最后说道："新安所说离开山阴时有信物交予官奴母亲大人，可是当真乎？"

王彪之听着司马昱转述司马道福的那些充满深情的回忆，嘴巴已经闭不住了，经司马昱这样一问，就觉着脑袋里"嗡"的一声，一时间竟然不知怎样回答。若是果然如司马道福所言，那故去的两位兄嫂可是犯了琅琊王氏的族规了，论理是要上家法的。可是，一个只有十岁的孩子，如此颇费心机地出这一招，又叫人觉着实在不可思议。皇上发此一问，从语气上可以听出来并非打官腔，亦是作为父亲的一番好心，只好支吾了几声，说道："臣惶恐。臣不敢欺瞒圣上。臣从未听说过此事。皇上亦知，新安公主十岁上下之时，臣正在京城太常府任职。皇上所言之事，臣并不知晓。另……"

司马昱没容王彪之说下去，先说道："爱卿，朕今日有两道圣旨要颁发，可想听否？"

王彪之一稽到地："臣领旨。"

司马昱嗓子眼里发出一阵咕噜声，像是在笑又像是因恼火而发出的不满声："爱卿，朕第一道诏令，诏王献之擢升为左卫将军，由吏部颁发诏书，一并授之于绶带印章。"

王彪之慌忙叩道："臣惶恐。得皇上恩宠，王彪之在此替小侄官奴谢皇上隆恩也哉。然，皇上三个月前刚刚擢升王坦之大人就任左卫将军一职，吏部以何理由褫夺王坦之将军之职乎？"

司马昱嗓子眼里又发出一阵咕噜声："那就任右卫将军。"

王彪之说道："臣惶恐。右卫将军亦有人认领焉。恕臣冒昧进言，左右卫将军均为皇上器重之臣，亦为朝廷重臣，官秩三品，领金印，紫色绶带。若非在廊庙浸淫经年，又建有大功之臣，怎可享此荣耀。臣伏请皇上收回圣命。"

司马昱唔了一声："爱卿，朕的第二道诏令你还是要接下来。朕诏令王献之休去原配，迎娶新安公主为妻。嘿嘿，爱卿还有何言可说乎？"

王彪之当即匍匐在地，不敢说话。

"爱卿，你若以为不言不语便可走出寝宫，妄想也哉。也罢，朕不降罪于你，你可如实说来。"

王彪之只好说道："臣极度惶恐。皇上怎会不知官奴发妻郗道茂乃前朝大将军太尉郗鉴之孙女，又是皇上近臣、已故御史中丞、薨后追赠北中郎将的开国伯郗昙之女，亦是桓温近臣、现中书侍郎郗超之堂妹。若皇上圣旨颁布，京城内外必定哗然。"

"爱卿，既然恐掀起轩然大波，不如朕索性降旨，诏王献之置左右夫人。可行乎？"

王彪之这一次将额头重重地撞在地上，声调颤抖着说道："臣极度惶恐。皇上所言之事，仅于前朝发生过一次，先武皇帝为奖掖开国重臣贾充大人宏伟功勋，特诏贾充大人可置左右夫人。即便如此，贾充大人却不敢接旨焉。况，小侄官奴怎敢跟贾充大人比拟，那是天与地之差别欤！"

司马昱嘟哝了一句，意思是朕不能就此罢休，少顷才说道："爱卿，朕不能无视小女切切之心,亦确实欣赏官奴之才华,诏为女婿实乃朕之心意。不然,爱卿可有妥善之法乎?"

皇上问得真诚,王彪之听得胆战心惊,又一次长叩在地,不敢说话。

司马昱这时出人意料地起身下了龙床,扶起王彪之,无限感慨地说道:"叔虎阿哥,起身就座。朕今日召你入宫仅为这点儿女之事,你需尽力而为焉。否则,朕所言之二道圣旨,岂不成了废话欤!所谓君子一言乎,驷马难追也!"

王彪之睁大眼睛站起身来,唠唠叨叨说着"臣惶恐,臣惶恐",却不知如何接话了。

司马昱见王彪之战战兢兢坐下来,并没有回到卧榻上,而是在王彪之对面坐下。看着这位满头银丝、垂垂老矣的表兄,身体已经非常不好的司马昱反而感到有些悲哀。王彪之多次上书乞骸骨,他都让有司给压下了。原因其实很简单,每次朝会坐在龙床上,看着一干大臣在大殿外脱鞋,卸甲,除去刀剑,然后趋步鱼贯而入,司马昱从来就难有好心情。桓温当初未征询他本人意见强行将他推上皇帝的龙床,已经令他愤怒至极却无可奈何,再见到这些经桓温一手塞进廊庙上的大臣,心里五味杂陈。但是,只要见到王彪之晃晃悠悠进了大殿,似乎心中的烦恼和混乱顿时就能消解不少。所以,司马昱是一点儿也不愿意让王彪之告老还乡的。他当然不会把这种依恋告诉这位比自己年长十五岁的表兄,可是,心里头多少还是有些内疚呢。

司马昱从衣兜里掏出一枚玉制的挂件,从两人间的案几上推送了过去:"叔虎阿哥,朕今日所谈儿女之事,实令朕颇为难堪。然新安公主纠缠不休,弄得朕好生烦躁。你可识得此物?"

王彪之怎能不识,这个玉件儿乃皇室传家之物,虽说不算传家之宝,但这个物件却为世间罕见。中宗皇帝共有六个儿子,每个儿子配得一件,子子孙孙传续下去,不得馈赠,不得赏赐,所以称其为罕见之物也。王彪之没敢将玉佩拿起来,而是诚惶诚恐地问道:"臣惶恐。不知皇上向老臣出示此物,意欲何为?"

司马昱见王彪之平静下来,于是问道:"叔虎爱卿,朕近来时常梦见逸少阿哥。醒来之后,也是泪湿龙枕。朕能为逸少阿哥所做之事已经不多,感念朕与他曾经情同手足,亦感念他在那些年给予朕之许多肺腑忠言,亦感念他与朕同出一祖（缘由与王彪之相同，见前），故而，朕是决意要做些什么，以了却陈年之愿望。新安公主一事，恰是良机。爱卿可知个中之深意乎？"

王彪之用力点着头，内心真是因此而深受感动呢。

司马昱又长叹一声，说道："叔虎爱卿，朕有一事相求。"

司马昱的这句话一出口，惊得王彪之急忙将坐姿改为跪姿："老臣极为惶恐。普天之下，莫非王土。皇上诏令天下，岂会有求于老臣。"

司马昱说道："既然如此，爱卿不如就将此物当作朕之诏令也。诏令尚书右仆射王彪之，将此物亲手交予臣子王子敬，令他接受此物，并择吉日迎娶公主司马道福也哉。爱卿，你不会不知官奴那小子至今无后，无后也哉欤！"司马昱说这话时，大有痛心疾首之情绪。

王彪之慌忙再次跪下，连连叩头，惶恐觳觫地说道："老臣惶恐。陛下所托比之泰山重欤，陛下所赐，比之大泽深欤。然，老臣极度不安。老臣得知，官奴无后之事已遭他的几位兄长责难，然，官奴顽强抗争，不为所动矣！官奴小子夫妻恩爱如胶，苍天可鉴。老臣怎开得了口耶，还望皇上明示。况，官奴小子与我那逸少堂兄一般性情，骨鲠狷狂。而姜儿又是前朝郗鉴大人嫡亲孙女，老臣怎忍以陛下所赐玉佩迫二人就范欤！"说完这话，王彪之将头颅抵住地面，不敢抬头。

少顷，司马昱起身回到龙榻躺下，说了句："也罢，朕今日不会逼迫于卿。然，此事断难就此罢休。果儿那丫头也是骨鲠性情，待朕将此事考量几日，再行定夺。"说完，便闭上眼睛，不再理睬王彪之。

王彪之起身时偷偷朝着桌几上瞟了一眼，那枚玉佩已被皇上收了回去。

王彪之出了寝宫，踉踉跄跄地来到大司马门上了肩舆，一直到走进乌衣巷的宅院里，心情也没能轻松下来。皇上司马昱那一通劈头盖脸的训斥和接连亲口下达的两道诏令，还有桌几上那枚皇室传续的玉佩，都令他诚惶诚恐。尽管，离开之前，皇上没再提王献之擢升高位的事情，也放下了专门为王献之设左右夫人的诏令。但是，王彪之知晓此事推辞不得，拖延不得。听得出皇上实在是喜欢王献之，尤其是已经知道王献之无后，更是大动恻隐之心。皇上尽管暂时收回了玉佩，但王彪之心里明白，皇上绝对不会将此事不了了之也。

回到家里，王彪之思考良久，却硬是想不出有何良策能应对皇上的盛情。

仆人几次进来说晚饭已经准备多时，也热了多次，催促王彪之先去吃饭。此刻的王彪之怎会有心情吃饭，思来想去还是决定将王献之叫来问事。

王献之坐在王彪之对面，一脸诚惶诚恐的神色。对王彪之转述的皇上所问赠簪子一事，却无论如何想不起来了，当然也就是想不起来是不是将簪子交给了母亲。但他承认，当司马道福突然指认郗道茂发髻上的簪子是她离开山阴时亲手交给王献之的信物时，他便即刻想起的确是有这么回事。

王献之诚实地告诉王彪之，那之后，他也当真没记住这件赠送簪子的往事。而簪子再一次出现的时候，已经是父亲去世之前了。那天，大概是陪着父亲一同前往震泽旁的南浔镇看望滞留在那里的性命垂危的外父大人郗昙，父亲大人为了满足进入弥留之际的郗昙的愿望，当着郗昙大人的面，将这支簪子亲手交给了郗道茂，然而，王献之却不记得父亲当时说了什么。

但可以肯定，司马道福将母亲徐淑仪所遗之物交予王献之应该仅仅是因为友谊，而非私订终身。至于皇上所言曾向王羲之提亲，"叔父大人，小子那时尚未出世，人间之事何以知晓欤？"说罢，王献之忍不住笑出声来。

王彪之重重地呵斥了几句，然后说道："官奴，此事如今已非可以谈笑风生蒙混过关之事。皇上从新安公主那里得知十几年前居然还有此等事情发生，震惊之状难以言表欤。"然后，王彪之就将被皇上召进寝宫，皇上在病榻之上对往事的回顾和之后得知公主赠予王献之定情信物抱持的恩泽之心以及期盼之情告诉了王献之。

在王彪之光火之时，王献之跪在地上不敢出声。等王彪之气消了一些，才据理说道："叔父大人，小子还是有话要说。"

王彪之做了个说下去的手势，神情也不那么气恼了。

王献之便说道："叔父大人息怒。想小子那年不过十岁上下，不通男女之情。而公主殿下也不过年长小子一岁多，怎就会深谙此情乎？小子与公主、姜儿自小便是玩伴，所谓两小无猜，但绝非青梅竹马。小子出身大家，对男女授受不亲之伦理恪守不渝，因而，即使平日玩耍也很有分寸。"

"说簪子。"王彪之打断王献之的话。

王献之连连摇头，辩解道："叔虎阿叔，小子确实早已忘却那事。现在论及，若是果真收下，也是糊里糊涂，不明就里。那日，司马道福，不不，公主殿下声称姜儿发髻上之簪子是十几年前她所赠送,小子惊得瞠目结舌。至于母亲大人因何收下簪子,小子更是不知。然,深究起来,母亲大人也许那时也有此意,但母亲大人离世突然,而家中其他人从未曾提及此事,可见并不知道簪子是何来历。至于父亲大人因何将簪子赠予姜儿,小子只能冒昧斗胆揣测。那簪子从形状上看与贵族女子饰物并无甚区别,而我家姜儿祖上已被先皇赐予勋爵之位,家中有此饰物实乃平常之事。而咱家祖上出自琅琊王氏,更为先皇次直侍中,越发了不得欤。无论出身地位,即使藩王岂敢冒犯于先祖?叔父大人曾告诉咱家叔平二哥,先皇将后宫郗氏美人赐予先祖,可想而知,咱家有此后宫嫔妃佩戴之物并不稀罕。故而,许是父亲大人误以为簪子为先祖遗留之物也未可知呢。故此,小子以为不理会新安公主簪子之说实为上策也哉。"

王彪之也觉着王献之的一番辩解说得入情入理,但还是坚决说道:"官奴儿,此事已非叔父所能改变,若是欲要听叔父实话,叔父亦无意改变之。皇上意志虽似有强人所难之嫌,却无论如何辨识,都有深刻之寓意。你可辨识乎?"

王献之点点头,却不想言明。

"那就与叔父详说焉!"王彪之的口气不容推诿。

王献之只好说道:"小子自进入秘书省后,一直以来对仕途并无兴趣。然,自陪太宰殿下北巡后,得知父亲大人许多往事……"突然间,司马晞临别时的期盼之言又在耳畔响起,而司马晞三子司马遵那番肺腑之言更是在这些日子萦绕耳畔。这些突然而至的幻听,使得王献之顿时陷入迷茫之中,很长时间没有说话。

王彪之看着侄儿王献之这番内心挣扎也很心痛,可是,皇上说的那些话语却让他无论如何不敢也不愿将这桩天大的事情视而不见,充耳不闻。但他还是要等待王献之自我醒悟。

"小子自然不甘居人之后。"良久,这句话才从王献之嘴里吐出来,"小子不曾阅尽人生,然,去年随道万表叔一道北巡期间,小子熟读了叔父大人为司马晞整理之文册,深受启迪。辗转思来想去,却也一并回顾了自踏上仕途后发生之繁杂旧事。小子经年沉湎于典籍和书艺,不谙世事,对于周围同僚平日之微词从未留意。那些日子想起,微词中之虚情假意或者诋毁之意才渐次清晰起来,亦使小子顿然醒悟,亦萌生奋发跃进、砥砺前行之情操。故而,重新检点过往,自然越加明确自家肩负之重责,亦知落人之后非小子仕途之未来,更非家君家母之期盼也哉！"

听了王献之这番话，再看他脸上严肃认真的神容，王彪之确认他言出真心，便又把皇上原本要将中宗皇帝传世的玉佩赐予王献之，以之作为与果儿公主订婚之信物，又被自己拦下的事情说了出来。

王献之一听这话，心中惊慌，扑通跪了下去，不敢言语。

王彪之情知侄儿心中依然打结，于是坐下后才说道："你继续跪在那里，听叔父转述皇上圣命。"于是，将皇上赠玉佩时说的话一字不落地重复了一遍，最后说道："官奴小子，你若要出人头地，就必须接下玉佩，成就这桩美事，了却皇上心愿。"

王献之跪在地上不敢抬头，心中似打碎了五味坛子，酸甜苦辣搅和在一起，实在令他难以忍受。

这时就听见王彪之语调兀然再次严厉起来："官奴侄儿，可记得孟子如何规范孝与不孝之别乎？"

"小子怎敢忘记。"

"说出来听听。"

王献之迟疑良久，直到王彪之重重地咳了一声，才小声说道："叔虎阿叔，小子深切明白大人让小子牢记孝与不孝普世之意。然，非要说出，实难启齿焉。"

王彪之嗯了一声，说道："既然如此，那就由叔父为你明示于前，'不孝有三，无后为大'欤！官奴儿，世间是非曲直唯以伦理纲常为准则。叔父我大半生侍奉于王朝太常府，王朝今日律法规矩大都出自我之手。你与姜儿不仅青梅竹马，情意笃深，结为姻缘亦遵父母之命。然，时至今日，你膝下无有儿女，而你二人婚配已逾十年，如此下去，怎会令世人信服纲常之约束，怎能让叔父我坦然面对皇上，又何以能让令尊令堂在天之灵得以抚慰？"王彪之听见低头不语的王献之小声抽泣起来，心中一阵痛楚和不忍，转而说道："官奴儿，皇上能将皇室传续之玉佩赐予你，普天之下绝无二人。皇上喜欢你之心着实令叔父汗颜。以叔父之思量，琅琊王氏族人已有数十年未曾有后嗣被皇室器重，此事绝非囿于婚嫁这般简单。大事欤，天将降大任于乌衣巷也，怎敢儿戏乎？"

王献之已经不再哭泣，但也没有抬起头来："叔父大人，小子定将叔父大人一番教诲铭记在心。然，小子依旧斗胆询问，此事可有转圜之余地乎？"

王彪之被这话弄得恼怒不已，却不打算继续训斥了，而是说道："世间万事皆有转圜之余地，然，此事却只能听天命也哉欤。去吧，官奴儿，叔父还有一言叮嘱，琅琊王氏从来没有资格违抗皇上旨意。"

第二十一章

连续几天,并未见叔父王彪之那边有话传来,王献之虽说心中依然郁闷,却也渐渐安下心来。这天黄昏时分,像往常一样,王献之在家中读过典籍,又走过一趟刀法,开始坐定心神抄写陆机陆士衡大人的《辩亡论》。那日被叔父王彪之唤去,回到家后,王献之并没有把叔父所说皇上提亲的事情告诉郗道茂。而郗道茂看出王献之心事重重,想着一定还是为纳妾一事受了叔父训斥,也就没细问,一如往日一般,在一旁挑明灯芯,仔细研墨。此刻,夫妻二人呼吸相通,心思相连,如此这般已逾经年。自从那日被叔父王彪之唤去数落一通之后,王献之打定主意除去每日不得不前往吏部府院行侍郎之责外,足不出户,亦闭门谢客。

刚抄写了不到百十字,谢安大人的家仆送来一封谢安的亲笔短札,寥寥数字,让王献之明日午后到乌衣巷谢安府邸,言称有要事相商。

王献之睡下之后,还嘟哝着说不想前往,既然有事,何不在吏部府将此事了结,却非要在乌衣巷见面论事。这些日子王献之性情变得有些乖张,多说几句就会光火起来,可是这火却又不是冲着郗道茂而来。所以,郗道茂见王献之板着面孔吃饭,就知道上床也不要与他对话,但听着夫君不满的嘟哝,郗道茂也只能劝上几句,然后,将王献之的脊背翻转过来,用柔软的手指在他背上似接触非接触地摩挲着,好让他尽快入睡。

第二天,王献之按时来到乌衣巷谢安府邸,远远就见谢府的老管家在府邸外等候了。王献之在老管家的引领下,穿过前两进院子来到第三进院子的正堂。谢安端坐在正堂中央的那张木制圈椅中并未起身,只是朝着王献之点了点头,用手指着对面的另一张圈椅,示意他可以坐下来说话。王献之并非第一次到谢安家,却是第一次被请到第三进院子会面。这被王献之敏感地看作是一次礼仪升级,毕竟他已经是谢安的直属幕僚了。这是谢安的宅邸,准确地说是陈留谢氏留在乌衣巷的祖宅。这片宅院由五座大院组成,占地大约二十亩。当年谢安的叔伯阿哥谢尚曾于北伐征战中，自冉魏国武悼天王冉闵幼子冉智处得到东晋皇朝丢失已久的玉玺，从而结束了东晋皇帝被称为"白板天子"的局面，使得王朝终于名正言顺雄立于长江中下游的广袤大地。这个功劳得到的最高奖赏便是可在京城开府仪同三司。于是，精通音律、擅长舞蹈，此时已经擢升为京都卫将军的谢尚便在城西昌和门外买下一块至少十五亩大小的地块，除了给自己盖了一座三进院子的大宅邸，为了感激堂弟谢奕将自家小儿子谢康过继给他的恩德（谢尚虽妻妾成群，却始终不得子嗣），又顺便给谢奕的子嗣盖了三座规模略小的宅院。只是，谢安并不喜欢住在昌和门外，便坚持留在乌衣巷的老宅里居住。在谢安心目中，乌衣巷始终是身份的象征，这个曾经居住过京城四大家族的老军营即使时过境迁，依然是京城乃至王朝所有名门望族的敬仰之地。谢安经常会在夜深人静的时候，踱步来到乌衣巷北面的运渎水，找到那块石头，几十年前自己曾经坐在那里等候王羲之从朱雀桁返回乌衣巷。所有经过的一切都会在此时涌上心头，浮现在眼前。四十多年了，那时候谢安还是个几岁的孩童，现在已是年过半百的老翁。王献之从记事的时候起就知道谢安是父亲王羲之的好友，并且在十岁的时候与之一同在会稽郡的兰亭前跟着赋诗饮酒。这事儿虽说过去十多年了，但是，王献之对谢安的尊敬依然如故，像是面对自己的父亲一般，谦卑而恭敬。所以，他俯下身，跪在毡团上，对谢安行了大礼。

　　谢安呵呵笑着，并不说话。王献之的这个举动着实令谢安非常满意。

　　王献之坐下后，接过管家递上来的一樽酒，一仰脖子喝个精光。这种形成于会稽山阴的见面奉上一杯美酒的礼节在王献之家族里早就不时兴了，但在谢安家居然保留了下来。

　　等王献之坐下来后，谢安这才起身，进到正堂后面的内室。

　　王献之就有了时间仔细观察谢安大人这间藏于深院里的正堂。环视一圈下来，王献之的目光停留在面前的一张矮桌上。矮桌上放着一张棋盘。谢安最喜欢两件事情，一件是听丝弦，另一件就是下棋了。这在京城早已不是秘密。而据说谢安最喜欢而且擅长的则是樗蒲（流行于汉魏时期的一种赌博游戏），只是这种游戏和者甚寡，于是终于放弃了。

　　王献之也喜欢弈棋，那是跟着父亲学会的，然后纠缠着几位兄长捉对而下。只是后来兄长们渐渐地都成了他的手下败将，于是，几位兄长避之唯恐不

217

及，王献之想在家里找个对手弈棋亦是没有机会了。其实，王献之最拿手的却是弹拨丝弦，这是五岁起跟着母亲大人学的。高平郗氏但凡女眷都会弹拨丝弦，而且其娴熟程度不输歌坊的女姬呢。妻子郗道茂的丝弦技艺在京城绝对是一流的。

谢安曾经多次邀约王献之到家中弈棋，可是，都因为各种事情打岔而失之交臂。至于谢安棋艺如何，王献之一点儿也不知晓。但以王献之十几岁时就能让父亲大人丢枰认输的功力，谢安大概不至于让他两子开棋吧。

矮桌上的棋盘并没有置放棋子，也就是说棋面是空的，也许是自己多心了。正想着，谢安从内室出来，手上多了一件文稿。坐下后，谢安自己先将文稿看了一遍。一边看着，一边发出啧啧的赞叹声。然后，谢安双手将文稿递给坐在对面的王献之。

王献之接过文稿，仔细看来却是父亲大人手书的信函。信有两封，都是长信。一封是写给当时到桓温大营去做掾属的谢安的，另一封是写给谢万大人的。谢万大人是谢安大人的亲兄弟。因为兄弟二人不仅同庚，而且月份也相当接近，加之谢安的父亲大人又娶又纳地有六房妻妾，外人大都猜测这兄弟二人不大会是一母所生。

两封书信皆用章草写就。父亲在书写信函时更多采用的是章草，而非其他书体，尤其喜欢模仿陆机陆士衡大人独创的华亭章草，这在当时也是独此一家呢。刚一看到父亲的手书，王献之立刻被浓浓的亲情撼动了，泪水便盈了眼眶，鼻子也跟着一阵紧似一阵地酸涩。写给谢安的书信里说及的事情大都与自己没有什么关系，只是，现在想起来，父亲大人当时因多次遭受权臣算计而每日里愁容满面、长吁短叹的情景依然历历在目。这时，王献之听谢安说道："右军（王羲之曾任右军将军，后人尊称其为王右军）大人做内史时间并不长，却饱经艰辛。那时，我已经离开山阴，然，虽然与之相隔千里，却能深切体验到大人之焦虑和愤懑。"

王献之跟着说道："大人所言极是。小子尚能回忆起父亲大人为政期间每日脚步匆匆、行旅不定的情景，只是看到这封书信，才知父亲当年身为会稽内史之不易。小子后来听说，山阴曾享有王朝米粮之仓的美誉，到父亲接手时已是满目疮痍，民不聊生了。这许是父亲大人辞官不仕的缘由之一耶。"

谢安摇摇头，长叹一口气，说道："你先看完，之后再说。永和年间，王朝连年北伐，徭役确是过重，即使如山阴这样良田万顷之地又怎能幸免。子敬，你父写与我之书信不能给你，写给我那万石阿弟的书信就算是我馈赠与你也。"

王献之以为谢安在府邸召见他仅为此事，便认真读起信来。最先读的是王羲之写给谢安的信函。慢慢看下去，十年前的情景跃然纸上："'顷所陈论，每蒙允纳，所以令下小得苏息，各安其业。若不耳，此一郡久以蹈东海矣。'家君对大人如此坦诚，难道是希望大人将此函交予桓温大将军过目乎？"只看了一行，王献之便仰脸看着谢安说道。

谢安笑笑说道："我还当真如此领会的，也当真交予桓温过目。"

"大将军如何论及信中所诉？"

谢安说道："时过境迁，十年倏忽而过，我又怎能记得住焉。不过你这样一问，我还是想起，那之后朝廷征战似停了下来。接着看，接着看，还有更为重要之事与你说欤。"

王献之不再说话，仔细看下去："今事之大者未布，漕运是也。吾意望朝廷可申下定期，委之所司，勿复催下，但当岁终考其殿最。长吏尤殿，命槛车送诣天台。三县不举，二千石必免，或可左降，令在疆塞极难之地。

"又自吾到此，从事常有四五，兼以台司及都水御史行台文符如雨，倒错违背，不复可知。吾又瞑目循常推前，取重者及纲纪，轻者在五曹。主者苍事，未尝得十日，吏民趋走，功费万计。卿方任其重，可徐寻所言。江左平日，扬州一良刺史便足统之，况以群才而更不理，正由为法不一，牵制者众，思简而易从，便足以保守成业。

"仓督监耗盗官米，动以万计，吾谓诛翦一人，其后便断，而时意不同。近检校诸县，无不皆尔。余姚近十万斛，重敛以资奸吏，令国用空乏，良可叹也。

"自军兴以来，征役及充运死亡叛散不返者众，虚耗至此，而补代循常，所在凋困，莫知所出。上命所差，上道多叛，则吏及叛者席卷同去。又有常制，辄令其家及同伍课捕。课捕不擒，家及同伍寻复亡叛。百姓流亡，户口日减，其源在此。又有百工医寺，死亡绝没，家户空尽，差代无所，上命不绝，事起或十年、十五年，弹举获罪无懈息，而无益实事，何以堪之！谓自今诸死罪原轻者及五岁刑，可以充此，其减死者，可长充兵役，五岁者，可充杂工医寺，皆令移其家以实都邑。都邑既实，是政之本，又可绝其亡叛。不移其家，逃亡之患复如初耳。今除罪而充杂役，尽移其家，小人愚迷，或以为重于杀戮，可以绝奸。刑名虽轻，惩肃实重，岂非适时之宜邪！"

王献之将看完的信函交还给谢安，不再说话。信中所说无论涉及扬州刺史部，还是山阴状况，皆与刺史王述有关。王献之情知即使内心颇多感触，当着谢安的面还是少发感叹为好，毕竟谢万的妻子、谢安的弟媳正是王述的女儿。而王述的儿子王坦之则已擢升为当朝左卫将军，重臣也哉。

见王献之没说话，谢安也看出王献之不会轻易论及信中的往事，便指着王羲之写给谢万的信说："官奴儿，你再看那封信函，相信你家尊大人所写田园生活，你皆有深切之感受。虽然那时候你年纪尚小，然，对山间水旁快活日子一定还记忆犹新欤。"

王献之点头承认，说不出话来。王羲之在信中写道："古之辞世者，或被发阳狂，或污身秽迹，可谓艰矣。今仆坐而获逸，遂其宿心，其为庆幸，岂非天赐？违天不祥。顷东游还，修植桑果，今盛敷荣。率诸子，抱弱孙，游观其间。有一味之甘，割而分之，以娱目前。虽植德无殊邈，犹欲教养子孙以敦厚退让。或有轻薄，庶令举策数马，仿佛万石之风。君谓此何如？比当与安石东游山海，并行田视地利，颐养闲暇。衣食之余，欲与亲知时共欢宴，虽不能兴言高咏，衔杯引满，语田里所行，故以为抚掌之资，其为得意，可胜言邪！常依陆贾、班嗣、杨王孙之处世，甚欲希风数子，老夫志愿尽于此也。"信中所写"修植桑果，今盛敷荣。率诸子，抱弱孙，游观其间。有一味之甘，割而分之，以娱目前。虽植德无殊邈，犹欲教养子孙以敦厚退让"，实在让王献之感同身受，与父亲大人分食果蔬的情景简直让他情难自禁。

王献之一直没有抬起头来，两只眼睛无论如何也离不开书信里父亲大人的手迹。

这时，他似乎感觉到谢安朝着他的身后扬了扬手，因为过于专注也就没在意身后发生的事情。

王献之身后，两个身着艺伎坊服装的女子悄然走过去，进到正堂右面的偏房里。这间偏房只比正堂小一点儿，装点得也很不一样，很有些市井的艺伎坊的模样呢。

王献之还在低头看着书信，此刻大概正在心里模仿着王羲之书写章草的运笔方法。王献之身边留下的王羲之书写真迹寥寥无几，若非那年在江州遇见随之义兄，义兄临别前送给他一篇父亲写就的陆机大人《豪士赋》，手边就只有前朝左思大人《三都赋》中《吴都赋》片段。父亲一生所写的大部分文字都被几位兄长分享了。

直到谢安突然说了声"可以开始了"，王献之这才将眼睛从书信上移开，顺着谢安看着的方向扭过脸去。偏房的门开着，有两位女子已经就座，一位女子坐在古琴前，另外一位女子将一件不知是什么的乐器抱在怀里。谢安对王献之说道："每次朝会之后，府上管家都会请来这二位女子，让在家中弹奏几支曲子，以解老夫在朝会上遭遇之烦恼。这早已成府上规矩，如今你做了侍郎，这个规矩还是要延续下来焉。"

王献之唔了一声，算是给出肯定的回答。

两位女子看上去年龄不大，从头饰上看已过了及笄之龄，算是成年女子了。两人的模样长得非常相像，如是匆忙扫上一眼，真会当作一胞之姐妹呢。姐妹二人非常漂亮，有让人瞥一眼便过目不忘之神韵。一瞥而过，便留下极为深刻的印象，王献之不由得心中一震，《洛神赋》中曹植用大篇幅描述的美人顿时显现在眼前。在京城里，王献之从来没有见过如此美貌的女子，不由得多看了几眼。弹奏古琴的女子侧身而坐，抱着乐器的女子正面朝着门口。

谢安看出王献之似乎很感兴趣，便说道："官奴，那朝着我们的女子手抱着的，以我之见，应该是阮氏家族独有之琵琶琴。"

王献之听说过"竹林七贤"之一的阮咸大人善弹奏一种抱在怀中的丝弦乐器，也在秘书省的典籍中见到过关于这种丝弦乐器的记载。亲眼所见还是第一次，所以不知道该如何回答。典籍中记载，阮咸将家传的弹奏技艺传授给了小儿子阮孚，而官方的史料记载阮孚在四十多年前就已经死在外放广州郡的途中。记载到此结束，并无下文。也就是说，阮咸大人家传的弹奏古琴技艺，以及家传的古琴从此不仅在典籍上消失了，市井上更是从来没有见过。那么，如果这女子果真如谢安所说，弹奏的是阮氏家传的古琴，也许可以猜测，此女子就与阮氏家族颇有渊源呢。想到这里，心中不禁一颤，嘴上却说道："让大人见笑了，小子虽然粗通琴曲，却对乐器知之甚少。尤其大人所说的阮氏琵琶，小子以为那不过是传说罢了。然，小子依稀记得，大人家之幼度（谢玄字）阿哥的母亲阮荣婶娘正是出自阮氏家族。"

谢安呵呵笑起来："你记性着实过人。而且，我就喜欢你在我面前自称小子，仿佛十多年前的情景又回到面前。彼时，我经常到右军大人府上做客，你便是如此称呼自己。啧啧哟，啧啧。官奴，你又让我想起了令尊大人欤。"谢安的话里饱含着对往事的追忆，也多少有些感慨和凄楚。

王献之便应和着说道："大人所言极是，小子见到大人当真犹如见到父亲大人一般亲切欤。"

谢安又是一阵满足的笑声，朝着门口的管家扬了扬手，说了声"让她们弹奏起来"。等到两女子拨弄其琴弦，音乐响起来后，谢安才对王献之说道："那年修禊日在兰亭赋诗饮酒，右军大人最遗憾是无有丝弦助兴，你可还记得右军大人《兰亭集序》吗？"

"小子怎敢忘记。'虽无丝竹管弦之盛，一觞一咏，亦足以畅叙幽情'。"

谢安听罢，叹声连连，还用手抹了一下眼角："不敢怀旧，不敢怀旧哟。官奴，我只要忆起与右军大人相处的那些岁月，总是止不住泪水涟涟欤。"

琴声响起来，叮叮咚咚的乐声在屋舍里游走回荡。

两人下起棋来，很是投入。谢安落子总有些犹豫不决。相比之下，王献之则十分果断。"大人，小子记得那些年父亲大人与你、咱家外父大人、孙绰、许询等时常在一起玩樗蒲游戏，大人你总是会将咱家外父大人弄得光火不已。"

谢安将准备落下的棋子攥在手心里，突然放声大笑起来。笑罢，脸上的容色渐渐收敛下来，终于将手中棋子落下后，像是无意却分明是有心，说道："官奴儿，你兀然说起你家外父大人，着实令我伤感。英年早逝，英年早逝哟。我家万石阿弟当年若是能听右军大人的劝阻，结果恐就是另一番情景了。"谢安连声啧啧。

谢安的叹息并非没有道理，只是世事难料，若是那年谢万石大人不因郗昙大人的撤退而自乱阵脚，或者如谢安石大人所言，听了王羲之的劝阻，按兵不动，养精蓄锐，择机而动，那次北伐前燕的战争可能就不会发生。不仅谢万石大人不会身败名裂，外父大人郗昙一定还在人世呢。王献之早已经从馆藏的典籍中了解过那次不堪回首的战争，虽然并没有看到刚才谢安所说的父亲大人曾力阻那次北伐的记录，可是在阅读典籍的时候，王献之心中就疑窦重重：以父亲大人会稽内史的官职想要力阻北伐战争谈何容易。可是，难道以桓温和会稽王司马昱表叔为首的辅政大臣们，包括廊庙上的一干九卿三公皆不能审时度势乎？

王献之心中的想法一闪而过，响起来的乐曲立刻就吸引了他的注意。"大人，此段曲子很像是谢仁祖大人所作的诗词配乐？'青阳二三月，柳青桃复红。车马不相识，音落黄埃中。'"王献之说道。

"正是正是。我家仁祖从兄这篇《大道曲》至今听来，依然陶然而醉。哟，官奴，你当真懂得曲谱焉？"

王献之并没有回答，而是说道："大人，小子敢问大人今日邀约，仅为弈棋听曲乎？"

谢安点点头，终于还是落下一子后才说道："皇上昨日朝会后留下我训导，只为一事，可皇上却看得分外严重。官奴，你还是需平心静气听我慢慢说来。"说完，又在棋盘上落下一子。"你防守严密，却不忘偷袭老夫之阵地，一如司马晞所言，你果然精通兵法。"二人接连对弈了几步后，谢安才将昨日受皇上召见涉及的事情说出来。其实皇帝关切的事情非常简单，一句话就可以说完，谢安却由远而近，几乎是从十多年前在会稽郡与当朝皇帝司马昱为伍说起，直到跻身京城高官行列，成为对国事要务有举足轻重之作用的重要成员之一；又由小到大，从第一次见到尚在孩提之龄的王献之，说到眼前坐在棋盘对面，令他防不胜防、时感捉襟见肘的弈棋对手。说到最后，谢安抬起头来真诚地看着王献之，游移不定的眼神里透露着一丝为难，说道："官奴儿，此事一旦出口，看在我与你父亲右军大人的情分上，你若是断然拒绝，不仅让我为难，恐是会令皇上尴尬也哉。"

王献之大概猜出来谢安打算说什么，便点了点头，将思考了许久的棋子落下，又收复了一小块地盘："大人尽管说来，即使让小子赴汤蹈火，小子怎敢说声不焉！"

谢安感激地伸出手来，越过棋盘拍了拍王献之的手臂："官奴，此话令我甚为感动呢。皇帝是你表叔，你也是皇亲，加上琅琊王氏望族之门之名声，举目望去，京城里再无能与你比肩之人。"

王献之故意问道："大人如此夸赞小子，难道是要让小子领兵打仗乎？"

谢安又是一阵大笑，突然收敛了笑容，严肃地说道："非也非也。官奴，皇上让我促成你与新安公主的婚事。"

王献之正在落子的手抖了一下，却没有说话。原以为这些日子叔父没有传他过去，事情或许有了转圜余地，或者皇上日理万机已经把这事置于脑后。不料，却又从谢安大人这边冒了出来。

谢安又说道："官奴，今日你可不做决断。然，事已至此，你已无退路。皇上不仅是你表叔，与郗县大人亦是深交。皇上金口玉言，若不是思量很久，断不会轻而言之。所以，此事已非说说而已。"

琴声突然变得激越起来，一位女子跟着吟唱。女子用一种非常少见的语言在吟唱这支曲子，王献之听不懂唱的是什么。可是，在秘书省司职秘书郎多年的王献之，似乎对这支曲子并不陌生，甚至可以说还有些耳熟呢。他在整理典籍的时候，见到过类似的曲子，当时他和着曲谱哼过呢。王献之这时已经做活了一块儿地盘，从里面摘掉谢安被围杀的棋子，就听见谢安噬噬地吸着凉气说道："哦，此刻这女子弹奏的乃是我家仁祖阿哥为他自己所作《大道曲》谱曲之后半部分。歌姬在吟唱这后半部时使用之腔调则是旧京洛阳之腔调。许多人难以听得明白。"说着，谢安便操着旧都洛阳唱腔将这首诗吟诵了一遍。

"大人，"王献之这时问道，"若小子拒绝了，又会是何下场乎？"

谢安连连摇头，说道："官奴儿，我身为吏部尚书，并非普通传话之人。而且，还自认为是你家尊托孤之人。这些年来，但凡在梦境中与右军大人相遇，必定受托多多。皇上之托，断不可拒绝。可想而知，皇上实在可以为此传出圣旨，若是如此，你又该如何应对乎？君命不可违欤！"

王献之立刻就想起父亲临去世时发出的悲天悯人之呼号："为父已将你等托付于安石大人，去寻找他欤！"心中想着便将那些话说了出来，立见坐在对面的谢安热泪盈眶。

丝弦弹奏的乐曲已然进入尾声，曲调不再激越，甚至不再抒情，似相遇之车马、邂逅之路人都被扬起的尘埃渐渐笼罩，一切的情怀亦随之趋于遥远、平淡。

良久，谢安平复了情绪，才又说道："昨晚，我将皇上所言思量良久，难以入眠。自从入阁以来，我多次与你叔虎阿叔谈及琅琊王氏你这一门廊庙之路。右军大人拒绝朝廷授予任何爵位，甚至谥号也拒绝。这已然让世人为之嗟叹了十数年，却无人知晓大人何以如此决绝。皇上此次对我透露了些许端倪，令我不胜惊讶。其实，那年右军大人带着我与你家外父郗县大人曾经见过皇上（指司马昱）。右军大人本是为另辟新州事情而来，知道不会得到皇上恩准却要为之，这也正是右军大人一以贯之的行事风范。皇上与右军大人独自说了一些事情，之后，你家大人愤然离开丹阳城，回去没多久就坚辞内史，并发誓永不为官。我们那时候完全不知道因何如此，但我感到还是与那次会面有关。蔡谟（曾任扬州刺史，辅政大臣）大人也曾坚辞过，却被褚太后以拒绝奉旨几乎定罪呢。可是，却无人敢对右军大人坚辞说三道四。那时我心中就有疑惑。官奴，皇上一番话语算是廓清了这么多年我内心之疑惑。"

王献之不敢打断谢安的述说，尤其说到关于父亲何以坚辞的往事，更是洗耳恭听了："大人，小子捕风捉影，对家君过往亦有耳闻，却至今难得要领。大人定要赐教于小子欤！"

谢安连连摇头："皇上圣谕，不得外传，但皇上此情此意却是苍天可鉴。"

"何情何意乎？"王献之追问道。

"皇上圣意乃天机，不得泄露，但圣情却容揣度，皇上托我向你提亲，正如适才你言称家尊将你兄弟未来仕途托付于我一般，皇上与你家尊大人绝非滥情之人。除非深得信赖，除非不得已，断不会有此一托焉。"谢安恳切地说道。

王献之沉思少顷，突然跪起身，朝着谢安一叩到地，嘤嘤说道："小子与姜儿之婚姻，实为外父薨殂之前对家君唯此一托。斯时，小子与姜儿皆在一旁聆听，并盟誓于天。大人赐教，小子如何作为才不违纲常伦理乎？"

谢安像是被人推了一掌，向后一仰，靠在了椅背上。

第二十二章

　　谢安大人召见时说的那些话，表明皇上根本没有忘记让王献之迎娶公主之事，这让王献之心情又郁闷起来，提不起精神。从前日开始，家里似乎变得热闹非凡，仆人们进进出出，大捆小包拿回来从集市上购买的物什。郗道茂的身影忽而闪出去，忽而又闪进来，似乎一刻也不得停歇。宅院里还会响起郗道茂清脆的笑声呢。即便感觉到了有些异样，王献之也懒得询问何以如此。从昨天开始，如果没记错的话，宅院里就开始散发出蒸煮食物的香气，好像也有了椒香的味道。王献之心里倏忽间产生过一丝诧异，一闪也就过去了。他仍然懒得过问，也无人向他说些什么。即使晚上钻进床帏，郗道茂也都没告诉王献之家里何以如此繁忙。

　　吃罢早饭，王献之没跟任何人打招呼就出了院门。前脚刚迈出门槛，就感觉到有人拽住了衣襟，回头看去，是妻子郗道茂。郗道茂一脸灿烂地告诉王献之，今天是修禊日呢，家族要一道前往运渎水洒水驱邪。王献之这才如梦初醒，在额头上重重击了一掌，连着呃呃了几声，表示怎会如此健忘，竟不记得这么重要的日子。按照几十年的传统，王朝的这一天是全国放假日，从京城方镇各级官吏到普天之下黎民百姓，都要在这一天洒扫庭院，更换新衣，前往最近的河水溪流旁清洗肌肤发须，以除病邪。

　　王献之返回家中，在正堂坐下来，脸上才有了些喜色。自记事起，王献之就喜欢过三月三。比起元日节来，三月三修禊日时，天气就已经相当暖和。除去了冬季沉重的衣裳，换上春日单薄的衣衫，行动起来轻松方便多了。在山林里、河流畔，或者田亩旁，一切都变得生机勃勃，欣欣向荣。这一天，即使成天面色阴沉、长吁短叹的父亲大人也会喜气洋洋，或者指挥着男女仆从洒扫庭院，清除庭院中排水沟里的污垢，或者牵着王献之在厨房里观赏仆人制作的各色食物。大多时候，父亲会端着酒樽在庭院里来回走动，时不时会将酒樽伸到王献之嘴边，逗着小儿子抿上一口，看着被酒呛着的小儿子呼哈哈仰天大笑。

后来虽然呛不着了，父亲依然会哈哈大笑呢。这是个要永远纪念的日子。王献之环顾四周，膝下没有子嗣，更不可能像父亲那样用酒逗着儿子开心，心中难免会有些许落寞之感。不过耳畔不断充塞着郗道茂清脆的嬉笑声，依然令王献之心情爽朗了不少呢。

终于和家人出了宅院，乌衣巷宗祠的场坪上已经是人声鼎沸了。琅琊王氏族群的后嗣发展至今，早已经从琅琊国时的王览六门（王览有六个儿子）繁衍扩大成了几十个分支，今年元日，唯一的长者王彪之就当众询问过向他稽拜的各门子孙们："咱家琅琊王氏究竟有多少支了？"儿孙们倒也是异口同声回答了，结果没有一个呼应是正确的。宗祠的家族宗正伏在王彪之的耳畔悄声说了数字，可把王彪之乐得合不拢嘴。王彪之早已经被扶进了肩辇里，各家也按照门庭聚集在一起。王彪之的家人被安排在肩辇的两侧，这种安排不仅关乎着对七旬老人的敬重，也关乎着族群中由来已久的至高荣誉。而王献之一家则被安排在肩辇的后面尾随而行。和王献之一家在一起的是三哥涣之一家以及四哥肃之一家。二哥凝之要在江州主理当地的修禊日，六哥操之几天前就和妻息大小回山阴老宅去了。操之的妻子是贺循太常的孙女，而贺循大人的家族始终没离开过山阴故乡。离开京城前，操之来到王献之家里告别，说会在山阴和早就居住在山阴的做了闲云野鹤的五哥徽之会合，两家一起虔诚地度过这个一年一度的驱邪日。

这时就听到宗祠宗正一声号令，几百号人浩浩荡荡地向运渎水进发了。琅琊王氏族群的修禊队伍刚走不一会儿，同样居住在乌衣巷的陈留谢氏族群的队伍也出发了，只是与琅琊王氏相比，谢氏族群的人数要少得多。

运渎水在乌衣巷的北面，距离乌衣巷不远，可是因为人太多，走到往年洒水驱邪的位置还是用了不少时间呢。路上，王彪之掀起侧窗的帛帷朝外面张望，情不自禁地就说六十多年前从北方琅琊国故乡举族迁徙至建邺城差不多也就这个规模了，说着就悲从中来，放下帛帷在肩辇里连声长叹。可是，肩辇外的气氛完全没有受到老爷子感叹悲戚的影响，一阵女儿家的嬉笑声立时就淹没了王彪之在肩辇中扬起的悲伤。

天气很早前就回暖了，今天也算是个晴朗的日子。薄云，明亮的阳光，和煦的春风，弥漫在京城上空的喧闹声，都充塞在这个难得的日子里，这可是一年一度的好日子哟。

围绕着京城城垣的运渎水两岸已经人头攒动，京城内居住的皇亲国戚和开府重臣的族亲都已经来到被有司划定的地段上。

运渎水的水色已经不如当年清澈，尤其是这两年，为了保障运送皇城所需物资的船队在枯水季节顺利航行，又从长江引入了江水，就使得水色在雨季变得浑浊不清。好在雨季尚未来临，水色虽不如山阴从会稽山流淌而下的溪流那般纯净透彻，还是可以看到水底的。

依照多年形成的规矩，一如元日节族人饮酒那样，为长者从河里取水者亦是排行最小的男性成员。王献之在这一辈中算是年龄最小的子嗣，取水的任务便由他来完成。王献之下到河边的石阶上，舀了半盆河水——河水在这个季节是清澈的，但也是冰冷的。岸上，王彪之的儿子们已经搀扶着老人坐了下来。于是王献之将水盆置放在老人脚下，和叔父的儿子越之小心翼翼地抬起老人的双脚，又慢慢地放进水中。只听见王彪之紧咬着牙关发出一声"嘖嘖"来。两个晚辈当即就用温暖的手捂住老人的双脚，然后轻轻地摩挲起来。老人嘟哝着将水抹在膝头上——那里已经疼了几年了。两人便将河水抹在老人的双膝上，还轻轻摩挲了一阵子。儿媳们也没闲着，打开随身带来的保温木桶，木桶中是昨天就煎煮出来的药汁——药汁是温热的，将布帛浸入药汁里，捞起后轻轻拧一下，并不拧得很干，再将这布帛敷在老人抹了河水的双膝上。这时候，王彪之发出的声音是舒坦的、享受的、满足的。女眷们跟着王献之将老人裸露在外的肌肤全部湿过一遍后，其他家庭成员便可以下到河沿，尽情冲洗脸庞、脖颈、臂膀或者脚踝了。女眷是不允许赤足的，露出脚踝更是违反了千年来对女性的约束。所以，郗道茂跟着两位嫂嫂只是撩了河水将脸庞打湿，又象征性地将河水抹在耳后和发髻上。这时只听见三嫂哟了一声，问道："姜儿妹妹，怎不见你发髻上佩戴那根绝美簪子？"

郗道茂莞尔一笑，摇了摇头没回答。

四嫂便也跟着说道："姜儿妹妹若是喜欢簪子，嫂子那里多有此物。修禊仪式完毕，你就随我到家中任选几枚，平日里换着佩戴，也是极好。"

三嫂也跟着说："咱家也有，三嫂已是人老色衰之龄，那些簪子难有用场，不如先去我家挑选，然后再去你四哥家。"

郗道茂连连摇头，神情诡异地一笑，说道："妹妹元日节去姐姐家选取衣衫样板，还没进屋就听见三哥高声呼唤'美卿何在，与哥哥一道饮酒来也'。

三哥眼里，嫂嫂美若西施焉。"话音未落，一捧水就落在脸上，妯娌三人顿时闹腾起来。

琅琊王氏族群的人们正在欢笑着，一阵几乎掀翻了天的喧闹声从北面不远的地方炸响。有经验的人从这声音就能判断出是皇室有人出来凑热闹来了。很快，鼓吹的乐声越来越近，王献之侧耳谛听了一阵子，便对王彪之说道："叔虎阿叔，这不是皇上的阵仗，恐是太子代皇上与民同乐焉。"王彪之点点头，他早已知晓皇上的龙体根本就难以应付这样的出行了。

太子的阵仗规模不大，十名旗手在前面开道，十名鼓吹尾随在后。侍奉于肩辇两侧的是侍读官吏。太子的弟弟和妹妹分乘较小的两台肩辇在后面保持一段距离跟随着。

这支队伍并无意停留，而是缓缓而行，所到之处，十岁的太子向两岸百姓挥手致意，举手投足倒也中规中矩。

太子的肩辇朝着琅琊王氏族群占据的河岸走了过来，距离还有三丈多远的时候就停下了。太子的侧窗上没有装饰帛帷，按照皇室规矩，肩辇上也不设前帘。这个规矩据说是王彪之做太常的时候制定下来的：太子巡游，卤簿俭约。肩辇和车轿均不得敷设帛帷，以供庶民瞻仰未来君主之尊荣。太子终于看到王彪之和围在他周围的本门和分支的子嗣，便朝着这边招招手。王献之跟着几位阿哥和堂兄也回应太子以鞠躬礼节，而一干女眷、仆人，则必须跪在地上向太子行稽颡大礼。

王彪之没有离开座椅，没有行礼，甚至没有点头致意，而是神情肃穆地看着太子走远，然后才对围在身旁的子嗣们说道："六十三年前，那时我不过五岁，依稀记得零星旧事。斯时，中宗皇帝还是琅琊藩王领镇东将军，从琅琊国率众迁徙至建邺城。此城城垣内早已经住满了江南名士，而琅琊王氏和之后陆续迁徙至此的陈留谢氏都只能在城外的乌衣巷安营扎寨。"说到此处，王彪之朝着左右顾盼一番："你们都是从秘书郎跻身台阁之府院，秘书省的典籍中必定载有那时情景。"

王越之说道："父亲大人所言极是。那时王朝正宗称南方家族人士为南人，而南方名士称我等先祖为伧人也哉。"

王涣之语气凄然地补充道："堂祖世儒（王彬字）传记有载：乌衣巷中所谓大宅院落，不过如琅琊国庶民居住之村寨一般简陋。咱家一门被安顿在水旁，幸得从祖处仲（王敦字）大人悉心爱护，从征西府运来木料板材，才使得咱家一门宅院焕然一新。"

王献之看了四嫂一眼——四嫂是纪瞻大人的外孙女，接话道："骠骑将军纪瞻大人传册中有门人旁注：时，镇东将军司马睿乘肩辇前来运渎水观景助兴。肩辇两侧侍骑惠皇帝次直侍中王旷（王献之祖父），扬州刺史王敦与镇东府参军王导等琅琊国望族琅琊王氏一众名士。大人（指纪瞻）见状，与贺循、顾荣等一众江东名士匍匐于地，参拜镇东大将军，并于嗣后与来自京城之重臣王旷大人欢言于水流之畔也哉。"

王彪之听此言出，顿时激动得点头说道："正是如此焉。此情此景，历历在目也。"

众人正围着王彪之说个不停，就见远处来了一支阵仗显赫、鼓吹嘹亮的队伍。众人知道此阵仗定是崇德皇太后来到民间。于是举目仰望，只待行叩首大礼。却不料那队人马停在远处的陈留谢氏族群修禊驱邪的人群前。崇德皇太后走下肩辇将跪拜在地的谢安扶起。崇德皇太后褚蒜子乃谢安之外甥女。谢安还要跪拜，被褚蒜子死死拽住。甥舅二人笑颜满面，说得十分快乐。少顷，褚蒜子重新上辇，向东而去——东面是皇室设在京城南面祭天的郊坛，并没有往琅琊王氏族群这个方向看一眼。然而，琅琊王氏族群无论老小，都用崇仰之神情目送着崇德皇太后褚蒜子的仪仗队消失在远处。

没人注意到一支短小的队伍正从不远处朝着这边走过来。一乘肩辇，十多名宫女。肩辇在离人群一丈多远时停下来，公主司马道福从里面下来，在两道步障遮掩下很快就来到王彪之的座椅前。等人们意识到面前来人竟然是当朝公主时，司马道福已经朝着王彪之行过大礼。王彪之一边"哟哟"着，一边也要行礼，被司马道福拦住说了声"表伯大人受小侄女一拜"。而王彪之的家人和王献之兄弟三人慌忙回了拜手稽首礼，而身后的妻女和仆人参差不齐地扑倒在地上朝着司马道福行叩首大礼。

王彪之还在"哟哟"，司马道福咯咯笑起来，说道："表伯大人，父皇告诉小女几日前曾召见过大人。"

王彪之喃喃说道："老臣为家事而惊动圣上，令老臣彻夜难安欤，连日深切反省。"

司马道福又发出咯咯笑声，说道："表伯不必惊恐万状，父皇牵挂之事虽是家小之事，却亦是顺天意之事。天意难违欤。"说完，朝着王献之走过去，却是行了个妻子之礼，说道："父皇让转告官奴阿弟，也许几日之后，还要召你入宫。"

王献之没敢抬头，也没敢回话。站立两侧的三哥和四哥心中惊诧翻滚，疑惑连连，嘴上却说："皇恩浩荡，皇恩浩荡也哉！"

身后跪在地上的郗道茂低声嘟哝道："既为家小之事，何来惊动皇上。定是姊姊纠缠不休，或者假传圣旨也未可知欤。"

司马道福笑声连连，话语中夹杂着威胁说道："父皇心思，只有天地知晓，那是神谕。你怎敢贸然揣测？嘿嘿，怎不见姜儿发髻上簪子乎？"

郗道茂并不想退让，说道："家兄前日刚从于湖大营回京，继续担任中书侍郎。我与家兄说起那根簪子的事来，新安公主是否有兴致一听家兄如何论及那根簪子乎？"

司马道福一听这话，心中不安即刻泛了上来，脸上也能看出些许畏惧。司马道福在桓温大营随军而居，一住就是十多年，自然知晓郗超在桓温心中的地位。她撇了撇嘴，没有再往下说。

郗道茂则没打算就此打住，继续低声说道："我家阿哥听说此事，仰天大笑。言称，想我家祖大人（祖父郗鉴）得三朝皇帝恩宠，以一己之力，挽社稷之危。'功侔古烈，勋迈桓文'乃皇上亲赐悼文，圣封谥号文成，别以为咱家祖上是枉得其名。"眼见着新安公主低下头去，郗道茂却无意收敛，回脸再看王献之，虽低头不语，却一看便知其心中窃喜。"庚明穆皇后（晋明帝司马绍皇后庾文君）曾多次下懿旨宣咱家祖母入宫，皇后将所用饰物不知赐予几多，别说一支簪子，十支也不为多焉。我家兄看过你自称出自皇室的簪子，嗤之以鼻，说不过郡主专属，难入后宫也哉。"郗道茂还要说下去，被三嫂一把拉住，拖到身旁。

司马道福被郗道茂的一顿抢白说得哑口无言，脸上红一阵白一阵。毕竟身份高贵，也不予计较，而是朝着王彪之再行礼拜，然后在两道步障的遮掩下悻悻离去。

见司马道福走远了，郗道茂这才走到王献之身旁，拉住王献之的衣襟，满是歉意地说道："夫君见谅。那新安公主欺人太甚，这番话语是嘉宾（郗超小字）阿哥原话，不然，妾身哪里有如此之胆魄！而且，妾身那日方知这些说辞

231

皆为显宗皇帝在家祖薨殂之后诏册悼文中之圣谕。"

王献之心中早就欣喜不已。那篇悼文，他在秘书省第一次见到时就熟记在心，后来也不知专门看过多少回——郗道茂的祖父郗鉴也是王献之的外祖父欤。可是当着上百族人的面也只能表面上依然故我，一副君子远庖厨的矜持神情，然而，却悄悄地在郗道茂的手上用力捏了一把。

郗道茂还要说下去，被两位嫂嫂拉到一边催促仆人们准备饭食去了。

在河边吃了饭食，大家又嬉笑打闹一番，直到王彪之发令打道回府，人们依然兴犹未尽。王献之家的妯娌三人相约去了三嫂家，而弟兄三人则采纳王献之的建议，在运渎水上拦了一条木船，说是到竹格港大码头转一圈。

竹格港酒肆如林，在京城官吏心中最是饮酒作乐的好去处。直到弟兄三人在此处最为豪华的一家酒肆里坐定，话题才重新回到一个时辰之前在河边发生的事情上。经不住两位哥哥不断追问，王献之只好将元日节期间，新安公主突然造访乌衣巷，并不管夫妻二人心意如何，如霸王硬上弓一般非要嫁给王献之不可的事情一五一十说了出来。司马道福还指认郗道茂使用的簪子是当年她送给王献之的定情之物，然后才有了方才姜儿与司马道福唇枪舌剑般的互怼。王献之故意隐瞒了家族长老王彪之将他叫去训斥一番的事情。

三哥涣之在兄弟七人中性情最为敏感，也是兄弟中最善体恤人心的一位了。一坛香酒落肚，三哥叹了口气说道："新安公主亦是不易。"话一出口，就被肃之打断。

四哥肃之颇为愤怒地说道："新安公主离开山阴时的往事我还记得非常清楚，毕竟我已经二十多岁。父亲公事在身，让我和二哥将公主送到别亭。现在想起来，新安公主并无依依惜别之情，过了别亭再没有回头望过一眼，俨然从苦难之地逃出一般。说是赠予你定情信物绝不可能。"

三哥涣之还是说："姜儿当着一众人等语气并不和善，公主也是忍了，足见对官奴情深意长。四弟，你不得再阻拦我说话。"听口气王涣之恼了。"官奴，你当还记得去年春上在剡县五位兄长对你之处境表示担忧和焦虑。"

王献之顺从地点点头，却没有说话。

王涣之继续说道："有件事情本该二哥告诉你，但很是奇怪，那天二哥却闭口不言。即使将你带到静室，你二人回到屋舍中也看不出有何异样。"

王献之感到愕然，不知三哥要说什么，便说道："三哥有话不妨直接说来，小弟洗耳恭听就是也。"

王涣之看了四弟王肃之一眼，问了句："你难道不知？"把王肃之问得不知如何回答。看出两位弟弟都蒙在鼓里，王涣之于是说道："父亲大人薨殂之前留下一封遗书，但此事只是单独对叔平（王凝之字）二哥说过。"

王献之和王肃之面面相觑，二人还是头一回听说父亲大人竟然有遗书遗世，惊得不知该说些什么了。"四哥，你怎会不知乎？"王献之生硬地质问王肃之道。

这话问得王肃之打了一声嗝："二哥从未对我说过，我又怎会知晓。"语气中就有了恼怒。"明日我就前往江州，定要向二哥问个究竟。家中有如此重大事情，我们竟然被二哥瞒了十年之久。我还要将此事告诉五弟六弟，若有可能便与他二人一同前往江州质问去也。"说到这里，已经是怒气冲冲了。

涣之急忙说道："二哥那日告诉我说，他只是在父亲过世后看过遗书，然后便将其留在了山阴老宅中，并没有带在身边。"

王献之不信，说道："小弟我在山阴住了多半年，书房内父亲所遗书籍全部看过，并一一临写，从未见到所谓遗书也哉。可见二哥并未讲实话，定有难言之隐焉。"

涣之说道："二哥说遗书并未放在书房，而是被他置放于静室之中。三年前他回山阴老宅还去静室寻找，却没有找到。"

王献之想了一下，说道："官奴与姜儿曾将山阴老宅静室角角落落清扫一新，除了书写黄帖的纸张，未曾见过遗书。"

肃之不耐烦地说道："二哥既然说及遗书，定会对你说及遗书内容，你何不现在就告知我们。"

涣之"咳"了一声，不无遗憾地说道："那天官奴被几位兄长逼迫休妻，见他泪水涟涟，心中多有不忍，便也没顾得上追问下去。官奴第二天就不辞而别，这事也就被搁置于脑后。若非听官奴说到新安公主逼婚之事，我依然想不起来。依稀记得二哥似乎说了句父亲大人对官奴子嗣一事留有交代之语，似与传续子嗣有关。"

王涣之这句话令酒桌上一片静默。三人当然都还记得，王献之和郗道茂在父亲离世之前生有一女，降临人世不到一个月便夭折了。

在静默中，兄弟三人闷头喝光了三坛子酒。三个儿子都不知道父亲留有遗书，已经是很大的憾事，而竟然至今不知晓遗书的内容更是令人难以接受。静默中，也许心中都在消化各自的不满，和由这些不满生发出来的更大的遗憾。这时只听到肃之嘟哝了一句："二哥不该如此冷落父亲大人之遗书。"王献之只是摇摇头，他不想无端猜度遗书的内容，即便当真如三哥所说遗书里有涉及自己的文字，而且还是关于子嗣之事，也似乎与今日之事无关。他更不想为今后的日子平添更多的烦恼，也没好气地嘟哝了一句："父亲大人娇宠我与姜儿，几位哥哥心知肚明，留下遗言乃情理之中。至于子嗣，哼！"这语气泄露了他心中的不满。

又是一阵静默，三个人又喝光了一坛老酒。三哥王涣之还是忍不住回到起初的话题，说道："官奴，依着我之想法，公主欲要强嫁于你并非不可接受。"这话说得直截了当，让王献之当即难以回应。没容王献之说话，三哥接着就把自家对于发生在河畔的事情的想法和盘托出，最后说道："官奴，三哥并非迫你昧心行事，但是，琅琊王氏咱家这一支，发展至今并未有人跻身九卿之列，实在愧对父亲在世时对我们寄予之厚望。检视我等为官前路，你与谢安大人最为亲近，也最得叔虎阿叔宠信。几个月前，你在太极殿西堂凭一己之力救司马道叔表叔出危难，震撼朝廷内外，并由此深得皇上赏识。三哥我在太常府做太史多年，历经三朝皇帝，却从未见皇上有谕旨传于太常府。然，多日前，皇上竟传谕旨诏我查询历代皇室可有为重臣设置左右夫人之先例。今日发生此事，方才顿悟。可见皇上已知晓此事，并有良苦之用心。官奴阿弟，倘若阿哥猜度没错的话，此次机会该是天赐良机，亦是千载难逢欤。"话说到此，欣喜之情溢于言表。

四哥肃之在三哥涣之说出这些想法的时候，不断击节称是，有时还会轻声叫好。

两位兄长围绕着这个话题说了许久，王献之却一言不发，听了三哥的那些话语，也不过是老话重提，于是借着酒劲说道："三哥，恕小弟不敬。依三哥之意，我若是遂了新安公主之心意，便可一举踩上擢升台阁之阶而跻身重臣之列。然，三哥还有四哥当真以为此乃父亲大人之心愿？父亲一生刚直不阿，从未为高贵之身份而向朝廷索取要职。子嗣当如父亲大人一般，才是为孝之道。"

涣之嗤了一声，厉言道："官奴不可固执，咱家在世兄弟六人，只有你官居吏部，且甚得皇上赏识，跻身高位指日可待。与如此得天独厚之良机失之交臂实在可惜可叹。再说姜儿，姜儿十数年不能如常人妻子一般为你生养子嗣，已然违逆人伦，更乃大不孝也。你不可儿女情长，忤逆纲常，反而令父亲大人在天之灵蒙羞也哉！"王肃之急忙要阻拦三哥继续说下去，却是迟了。

王献之摔下酒樽，怒视着三哥，说道："三哥自视一番好心，在官奴看来却满是恶意。"

涣之也不打算退却，朝着嘴里倒进一樽老酒，梗着脖子问道："官奴，阿哥怎会对你存有恶意乎？也罢也罢，光明仕途与晦暗妻子，若是由你二择一焉，你如何选择欤？"

王献之对两位哥哥怒目而视，四哥肃之不敢与其对视，端起酒樽，遮住眼睛。王献之却突然变得异常淡定，轻声说道："官奴不敬。若当真要这样二择一，官奴定当选择妻子姜儿，何来晦暗也哉？皆因三哥心中失善，心中失道也！"

第二十三章

　　于湖大营。牛渚矶后面的军营里，那顶巨大的营帐依然覆盖在那片绿草茵茵的平地上。营帐四周的小型帐子比去年多了不少，从营帐外大小不等的操练场，以及操练场旁一排排兵器架可以断定，大司马桓温在自己居住的营帐外增强了护卫力量。

　　桓温自从去年废帝后返回于湖军营以来，就固执地坚持居住在牛渚矶上。桓温早早就醒过来了，接连喝下几碗熬制好的中药后，似乎又睡了过去，但他不会承认睡着了。所以，此刻，桓温费了很大的劲儿才将手臂举起来，朝着一直站在床尾的郗超招了招手，示意他可以站在床头了。

　　郗超小心翼翼挨近床头。此时的桓温已经瘦骨嶙峋，双眼凹陷得很厉害，站在远处看，烛火的映照使其像是两个黑洞洞的窟窿。站得近了，这样的恐怖感觉会减轻一些。郗超看见了桓温盯着他的眼神，于是俯下身来，凑得很近，一字一句地问道："明公，此刻营帐里已无他人。"他的意思很明白，你若是对我有什么重要的托付，现在就可以和盘托出了。郗超在一年前就已经被桓温任命为中书侍郎，而且废帝之前就在中书省就职了。可是，废帝之后，桓温却突然让郗超随自己返回于湖重新做回首席长史，只是，官秩依然为三品。几天前，桓温就告诉郗超必须重新回到京城去做中书侍郎。

　　桓温脸上浮现出极为少见的慈祥的神色。接下来的话，桓温讲得很慢，时断时续，时不时还要喘上一阵子，但是，却讲得条理十分清楚。先是告诉郗超何以要让他在这个时候，也就是自己病情日渐加重的时候，去京城廊庙上在中书省出任侍郎这个极为重要的官职。郗超没想到这个嘱托竟然是从曾经的外戚重臣庾亮和庾冰开始说起，意在表明中书省对欲掌控王朝大权并督导王朝各征镇军事的关键作用。"失去了对中书省之掌控，也许最终将失去一切。"桓温加重语气说道。也许看出郗超的疑问，便又强调说何以他本人并没有担任中书监，而是认可了皇上任命他为大司马的诏令。桓温认为，下一个他能够认可的中书令可以是谢安，如果是王坦之那自然更好。王坦之官运一直格外顺畅，这与他是太原王氏的代表人物有关，也与他是皇上已故皇后的从外甥有关。但，此人自恃清高却又十分胆小，因此总体上是不足以对桓温布局的势力范围产生威胁的。

桓温又说到谢安，评价甚至不如王坦之。桓温告诉郗超，纵观谢安的为官轨迹，总体上可以归纳为这是一个胸无大志、与世无争的人物。这一点跟前朝琅琊王氏的王衍大人极为相似，喜欢清谈，沉溺于酒色，即使坐到那样的位置，也不会觊觎更高的权力。

以桓温现在的威望，让郗超取而代之并非没有可能，但会遭到来自皇上和琅琊王氏的竭力阻拦。毕竟尚书右仆射王彪之还在，太原王氏的王坦之也在，无论从资历还是从在廊庙上的时间来看，郗超眼下还无法与这二人抗衡。若是强行夺取中书省，定会遭到一干重臣的强力干扰。与其搞得两败俱伤，不如一点点取而代之。不久，他还会让谢玄返回京城，坐到右将军或者左将军的位置上。"谢玄是可以信赖的。他的父亲谢无奕（谢奕字）曾经是我最要好的知己。"桓温说道，"若非过世太早，以他与本公二人相互之间的默契和情谊，本公就不会如此之辛苦。所以，本公对谢氏这几兄弟从无心生异己之念，总是将他们当作自家的兄弟，甚至超过自家兄弟。去年，你亲眼看见本公是怎样处置自己兄弟和儿子耶。本公这一生，虽非顺我者昌，逆我者亡，然，似桓熙和桓济这两个心怀歹意的小子，我定是不会轻饶他们。让桓冲接任，是出于长久之考虑。本公以为，王朝能有今天这样固若金汤、令外族侧目却不敢心生邪念之局面，是本公用了毕生精力所得耳。"

桓温这次停歇了很长时间，一动不动躺在床榻上，双目紧闭，呼吸微弱，喉管里发出低沉的呼噜声。郗超一度以为桓温说得太累睡过去了。这时，顾恺之再一次进到大帐里，见此情景，知趣地退了出去。

郗超站在床前，心里想着刚才桓温说的那些话。二十几年来，郗超从未曾听到过桓温说这么多的话，又说得如此深入体己。这几年里，眼见着桓温身体每况愈下，他都会在合适的时候说出几句话来。跟了桓温这么多年，什么时候说什么话，他是拿捏得恰到好处的。说实话，他从来没有惧怕过谢氏这一大家子人。自打来到桓温身旁，尤其受到重视和得到重用这十几年，他对谢氏在桓温大营的所作所为知道得比任何人都多，分析得自然也就比任何人都深入精准。刚才桓温所说的那些话，他在心里早就盘算过了，仅仅是不曾完整地告诉桓温就是了。

桓温肯定是睡着了，一睁开眼睛说的话似乎跟前面说的话没有什么关系，也再没有提起过那些话题。桓温突然问郗超三个月前二人说的向皇上索要九锡之誉的事情来，郗超如实告诉桓温，皇上自从去年冬月被推上皇位以来，似没有心思过问这件事情，反而听传闻说，皇上最关心的是司马道福在离婚之后，要嫁入琅琊王氏门里。桓温的嗓子眼里咕噜了一声，似乎并没有听清楚郗超的话，而是说道："景兴爱卿，前朝辅政大司马东海王司马元超（司马越字）可否领受了九锡之誉？"

郗超摇摇头回答说："明公明鉴，司马越并未领受此誉，以太傅之名录尚书事，独揽了朝政大权。皇上之下，便是他了。前朝若是以大晋王朝一统天下为限，只有赵王司马伦领受过行使持节、大都督、督中外诸军事、相国、侍中、藩王如故，一依宣、文辅魏故事，置左右长史、司马，从事中郎四人、参军十人、掾属二十人、兵万人。这几乎就是九锡之誉，如此而已。"

桓温哼了一声。"爱卿，这些荣耀本公早已享有，比司马越有过之无不及。司马越乃藩王钦。"桓温这时的得意之情溢于言表，"景兴爱卿，以本公现在大司马之名，可否算是独揽大权？"

"非也。明公明鉴，明公已然废拥皇帝，大权独揽与之相比似不在话下。"

桓温又哼了一声。"爱卿，你给我听仔细了，你返回京城就职后，必须做的第一件事情是奏请皇上授予本公九锡之誉。"桓温大概想起来这主意还是郗超献上来的，便转换了话题说道，"本公目下心中仍有郁结，于胸中不得发散，辗转难安。"

"请明公明示于臣，臣愿为明公排遣郁结。"

桓温示意郗超将另外几根粗壮的蜡炬点燃，大帐内顿时亮堂起来。

桓温闭着眼睛静息片刻后，问道："景兴爱卿，你适才所说司马道福欲要嫁入琅琊王氏门内，伏滔早就告知于我。"

郗超唔了一声，谦恭地说道："伏参军总是捷足先登焉。"

"据本公所知，琅琊王氏门里适龄子嗣早有婚配，并无鳏夫。这个刁妇太过放肆，既然已经被咱家小子休了，何不老老实实窝在深宅，还有何脸面出来兴风作浪，以为本公奈何不了她？"这个话题令桓温怒火中烧，尽管身体羸弱，声音里却怒气十足。

"明公不必为此事伤神。嫁作仲道之妇时，司马道福身家不过辅政大臣之女。现在贵为公主，自然会桀骜不驯。明公息怒！臣有疑问，明公何不于当初禁止司马道福离开仲道，将二人一同放入南岭山脉之中？"

桓温摇摇头，没做回答。其实这也是明摆着的，司马道福乃当朝皇上之女，即便在当时亦是丞相之女，还是已故中宗皇帝的亲孙女，论辈分还是桓温的妻妹呢。如此高贵的血统怎是谯国桓氏可以恣意阻拦的。最重要的是，桓温绝对不能容忍麾下百十名跟随多年的掾属由此产生轻慢于己的念头。

然而，桓温显然不想终止这个话题，歇了片刻又继续说道："咱家仲道小子也是公主之后（桓济的母亲司马兴男是晋明帝司马绍的长女），并不低人一等。本公定要阻挠新安公主嫁入琅琊王氏门中。"

郗超支吾了一下："明公不必如此，若是皇上知晓了，会作何感想未可知呢。"

"又能奈我何？"桓温斥道。

郗超支吾了一声，没再说什么。心想，他听说的可不仅仅这一点儿。但觉此时还是应该说句宽慰话，便又说道："明公切勿为此忧心忡忡。"

"怎会不忧心忡忡欤？"桓温一声叹息。两人沉默了一会儿，桓温继续说道："伏滔几日前从京城返回，禀报本公，言称司马道福放出话来，欲要嫁于王献之。爱卿是否听闻此事乎？"

郗超轻轻点点头，没有回答。伏滔返回于湖最先将此事告知的正是他呢。京城内外，无人不知王献之是郗超的至亲表弟，其妻子正是郗超小叔郗昙的女儿。

桓温何等老道，郗超迟疑犹豫的调门让他觉着郗超似乎有什么事情瞒着自己，于是问道："爱卿，你似有难言之隐？"

郗超唔了一声，希望这个话题不会引起桓温的兴趣，便想将话题引开去："明公，臣若是离开明公，心中总有不安。二十几年了，一日不见明公，就有诚惶诚恐之感。"

桓温坚持问道："景兴不必投我所好，还是知无不言吧。本公倒是想听听你有何难言之隐呢。"

郗超知道瞒不过桓温，只好说道："臣，臣确实听闻司马道福欲要嫁入王子敬门里。"

桓温终于还是想起来了："景兴爱卿，子敬难道不是你之妹夫？"

"正是。堂妹夫也哉。"郗超有意无意地纠正了一句。

桓温的嗓子里发出了一个令人捉摸不定的声音来。在郗超听来，这声音里包含有震惊、诧异、讪笑、嘲讽和辛酸，或者还有其他一些复杂的情绪。

桓温沉默了很长时间，闭着眼睛，呼吸微弱，表情冷峻，这应该是那种心绪翻腾难以理清的反应，或者又是在思索了。自从痼疾复发，桓温算是能安静下来了，经常躺在床上做思考状，这个时候，没人可以打扰他。此刻又是在思考吗？也许是由王献之想到了王羲之，想到了王羲之其他六个儿子，也许想得更多。但是此刻，桓温意识到这可能是一条不可忽视也不可轻慢的传闻，若这个传闻真实的话，那么这之后的疑问就是，王献之欲要何为，或者试图促成这桩婚事的人欲要何为。只是，桓温的脑子里却不断涌现出王羲之的模样来，让他很难全神贯注。说心里话，他敬重王羲之。这个比他大九岁的名门之后，那些年里可是让满朝文武竞相抄录其书写文稿的书写大家，也是当时被皇族家的女儿私下议论的事主。他就多次听已经过世的原配夫人司马兴男公主说起王羲之，话里话外充满敬仰和羡恋呢。桓温总算想起来了，那大概是升平三年（公元359年）发生的事情了。那时，桓温在两年前在由自己发起的北伐战争中胜利夺取了旧京洛阳，并在那里留下一支武装，一边守城，一边看护大晋王朝五帝（宣皇帝司马懿、景皇帝司马师、文皇帝司马昭、武皇帝司马炎、惠皇帝司马衷）之皇陵。朝廷突然发起了北伐前燕都城邺城的战争，由北中郎将谢万和郗昙联袂率军发动进攻，并宣称此战之意义不仅如此，还要为已经被贼寇包围的洛阳解围。出征前，京城将这次北伐的声势搞得很大。桓温没有阻止这次北伐，而是作壁上观。一天，他收到已经辞官发誓终身不仕的偶像王羲之的亲笔急函，希望桓温能利用威望阻止这次北伐。信中断定，攻取邺城的时机并不成熟，况若以此二人率军北伐，必定力有不逮，故而必败无疑。桓温没有复函，反而是乐见其败。果不其然，谢万大军尚未到达洛阳，就在外围作战中溃退。这次北伐，说来荒唐，也早已成为历史。可是，王羲之犀利的战略眼光却令桓温深为折服。

桓温这时又在看着郗超了。想到王羲之，就自然会想到被他亲手推上皇帝宝座的司马昱。王羲之曾经是司马昱的王友，二人的血缘关系甚至没有出五服。王献之依然可以自豪地说自己有皇族血统。几个月前在太极殿西堂上，桓温领教过王献之强大的胆魄、超群的辩才和出类拔萃的才情。也就在那时候，桓温才将目光聚焦在了这位出身望族却名不见经传的王羲之的第七个儿子身上。桓温喜欢才俊，这在王朝不是秘密，然而，琅琊王氏族群中只有王徽之曾在自家门下做过短时间的幕僚，而且，从未履行过参军的职责，是个放浪形骸的家伙。桓温万万没有想到，王献之的兀然出现让他方寸大乱。后来的这些日子，桓温深入获得了关于王献之的几乎所有材料，经常会将王献之和自己身边的这几位青年参军做比较。与郗超相比，王献之不够老成，却有着超出郗超很多的情商；与王珣相比，没有太过骄傲的家世，却比之更加孤傲和不可侵犯；与谢玄相比，王献之从未曾在沙场上跃马扬鞭，却在对战法和阵法之运筹上略胜一筹；与顾恺之相比，其不仅才情高出许多，在书画才艺上更是令顾恺之难以逾越。诸如此类，如此比较下去，桓温得出一个结论，要么将王献之纳入麾下，要么必须压制住他已经在冉冉升起的态势，阻止王献之成为王朝未来的栋梁之材。

但是，他从来没听郗超对自己说起过王献之的任何事情，甚至连其他在大营中参与议论朝政的人都不曾谈及王献之。这令桓温不仅迷惑，而且甚感不安。"难道是皇上从中牵的红线？"桓温嘴里突然就冒出了这句话。

郗超一直在猜测桓温此刻都在想些什么，从桓温瞬间投射过来的目光中，他猜到桓温已经意识到他与王献之的关系，却没想到桓温竟然说出这样一句话来。于是急忙说道："明公多心了。以臣所见，皇上目下无暇顾及此事。况且……"郗超本想说司马道福跟王献之也是表兄妹，既然郗道茂因此而不能生养，司马道福难道就可以吗？转念一想，桓温对这件事情毫不知情，也就没开这个口。

桓温虽然病入膏肓，脑子却一点儿不糊涂："爱卿，若是皇上果真插手此事，王子敬与你家妹妹离婚便已成定局。然，你家郗氏也是公侯之门，郗鉴大将军之威武至今影响深远，爱卿又是本公股肱之臣，皇上恐还是须三思而后行欤。"

郗超迟疑了一下，回道："明公，若新安公主执意而为，皇上似并无更为恰当之措，除非皇上诏令王献之可置左右夫人。"

桓温嘴里发出一阵啧啧声："景兴爱卿，伏滔却非如此而言，他说此事似难有转圜余地。本公甚是困惑，以本公对新安公主的了解，此妇人虽极为绝情，却并非蛮横之人，况，以王献之的家世和才情怎会屈从也哉？"

郗超只能如实说道："半年前，臣受大将军之命返回京城去觐见褚太后。臣得空去看望从徐州回京述职的父亲大人，从父亲那里得知臣之堂妹郗道茂曾经为王献之生育四个婴儿，皆在出生后不久夭折了。"

桓温吃惊地哟了一声："怪事也哉欤！"

"正如明公所说。小妹与王子敬既为姑表姐弟，亦是姨表姐弟，亲上加亲，既不违律制，亦在名门望族中颇受推崇，却正是因此而难得硕果。"

桓温长叹一声，很像是对此感到莫大惋惜，嘴上却说道："此事普天之下并不少见，何不纳妾？也算是合乎常理。"

郗超又迟疑了一下。"父亲大人说，姜儿小妹似乎已经妥协。可是可是……"他没往下说。

桓温冷笑一声："司马道福怎会甘居人下，皇上也断难容忍。"

"正是如此。"

"爱卿，如果你刚才问本公可有甚嘱托，那就去阻止司马道福欲要嫁给王子敬之企图。"说出这个话，连桓温都觉着这是一个见不得人的邪念了。

郗超更是一愣。他不得不透过烛火仔细观察这位连喘气都很艰辛的主子，似乎很不相信这位高高在上、一生只有在控制朝政的时候才停下来思考的大将军，会为这种儿女之情的琐事发出如此斩钉截铁的命令。然而，郗超看到的是不容推诿、十分真切的神情，也就是说，桓温当真不是在说笑呢。郗超只好唔了一声，却不知道接下来该说些什么。

"爱卿，你不懂或者难以相信也情有可原。司马道福身后若是没有皇上授意，那就只有一个人希望看到这二人成为夫妻。"桓温坚定地说道。

郗超还是觉着一头雾水："臣请明公给予指点，臣实在不知如何揣测公主的心思。"

桓温扭过脸来，这是一张形同骷髅的面孔，就连郗超这样二十几年来将桓温视为父亲一般追随的人，如此近距离地看着这张脸都会感到毛骨悚然。他接下来说的话，还是让郗超大惊失色："爱卿，你或者皇上都不会想到，司马道福身后的支持者会是谢安，是本公举荐的做了吏部尚书之谢安也。懂焉？"

郗超将一个从肺腑里冲出来的惊愕堵了下去，不住地摇着头，看着桓温。

桓温冷笑一声，对郗超说："皇上从这桩婚配上面不会获得任何利益，皇上也许真的疼爱王子敬，毕竟皇上算是他的比较近缘的表叔。两家的交情年头很长了，而且很深。可是，司马道福毕竟是仲道的原配，不仅如此，皇上还是仲道的从外祖父（桓济的母亲是司马兴男，而司马兴男则是司马昱的亲侄女）。加之，因我的强力推举，皇上才成为皇上。所以，皇上促成此事丝毫没有可能。若说这桩婚事哪个会受益匪浅，若不是王彪之，就只有谢安了。"

"故而，你回京之后除尽快促成皇上赐予本公九锡之誉外，就是阻止这桩婚事。你可以把这当作是本公军令。"见郗超还要说话，桓温显得有些不耐烦，闭起了眼睛。

郗超立刻就看出桓温已经完全没有兴趣再说这桩令他心情大坏的事情，心想不如这就退出营帐，返回京城去也。桓温已经规定了到京城上任的日期，而他本人跟随桓温二十多年，全部家当几乎都留在这于湖军营里了，也包括家眷在内。这些年来，他无暇顾及其他任何事情，甚至与父亲郗愔都很少通信。至于祖父留在京城的老宅，自从离开后他就再没有回去过，差不多就拜托堂弟郗恢全权打理了。他知道郗恢这几年也成了忙人，自从娶了谢安大人的侄女，也就是已故谢奕大人的三姑娘后，很快就做了给事黄门侍郎，不久前还升任右卫率。从发展势头看，这小子距离外放去做太守已经很近了。

退出大帐之前，郗超小声问道："明公，臣明日将依照明公旨意再返京城履职，不知明公还有何嘱咐？"

桓温没有睁眼，点了点头，又摇了摇头，说道："九锡之誉乃我桓氏家族名垂史册之举，事关重大，不得懈怠。本公还有一问，自先皇武帝建立大晋王朝至今，可有被赐予九锡之誉之人乎？"

郗超对桓温久慕的历朝最高荣誉的内容早已烂熟于心，但还是想了想才告诉桓温，大晋王朝若是从文皇帝司马昭说起，便只有文皇帝一人享有九锡之誉了。若是从武皇帝立朝算起，至今无一人享有此誉。前朝赵王司马伦在登基之前，曾有谋主司马相国孙秀呈请惠皇帝授予司马伦九锡之誉，遭到吏部尚书刘颂阻挠。刘颂当时引经据典称，汉周勃诛诸吕而尊孝文帝，霍光废昌邑而奉孝宣，都不曾享有九锡之誉。众臣应和，惠皇帝只好不予采纳。

桓温听到这里，鼻管里哼出一声，说道："司马伦算是何物，怎可与本公比肩。那个王处仲（王敦字）有否？"

桓温突然有这一问，倒是郗超没想到的，也是他不知道的，只好如实说道："明公明鉴，王朝典籍上对此并无记载。"

"本公怎能信乎？'王与马，共天下'怎会是谬传？"

"明公明鉴，王处仲当真并未请求九锡之誉。以臣之所见，王处仲自知从未发动过复国之战，甚至从不曾踏进过中原之地，即使和祖逖大人相比也是相形见绌的。故而不敢为之。但是，显宗皇帝（晋成帝司马衍）曾与当时的几位辅政大臣商议过赐予琅琊王氏之王茂弘（王导字）大人九锡之誉，被中书监庾冰大人否决了。似乎王茂弘大人并不在乎此荣耀。"郗超听见桓温再一次发出叹息，心想，说起庾冰此人，桓温一定想起了庾冰的小弟庾翼来。正是因庾翼的举荐，桓温才得以成为肃宗皇帝的驸马。可是，不久前，桓温却刚刚下令将庾氏后裔几近杀绝。当真是世事难料也。

"你对此有何思议？"

郗超只说了句："九锡之誉乃臣所提出。"

桓温点点头，说道："此九锡非彼九锡，意义非同小可。景兴爱卿，个中深邃之含义你当比本公还要清楚。"

郗超在回答之前，朝着桓温行了君臣大礼，这才说道："明公明鉴，臣此生追随明公已二十余载，从无二心，从不追悔。自从明公提出迁都洛阳之动议，满朝雀跃，蓄势待发，不料却遭那孙兴公（孙绰字）无端谏责，混淆视听，令皇上困惑，故而留下开国立都之万分遗憾，此乃明公之郁结之由焉！"

桓温感激地看着郗超，深沉地说道："爱卿，本公阻止新安公主嫁于王献之之念并非心血来潮。自王茂弘薨殂以后，琅琊王氏再无人参与王朝军机要事。于是，廊庙之上便不再有人可有能力执掣肘之旌，直到今日，唯我谯国桓氏可在廊庙之上呼风唤雨。环顾上下，还有何人何族具备擎天之力，足以撑王朝之大纛乎？未见有焉。"

郗超心领神会，便也附和着说道："明公之意，臣深切悟之。此意若是出自谢安大人，陈留谢氏定将成为未来王朝国事要务执牛耳者；若是出自皇上之念，琅琊王氏重回巅峰指日可待焉。"

桓温先是点点头，继而又摇摇头，无限感慨地说道："本公之意，无论陈留谢氏还是琅琊王氏皆已难现辉煌，若是指望二者拯救王朝，更是痴人说梦。本公自而立之年出任荆州，继而冒天下之大不韪入川平息李氏逆贼，之后北进征战三秦，虽未曾踏进长安陪都城垣，却也带回数万子民回归我朝。再后一举夺取旧京，山陵（皇陵）得以清整，宗庙得以恢复，重振大晋威风欤。举目望去，当今天下能有此胆魄者，唯谯国桓氏一族也。爱卿有何异见乎？"

郗超应道："明公此言无有差错也哉！"

桓温又问："爱卿，知本公意欲何为乎？"

郗超谦卑地回答道："臣心领神会耶！"

桓温满意地舒出一口长气，说道："既然如此，爱卿此次京城之行任重道远欤！"

第二十四章

　　有人一直在用手指捅王献之的腋窝，这使他睡得很不踏实。一个驱赶不走的梦境盘踞在脑海里，一场令人很不愉快的睡梦像车轮滚动一样反复出现着。这是一个不断重复的夜梦，已经做了十多天。自三月三后，除了京官考绩的那几日忙得昏了头，回不了家，只要睡在家中的床榻上，噩梦也就尾随而来。每次醒过来之后，王献之都会被这个梦死死拽住。他纳闷，难道梦也可以循环往复做个没完吗？一年前的梦境和梦里面发生的事情，近来不断重复出现在他的睡梦里。妻子姜儿每一次出现在梦里就是在哭泣，一直哭泣，直到梦醒时分。究竟发生了什么？每一次都不尽相同，争吵拌嘴，族人逼迫。话题也总是一个——休妻。而王献之的态度在梦里也是经常变换，一会儿强硬得很，任谁说甚也是不理不睬，固执己见，既不同意休妻，也反对纳妾。而逼迫的那些人嘴脸各异，大多数时间是二哥叔平（王凝之字）和三哥叔展（王涣之字）。三哥的面孔总是模糊不清，说话也是吞吞吐吐，但是永远都是站在二哥一边。而二哥叔平的嘴脸最让人惊恐。二哥说起话来从始至终都是一样的口吻，不容反驳，生硬而又粗蛮，毫无州郡太守的风范。有些时候，王献之或顽强抵抗，据理力争，或紧闭双唇，一声不吭，瞪着二哥，直到二哥将怒气冲冲甚或近乎杀气腾腾的目光收回去。有时候，王献之也很是讲道理，先是引用先秦以来诸多范例，试图给自己找个立足之地，接着会引用大汉朝律法里那些关于婚娶和休罢的法规，反正是引经据典，弄得二哥大光其火，却也难以找到匹敌之范例来说服王献之。若是二哥逼得凶了，王献之就搬出当今王朝关于婚配的法规，甚或还要找出几个先辈的范例来。就比如王献之以为最能叫二哥住嘴的例子就是一家几代人最为崇仰的从祖父处仲大人。处仲大人一生无子，即使皇上又赐了美人，依然不得子嗣。而处仲祖父并没有休妻纳妾，而是将兄长的儿子收为嗣子。这样的例子，在王朝名门望族中并不鲜见。二哥这时就会转身离去。而最令王献之感到恐怖的是，只一眨眼工夫，二哥就换了张面孔又出现在他面前，张嘴说话，依然是休妻纳妾之事。有一次，王献之被逼得无话可说，无路可退，第一次朝着二哥叫喊起来，一旁跪在地上的妻子郗道茂不得不跳起身来，用双手堵住王献之的嘴巴。王献之难以脱身，用尽气力想要挣脱妻子的手，却不料这双手力气惊人，若不是他拔出长刀来把自己从梦中惊醒，他当真以为这把长刀要么会砍向郗道茂，要么就会朝着二哥砍过去。这场噩梦着实把王献之吓坏了，很长时间都回不过神来，见到二哥他会躲着，甚至连朝事都不去做了，而见到妻子郗道茂，他则觉着十分对不住，羞愧难当。

王献之用力睁开被眵目糊粘住的眼睛，终于看清楚面前的这张脸既不是三哥，也不是二哥，而是妻子郗道茂。他哟了一声，嘟哝说"又做了噩梦"，然后翻身坐起来。郗道茂咯咯笑着，伏在王献之肩膀上让他不要动弹，然后用手指轻轻地将糊在眼睑上的眵目糊一块一块拨掉。如果是一块粘得牢固的眵目糊，郗道茂会在手指上沾点自家的吐沫将眼屎浸软，再行拨掉。郗道茂一边弄着眼屎，一边说道："这些日子还是不要饮酒了，姐姐已经让人给你熬制草药，内火过盛，伤及脾胃，那就悔之晚矣。"

王献之就拉住郗道茂的手，说道："卿，官奴心绪烦乱，无酒何以平息烦愁焉？"

郗道茂这时已经将王献之眼睛上的眵目糊清理干净，抽出手来，翻身下床。站在地上后，回身莞尔一笑："官奴夫君，我亦有无尽之烦恼，心中便想，若是天意，唯有顺其自然，若是人意，弃之脑后不予理会，无须自寻烦恼耳。"

王献之一边说着"言之有理，理之精辟"，一边也下了床，跟在郗道茂后面出了卧房。直到在饭桌前坐下，郗道茂才又说道："昨天，尊祖老宅的仆人过来告知，你大舅、我大伯从会稽返京述职，让我们今天过去呢。你意如何，去抑或是不去？"

"当然要去拜见，当然要去。"王献之说罢，想将一碗黍米粥喝下，见有肉醢，起身就去取酒。身后郗道茂提醒道："大伯那里怎会不备下酒席，老人家嗜酒，还愁不喝得酩酊大醉？"说罢，又是一连串咯咯的笑声。

王献之的外祖父便是郗道茂的亲祖父郗鉴大将军，是王朝中兴时期重臣，官至太尉，薨殂后又获赠太宰之位，亦是功勋彪炳的战将，在平息江左立国后

247

发生两次大内乱时犹如擎天之柱。三月三那日修禊时，郗道茂怒怼新安公主用上了显宗皇帝为祖父郗鉴亲诏的祭文，其实还是有所保留的，事后夫妻二人说起，王献之问郗道茂因何不将皇上亲赐之悼文中赞誉外公'道德冲邃，体识弘远，忠亮雅正，行为世表，历位内外，勋庸弥著'的圣谕一并说出来，郗道茂立刻就恢复了淑女的谦雅，只是笑笑，并不接话。

　　王献之和郗道茂站在老宅厚重的大门前，都有些犹豫。按礼，会稽内史郗愔大人是郗道茂父亲郗昙的亲哥哥，也就是她的亲大伯，该由郗道茂敲响大门。可是，郗愔又是王献之母亲郗璇的亲弟弟，也就是王献之的亲舅舅。二人相视一笑，心照不宣，一人抓住一只门上的铜环，一起叩响大门。

　　王献之的外祖父也就是郗道茂的祖父郗鉴生前在戚里贵族区选了一片靠近城垣东面建春门的地块，总也有十亩之多。三进院子，一泓水面，亭榭楼阁一应俱全。自从郗鉴薨殂后，两个儿子也都外放做了方镇长官。起初，郗鉴的长子郗愔也就是王献之的大舅和郗道茂的大伯还在京口驻任刺史，一年中总会抽出几天回到京城在老宅里住几日。两年前，郗愔突然接到桓温以大司马身份从于湖大营发来的迁职敕令，被莫名其妙迁往会稽郡去做内史，走的时候带走了三儿子郗融去做山阴县令，而二儿子早在三年前就从尚书郎迁往吴兴郡给刁彝内史做主簿了。从那时起，这座郗氏宅院就空了下来。去年春上，郗超被大司马桓温任命做了中书省副长官中书侍郎，回到京城后住进这幢祖宅，官邸里才开始有了人气。听说堂兄郗超住进老宅，在宫城内担任右卫率的堂弟郗恢便也跟着住了进来，而一直居住在乌衣巷陈留谢氏族群院落的郗恢的妻子谢道粲也带着儿女们住了回来。祖宅的三进院子中，伯父大人郗愔得以分到第三进院子，郗昙分到第二进院子。第一进院子没有具体分到谁的名头上，但是，郗鉴遗训中强调，郗璇可以在返京的日子里随时居住在这里。其实，对父亲大人遗训里的这段文字，郗愔和郗昙心里都十分明白，这第一进院子就是留给大姐郗璇以及其后人的。郗道茂曾经多次向王献之提及这份遗嘱中的这段文字，可是，王献之却从来不曾同意住进这里。

　　进了院子，郗愔的二儿子郗融和三儿子郗冲一左一右地夹着堂姐和表兄，一路说笑着来到第三进院子的正堂。早早就坐在正堂等候的郗愔在接受外甥和侄女施行大礼的当儿，嘴巴就乐得合不拢。郗愔喜欢侄女郗道茂，见到郗道茂就如同见到过世已经十年的弟弟郗昙。因而，当郗愔起身去拉起王献之和郗道茂时，竟然嗫嚅着说不出话来。

郗愔对二人非常热情。依照礼节，作为长辈只需接受拜见，然后即可离开了，然后见面就只在家宴上了。郗愔太久未见两位小辈，本来就甚是喜爱，也就不顾及礼数，拉着王献之的手径直就进了专供用餐的内室。

家宴已经准备停当，荤素搭配，肉鱼也已经上桌。

郗愔让王献之坐在对面，招招手让郗道茂坐在自己身边，仔细打量一番，颇有感触地说道："已有几年未见咱家姜儿，依旧还是那张不见皱褶的囡囡细脸。想我那姊姊——啧啧——"郗愔提及姊姊郗璇，便有感伤涌起，话语顿时戛然而止。

王献之见状，岔开话问道："大舅大人，怎不见嘉宾阿哥？今日朝廷无朝会，近期又无征战，中书省那里安静得很。"

郗愔正要将木勺里的肉醢塞进嘴里，听了这话，脸拉得老长，说道："大舅亦是纳闷，自三年前北伐前燕贼寇大败而归，这小子就躲着不见我。回京那日就让人捎话，嘱他回来，却至今不见人影。"一仰脸将酒喝个精光。

郗道茂怯怯地插话问道："大伯何日离开京城？"

郗愔眼睛一横，说道："你这小囡，难道无话可说？"

郗道茂说道："姜儿无有他意，大伯若能多住几日，姜儿想随大伯一道去往山阴。"

郗愔一皱眉头："回山阴做甚？"

郗道茂扭捏了几下，说道："又过了一年，姜儿想要回山阴祭拜祖考，还想到我那几个夭折儿女身边坐上几日。"

一时间家宴上出现沉默，沉默中，三个人喝光了两坛酒，菜却没动多少。

郗愔接连喝下去三樽老酒，说了声"大伯在山阴做内史，春上就派人去整理了坟茔，不用你牵挂"，说罢，掀起长髯又将一樽酒一饮而尽。这一举动令坐在对面的王献之不觉黯然神伤。他也接连喝下三樽酒，却没有像郗愔那样急忙吃下一些菜肴，只是下意识地瞥了坐在身侧的郗道茂一眼。郗道茂说完那些话，自觉泄了多日郁结的愁闷，一边跟着不断饮酒，一边坐在那里愣神。看到大伯连连掀起长髯喝酒，心中也有了颇多感触。王献之把这一切看在眼里，心中感叹夫妻同心可见一斑也。郗愔饮酒的那一刻，像极了王献之的岳父郗昙。王献之一想到岳父，就不免会联想到父亲，涌上心头的便是这些日子以来时常会搅扰思绪的遗憾。岳父大人薨殂时不过四十出头，即使是正常年月，以郗氏族人现在的生活条件，活过六十应该不难。周围多少熟识的人家，父辈都活过了六七十，怎奈岳父大人何其短寿，这也应了父亲大人曾经的悲叹："若非郗昙执意追随谢万大人北伐，做个本分的朝官，当能够看到王朝兴旺发达起来哦。"若是岳父大人依然在世，几位兄长怎敢群起而攻之，王献之眼下的烦恼也许就不会整日萦绕在心，而郗道茂更是有了主心骨呢。

　　郗愔喝到兴致很高的时候，总是要唠唠叨叨发些牢骚。两位晚辈也是知晓老人有这个习惯，所以，郗愔还没开口，王献之便说道："舅舅大人在上，小子乐见大人康健。大人回京述职，小子拜见后便是要告辞了。"

　　郗愔哪里肯干，伸出手拉住王献之，说道："大舅哪里是回京述职。个中原委，大舅并不想外露，可是，差不多快一年了，思来想去，却如入五里迷雾之中。"接着，郗愔便用惯常发牢骚的方式，将心腹中积压许久的疑惑和不满吐露出来。原来，一年前得知桓温将要率大军北伐前燕，郗愔也曾呈上战书，欲与那前燕贼寇大打一场，拯救王朝于水深火热之中。郗愔自以为身居要职，手下不仅拥有徐兖两州的几万王朝士兵，还有父亲郗鉴大人遗留下的上万北府精兵。以他的家学渊源，从小接触兵书，弱冠之后便在父亲郗鉴的栽培下在兵书阵法里苦苦钻研，率大军北征取胜概率甚大。他也自以为相比桓温，郗氏家族在扬州郡之影响和号召力要大得多呢。"可是，京城却传来皇上诏书，让我去做了会稽内史。大舅是要去，还是当朝皇上深知我心，虽说未让我重返京口，继承祖业，却是将大舅进位镇军将军，又赐大舅开府仪同三司之至高荣誉。开府？这座老宅是前朝皇帝所赐，如此之大的宅院，难道还要让我另辟宅院不成？此次大舅回京正是为了此事觐见皇上，还是让我待在会稽郡吧。"郗愔愤愤然说道。

　　王献之和郗道茂都没有接话，任由老人将胸中郁结多年的疑惑和不平发泄一尽。

　　说完北征之事，郗愔又突然说到了故去的阿弟郗昙。"姜儿，你家尊比我小七岁，深受你祖父疼爱，我亦是如此。他出生那日，听说是个阿弟，我就将心爱之物竹马仔细保存起来。你们祖父曾为此大赞于我，言称我兄弟二人将来定会同舟共济，壮大家业。只可惜，可惜哟。若不是那谢万石混沌……"说到这里，郗愔顿了一下，用一双老眼将两个后人打量一番，然后盯着郗道茂继续说,"你家父亲与谢尚家已定下儿女之亲(郗愔娶了谢尚的四女谢道粲),谢万请他一同出征,他有苦难言。"郗愔指着王献之说:"你家父亲试图阻止你家重熙(郗昙字)舅舅,甚至给桓浮子写信,希望他以大司马身份阻止那一次北伐征战。然而,谢万那个狂妄自大之徒怎能听得进去。结果,北伐失败,两人竟然都在那一年故去,故去哟。"郗愔说到这里,连着喝光三樽老酒。酒一落肚,郗愔突然狞着眼睛盯住王献之,先是嘟哝了一句,将嘴里的食物用力咽下去,语气生硬地说道:"官奴小子。"就听见郗道茂低声唤了一声"大伯父",他却置之不理,继续往下说:"你这小子,此次进京,大舅可是听到了满朝都在议论你要休妻,休掉我这可爱囡囡。可有此事?"

王献之一听这话,打了个冷战,急忙说道:"大舅不必听信满朝诽谤之言,小子迁升吏部,官秩跻身千石之列,着实有人心怀不满。而市井所传更是流言蜚语,不必在意。官奴与姜儿不正端坐在这里孝敬大舅也哉。"

夫妻二人从郗氏官邸出来,天光已经暗淡下来,郗道茂提议出东阳门,到青溪乘船回乌衣巷。王献之不知是没听清楚,还是想要由着自己的性子在城内官道上走一遭,郗道茂几次都没能拉住他,只好随着他的步调向内城中央的大道走去。

王献之喝得太多,郗道茂只好搀扶着他行走。其实,郗道茂也喝得多了,虽说不至于昏昏沉沉,脚下也已是踉踉跄跄。王献之突然看着郗道茂说道:"卿卿脚步踉跄,不如让我来搀扶于你。"

二人就这样相互搀扶着走上了御街。御街上并不黑,长长的御街两旁依次垒有十数座石墩,每个石墩上都置放着一只大口径的铜盆,铜盆里盛有油脂,油脂中浸泡着小臂粗细的麻绳。入夜后,会有值守的更夫将油灯点亮。灯火在晚风吹拂中放出光芒,除非遇大风或者暴雨,油灯是不会熄灭的。三更之后,更夫才会熄灭灯火。这之后的黑暗不会持久,一个时辰后,京城就会迎来曙光。

御街是不允许女子行走的,这是规矩。几十年来,从未曾有女子敢踏上御街一步。酒醉失智的王献之和郗道茂此刻并不知道二人正置身于危险中。大约搀扶着走出了百十米,也未见有巡街的军士。这时就见对面过来一辆只有重臣才有资格乘坐的大轮牛拽官车。出于本能,王献之拉着郗道茂离开大道正中,上了御街供人行走的便道。

谢安的官车迎面而来，两人没有注意到。而谢安却远远地就认出了王献之和郗道茂。牛车在二人面前停下来，将二人吓了一跳，抬头再看是尚书仆射兼吏部尚书谢安大人，当下酒就吓醒了。

谢安吃惊地看着两个喝得跟跟跄跄的人儿，等着二人对此说些什么，可是，二人低着脑袋，只有王献之嘴里低声嗫嚅着说些听不明白的话。

谢安让驾车的侍从将二人扶上官车，由于官车仅能坐下两人，郗道茂就只能蜷缩在王献之脚下的那一点儿空间里。

直到二人像两个犯了错误的孩子跟着谢安进了乌衣巷的谢宅，谢安才非常不满地说了声："即使醉酒，怎可坏了规矩。"谢安所说的规矩显然是女子不得在御街上行走，即使皇室公主也不例外。然后紧接着又跟了一句："几十年来，即使庾明穆皇后和崇德皇太后也从未敢在御街上步行而过。"进到正堂，王献之和郗道茂扑通跪了下来，二人一叩到地不敢抬头。正堂里，除了刚进来的这三人，早有两人在正堂东侧的山墙下等候了。但是王献之和郗道茂太过紧张，并没有注意到二人的存在。

谢安在二人面前坐下来，让跟进来的仆人将其他几根粗壮的蜡炬点燃，正堂顿时明亮了许多。大概是谢安看到了东面山墙下坐着的两个人，又觉着这两个从小看大的孩子确实吓得不轻，便打消了原本想大发雷霆的念头，但还是说道："姜儿也许不知，官奴你怎会不知，女子无论贵贱，不得在御街上行走。你二人幸得未遇见巡夜之军士，否则，指称你二人藐视王法，任谁也难袒护。"

王献之依然俯身在地，此时听了谢安的话，知道他气已经消了大半，于是说道："小子到郗府看望回京城述职的大舅，不敢违大舅盛情，酒喝得太多，忘乎所以也哉。姜儿一路拖拽，惊慌失措，意在阻拦，却因小子恣意妄为坏了规矩。大人尽可责罚小子，还是让姜儿回家去吧。"

谢安听罢，虽有责怪之意，但听出王献之所说实乃实情，便也就不打算斥责他。而且谢安原本已经安排好返回家中后是要消遣的，只是偶然遇见王献之夫妇二人，算是横生枝节。于是点点头，表示信了，说道："官奴与姜儿，今后无论发生何等大事，都不得恣意践踏朝廷规矩。你二人出自名门望族，若是被御史中丞撞见，怎会放过你们。如此一来，岂不令家族蒙羞！"说罢长叹一声，看着王献之说："官奴尤其需要约束行为，这些日子吏部正在对京城五品以下官员考绩，行为逾矩算是一项内容。至于让姜儿回家，倒也不必，既然已经来了，坐坐无妨。"然后朝着山墙那边招招手，就听见那个方向传出声音，一女子说道："大人传唤小女携丝弦而来，不知欲要听何种曲目乎？"

王献之被这声音吸引，转脸看过去，才发现依着山墙坐着两位女子，定睛再看，却是那日在谢安家中遇见过的两位歌姬。

谢安心情尚未好转，说道："大人此刻心情烦乱，随便捡几段弹拨便可。"又对站立在门口的仆人说："可将琴师面前烛火挑得亮些。"烛火顿时照得两位女子和二人所坐空间明晃晃的。

王献之趁着谢安说话的工夫，将目光迅速投射过去，却不敢在女子脸上过长时间停留。然，只是一眼，便有惊鸿一瞥之感，心中再一次荡漾着曹植《洛神赋》之章句，纷乱飞舞，乱眼迷目。这些纷繁飞舞的章句令王献之顿觉浑身燥热，似搅动起了心中之情欲。王献之自知遭了震撼，好在郗道茂坐在身后看不见夫君此刻的神容，不然生出想法定是难免。

谢安从一旁看着二人，见王献之看得投入，听得更是专神，又见王献之的目光盯住那台古琴，并不为两位女子漂亮的容色所动，心想这小子果然了得，对丝弦的鉴赏能力非一般人能比。谢安看出王献之的目光从未停留在两位妙龄女子脸庞上，心中既欣喜又多少有些许遗憾。自那日在官邸与王献之谈过婚娶话题之后，谢安就发现王献之平日里有意识地躲闪回避他。同在吏部，王献之又是谢安直系属下，王献之每次领受使命后，都不会在谢安处理公务的大堂中滞留。谢安也不强求，知道王献之秉性外柔内刚，也是不忍让王献之受伤。可是，皇上几乎日日过问，加之皇上龙体越见衰弱，作为皇上多年知己，又承蒙不断提携、信任加上重用，谢安想起这难以承受之托便会如坐针毡。尤其今日又突然召他入宫，所说之事难有转圜余地。他也注意到郗道茂眼神游移不定，因为坐在夫君侧后方，难以顾盼到王献之此刻的神情，然曲子似也令她心往神驰。可怜的小囡钦。一阵内疚之情油然而生，然，他对维系这个家庭已经爱莫能助，力不从心了。郗道茂不能生养，违逆了社会之伦理，也违逆了琅琊王氏族群之规，符合当朝休妻之规矩中第一条规矩。王献之休妻不会遭到任何指责，而郗道茂则会受到世俗家规之鄙视和谴责。加之新安公主又激活了皇上对王羲之的愧疚之心和对王献之浓厚的栽培之情，此事任谁也是阻拦不住了。谢安需要做的事情，只是在皇上召见王献之之前私下里对郗道茂多说几句宽慰的

253

话而已。

　　古琴徐徐响起，似清风由远而近，忽而柔曼如丝般顺滑，忽而疾紧如溪流逼仄。这时阮琴跟进，将古琴之意铺陈开来，轻渺渺潜入山林之间，呼啦啦坠入谷壑之中，飘忽于城垣之内，雾蒙蒙掠里巷之上，于是乎，心随曲而上下，情随心而颠簸，意随情翻滚，感随意倾泻。王献之不由得合目聆听，让被乐曲激发而顿生之情绪浪涛随波逐流，跌宕起伏，难以自已。此曲在典籍里绝无记载。即使乐官从民间搜集而来的众多琴曲，王献之只要读过，均熟记在心。然而，此曲并没有被收藏，或者准确地说此曲并没有被发现。琴曲中的情绪似乎完全没有民间琴曲特有之质野，娓娓道来之中显见谱曲者素养之高雅。也绝非如"引商刻羽，杂以流徵"般曲高和寡之作。沿着琴曲营造的意境，一忽儿仿佛窥得见深宫藏于幽林中弯曲的壶道，一忽儿仿佛觑得着云雾笼罩着的山涧中飞泻而下的溪水；一忽儿似鲲鹏展翅，一飞千里不停歇，一忽儿又似鹇鸠私语，唧啾呢喃不住声。兀然地，有一块山石坠入深潭，发出沉闷内敛的声响："涟漪！仅此而已也哉！"王献之在心里嘟哝了一声。他不愿意承认内心受到的冲击，当然就更不愿意承认这两位女子的琴技令他受到的震动。当然，琴曲实在新颖别致，从未听闻过，这给他留下了深刻印象。于是王献之睁开眼睛，他没有发现谢安一直在用审视的目光打量自己，当然就更不知晓坐在侧后方的妻子郗道茂内心会有些怎样的感触。

　　睁开眼睛后，王献之这才有心情再一次仔细端详两名女子各自弹拨的乐器。古琴无论从外形还是色泽都可看出是一件很有年份的乐器，以王献之对古琴之喜爱，即使隔着这么远的距离，光线也显昏暗，却似乎能摸得出古琴沉重的古意，嗅得到古琴散发出的悠远。

　　而那把阮琴更是古老，王献之熟读典籍，深知这女子握持的这把立式阮琴绝非寻常人家所有，可是，可是……

　　正在大惑之时，有一物件在眼前一划而过，王献之像是被钉住了。再仔细看去，那物件在弹奏古琴的女子腰际衣与裳多褶而又松弛的连接处忽隐忽现。定睛注视，似乎是绶带上的飘缨。再专注视之，却又看不见了。若当真是绶带呢？此女子定有不平凡之家世渊源。然，何以沦落于斯乎？

　　脑袋里不知何处亮光一闪，却电光火石般稍纵即逝。大脑里一片漆黑，然而一个念头随之在内心深处形成，在琴曲声中渐渐变得清晰起来。然后这个念头猛地从意识深处跃了出来。王献之被这个念头的清晰面目吓了一跳。然而，随着内心的感念和琴曲之声慢慢合拍起来，形成了一种极难想象的协调，王献之内心受到的惊吓开始渐渐平复下来，紧接着便认可接受了。

这期间，他听见谢安大人在说话，却根本没有听清他在说些什么。那个念头紧紧攥住了他的情感走向，又占据了他的理智空间。起初，王献之还试图挣脱这个念头的袭扰，到后来，当一切变得顺理成章的时候，他便一下子就接受了。

郗道茂一定是看出了王献之的视线始终聚焦在两名歌姬身上，并没有认真听谢安大人在说什么。而谢安所说事关王献之的仕途，于是郗道茂在身后轻轻推了推王献之，把王献之从凝神遐想中推回到了正堂的烛火中。

王献之周身打了个激灵，听见了谢安大人的最后一句话："官奴，皇上将于近日在太极殿西堂召见你。"

王献之惊得一滚身跪在地上，惊恐地问道："小子不知皇上因何召见，请大人明示。"

谢安看出王献之压根没听他前面说的话，无奈地一笑，说道："恐是拗不过新安公主纠缠。皇上召见你自有皇上之理由。"

从谢安家出来，王献之夫妇二人一路无话。直到上了卧榻，钻进被窝，夫妇二人都沉浸于沉默之中。许久，大概是听到了王献之长叹一声，郗道茂朝着夫君贴了过去，被王献之揽进怀中。

"官奴，皇上召见凶多吉少焉。"郗道茂怯怯地说道。

王献之扳过郗道茂的面庞，盯着她的眼睛。卧室里漆黑如墨，四目相对却视而不见，谁都看不到谁的眼睛。王献之自知自家的眼睛目光炯炯，他也相信郗道茂的眼睛亦是神采奕奕。

郗道茂又说："官奴阿弟，若是那两名歌姬由你选择，你会选谁为妾乎？"

王献之心里咯噔一声，又是那句"知夫莫若妻"从心底冒了出来。他喃喃地说道："若是姊姊反对，官奴定当从一而终也哉。"

两个人一起窃窃地笑起来。

郗道茂双手将王献之搂紧，两具湿滑的胴体开始有了反应。郗道茂说道："据说嘉宾阿哥已经入京到任，我去当面询问。若是阿哥准许，你就速速将那丫头纳进门来，也免得夜长梦多，横遭司马道福阻挠也哉！"

"何不明日再去探访大舅，当面得他老人家应允。"

"只要嘉宾阿哥在京城，关乎家族事宜唯他断定焉。"

第二十五章

  距前次到老宅拜访回京述职的大伯父又过去了一些日子，郗道茂托人打探到大哥郗超前次到任没几日就返回了于湖大营，前日再一次回京到任。郗道茂估摸着一定是大伯父已经离京，郗超才会回来。郗超是大伯父的长子，什么时候父子二人形同陌路的，就连家人都说不清楚。这几天，王献之忙着官员考绩的事情，每天回来都很晚，郗道茂也不忍心用纳妾的话题惹他心烦意乱。于是，郗道茂就决定自己先去会一会堂兄，探一探阿兄的态度。毕竟，如今在郗氏家族里，只有嘉宾阿哥才一言九鼎。
  郗道茂敲过门等了许久，老仆人才来开门，见是郗道茂，慌得跪下来请安问好。这位老仆人是父亲大人在世的时候从京口那边的祖宅调过来的，郗道茂出生的时候，这名老仆人就在这里了，那时候还是个二十出头的小伙子，如今也已经过了五十岁。在老仆人的身后，跪着他的妻息大小总有十几口人，郗道茂估计这该是一家三代人了。郗道茂向老仆人询问如今都有谁住在这座官邸里，老仆人说除第一进院子外，其他两进院子都有人居住。大少爷郗超几天前又从于湖大营回到京城，郗超的妻息大小都跟着回到这座大宅院里。郗道茂一听这话，急忙就来到第三进院子去拜见大嫂周马头。
  姑嫂二人经年未曾谋面，一时间面对面跪在地上泪流满面。大嫂身后跪着的三个女儿最大的只有十岁，小的不过五岁，齐声叫着"姑母大人万福"，可把郗道茂内心的孤寂和悲伤呼唤了出来，起身上前紧紧搂住三个表侄女呜呜地哭了一阵子。直到嫂子周马头将她拽起揽进怀里，这才止住啼哭。
  姑嫂二人坐下之后，郗道茂才从嫂子那里得知，十几年来，堂兄随桓温南征北战，嫂子也只能跟着他走南闯北，居无定所。一旦战争开打，她就会深深陷入惶恐不安之中。尤其三年前北伐前燕贼寇的那次征战，郗超像每次征战一样，随桓温去了前线，几个月后竟然大败而归。回到于湖大营，郗超仿佛变了一个人似的，要么几个月都不回桓温大将军特令在当涂专门为郗超建起的官邸，要么即使回到官邸也不跟妻子同床。说着说着，嫂子哭起来，完全不管坐在对面的小姑子郗道茂听了这些话的心情。"姜儿小姑，我与你家阿哥至今没有子嗣。三个女儿虽说冰雪聪明，然而，不得子嗣终究违逆为妻之道。小姑有所不知，嫂子为给你嘉宾阿哥诞下子嗣有多努力哦。"嫂子告诉郗道茂，原本高平郗氏皆为道家信徒，可是，为了诞得子嗣，她只好信了菩萨。随夫君走到哪里，第一件事情就是寻找寺院，烧香拜佛，祈求佛祖看在她如此虔诚的分上，普降甘露之时记着为郗超降下子嗣。可是，事与愿违。当诞下第三个女儿后，嫂子似也心灰意冷，转而又信了五斗米道，还专门为此在于湖大营的宅院里设了静室，遇有吉日，便开帖焚香，上拜天神，下祭地祇，只为求得一子，此生足矣！嫂子说完这些，已然像是失魂落魄，然后说道："姜儿小姑，神祇一日托梦于嫂子，言称你嘉宾阿哥身染杀戮之气太过深重。我与神祇对话言称，何以大将军杀戮更重，却子孙满堂。神祇并不回答，却示我入静室反省。"

郗道茂觉得嫂子握着她的手越来越紧，自己的手已经被嫂子手心溢出的汗液打湿了，知其为此当真耗尽心思，便好言劝道："嫂子不可迷之过甚，神祇托言有时会遭鬼魅惑乱。嘉宾阿哥一生向善，即使杀戮亦是为了抗击贼寇，拯救王朝黎庶出水深火热之中。姜儿夫君，从未走出京城，一生不曾征战，然，姜儿至今未育有子女又该作何论说？"

周马头听了此话惊得连声"哟哟"，慌得抽回手去，可是再看小姑一脸淡定，心中惊恐，便不敢继续说下去。

郗道茂伸出手拉住周马头的手，一边轻轻抚摸着，轻声轻语说道："嫂嫂不必为此太过焦虑，姜儿注定命运多舛，十多年来尽了气力却难以遂愿，只能从了。即使到了尽头，也想好了，官奴家有五个兄长，五哥子猷应允了，待四子再长大些，就过继给我们。"说完，粲然一笑。

周马头看着小姑有如此定力，也是服了，说"如此就好，如此就好"，又说："昨天刚好在集市上买了不少菜蔬，今天你嘉宾阿哥要回来吃晚饭，嫂子就着意弄些上口的菜肴。你嘉宾阿哥不喜食畜肉，这两年更甚。小姑今日来，巧得很，嫂子买了刚出水的鱼儿耶。"说完就去了厨房。

趁着这个机会，郗道茂信步走到后面的第三进院子里转了一圈。上次来拜望大伯父，哪里有时间在庭院里转悠耶。第三进院子因为原是祖父郗鉴居住的，因此是官邸中最大的院落，屋舍也最多。有一座很有规模的园林，占地面积相当于一般规模的三进院子所占地皮那么大。一片不大的水面，大概也就三亩地大小。绕着这片水面修建有一条半圆形、十几丈长的木质长廊。水池的另一边是一座并不高的土堆，是用修建水塘取出来的土堆造的。四十多年过去了，土堆上的小树已经长成参天大树了。

在郗道茂的记忆中，父亲郗昙从会稽王司马的官位上擢升做了御史中丞后，才举家从会稽郡山阴县迁进了京城这座太尉官邸里居住。也就是在那段日子，郗道茂若是回京城，就可以见到在京城做尚书郎的堂兄郗超。很快，郗超就不再出现在祖宅里，郗道茂听说堂兄常年追随大司马桓温征战，几乎没有时间返回京城，即使随桓温回到京城，也无暇回到祖宅里回忆少年往事。

正转悠着呢，仆人一路小跑过来报告说，郗恢一家大小也回来了。郗道茂便跟着仆人快步来到第二进院子的正堂。尽管住在一座城市里，郗道茂与弟弟郗恢已经有多年未曾见过面了。郗恢自从三年前升职为太子右卫率后，就很少有时间能从建康宫里出来，甚至连回祖宅都需要左将军恩准。郗恢是位自律性很强的官员，而不到三十岁就能升职做官秩从四品的右卫率，即便是在琅琊王氏族群里也鲜有人能做到。自从王朝中兴以来，右卫率所统领的军队被中宗皇帝司马睿升格为统管建康宫安全的卫戍队伍。右卫率责任重大，司职建康宫内卫安全，郗恢须臾不敢离开宫里。

郗恢见到姐姐也是吃惊不小，姐弟二人依照家族规矩相互行了拜手稽首礼节。尾随着郗恢进到正堂里的弟妹谢道粲和三个儿子也在郗恢行完大礼后，向郗道茂行了跪拜稽首礼。

看着面前跪着的一排侄子齐齐叩头，嘴里面还高呼着"姑母安康万福"一类的祝福语，郗道茂内心很是感动。父亲大人身后就留下她和郗恢姐弟二人。郗道茂嫁给王献之的时候只有十七岁，那时候弟弟郗恢刚刚进入束发之龄。父亲大人在震泽湖畔过世之际，最担心的还是留在京城郗家老宅的儿子郗恢。好在祖父大人威名遗世，无人敢于诽谤。加之伯父郗愔大人位高权重，堂兄郗超又在大司马桓温麾下深得器重，王朝廊庙之上无人敢于贸然对高平郗氏直系后人恣意攻讦。所以，郗恢在弱冠之后即进入官场，先从秘书郎做起，现在已经是从四品右卫率了。

郗恢亦是心疼地看着郗道茂憔悴的面容，想了想终于还是说道："阿姊，这段日子你笃定受了诸多辛苦。可是，与其每日被各种蜚言所污，倒不如索性离开。王子敬走出这一步，想必亦是遭了不少辛苦。"

郗道茂点点头，没说什么。

郗恢在这之前虽然很少有机会见到居住在乌衣巷的姐姐，却经常能见到姐夫王献之。两人在宫里遇见时，一般只是互致问候，便匆匆擦肩而过。然而，郗恢能从王献之脸上轻松的神情和言谈中时有幽默的话语看出来，尽管阿姐和王献之结婚十多年没有得子，似乎并没有损害姐姐和姐夫的感情。郗恢自然也和家族所有人一样，知晓郗、王两家的感情是从惠皇帝时期就建立起来的，细数一下，至今也已经有七八十年了。两家不仅关系密切，世为中表，而且几十年来休戚与共。最令郗氏后人感到骄傲的是，显宗皇帝时期，征西大将军庾亮联手荆州府刺史陶侃试图弹劾王导，从而取而代之。正是由于先祖，车骑大将军，都督徐、兖、青三州军事因功拜为司空、加侍中的郗鉴坚决反对，并直陈若庾亮等人坚持己见，他将视其为叛乱，必将会同王朝军队荡平武昌府，还琅琊王氏一个公道，那场即将发生的逼宫事件才被平息下去。这之后，先祖郗鉴又因功累进位王朝太尉，成为王朝的三公之一。这也是高平郗氏家族此前从未有任何人达到过的高度。郗恢敬重琅琊王氏族人，更敬重姐夫王献之。然而，当他第一次听说姐姐和姐夫竟然在结婚十年之后选择离婚的传闻后，竟如遭五雷轰顶，万箭穿心。一次，在崇德宫巡查，遇见崇德皇太后，被问到王献之和郗道茂，他一时间张口结舌说不出话来，被崇德皇太后一眼觑破，继续追问下去，吓得他当着身后下属的面跪在地上，不敢直视皇太后，当然更不敢将那些传闻告诉太后。

郗超回来得很晚，见到郗道茂也是惊喜交加，还没来得及说一番体己的话呢，大嫂就张罗着要开饭了。晚饭十分丰盛，桌几上摆上了荤肴素菜，每人面前一个土陶烧制的餐盘和一只精致的瓷碗。仆人先是端上来一盆冒着热气的菜汤，这算是餐前食用的。这其实是北方人用餐的习惯，虽然在江左落户都已经六十多年了，这个习惯还是一代一代传了下来。餐室里一切都是当年祖父郗鉴在世时的老样子。一看见菜汤，郗道茂眼睛立时就红起来，一副欲哭又不敢的模样。郗超朝着堂妹做了个手势，让她先盛汤，郗道茂也没推辞。兄妹三人围着餐桌盘腿而坐，饶有家庭聚餐之氛围。

看着眼前的菜汤，郗道茂心里很是感动。与堂兄多年不曾谋面，甚至没有交往过，可是，堂兄和大嫂竟然还记得她最喜欢吃的正是这种用葵菜的嫩芽制作的菜汤。

家庭聚餐即将结束，三兄妹都不曾开口说话。食不言也，睡不语也，这也是郗氏家人不变的规矩。直到放下竹箸，郗超为大，自然最先开口说话。他先问了郗恢可否能够胜任右卫率一职，听到郗恢给予肯定的答复，不觉感叹地摇着头说："阿乞（郗恢乳名）阿弟，几天前见到你后，这些日子总是难忘孩提时的情景。你与姜儿妹妹在山阴时不过玩耍稚童，如今都成了大人。乞儿不仅娶了名门之女，还做到万众瞩目的宫城右卫率。着实了得，着实了得欤。咱家高平郗氏在你这般年纪就做到四品的，从未有过。家祖定会因此而含笑九泉欤。"

郗恢听着这些近乎恭维的话，并没有推辞之意。大概是因为膝下已经有了三个儿子，内心便变得强大起来。那些儿时的记忆要么被忘却，要么被各种得意淹没了。他放下汤匙，抹了一把嘴，重重地哼了一声，见坐在对面的堂兄郗超看着自己，这才说道："姊姊，王子敬背信弃义之举在京城遭到指责，亦是意料之中。咱家虽非世家大族，祖父大人却为王朝大业戎马倥偬数十年才打下了这片家业，时下声望自是与当年不可同日而语。为弟在京城谨慎做人，不敢越雷池一步，幸得崇德皇太后赏识才有了今日之辉煌。"这话说得连他自己都感觉太过渲染，便嘿嘿傻笑一声说："嘉宾阿哥，小弟难得像今日这般喜悦，见到姊姊更是喜不自禁。"

郗超等郗恢说完，重重地"咳"了一声说道："姜儿阿妹与阿乞小弟，前朝阮步兵（后世对阮籍的尊称）不仅是'建安七子'之一阮瑀之子，继建安正始之风范，又领'竹林七贤'之首，可谓人中翘楚也。然，百年之后（阮籍死于公元263年），阮氏家族至我朝阮孚便一落千丈，从此无人问津。可知为何乎？"

郗道茂和郗恢面面相觑，不知郗超因何突然说起阮籍家事。

郗超看出两位弟妹没有听懂话中含义，也不再往下说。

郗恢匆匆吃了饭，起身就说还要带着妻儿到乌衣巷看望吏部尚书谢安大人，又说此次返回宫城不知何日才能出来，不如还是将妻儿送到乌衣巷教养，那里氛围好，谢氏家族自己开设有学堂。

郗恢走后，郗超和郗道茂也回到正堂，郗超提议到长廊走走，于是郗超在前，郗道茂紧跟其后，一边走着，一边说起了两人都必须正视的事情来。当郗道茂表达了自己心中的想法后，郗超说道："咱家高平郗氏能跻身名门，盖因祖父大人以盖世之力，建功立业，力挽狂澜。显宗皇帝（晋成帝司马衍）为祖父亲诏悼文便是佐证。悼文中尽采溢美之词，却绝无虚妄之言。实在是显宗皇帝心中日夜所念之情，朝暮所思之悟耳。昔日，祖父在旧京洛阳与官奴祖父王世宏大人结为好友。听父亲大人多次说过官奴父亲逸少大人前往京口相亲之旧事——那时我父亲大人已经十二岁上下，颇通人情。那一夜为迎接逸少大人，祖父和祖母竟然兴奋得一夜未曾合眼。父亲大人说，那日晚饭时，祖父在伙房巡视第二日酒宴准备情况，回到餐桌上对祖母大人说他与官奴祖父在旧京失守后曾经在溃逃路上见过最后一面，官奴祖父带着一支人马向南去营救仓皇逃出京城的秦王也就是后来的愍皇帝，而咱家祖父正带着上千从京城逃出来的官员子民向东逃亡。两人匆匆一见，官奴祖父交代了两件事情，一件是让咱家祖父前往仓垣去会合已经在那里落脚的荀晞大人，或可保全上千人之性命，另外一件是将他在建邺一家大小托付给了咱家祖父。自那以后，祖父不仅选中逸少大人为婿，而且在显宗皇帝在世期间，强力阻拦了征西府庾亮大人试图联络长沙郡公陶侃罢黜琅琊王氏王导大人的企图。咱家祖父有一句话深埋于只有十几岁的父亲大人心中，祖父对父亲大人言称：'荆州刺史王廙病故，棺椁返京之时，中宗皇帝（晋元帝司马睿）令太子（后来的晋明帝司马绍）为其扶棺下葬，此乃皇族之待遇也。吾与王世宏有此幸遇必是天意。从此高平郗氏绵延世代，不得忤逆此天意也哉！'之后不久，祖父择逸少大人为婿，定是顺应天意。"说到这里，郗超站住了，郑重而又深沉地说道："官奴无后，显然非姑母大人所料。然，吾等后人却可以审时度势，做出决断，不辜负姑母大人倾情之关怀欤。"

郗超这一番深沉的话语令郗道茂愕然。这位以严厉让弟妹们畏惧的兄长今日却语出谨慎，既不武断亦不滥情，令人难以琢磨。

郗道茂跟在阿哥后面，已经在长廊上走了不知多少圈，阿哥这才移步上了假山上的木亭。兄妹二人面对面坐在亭子中央的石桌旁，郗超接着说道："姜儿阿妹，你与官奴之事阿哥半年前在于湖大营就已经知之甚多了，其他你亦无须解释。即使你今日不来老宅，终有一天我也会光顾乌衣巷。此事无论因何而起，迟早都要有个终结。刚才说及姑母大人，姑母在世之时，对我们这些侄儿呵护有加，至今想起，仍然让人难以忘怀。我们能在山阴老宅安心居住，盖因姑母诚心挽留和悉心照顾。记得姑母亡故那日，我们郗家兄妹比官奴家大小哭得还要伤心。"

郗道茂听了这些话，不觉红了眼圈。

郗超接下来告诉郗道茂，皇上已经在向有司征询左右夫人事宜，但得到的呈报却让皇上难下圣谕。吏部谢安大人那里倒是很想配合，再一次提出欲要擢升官奴官秩，使之跻身三品之列，却遭到有司的反对，认为不合法理。郗超呼出一口长气，说道："官奴也许不知道这些事情，可你却在我这里得到内情。故而，阿哥觉得你需要仔细权衡。皇上龙体欠安，不会任由此事延宕下去。"

郗道茂听话地点点头，但没说话。

郗超咬了咬嘴唇，无奈说道："我在返回京城途中想了一路，新安公主乃桓大将军前任儿媳，若是想做官奴之妻有两关要过：头关是皇上能否允许此事发生，如今看来皇上已经恩准；第二道关则是你与官奴各自家人之态度。"

郗道茂有些不解，但语气坚定地说道："官奴与我约定厮守终身。"

郗超轻轻摇摇头说："姜儿妹妹，恐非你二人所想那般简单。"

郗道茂果断问道："咱家高平郗氏规矩姜儿心中清楚，然，姜儿与官奴之婚姻由两家尊长亲自命定，此如同天意，任何规矩又怎可拆散。况，姜儿已经应允官奴纳妾，为他生养子嗣。只要阿哥不予阻挠，此事便遂了人愿。天意人愿，乃命也！"

郗超再一次摇摇头，说道："纳妾之许谈何容易。阿哥我以年届三十有妻，膝下至今无子，即使无有天意人愿，桓大将军早已经许我纳妾以续后嗣，而大将军视我如己出，可视同父命也哉。然，阿哥刚才已然说过，高平郗氏之所以能跻身名门之列，盖因祖父大人以此为家族使命并终生为之奋搏，才有了今日之荣耀辉煌，并非乞儿以为依仗崇德皇太后便可得之欤！崇德皇太后母系若非陈留谢氏族人（意指褚太后是已故前将军谢尚的亲外甥女，而桓温则与谢尚情同手足），岂能有今日之崇高地位？在家族荣耀之前，任何一己之利皆无足挂齿。阿妹当慎思。"

郗道茂听不出郗超对纳妾究竟持何种态度，内心焦虑不安，脸上却不愿表现出来，便轻描淡写地问道："嘉宾阿哥，若是姜儿甘心应允官奴纳妾，伯父大人持何态度？"

郗超鼻子里哼了一声，说道："家君膝下已有三个儿子，除我之外，两位阿弟都有了子嗣，即使不问亦可知晓他老人家持何态度。姜儿，家君绝无胆魄无视族规，遑论破坏族规欤。故而，你亦不可指望阿哥网开一面。"郗超原本想告诉郗道茂，此次回京之前桓温让他力阻司马道福嫁于王献之为妻，一闪念没说出来，嘴上却说："除非皇上断然拒绝介入此事，司马道福那里便只是一厢情愿而已。"

郗道茂猛然想起那晚上谢安所说，脱口而出："安石大人告诉官奴，皇上近日会召官奴入宫。"

郗超不禁哟了一声，良久才说道："姜儿阿妹，依阿哥所见，皇上是要介入官奴与新安公主婚姻一事，然，诏令设左右夫人绝无可能。你对此恐要心中有数。此事到了这般地步，已然没有了转圜之余地，结局可预见也。"说罢长叹一声。

郗道茂怀揣着无尽的失望回到乌衣巷家中。天正在黑下去，虽临近夏季，却因是阴霾天气，庭院里昏暗而又压抑。进到庭院，郗道茂才意识到家中无一间屋舍掌灯，心中疑惑着便进了正堂。点亮烛火，正堂里的情景把郗道茂吓了一跳。王献之面对着正堂的北墙跪在那里，北墙下那张梨木高桌上竟然供奉着祖考的牌位。郗道茂心中惊诧却不敢询问，急忙也跪下来，朝着牌位稽颡而拜。

暗红色的香火忽明忽暗，燃烧出来的烟气呈弯曲向上的形态，缭绕在香火上空，然后弥漫开来。正堂里的氛围由此肃穆而又神秘。

不知跪了多长时间，王献之终于说道："祖考在上，孩儿官奴愚钝，因儿女之事郁结于胸，虽殚精竭虑，终难以化解，苦不堪言。祖考在天之灵，通晓万物，万望指点迷津，助小子摆脱羁绊也哉欤！"

回到卧房，二人之间并无对话。上床之后，王献之如以往一样将郗道茂揽入怀中，这才问道："卿此行可得允诺乎？"

郗道茂问了句"祖考先灵如何指点乎？"，便将脸庞深深地埋进王献之肘弯里。

王献之愤愤说道："祖考言称必会托梦于我，看那司马道福能奈我何耳！"

第二十六章

接连好几天，王献之很晚才返回乌衣巷家中。回到家里后，等候着的郗道茂便伺候着他睡下。两人各有心事，话也就不多，都知晓彼此因何事愁容不展，也都明白，眼下任谁也帮不上这个忙，任谁也想不出何种法子能摆脱来自司马道福高举着的悬在二人头颅上的那根锁链。二人知道，要么乖乖束手就擒，王献之出妻，郗道茂离开，要么就这样不死不活地煎熬着，等待命运的安排。

幸好有官员考绩这桩国之要务可做，又是王献之迁入吏部做了侍郎之后遇见的头等大事，只能做好，不能敷衍。于是，王献之便将郁结于胸的沮丧和愤懑转化成对事务的热忱。这种考绩通常三年一次，京城五品以下官员都必须接受业绩统考。考绩从武皇帝立朝时就已经被规定为律法，永嘉之乱期间停止了几年，王朝江左中兴之后恢复，大的宗旨未曾变化，只是在细节上做了节略，时间短了，原来需要一月，如今只需半月便能结束。

这期间最忙碌的唯有吏部，尚书仆射兼吏部尚书谢安大人坐镇府院，每送达一批考绩文册，谢安大人皆要亲自过目。大人态度端正，一丝不苟，掾属们哪里还敢怠惰。身为吏部侍郎，王献之必须将经过尚书大臣批阅的考绩文册依照优劣和官秩大小，分出等级。优等者纳入迁升名册，劣等者将依照王朝考绩律法贬谪出京。

对王献之来说，尽管几乎每天都被家事搅得神志纷乱，心绪不宁，但有一件事情却算是这次考绩的重大收获，也多少转移了日渐糟糕而又无力改变的坏心情。这就是结识了从于湖大营迁入吏部做了郎官的袁彦伯（袁宏字）大人。彦伯比王献之大了十五岁，官秩却因为不得桓温赏识，转入吏部时依旧还是五品。袁宏算得上是名声显赫的永和名士之一了，其所作《北征赋》《东征赋》和正在撰写的《后汉纪》早已经在京城流传甚广。而其在左卫将军王坦之发起的"公谦之辩"中公然站在王坦之对立面，对王坦之提出的公开坦承之义对世间而言一定大于谦卑退让之德的论述不以为然。王献之未见其人之时就很是崇仰此人，却不曾想在吏部与其成为同僚。几次接触下来，王献之深为袁宏博学通识之才而折服。袁宏也早就知晓王献之那次在太极殿西堂完胜桓温大将军、保全了武陵王司马晞性命的西堂之辩，故而对这位出身望族却能在生死关头仗义执言的青年俊杰深感敬佩。正所谓惺惺惜惺惺是也。

考绩期间二人颇多来往，虽说不上深交，但几番接触下来，袁宏对王献之的骨鲠品格颇为欣赏。这天，官员考绩终于收工。王献之正愁着不知往哪里去呢，一边走着，一边盘算着不如到外公郗鉴的祖宅去看望表兄郗超。刚走出吏部，就被袁宏拦住，邀请王献之一块儿去喝酒。王献之也找不出可以拒绝的理由来，只好应允下来。二人从朱雀桁小码头上了一条小船，顺运渎水向西很快就来到竹格港。王献之除了三月三修禊日那天在这一带跟三哥涣之和四哥肃之喝过一次酒，闹了个不欢而散之后，再就没在晚上往城西来过。

袁宏并没有在最为显眼醒目的酒肆停留，而是引着王献之绕过主街道，去了一家豪华客栈后面隐藏着的酒肆。酒肆不大，却也设有雅座和阁楼。袁宏显然是这家酒肆的老顾客，店家笑容可掬地将二人安顿在一间并不显眼的雅座里。栅栏状的隔间门一关，雅座里不大的空间显得宽裕了不少。

两人很快就喝完第一坛酒，袁宏眯缝着眼睛对王献之说道："为兄与你从未有过交往，只在谢尚大人府上做掾属时，从大人那里听说过逸少大人有七子于世，皆为俊杰是也。见第一面时，着实被你之雍雅大方之容、玉树临风之态吸引，一打听才知晓老弟乃逸少大人之后，仅凭此便令人肃然起敬也哉。实不相瞒，为兄平生临写第一张法帖，便是令尊大人广传于世的《与桓温大人书》。在这之前，为兄书读五车，胸怀经纬，自认为书写技艺虽难称旷世绝伦，却也鹤立鸡群也哉。那时方知天外有天，甚感汗颜软。"

王献之莞尔，并不答话。

酒到酣处，袁宏的话也多起来，也不再顾及言辞轻重。说起在于湖大营的经历，还是叹声连连，对谢尚颇多崇敬，而对桓温则颇多责怨。"永和十二年，桓温大将军再发重兵挺进中原，誓言进入旧京。行至陈留旧地，广袤中原便是一马平川，大将军情怀大开，贬斥前朝王衍大人。为兄专史，正在撰写《后汉纪》，对前朝乱世终结之因颇多探究，自然比他人知之更多，故而贸然冲撞，以为不可将一朝崩塌、国之兴衰担于一人之身。大将军恼怒称应该将为兄宰杀犒劳攻入旧京之军士。"

王献之听到这里，不禁想起几个月前的西堂之辩，顿觉毛骨悚然，啧声连连。

袁宏受到感染，轻触王献之的肩膀说道："谢安大人惜爱人才，从谢玄那里得知此事，出手相援，将为兄迁入吏部，为兄得救也。至今想起，依然感激不尽欤。"袁宏突然将话题一转，问了句："子敬，你对为兄所撰征战二赋（指《北征赋》和《东征赋》）印象如何？可否赐教于兄乎？"

王献之做了个恭敬的手势，谦和地说道："彦伯兄乃大家也，小弟相形见绌，不敢班门弄斧。若是当真让小弟置喙，只好语之为潘安仁（潘岳，西晋著名辞赋大家）再世欤。"

袁宏听罢，咕咕笑了几声，说道："看来为兄已然名声斐然，然，为兄却难得快活。"于是，借着酒劲儿将家世渊源一股脑说了出来。袁宏说得深沉，神情却很是淡然。袁宏坦然说自家九世先祖袁滂官至东汉灵帝时期司徒，位及三公之列。之后二百年，袁氏家族始终得在大士族之列傲然于世。只是到了五十年前，袁宏的父亲在县令职上离世，从此家道中落。然而，良好的教育和自奋的情操，也使之虽再难跻身名门望族之列，却成就了文化翘楚之地位。袁宏自叹至今已年届知天命之龄，从政为官已有数十年之久，却难以跻身高官之列，这在王朝并不多见。究其缘由，实在是与家族没落有关。各种酸楚凄凉也只有自家体味多多，颇令人难以忍受。自己虽从于湖大营参军入朝做了郎官，但此生再难高迁也哉。与殷康子一道和王坦之公开论战，既出于对公谦为准则深有感悟，不得不一吐为快，亦在乎此举可一展才情，以图声名鹊起，使沉寂之人生别开生面，或将引起皇上关注也未可知呢。

又将一坛酒喝光，两人之间的局促就被打破了。王献之也将斯文弃之不顾，一边轻擂桌几，一边坦言说父亲乳名阿菟，是为虎之别称，而当朝尚书右仆射叔虎阿叔字中也有一虎，乳名更是称作虎犊。不想袁彦伯阿兄被人尊称为袁虎，而大字彦伯甚至被遗忘，二人当真缘分深重。于是，二人在觥筹交错中又喝光一坛酒。接下来的话题极为广泛，袁宏惊叹王献之阅览之广，令人惊叹不已。而王献之则钦佩袁宏在随桓温大军北伐征战途中，奉命作露布（军中报捷的文书）以传捷报，竟然在马背上倚马疾书，顷刻间即成七纸。此等深厚之底蕴着实令人难以置信。袁宏说他在于湖大营见到过王献之为桓温大将军写的

267

扇面，一时间惊为天人之作。王献之也像袁宏一样，拍打着对方的肩膀说："彦伯兄在《东征赋》中对大将军陶侃功勋未置一词，被大将军的儿子持刀逼入密室却能从容应对，幸免于难。若非有大智大慧怎能如此。"

说话间，二人在酒肆已逾一个时辰，酒也喝得上了头，王献之便将在婚姻上遇到的苦恼言简意赅地讲了一遍。说到自家几位兄长绝无体谅之情，也说到自家阿叔固执己见的态度，甚至说出了谢安大人亦不能免俗的那些劝说，却隐瞒了公主几次逼婚的过往。最后说道："既然彦伯兄有意询问，小弟便以为兄长不忍对我之愁苦视而不见，倾诉之余，倒很是心情舒畅耶。"

袁宏听罢，连连点头，却苦笑一声，说道："子敬，为兄与琅琊王氏后人几无交往，在于湖大营里虽与王珣同为参军，却因那里参军幕僚中有太多名不副实之滥竽，而不屑与之为伍。至于王珣之才情，为兄不便评论，但是，望族之名、名士之后的盛名，令人不得不仰目而视欤。"

王献之听出对方似有顾虑，便抓起酒坛往两人酒杯里倒满了酒，隔空先将酒一饮而尽，说道："彦伯兄不必顾虑重重，论年龄，彦伯兄与我家叔平二哥相当。称你为兄长并非全出于礼节，而是心诚使然。彦伯兄在不惑之龄，已然才华奔放，有多卷大作流传于世，惹得天下文人墨客竞相抄阅，爱不释手，能被桓温大将军称作'文宗'，绝非浪得虚名。故而，向兄长倾诉胸襟哀怨，小弟丝毫不觉难堪。"

两人就这么你来我往，抒发胸怀，也是越说越觉着投机，说着说着，又是一坛酒下了肚子。

袁宏见王献之语出坦承，并无故作姿态之意，便说道："子敬老弟，为兄关注你多有时日，却见你总是行色匆匆，不苟言笑，似乎郁结于胸。年近三十就官秩从四品，这在外人看来当真是官运亨通，着实了得。你该高视阔步才与身份家世和过人之才情相当欤。"

王献之只是笑了笑，随性说了一句："琅琊王氏早已风光不再。不仅如此，想之前颍川庾氏何其风光，如今几乎被灭族，实在令人扼腕唏嘘。"

袁宏听罢推心置腹说道："子敬老弟，为兄来到吏部也有些时日了。因在于湖大营结识王珣（王导的孙子），又在吏部得以结识子敬，大概亦因自家身世的关系，于是，闲来无事时便着意盘桓于中兴以来望族名门现世之变，结果，首先发现琅琊王氏自王导大人离世之后，再无人跻身辅政之列，即使参与军机要务之重臣也不复有人了。为兄不禁掩卷常思，何以如此乎？"

听袁宏这么一说，王献之飞快地在脑海里搜寻了一下，当真如此。

袁宏接下来的话将王献之吓了一跳："子敬老弟，为兄本不该在你与新安公主一事上置喙……"

"彦伯兄从何处听得此事乎？"

袁宏没想到会惊到王献之，急忙说道："为兄不是多事之人，此事早已在御街上传开来。适才老弟说到无有子嗣之苦闷，为兄甚是同情。想你才情如此不同凡响，无有子嗣令人唏嘘。为兄有句话不知当讲否。"

王献之见对方话说得恳切，只好点点头。

袁宏继续说道："为兄在尊夫人与新安公主二人之间无偏袒任何一方之理由。依为兄浅见，娶公主为妻虽非良策，却是改变人生之上策。想你家尊大人若是循规蹈矩，不敢越雷池一步，怎会有《兰亭集序》之惊世骇俗。人生短暂，机不可失，即使为光大琅琊王氏门户计，老弟你也需当断即断矣。"

王献之虽然觉着袁宏所说实在在理，却不得不警觉地问道："彦伯兄，此话老弟在谢安大人那里也听到过。可是大人授意乎？"

袁宏急忙摇头，说道："非也。大人一日嘱我作《名士传》，说到逸少大人，说到对你寄予之厚望，不禁唏嘘。为兄不过自作主张罢了。"

两人正说着，有古琴乐声响起，王献之侧耳聆听，神情转而惊诧，便问道："彦伯兄，这乐调听上去如此熟悉，琴曲之声从何处而来？"

袁宏一哂，回道："竹格港是京城最大之货物集散地，酒肆林立，商户比肩，再有便是歌姬坊名扬京城。子敬阿弟竟然不知乎？"

王献之感到窘迫，摇摇头说道："我仅知晓燕雀湖畔有座艺伎坊，却从未涉足过，竹格港这边平日并不常来。难道彦伯大人常来光顾？"

袁宏点点头。"每逢朝会散朝，当日就会闲了下来。愚兄除了值守时能在台阁栖身，在城垣之内无有居所。"说到这里，袁宏即兴背诵了一段前朝最为著名的文豪之一潘安仁《秋兴赋》中的一段，"仆野人也，偃息不过茅屋茂林之下，谈话不过农夫田父之客。摄官承乏，猥厕朝列，夙兴晏寝，匪遑底宁。譬犹池鱼笼鸟，有江湖山薮之思。"

袁宏咏赋的当儿，王献之心中颇为同情。他自然知晓袁宏怀才不遇，又性情耿直，不得朝廷厚待。于是跟了一句"余春秋三十有二，始见二毛"，说着

269

摘下冠帽捋了捋头发。一头浓黑的头发里已能见到夹杂着的极少的白发了。

两人一起笑起来。王献之便又说："彦伯兄不必自敛，适才说到竹格港的歌姬坊，何不告知小弟，如何能请来琴曲歌姬来这里让你我一饱视听也哉。"

袁宏一哂："这倒不难。"说着，从衣袋里掏出一粒碎银，朝着店家招招手。等店家过来便将碎银塞了过去，问道："可将弹琴女子请过来乎？"

店家收起碎银转身走了。不大会儿工夫，店家便带着两位琴姬走过来。走得近了，虽然隔着栅栏门，王献之还是认出了两位歌姬。王献之不觉心中一亮——竟然是在谢安家中两次遇见的琴姬。两名琴姬也认出了王献之，朝着王献之做了个礼拜。而二人对袁宏更是熟识，坐定之后坐在前面的抚琴的琴姬柔声问道："大人依然要听那支琴曲乎？"

袁宏哦呵呵连连点头，掏出碎银放在古琴一侧，然后起身整理衣帽，恭恭敬敬地坐在古琴对面，说了声"洗耳恭听也"，便不再说话，神情肃穆，甚是端庄。

琴曲声起，王献之心里咯噔一声。此曲在谢安家中听过两次，是谢尚谱写的《大道曲》。一个荒唐的念头飞闪出来：难道袁宏邀他到此处饮酒，竟是谢安大人授意乎？想到这里，不觉乜斜着眼睛看着身旁的袁宏。大概是感觉到了王献之的目光，袁宏说道："为兄得谢仁祖大人赏识，虽萍水相逢（指谢尚在船上听到时为搬运工的袁宏自咏自乐），却接纳为兄入大营之中，委以参军重任。大人惜才，从未因我出身贫寒而另眼相待。大人又不耻下问，闲暇之时便与我切磋琴曲技艺，并将浑身技艺传于我。"说着，起身将谢尚独门鸲鹆舞舞了一节，坐下又说："大人时常与我谈古论今，知我略通史学，并颇有心得，便鼓励我书写史册，此便是《后汉纪》起始之因。若非大人勉励，何有我之今日。故而至今仍念念不忘大人恩德。每临歌坊，首点琴曲必是《大道曲》焉，以示对大人敬仰之情。"

王献之跟着说道："我曾在谢安大人府上聆听过《大道曲》，此曲最为令人震惊之处在于，大道随心入骨，心境不同，琴曲意境便有不同。今日再听似有哀怨之气焉。"

袁宏听王献之这么一说，也跟着凝神谛听。琴曲不长，若是和着曲辞很快便曲终。然而，琴曲再一次开始便有了不同，很显然，两位琴姬将瞬发之情融入其中，才有了这样的变化，而这个变化被敏锐的王献之捕捉到了。

袁宏摇着头说《大道曲》之词是他与谢尚大人共同切磋推敲而生，而大人谱写琴曲时，也颇多征询自己意见。刚才仔细聆听却并没有辨出差别来。正说着，琴曲开始演奏第三遍。王献之轻轻在袁宏腰上戳了一下，悄声说道："彦伯兄可听出不同？"

袁宏被王献之的认真劲儿打动了，聆听时竟然侧着耳朵了。直到琴曲终了，袁宏只好叫停，转而说道："子敬老弟，为兄耳拙，竟然丝毫未能听出有何不同。"

"柔情欤，柔情也哉！"王献之轻声欢叫起来。

弹琴的女子听到王献之的欢叫声，莞尔一笑，脸庞上便有了红晕，站起身来，朝着王献之行了礼节，细声细气说道："大人所言极是，小女子正是将心情随性加了进去。大人竟能听出不同。"说完，女子坐回去，并没有继续弹琴，而是看着袁宏。

弹古琴女子说话间，王献之下意识地朝着走在前面的女子的腰间扫了一眼，女子腰间仍然系着那根紫色丝质绥带。袁宏也注意到了王献之表情异样，顺着他的目光找过去，不觉一笑，说道："子敬阿弟是否觉着这女子腰间之丝带似曾相识？"

王献之见被袁宏觑破，不好意思地点点头，没有说话，但似乎有醉意袭了上来。

袁宏全无醉意，可见酒量着实了得。他指着坐在前面的女子说道："此女名为桃叶，后面持阮琴女子名为桃枝。两人是姊妹，来京城已有半年。京城歌坊唯此姊妹二人最为赏家喜爱，然，至今却无人知晓姊妹二人从何处而来。据说，此姊妹二人最得吏部谢安大人宠爱。"这最后一句话是轻声说出来的。

王献之没有继续这个话题，而是问道："彦伯阿兄对女子腰间之丝带似亦有疑惑？"

"正是。"

"小弟以为，那根丝带定有隐情也哉。"

袁宏点头应道："果被子敬一语中的。那根丝带绝非一般装饰之物，以我之见，恐是朝廷颁授之绥带。若是没有猜错，此女子应该携带有韨带（官印上的丝绳）也。且，为兄正好在于湖大营见过相同的绥带。"

王献之问道："彦伯兄可否仔细说来？"

袁宏点点头说道:"荆州刺史桓冲大人去年来到于湖大营,佩戴着的正是与此相同色彩的绶带。"

王献之一惊,脱口说道:"桓冲大人乃三品大员也哉!"

"子敬老弟所言不差。这根绶带是朝廷有司为三品官秩、刺史一级高官颁授。吁,此女子持有三品绶带实令人匪夷所思欤!"

王献之一听这话,心里咯噔一下。两次在谢安大人家中遇见这两位琴姬,恐绝非邂逅而遇。但他没有将这个大大的疑惑说出来,而是朝着二人挥挥手,示意可以演奏了。

第二支琴曲开始之前,袁宏说道:"子敬阿弟,仁祖大人离世之后,我将大人专为我之咏史诗所作笛曲改为琴曲,由古琴主奏,阮琴和之。若是子敬有心欣赏,我可让姊妹二人演奏一番。此曲问世已有经年,只是在认识了这姊妹二人后才找到了能够演奏之人。"

王献之当下应允,但是好奇地问道:"彦伯兄难道有纳妾之图谋乎?"

袁宏咕咕笑起来,连连摇头说道:"为兄膝下三子二女,抚养起来亦是不易,不敢有非分之图。"说到这里,猛然一击前额:"子敬老弟,适才为兄与你说及纳妾一事,撺掇阿弟不妨为之。桃叶姐妹二人琴技虽难称出神入化,然,为兄与两位姊妹接触多次,纳为妾媵实乃不可多得之尤物也哉。子敬何不多与姊妹二人交往,纳入家门,以续后嗣焉。"说到这里,又在额头上击了一掌:"嘻,冒犯了!以子敬之门第,即使纳妾亦需门当户对。桃叶姊妹二人几无门第之说,故而即使子敬有意纳之,恐难以偿愿也哉。"

咏史诗不短,因此琴曲很长。袁宏听着琴曲,低声咏叹自家所作的咏史诗句,乐在其中。言者无意,听者有心。袁宏刚才一番自说自话,着实令王献之动了心机。此刻,他的眼睛又盯住了抚琴女子腰间的丝带,心思也跟着徜徉起来。

从酒肆回到乌衣巷家中,王献之心情好了许多。至少在静心聆听姐妹二人弹奏琴曲的时候,他混乱不堪或者沮丧不已的心情被那时而激越、时而舒缓、时而高亢、时而温润的琴曲平复下来。而袁宏的一番说辞,不仅令他心动,而且让他觉着有必要再见桃叶姐妹二人,弄清二人的身世。

睡到半夜,王献之被睡梦惊醒,耳畔不断响起那支《大道曲》,而袁宏诗句中的"婉转将相门,一言和平勃。趋舍各有之,俱令道不没"和他那番肺腑之言更是时隐时现,让他一时很难继续入睡。王献之索性起身出了卧房,来到外间书舍,找到陆机大人赠予祖父大人的几首辞赋,铺开纸张,拿起毛笔蘸饱浓墨,深吸了一口气,一笔一画临写起来。耳畔,《大道曲》轰然响起,由近渐远,又由远迫近,时而柔情似水,时而铿锵豪迈,时而如泣如诉,时而爽朗开怀……

第二十七章

　　接连三个晚上，王献之都会光顾位于京城竹格港的歌姬坊。坐进后院的赏花亭里，要上两坛好酒，配上几样下酒的菜肴，听桃叶姐妹俩弹奏乐曲。几天下来，桃叶姐妹二人也就没有了那么多的礼节。王献之完全不像其他那些公子哥儿那样，恣意耍性子戏弄姐儿俩，更多的时候还会逼着姐妹二人陪着喝酒。不过，倒是没有哪个纨绔子弟会对姐妹二人动手动脚，尤其，听姐妹二人说起王献之，那些达官贵人或者他们的子弟立时就会变得乖巧起来，然后就匆匆离去了。姐妹二人发现居然会有这样的事情，于是，只要王献之进了歌姬坊，二人就会卖力弹奏乐曲。尽管这个过程中三个人无甚对话，但相互之间好感陡生。王献之果真也就来得勤了。

　　有酒却没有心情，这是王献之对自己此时状态的描述，他嘟囔着说"好琴曲，妙琴曲"，却无法寻找出好在何处，妙在哪里。

　　这日，王献之原本是想邀请袁宏一道前往竹格港的歌姬坊听曲，在府院里转了一圈却不见袁宏身影，只好独自从吏部出来在朱雀桁等着船家经过。不大一会儿，一条可坐四五人的搭客船就从东边划了过来。船家一定是认出了王献之，没等王献之开口，便殷勤地招呼说道："大人定是往竹格港而去。竹格港的歌姬坊堪称京城最受人瞩目之地。"他原本想说"最受朝廷官吏喜爱之处所"，见王献之面色冷峻，没敢说罢了。

　　下得客船，迎面就撞见了吏部的几位同僚。王献之拗不过同僚的软缠硬磨，被拉着进了一家酒肆。一通胡吃海喝之后，王献之觉着已是酒力不逮，猛然想起还要到歌姬坊听曲，就找了个借口出了酒肆。出了酒肆，经风一吹，酒劲就涌上了头，脚下立时就显得跟跄不稳了。王献之在原地站立了片刻，辨出了琴声传来的方向，便一步一跟跄地向琴声响起来的方向走过去。

　　桃叶和桃枝听见外面有人在呼喊二人的名字，急忙迎了出来。二人小心翼翼地将喝得酩酊大醉的王献之扶进了屋舍。桃叶的手刚挨着王献之脊背，就觉着王献之的身体一阵痉挛，嘴里跟着就发出咝咝的声音。虽感到奇怪，却也不便询问。

王献之知道自己醉了，恐举止大失雍雅，心中想着极力克制，手脚却总是会冒出一些放肆的动作。好在这姐俩对王献之的失态并不感到吃惊，也没有丝毫厌恶。所以，王献之尽管很难做到节制自己的言语和动作，却还是控制着没有对姐妹二人做出太过出格的举动来。后来他想起好像捧着桃叶的脸朝着那上面用力吹着酒气，还记起他搂着姐妹二人说了不少亲亵的话语，但他一点儿不记得是不是对姐妹二人做过什么下流的动作，只是记得桃枝曾经离开过一会儿，而这期间他紧紧搂着桃叶不松手。即使这样，桃叶也没有对他的举动做出任何推搡的动作来。他身上的酒气很重，而嘴里面呼出来的气味一定不比厨房灶台里冒出来的浓烟好闻到哪里去，可是，桃叶没有嫌弃他，似乎还回应了他的搂抱。这之后发生过什么，王献之完全想不起来了。这段空白让他在接下来清醒之后想了好久，最后唯一想起来的就是那段空白的时间里，他的身体好像有过从未有过的战栗。再后来，酒劲渐渐过去，脑子也清楚了，他看到了桃叶焦虑中饱含疼爱的眼神。这眼神令王献之不由得顿生爱怜之意。他是在这种眼神的鼓舞下才大着胆子攥住桃叶的小手的。那小手在他的掌心柔软而又顺从。接下来又发生了怎样的事情呢？王献之无法将不断显现出来的碎片串联起来。记得桃叶被他拉到身前，两人的脸几乎贴在了一起，有一瞬间桃叶的小脸变成了郗道茂的面孔，王献之恐慌地松开手，整个人一下子彻底醒过来。他慌忙向后撤出身子，不想没有坐稳，向后一仰倒在地上，脊背着地时重重地撞到了背上的疥疮，疼得他龇牙咧嘴嗷嗷地叫起来。

姐妹二人急忙扶起王献之。王献之坐起来后，本能地向后退了几下，想躲过姐妹二人再一次伸出来的手。

桃叶和桃枝姐妹二人以为王献之要发怒，吓得跪在地上，说道："大人息怒，小女子不慎脱了手，摔疼了大人。"

王献之知道两人误会了自己，便说道："不必如此惊慌，许是酒醉方醒，才会坐立不稳。"

桃叶这时柔声说道："大人若是不以为小女子无理唐突的话，小女子想知道大人何以每次前来听曲，一边称赞琴曲美妙，一边却紧蹙眉头，不敢屈身，刚才更是面露痛楚。小女子冒昧揣测，大人背部有疾患乎？"

王献之没有料到桃叶心思如此缜密，愣了片刻才承认说一段日子以来，官事繁忙加之心绪烦乱，饮酒无度，致心火侵入经脉使脊背上生出疥疮。

桃叶哟了一声说道："家君也曾与大人患有相同疾患，为给家君大人医治疾患，小女子便学了些手法，亦有几贴家传膏药，许能奏效焉。"

王献之有些窘迫地说道："琴师若是能出手为我医治，实实感激不尽欤！"

"小女子多谢大人赏识，请大人允许小女子为大人查看疥疮。"见王献之频频点头，桃叶起身走向王献之，在王献之面前跪下身子。这个举动把王献之吓了一跳。然而桃叶并不是下跪请安，而是用双手食指柔柔点住王献之的肩膀，示意他转过身来。一旁的桃枝见状也上来协助姊姊，将王献之身上的长衫褪去。

这时，桃叶已经用双手托住王献之的脊背。尽管很不习惯，也十分尴尬，王献之还是感受到了桃叶的真意。而且，那双纤细柔嫩的小手轻柔的抚弄实在令他无比舒适。这种从心底升起的舒适感使王献之甚至没有感觉到桃叶已经揭开了一天前给疥疮换药后的敷布。桃叶轻声叫起来，那声音虽然惊慌，却分明饱含着心疼的意味。

王献之不禁直起身子，却被桃叶紧紧抓住："大人后背疥疮何以溃烂如斯？"

王献之感到了疼痛，嗞地抽了口冷气，说道："疥疮并非今年所生，已经多年，只要入夏便会加重，不必惊怪。你姐妹二人，今后在我面前不必自称小女子。"王献之被桃叶姊妹二人扳住脊背，嘴里喃喃说道。

桃叶没有接话，妹妹桃枝咯咯笑起来，语气顽皮地问道："大人，那该如何自称乎？"一旁的桃叶搡了妹妹一把："枝儿妹妹不可分心，抓紧衣服，我要查看疥疮耶。"一边说着，一边仔细查看着疥疮的创面，一会儿问道："大人可否告诉小女子，医治疥疮用了何种药材？"

王献之说每年用的不尽相同，可是一直不见治愈。这时，桃叶用手轻轻触动了背上的一枚疥疮，王献之竟然没有感觉到疼痛。

"大人，小女子适才触摸的疥疮刚刚冒尖。不如现在就让小女子治疗，小女子恐会手重。万望大人宽恕。"

王献之感觉到桃叶开始用力挤压疥疮，说道："无妨无妨，既为瞧病，哪有不触碰之理。"

桃叶一边用力挤压疥疮,一边轻声说道:"大人,此疥疮内尚未溃脓,挤压时有白色糊状物从疮口溢出。还有两处相似的疥疮,待小女子将内中糊状物挤出后,再敷以家传药物,几次之后必定痊愈。"桃叶一边说着,一边从桃枝取来的木箱里取出一个长方形的木匣子,继续说道:"其他几处已经溃烂,容小女子另行施药也。"

王献之只是点头,没有接话。他看着桃叶小心翼翼打开木匣子,从里面取出一个陶罐来,然后在他身后跪下身来。一阵香气从打开的陶罐里飘出来,这香气太熟悉了。王献之问道:"二位琴师,我听你二人口音里混杂有纯正京城音韵,何以如此乎?"

桃叶没有立刻回答,而是用盐水在溃烂的疥疮上轻轻涂抹,然后迅速用竹片挑出一块黏稠的膏药敷在伤口上。一股子尖利的疼痛顺着脊梁骨闪电般蹿了上来,王献之刚要叫出声来,疼痛却稍纵即逝。紧接着有一股子如溪流般的温热感顺着相同的路径传至颈项,直通大脑。这感觉令王献之内心的苦痛刹那间像是被融化了,一种久违了的愉悦袭了上来。王献之嘴里禁不住发出满足的咿呀声。

接下来,桃叶又用相同的手法清理了其他几个疥疮,手法轻重适度,王献之紧张的情绪很快就得到缓解。包扎好创口,桃叶才说道:"回大人询问。小女子祖母大人告诉小女子,本家原为京城人。祖父大人在朝廷做官,被朝廷外放赴任,行至途中身染湿病,久治不愈。自小女子咿呀学语时起,祖母大人就叫我们学习京城腔调。父亲大人去世得早,祖母大人又和我们生活了十年。三年前,祖母大人去世。我们替父丁艰,期满后遵照祖母大人的遗训前来京城找寻族人。"

王献之听说面前这一对姐妹竟然是官员后人,不觉很是感慨,便又问道:"敢问尊祖大人名讳?我正在吏部任职,也许能帮着你们查找尊祖何许人也。"

桃叶吃惊地看着王献之,手上的动作却没有停下来。

王献之以为桃叶误解了自己的意思,便又换了个方式问道:"你二位可以告诉我姓氏吗?我猜桃叶和桃枝是二位的艺名。"

桃叶没有回答,妹妹桃枝就抢着说道:"桃叶、桃枝本就是我姐妹的名字,然,祖母大人叮嘱过我们,只有遇见能信得过的人,才可以将我姊妹身世和姓氏言明于他。"

王献之一听这话,顿觉自己失礼了,急忙说道:"正是正是,你家祖母大人所言极是。然而,我接连几天光顾此处,正是因二人纯正之京城口音而心生疑窦,又见你姊妹古琴与阮琴共奏,十分默契,由是便有了打问仔细的心思。我曾经在秘书省尽职多年,对古曲古琴很有心得,你姐妹弹奏技艺如此娴熟,想来一定得高人传授,非童子功难得有如此深厚之功底。"

桃叶点点头,回答道:"小女子姊妹五岁时就得祖母大人悉心栽培,除了琴瑟之技,竹笛吹奏技法亦是祖母所教。"

王献之看出桃叶姊妹二人有意回避说出身世渊源,便从衣袋里掏出碎银放在桌几上说这些银两是为刚才医治疥疮支付的酬劳,若是有了疗效,还会不断前来叨扰。说着便要告辞,却被桃叶叫住。桃叶说:"既然大人已经来了,不如让我姊妹二人给大人演奏一曲。"又说:"我姊妹并不以为人治病谋生,为大人治病乃感念大人知遇之恩。"

王献之说了声"恭敬不如从命了"便重新坐下。脊背上那几处溃烂的疥疮在药物温润的作用下已经完全不疼了,这使他可以全神贯注地欣赏琴曲。

桃叶在古琴前坐定后,轻拨了几下琴弦,神情随之变得与刚才治病时判若两人。古琴照例先开始弹奏,一个段落后,琴曲稍微停顿了一下,重新奏起时,古琴的声音只剩下几个音节,被弹拨一下,像是助力一般。阮琴浑圆低婉的特质声音成了主旋律,音域的跨度不大,像极了一个人独处时的喋喋。周围是崇山峻岭,茂林修竹,身侧是知心人儿无言陪伴。王献之没听过这支曲子,也没在秘书省收藏民间乐谱的馆舍中见到过这支曲子。旋律陌生,听起来很不习惯,尤其琴曲中的情绪,令人困惑却不知所以然。然而,旋律中偶然出现的一些段落却格外清新爽朗,有似曾相识之感。可是,这样的感觉稍纵即逝,难以捕捉。王献之自以为熟读曲谱,尤其将秘书省馆藏的曲谱几乎悉数读过,若是遇见有词句的曲子,王献之都一定要吟唱熟了才肯罢休,若是遇见琴曲,他就会抄录下来,即使许多琴曲很不完整,王献之也不会怠慢。但凡抄录下来的琴曲,他都会在家里弹奏几遍,甚至对有些极其动听的旋律,他还会试着将中断的部分用自己对这支琴曲的理解接续起来,使之变得完整。郗道茂经常就此奚落他,说此举使得琴曲有南辕北辙之感,不知所云呢。

阮琴的旋律不知何时变得舒展起来,这个变化的瞬间被王献之捕捉到了。他直起身子,举手示意弹阮琴的桃枝停下来,问道:"琴师可否将此琴曲之出处说与我?"

桃枝浅浅一笑,看着姊姊不说话。

桃叶接住话头问道:"大人因何有此一问?"

王献之轻轻甩了一下头,说道:"琴师所弹琴曲不像民间流传之琴曲,此曲于跌宕处如山瀑坠下,一泻千里,于起伏处似大水流淌,气势恢宏,绝非民间琴曲那般细碎而凌乱、即兴而空泛也哉。"说到这里,王献之告诉姊妹二人,朝廷每年都会收集从郡县方镇送达的流行于民间的各种歌谣,琴曲笛谱也偶现其中,他本人喜好抚琴弄曲,因此只要遇见,总要照着琴谱演奏一遍,因此颇多心得,也便有了鉴赏之能力。"琴师所奏之曲,绝非寻常百姓能够谱写出来。琴师方才言称祖上也曾在朝廷做官,外放途中不幸过世。可否告诉我尊祖名讳乎?"

桃叶只能实话实说道:"此琴曲乃小女子尊祖阮孚阮遥集为祖母而作,至今已经有四十多年了。"桃叶一说出这个名字,王献之脑海里即刻跳出了"江左八达"四个字,而这"八达"中就有一人名曰阮孚。

看出王献之的震惊,桃叶没有继续往下说,而是从内室取出一张古阮琴交到王献之手中。王献之在烛火下仔细查看这把阮琴,一边用手轻轻抚摸,立刻就辨出这把阮琴年代相当久远。突然,王献之在阮琴的线轴上摸到了一行镌刻的小字:太康三年(公元282年),阮咸。王献之受到的震惊可想而知,脱口说道:"阮仲容大人被后世称作阮琴之父,难道二位琴师所说尊祖当真是阮仲容之子阮孚阮遥集大人也哉?"

桃枝却着急了,说道:"大人原来并不相信我家姊姊适才所说。"

王献之急忙摇着手说:"非也非也。震惊而已,震惊而已!"然后指着桃叶说道:"这位琴师可否将身世仔细说来,本官恰好在吏部任职,可助二位琴师寻亲欤!"

桃叶回身就扯了桃枝一把,转过脸来垂着眼帘对王献之说道:"回大人,听祖母大人所说,刚才演奏的琴曲乃祖父大人赴任途中踏进广州郡辖域后所作。斯时,祖父大人疾患缠身,行旅艰辛,山路崎岖,水路阻断。虽赴任心切却无奈山高路险,欲速不得。驻留山中时,自知天日不久,既感念祖母毅然离开京城一路颠簸，又留恋人世之美好，作下此曲嘱祖母传于后人。"说到这里，桃叶掀起眼帘，目光中深含着的柔情尽显无遗。"家君并无子嗣传续，在小女子姊妹六岁时辞别人世。祖母只能将对人世的留恋之情寄予在我姊妹二人身上，并将毕生所学琴笛技艺传授于我们。十年后，祖母辞世。临别前嘱我姊妹一定要回到京城找寻族人。"

王献之听罢桃叶这番话语，颇多感触，却问道："此曲可有曲名？"

桃枝摇摇头，轻轻抚弄着阮琴说道："祖母在世时嘱我姊妹二人，姊姊抚琴，妹妹我弹阮。有过曲谱，却因年代久远遗失大半。余下残谱，又经多年抄录，到今日便成小女弹奏面目。大人难道也曾听过原曲？"

王献之摇着头说道："阮孚大人离开京城时，我还尚未出生。家君亦在会稽山阴随从当朝皇上做王友。然，你姊妹二人适才所弹奏琴曲阮调，我却仿佛在哪里听到过。据你所言，原曲遗失大半，遗世部分经尊祖母续谱，然，原曲……"王献之说到这里猛地一拍大腿，"尊高祖阮咸大人曾有遗世之作，曲名倒是忘了，可是我却在馆舍中读过那支曲子之琴谱。"他用力掰扯着十根手指，极力想回忆起曲子的名称。

桃叶见状，柔柔地说了一句："大人，曾祖遗世之作名为《三峡流泉》，大人在馆舍中所读，可是此曲乎？"

王献之笑起来，拍着手说道："果真是这个名称呢。"

桃叶见状也是颇受感染，对王献之说道："大人若是有意，小女子姊妹即刻将曾祖所作之《三峡流泉》演奏与大人欣赏。"说罢，便拿过王献之手中那把古阮琴和妹妹一道演奏了起来。

听着这首《三峡流泉》，王献之便有了恍若隔世之感。这首曲子曾经在谢安大人家听到过，也听大人讲述过曲子的来龙去脉，却不知何以这两个身世卑微的歌姬竟然能弹奏此曲。记得当时他就问过谢安大人，大人只是含笑点头，并不解答。

奏罢，桃叶说道："小女注意到大人对小女腰间这条丝带颇有留意，此绶带便是家祖遗世之物。"说着，桃叶解下系在腰间的绶带交到王献之手里，然后退回到古琴后面坐下，又开始轻拨琴弦，演奏起那支阮孚作于深山老林中的琴曲。

王献之将绶带捧在手里，才看清楚这真是一条紫色绶带，心里便犯了嘀咕，心想，紫色绶带本朝只有三品以上大臣或者方镇大员才有资格佩戴。通常，大臣们卸任之后是必须将绶带、印章，甚至官服以及与官职相关的所有物件一并上缴给吏部的。而那些镇守重镇的方伯还会将朝廷为奖掖其功勋为其配置的车辆、曲柄伞盖、仪仗队和鼓吹手同时退还给朝廷有司，之后才能荣归故里去颐养天年。记忆最深的就是当年看到重臣方伯陶侃上呈皇上的奏折，除了前述所有物品还给朝廷之外，甚至还将自家卫戍部队使用的刀枪剑戟、骑乘战马统统交还给了朝廷。如此高风亮节令刚刚做了秘书郎的王献之唏嘘不已呢。

想得太过深入，王献之过了一会儿才意识到琴声已经中断了，抬头看时，姊妹二人正紧张地注视着自己呢。王献之便将绶带慢慢叠起来，问道："二位妹妹可否将这绶带让我使用几日？"王献之打算到吏部府院中的馆舍里去认真核对一番，再到秘书省的文册库中查找有关记录。"否则，仅凭这条绶带，"他摇摇头，"仍然无法确认二位妹妹祖上真实身份。"

桃叶顺从地应了一声，说了句感激的话语，然后说道："小女子来到京城是受家父家祖母大人遗言之驱使，若是寻找到族人便是有了着落，即使最终离开京城，也不枉家父和祖母对我姊妹之托付。"为了增加刚才说的家世的力度，桃叶又从衣袖中掏出一块手掌大小的铜牌，举在脸前，说道："祖母离世前将我姊妹二人唤到身旁，除了绶带，还将这块铜牌交给我，叮嘱说若是绶带尚不能被人信服，这块铜牌以及上面镌刻之文，应该足以证明咱家是名士之门焉。"

王献之看到铜牌再一次受到震惊，正如桃叶所说，绶带若尚不足以证实身份的话，这块铜牌足矣。铜牌呈戟状，在吏部被称作棨，外放官员都会持有棨作为通关之身份证明。上面镌刻着持有者的姓名字号和官职等级。此块铜铸的棨上分明镌刻着"阮孚阮遥集，广州刺史部刺史，三品"。与那条紫色绶带官秩相同。王献之怎能不信？这几日心中萌生的念头终于渐次成形，他心中不禁一乐。

桃叶还在继续说着："祖母大人说祖父大人耽于饮酒，当时就有'诞伯'之称。祖父祖母离开京城时并无心传续后代，却无意留下了遗腹子。父亲出生对祖母来说是意外之惊喜，被视为上天之眷顾。从此祖母精心抚养父亲，并将毕生所学传授于家君大人。然，世事难料，父亲在母亲去世后不久也仙逝而去。祖母大人便又将心血倾注于我姊妹二人身上。"

王献之一听到"诞伯"二字，心中又是一惊。传闻"江左八达"中的阮孚正是因嗜酒如命而得此绰号，至今关于"江左八达"的故事仍在流传，典籍中也多见记载。王献之再无怀疑的理由，接下来该如何去做，心中也就有了盘算。

王献之猛然想起谢玄的母亲阮荣就是阮氏族人，便好奇地问道："二位琴师千里迢迢来到京城，一定知晓京城有阮氏族人。"

桃叶点点头，说道："祖母离世之前不仅将这些物件交予小女子，还告诉小女子，家祖大人女儿、我家姑母大人嫁与京城陈留谢氏之谢奕为妻焉。"

王献之一听这话，脑袋里"嗡"的一声，瞪着眼睛问道："二位琴师多次出入乌衣巷谢安大人家，难道不知大人即是二位琴师之叔父大人乎？"

桃叶看了身侧妹妹一眼，两人几乎同时点点头。还是桃叶说道："谢安大人正是知晓我姊妹是为侄女，才会多次请我二人到乌衣巷弹奏琴曲。"

"谢安大人既然知晓，何不将你二人从歌姬坊赎出，还你二人真实名分？"王献之抬高了嗓门，简直就是在怒吼了。

不料，面对怒发冲冠的王献之，桃叶却嫣然一笑，说道："叔父大人早已为我们赎身，只是只是……"

王献之从座椅上跳了起来，胡乱地指着琴房："然，然，这又如何解释乎？"

桃叶说道："叔父大人希望由你来将我姊妹二人从此处接出去。"

王献之一屁股坐回到椅子里，整个人蒙了，半天说不出话来。

第二十八章

　　入夏之后，京城的气温日日攀升，已经热不可耐。今天正是早朝之日，御街两侧九卿重臣司管的府院也在这一天变得喧闹起来。各府院低级别的吏员天不亮时就已经在府院点卯出工了，他们先是要在大臣的笏板上写下今日早朝需要呈报的重要文册的名录，供大臣在太极殿议政大堂上向皇上奏报。通常情况下，吏部大臣比其他府院的大臣需要奏报的各种文本都要多，也就会多带一两块笏板。当然其他府院也有例外，譬如若是遇到重臣薨殂或者皇室有皇系族亲薨亡，太常府和宗正府的奏文就多，全都是依照王朝的各种律法规矩，以及薨故者死前官秩，对王朝之贡献等等，需要呈报的薨故者谥号、奖掖物品之等级，是否需要皇上亲赐悼文，凡此种种，十分烦琐，也因此，太常和大宗正便需要携带数块笏板，届时一一取出，当殿宣示。破晓一过，高级和中级官员便会齐聚府院，一面检查下属整理出来的文本是否完备，一面为下一个朝会期检索从各地方镇郡县汇集上来的多到看不过来的各种奏文，并对这些奏文进行分类、筛选，分出轻重缓急。比如要将关于天象的奏文归拢在一起，这类奏文是所有奏文中最多的。官员们首先自己要将这些五花八门关于天象的文字去伪存真。但是即使有些天象实在荒诞，若涉及了龙的出现或者龟的现身，或者高悬于夜空里的荧惑星（火星）位置发生了变化等，就必须仔细审阅，若是感觉某天象与王朝兴旺繁盛大有干系，就必须于第二天起程前往事件的发生地做个调查摸底，以防弄出天大笑话来。而那些有资格临朝的各府院的大臣只在朝食（七时至九时）钟声响过才会一脚踏进各自司职的府院，接过幕僚们备好的笏板和几份事关当务之急的奏折，急匆匆走出府院，从阊阖门进入宫城，在宫城内的大司马门前聚集，等待三公的车辇到达。通常情况下，三公在府院的九卿重臣到来之前就已经在大司马门前开始议论国事要务了。朝会参加人员全部集中起来后，在黄门侍郎和治书侍御史的引导下，一众大臣官员便走向太极殿去向皇上奏报各类疏文或者接受皇上质询。

身为吏部侍郎，王献之几天前就把吏部尚书谢安交办的第一批接受三年考绩的中级官吏的考评结果整理出来了。所以，他看着其他同级官员进进出出忙碌着，就抽身出了侍郎专用的屋舍，径直向大院西墙下那排馆舍走去。吏部的馆舍是王朝江左立国伊始就修建起来的，中兴期间，随着王朝方镇郡县在动荡中稳固下来，形成了稳定且不断扩大的官吏队伍，需要有专门的馆舍保存这一时期形成的各类文册。另外，与此同时，立国初期的十几年间，还不断会有从旧京洛阳逃出来、在民间躲藏经年的旧朝官员，有些还是旧朝大臣呢。这些人得知大晋王朝已经在建邺重新立国，并且渐次兴旺发达的消息后，便纷纷投奔而来，还携带有相当多的前朝与官吏有关的文本书册。这些从旧京来的官吏的文册也会被置放于馆舍之中。

昨晚上回到家里，王献之在郗道茂的伺候下上了床。夫妻二人各自心事重重，并无多少话可以说。郗道茂知道夫君王献之正想尽一切法子摆脱新安公主的纠缠，至于何种方法，她不愿过问，免得惹来不高兴。作为当事人，郗道茂知晓自己已经无有良策，更为自己的去处惶惶难以终日。因此，每每想起这些来，郗道茂甚至不敢直视夫君大人。

王献之昨晚上噩梦不断，醒来后却一个也想不起来。他早早就出了门，来到吏部府院。今早起来，他便只剩下一个念头，巴望在吏部的这排馆舍里找到结论，而且要快。没错，若是能证明姊妹二人对祖上的记忆确有其事，并非伪传，那就既可以还二姐妹身世之公道，使二人尊祖在天之灵得以安息，而且，他心中近来所萌生之意图似也看到破解之希望。

馆舍由一排二十多间屋舍组成，其中有六间屋舍是用来存放太守以上级别高级官员的绶带和钤印的，其中两间专门存放不同级别官员在薨殂之后，可能被授予的各色绶带，当然，只有重臣、立有特殊战功的将军以及名声斐然的名士才有可能被赐予这些绶带。

王献之先进到存放刺史和太守绶带的房间里，随便找出一条刺史级别的绶带，然后跟从桃叶那里索要来的绶带进行比较。一经比较，王献之在心里打了一声呼哨。尽管他从未曾进过这间屋舍，但是他对父亲大人身上的绶带却是铭记在心的，可喜的是，记忆没有出错，而桃叶所说亦真实无二。接着，王献之又进到存放着官员各色印章的屋舍里。几排红木打造的精致柜子里，稀零地摆放着不多的印章。而存放刺史和将军以上官秩三品印章的柜子里几乎是空的。

王献之通过柜子上的标签，找到广州刺史部及其所辖郡县的柜子。广州刺史部管辖的区域只是一只小柜，孤零零摆在墙角。

拉开门之前，王献之甚至感觉到心跳加快了。果然，如王献之所料，柜子里最上面单独放置刺史绶带和官印的搁板架上空空如也。只有一张文字工整的字条上写着：此绶带和官印据皇上手谕和丞相王导签发之敕令，授予时任广州刺史部刺史阮孚大人。时间为咸和元年（公元326年）秋月。

从吏部府出来，王献之快步走过几条街巷来到秘书省的宅院。几个月前，王献之还是这里的郎官呢，因此熟门熟路。王献之进了省院便径直朝存放王朝官员传记的馆舍走过去。这时，却听见有人高声唤他的名字，扭脸看去竟然是大舅家表兄郗超。

郗超身着三品大员的夏季官服（两晋时期，朝廷官员需配置五季服装，按照季节着装，夏季官服为朱色），朱色的官服制作得十分合体，这让身材高大的郗超显得比在于湖大营时更加潇洒，同时也平添了一份斯文。而官帽上配置的貂尾的颜色，表明了此人已经官至中书侍郎的高位。也就是说，在中书省里，除了中书令和中书监之外，可以指挥其他所有人的正是这位被官吏们戏称为副中书令的大人物了。在秘书省的府院里竟然能遇见在中书省任职的郗超，王献之感到非常惊讶。一晃神儿，站在原地发起呆来。王献之从小就有些害怕这位母系家族的大表哥。永和年间，大舅郗愔前往临海任太守那年，携家眷前往临海上任，而会稽郡的治所山阴县是这一家人的必经之路。郗愔一家人到达山阴时已经过了晌午，当时任会稽郡内史的王羲之自然要设宴款待这家人。那场晚宴是怎样的规模和怎样的热闹，王献之已经记不清了。席间，宾主双方频频举杯，大人们喝得痛快，母亲虽然没有亲自下厨，但是也是跟着忙前忙后，指挥着家中的男女仆人。酒席间并未发生什么，父亲和舅舅觥筹交错，喝得不亦乐乎，都喝得过了劲儿。父亲那些日子情绪非常沮丧，说愤怒也不为过。扬州刺史王述大人不断派人过来催促上缴充顶赋税的布匹绫缎，而会稽郡辖域内的许多地方大水漫灌，庄稼歉收。山阴这个王朝米粮仓在王述当内史的时候就已经被折腾得民不聊生。

郗愔的到来多少给了王羲之一个排遣愁闷的机会。喝酒，听琴曲，说不完的回忆，聊不完的家常。王献之记忆中只要大舅郗愔说出一件旧事，父亲大人就会笑得前俯后仰。那几天父亲像是换了一个人，开心快乐，无忧无虑。

大概是在第二天，两家的七个大点儿的孩子相约偷乘临海太守郗愔的牛车去了不远处的崤山。王献之已经听说兄长们要去崤山捕捉山鼠，大啖其肉，只是畏葸不前，站在牛车下面不敢登车。七人中有四哥肃之和五哥徽之，还有郗道茂的弟弟郗恢。王献之不算最小，却是胆子最小的。郗超的年纪不算最大，却表现得最为勇猛无畏。无论走到哪里，嗓门大得震天价响，一旦遇见有危险的地方，郗超都是第一个冲上去。听见五哥徽之大喊让献之立刻回转，只是不要向父亲出卖众人。王献之一边点头应是，一边转身要走，却不料从车上伸出一只手来，拽起王献之的衣领就将他拉上牛车。此人正是郗超。

"官奴，阿哥笑容可掬，你怎像是遇见了仇人一般？"是郗超在说话。

王献之这才如梦初醒，刚才有一瞬间一定是灵魂出窍了。在崤山发生的事情令王献之至今想起依然心有余悸。

郗超心里知晓面前这位算得上是血亲的表弟对自己并无亲人之情，甚至还很憎恶也未可知呢。看着面带尴尬之色的表弟，郗超心中突然而生一丝温情。"官奴！"郗超轻声唤道，自己也被吓了一跳。他从来没有这么称呼过王献之。记忆中，王献之对他总是敬而远之。他使用这样亲昵的称呼也把王献之吓了一跳。"我与你几十年间从不曾以兄弟的身份相坐而谈，今日在这里撞见也是天意，不如找个地方小坐片刻。有些话，总是要说出来的。"郗超说道。

王献之点点头，指了指不远处的一间屋舍，说了声"那间屋舍至今还给小弟留着呢"，便带着郗超进了做秘书郎时处理公事的屋舍里。

进到屋舍里，两兄弟在坐下之前互相行了拜手稽首大礼。坐定后，二人面对面地愣神了片刻，彼此无话可说。这时，王献之感觉到对面的郗超脸上泛起一丝狡黠的坏笑，再仔细看去却又不见了踪影，以为屋舍里光线昏暗，自己眼花了。郗超站起身来，在屋舍靠着山墙的那几排置放文册的架子里穿行着巡视了一圈。

又是一阵恍惚，将王献之拉回十多年前的山阴……进到崤山，孩子们下了牛车，便一头钻进茂密的丛林之中。从树丛里突然窜出一只山鼠，山鼠个头不小，足有一只野兔大小。肥硕的身体使这只山鼠窜跑起来并不迅猛。一阵欢快中夹杂着惊奇的尖叫声突然就在耳畔响起来。七个男孩开始围剿这只山鼠。郗超冲在最前面，像是发了疯的狂人，十六岁年龄的身体里居然可以迸发出令人生畏的凶猛劲头。山鼠顺着被流水冲刷出来的沟壑，借着凸起的岩石，跃起落下，再跃起，向山上逃去。紧跟在后面的郗超恰似一只身手敏捷的猴子，手脚并用，跟着蹿起落下，跳跃腾挪，时而双手抓住山涧旁垂下的大树枝条，一荡一跃便能蹿出一丈多远，时而抓起一块石头，甩向山鼠前面，吓得山鼠呆在原地不敢继续逃窜。

王献之呆若木鸡地看着眼前发生的情景，双脚像是被定住了，迈不开步子。

最终，山鼠被穷追不舍的孩子们逼进水潭里，郗超和五哥徽之纵身跳进深潭，将山鼠溺死在碧绿的潭水里。

剥皮的时候，血淋淋的场面把王献之吓得瑟瑟发抖。他躲在四哥肃之身后不敢直视那只被剥去皮的山鼠，直到烘烤的肉香飘了过来，王献之这才敢偷偷朝着火堆看过去。山鼠已经通体焦黄，有油脂从鼠身上冒出来发出"吱吱"的响声。山鼠被穿在一根削尖了的木棍上，郗超手把着这根木棍，嘴里发出"哟哟"的声音，眼神贪婪地死死盯住了那只已经变得香喷喷的山鼠。五哥徽之在一旁手舞足蹈，尽管插不上手，但是嘴里也应和着发出喝彩声。

王献之又缩回到四哥身后，就听见郗超高叫着："子敬，这条腿乃专意留给官奴吃的，你若是嘴馋，阿哥定将你按进水潭让你此生难忘潭水之味欤。"

有只手在王献之肩膀上不重不轻地捶了一下，把嘴里的烤山鼠的喷香味道捶没了。王献之从回忆中惊醒过来，才意识到刚才再度回到了山阴崤山之中。他不禁哟了一声，看着表哥郗超重新坐回到桌几对面。

郗超先是哦了一声，打破了二人之间的沉默和冷寂。"官奴阿弟，"他选择了阿弟而不是妹夫来称呼王献之，"姜儿那日回到祖宅，与我说起你惹的那些麻烦之事。新安公主何以对你纠缠不休？这令姜儿百思不得其解。"

王献之一听这话，就知道郗超不打算置身事外。他也早就听说远在于湖大营的桓温对新安公主在京城的一举一动了如指掌，而新安公主对自家予取予求的举动从来都是大事张扬的，希望弄得满城风雨，根本就不给王献之夫妇二人任何规避之路。王献之唔了一声，没有作答也懒得解释。

"你与姜儿结发十余年，若是让她心存惶恐，难以终日，阿哥我不会坐视不管。"

这话令王献之感到困惑。"管又如何？不管又如何？"心中想着，话就冒了出去。

郗超却意外地咕咕笑起来。"若是要管，定是不让我家阿妹忍受屈辱。若是不管，哼哼，凭你官奴，又怎能摆脱新安公主之纠缠。"

王献之还是没听明白郗超话里的意思，也不打算弄明白这位舅家大表哥话中的玄机，于是说道："阿哥不必为官奴与姜儿操心费神，咱家自有主意。"

郗超不动声色地问道："官奴阿弟，你打算如何应对？"

王献之说司马道福曾经是桓温家儿媳，虽然与桓济离婚，却因为桓济诞下过一子一女，依世俗而论，依然会被看作是桓氏家族成员。而且身为公主而非之前郡主，她要何去何从与己无关。

郗超冷笑，说道："阿哥几日前在宫城里遇见左将军王坦之大人，竟然从他那里听说皇上正为公主婚事愁眉不展。"

王献之听了这话，心中顿觉事情看来并不如自己想象的那样可以视为风轻云淡的儿女之情。左将军王坦之能听闻此事绝不会是皇上亲口告知，一定是从崇德宫皇太后褚蒜子那里听说到的。而崇德宫知道此事，定是新安公主找到了褚蒜子。论辈分，褚蒜子虽贵为皇太后，却也是新安公主的兄嫂（褚蒜子为晋康帝司马岳皇后，而晋康帝则为司马昱的侄子）。新安公主若是找崇德皇太后求助，皇上即使不愿意介入儿女之事，恐也不得脱身。

王献之索性直奔主题，问道："嘉宾阿哥，以你之意，何为上策乎？"

郗超没料到王献之会这样问，只好坦白承道："两难之中，无从抉择也哉！"

王献之说道："阿哥尚且如此，遑论官奴乎？"

两个人就这么你来一句，我回一声，都不愿意在这件事情上深入下去。可是郗超专程为王献之和郗道茂的事情而来，绕来绕去，终究是要说出心思的。

郗超说话时，桓温那张枯黄的面孔在脑海中挥之不去。可是，看看面前低头不语的表弟王献之，他又不得不坚持将桓温在于湖大营的交代说出来，至少，郗超不想背弃桓温大人多年的信任。"官奴阿弟，"郗超说道，"你与姜儿结婚皆因两家关系太深，我家小叔显然是逸少姑父之崇仰者。他无视京城官位，不屑于和京城那些大家名臣为伍，甚至不惜冒着不能继承家祖爵号的风险，追随逸少姑父去了山阴。至于成为当今皇上之门客那是后话。最终将姜儿许配于你为妻，可谓用心良苦。"

王献之举起手来，示意可以不用说下去："外父大人当年在震泽离世之前，当面将这些话说与我和姜儿。嘉宾阿哥若是有心阻止官奴迎娶新安公主，此情阿弟敬领也哉。若是让阿弟迎娶新安公主，定难从命也哉！"

郗超没有因此停住，说过几句后，就将话题说到了过往。"大概是永和十年或者更晚一些，家君以承继祖父南昌县公爵号出任临海郡太守。前往临海途经山阴时，在山阴逗留了几日，你那时不过十岁上下，孩提一个。一日，姑母大人和家君说起你与姜儿定亲之事，她老人家对你与姜儿结为夫妻心生惶恐。当时，我也在旁边。姑母之言藏于我心中已经二十年，若是不说出来，姑母在天之灵怎能宽宥于我。"

王献之问道："家慈大人如何说起此事乎？"

郗超见王献之态度不再生硬，便将父亲郗愔说起徐淑仪（司马道福的生母）让他捎话将女儿司马道福郡主许配于王献之为妻的事情说出。"姑母对此除了诚惶诚恐，也觉着颇为般配。而且，现在想起来，姑母大人惶恐不安的正是你与姜儿血统太过亲近，难得硕果。这件事情却因逸少姑父态度坚决难以更改。我记得最为清楚，那时姑母说过一段话。姑母坦承膝下七子若能有一子和皇族结为亲家，未来仕途坦荡，此生便再无遗憾。这几乎是我姑母之原话。今日回顾姑母这段话语，老人家当真高瞻远瞩也。"

王献之看着郗超，想要质问却没有开口，被郗超看破。郗超说道："我家慈大人在生下我们弟兄三人后便离世而去。我家君、你大舅从此再未续弦。我给姜儿阿妹说起家规，是以我为例，并未明确表示态度。你知因何？"见王献之摇头不语，郗超只好说道，"你母亲是我亲姑母，姜儿是我堂妹。若是选择，我定当顺从姑母之意。去了临海两年后，家君收到桓温大人从荆州府派人送来的一封信函，同那封信函一并送来的还有谢仁祖大人写给大将军桓温的书信，信中荐桓温大将军将郗氏后人招致门下，可使王朝北面京口一带安然无事。于是阿哥我在十八岁时便要前往荆州军营从戎去。当时父亲大人坚决不允，又无法断然回绝桓温大将军之邀。于是带着我来到山阴，征询姑母和姑父大人何去何从之解。姑母是祖父膝下老大，身为大姐，一言九鼎。而逸少姑父在郗氏家族地位之高，无人能及，更是言出必行。姑母与姑父大人力推我去军营磨砺，认为时不我待。于是，我便离开山阴直奔荆州。那次山阴之行，家君与姑母再次说到你与司马道福定亲之事。姑母对这门亲事十分赞成，可是，逸少姑父却依然固执己见，姑母只好顺从。今日与你说起此事，便是要告诉你，你与新安公主并非没有姻缘。即使应了这门亲事，既无违逆父母之命之嫌，亦无不孝之罪。"

王献之沉默了片刻，才发出一阵冷笑，问道："若是从了新安公主，姜儿何处容身乎？"

郗超被问住了，不知如何回答。

王献之讥讽道："嘉宾阿哥，姜儿自小崇拜你，你理当袒护她才是。"

郗超没有理会王献之话里的不满情绪，似笑非笑地嘿嘿了两声，说道："我昨日遇见袁彦伯。在于湖大营时，袁彦伯对我颇为冷淡，但我依然敬佩他之过人才情。虽同为参军，袁彦伯只能与伏滔一类只懂文案、不知兵法之人为伍，故而与我往来甚少。未曾想在京城御街撞见，袁彦伯却显得格外亲近。"郗超将手在脸前用力扫了一下，像是要将这番不伦不类的套近乎之语扫掉似的。"喝酒时，袁彦伯说起你的家事，颇为同情，却亦对公主之决定颇能理解。袁彦伯是维护正统伦理之君子，这在公谦之辩中就可见一斑。然，他能说出你若是纳妾，许是能终结公主之纠缠这类话来，还是让我吃惊不小欤！"

王献之这次听明白郗超的意思了，点了点头，脸上浮现出了感激的表情。

郗超大概看出王献之不想在这件事情上说出真实想法，只好继续说道："有一件事情，阿哥恐要提醒你。王朝律法对我们这类名门望族之家娶妻纳妾明责于文册，条文严谨，法度严明。即使纳妾，妾亦需出自大户人家，若是名门之后，更能受到世人垂仰。"

既然话已至此，王献之不动声色地从衣袋里掏出桃叶交给他的棨，慢慢放在两人之间的桌几上。余光中，王献之看到郗超身体为之一震，也听到他压抑住惊讶而发出来的轻轻的"哟"声。

郗超自认为见过此物，脱口问道："官奴阿弟，此物乃三品官员在方镇巡查通关所用证实身份之物。"

"或者，是朝廷大员到统辖之地赴任，一路通过关卡的物品。"王献之加了一句。

"此物从何处得来？"郗超还是禁不住问道。

王献之本想不说，转念一想不如让郗超知道持有此物之人的身份，兴许会有峰回路转之可能也未可知呢。于是，便将桃叶姊妹二人持祖上阮孚留下的绶带、官印和绶，尊父遗命，前来京城寻找族人的事情告诉了郗超。王献之一边说着，一边将紫色绶带和官印上的皱带拿给郗超过目。

郗超将这些物件仔细查看一番后，并没有说什么，而是问道："官奴阿弟，为兄所问事关重大，你当实话实说欤。"见王献之用力点点头，便问道："你已然有心纳妾？"

王献之一边点头，一边说道："阿弟决意如此。阿弟与姜儿缠绵十数年，情深意长，须臾难以分离。我与姜儿结为夫妻，既为父母之命，亦是天意使然。阿弟不会屈服于威权，尽管阿弟对新安公主无有厌恶之意。"王献之听见郗超叹了一声："阿弟知晓母亲家族对纳妾早有族规，然，阿弟此意已决，不惜成就此事，然后前往考妣坟茔前请罪守墓，了此一生便是焉。"

郗超又是一声长叹，终于说道："家君大人已经离开京城赴任去了，山高路远，音讯难达。即使你纳妾一事传至那里，已是木已成舟欤！"

王献之听了这话，着实一惊，问道："阿弟理解嘉宾阿哥之意，阿哥认可阿弟所为，不予阻拦也哉乎？"

少顷，郗超才说道："我从未听说过你要纳妾一事，谈何阻拦乎？然，姑母大人从来将我视同己出，此恩此德，嘉宾恐终生难以报答。然，为兄本有报答姑母深厚亲情之机缘，选择公主，定当飞黄腾达。人若有情，姜儿幸甚。天若有情，新安公主便可遂了心愿，官奴从此官运亨通，家族前途无量。然，二者只能择一。何去何从，官奴只能自己定夺欤！"

王献之跪下就拜，被郗超扶起。郗超说了声："官奴，若那姊妹二人果真为阮孚大人之后，当真就是天意使然。神祇所定，又怎是凡间之人可以阻拦欤。接下来，就看官奴你之造化焉。"

王献之将郗超送到秘书省府院的大门外，看着他消失在御街行道树浓重的阴影里，转身便急匆匆直奔保存着肃宗皇帝时期全部文册的馆舍。八年时间，王献之自认为将馆藏典籍，尤其中兴之后的所有文册书籍传记都读过一遍，所以，第一时间就在肃宗皇帝签发的任命诏书中找到了那张出自吏部的任命书，王献之看到了阮孚的名字。他迅速将任命书看过一遍，上面的文字显示此任命又经丞相王导签发，命阮孚都督交、广、宁三州军事，镇南将军，领平越中郎将、广州刺史、假节，正三品。走出这间馆舍，王献之心里对阮孚大致有了印象，此人与王献之祖父王旷为同时代人士，深得肃宗皇帝信任，也得到了显宗

291

皇帝厚爱。尽管劣迹颇多，却每每都能化解，并得到皇帝的原谅。这样的待遇，在王朝中兴之后十分罕见。

出了这间馆舍，王献之转身又进了另一间馆舍。这间馆舍的文册皆为王朝三品以上重臣或者王朝公认的名士之传记。没费多少气力，王献之就找到了关于阮孚生平的记载文册，然后将文册细细看过。传记记录了阮孚生前曾经任过的官职、阮孚为官时所做的事情，何以被称作"江左八达"，甚至记录下了阮孚乃阮咸与姑母家鲜卑女婢私通所生。王献之不由得哟了一声，难怪桃叶姐妹二人的长相会有别于汉人，却又漂亮得令人叹为观止。王献之的目光并没有在这些文字上过多停留，便在桌几上铺开纸张，将传记的重要部分抄录下来。

走出秘书省府院时，王献之觉着心里格外轻松。他下意识地摸了摸衣袋里的绶带、韨带和柴，又用攥在手里抄录下来的纸卷朝着衣袋拍了几下，突然就笑出声来。他决定明天晚上到叔虎阿叔那里，将这些东西给叔父看过，然后说出想法，从此便能过上风平浪静的日子。

第二十九章

司马昱呆坐在太极殿西堂，目光呆滞，人也有些木讷。面前的案头上置放着中书省三品侍郎郗超递上的奏折。这个奏折能放在司马昱面前，那是要经过一系列门槛的。也因此，司马昱心中明白，这些门槛都没敢将这份奏折压下去。

这几日天气晴朗，夏季的炎热亦日渐浓烈。高大的殿堂中还算凉爽，有风儿从形状怪异的窗棂吹进来，穿过殿堂，又从另一侧的窗棂窜了出去，就这么吹进来窜出去形成的气流是凉爽的，还裹挟着深宫那条条壶道两侧郁郁葱葱的树木青草的青葱香气。司马昱喜欢植物的气味，这一定与会稽郡山阴郡王府里营造的氛围有关。入冬的时候，司马昱发过一道诏书，让在建康宫的所有空地上都种上草木，不得再营造亭台楼阁。因此，今年开春后，也就是司马昱坐上龙床后的第一个春天，建康宫里的气息就格外芬芳清新。

司马昱深深吸了口空气中凉爽的气息，眼睛再一次停留在案头的奏折上。这份奏折他没有过目，实在也是懒得过目。这不仅因为司马昱的身体每况愈下，而文字会让这种生发于身体的疾患导致心神交瘁之感，还因为这份奏折从于湖大营而来，据说是由王珣和顾恺之撰写，核心要义在中书省附上的文字中已经表述无遗：感念大将军大司马桓温几十年来为王朝大业戎马倥偬、殚精竭虑、无私无己、劳顿一生所做出的巨大贡献和丰功伟绩，请求皇上为桓温赐予九锡之誉——一种无论形式上还是寓意上皆至高无上之荣誉。这份奏折被直接送进司马昱的寝宫。他让黄门读过一遍，一边听着，一边就有恶心从心底涌上来。没等黄门将疏文念完，司马昱就打断了，挥挥手将黄门驱赶出去。紧接着，司马昱当即召尚书右仆射王彪之和尚书仆射兼吏部尚书谢安入殿议事。

治书侍御史惶惶然跑出了寝宫，司马昱让宫女们伺候着下了床榻，着一身松垮的便装坐上了肩辇，来到太极殿西堂。

司马昱原本是想将左将军王坦之一并传唤至此，可是一想到在桓温废帝之初，追杀颍川庾氏一族时，身为三品高官的建康宫左卫将军王坦之却未战先败，让司马昱顿时打消了这个念头。那次事件发生时，司马昱最先征询免死之策的正是王坦之。毕竟王坦之身为宫城左卫将军，又是司马昱早年薨殂的首任王妃王简姬的从侄。那日，被召入西堂的王坦之听罢司马昱所说，面露怯色，惶然道："臣惶恐。臣一族之人皆深受恩德泽润，想臣之姑母（王简姬，中书监王述的从妹）已故多年，皇上却信誓旦旦永不封后，令一众嫔妃再无顾念。皇上之恩德臣一干族人即使赴汤蹈火也在所不辞，然，桓温杀意凛冽，六亲不认。颍川庾氏既是桓温妻子司马兴男公主（庾文君之女，庾希、庾倩二人之堂姐）血缘至亲，亦是庾明穆皇后（肃宗皇帝司马绍之皇后）族人，却遭满门涂炭，令廊庙内外觳觫战栗，满朝上下恐无人能阻拦之，螳臂当车也哉。"

然而，也是在这个殿堂之上，时间相隔不出十日，琅琊王氏之王献之却与执意要弑杀武陵王司马晞的桓温发生了一场遭遇战。桓温何等了得欤！王朝无人可以与之匹敌，自然更无人敢与之抗衡。

然而，王献之干得漂亮。这让司马昱这几个月来每每想起就激动得难以入睡。这小子当真没在秘书省白干了这些年，也没有辱没琅琊王氏望族之名声。晋升其做了吏部侍郎依然是委屈他了。司马昱完全没有料到在他眼里小小年纪的王献之（其实已经二十九岁）熟读经书，熟记前朝如此多之典故，而且信手拈来，全然不费力气。这些从典籍中引证的名人范例怼得桓温下不来台，大大地长了皇室的威风呢。这小子还继承了王羲之的骨鲠性格，有股子为了正义天地不怕的硬劲儿呢。司马昱真的要对这个表侄子另眼相待呢。司马昱又听见自己发出的由衷笑声。故而，当几个月前女儿新安公主突然指认曾经在豆蔻之龄就给了王献之定情之物，而且，说王献之这些年没有子嗣，连女儿也没有，司马昱在震惊之余，立刻就想到了何不顺势将这小子招为乘龙快婿乎！乘龙快婿也，多少年轻的士族子嗣梦寐以求而不得的好事耶。王坦之乃太原王氏后人，王献之则是琅琊王氏后嗣。两人先祖同为秦国战将王翦，也是同时代人，同为名门之后，却在一件事上高下立判。

这时，老臣王彪之在西堂外接连唱喏，通报奉旨前来。司马昱想得专注，竟然都没有听到。直到治书侍御史赤脚快步进来通报，司马昱才从深沉的回忆中返了回来。不一会儿，谢安也尾随而至。

司马昱看着面前两位不言不语的重臣，让二位先后将中书省转呈的来自于湖大营的奏折读过一遍。等二人传阅完后，司马昱说道："两位爱卿月前所料之事果然发生了。然，此事令朕极度不快。据朕所知，王朝江左中兴以来无人索取九锡之誉，即使开国元勋王导大人和王敦大人也不例外。二位爱卿可知前朝如何处置此类索求？朕自然明白九锡之誉乃王朝至高荣耀。桓浮子以战功卓著索求此誉似并不违逆律制。"

谢安先是看了王彪之一眼，见王彪之低头不语，而此刻皇上正盯着自己看呢，只好说道："臣惶恐。据臣陋闻，汉末皇帝赏赐外戚重臣王莽九锡之誉，转眼间王莽变成了乱臣，以新朝取而代之。前朝惠皇帝曾因从祖父赵王司马伦清理门户废黜贾南风皇后有功，欲要赏赐其九锡之誉，结果，转瞬之间被赵王篡位。而中兴之前，漕运官陈敏因平息叛乱有功，伪称受赐九锡之誉，被王献之祖父王旷识破，更是不惜一切发动叛乱，企图夺取旧京，篡位登基焉！"谢安说到这里戛然而止。

司马昱重重地唔了一声，显然表示听明白了谢安举这几个事例的话中之意。"桓浮子有篡逆之图？！"感叹中有浓重的疑惑。

王彪之这时不失时机地插话说道："桓浮子麾下有郗超、伏滔等谋士，除了都督王朝总军事，还兼任荆扬两大刺史部刺史。"他没有说及王珣和谢玄，显然是不想让司马昱产生误解。

司马昱指着那份奏折，转而问道："两位爱卿，朕要么置之不理，要么诏令赐之。依二位爱卿之意，无论如何，桓温篡位已成定数乎？"

王彪之立刻说未见得，跟着就说了一长串的理由。谢安说皇上拒不禅位，以桓温之力难以复制曹魏文皇帝曹丕逼迫汉帝禅位之变，也跟着举出一连串的典故。

三人正说得深入，殿外通报公主司马道福求见皇上。

龙床之下的王彪之和谢安面面相觑。虽然二人心里都预料到司马道福因何事突闯西堂，可是此举着实让二人都深感震惊。西堂重地从来都不允许皇室子嗣进入，即使太子也只能在皇后的陪伴下，并得到皇上恩准才能进入西堂。西堂是皇上议政的场所，所有的国家大事都在这里商议定夺，因此西堂被视为王朝之地的重中之重。所以，殿外通报说司马道福求见皇上，而且已经在大殿外跪着了，这让二人吃惊不小。事发突然，皇上也是蒙了，不知该如何是好。王彪之说了声："臣惶恐，皇上若是不见公主，不出今晚，这消息就会传遍台阁。"说罢，王彪之朝着殿门外努了努嘴。司马昱立刻就明白了王彪之这个动作指的就是殿门外的那些黄门。谢安跟着说："兴许公主是有要事求见也未可知呢。何况，公主刚与桓济离婚，而桓济企图搅乱桓温对后事的安排而遭到贬谪，并发配边远地区。公主此来应该与此有关系。"谢安的话让皇上松了一口气，于是示意王彪之允许司马道福进殿。

殿外黄门尖利的叫声把殿内三人吓了一跳。"新安公主殿下得崇德皇太后恩准，求见陛下！"黄门又高声重复了一遍。

司马昱厌烦地挥挥手，对谢安说："告诉她，朕有国事要务在身，无暇见任何人。若是为家事而来，闲暇后再行叩见。"

谢安将司马昱的话传了出去，就听见司马道福呜呜地哭喊着："女儿惶恐，女儿今日若是见不到父皇，便终生难得一见欤！"

司马昱当然听懂了司马道福话中的意思，再一次挥挥手让王彪之传话说可在殿外道来。

司马道福听父皇不让她进到里面，心里一急，索性就在西堂门槛上跪下来。就听见殿外的黄门发出"哟哟"的惊呼声，这声音引得王彪之和谢安不得不伸长脖子向大门外看去。只见黄门在司马道福身后急得抓耳挠腮，却又不敢触碰公主之身。王彪之看了一眼司马昱，见皇上脸上浮现着愠怒之色。

这时，司马道福在殿外高声说道："果兰惶恐。母妃（徐淑仪）昨晚上托梦于果兰，嘱托果兰定要传话于父皇。"

王彪之和谢安不知如何才好，只能面面相觑。

司马道福继续大声说道："母妃言称，父皇宣旨不册立皇后，一众在天嫔妃欢欣喜悦。感恩皇上体恤在天嫔妃不能侍奉左右之苦闷，母妃寄言于果兰——"

司马昱这时睁开眼睛，做了个让司马道福进殿说话的手势。王彪之立刻朝着殿外黄门吆喝一声："黄门听旨，皇上恩准新安公主进殿叩见，不得着履，不得佩戴尖利之物。"

司马道福小步快跑进了西堂，见有王彪之和谢安在场，犹豫了一下，扑通一声跪在龙床之下，又是一阵呜呜大哭。

司马昱无奈地出了口长气，说道："朕允你速速将你母亲嘱托之话说完，然后速速离开。"

司马道福连叩了几个响头，说道："母妃万般思念父皇。"她听见龙床上的司马昱嗤了一声。"母妃确认离世之前留给女儿之银簪是与琅琊王氏之逸少大人之七子王子敬定情信物欤。母妃是搂抱着女儿说起当年往事焉。"她又听见司马昱嗤了一声。"母妃对官奴记忆犹新，言称对官奴喜爱有加，也曾对父皇提及希望与逸少大人之子有此良缘。"

谢安突然问道："公主殿下，臣与右仆射大人确有事关国之安危之国事，聆听皇上授意，你不得继续演绎梦境之事。皇上只是关心，当时如何回答王妃之请。"

司马道福直起身子，看着龙床上的皇上，说道："母妃以为，已经无法干涉现世之事，然此事沉寂已数十年，若父皇依然为藩国郡王，不予兑现，情理可容。然，父皇已化身龙体，一旦开口便一言九鼎，人寰因之灿烂。若是不能实现人间之愿望，母妃忧其在天难得安宁。"

司马昱的声音里开始有了恼怒，说道："朕与二位重臣商议国之要务，你却用不足挂齿之儿女私情惊扰西堂，令朕心神不宁，若是他人，朕定斩不饶。"

司马道福没敢抬头看父皇，而是将头颅垂得更低，操着哭腔说道："女儿惶恐。女儿怎敢在西堂里恣意妄为。然，女儿自从于湖大营回到父皇身边，父皇下诏允小囡住进会稽王府，每日能在王府中徜徉，唏嘘于如浪潮般滚滚而来之少年回忆，令小囡倍感父皇对女儿关护情深欤。"

司马昱说道："新安无须在此事上过多纠缠，京城望族比比皆是，你可重新择一佳婿，岂不更好。朕不会逾越前朝之律制，为某人设立左右夫人。"

司马道福跪在当地，又开始啼哭。司马昱皱着眉头问道："朕问你，何以啼哭不已？你要见朕难道是为啼哭而来乎？"

听到司马昱问话时的口吻并无恼怒，司马道福心中窃喜，便抽泣着说道："女儿惶恐。女儿听闻王子敬正忙着为纳妾四处寻觅适龄女子。"

司马昱的眉头刚刚舒展开来，立刻就皱成一团，这次语气中就有了些许恼火："朕再问你，王子敬纳妾与你何干乎？"

司马道福嘟哝了一声，西堂里坐着的人都没有听清楚她说了些什么。

谢安对司马昱轻声说道："臣惶恐。依照王朝律制，名门望族之后纳妾合理合规。"

司马道福一听这话，慌得又叩首在地，说道："女儿惶恐。那王子敬纳妾也许事小，然，女儿与之婚配则事关父皇伟业。"

王彪之刚要阻止司马道福继续往下说，被皇上喝住："朕倒是来了兴致，你说说何以你与王子敬婚配之事关乎朕之大业欤。"

司马道福心中暗喜，连连叩首说道："女儿惶恐。女儿身在于湖大营十数载之久，深知有二。桓温大人从来不喜欢兴男表姐所生二子，已经到了厌恶之程度。桓熙与桓济兄弟情知桓温心意，早有取而代之图谋，却因为身为儿子囿于纲常之伦理，不敢造次。故而才联手三叔桓祕冲撞桓温，不过是想取得掌管都督军事之权杖。桓温担忧若这二子得到权杖，桓氏家族其他子嗣反而会被其所怠慢，甚至惨遭毒手。其二，桓温大人已密令京城诸大臣强力阻止皇室与琅琊王氏结为姻亲。"

司马昱当然不会完全相信司马道福所说，说道："桓温家族即使父子相残，此乃家事，与朕何干欤！然，琅琊王氏本就是王朝中兴之砥柱，即使今日亦无人可以诋毁之，且无人能够取代之。而王子敬一门本就同皇族一脉，结为姻亲怎会与桓浮子相关乎？叔虎爱卿，你亦为皇族一脉，若是朕将女儿许于你儿子为妻，何人敢于阻止乎！"

王彪之被突然点名，不禁打了个激灵，忙说："然也，然也。臣惶恐，臣之犬子皆已婚娶，怎敢将公主纳入门下。然，公主所言，臣亦有所闻。桓浮子无法忍受琅琊王氏任何人重回王朝重臣之列，此并非空穴来风。"

司马昱一咧嘴，说道："朕就不信，爱卿不也曾遭桓浮子贬谪出京，朕转瞬之间又将你调回京城，那桓浮子能奈朕何？"大概意识到这样说辱没了自己皇上的身份，便故意说道："爱卿，你二人家族可有子嗣适配于新安公主，不妨过几日将名册呈上供朕一览。"

王彪之说道："臣惶恐。皇上恩典臣没齿不忘，琅琊王氏族群中与公主同时代之子并无适合之人。公主指名道姓执意下嫁臣家官奴儿，也是深思熟虑之抉择。老臣定当竭尽全力说服官奴儿。"

谢安跟着急忙说道："臣惶恐。陈留谢氏族群，承蒙皇上恩德，至今群英遍布，成为王朝砥柱力量。然，臣仔细掂量过一番，确无任何人能配得上新安公主。要么年纪尚幼，要么婚娶之后儿女绕膝。伏请皇上赎罪也哉！"

司马昱并没有对两位重臣的一番说法感到恼怒，而是对司马道福说道：

"果兰儿,朕再问你,你务必如实说来,不得恣意演绎。你方才说朕早年便有言辞留于徐妃,朕却丝毫无有印象。你说说看,你那母妃托梦说朕那时说了何言。你就痛快说出,朕无意怪罪于你。"

司马道福顿了一下,才说道:"父皇听了母妃之言后,十分欣喜,便也说道,囡囡与官奴若有婚约,实为天作之合。"

司马昱心中一凛,想自己确实早就萌生过此念头,亦确实因此而心生快意。于是催促道:"她对朕有何寄言,快快讲来欤。"

司马道福一咬嘴唇,说道:"母妃以为,女儿与逸少大人七子官奴婚事,不宜拖延,恐节外生枝,贻误皇业。嘱女儿转告父皇,皇上可下旨定夺焉!"

司马道福话音一落,司马昱只觉着从脑袋里发出了一声惊叫。司马昱肯定那声音是从脑袋里发出来的,因为他甚至连嘴都没有张开呢。司马昱看到跪在面前的女儿浑身一阵抖动,再看坐在左边的表哥王彪之和坐在右边的谢安:王彪之正用力站起身来,然后转身吃力地跪下来,嘴里还在嘟囔着什么;而谢安深深地垂着脑袋,不敢抬头仰视。司马昱这时可以断定,要么刚才真的喊出声来,要么,王彪之也和自己一样,被司马道福说出的已故徐淑仪托梦的请求震惊到了。

司马昱等到情绪平复下来,这才让女儿司马道福把刚才的话重复一遍。

司马道福前额抵住地面,并不说话,也不起身。

王彪之这时说道:"臣惶恐,臣以为,皇上可以让公主退下了。"

司马道福一听这话,不敢逗留,起身退出了西堂。

司马道福离开后,司马昱便闭起眼睛不说话了。王彪之和谢安相互看了一眼,谢安起身跪下来对司马昱说道:"臣惶恐。臣以为公主所言恐依然不宜。公主所言太过极端,可见情真意切。然,皇上为儿女之事发布诏令历朝历代恐难觅可循之迹。"

王彪之也跪着说道:"臣惶恐。公主所言不过梦境,若是从了梦中之意,恐降低皇上之威权。公主誓言非子敬莫嫁,老臣心存感激。而且,桓浮子唆使廊庙心腹阻止婚配,老臣偶有耳闻。至于桓浮子何以如此,公主所说并非危言耸听。"

司马昱许久没有说一句话。女儿司马道福的婚事其实并未让他心力交瘁,却让他突生了一些其他的念头。而这些不断萌生的念头则令他既感到鼓舞,又受到刺激而兴奋不已。司马昱对自己身体的状况非常清楚，御医谨小慎微的诊断和开出来的那些药方都是温和的，滋补性质的，对于祛除病患恐难见效。这已经被这些年的治疗所证实了。司马昱当然不愿意就此退下龙床，然而，已经是身不由己了。这几天他已经开始为自己的身后事情做安排，但他绝对不会告诉别人，即使对面前这两位追随了自己多年的爱卿近臣也不例外。刚才，司马昱听着女儿的哭诉，心中不断有更深沉的情感涌上来，在心底形成坚实而又牢固的基础。若是他突然离世，太子根本无力面对强大的桓温；若是桓温再行入京废了太子之继承皇位的权力，父皇中宗皇帝开创的王朝中兴时代，更远至先祖宣皇帝（司马懿）开创的大晋王朝之天下必然落进桓氏家族橐中。若果然如此，自己有何颜面进入宗祠，有何颜面受后嗣之拜欤。

司马昱突然睁开眼睛，用凶狠的目光盯住了面前的王彪之，把王彪之吓得不敢抬头。"叔虎爱卿，朕猛然记起，多日前，朕曾经为官奴小子和果兰公主一事，召见二人磋商，然，二位爱卿却至今不见回话欤。叔虎爱卿，你说服朕不以玉佩强迫官奴，以为会事倍功半，坏了好事也。朕便采信你之好言。安石爱卿，你是接了朕之授权去说服官奴那小子，你伏地声称马到成功。朕也丝毫不怀疑于你。如今，怎讲乎？"

王彪之连连叩头："臣惶恐。臣不敢对陛下扯谎，已经将陛下圣恩转述于官奴小子，并将个中深远寓意剖析透彻焉，并允那小子思量几日。不料，正遇修禊日，令老臣很是分心。且，老臣为应对于湖大营不时传来之凶讯，也着实忙碌了不少日子。伏请陛下宽恕也哉欤！"

司马昱嗓子眼里发出咕咕声，然后问道："朕之深远寓意爱卿当真明晰欤？"

王彪之不想当着谢安的面说破，便又接连叩头说道："老臣惶恐，陛下恕罪，老臣不便当着安石大人面泄露天机焉！"

司马昱转而用凶狠的目光盯住了谢安，问道："安石爱卿，朕问你，可有把握说服官奴那小子？"

谢安连连叩首，说道："臣惶恐。方才听闻果兰公主所言，方知公主倾心于王子敬已非近二年之事。臣从山阴便追随皇上，几十年来，星移斗转，然，忠君之心从未改变！理当为陛下排忧解难，鞍前马后，在所不辞欤！伏请陛下容臣为此事再做安排。"

司马昱厉声问道："朕再问二位爱卿，朕下旨设左右二夫人不合礼数乎？"

王彪之和谢安频频叩头，齐声说道："臣惶恐。臣伏请皇上慎思慎行。礼数事小，皇威不可让他人亵渎。"

　　"朕再问尔等，朕下旨诏令子敬表侄娶新安公主为妻，有违朕之威权乎？"

　　两人这次没有叩头，而是齐齐扬起脸来看着司马昱，说道："臣等惶恐。皇上威权与天同齐，万万不可纠缠于儿女情长之事。"

　　司马昱又闭上眼睛，心里清楚，这件事令两位爱卿十分为难。而公主托梦一说实属胡闹，但不如借此机会了却心事，也是天遂人愿耳。良久，司马昱才睁开眼睛一字一顿说道："朕唯有一条路可以选择也。"司马昱顿了一下说："叔虎爱卿，传朕之诏令，三日之后，朕要在建康宫召见官奴儿。尔等退下罢，朕甚感疲惫欤！"

301

第三十章

从太极殿西堂出来，王彪之和谢安没有急着返回乌衣巷，而是在大司马门下的石阶上坐下来。两人的座驾就停在几丈远的地方，天正在黑下去。两个人此刻的心境昏暗而又无奈，二人实在无法在短时间内从皇上那凶狠的眼神中摆脱出来。

一支巡夜的卫队从远处走过来，领队的是右卫率郗恢。郗恢认出王彪之和谢安，便上前来打招呼，询问是否需要派人将两位年事已高的朝廷重臣送回家去。王彪之甚至懒得跟这位王献之的小舅子说一句话，只是摆了摆手示意此刻什么也不需要，只需要安静地坐一会儿。

等郗恢走远了，王彪之长叹了一口气，说道："安石大人，崇德皇太后对你这位侄女婿赏识有加，小子还不到三十岁便已经入了四品官秩序列了。"

谢安嗯了一声，说道："小子也很努力，他从官奴那里偷师学来的王氏刀法恐连逸少大人后人亦无人能及焉。大人未曾见过小子的刀术耶？"

王彪之摇摇头，说了句"后生可畏"便没了声响。

谢安说道："皇上会因新安公主之婚事震怒，我始料不及，亦甚感不安。"

王彪之犹豫了一下，说道："公主下嫁心切才令人不安。"

谢安不解，问道："大人何出此言？"

王彪之想了想说道："公主虽然生有一子一女，然而，毕竟年已三十，徐娘半老矣。"

"这是其一乎？"谢安又是一问。

王彪之点点头："我家小子与郗氏姜儿有过四次生育，却无一成活。血脉太近欤。皇上与我家祖上同出一母，不过三代。"

谢安看看左右，四周石柱上的油灯都在二人说话间点燃起来。深宫里一片灯火通明。

"叔虎大人，坐在大司马门下莫谈儿女之事。"谢安提醒道。

王彪之点点头,没有继续说下去。

"大人,若是体力尚支,不如到我家里小酌几樽。皇上为此震怒,臣等怎敢早早睡了。若明日再被诏令入宫,应有良策奉上。我有些想法,亦有了安排,想与大人说说焉。"

王彪之连连说道:"正是正是。酒可压惊,亦可通窍。"

不一会儿,二人的官车便并排行走在宽敞的御街大道上。距两辆官车不远,右卫率郗恢亲率一支巡夜的士兵跟在后面。直到过了朱雀桁,眼看着两辆官车拐进了乌衣巷,这支队伍才返回城垣继续巡逻。

王献之今天没有再到竹格港看望阮孚大人的孙女桃叶姊妹二人,而是早早就回到家中,径直进了书房,取出父亲写给谢万大人的手书,摊开纸张,自己研了一砚浓稀相宜的墨汁。这是这些日子必做的一件事情,临写这封手书信函总能让王献之心旷神怡呢。他先是将信函重新仔细读过一遍,又闭起眼睛在脑子里将书信默临一遍,随着笔画的游动,父亲大人为谢万石大人描述的田园生活又重新浮现在眼前。那真是一段无忧无虑的生活,每日被父亲大人从沉睡中唤醒,吃罢早饭,披挂停当,便跟着大人跋山涉水,采摘灵果和仙草……王献之用力晃动着脑袋将沉浸其中的魂魄晃出来,扑落在纸张上,凝聚在笔毫中,书写十分顺畅。自从在谢安大人处得到这封书信,王献之几乎无一日不临写,每临写便如同今日一样,忽而心绪翻滚,忽而心静如水。笔下,父亲大人沿着陆机大人别具一格的章草路径,走出了独具自家气质特点的笔法,而王献之则不敢轻易跳出窠臼。书体乃精气神凝练之物,非常年习写体悟钻研而难得精髓,若不得精髓又谈何创新欤。于是平心静气,朝夕释然,一笔一画,追究笔画中之喜怒哀乐,探寻书写中之千姿百态,体味演变中之跌宕起伏,好不快活欤。妻子郗道茂何时坐在身侧,王献之竟然不知。直到郗道茂开始研磨墨汁,王献之才意识到有人坐在身旁。

王献之对着郗道茂做了个鬼脸,换来的是郗道茂的嫣然一笑。

"官奴夫君,老仆人说你踏进门槛就是一脸喜气,妾身就没敢搅扰。难道你腹中无有饥饿之感?"郗道茂故意咬文嚼字般说道。

王献之点点头,嘴上却说:"今日与嘉宾阿哥有一番浸润肺腑之交谈,之后便如这般喜不自禁也哉。"他觉着郗道茂在自己胳膊上轻轻捏了一把。"嘉宾阿哥听罢我之倾诉，颇动了感情，虽然并未直言应允咱家纳妾一事，却说大舅山高路远，即使传至那里，已然木已成舟。"王献之没有说出郗超讲的关于姑母的那番心意。眼前的妻子既是母亲大人的儿媳妇，亦是母亲大人的亲侄女。王献之相信郗超所说母亲大人当年对这门婚事恐慌绝非信口说来，自己近年来也清楚了何以夫妇二人终日耕耘不休，诞下儿女却从未存活之原因。但平心而论，王献之从来不曾为此郁闷消沉过。直到新安公主逼上门来，才真切意识到，只有诞下子嗣，哪怕只是女儿，才可消弭由此产生的所有烦恼和不快。而欲要如此，纳妾是唯一选择。令王献之感到安慰的是，郗道茂也与自己一样想法。

　　王献之将白天抄录的文字让郗道茂看过一遍。郗道茂一边看着，一边发出惊诧的啧啧声，时不时嘴里还唠叨着"竟有这事，竟有这事"。郗道茂看完王献之抄录的文字，眼睛发光地看着王献之，问道："官奴，纳妾之后，你要怎样？"

　　王献之没听明白郗道茂话中的意思，说道："还能做甚，当然是诞下子嗣，让你与咱家几位哥嫂从此比肩而坐，再无愧疚之色，也无须再听几位嫂嫂唠叨不已焉。"

　　郗道茂忸怩了一下，说道："房中规矩你可知道？"

　　王献之更是纳闷，但确实不知，只好摇摇头。

　　"母亲大人留下图册一本，贵族名门之妾每日子时之后必须返回偏房，只有妾身方可与你相伴通宵。"郗道茂伸出手来在王献之脸上轻轻拍了一下，"房中礼数非讲不可，即使为咱家生有七男八女，也是庶出，不得僭越。"

　　王献之瞠目结舌地看着郗道茂，问道："庶出也罢，嫡出也罢，有何不同？"他的意思是在这个家里，这些孩子自然就是他们的后嗣，而这个"他们"毋庸置疑地包括郗道茂在内。

　　郗道茂鼓起勇气说道："官奴阿弟！"这称呼令王献之警觉起来，通常情况下，郗道茂使用这样的称呼就表明二人的谈话内容是极其重要的，是关乎二人生死的。"姊姊看过你近几日抄录回来的一些文字，正是那些关于官员纳妾之规矩。你已经官秩四品，甚至还有可能官秩三品。纳几名小妾，接几名媵女加入这个家庭，并无违律之嫌，乌衣巷中便有名门前辈如此这般做了——你知晓阿姊所说指的正是谢氏家族。你可以效仿，然，你不可以将阿姊抛弃。"

王献之无话应对，跪行着来到郗道茂身旁，将她揽进怀里。夫妻二人相互揽拥着久久没有说话。急促的喘息渐渐地趋于平缓，心脏的跳动渐渐地趋于同步，王献之这才扳过郗道茂的脸说道："卿卿，我这就要去往叔虎叔父大人家，将这件事情一五一十告诉他老人家。只要叔虎阿叔首肯，咱家便择吉日向桃叶下婚契，结束这令人不快的局面。"

郗道茂点点头，应道："妾身在家静候佳音了。"

临出门前，王献之将抄录的文字仔细看过一遍，又在心里默默梳理一通，确认即使在慌乱中也能说得有条有理，这才放下抄录的文字。郗道茂也非常紧张，但她不希望夫君在这个重要的关头紧张而失措。她帮着王献之仔细打扮了一番，笼帽、琅琊王氏族群专有的丝质长服、一双簇新的木屐，就连裹在脚上的布片也换成了新的。走出卧房，郗道茂紧跟在夫君王献之身后，以几乎踩着脚跟的间距表达了对夫君的信赖之情，然后目送着精神抖擞的王献之消失在乌衣巷如墨般的夜里。

王献之来到王彪之宅院外，看到大门一侧悬挂着的烛火没有熄灭，就知道叔虎阿叔尚未归家。于是犹豫了一下，决定先不进去，而是在外面等着叔父从建康宫返回。

王彪之家的仆人不知催促了多少回让王献之进到院子里正堂等候，王献之并不理睬，每一次都只是挥挥手，让仆人回去。仆人们怎敢回去，却也不敢站得很近，便只好将大门敞开着，守在大开的院门里，跟王献之一块儿等着老主人返回来。

结果，直到夜深了，才听见王彪之的牛车发出的吱扭吱扭的声音，竟是从谢安大人官邸的方向传过来的。仆人们即刻跑了出去，在乌衣巷琅琊王氏族群庄园的入口处迎住了王彪之。

直到进入正堂，王彪之都没有说话，从脸上的神容来看，既疲倦又混乱。王献之暗自揣测叔父在宫里一定又受到皇上责难，可是见叔父是从谢安大人官邸返回，猜想可能遇见了大到难以化解的困惑。叔父并没有询问王献之何以定昏时分（晚上九时至十一时）却在这里伫立，也没有阻止他跟进院子，甚至没有正眼看过王献之。王献之心中不免忐忑起来，预感似乎情势不妙。

等王彪之坐下来，王献之径自就跪在了地上。

305

王彪之叹了口气，指着侧面的矮椅说道："官奴，起身坐着说话，你这一跪反而令叔父心中不快。以后，即使有求于叔父，也不用跪着说话。"

王献之起身坐下，不敢抬头看王彪之，"呜呜"地应了几声，起身坐下。

叔侄二人一时无话。

许久，王彪之才看了王献之一眼，轻轻地摇了摇头，说道："官奴儿，若是依然为出妻与否而来，便无须多言欤。前次叔父已经对你表明立场，孰重孰轻想你也能掂出分量。皇上赏识于你，并非因新安公主而起。然，当皇上得知你至今无有子嗣之后，受到的震惊可想而知。皇上自认为是你表叔，又为你家尊之多年好友，愧疚之情溢于言表。也许还有其他缘由致使如此，我和谢安大人均难猜内情。然，皇上以为，你与公主结为夫妻既然不悖常理亦不违人伦，何乐而不为乎。我和谢安大人怎能为发自皇上内心之深情设置障碍？"

王献之悲伤地嘘出一口长气，仰起的脸又重重地垂了下去："叔父大人，小子当然感激皇上顾念之情，即使粉身碎骨亦难以报答也哉。然，小子怎能因公主之高贵身份而将发妻弃之不顾耶？"

王彪之叹了一声，说道："新安公主虽身份高贵，却怎敢以此霸凌琅琊王氏之子嗣？皇上三番五次诏令有司查询前朝律法可有依循之例，足见他并未想将公主强加于你。"

王献之听不进去王彪之的话，继续说道："叔父大人，小子这些日子辗转反侧，夜不能寐，想家君家慈大人在世时对小子与姜儿之婚姻，乃至未来家庭生活之美满寄予无限希望。不仅因为小子与姜儿青梅竹马，情深意长，更因两家可由此接续中表之亲。亲上加亲既是美事，亦为当今名门望族之时髦也哉！"

王彪之见王献之情绪激昂，很难说服他回心转意，只好说道："子猷已经有言在先，可将他之第三子过继于你为嗣，虽然正式行使过继仪式尚需几年之后，可是，此承诺岂不可使你不再为此忧心忡忡耶！"

王献之用困惑的目光看着王彪之，不知叔父此说法的意图何在。对于接纳继子，王献之早已表明过态度，除非万不得已，绝对不会接纳兄弟的儿子为后嗣。王献之不想被王彪之一席话打乱了自己前来请求纳妾的计划，急忙岔开话说道："小子今日拜见叔虎阿叔，只为告诉阿叔大人一事。"一边说着，一边从衣袋里拿出绶带、韨带和綮来，放在王彪之身侧的桌几上，同时让仆人将山墙边放着的两支蜡炬拿过来。王彪之甚感纳闷,只能借着明亮的烛火仔细端详着这几个物件,问了声:"你怎会持有三品大员囊中之物乎?"

王献之重新跪在王彪之面前将这三件物件的主人身份说出来。正在这时,王越之进了正堂,见状,惊得急忙退了出去,隔着窗棂朝里面喊道:"父亲大人,可有事嘱小子乎?"

王彪之朝着站在身旁的仆人挥挥手,让阻止王越之进来,又朝着王献之说道:"官奴儿继续说焉。"

王献之接话道:"叔父大人曾主理太常府多年,不仅对王朝律法了如指掌,且许多新律法以至规矩皆出自叔父大人之手。婚姻规矩是世俗之法,叔父大人怎会对此疏忽?小子在秘书省浸淫八年,幸得酷喜读书,且对饶有兴致之文不仅心得颇多,还能牢记于心。春秋甚远,两汉不及,而曹魏之朝不过百年,大晋立国继承曹魏法规,其中关于娶妻纳妾条令并无二致。"

听到这里,王彪之故意问道:"小子,你对此类律法如数家珍,不妨说说何以无有二致乎。"

王献之犹豫了一下,看得出被叔父这么一问人就有些拘谨,但也只是片刻,很快就说道:"小子斗胆冒犯叔虎阿叔,律条中规定各级官吏可接纳小妾人数,小子记得五品官员可纳妾二人。另,依品级官秩,小子甚至还可以接纳三名媵女也哉!"

王彪之咕咕笑起来。对王献之旁征博引之能力除了欣赏,自然还看出来侄儿若非被逼无奈断不会钻入故纸堆中寻觅这些世人早已忘却的条令来为自己辩解。听到此时,王彪之已经大概能猜出来侄儿今日突然登门乞求所为何事了,但他还是忍不住咕咕笑个不停。笑罢,王彪之虎起脸问道:"叔父我已为二品,可纳妾几人?又可纳媵女几人乎?"

王献之不知是气话,接口说道:"叔父大人依照律法可纳妾四人,接纳媵女八人也。"

王彪之又问:"你家尊大人可纳妾几人乎?"

王献之这才听出王彪之话中的怒气来,低下头不敢继续说下去,心里却嘀咕道:"家君大人已然有我兄弟七人,何需纳入妾媵。"

王彪之听出侄子已经能接受纳妾之规矩,心中自然亦是窃喜,只是,机会已经错过。若是去年这小子不固执的话,纳妾又有何难乎?他身为当家叔父又怎会阻止。王彪之在心里叹了一声，嘴上却说道："小子可不用说这些。"指着桌几上的物件："持此绶带者乃何许人也，仔细说来。"

王献之听出叔父口气软下来，愿意听他继续往下说，于是便将绶带的主人阮孚大人和在吏部查找到的绶带和官印的情况告诉了王彪之，还将在秘书省抄录下来的关于阮孚的传记生平几乎一字不落地说了出来。

王彪之怎会不知晓阮孚其人，阮孚与本朝谢鲲等人名列"江左八达"时，王彪之已经到了束发之龄。一直以来，京城名流发生的任何事情都会先在望族名门间盛传，然后才成为街巷里弄的谈资。阮孚乃"竹林七贤"之一阮咸之子，阮咸还是"七贤"之首阮籍阮步兵大人的亲侄子，与琅琊王氏之王戎为"竹林七贤"中年纪最小的两位贤士。至于阮孚此人，从一出生就是乌衣巷的谈资。身为父亲与姑母家鲜卑女婢私通所生的儿子，仅此身份就足够京城望族议论许多年了。大概因为其血统出身与肃宗皇帝相同，长相似乎也不差一二，同为黄毛鹰眼，隆鼻阔嘴，故而深得肃宗皇帝亲近。阮孚嗜酒，竟然将顶戴金貂尾饰拿去换酒，虽被御史中丞弹劾，却又得肃宗皇帝宽宥。不仅如此，即使阮孚为人做事散漫怠惰，生活亦是劣迹斑斑，肃宗皇帝却在崩殂之前将后宫最为宠爱的美人之一宋祎赐予当时孑然一身的阮孚，并因此震惊京城名士。王彪之出任武陵王王友，阮孚几乎同时被委任广州刺史部刺史。两人一前一后离开京城，王彪之到达武陵国不久，从京城传来阮孚在赴任途中不幸薨殂的消息。只是传说中薨殂之地众说纷纭，一说已经过了长沙，另一说阮孚星夜兼程，一脚已经踏进广州郡治所的官府，却在第二天欲召集幕僚接见时死在床榻之上。于是乎有传说阮孚死于瘟疫，另有传说阮孚酗酒之后死于和妻子宋祎颠鸾倒凤之时。对于这些传闻，人们在饶有兴致纷纷议论之后，不过哈哈一笑，并不在意真伪。一个嗜酒之徒，死于酒坛之侧也是命有所值，魂有所归矣。

王彪之听着王献之完整地讲述阮孚传记中的文字，始终没有打断。等王献之说完，当下说道："小子，你能将阮孚传记熟记于胸，真可谓用心良苦，只是你却疏忽了一点——阮孚大人无有子嗣。这些文字皆为史官或者尚书郎所撰写，也许会有出入，却是不会过甚焉。"

王献之听了这话，便将结识桃叶姐妹二人的过程，以及后来桃叶姐妹二人关于先考乃阮孚大人遗腹之子的一番说法讲给了王彪之，最后说道："叔父大人，小子已经决意将阮孚大人孙女接纳为妾，姜儿对此亦感庆幸。"说到这里，王献之挺直了腰板，毫不掩饰欣喜之情："几年之后，小子定将诞下七男八女，传续咱家血脉，光大咱家祖业，不负父母大人之厚望焉。"

王彪之听出王献之是有备而来，脑子里突然就冒出来刚才在谢安府上，说到倘若公主也未能为王献之生出子嗣来，那时又该如何是好时，谢安脸上浮现出来的表情。那时只觉着那表情是暧昧的，说狡黠也不为过。而此刻冒出来的感觉则是似乎谢安对排除这个担忧已然胸有成竹。这念头一闪而过，令王彪之猝不及防。他来不及仔细琢磨，就被王献之说的话吸引住了。说心里话，作为叔父，作为王献之兄弟姐妹唯一还在世的血亲长辈，王彪之希望王献之能说服自己，也好让他能在面对皇上盘诘斥责时，能说出点儿子丑寅卯来让皇上就此打消助力司马道福逼迫王献之娶之为妻的荒唐念头。但听到王献之说出要诞下七男八女，并与郗道茂白头偕老的话语后，心中顿觉不安起来。皇上在太极殿西堂上听过新安公主诉说之后，可不会容许王献之与他人白头偕老了。

王彪之让王献之重新坐回到椅子里，拉过侄儿的一只手，拍了拍手背，尽量使口气委婉却不失坚决地说道："官奴儿，你方才所讲着实撼动叔父之心。若是叔父能为你定夺，当即就会允你择日与那女子定下婚契（古人纳妾与聘娶正妻下婚书不同，只能以婚契为约，从而确定二者的买卖关系）。然而，今日在太极殿西堂，新安公主突然而至，即使皇上亦猝不及防。新安公主声称其母徐淑仪托梦于她，允其嫁于官奴儿你为妻，并声称此为王朝福兆也。"

王献之像是被当头打了一棒，语调也变得含混不清了，问道："皇上采信所谓托梦之说乎？"

王彪之实话实说："皇上恐难以确信。然而，公主又说桓温密令廊庙上一干心腹之臣，阻止公主与你之婚姻。桓温以为，琅琊王氏企图以此重新成为王朝砥柱之力量，坐上第一把交椅。"

王献之急煎煎说道："叔父大人可证明琅琊王氏从未有此企图欤。"

王彪之却意外说道："官奴儿，琅琊王氏族人中，皇上最为赏识之人非你莫属耳。若是有一日你能持中书令之权杖，实乃门支大幸也哉！"

王献之不断地嘟哝道："小子怎有如此擎天之力焉。小子心中只有为门支诞下七男八女之憧憬，然后前往剡县，为考妣大人守墓去也。"

王彪之看着乱了神志的侄儿，心生怜悯，便说道："官奴儿，你执意纳妾而姜儿也已赞同，倒也不失为一良策。若能早日诞下贵子，实乃家门荣耀。只是只是……"他顿了一下，显然心有犹豫，却又不得不说："皇上责令新安公主退出西堂，却让叔父和安石大人传送诏令，令你三日之后入宫，皇上要亲授机宜。"

"难道皇上要下旨，诏令小子迎娶新安公主？"王献之惊声问道。

王献之一头撞开院门，脚步踉跄进了正堂，朝着老仆人做了个喝酒的手势，然后扯下头上的笼帽。正在卧房等待的郗道茂听到动静也急匆匆来到正堂，可是，见王献之悲从中来，一脸伤戚容色，便没敢开口说话。这时，酒坛也搬了过来，郗道茂给两只酒樽倒满了酒，将其中一杯从桌面上推给了王献之。王献之抓起酒樽，一仰脖子倒了进去。郗道茂也跟着一仰脖子将一杯酒倾倒进了嘴里。夫妻二人在一派静默中，将一坛老酒喝了个精光。

这时，王献之才愤愤说道："爱卿，叔虎叔父大人没有言明赞同与否，然，叔父传了皇上的诏令，令我三日之后进宫接受皇上召询。"

郗道茂胆怯地问道："皇上召见何以应对乎？"

王献之赌气地说道："不见诏书，不赴诏命也！"

第三十一章

  那次与袁宏在竹格港饮酒后，第二天，袁宏就将自家手写的《北征赋》和《东征赋》送给了王献之一套。昨晚上睡得很不踏实，半夜起来后就捧着两册辞赋仔细读起来。辞赋写得中规中矩，与潘岳潘安仁大人写的那些辞赋相比，广度相当，寓意却略显单薄。王献之一边读着一边评价着一边嘲笑着自己那些感触实在牵强，技不如人，酸腐的书生气则十足呢。而叔虎叔父大人昨晚上说的那些话时不时就钻进脑子里，弄得他无法凝神静读，很快也就倦了，躺在床上，也不过是假寐而已。郗道茂睡着后轻缓的喘息声，让他感到分外踏实。于是，桃叶姊妹二人便在这个当儿浮现在眼前，银铃般的笑声，轻声絮语弥漫着的恍惚之感，桃叶那柔荑小手在他脊背上轻推慢掐所荡漾起的愉悦之感，都令王献之生发出信赖依存、难舍难分之恋情。尤其是听到桃叶吐露这一切的安排都有谢安大人那如橡臂膀在后面操纵和支撑，王献之内心的恐慌不安顿时烟消云散。

  第二天，王献之和往常一样，来到御街上吏部府院，将低级官吏送来的那些接受考绩的官员写的各类文字整理成册，写出对每位官员文字部分的评价。然后起身前往谢安大人独自理事的屋舍。按照规矩，谢安大人要对这些文册亲自过目呢。

  府院外响起一声尖利的吆喝声，接着又是一声。府院紧闭的大门应声打开了。吏部府院里刚才还在忙碌着的大小官吏突然都原地站住了，王献之捧着一摞官员考绩文册已经来到吏部尚书理事的屋舍，见状，也站在原地不动了。

  王献之这时才听清黄门尖利的叫唤说的是什么。第一声尽管听清楚了，却无法相信。当第二声"吏部侍郎王献之接旨"喊出来后，王献之头上像是挨了一棒，周身产生了一阵被恐惧驱使的战栗。这时就听见有人大声提醒说："子敬大人，还不快快过去跪下接旨欤！"王献之这才扔下抱着的文册，一路小跑到黄门面前，扑通跪了下去，嘴里高声回应着："臣惶恐。臣王献之伏接圣旨钦！"

圣旨只有一句话："皇上召吏部侍郎王献之明日午时在太极殿西堂议家国之事。"

王献之一稽到地，将额头贴在地上，一动不敢动。听到圣旨让他在西堂与皇上谈论家国之事，立刻就想起叔虎叔父大人那天所说皇上要为新安公主一事召见他的告诫。脑子里仿佛有战鼓擂响，耳畔跟着就发出海啸般的轰鸣，整个人刹那间僵住了。

黄门宣读完圣旨后走了，王献之呆呆地跪在府院门内，竟然不知道应该起身走人还是继续跪在当院。等他站起身来时，大院里已经空无一人。刚才还在院子里跟王献之一样呆若木鸡的一众同僚，一下子消失得无影无踪了。

王献之的脑子里闪出来的第一个念头就是拜见尚书谢安大人，心中想着，撒开双脚径直进了谢安料理国事的屋舍。

接旨的时候，谢安自然也必须在场。此刻他正襟危坐在桌几之后，见王献之进来，没容他开口，便面色冷峻地说道："子敬，皇上让黄门在吏部府院当众宣旨，前所未有。你若是要让我出面斡旋，恐难遂愿，亦是我力所不能为之事。"

王献之一听这话，绝望不已，问道："大人，小子该如何才好乎？"

谢安一时无语，少顷才说："子敬，皇上在西堂召见你，可见圣意已决，恐没有转圜之余地焉。"

王献之还是不甘心，说道："大人，小子几天前才从桃叶姊妹那里意外得知，大人对小子纳妾之事早有安排。小子感激不尽耶！"

谢安却意外地连声叹气，说道："纳妾一事，我与你家叔虎阿叔确有安排。但绝非你所以为那般，其中还有深奥之理由。官奴儿，听我说完。新安公主倾慕你是事实，她心甘情愿下嫁于你，其中缘由他人无法揣摩。但有一点，这件事上，我与你家阿叔再无挽澜之力。皇上下诏实为罕见，你对此需有家国情怀，不可固执己见。想逸少大人当年周围能聚集如此之多天下俊杰，三教之圣徒，实乃受大人胸中拥有深厚之家国情怀所感召。你是大人最为宠爱之幼子，若是能将《兰亭集序》烂熟于胸，定能悟出其中深藏着的家国情怀钦。官奴儿，若欲要执牛耳，成为翘楚之人，须得如此。你要牢记钦。"

王献之是怎样回到家里的，事后已经全然想不起来。郗道茂不在家，老仆人说她去了四哥家，说有人从荆州带来许多玩意，还从长沙郡带来几坛好酒，让她去挑选几样物件，顺便捎一坛好酒回家。王献之脑子十分混乱，听说有好酒便想起在京口与武陵王司马晞一道畅饮美醇的情景，也就十分怀念那几日时光。那才是鲲鹏展翅、翱翔宇空的自由之感。他让老仆人弄了几样下酒小菜，打开一坛花椒老酒，自斟自饮起来。

一坛花椒酒落肚，王献之就感到酒力不逮了，心中自知是心情不畅所致，便上到床榻睡下，不承想脑袋一挨枕头就睡了过去。

醒过来时已经是后半夜，妻子郗道茂何时归来又何时睡在身旁他竟全然不知。屋外宁静而嘈杂。宁静也，万籁俱寂，天黑得伸手不见五指，啾鸣得十分累了的夏虫一齐儿戛然而止，像是接受着指挥似的，寂静的夜晚令人恐慌；嘈杂也，乌泱泱漆黑如墨的四周，夏虫们歇息够了，又猛然一齐儿啾鸣起来，夜晚宁静的氛围刹那间被捣得粉碎，嘈杂的夜晚使人心乱如麻。

王献之屏住呼吸小心翼翼地下了床，摸着黑蹑手蹑脚地出了卧室来到书房。点着蜡炬后，屋里亮堂起来，这才重重地舒出一口气，将闷在胸膛里的郁闷之气吐尽。

王献之坐下来，看着面前桌几上的纸张笔墨，不由自主地摊开纸张，研了墨汁，蘸饱笔毫，却完全不知道应该写点什么。桌几上正好有从四哥那里借来的几本文册，其中一本是四嫂子的陪嫁之物。文册中收录着纪瞻大人当年与陆机大人之间关于王朝沿袭前朝律制的对话，还有一篇是纪瞻大人当殿即兴而发的奏文。前者是由陆机大人手书记录下来，后一篇更像是纪瞻大人经过回忆自己记录而成。陆机大人的书体王献之已经临习过无数遍，即使默写，仿真程度也能八九不离十。而纪瞻大人的手书他则很少临写，于是，信手就临写起来。这篇文字十分口语化，斯时的场景便随着笔毫与纸张的摩擦而浮现在眼前。斯时，已经是晋王的中宗皇帝拒绝登基践祚，尽管纪瞻大人以"二帝失御，宗庙虚废"悲情于皇室之困境，又以"膺箓受图，特天所授"和"中兴之祚"豪迈于王朝之未来，鼓励中宗皇帝坐上龙床，中宗皇帝依然不为所动。纪瞻大人此举乃家国情怀也欤！

王献之自言自语道："然，谢安大人却一再提及家国情怀，其意何在乎？何为情怀乎？"父亲大人从没有对七个儿子耳提面命过，然而，王献之理解的家国情怀是，身为朝官，理应恪尽职守，殚精竭虑。而儿女情怀寓意更是显而易见，对妻子不离不弃，绝不得行始乱终弃之劣行，对子女教授有方，庭训严谨，不骄不纵。而与友人相处，父亲大人所作所为已然是楷模。《兰亭集序》不过是父亲大人为群贤诗集所作，此中情怀蕴藏于何处乎？想到这里，王献之不得不闭起双眼，让思绪在一片黑暗中寻找可能的一丝光亮。

有声音响起来，是父亲大人的声音从天而降，是父亲大人在说教道法中人之往来之义："夫人之相与，俯仰一世，或取诸怀抱，晤言一室之内；或因寄所托，放浪形骸之外。"父亲时常说起当年与叔虎阿叔、修龄（王胡之字）阿伯，还有殷渊源自比庄子《大宗师》中那四位视死如归的狂傲友人——子祀、子舆、子犁、子来等四人以无惧一切结为友人。父亲说起殷渊源大人故去时面带笑容，一脸轻松说最为遗憾的是不能前去看望，如子犁一般靠在门口对着将要离世的老友说几句"伟哉造化，又将奚以汝为"这类话语。今晚此时，王献之再重新回味《大宗师》中的文字，只此一段就令他幡然醒悟。父亲怎能对死生而悲叹？怎能为寿期而焦灼乎？这些章句，都是他寄语身旁围观的一众友人而发出的声音哟！

父亲大人熟悉的声音又再次响起："死生亦大矣。""岂不痛哉！"所谓死生之大，在于无视其存在乎？父亲何时将生死存乎于心？在兰亭之下，父亲并非只与友人修禊饮酒。多少回，就在那座兰亭里，他伏在父亲大人腿上，耳畔响起的是谢安大人对于死生的妄言、许询大人对于生死的漠视、外父大人对于生或者死那超然于世的谈吐。那时候他很难明白其中蕴含的意义，现在可以了。他还记得，父亲分明写下的是"岂不哀哉"，此时他终于清楚了何以父亲大人却突然捉笔，用"痛"字掩盖了其哀。这一定是他内心的悲哀，这种悲哀并非由死生而起。死生大乎？既大亦小，非大非小。父亲好像多次阐述过庄子关于死生的无穷之奥妙，可是，后来看到《南华经·大宗师》中子祀等四人并非视死如归，而是以为死生存亡本为一体，不相为二，那时的困惑不言而喻。《兰亭集序》文中，父亲何以对死生、存亡有了别样认识？以为死生本非一体，寿期长短亦非人之所愿，如此等等。今日猛然就感悟，父亲写下如此文字，有多少是出自谢安石大人所言，又有多少是陈述许询大人之意。实非本意，定是如此。

这肯定就是所谓的情怀了。父亲大人毕生仕途多舛，虽然至今无人能解释因何如此，可是父亲大人却能将书体书艺抬升到令众人惊叹不已的地步，这种来自群生的惊叹，不正是父亲所创造出来的情怀焉？

父亲大人对于死生之语，所表现出来的随意、清淡和无视令人折服。然，父亲大人绝非玩世之人，岂有不恭之语？父亲也绝非悲情之人，岂能因死生寿期而仰天长叹乎？父亲所说的一切关于书写的话语都被他牢牢记在脑子里，有很多是在父亲去世后他慢慢回忆起来的，然后就再也不会忘却。关于书写，父亲说过必须遵循的法规戒律，说过书写颠扑不破的秩序，说过法帖之于临写乃至于未来创造体现自我情怀的书体和字迹，甚至说过王氏刀法与书写体式息息相关的联系。可是，父亲大人却从来没有深入为他解释过书写何以需要情怀，怎样通过书写表达情怀和如何在书写中倾注情怀。

所以，至今为止，他以为自己写的这些字迹，不过是些墨迹玩意，丝毫难见进步，丝毫难见融会贯通，也根本见不到情怀。他多少次仅凭着记忆回顾十岁时，在山阴兰亭中抵近看过父亲书写时的状态。直到一年前在心情低落的时候，才仿佛接近了父亲所说的书写时心中的情怀，仅仅是接近而已。然后就是今日此刻，也许，他提醒自己，这一年来所作所为还是距离父亲所说的情怀甚远。但是，不能因结发之妻由血缘之因而无法成活子嗣就将其休出，至少不能让自己理解的情怀距离更远。而谢安大人所说的家国情怀恐是他此生都难以理解或者无法抵达的彼岸呢。

恍惚之中，王献之又见到了义兄随之。义兄在面前忽而隐去，忽而出现，忽而手舞长刀，忽而絮絮叨叨。话虽说得过快，有几句却能听得真切："官奴吾弟，若非精练咱家王氏刀法，即使穷其一生，断难悟出咱家父亲大人书写之精髓耶！"

王献之起身走向沿墙摆放着的一排木架上，又是一阵恍惚，眼见着一只灰色的大鸟从不知什么地方飞了进来，先是冲着王献之疾速冲来，王献之慌忙低头躲闪。鸟实在太大，从来没有见过。飞得十分近了，他才看清楚那鸟头上的冠子，冠子底部伸出来两根尺把长的彩色触须。这是一只长喙的鸟，鼻孔很大，眼睛狭长，黢黑的瞳孔充满了眼眶，像是两枚亮晶晶的珠子。他没有见过这样的鸟儿，从来没有。刹那间，王献之瞠目结舌的当儿，那鸟儿就没了踪影，留下一阵雷鸣般的响声，震得王献之浑身战栗，那声音和白天在吏部府院中听到的黄门的声音何其相似也。然后，随着鸟儿的消失，司马道福的面孔旋即就出现了，却是一张模糊不清的面孔。

看得出司马道福也是一脸愁苦。司马道福对儿时发生的事情记得如此清晰，这让王献之不得不对她反复说出来的那番往事深信不疑。至于司马道福所说，是父亲大人和桓温大人确定了她的婚姻，而作为女儿，她根本不能有自己的选择，这也是事实。正如他和郗道茂的婚姻，就是在两家父亲大人说定之后而不能更改的。

司马道福那张面孔始终十分模糊，却令王献之心神不宁。他用力甩了甩头，指望着能将这张面孔驱赶出去。他回过头去，将目光落在了桌几上的文册上，这才意识到，那些文册里并没有父亲大人遗世的手笔。

郗道茂又在说梦话了，虽然他身在外屋，也听得十分真切。只是，王献之却从来没有听懂过这些梦话。他曾经不止一次问过郗道茂。郗道茂只是诡谲地一笑，脸上全都是神秘的表情。问得急了，郗道茂会说父亲郗昙出现在梦境中，她在与父亲大人诉说家常。至于说的什么她也记不清楚了。王献之知道郗氏家族成员之间说话用的都是洛京语言。这种语调在如今的京城已经难得听见，郗道茂说祖父大人在他们小的时候就不准说建康城的所谓京腔，而是必须学说洛京语言和发声方法。所以，只要这家人聚在一起，王献之就真的成了外乡人，一句话都听不懂。他就听谢安大人感叹过，谈吐间对郗氏一族家人坚持使用洛京腔调说话很是艳羡呢。而且，只要见到郗氏族人，谢安总是会不耻下问，时间久了，也能说一口纯正的洛京腔调的语言呢。只是，郗道茂说到一直在跟仙逝的父亲谈天说地，这就更令王献之心有不安。他也很是羡慕妻子一族家人这样说话，不仅好听得不得了，而且凸显出这家人与众不同的身份。王献之这个时候就会嘟哝说自家祖父大人去得太早，就连父亲王羲之也不会说洛京腔调的话语。

一想到父亲大人，心里的酸楚又加深了许多。王献之依稀记得父亲大人曾经说过含饴弄孙是人生最大的幸事，亦是他最大的宽慰。父亲大人是四十岁上得的他，可见父亲大人和母亲大人延续后代的能力有多么惊人。谢安大人一门亦是子孙满堂，可是谢安大人的父亲是纳有六房妻妾的哟。而母亲大人仅凭一己之力就养育了八个儿女。王献之听到过自家婴儿的啼哭，可没有一个子嗣能活到咿呀学语的年纪。王献之又听到郗道茂在说梦话了，同时也听到自家心里长长的叹气声。他不仅没能有幸给子嗣们在过庭时训示家规，更没有机会端坐在正堂享受子嗣们恭敬地叩头，聆听子嗣们一声紧过一声唤他父亲大人。

王献之从书柜里找到父亲的遗世之作，翻着看了一遍，并没有立刻坐回到桌几前，而是来到卧室，倚着卧室的门框站着。卧室虽然没有光亮，但借着外屋的烛光，可以依稀看得见睡在床上的郗道茂。她此刻又在做什么梦呢？从掩埋了第一个女儿到安葬了最后一个女儿，如此漫长的岁月里，她除了难以挣脱的愁苦，还会想什么呢？尤其在去年春上回剡县祖居那次被嫂子们规劝，除了当场啼哭不止，两人便不再为此袒露心怀了。她当然还在继续愁苦不已，可是，这样的愁苦要到何时才能终止呢？郗道茂一定不知道这些日子在夫君身上发生的事情，那些围绕着休妻娶妻纳妾的嘀咕，还都来自家族的长辈，来自他最为敬重的谢安大人，就连皇上本人如今也要加入进来。这已经形成了一种难以承受的重压，只要想起，王献之就顿生呼吸窘迫之感，压抑得想要一死了之。

这时，王献之的目光又落在沿墙摆放着的木柜上，木柜上面是开放式的搁板，用来置放平日经常用到的物什。而下面是一溜抽屉，抽屉里放置着各种很少使用但也算贵重的物什。中药材就算是一种。他猛然想起了艾蒿条，同时就想起了如何做就可以不去建康宫接受皇上的召见。当朝有多少自己熟识的名士高官在拒绝入朝做官或者迁升时，以疾患为托词不就。外祖父最为赏识的蔡谟大人甚至不惜因此被贬谪为庶人。王献之心里一亮，贬为庶人何惧乎？他已经拥有发妻郗道茂，还可能拥有妾媵桃叶姊妹，之后他还会子孙满堂呢，此人间最美满之情怀欤！

王献之立刻就想到了用艾条熏烤双脚使之受伤。乌衣巷距离司马道福居住的会稽王府大约二十里路，距离宫城更远了不少。若是双脚有疾便可拒绝一切召见。心中想着，便从抽屉里取出两根艾蒿条，在烛火上点燃，等到艾条完全燃烧后，又将火焰吹灭，这时艾蒿条便只剩下暗火。他用力吹着艾蒿条，暗火在劲吹下发出极为细小的燃爆声。接着，王献之将艾条插进专门用来固定艾条的空心铁器里，铁器被固定在一块石板上凿出来的孔洞上。为了防止怕疼而中途变卦，王献之又将双脚绑定在石板上。一切准备停当，王献之将双脚的幼趾（最后一根小指头）缓缓靠过去，直到感觉烧灼而产生的剧痛。突然袭来的剧烈疼痛令王献之忍不住叫出声来，他顺手抄起一支毛笔，将笔杆咬在嘴上。

他撇过脸去，不敢看艾条烧灼脚趾的情景。疼痛在加剧，脚趾像是被人用燃烧的火炬烧燎。疼痛顺着脚上的经脉直达腹股沟，再从那里像一柄利刃般着力扎进了内脏。几乎就在同时，剧烈的疼痛狠狠揪住了裤裆里的睾丸，而睾丸产生的剧痛辐射到了内里的其他脏器。腹部像是被刀搅动着，恐怖的感觉又直上肺腑，让王献之的呼吸变得窘迫起来。他用尽力气吸气，却丝毫感觉不到有气流通达肺里。他开始大张着嘴巴，试图能喘过气来，可是没有进入身体的气也就失去了呼吸的功能。不能呼吸了，疼痛也在消散，尽管很慢，但他能感觉出来，这似乎变成了器官感觉上的快慰。王献之以为自己要死了，他感觉到了喉咙在颤动，是的，他听得到身体里发出来的嘶吼的声音，仅此一声，将身体里仅有的气释放了出去。他昏了过去。

不知过了多久，王献之被一阵号啕声震醒过来，第一个意识是双脚摆脱了艾条，剧烈的疼痛不再向身体的其他部分辐射。他下意识地拼命呼吸，然后睁开了眼睛，看到郗道茂捧着自己烧得血肉模糊的双脚大哭着，空气中弥漫着皮肉烧焦了的气味。见王献之醒过来，郗道茂的大哭变成了抽泣，一边绝望地啜嚅着"姑父大人，父亲大人，（王羲之既是郗道茂的公公，亦是她的姑父）小囡囡罪孽深重也哉"。

意识回到王献之大脑里，而且很快就变得清晰了。对妻子这番一刻不住的嘟囔，王献之起初并不在意。说得多了，说得久了，也就上了心。自残是他个人所为，与父亲大人何干？难道父亲大人生前对郗道茂说过什么？这念头稍纵即逝，比闪电还消失得快。

"因何如此，因何如此耶？"郗道茂捧着王献之的双脚，依然啼哭不止，一边喋喋不休地自言自语道。

王献之没有作答，也不知道该如何作答，只是摇着头。伤痛不断地侵扰着他脆弱的神经，郗道茂呢喃着的哭诉更是令他心生悲戚痛楚之情。他皱着眉头，强忍着不发出"哗哗"的声音。

在郗道茂的不断追问下，王献之才将这些日子发生在自己身上的事情从头到尾一件不落地说了一遍，还告诉郗道茂，自己与桃叶姊妹二人结识是谢安大人着意安排的。"大人应该是不忍看着我们夫妻十几年被强行分离耶。"他抓住郗道茂的手说道。

听罢王献之的诉说，郗道茂沉默下来。王献之尽管如释重负，在纳妾这件事情上也无须观望郗道茂的脸色。但是，王献之知道他必须把白天黄门到吏部宣示皇上诏书的事情说出来："我不能进宫，卿卿。若是应诏进宫也许就再出不来也。"说完一系列的担忧，王献之对郗道茂说已经下了决心，纳妾之后，便辞去官职，回到剡县祖居。像当年父亲大人一样，与妻息大小为伴，与茂林修竹为伍，岂不乐哉！

王献之诉说的时候，郗道茂已经不再啼哭了。沉默良久之后，郗道茂突然像是变了一个人，脸上一扫悲痛哀伤之容，眼中充满镇定自若之色，说话也变得坚定决绝起来。郗道茂问王献之道："官奴阿弟，既然皇上对公主下嫁于你之事圣意已决，琅琊王氏家族何时敢拒绝不从？既然叔虎阿叔和谢安大人对纳妾一事早有安排，你就不该犹豫不决。姊姊的态度你早已知晓，所谓当断不断，反受其乱焉。"说到这里，郗道茂起身出了屋子，过了许久才重新返回，手里拿着一罐子为王献之医治背部疥疮的药汁，身后跟着家中的老仆人。二人迅速为王献之包扎脚上的创面。老仆人一边流着老泪，一边嘟哝着说有何颜面向去世的主人交代哟。郗道茂让老仆人不必絮絮叨叨，然后才告诉王献之已经派了四个家仆到竹格港去接桃叶姊妹二人。

大概过了一个时辰，仆人们领着桃叶姊妹进了卧房。姊妹二人见状，惊得跪下来向郗道茂请求饶恕，被郗道茂制止。

郗道茂让老仆人端过一盏烛台，然后，扳着桃叶姊妹二人的脸庞仔细端详一遍，嘴里喃喃自语道："何不早日带来家中乎？何不早日带来家中乎？"

接着，郗道茂让老仆人将桃叶姊妹二人带到偏室去验明正身。

不一会儿，老仆人领着桃叶姊妹二人重新回到卧房，拉着姊妹二人跪在王献之和郗道茂面前，禀报说："老奴已为桃叶桃枝姊妹二人查验停当，皆为处女之身。"

郗道茂让老仆人取来纸笔和印鉴，然后将躺在苇席上的王献之扶起，说道："夫君大人，你需当场写下婚契，申明从今日起将二位妹妹纳入门中。桃叶为妾，桃枝为媵。明日，我会将叔虎阿叔请入家中，见证此契约，完成仪式，并见证姊妹二人当众承诺与你终身厮守，传续子嗣，颐养天年焉。"

王献之怎会不允，手起笔落写下婚契，并盖上钤印，交到郗道茂手中。

王献之在一旁看着郗道茂将婚契给了桃叶，也接受了姊妹二人的跪拜大礼，二人改称郗道茂为姊姊。王献之惊讶郗道茂能如此大度而又果断地接受这件事，而且亲自主持了纳妾的仪式，既感动又打心眼里钦佩。这个几天前产生的有贼心没贼胆的私念，居然就在今天在眼前从容不迫地成为生活中的真实。这多少令王献之颇感惊叹。而妻子郗道茂对仪式娴熟的掌控，与慈母一般的老仆人一丝不苟的配合，都使得王献之后来说起这件事情来不禁赞叹不已，甚至认为主仆二人早已经将这一切演练过无数次了。

这时就听见郗道茂对桃叶姊妹二人说道："两位阿妹，从今日此刻起，你们就是琅琊王氏门中之人了。三天之内，二位妹妹仅能为官奴大人侍寝。"郗道茂没有使用夫君大人是因为论地位，王献之仍然是桃叶和桃枝姊妹二人的主人，而非夫君。任何一个家里，正房永远是妻子，妾媵永远都处于侍仆的位置。"三天后，姊姊我会允许桃叶在这里与大人同床共枕，度过良宵美辰。姊姊只有一个心愿，你二人为琅琊王氏这一门支早生贵子，传续后嗣焉。"说完朝着姊妹二人做了个手势，让二人将王献之扶入床帏之中睡下。

桃叶突然提出要查看王献之双脚上的伤口，郗道茂点点头应允了，但没有说话，在一旁看着桃叶姊妹二人轻手轻脚地解开敷在伤口上的白缎，然后将随身带来治疗疥疮的草药敷在创面上。郗道茂看到桃叶悄悄地抹去了面颊上的眼泪，心里不觉一阵感动，脸上却依然绷得紧紧的。

等桃叶姊妹二人将王献之扶到床榻上之后，郗道茂在接受姊妹二人的跪安后，嘱老仆人将桃叶和桃枝姊妹二人带出了卧房。

一切都归于安静，郗道茂上了床榻，将王献之翻过身来，撩起长衫，查看脊背上疥疮医治的情况，禁不住哟了一声，说道："官奴哟，那几个溃烂的疥疮竟然正在好转，不再有脓液溢出耶。"一边用手挤压尚未溃烂的几个疥疮，又是一声惊喜："官奴弟弟，已经少有白色脓液，再敷几天草药，定会痊愈耶。"

王献之满足地嘟哝道："药到病除，药到病除欤。可谓妙手回春也哉！"心中也有了感觉，郗道茂的手法比之桃叶实在显得粗糙了不少，至于有否柔荑之感，"嘻嘻"也哉。王献之将一个将要冲出来的喜悦硬生生压在肚子里。

郗道茂处理完疥疮，又将王献之翻过身来，然后从床帏里伸出头去，吹熄了烛台上的蜡炬。

王献之如往常一般，将躺在身旁的郗道茂揽进怀里。脚上的疼痛已经几乎没有了感觉，他飞快地想象了一下郗道茂所说三天之后和桃叶的床笫之欢，心中又是一阵难以压制的愉悦呢。刚才在面前发生的一切，都让他认为已经顺畅地渡过了一场人间灾难。

这时郗道茂开始说话，像是说给王献之听，又像是自言自语。所有的话题都是说给王献之在天的考妣大人的。不同的是，郗道茂一改十数年来将王献之的父母大人称作父亲大人和母亲大人的称谓，而使用了姑父、姑姑的称谓。王献之并没有留心谛听，因此也没有觉察到这个关键的变化。在一阵阵不断涌上来的陶醉般的满足中，王献之随着郗道茂话里面的内容，见到了父亲大人和母亲大人。他跪下来，一稽到地，告知两位，从此他终于能够子孙绕膝，可以尽享天伦之乐。郗道茂像是哭起来，说话的声音变得时断时续。刹那间，王献之沉入了梦乡。

第三十二章

第二天，郗道茂和老仆人带了一大堆丝绸面料去了四哥王肃之家，说是要给桃叶姊妹二人每人做一身与身份相符的外衣。王献之事后想起似乎还听到了郗道茂走出院子时爽朗的笑声呢。

王献之写了一封因突发足疾无法出行需要告假几日的短札，让男仆送到了谢安大人府上。

这边，王献之让家仆去了叔父王彪之的宅院，也是告知因突发足疾而无法亲往，并送去昨晚上写下的婚契，请叔父大人过目，然后到家里来见证桃叶姊妹二人成为门内家人。

王彪之来到王献之家里后，接受了桃叶姐妹二人虔诚恭敬的施礼。整个过程，王彪之只是呵呵不已，既无一句祝福，也无一句不满。然后听王献之将谢安大人如何为姊妹二人赎身又如何安排三人见面等等一连串的刻意所为，再次仔细说过一遍。在王献之心里，将这些个过程告诉叔父大人，也算是名正言顺地将桃叶姊妹二人纳入门内。叔父大人也只能认可，从而使这个程序更加合规。

王彪之送给桃叶姊妹二人一人一根精致的簪子，算是正式承认了这门亲事。回到家里后，王彪之即刻派了两拨掾属骑快马前往山阴和江州，让在山阴闲居的王徽之和在剡县迟迟不见回京的王操之，以及在江州任太守的王凝之立刻返回京城在乌衣巷门下聚集，只说家中发生重大变故。王彪之心中盘算，若是皇上为此怪罪下来，他将会带领这一门所有晚辈，也包括他自己在京的儿子们进入宫城，请求皇上息怒，宽恕王献之的冥顽之罪。毕竟这些晚辈都是皇上的表侄子。就如同五十年前，从叔王导丞相在琅琊王氏族群受到刁协和刘隗灭族威胁后，率领琅琊王氏族人一齐在建康宫太极殿外叩请中宗皇帝饶恕琅琊王氏一族人的性命一样。那几次叩请，王彪之都身在其中。至今他还记得斯时斯景呢。

转眼三天过去了，皇上并没有追究下来，也不见追加诏令。而按照郗道茂的安排，从第四天开始，桃叶就可以开始履行妾的义务，和王献之同床了。王献之似乎并没有因此变得异常激动，郗道茂也没有因此变得尖酸刻薄，一切依然像往常一样。王献之脚上伤口正在愈合，只是在双脚落地时才会感觉到疼痛。早上老仆人带着桃叶姊妹二人外出采买，而郗道茂带着绸缎去了四嫂家，王献之则在家中读典籍文册，临写法帖。

午饭是桃叶伺候着吃的，姊妹二人还将王献之脊背上的疥疮用药换过一遍，桃叶咯咯笑着说："大人体魄强健，不久又能够习练刀术了。"

这个时候，王献之心里却暗生着一丝不安。是郗道茂的态度使然乎？抑或是自己太过敏感？毕竟兄弟六人中，只有王献之纳了小妾。三天里，在京城的三哥和四哥没有因此事前来探视过，而叔父大人在第二天过来看过桃叶桃枝姊妹二人后也再没有现身。平日里最关心王献之的直接上司谢安大人更是既不派人来探视，也不亲自过来询问状况，虽然两家都住在乌衣巷。

王献之就在这捉摸不定惶惶不安的情绪之中度过了一个白天。定昏时分过后，依然不见郗道茂回来。王献之心中焦急，便让桃叶姊妹二人陪着老仆人到四哥家去询问情况。不到一个时辰，三人一脸恐慌返回家中告知，郗道茂根本没有到过四哥家。三人还去了三哥家，也被告知郗道茂从未去过。这时，老仆人突然冒出一句"官奴少爷，夫人恐是弃家而走喽耶"。

这话让王献之惊得周身汗毛竖了起来，原想等过了今晚若是果然没有返家，先让家仆将城里找过一遍，自己也到郗氏老宅走一趟看她是否回了娘家。可是又一想，郗道茂若是成心离开乌衣巷，定然不会在京城栖身。越想越急，越想越担心，王献之坐立不住，便急匆匆去了叔父家把发生的事情告诉了王彪之。王彪之让王献之回家等消息，他当下派人连夜在京城打探消息就是了。

第二天，王献之还是忍不住去了郗氏官邸，郗超被郗道茂不辞而别的举动惊得掉了下巴，但也没有忘了提醒王献之，这件事情千万不能传进宫中，否则，右卫率郗恢定将打上门去。郗超连一句宽慰的话也没有说，分手时只是冷冷说了句"官奴阿弟，好自为之也哉"，便让家仆关了官邸的大门。

然而，十天过去了，郗道茂始终没有现身。王献之的三哥四哥动员了家人朋友四处打探，叔父也派出人手协助寻找，结果有如大海捞针，难觅踪影。

家仆们还去了一趟京口郗氏老宅，返回来说，郗道茂在五六天前曾在老宅住过一夜,第二天带了一些细软便离开了。王献之屈指算了算,郗道茂出现在京口的时间,正是那日说要到四哥家做衣裳的日子。

当确认无法找到郗道茂后,王献之把自己关在家中,哪里也不去,每天除了读典籍,写书帖,他甚至连正堂也不进。这天,太阳还没压住西面的白石垒,王献之像往日一样,在郁闷中度过了一天。十天里,王献之没有让桃叶进入卧房,除了接受姊妹二人给他医治伤患,甚至不睁眼看姊妹二人。宅院里弥漫着压抑的气氛,听不见说话声,也没有了琴瑟之声。老仆人会时不时让桃叶伏在王献之独自待着的屋舍门上仔细谛听,桃叶说可以依稀听到主人的叹息声。

这天傍晚时分,五哥和六哥突然而至。两位哥哥的到来令王献之惊喜交加,原本想大哭一场却又被惊喜冲淡了悲情。王献之这才知道两位哥哥是被叔虎叔父大人派人叫回来的。

三个人没在家里逗留,而是在王徽之的提议下去了竹格港。五哥王徽之说郗道茂离家出走着实令人惊诧且悲从中来,可是,七弟能顺顺当当纳入妾媵而且叔虎叔父大人认可,这也算是一桩可喜之事了,值得去痛饮一场。桃叶姊妹二人担心王献之的身体,提出要跟着去。王献之也只能点头应允。于是一行五人一出乌衣巷便搭乘木船来到竹格港。

三人在酒肆里坐定,桃叶姊妹二人坐在王献之身后两侧。王徽之见状想说什么又立刻打消了念头。还是六哥操之善解人意,越过桌几拍了拍王献之的手说道:"官奴阿弟,我与子猷五哥一路赶回也猜了一路,叔父大人只是说家中发生重大变故,我们一路上担惊受怕,惴惴不安。变故果真不小,然,姜儿去了京口,还带了细软,便不会有绝世之意。这点大可放心。不定何日想得开了,又回转来也未可知欤。"

徽之连连晃头,并不赞同六弟的说法。他想不通,姜儿已经监督着完成了纳妾仪式,从此也就确立了自己正房之地位,按说也算是完成了心愿,怎会在经过这一切后骤然消失?"官奴阿弟,这中间定有姜儿难以化解之忧。"大概是看到话已至此,王献之便垂下脑袋不敢直视,于是转而说这几年在山阴闲来无事,时常出入家中静室,自创了一套冥想之术,既能打通周身脉络,亦能辽阔胸襟,酒菜上来之前,不妨将此通窍之术传授给两位弟弟。于是便指手画脚将静思冥想之术教给了两位弟弟。

　　冥想的姿势是王徽之独创的。坐姿与五斗米道坐姿并无太大区别，通常在有条件的时候取稽颡坐姿，不得如佛家子弟打坐那样。在礼仪规矩里，盘腿或者将双腿分开而坐都是不堪入目的，是粗俗而又明确表示对某件事情或者某个人极为不满的。而冥想，在王徽之的设计中是崇高无上的，是将纷乱的思绪逐步推向清晰，明确，或者说是将其整理成最为崇高的意识活动。这样一种活动的过程必须是郑重其事的。坐了片刻，王徽之睁开眼睛说从六弟和七弟双手置放的位置上可见二人正变得粗俗。五斗米道作法时没有特定的手法要求，双手可以随意置放，而不受约束。冥想不一样，这是一个神圣的过程，因而双手也应该放置于特定的位置。右手放在腹部的丹田处，而左手则最好放在头部的后枕处。双手手心皆朝着这两处的穴位，不用意识驱导，任由体内气息游弋到手心后，再做定位，使之从穴位进入身体。这时候，便能明显地感觉到纷乱的思绪渐渐发生变化，开始有了秩序，然后在气息的驱导下进入大脑的一个神秘区域。这些有了秩序的思绪随着气息不断输入，开始自主排序，有趣的事情就在这个时候发生了，那些令人不愉快的、平日里纷扰不已的情绪渐次不知所踪，烦恼会很快在紧张繁忙中自动脱离本体。而留下来的情绪就是可以让人冷静思考的，可以得出结论的意识了。这正是冥想的奇妙之处。

　　王献之起初对五哥将冥想描绘得如此高深莫测不以为然，但是，既然五哥如此笃信不疑，又听说这是他几年里最大的收获，于是决定试一试。

　　果不其然，王献之很快就能由定入静。入静后，当终于清空大脑里纷杂的思绪，渐次显现出来的意念便一点点清晰起来，伴随着这个意念的是明朗的色调，像是太阳初升时的晨曦，又像是雪霁之后云开雾散，从云层中破绽而出的明媚的阳光。宇空里，有一道更加明亮的光芒投射而来，直达王献之头顶的百会穴，并由此穴位进入大脑，顺着督脉直入体内。一个声音鸣响起来，仔细谛听却是父亲大人的声音，还是那句"情怀入墨，方可顿悟欤"。与此同时，儿时情景开始在脑海中萦绕。母亲大人的教诲清晰可辨："若想在书写之技上与父亲大人比肩于世，被廊庙上众朝官争相仿效，恐要漂黑一池湖水。"那时听来，只惊叹母亲大人怎会有如此登峰造极之说。如今再现，可谓肺腑之言也。若无书写情怀，仅以此沽名钓誉，实在难以立足于世。父亲大人一生不屑于追求名誉，以为那实在令人不齿。即使书写作品已经到了被朝廷上下竞相效法的地位，依然不为所动。所以才有了那么多青年才俊环绕其周围，即使道法不同，立世之念大相径庭，相互之间时有争议，却也能相安无事，互致礼仪。

这些意念倏忽之间便已经潜入纵深，脑海中再现的又是另外一番情景：兰亭中，众人伫立，父亲一人端坐石桌旁，二哥和义兄将研好的墨汁端上石桌。父亲神情凝重，眉头紧锁，似有奔腾流淌之豪情蕴于胸怀之中。一通书写下来，似终于将胸中奔流之情绪平复下来。没有人会想到《兰亭集序》会以何字起始，却听见僧侣支道林突然低声呢喃起来。王献之至今也没弄懂支道林说的是什么。而伫立在支道林身旁的谢安石也是轻声絮语，听得出是回应支道林的那番呢喃，却显得高深莫测。思绪再次像幽灵一般闪现出来。王献之曾为此求教于母亲大人。母亲大人听罢，一脸释然的神容，却笑而不语。父亲序文中的字句幻化而入，显出"后之视今，亦犹今之视昔"字样来，这今昔之比分明是写给支道林看的。寥寥数字参透了昔日与今日之更迭是为天地轮回，而今日与明日之往复依然在轮回之中。此乃佛门昭示之语。谢安石大人就时常与支道林大人就天地日月是否循环往复而争论不休。父亲仅用了一段文字便对二人所争阐明了态度。也难怪支道林大人呢喃自语，原来是在一旁诵经呢。谢安石回应支道林的语句已经记不清了，却一定是针对父亲大人所写文字中的道学之念加以诠释，从而让支道林的那番禅意变得不那么空洞悬浮。

活着因诞生而起，死后依然虚诞尚存，所以才有了谢安石大人所言：何畏往生，又何畏降生；不畏降生又怎畏虚诞耶。至于彭祖之寿，想来又回复了与许询大人过往的探究。彭祖享八百高寿，世间万物何有其长乎？许询大人乃清谈名士，亦为佛教信徒，能站在一旁一声不吭，可见他认可此句并深以为是。孙绰大人比父亲大人小十四岁，与许询大人齐名，同样信奉佛事，也未发言，可见所见略同。而轮回之说则让僧人支道林甚是服膺。

父亲满怀深情将一众友人昔日清谈争辩糅合在了一篇序文中，这究竟体现了怎样的情怀呢？从父亲去世之后，王献之就一直在体味这两个字，试图从中挖掘出能被接受的内涵。

王献之心中似被那道光亮照得明晃晃的。一篇序文竟然深藏着如此厚重的道家之理和禅学之意呢。父亲大人的声音也再次响起："代谢鳞次，忽焉以周，欣此暮春，和气载柔。咏彼舞雩，异世同流。乃携齐契，散怀一丘。"

冥想果然令人心旷神怡。父亲究竟想告诉子嗣们什么？无丝竹管弦，仅凭樽中老酒即可畅叙幽情，幽情为何物？这时候，王献之脑海中又闪过一道明亮的光，"中庸"二字跳了出来。

父亲在序文里用世间万物有万殊，而取舍随之，大可随性择之，而身边聚集着的青年俊杰，性情各异，有安之若素之人，有桀骜不驯之士，所谓静躁不同也。俊杰中有深谙道教之法规的清谈大家，有著立学说的释教高僧，有唯我独尊的愤世嫉俗者……将这些人聚在一起，却呈现出如此和谐动人的恬静场面，若非父亲大人，普天之下，谁能为之乎？这些性格迥异、好恶不同的人士之间怎会有幽情可叙？若非有深厚的友情，就连坐在一起也是天下难事之一耶！所谓幽情应为友情深邃之意。幽幽者，深而隐秘；情至幽处便从不示人。然，在兰亭的这些深藏幽情之士，却能因友情将之畅叙而出，不留分毫，不掩好恶，不惧难堪，不事争执，此情此景与世间万物融为一体，可谓以之兴怀欤！他就经常听到父亲大人对谢安大人论及死生，言谈之中深得老庄之精髓。生又何喜之有？死又何所之惧？谢安石大人从出世到入世有何难言之隐，王献之很难断言。许询大人何以弃参军而不从，宁可栖身山岭之中，他也不得而知。然而，当着几十位永和名士——有崇仰视死如归之人，有笃信轮回之徒，有为长生而大喜之人，有为短寿而忧郁之辈，父亲大人那双清澈明亮的眼睛，以及笔毫之下对现世极尽所能之诠释，则令这些名士的心灵得到了抚慰，情绪变得平和温润起来。

王献之仿佛又听到了没有丝竹管弦的茂林之中，却回荡着宇宙之下最为动听的乐声，仿佛看到了崇山峻岭之中，俯仰之间，人群中难以见到的融洽恬静。

王献之沉浸在冥想营造出来的幻境般的氛围中，距离现世越来越远，距离亮光射出的原点似乎越来越近。十多天来发生的现世烦恼正在脱离躯壳，而一种清纯幽静的涓流正在一点点浸润着疲惫不堪的肉身。

六哥子重的声音突然粗暴地打断了王献之前往幻境的行程："官奴阿弟，你双足何以被白缎裹着？"

王献之没有理会，他坚持着朝前行走，以为再有一臂之距就可以抵达彼岸了。直到感觉到肩膀被人重重击打，听到了桃叶姊妹的惊叫声，王献之才努力睁开眼睛。

六哥又把刚才的话说了一遍，王献之秉持着冥想中修炼出来的性情，淡淡说道:"回六哥询问。小弟一日行走不慎,踢在路边石头上,伤了脚趾。无妨无碍焉。"说完还挤出一个笑容。

这时酒菜已经上桌,兄弟三人在桃叶和桃枝的服侍下喝光了一坛老酒。王献之尽力将冥想之中的情景跟两位哥哥说了一遍,看出哥哥们心不在焉,又不想主动说出家中发生之事的前因后果,便提出让桃叶桃枝姊妹二人弹奏琴曲助兴。

六哥操之无心听曲,也急着想弄清楚叔父大人因何事急召二人回京,便借着酒劲逼迫着王献之打开白缎。王献之无奈只能从命。两位血亲阿哥凑到王献之的双脚跟前仔细看过被艾条灼烧的创伤,嘴里都发出啧啧的声音来。

王徽之转而看着桃叶问道:"你家大人所说可是实情乎?"

桃叶不敢回话,却又不得不回,便说道:"妾身听大人说,心情烦闷,气血阻塞,试图用艾条熏烤穴位,不慎弄伤了自己。"

王献之知晓五哥才不会相信这番言语,又不忍让桃叶受到训斥,只好承认是自己故意弄伤了双足,试图以此逃脱现世之忧愁。

王操之并没有责备小弟,许是早就知道有事情发生,心里也有了准备,可是见到创伤,依然唏嘘不已。

王徽之乜斜着眼睛看着王献之,神情依然如故,既有不满,也有心痛。但是,却没有接这个话茬,而是问道:"既然叔父大人认可你纳入妾媵,你又怎会自残双足?既然姜儿诚心接受妾媵入门,怎会又突然离家出走?其中必有隐情。官奴阿弟,你还是如实说来欤!"

王献之也知道继续隐瞒已经做不到了,只好将数月以来发生的事情一一道来:公主逼亲,皇上介入,而叔父大人和谢安大人态度暧昧,一边助力王献之纳妾,一边又暗示他迎娶公主恐是必然。而他以为纳妾之后即可恢复往日之平静,却不承想皇上却令黄门在吏部府院当众降旨,令他无路可走,只好选择自残,打算从此退出官场,离开京城返回山阴老宅。郗道茂情知他的选择,却义无反顾离家出走,令他难以置信更难以接受。

这时,徽之开口说话了:"官奴,叔父大人专门将我与子重传唤回京就为此事乎?"

王献之点点头,又将三哥涣之和四哥肃之在三月三那日的态度和几个月来他拒绝与两位哥哥往来的事情也说了出来。"至于叔父大人传二位哥哥入京,小弟也是见到哥哥们才知道的。叔父因何让哥哥们回京却还没来得及揣测软。"

"你又作何想?"王徽之继续问道。

王献之犹豫了一下,并不想说出来,可是在两位兄长的目光逼视下,又不能撒谎,只好老老实实将一段时日以来内心发生的激烈斗争和盘托出。

再抬头时,王献之看到两张变得十分陌生的面孔。大概是不想让小弟看到自己生气的模样,王操之扭过脸去,顺便将酒樽里的酒一饮而尽。只有王徽之这时语气生硬地说了句:"身体发肤,受之于父母。你怎可如此轻慢于它乎?"王献之垂下脑袋,没有作声。那晚上自残的时候,他太过冲动,没有想这么多。五哥这么一说,他就感到闯了大祸,心里一着急,泪水就顺着面颊流淌下来。王献之试图收住泪水,却不想越是想收敛情绪,情绪越是糟糕。渐渐地,泪水随着酒水一大口一大口灌进嘴里,这糟糕的情绪像是决了堤的洪水淹没了经年练就的自制力,淹没了自小养成的自尊和高傲。王献之哇哇大哭起来。当哭泣不断冲刷着这些日子被休妻和迎娶公主的紧张惶恐、悲戚情绪堆砌起来的犹如灾难般的沉重负担,他反而从两位阿哥严肃的面容中感受到了可以依托的最为牢靠的信任。于是,王献之终于不再掩饰什么,而是一边哭着,一边絮絮叨叨从去年返乡祭祀父母大人被几位阿哥轮番逼迫休妻续后说起来。可是,他与郗道茂的婚事是父母之命,尽管无后,又怎能随意休弃?更何况他与郗道茂青梅竹马,感情之深是常人难以度量的。

不料话甫一至此,五哥突兀地冒出一句来:"官奴阿弟此言差矣,你与司马道福亦是青梅竹马,虽未有父母之命,却已然让几位阿哥以为,那时候司马道福是你迎娶之最佳人选耳。公主之身子可比姜儿要健硕得多也。"说完此话,五哥竟然咕咕地笑个不停,并没有心思陪着王献之潸然泪下。于是王献之哭得更来劲了,说他离开剡县祖居,就回到山阴老宅,实在是厌世得很,一门心思就想着遁入山野,若非突然接到太宰敕令,他如今遁入哪里还不知道呢。有多少次,都是郗道茂支撑着他的精神,让他在秘书省那枯燥的桌几前找到了精神的寄托呢。就这么说着哭着,哭着说着,不知什么时候,五哥和六哥坐到了他身旁,两人从两边搂着他的肩膀说:"姜儿也好,公主也罢,都是女人而已。在我们几位阿哥心中,这两位女人能不辱使命,为你生下仨儿俩女的就算是咱这一门子嗣没有辜负父亲大人的愿望。你说可对乎?"王献之连连点头称是，并将谢安大人悄然为桃叶姊妹二人赎身，自己得以将二人顺利纳入门中的经过说了出来。但是，王献之依然还是隐去了前几次被谢安大人召见时发生的状况，而将几日之前黄门宣诏，不得已求见谢安大人，而大人则说了一番关于父亲大人情怀的话说了出来。

刚一说完，六哥操之抢着说道："安石大人不愧为父亲大人挚友欤。大人已经将道理讲得十分透彻，不仅仅表达了对咱家父亲大人的崇仰之情，也说出了对家君一生所受不公之待遇的愤懑之情。此情此意令我们深受感动，你能如此痛哭流涕难道不正是被安石大人之胸襟和情怀所震撼到了吗？"

王献之听到了情怀，不觉一惊，便将刚才冥想之时出现在脑海中的情境和对父亲大人所谓情怀的理解说给两位哥哥听。

五哥徽之听罢，无限深情地说道："官奴阿弟，既然说到情怀，我兄弟三人不妨重新回到二十年前三月初三修禊之日，在山阴兰亭父亲大人写就《兰亭集序》的时刻。这些年里，我每日游历山林，无一日无有序文伴随。思考最深刻者便是父亲大人文中所说'幽情'也哉！终于悟出，父亲所谓幽情，非常人所解之幽情也，隐秘之情，难以言表之情也。试想，既如此，何来畅叙乎？所谓幽情，实乃友情是也。你当时太小，早已经忘却了。那日兰亭曲水旁，热闹非凡，一众人等只在赋诗时屏住呼吸，潺潺流水，叮咚叩耳。无论何人，赋诗结束，即刻人声鼎沸。如此喧闹之场合，怎可窃窃私语乎？故而，以我理解，父亲大人所说书写之情怀，不会远离友情。父亲大人在秘书省五年，阅尽典籍，阅尽前朝诸老之范文，阅之，友之，习之，行之，可谓浸淫无度，获益匪浅。我们兄弟七人在父亲大人羽翼之下长大成人，何时见过他老人家以兰亭修禊那日的书体示人乎？"献之和操之异口同声称是。徽之继续说："我对此产生疑惑并非此日此时。十年前，我就曾经问过叔平二哥，他也是连连摇头，并对父亲大人在兰亭亮出如此惊世骇俗之书写体式感到迷惑不解呢。再说回来，官奴阿弟，父亲仅对你一人说起过书写之要诀，可见对你寄予厚望是也。你能守住要诀中之'情怀'二字，可见领悟之透彻。我与你六哥自惭形秽也哉欤。"

王献之听到五哥关于"幽情"之解与自己所见完全相同，心中顿觉释然。这时扬起脸来看着酒馆的天棚，长叹一声，说道："父亲大人，官奴今日与两位阿哥殚精竭虑，企图领会大人之教诲。若是我三人适才所言正是你所要表达之精髓，请大人托梦于官奴，再行点拨。孩儿经年书写，自觉不得要领，有人称孩儿已然超越大人，那是妄言，孩儿怎敢有此大不敬的癫狂之念。"说到这里，王献之收住哭泣，起身在两位阿哥面前跪下，行了大礼后说道："官奴今日得两位哥哥指点迷津，有大彻大悟之感。至于是否娶公主，官奴虽依然彷徨于苦闷之中，然，从今日始小子不会继续苟且于儿女情长之泥淖。比之帷幄之事，书写乃我门立身之本。"

五哥徽之六哥操之见状，也急忙起身回了拜手稽首礼。操之说道："官奴阿弟，以我之见，你不如效法习凿齿，因足疾请辞京官，先与子献一道返回山阴老宅。我将京城这边事情料理停当，若是能够请辞，也跟着你们在山阴小住，然后，遵从父亲大人遗训返回剡县祖居，经营那片山野去也。可妥乎？"

王徽之连连点头，嘴上却说："既然姜儿在行完纳妾仪式后才弃家出走，定是昭示于你，不可辜负叔父大人与谢安大人栽培提携之心意，更不可违逆皇上之圣心。你若依然固执己见，恐实非姜儿之心意欤。"

王献之支起身子，将两位哥哥看过一遍，说道："公主之事，官奴只好随缘所示，走就是也。多谢二位阿哥教诲开导，官奴今日能挣脱羁绊，终得摆脱深陷十几年之迷境。官奴心意所望是用此生追随父亲大人之足迹，在书写技艺上做出一番成就。别无他求也哉！只是，官奴今日之所以痛哭流涕，始于难以解开父亲之情怀，发作于无法挣脱情事之羁绊，孰是孰非已失却判断能力，终于叔父大人与谢安大人为官奴指出的一条通往廊庙太极大殿之康庄大道。"

兄弟三人喝光三坛老酒，便乘船返回乌衣巷家中。刚回到家中，二哥王凝之风尘仆仆地撞开了院门，身后跟着三哥王涣之和四哥王肃之。二哥王凝之的到来可把王献之吓得不轻，知道事情被自己的固执闹大了。王凝之甚至没容王献之说一句解释的话，一声令下，带着五位弟弟朝叔父王彪之官邸直奔而去。

王彪之将弟兄六人带到祖祠里，亲手点着蜡炬，看着跪在地上的六兄弟，在每人头上摸了一把。大概是多年不见王凝之了，也不管对方能不能接受，扳起四十多岁的王凝之的脸仔细端详了一番，长长地嘘出一口气，问道："叔平爱侄，你恐已知晓因何将你弟兄六人急招乌衣巷祖祠之前。你虽排行为二，却担长兄之责。作何想法，说罢。"

王凝之说道："惊闻姜儿突然失踪，回念小舅（指郗道茂之父郗昙）在世时，对我兄弟宠爱加身，视同己出，不觉潸然垂泪。身为兄长常年在外，既无暇顾及几位阿弟仕途之迁升，亦难以承担训导之常伦，愧对在天之考妣。叔父大人，小子实在无法面对官奴与公主之婚事，甚至不敢置喙，故而情愿一人承担家法。"

王彪之正要说话，两个儿子也闻讯赶来，进到祖祠后不敢多言，与六位堂兄弟并肩跪在王彪之面前。

王彪之见此情景，又是一声长叹，说道："崇德太后已然得知此事，将我传至崇德宫询问。太后对姜儿失踪甚感惊诧，以为若是新安公主如法炮制，本该为儿女情长之事恐成为国家之大事欤。并欲传右卫率郗恢率军士前往外埠找寻。又曰不可再让皇上知晓此事，恐圣上震怒于官奴失责而处以刑罚。并言称崇德宫将会为此下诏，传官奴进入崇德宫，当面承诺娶新安公主为妻。"

王献之一听这话，顿时慌了精神乱了方寸，将头磕得咚咚响，直呼："叔父大人，姜儿失踪，小子悲伤至极。若非小子足疾未愈，定将踏遍山河找寻爱妻也哉。叔父大人……"

王献之还要说下去，被二哥打断了。王凝之一稽到地，说道："请叔父大人明日引领小子叔平与几位弟弟一道进宫，伏见崇德太后。若是降罪，小子叔平一肩担之，即使罢去太守官职，在所不辞也哉。官奴决意不休姜儿，此情深重。如今想起，五位哥哥在此事上愧对小弟，难辞其咎也哉！"

王彪之转身面对祖祠堂中列祖列宗，稽颡在地，一边说道："列祖列宗在上，后嗣叔虎不孝，未能尽训导引领之责。"然后压低声音说了一连串其他人难以辨清的话语。说完，起身对八名子嗣讲述了五十年前琅琊王氏所有在京长辈在从叔王导大人的率领下，集体前往建康宫太极殿外，伏请中宗皇帝饶恕族群之罪的情景。"那次，御史中丞刘隗动议皇上对琅琊王氏治灭族之罪，叔父我与你们父亲大人都在殿外听候发落。幸得中宗皇帝皇恩浩荡，免去灭族之罪。如今，事已至此，别无他法。叔父我将带你等前往太极殿伏请皇上宽恕你等。叔父我自领处罚欤。"

王献之一直没敢直起身来，这时哭着说道："叔父大人，感念大人宠爱，感念皇上恩德，官奴从此不敢忤逆叔父大人意志，与新安公主婚姻之事听凭叔父大人安排。央求叔父大人，不要让几位阿哥进宫请罪，几位阿哥无罪也哉欤！"

第三十三章

　　王献之起得非常早，草草吃了早饭便来到王彪之官邸外面等候了。昨晚从祖祠回来已经很晚，兄弟六人先是聚集在王献之家的正堂里将王献之入宫的事情里里外外说了个透彻。二哥王凝之先是代表琅琊王氏这一门接受了桃叶姊妹二人被纳入家门，接着将家族的规矩一一道来。等桃叶姊妹二人退下之后，二哥一改多年前霸道哥哥的严苛性情，不过尽管话说得温和多了，意思表达得却十分明晰，不容辩解：道茂既然已经离家出走，表明她深知无后无嗣对王献之声誉造成了极大伤害，幡然醒悟也是不迟；两位妾媵身世高贵，与琅琊王氏之巨大名望算是相配，有这二人在王献之身旁，不信就生不出一个小子来。至于公主那边，只要娶进门来，凭借着望族之名和两人自小培养出来的感情，恐只能接受既成事实。而且，相信也不会相处得太差。其他几位哥哥也明确表态，坚决站在叔父大人和二哥一边，也会坚定成为王献之新的婚姻的强大后盾。直到外面巡夜的更夫敲响了三更的梆子，哥哥们这才散去。几位赶回京城的哥哥都住在了家族遗留在乌衣巷的其他院落里。

　　此刻，王献之跟着王彪之穿过了大司马门，沿着宫内的壶道，绕过太极殿，向皇帝下榻的寝宫走去。刚才在大司马门见到叔父的时候，叔父告诉王献之，皇帝身体非常不好，召见的地点设在了寝宫。绿树掩映的深宫将夏日的炎热消弭殆尽，壶道上微风吹拂，凉爽宜人。

　　王彪之走在前面，粗重的喘息声和迟缓的脚步都使王献之深切地感受到了岁月的无情。冠帽下露出来的银发更是让王献之深感愧对老人，他终于还是没能忍住，说道："叔虎阿叔大人，还是让小子搀扶着你走焉。"

　　王彪之没有回头，也没有停住脚步，而是说道："小子，你在想阿叔尚能饭否？"

　　王献之急忙说道："小子不敢。小子愿望阿叔大人长命百岁也哉欤。"

王彪之嘿嘿了两声，笑道："阿叔在这宫壶之上行走了几十年，闭着眼睛也不会走错。小子，你就不问皇上是否因你震怒？"

王献之没有言语，只是哼了一声。

王彪之说道："小子，皇上既是你阿叔，亦是你未来之外父，即使你对婚姻心有不满，但面对皇上不可漠然。此次皇上在病榻上召见你，而不是在西堂，虽也是龙体欠安所致，但定有不得示人之私密，你要小心聆听，顺从应对才是。"

王献之自知既然已经决定迎娶司马道福，多说无益，于是说道："小子谨记大人告诫。阿叔大人，小子还是要搀扶着大人。"说罢，紧赶了几步，与王彪之并肩，用两只手搀扶住了王彪之的左臂。

王彪之嘟哝了一声："阿叔当真衰老如斯欤？"

王献之没说什么，两手牢牢抓住王彪之，这才感觉到老人胳膊上的肌肉已经是松塌塌的了。而且，很明显，王彪之当真将身体依靠在了侄儿的臂膀上呢。王献之不觉心里一阵黯然。

叔侄二人在沉默中走完了寝宫前的最后一段路。

远远地就见吏部尚书谢安站在寝宫外面，这让王献之甚是惊讶。

谢安并没有迎上来，只是在王彪之卸掉王献之搀扶着的双手后，朝着王彪之行了个大臣之间的礼仪，这才走上前，打算继续搀扶着王彪之。王彪之摆摆手，又低声嘟哝了一句："谢安大人，吏部迟迟不批复老臣乞骸骨着实令老臣愤懑不已呢。"谢安也跟着嘀咕了一句："皇上不允也哉欤。"

三个人在寝宫外等了片刻，黄门的吆喝声才响起来："吏部侍郎王献之大人奉旨前来觐见皇上。"随着这声吆喝，就听见寝宫里传出皇上一声接着一声的咳嗽。

又等了片刻，黄门从寝宫里出来，朝着这边挥了挥手，又是一声吆喝。这次的吆喝声尖利而又趾高气扬："王献之可入殿欤。王献之无须除去鞋履欤！"

王献之踏上寝宫的大理石板台基时，不由得站住了，回身看着王彪之和谢安。王彪之只是轻轻地点点头，并无一句话语。谢安在脸上挤出一个笑容，朝着王献之做了个快快进去的手势。

寝宫里面比想象的要小很多，空气中的潮湿霉腐味里裹着一丝熏香气息。

光线昏暗，偌大的殿内只点着两根蜡炬。见王献之进来，守候在皇上床榻前的宫人们都退到了门口。等宫人们离开床榻，王献之跪下来，匍匐着来到床榻前，朝着帷帐里的皇上行了君臣大礼，说道："臣惶恐。微臣王献之应诏叩见皇上。"说完后，他没敢站起来，而是跪着向后退了几步。这时，却听见皇上低声叫了他的乳名："官奴儿，朕许你近前来。"

王献之便朝前挪了几步。病榻被垂下来的床帏笼罩着，看不见躺在床上的皇帝，但王献之可以感觉出里面有一双眼睛正盯着自己。

"你还在怪怨表叔乎？"司马昱有意没有使用朕，表明他很想跟王献之进行一场类似父子之间的对话。

王献之一叩到底，将额头咚咚撞了几响，轻声说道："臣惶恐。臣不敢怪怨皇上。皇上对小子恩德如天似海欤！"

司马昱嗓子眼里发出一阵呼噜声，声音消失后，皇上让王献之将床帏拉开。王献之心中有些畏葸，却不敢违逆，起身将床帏掀开来，挂在两侧银质挂钩上，完事后又重新跪下来。

皇上让王献之抬起头来，仔细端详后说道："朕若是下旨让你迎娶新安公主，你可愿意乎？"

王献之没有正面回答，只是用力点点头。即便如此，司马昱还是感到有些惊讶，说道："你拒绝应诏入宫，新安为此哭了几日。朕于心不忍，只能下诏，亦是迫于无奈。官奴儿可否理解朕作为父亲出此下策之心乎？"

王献之还是回避直接回答，而是说道："臣惶恐。臣违逆皇上圣心，罪该万死。"

司马昱轻轻咳了一声，说道："朕不许任何人如此靠近观望，只有朕之叔虎表兄与安石大人知晓朕已病入膏肓焉。"

王献之慌忙叩头，说道："臣惶恐。皇上仅圣体欠安，小子眼里皇上依然光彩耀世，威权天下欤！"

司马昱像是笑了一声，紧接着又咳起来。王献之慌忙说道："皇上，是否让小子唤御医入殿问诊？"

司马昱晃了晃枯槁的手臂，等咳嗽止住后才又说道："官奴儿，朕允你起身说话，朕可以少费些气力。殿内何以如此昏暗欤？"

殿门口伫立着的宫人们慌忙将殿内其他几根手臂粗细的大蜡炬点燃，寝

335

宫里顿时亮堂起来，甚至能够听得见蜡炬燃烧时发出的呼呼声。这时，王献之可以清晰地看到司马昱那张病恹恹的脸。脸的两颊已经塌陷下去，这使得司马昱的鼻子显得非常突出，干瘪得失去了颜色的嘴唇像是贴在鼻子下面，毫无生气。离得近了，王献之甚至可以嗅得到司马昱喘息时从内腔里呼出来的腐败气味。

司马昱深深地吸了口气，停了一会儿才有气无力地说道："官奴儿，朕也无须瞒你，我对你父亲大人，我那表兄，很多年里心怀不满耳。"

王献之又要跪下来，被司马昱制止了。

"然，多年之后想起，朕却是十分怀念与他在一起的那些年月。彼时，朕虽年仅七岁，毕竟身为藩王。你家父亲却待我如毛头小儿，动辄呵斥，重则体罚。朕允你站着说话，无须跪来跪去。朕并无追究你家尊罪责之意。"说完，大概是因为用了"罪责"一词，司马昱的嗓子眼里发出了一阵咕咕的笑声，"朕当真很是怀念你父亲大人呢。只是，若他知晓朕居然下旨令你休妻，怕是要跟我决一死斗焉。"司马昱嗓子眼里又是一阵咕咕声，有四位宫女上前来扶起司马昱啜了半盅药汁，又轻轻放下来走开了。大概是药汁太苦，司马昱发出一阵阵不愉快的出气声，少顷才说："十多年前，我与你父亲曾经有过一次会面，至今想起难以释怀欤。那次之后，他坚辞仕途，我二人便再没有相见过。他一定还记恨于我，非也，他应该记恨于他表叔，也就是你从祖父，我父皇也。"司马昱停下来不说话了，像是沉浸在回忆中。

王献之却完全不知道皇上这番话说的是什么，又用意何在，只好垂着头呆呆地站立着。

掀开来的丝质床帏不知何故落了下来，王献之想上前撩起床帏，犹豫了一下没敢去做。躺在床上的司马昱大概透过床帏看到了王献之的举动，说道："不用去管它了，朕看你气色还不如朕，倒是令朕为你担忧耳。如何？朕之心意是你与新安公主结为伉俪，可令你不满乎？"

"臣惶恐。臣与公主若是两情相悦，臣怎会心生不满。"

司马昱"咦咦"了几声："朕以为你与公主定会两情相悦欤。然，爱卿将郗家女儿如何安排乎？"

王献之说道："小子惶恐。小子已然按照家规俗约安排妥帖也哉。不敢让皇上继续为小子与公主耗费精力也。"

司马昱又要咳嗽，却意外忍住了："朕以为，新安公主对你是真心，愿意与你厮守终生，这很是难得。她虽为朕之女儿，却从不愿意陪在朕之左右。"

"小子明白，小子感激不尽。"

司马昱很长时间不再说话，像是睡了一会儿。王献之端立在床侧也不敢挪动身体。突然，一阵咳嗽过后，司马昱睁开眼睛问道："官奴儿，你以为朕睡着了？"

王献之唔了一声，并不答话。

司马昱长长地出了口气，说道："官奴儿，你生性懦弱，对此，你可知晓？"

王献之心想，若非表叔你做了皇上，新安公主即使死在当面，我也绝不屈从，嘴上却说道："小子有自知之明焉。"

大概是时辰到了，进来四名宫女，三个人将司马昱扶起，第四人用汤匙将一碗新熬制好的药汁缓缓喂下去。王献之听着司马昱在吞咽药汁时发出来的痛苦的呻吟，内心很是悲伤。刚才一路走来，叔父大人已经将皇上的疾患告诉了王献之，站在当下，看着龙榻上皇上的病态，果真与父亲大人那时一样。此刻的王献之心里多么希望皇上能康健起来，如当年做辅政大臣时那样，引领王朝走向繁荣昌盛耶。一边想着，一边就告诫自己，若是皇上继续说起与新安公主婚姻的事情，理当一口应承下来，绝不再惹老人家生气光火。

喝下药汁，司马昱不得不将歇许久。药汁喝下去，便渐渐有了作用，不一会儿，司马昱竟然可以将身体侧过来，一定是看清楚了近在咫尺的王献之，脸上浮现出一个满足的笑容。接着，司马昱又开始说话了。司马昱说得很慢，刚才还口齿含混，此刻吐字变得清晰了。司马昱的口音里混杂了浓重的会稽郡方言发音，好在王献之在会稽生活过一些年头，大约能听得懂话里的意思。司马昱先是说起三十年前初次担纲辅政大臣的事情，谈吐里大都是有多么不容易，尤其和几位年长的辅政大臣相互之间似乎从来没有统一过意见。他认为自己通常都是以皇室成员的眼光看待国事要务，所以更为深远，更加具有战略性。然后就说到了何充，王献之这时听得就吃力起来。有很长一段话，王献之听不明白，大概意思是廊庙上的一些关于国之要务的争论，但他还是耐着性子听下去，不然怎么办呢，又不可能转身离开。说这段话的时候，宫女进来几次给司马昱喂灵芝煲鸡的汤水。司马昱每咽下一口都会发出呼哈呼哈的声响来。

司马昱说得累了就会问："你还站着吗？"王献之就会唔一声。接下来司马昱说到了几位前任皇上的事情,康帝司马岳是如何优柔寡断,穆帝司马聃又是如何无能,反而对哀帝司马丕和海西公司马奕甚是肯定。王献之进入秘书省正好就是在哀帝继位后,所以司马昱说的一些事情他也是听说过的。可是,他一个位卑言轻的秘书郎又能对国之要务发表怎样的鸿篇大论呢?王献之是个与世无争的人,在弟兄七人聚在一起的时候如此,后来升迁做了吏部侍郎还是如此。几个月前,吏部尚书谢安把王献之叫到家中,让他到吏部做侍郎,还说这是继续升迁直至吏部尚书的最佳途径。王献之应承了下来,却不知自己因何要借着这个位子继续升迁。

这时,宫女又进来给司马昱喂灵芝鸡汤了,王献之就说道:"臣惶恐。皇上累了,臣可以退下欤?"

司马昱推开宫女喂鸡汤的手,咕噜了一句:"朕还有话要说,官奴儿不得离开。"宫女急忙就退了出去,临走的时候,还特意将床帏掀起来,让司马昱能看得见王献之。王献之看见司马昱闭着眼睛,脸上泛起了红晕,知道司马昱从深重的病态中缓了过来,便说道:"臣惶恐,臣在洗耳恭听焉。"

司马昱这时也看着王献之,说道:"官奴儿,你还是要站得近些让朕看清楚。"等王献之朝床前挪了几步,司马昱发出满意的呵呵声。少顷,司马昱突然抬起手来,指着王献之说道:"朕方才所说,官奴儿你一定是听明白了。"王献之点点头表示当真如此,其实即使能听明白,他也想不明白,这就是他此刻的心境。他听见司马昱又说:"朕今次召你入宫而没有让新安公主一道参见,是要与你说清楚几件事情的。官奴儿,你还是跪下听罢,也好让朕看着你的眼睛。"

王献之重新跪下来,听见卧榻上响起窸窣的纸张的声音,但他没有抬起头来。

司马昱让王献之抬起头来,这时,王献之看到司马昱手中多了几张纸。司马昱攥着纸张说道:"官奴儿,你可知晓这是何物?"

王献之嘟哝道:"臣惶恐。圣旨是也。"

司马昱嗤了一声,又笑了,说道:"也罢,你哪里见过圣旨。这是永和五年,你家父亲大人写给朕的几封书信,朕始终保存在身边。今日,将它转交给你焉。"

王献之起身接过书信,然后继续跪着。

"你不想看一眼？"司马昱问道。

王献之说道："臣惶恐，臣正在聆听皇上教诲，不敢分心是也。"

司马昱又嗤了一声，又笑了："永和五年，朕赞同了殷渊源大人挥师北伐的倡议。你该还记得殷渊源此人吧？"见王献之点头承认，又说："可是，我表兄也就是你父亲大人坚决反对。他与殷浩十分亲近，是多年好友，而且还在殷浩大人的坚决邀请下出来做了护军将军。你父亲认为殷渊源不是将帅之才，又无识人辨才之能，在王朝上下亦无有追随他的同心协力者，因此，根本胜任不了如此重大之军事行动。朕那时一叶障目，想得也多了。你将第一封信的最后一段给朕读一下。"

王献之展开书信，先匆匆看了一遍。书信依然是用父亲大人惯用的章草书体写就，极其娴熟的笔触，相当流畅的笔流。王献之飞快地将书信看了一遍，今日读来甚至能够感受到父亲大人焦虑不安的情绪。王献之找到最后一段念道："往者不可谏，来者犹可追。愿殿下更垂三思，解而更张，令殷浩、荀羡还据合肥、广陵，许昌、谯郡、梁、彭城诸军皆还保淮，为不可胜之基，须根立势举，谋之未晚，此实当今策之上者。若不行此，社稷之忧可计日而待。安危之机，易于反掌；考之虚实，著于目前，愿运独断之明，定之于一朝也。地浅而言深，岂不知其未易？然古人处间阎行阵之间，尚或干时谋国，评裁者不以为讥。况厕大臣末行，岂可默而不言哉！存亡所系，决在行之，不可复持疑后机。不定之于此，后欲悔之，亦无及也。殿下德冠宇内，以公室辅朝，最可直道行之，致隆当年，而未允物望，受殊遇者所以寤寐长叹，实为殿下惜之。国家之虑深矣，常恐伍员之忧不独在昔，麋鹿之游将不止林薮而已。愿殿下暂废虚远之怀，以救倒悬之急，可谓以亡为存，转祸为福，则宗庙之庆，四海有赖矣。"

二人沉默良久，司马昱长叹一声，说道："朕至今想起，这件事情失之唐突草率，太过急躁。若能依照表兄恳切之吁，今日之大局定截然不同。可惜也哉，可惜也哉。由此，朕坚持让你与新安公主婚配，并非你所想为一己之所欲。"

王献之急忙说道："臣惶恐。臣从未有如此之念头，臣不敢妄自揣度皇上圣意。"

司马昱伸出一只手来，让王献之握住："小子，明白朕之用意乎？"

王献之握住司马昱的手，点点头，心中不禁觳觫。这是一只干瘦如柴、

339

冰冷如柱的手，毫无生气的手。司马昱手心里握着一枚玉佩，让王献之接过玉佩。王献之能感觉到司马昱颇有情义地捏了捏自己的手。司马昱嗫嚅着说："官奴儿，这是中宗皇帝传续于朕镇家之宝，你接下玉佩既是对朕许下承诺，从此不仅对王朝背负巨大之责任，还需以一生善待果兰公主也哉。"见王献之用力点点头，司马昱长出了一口气："接下来，朕之所说你要听仔细。"司马昱接下去说的话令王献之不仅惊得魂魄出窍，更是觉得自己昨晚应允迎娶新安公主的承诺极具远见卓识。

司马昱将这段往事说得也很含混，但有一点却十分真切，显宗皇帝（晋成帝司马衍）崩殂之前曾经秘密召见了他这位唯一具备继承皇位资格的叔父，亲口转述了肃宗皇帝（晋明帝司马绍）的口谕，中宗皇帝（晋元帝司马睿）明谕后来继位践祚者不得允许琅琊王氏王旷一支的后嗣进入九卿之列，但可以担任外埠任何方镇之特首。"'仅此一句圣谕。父皇未做任何解释。'这是显宗皇帝亲口所言。那时王导大人已经薨殂，琅琊王氏已无人陪伴皇上左右。肃宗皇帝最后问了一句：'叔父爱卿，若龙床左右不见琅琊王氏后嗣，王朝气息若游丝欤。'"当说完这件压在心头二十多年的事情后，司马昱显然一阵轻松，"小子，朕愿望你与新安公主结为夫妻，并非心血来潮。朕亲眼看到了你在'西堂之辩'中的雄辩之才，以及从司马晞那里获知你对兵法战法颇有心得后，便决定让你进入九卿之列。朕已然错过你家尊，不可再错过你欤，且王朝龙床左右琅琊王氏不可后继无人欤。然，不娶新安公主，爱卿难入九卿之列。朕今日做此决定恐要打破父皇五十年前圣谕之规。"

王献之匍匐在地，已泪流满面，叩谢过恩典后，说道："臣惶恐。臣定不负皇上之厚爱，为王朝大业殚精竭虑，至死不渝也哉！"

"爱卿，你要善待新安。此乃朕之嘱托，你将之视为遗嘱也可焉。"说完，司马昱吐出一口浊气，便昏睡过去。再一次睁开眼睛时，龙榻之前已经不见了王献之。王献之何时退出寝宫的司马昱完全不记得了。宫人们见皇上醒过来，一齐围了过来。

司马昱喝退了众宫女，让黄门传王彪之和谢安入殿。

一直等到二人在龙榻之前跪得久了，司马昱才让二人站起身来，莫名其妙地问道："二位爱卿何以赤足而入欤？"

谢安也回了句听上去莫名其妙的话："陛下龙颜红润，臣等喜不自禁欤！"

司马昱"咳咳"干笑了几声，心情顿时好了许多。他让宫女将他扶起靠坐在床上，说道："二位爱卿是朕之股肱之臣，一个是表兄，另一个则陪着朕在会稽度过了一段难忘之时光。之所以难忘，唯你在清谈之余，还与朕正经谈论国事要务，指点江山，很是令朕产生过一番再兴王朝的宏远抱负。只是朕错过了大好时机，若是朕龙床之下一如父皇当年群贤满殿，如星汉璀璨，何至于似今日这般如逆水行舟欤？"

谢安说道："臣惶恐。臣等伏听陛下教诲，陛下思维如此敏捷，实乃王朝隆福也哉。水有逆湍，必有顺流，何惧一时之彷徨乎？以臣愚见，有陛下之圣明高瞻，有臣等齐心勠力，王朝必将迎来再兴之日。"

司马昱又发出"咳咳"干涩的笑声，说道："爱卿对朕之疾患了若指掌，故而，不必说万寿无疆之谄媚之言。安石爱卿，朕让你去摸清桓浮子执意不赴京入朝的原因，可有结果？"

谢安犹豫了一下，说道："大司马已然病入膏肓，尽管遍请天下名医，却难有回天之力也哉。大司马敦促皇上赐予九锡之誉便是佐证也。"

"叔虎爱卿，朕问你，集齐之历朝皇玺可否安好？"司马昱突然问道。

王彪之说道："臣等遵旨密藏皇玺，再无第三者知藏匿之地。"

二人都听见司马昱胸膛里吐出一口长气。

三人之间出现了片刻沉默。宫女们围上来又给司马昱喂下灵芝鸡汤，喝下之后，司马昱发出一声舒坦的长叹，但并没有立刻开口说话，而是又等了片刻，才说道："桓浮子已经六十好几之人，论威风已是日薄西山，论体魄亦是每况愈下，若非如此，他怎会拒不应诏返京赴任。朕不会再给桓浮子机会欤。"

王彪之和谢安此刻怎敢插话。

司马昱又说道："朕此刻对二位爱卿所说，可视作遗嘱。为王朝不至陡生巨变，朕会仔细盘算，不留遗憾。朕托付你二位着力辅佐太子上位，上位后，若是桓浮子知趣而退，不惹是生非便也罢了。朕会在遗嘱里留下重话，桓浮子难有机会篡逆。"

王彪之和谢安认真地点点头，并不答话。

司马昱继续说道："二位爱卿，一直以来，朕对桓浮子之作为持忍让态度，盖因念其常年征战，得使环伺之燕秦贼寇不敢贸然进犯。然，过犹不及，物极必反。太子践祚后一旦到了临朝之龄，决断国事要务，须与两位爱卿及其他辅政商讨再做诏许。这是朕之父皇留下之遗训,不得例外。"

王彪之和谢安叩首,齐声说道:"臣谨记皇上嘱托。"

司马昱不得不喘息片刻才能继续说道:"二位爱卿,若是朕崩于前……起身起身,朕已然无有忌讳,爱卿何以惊恐不安。若果然这一日来临,你二人必当即刻当朝宣读朕之遗嘱,公之于世,桓浮子即使胆大包天,又岂敢冒天下之大不韪乎?朕所留遗言足以让桓浮子望而却步矣。既然桓浮子虚妄荣耀,朕会允其依诸葛孔明与王导故事,却不会赐予九锡之誉。亦是让其知晓,予取予夺之权在朕耳,非桓浮子所能左右欤!桓温必当加紧索要九锡之誉,你二人当虚与委蛇,相机行事,无论如何不得让崇德宫介入此事。这些年,若非褚蒜子对桓浮子言听计从,王朝不至于陷入今日之困境。昌明(司马曜字,斯时十岁)还小,只有在元服之后才能临朝,因此,朕会在遗嘱中确定,昌明临朝后,二位爱卿即刻受命辅政。崇德宫褚蒜子必须退居后宫,不得参政。"

王彪之这时说道:"臣惶恐。臣以为,皇上既然能让太宰司马晞躲过一劫,何不重新召回他来与桓浮子抗衡乎?"

司马昱沉默了一会儿,感慨道:"朕那四哥离开京城时曾坦言,尽管王朝军队大都在桓浮子掌控之中。然,徐兖一线之王朝大军以及京口之北府军却是桓浮子无力驾驭的,实乃朕与王朝之大幸。且,据四哥所言,北府军上万兵马和徐兖一线数万大军只有郗氏、王氏与谢氏才能使其服膺,闻此,朕亦颇觉宽慰。朕令你二人即刻运筹徐兖和京口,使之重回朕之掌握之中。"

谢安和王彪之齐声说道:"臣惶恐。臣谨领圣意。"

司马昱又说道:"二位爱卿以为朕将新安下嫁于官奴儿,是因对官奴儿期许有加,其实此乃其一也。官奴儿虽说资历尚浅,才情却鹤立鸡群,比之右将军王坦之有过之也哉。其二最为重要,朕已与官奴儿说得透彻,他亦心领神会。二位爱卿只需助他一臂之力,不得有误。"

谢安接话道:"臣遵旨。然,王朝自江左中兴,国之危难有三,其中有二皆由驸马侍郎而起(指晋武帝驸马王敦和晋明帝驸马桓温),众臣中定当有人每逢擢升便以此为例,大加阻挠。臣等定当遵旨慎行,着重栽培,伺机擢拔,委以重任欤。"

王彪之没有对司马昱的话做任何表示,而是提醒道:"臣惶恐。陛下尚未正式册立太子,此事亟须当下决断欤。"

司马昱哦了一声。"朕心中有数。二位爱卿，朕已知难从沉疴中脱身，然，朕定要挺过那桓浮子之寿命焉。虎犊阿兄，"司马昱突然改变称呼，将王彪之吓了一跳，正要下跪却被司马昱喝住，"司马中兴王朝自显宗皇帝崩殂，至今三十几年，无有王、谢二族护佑，朝政混乱，危难重重也。二位爱卿此刻立于朕之面前，朕宽慰至极焉。吁，朕甚觉疲惫也。"

司马昱不再说话，再一次昏睡过去。

王彪之和谢安确认司马昱呼吸自如，便悄然退出寝宫，返回了乌衣巷。

《晋书》卷九《帝纪第九·简文帝》中如是记录：咸安二年秋七月，己未，立会稽王昌明为太子，皇子道子为琅琊王，领会稽内史。是日，帝崩于东堂，时年五十三岁。

王献之未能单独在《晋书》中列传，只在《晋书》卷八十《王羲之列传》中子嗣条目下记录：献之以选尚新安公主。后除建威将军、吴兴太守，征拜中书令（位在九卿之上）。

尾　声

一

　　一个月前，王献之下决心辞去了中书令一职。皇上在辅政司马道子的授意下，诏准了王献之的辞呈。诏书颁布之后，王献之给会稽郡内史谢玄写了一封短信。为这封短信他措辞许久，最后还是没有将辞去官职的理由告诉谢玄，也没有提及他计划近期返回山阴定居下来。那封信里，王献之仅仅说及了足疾的状况，也没有提及半年前他在朝会上为谢玄的叔父谢安大人争取到了名副其实的谥号，以及由皇上亲自赐予的身后荣誉。王献之觉着做过了而且终于获得了，就不必昭告谢安大人遗世的亲属。这些人迟早会知晓朝廷没有冷淡为王朝立下盖世之功的谢安大人，他们也就会安心生活下去。他在信里关于足疾这样写道："近雪寒，患面疼肿，脚中更急痛。……仆大都小佳，然疾根聚在右髀。脚重痛不得转动。左脚又肿，疾候极是不佳。幸食眠意事为复可可，冀非臧病耳。"十天前，王献之收到了谢玄的回信，切切嘱他每日敷药，并随信捎来几大包草药。

　　收到信两天之后，谢玄的第二封信紧跟着又到了。这封信里说从王徽之那里得知王献之近日将回山阴，字里行间流露着喜悦和急切呢。谢玄在信的结尾加了一句："若是定了要回山阴，那就越早越好，你五哥每日里走东家窜西家，搅得居住在山阴的名门豪士不得安宁。"看到这里，王献之呼哈哈地笑了好几天。直到坐上返乡的牛车，只要想起五哥徽之叨扰得众人觳觫不安就会笑出声来。

　　离开京城的时候，建康城已经飘过一次小雪了，司马道福坚决不随王献之前往山阴，理由是要在家陪着女儿怡儿（及笄后取名王神爱）和从桃叶那里接管过来的庶子虎儿（弱冠后取名王宏之，字伯章）。建康城飘的那场雪并没有波及京城以外的地区，通往会稽郡的官道尽管颠簸不平，倒还算是硬路面，所以一路上走得并不艰难。

返乡的车队已经走了五天。此刻,王献之独自坐在最前面的牛车上,桃叶姊妹二人坐的牛车紧跟在后。

有人在外面敲着牛车的棚子,把王献之唤回了当下。是桃枝。桃枝说道:"大人,姊姊走得累了,要歇呢。"

王献之唔了一声,问道:"歇在何处?"

桃枝回道:"将到震泽畔南浔镇喽。"

王献之下意识地呵呵笑了几声。"就在南浔镇咱家宅院歇一晚,若是桃叶身体不适,多歇几日无妨。"车外,桃枝向回跑走了。

王献之大概将那个笑容一直保持着呢。桃叶提出住下来,王献之自然不会反对。桃叶一经证实又怀了身孕,王献之就让在京城找名医给她号了脉,名医声称桃叶怀的还是儿子。这令王献之喜出望外,这回,他没有将这个好消息告诉司马道福。

昨天晚上,桃叶为王献之溃烂的双脚换上了新药。王献之此刻感觉好了许多呢,起码疼痛减轻了不少。坐在牛车上,随着时轻时重的颠簸,想着很快就要到南浔镇歇上几天,王献之又睡着了。在睡梦中,一股势不可当的力量再一次将他拽回十几年前。

一个月过去了,派出去寻找郗道茂的仆人相继返回乌衣巷,报告说哪里都没有郗道茂的踪影,甚至连传闻都没有。王献之那些日子朝夕沉陷在沮丧和失落的情绪中。这天,司马道福意想不到地出现在乌衣巷家中,甫一进门就俨然是这座望族庄园的主人,喝令这个,指使那个,忙得不亦乐乎。王献之将这一切看在眼里,却也没有兴趣阻拦她。直到晚上,司马道福将桃叶和桃枝姊妹二人叫到正堂,当着王献之的面让二人跪下来拜见她,并以命令的口吻让二人将她唤作姐姐。这个时候,王献之才仿佛明白过来。司马道福也拥有高贵的身份,与桃叶姊妹二人互相施了礼节。从规矩上看并无不妥,连礼节也未超出常理约定的范围。只是司马道福一副趾高气扬的神情让王献之颇觉着好笑,而桃叶姊妹二人既然知道面前的这个女子是公主,而且,也知道了还将很快成为这个家的女主人,服从只能是二人的唯一选择了。当晚,司马道福没有离开,也没有要求和王献之同床共枕,而是出人意料地要求和桃叶姊妹二人睡在一个屋

345

舍里。也不知道三个人这一晚上是如何度过的,第二天再见到三人时,三个人的关系竟然亲密得像是亲姊妹一般。

司马道福终于没能离开乌衣巷。十天后,皇帝司马昱崩殂,举国悲痛。司马道福再没有搬出乌衣巷王献之的宅院,而是在宅院里安静地度过了三年守丧期。不提结婚,也不提离开。

又过了一年,新晋皇帝司马曜终于等到了元服大典(古代成人礼被称作加元服,皇帝或者皇族藩王可在十五岁时行成人礼,临朝亲政),正式践祚坐上了龙床。崇德皇太后褚蒜子按照先皇司马昱的遗嘱,退居崇德宫。在退居之后的第三天,崇德皇太后将王献之和司马道福召进崇德宫,宣读了司马昱的遗诏,王献之正式成为司马道福的夫君,并迁职为驸马侍郎。这是一个专门为皇帝的乘龙快婿设置的官职,先武皇帝司马炎的女婿王敦担任过,先肃宗皇帝司马绍的女婿桓温担任过,如今先太宗皇帝司马昱的女婿王献之也戴上了镶嵌有象征驸马侍郎崇高职务身份的紫貂尾饰的冠帽。

几天后王献之和司马道福举行了正式的婚礼仪式。没有任何铺张,也没有任何令人感到不安的程序。司马道福在这一点上顺从了王献之的要求,一切按照时下王朝正在兴起的简约婚庆仪式操办,不得兴师动众,不得铺张奢华,不得招摇过市,甚至不得惊动太多的人。司马道福全盘接受。

婚礼仪式结束后的晚上,司马道福以女主人的身份,将桃叶姊妹二人唤来,一手拉着一个跪在王献之面前,算是完成了进入洞房前的最后一道仪式。起身后,司马道福明确告诉桃叶说:"直到确认姊姊身怀有孕那日,妹妹不得与大人行房中之事。"顿了一下后又继续说道:"直到姊姊我诞下孩儿,若是嗣子,你才可以进到这间屋舍中和大人行房事。"

桃叶这年已经二十,与司马道福也处得情同姊妹了,听罢,咯咯一笑,问道:"妹妹遵命也哉。只是姊姊若是诞下女婴,妹妹何如也哉欤?"

司马道福自然没有料到桃叶会有此一问,看着王献之不知该如何回答。王献之回报了一个灿烂的笑容。他对这个记得十分清楚。

又过了一年,王献之擢升迁职吴兴郡太守,成为王朝最富庶的直属郡之一的最高长官。吴兴是王朝最大的粮食供应地区,不仅如此,每年还要向京城御街的省院台监供应产自震泽的鱼虾和可以食用的水生植物。自从王朝中兴之后,几十年来,就连皇上以及朝廷重臣也都喜食南方水生植物,因此,莼菜、莲藕等菜蔬，就成为震泽一带方镇大员需要及时向京城台阁供应的时尚蔬菜。

当朝皇上司马曜在山阴出生长大，喜食鱼虾，尤其喜欢吃鱼生和脍炙过的时鲜水产，吴兴太守的一个重要的日常任务就是为皇上和后宫提供这些食物。

王献之作为吴兴太守的一个主要责任是每年向京城廊庙推举贤士，这也是京城各省院中下层官员的主要供给渠道。若是遇到大年，还需召集当地缙绅三老坐在一起，由这些享有名望的乡绅推举孝廉。若是人数较多，就会由太守府先择优选送一批入京，其余的也会一并将事迹呈报京城有司备选。京城每三年就要对六品以下京官进行考绩摸底，淘汰率很高。这样，各州县备选的孝廉就能够及时补充到京城。王献之自认为很忙，也企图用这种极端的忙碌来回避和司马道福同床共枕，并且逃避司马道福提出的房事央求。

如同往常一样，王献之这天很晚才回到官邸。一只手刚搭在铜制的门环上，大门便吱扭一声打开了。桃叶和桃枝姊妹二人恭立在门后，愣神的工夫，只听见桃叶轻声说了句："大人，公主说从今往后大人若是不回来，她和我们都不能睡觉。"

王献之踏着细碎的步子走过前几进院子中央铺就的青石板路，来到二人居住的第三进院子。他没有进卧室而是径直进了书舍。紧跟在身后的桃叶姊妹二人不停点儿地提醒说："大人每天一出门，公主就不再吃喝，呆坐卧房，时不时还会啼哭一阵子。"一听公主又哭起来，王献之脚步犹豫了一下。奇怪的是，他第一次没有感觉到钻心的疼痛。难道是桃叶敷在脚上的膏药有作用了？依稀记得站在大门口的时候，双脚的创伤部位还隐隐作痛呢。"桃枝，去告诉公主，我在书房稍事休整，片刻之后就到卧房。"

桃枝兴高采烈地跑走了，桃叶伺候着王献之脱去官服，又给王献之研磨了一砚墨汁。纸张是铺好的。书舍的桌几上任何时候都备齐书写用的纸笔，这是公主叮嘱过的。王献之在桌几前坐下来，心里盘算着如何写一篇呈报吏部的奏折。吏部已经催了几次，让尽快派举荐的孝廉进京赴任。

耳边响起窸窣的脚步声，回脸看去，竟然是司马道福，再看桌几旁的桃叶却不知何时已经离开了。

公主一身亵衣，身上散发着西域香料的高贵气味。王献之对这种香料的味道并不陌生。司马道福在桌几对面坐下来，朝着王献之嫣然一笑，说道："大人，妾身心有疑窦，你因何不与妾身行房事以传续后嗣？"

王献之脸上一热，躲开了司马道福逼人的目光。

"妾身可以生育。父皇在遗诏里嘱妾身下嫁于你，其中有训条令妾身早日为大人传续后嗣，大人定当记得清楚欤！而妾身心甘情愿为琅琊王氏这一门生养子嗣，真心可鉴焉。大人出妻难道不是因为郗道茂十几年来不生不育乎？"

事发突然，公主又如此坦率和直白，令王献之无言以对，狼狈不堪。他心里头没有一丁点儿火热的情绪，也不敢看着公主的眼睛，更不想确认这双眼睛里放射出来的殷切的渴望和情欲。这时，两脚的创伤开始隐隐作痛起来。已经疲惫一天的心境又开始混乱了，身体变得僵硬了，连心情也在晦暗下去。只是，司马道福所说无一句是夸大了的，也无一句是虚妄的。他甚至能够听出这些话里面饱含着的真情。他只好认真地点点头。

司马道福继续说道："父皇对大人寄予厚望，大人却让我独守空房。大人可曾想过，父皇不仅是你表叔，还是你外父。"

王献之只好回应道："官奴感激先皇恩德。可是，你不觉着如你我表亲关系，最终依然难以心想事成吗？"

司马道福没想到王献之会突然说出这样的话，愣了一下，旋即嫣然一笑。"我与郗道茂截然不同，大人与她几乎亲姐弟焉。而我与大人却不在五服之内，而且，我比郗道茂小一岁焉。"说完，咯咯笑起来。

司马道福的笑声感染了王献之。恍惚间，他又回到了乌衣巷的老宅里。对面坐着的还是结发妻子郗道茂，两个已经结婚十几年的夫妻隔着烛火相望。这个时候，郗道茂总会匍匐着来到王献之身旁，解开王献之盘在头顶上的发髻，一边用篦子梳落藏在长发里的肉虱，一边说一些体己关爱的话。说着说着就会凑近王献之的耳朵，轻轻咬住柔软的耳垂。

王献之睁睁地看着司马道福翩然离去，留下一句"妾身在卧房静候大人光顾欤"。

王献之像是中了邪，甚至没有丝毫犹豫站起身来。

卧房里，粗壮的蜡炬已经被换成了油灯，比之蜡炬，油灯的火光要昏暗了许多，若是将灯芯埋得深些，火苗便犹如豆粒大小。卧室被昏黄的似有又无的光亮笼罩着。屋里的一切物什好像都能看得见，却又实在太过模糊，隔着床榻上丝绸织就的床帏，司马道福赤裸的身体影影绰绰，扑朔迷离。

尽管早已经没有了初婚那晚的急切期盼和激情，可是，王献之心里清楚得很，即使心中老大不情愿，他也不能无视司马道福的存在。也许这女子很是霸道，然，她所遵循的不过是所有望族名门家中视为法度的规矩：率先为夫君家门繁衍子孙后代。而王献之已经三十有五，为在身后留下嗣子，也必须在司马道福身上下一番功夫。

今夜或者今后的无数个夜晚，王献之完全没有理由和借口不与司马道福睡在一张床上，更没有理由和借口拒绝这个霸道的女子为他生下七男八女的强烈欲望。而他自己亦需要这七男八女来继承琅琊王氏门支的血脉。看着一丝不挂的司马道福在豆样的灯火下扭动着身子，王献之坚定地咬紧了牙关，在司马道福的注视下脱光衣服，上了床榻，钻进被子里。他以为接下来司马道福该吹熄油灯了，然而，司马道福无视光亮的存在，将泥鳅一般湿滑的身体钻进他的怀抱里，贴在了他热腾腾的身体上并且紧紧缠绕住。不一会儿，王献之胸膛中熄灭了许久的欲火在这百般殷勤的缠绕中被点着了，又在昏黄的灯火下燃烧起来。

突然地，司马道福变得驯服而又顺从，这样的突变极大地刺激了王献之，使完全回归自然状态的身体的回应变得昂扬而又激烈。他坚定地进入了司马道福的身体，然后异常努力地调动着自身全部热情，将蕴藏在一切器官中的情欲底蕴驱赶出来，使之凝聚成一股冲破感情羁绊和道德束缚的强大力量。他没有子嗣因而必须格外努力，他开始明白像今晚这样竭尽全力的努力必须倾注在朝朝暮暮才能有所收获。终于顿悟了其中的玄妙，王献之便不再困守在莫名的怀旧中。他会牵着司马道福的手走出官邸大门坐上平肩辇，也会在归来之时，让司马道福牵着自己的手从平肩辇上下来，快活地走进官邸，吃饱喝足后潜入卧房。司马道福愉快地回应着王献之突发而起的狂烈，这让王献之潜伏在内心深处的愧疚幻化成为强大的动力，并将这动力转化成猛烈的撞击。司马道福兴奋地欢叫起来，这欢悦的叫唤推揉着王献之冲上了情欲之顶峰也哉。

一年后的一天，王献之从太守府回来，司马道福将怀孕的消息告诉了夫君大人。眼见着王献之笑得十分开怀，司马道福真诚地告诉王献之她是有福之人。她说想到了不知去向的郗道茂。她对郗道茂拒绝做妾的态度实在是想不明白，难道这个女人对王献之没有一点儿留恋之情？这样的日子难道不是做女人应该享受的吗，至于做妻子还是做妾真的那么重要吗？王献之的脸色仅仅冷了一下，旋即就释然了。

这天晚上，司马道福就从平日的睡房里搬了出去，住进专门为她准备的孕房。她唤来桃叶直白地说："今晚开始你可以去服侍大人起居了，你亦可以与大人耳鬓厮磨，却不得怀孕。"那以后，司马道福虽然每晚上都能听见王献之和桃叶说话的声音，却从来不曾因此而醋意大发或者生发出其他歹毒邪恶的念头来。她一样对王献之彬彬有礼，一样对小妾桃叶和小媵桃枝呵护有加。这难道不是应该做的吗？司马道福在孩子出生后找了个机会又将这样的念头告诉了王献之。王献之的脸上照样冷了一下，旋即浅浅地一笑，说了句"卿卿辛苦了"，又亲自把司马道福接回了卧房。

一阵急促的敲牛车的声音兀然将王献之从深沉的梦境中拽了回来。忽然醒过来的王献之，一时间没弄清楚置身于何处。桃枝清脆的声音像一只求偶的喜鹊叽叽喳喳叫个不停，王献之仔细辨听了一番才听出桃枝在喊："大人大人，咱家宅院到了到了耶。"

一行人在震泽畔王献之担任吴兴太守时盖成的宅院中安然度过了几天后，又启程前往会稽郡治所山阴。

二

昨天入夜后，会稽郡内史谢玄接到王献之派人送上的帖子，告知今日后晌要来叙旧，帖子上说因五哥王徽之去了临海郡会友，只能独自一人前来拜会云云。于是，谢玄早早就坐在正堂里等候了。仆人前来通报说王献之大人叩门了，谢玄起身来到大门口亲自为王献之打开宅院大门。两人虽然没说一句亲热的话语，却是手拉着手一同进入第三进院子里的大堂坐下来。

二人坐定后，谢玄沉吟片刻，还是问道："子敬大人，公主可安好乎？"

王献之脸上冷了一下，没有正面回答而是说道："幼度大人，小女神爱已开始学琴棋书画，进步神速欤。"边说边比画着弹琴的手法。

两人都被突然而起的陌生感弄得很是尴尬，还是谢玄说道："也罢也罢，你我二人，难得相见，所有礼节可以免去，如何？"

"我亦有此意。十多年前，你回京城省亲，我二人在安石大人宅邸有过一会。那之后，我便只有从前方大营发往廊庙的表文和奏折上，方能追寻着遏儿阿哥踪迹。"

谢玄长叹一声，点了点头，把话岔开来："前二日，我家三妹（郗道茂之弟媳）和四妹（桓豁之子桓石民妻）结伴前来探视于我，见我已然气息将绝，病入膏肓，双双垂泪，也是令我好生悲伤。咱家七兄弟也，只剩下我孑然一身，孤活于世，甚是凄然呢。"谢玄听见王献之也是长叹一声，便又说道："官奴阿弟，兄在山阴惊悉阿弟已然辞去中书令，自断仕途。因何如此决绝乎？"说着便大声咳嗽起来。

王献之面色也变得沉重起来。谢玄去年曾经呈报过十数份奏折，写尽身为将门之后的苦楚。这些奏折皆由王献之转呈，至今他还记得奏文中的一些字句，只要想起便甚感凄然："臣同生七人，凋落相继，惟臣一己，孑然独存。在生荼酷，无如臣比。所以含哀忍痛，希延视息者，欲报之德，实怀罔极，庶蒙一瘳，申其此志。"

王献之一直等到谢玄止了咳嗽，才说道："仕途已尽，罢了罢了。官奴与昨年遐儿阿哥请奏辞官如出一辙，只是隐情却多了一分。不说也罢，不说也罢。阿弟绝了仕途，愿从考妣之迹，退身山阴，颐养道寿焉。"

两人不着边际地说着十几年各自东西的故事，谢玄还讲了许多和王羲之之间发生的往事呢，这让王献之十分感动，两人眼睛里也都有了泪花。说着，谢玄脸上浮现出黯然的神色，说道："右军大人是我师父，初学刀术，师父虽万般耐心却亦是严酷不已。"

王献之当然记得父亲的严酷，少年时的他实在不想习练刀术，尤其在父亲的监督下习练。那实在是一种让他难以忍受的痛苦呢。父亲严厉的呵斥，放射着凶光的眼睛，多少有些粗重的手法，都在幼小的王献之心中留下了难以磨灭的记忆。很多年里，这些记忆都是不愉快的，是无奈的，只是到了近几年，尤其是女儿王神爱出生后，这些记忆才变得有了些许温暖，些许感动。所以，谢玄说起当年在父亲的监督下苦练刀术的那些日子，没有痛苦，只有新奇、快乐，这令王献之很是感慨呢。

谢玄晃了晃头，又继续说道："彼时，我潜心学刀法而无意书艺，仅为了出人头地。父亲去世得早，在名门望族一众小子里，若是无有真本事，只会被嘲笑，被疏远，即使弱冠之后进入朝廷，也要受到歧视。淝水之战大获全胜，庆祝酒宴之上，我第一个想起的便是安石叔父和右军大人。阿哥我能在千军万马中取敌将之首级，正是凭着手上长刀。冲进敌营后，长刀凭着平日习练之娴熟上劈下扫，左挡右杀，令前秦贼寇闻风丧胆。若非右军大人当年倾情教授，若非安石叔父在一旁监督，阿哥我的长刀怎会如此出神入化，势不可当也哉！"谢玄接连做了几个劈砍的动作，整个人突然委顿下来。

这时，仆人们搬进来几坛子老酒。两人先喝干了一坛，谢玄自己动手又开了一坛，喝到一半，王献之眼见谢玄每饮必尽，大有不醉不休之势，心中不免担忧，嘴上就说了出来："幼度兄，此喝法于身体无碍乎？"

谢玄呼哈哈大笑几声，说道："会稽郡名医云集，每为我诊治，第一句话皆为不让我再大碗饮酒。你我情同手足，又多年未见，阿哥我兴致好得很。不饮酒怎能倾注我与你之会面的激情耶。况，阿哥我乃战将，无酒何以有胆量上战场厮杀软？"

谢玄又给自己倒了一樽酒，叹了口气说道："子敬阿弟，一年前，为兄到任第二日就专门去瞻仰了兰亭，然，亭子已经破旧颓败。正所谓光阴荏苒，不过三十几年竟也物是人非软。"谢玄下意识地看了一眼王献之的双脚。"子敬阿弟，为兄我万万没料到，不过不惑之年，怎会变得如此不堪。"他举起双臂，试图用力挥一挥，却软弱无力，不禁一声叹息，"戎马倥偬一生，结果竟是如此，着实令人懊丧不已。还记得当年我应召前往于湖大营追随桓大将军，临行前我去你家演练你家王氏刀法，希冀得到你的指点。那时候，胸中自有万丈豪情，以为终于可以大展宏图也哉。"

王献之也受到感染，呵呵一笑，说道："阿遏哥，淝水一战已然令阿哥大展宏图。那可是件足以耀祖光宗之大德。阿哥所说那年之事，我自然记得，那时虽然心中甚是羡慕，嘴上还是轻描淡写说了几句风凉话，弄得阿哥甚是扫兴。记得，记得，怎会不记得。"

谢玄嘻嘻一笑，轻轻拍了拍桌几。"你虽不喜行伍，却精通兵法战法，为兄并非不知。几十年前，郗景兴在崤山逼迫你吃烤山鼠，你那神情，除了畏惧，还有极度厌恶。"谢玄又笑起来，"那日，我就坐在你身旁，心中的恐惧一定不亚于你。不过，看着你竟然将那块山鼠肉吃下去，为兄当真对你刮目相看呢。当时的神情，威武威武也哉。"

王献之嗤了一声，似笑非笑地摇着头，那模样并非尴尬，实在是不堪回首呢。既然谢玄说起十岁上下的事情，他也想到了当年硬着头皮吃山鼠肉的情景，但对舅家表兄嘉宾阿哥的厌恶之感早已经淡去。况，嘉宾阿哥已经逝去多年，毕竟是血脉至亲，毕竟郗超在纳妾一事上还是对他网开一面了。

谢玄见王献之面色暗淡下来，觉着此刻提及郗超亦是不合适，便岔开话说道："关于兰亭，我说了一半。看过兰亭之后，心里很是凄然，就径直去拜访了子猷，与他说起修葺兰亭的事情。子猷仍是旧日性情，丝毫未变。说到情深之处，即刻便能呼啦啦大哭一通；说到欢悦之事，索性就起身舞之蹈之，令人应接不暇。"

王献之被谢玄的说道逗笑了，忙表示歉意："我那五哥，几位兄长都避之唯恐不及。也因此他很少到各位兄长家中拜访，一来他对亲情并不看重，二来五哥也知晓别人都受不了他那天马行空秉性。恐是知晓幼度阿哥并不知道这些，于是便尽了兴了。"

"当真是这样呢。我也看出来了，所以一边打着瞌睡，一边陪着他嬉笑，也不知道他都在说甚。只是，我提起子猷是想告诉你，子猷之后又来拜访，说起已经在翻新兰亭一事。那一番说辞，真的是令我甚是感动。兰亭本是公产，要说修葺也该是官府出资。可是，这些年会稽郡大不如前，官仓局促，官银更是稀罕之物。子猷拍着桌几向我发誓，即日开始招揽工匠，不日就可开工是也。你若是再去瞻仰兰亭，那里定已焕然一新耳。"

酒喝得多了，谢玄不仅话多而且精气神儿大长，又喝下半坛子酒后，他站起身来，说了声"阿哥这就将长刀取来，趁着酒兴走一趟刀术耶"就出了屋到正堂取刀去了。

王献之已经坐得很累，桃叶又不在身旁服侍，疲惫兀然袭来。他索性就地向后一仰躺在了毡垫上。

脑袋刚一着地，就听见安石大人在跟自己说话，惊得王献之慌忙坐起。

已经有段日子了，王献之每天都要到宰相府拜见谢安，或者送来各种整理出来的文书，所以，大堂的正中央照样摆放着两人对弈时的残局。仆人按照谢安的吩咐，给二人的面前奉上一樽温酒。等到二人将酒樽里的温酒饮下后，这才接着将谢安平日最喜欢的紫苏茶摆了上来。

王献之先将茶水一饮而尽，然后将随身携带的表文递给了谢安。

谢安接过文书，迅速浏览了一下，并没有任何表示。

王献之便说道："大人，臣前次听大人说去意已决，想着大人这些日子为寿春前线战役废寝忘食，便自作主张，为大人写了表文。表文中所有涉及之事，皆出自大人平日对臣所说，绝无任何恣意添加。"

谢安点点头，却不接着往下说，而是问道："子敬大人依然无意忘忧（晋人将围棋称作忘忧）乎？"

谢安再一次提出弈棋，王献之显得很是犹豫。看得出来谢安情绪很好，几个月来淝水一线紧张的战事使谢安的眼睛布满血丝。有那么几天，王献之明显感觉出谢安的精神因为长时间处于高度紧张状态，似乎有些绷不住了。弈棋，成了他让谢安放松下来的唯一方法。他曾经尝试过让桃叶和桃枝姊妹二人携琴而来，就在正堂中，由他亲自为谢安抚琴演奏，让桃叶姊妹二人翩翩起舞。表面上，谢安饶有兴趣，还不时击掌叫好，可是就连桃叶姊妹二人都能听出来这样的叫好声与往日大不相同。

一日，为了缓解谢安的焦虑，王献之主动提出跟谢安辩论"公谦"之短长。因为当年挑起"公谦之辩"的名士们大都已经作古（王坦之、袁宏等人均已离世），故如今说起可以不必顾忌什么。

可是，谢安对这个几年前最为时尚的话题完全没有兴趣。不仅如此，谢安还对他自己赖以成名的《周易》论说表示了极大的不屑。"子敬，你以为是王文度难以自圆其说的公（公开坦承、无亲无我的自然之性为功德无量）大于谦（君子因避免自我夸耀的嫌疑而故意降低自己的名誉，既不是实事求是，也不是最美品德）为世间之最高功德，还是殷康子、袁宏谦逊之于坦荡更能获得嘉许乎？我以平生所学和几十年之体悟结论，那场横贯大江南北之争论并不比如何深入贯彻土断更能让王朝兴旺昌盛。"这样的态度，让王献之深感不解呢。"王文度以中书令之高位，提出与袁宏和殷康子公开辩论，已经失之公允了，竟然还要给自家的说法冠以如此之高的冕饰。'夫乾，确然示人易矣；夫坤，隤然示人简矣。'"这最后一句是王坦之在"公谦辩"中引用的《周易·系辞》里的一段文字。谢安摇着头，嘴里发出啧啧的声音，但是从表情上看不出他对王坦之贬乎褒乎。

谢安的话语一出，王献之立刻觉着来了机会，心里也暗暗高兴。因为，谢安总算是提振起精神来。王献之紧接着表示的确对几年前展开的"公谦之辩"深感困惑，也很是不以为然。无论是王坦之大人的圣贤公开坦荡的高调涉世必然高过君子自损违显之品格，还是袁彦伯大人的谦逊自贬之品格对君子而言实在是高于坦荡无亲之峻冷，在王献之的判断中都是不分伯仲的。说心里话，他喜欢袁宏更多一些。这时，王献之还是冒出一句话来："隆名在于矫伐，而不在于期当；匿迹在于违显，而不在于求是。"这是王坦之在"公谦辩"中的一段经典论述。

谢安没有意识到这是王献之试图让他排遣焦虑的计谋，嘟了一声，站起身来，却出乎意料地没有反驳王献之的说辞，而是踱到山墙前，看着地图说道："彦伯乃我朝不可多得之才子，世人赋予他文宗之称名副其实，而丝毫没有谄媚之意。何况，彦伯不过一介文人，有谁会趋炎附势乎？"谢安对王坦之没有给予一个字的评价。在王献之看来这也就是评价了。

谢安一边看着地图，一边朝着王献之招了招手，等王献之走到跟前后，说道："子敬，可以不用再跟我提及'公谦之辩'了。我与你当下的眼睛和心劲务必完全扑在这条宽阔的淮河上耳。"说着手已经指在了寿春东南的瓦埠湖上，然后缓慢地向西北淮河流经的方向移动，一边喃喃说道："指望桓幼子弃城驰援，难耶。亦可谓远水难救近火。也罢，桓幼子有十万大军在上游伺机，令贼寇苻坚有腹背受敌之危机感。苻坚贼寇太过狂妄，倾举国之师，不惜千里奔袭，已然败招尽显。此次贼寇苻坚又亲率虎狼之师挑衅王朝决心，欲毕其功于一役。然，我令石奴将王朝军队沿这一线设防，实在是除了这里，再难以找到易守难攻之地。"他回头看了一眼王献之。"我多次去过这里，举目望去，高岗残丘，水网纵横，可令北方之敌举步维艰。难道苻坚贼寇当真以为在如此水网四通八达之地，他那些旱地之师可以随心所欲，所向披靡乎？"谢安嗓子眼里发出一阵咕噜噜的响声。"子敬，那些热衷于'公谦之辩'的饶舌之人会如何布防？"等了一会儿，见王献之没有回答，又说："贼寇苻坚已然失算，王朝之师以逸待劳虽难以断言胜券在握，然，自古以来以少胜多之战例可谓多不胜数焉。"

"臣与大人所见略同欤。'夫未战而庙算胜者，得算多也；未战而庙算不胜者，得算少也。多算胜，少算不胜，而况于无算乎？吾以此观之，胜负见矣。'"王献之随口说出《孙子兵法·始计篇》中收篇之句。

接着，谢安预测前秦贼寇在取得襄阳之后，必定以为晋王朝已然日薄西山，不堪一击了，必将多方出击，以扩大战果。鉴于此，谢安令弟弟谢石为北线总都督，并率由侄儿谢玄和儿子谢琰统辖的王朝第一军北府军在京都以北布防，并遣强悍之师前出寿春一线布防。谢安估算，这支不到一万人的精锐部队最快也要十天之后才能进入瓦埠湖一侧。

那十天里，谢安几乎没有合眼，从早到晚除了吃饭，就是在正堂的山墙上那张手绘地图前踱步，时而驻足凝视，时而手指从长江畔的上明（今湖北松滋市西）缓缓移向正北方的襄阳。上明是荆州刺史、都督江西总军事的桓冲大将军的大营所在地。谢安有时长吁短叹之间喃喃自语说："桓幼子将军欸，你手握王朝十万大军，而朝廷以举国之力刚刚运去数十万石军粮哟。你脚下是一马平川，你怎就不能驰援襄阳，而眼睁睁看着王朝西部门户被苻坚贼寇攻破？"看得出来，襄阳沦陷令谢安痛彻肺腑。

听到谢安不断重复这些话语，王献之禁不住问道："大人，幼子将军在淝水之战开始之后，曾以护卫京城为理由，欲派兵驰援京都，却被大人断然拒绝。难道大人预见到幼子将军有图京都之谋？"

谢安嗯了一声，旋即摇摇头说："桓幼子以为京都已然无将无兵，却不知若是荆州与寿春一线失守，京都亦不复存在。他有此担忧，并无不妥，却不知一旦生此念头，怎能有破釜沉舟之骁勇乎？"他抬头看了一眼王献之："子敬，当年你父亲右军大人曾送我一部《孙子兵法》，嘱我仔细阅读，牢记在心。那时候，我在会稽每日饮酒听曲，好不快活，怎可能静下心来详读兵书？可是，我不忍怠慢右军将军一番良苦用心，也读了，但很难静下心来悉心揣摩。多年后，太宰司马晞北巡，我怂恿叔虎大人让你一同前往。你也一定还记得。"见王献之点点头，便又说："那次，我就有意让你去接触北府军最强一支军队之统帅刘牢之。北府军由你外祖父郗鉴大人一手创建，这在大人临终前上呈显宗皇帝的疏文中可见一斑。这之后，刘牢之继承父志，追随我谢氏一门辗转作战，忠心可鉴。但你不知晓的是，那一次太宰司马晞大人北巡之前一夜，我与大人谈论过用兵之道，太宰大人当真是熟读兵书，令人钦佩。太宰殿下那时已经运筹帷幄，准备北伐了。太宰大人听罢我对征战用兵之见解后，着意说到了《孙子兵法》中的另一条用兵要诀：'凡用兵之法，驰车千驷，革车千乘，带甲十万，千里馈粮，则内外之费，宾客之用，胶漆之材，车甲之奉，日费千金，然后十万之师举矣。'《兵法》又曰：'兵者，诡道也。故能而示之不能，用而示之不用，近而示之远，远而示之近。利而诱之，乱而取之，实而备之，强而避之，怒而挠之，卑而骄之，佚而劳之，亲而离之。攻其无备，出其不意。此兵家之胜，不可先传也。'如此看来，贼寇符坚定要败于暴涨的自信和他对兵法的无知也。"

说完这段话，谢安走到地图前扭头说道："子敬，我说及你家父亲大人，是想要让你知道，王朝如今并非可以马放南山之时，你在走马上任中书令之前这些日子，需要整理出一本王朝与前秦符坚这五年作战之书册来，且要有注释与心得。你必须如此做之唯一理由是，琅琊王氏不能坐视王朝廊庙上无人坐镇。"谢安长出一口气："不瞒你说，我此刻多希望太宰大人能多活几年。五年前，在叔虎大人薨殂之后，我就曾经向皇上请求让太宰殿下重返京城，重新执掌太宰权杖。然，有人从中作梗，此事不了了之。"

淝水之战接敌以来，历时已经五月有余，谢安跌宕起伏的情绪对王献之产生了非常大的影响，这使得陪伴谢安的五个月着实难熬。王献之每日都觉着口苦难挨，即使终于能够睡着了，也会被焦躁苦涩的口苦折腾醒。

一日，二人又在焦虑中挨到了夕阳西下时分。谢安重又提及主动请迁职扬州、都督徐兖军事的构想。说到一半，谢安突然变得局促起来，语气也十分客气，而不像平日那样轻松随便。"子敬，"他指着已经在桌几上放了很久的由王献之起草的表文说道，"一旦寿春战役获胜，我必须以扬州为方镇亲自发动一次北伐征战。王朝大军亦必须乘胜追击，在短时间内收复中原各地。如此一来，方能完全巩固寿春战争之胜利成果。但是，三个月后，至多到明年开春，我会彻底离开京城，不再受建康官低沉气氛之困扰。大殿内外事务就交予你来掌控。下次朝会上，我会正式向皇上呈请求外放表文。这份表文就留给你自己将来用钦。我不会像王坦之那样絮絮叨叨，说些不着边际之文辞。皇上已成人，心里怎会不明白此事之道理？"说完转身就走。

王献之一把拉住谢安的长衫："大人，皇上怎会诏准大人外放请求乎？"

谢安平静地说道："子敬，我依然是中书监，依然兼录尚书事，依然都督十五州军事还要兼任卫将军。在答应了这些条件后，皇上已经恩准我外放扬州的上表。有司也已经备好了擢升你为中书令之表文。辅佐皇上处理国事要务早已是琅琊王氏族群的本分之事。自从太宗皇帝崩殂后，我与叔虎大人依照先帝遗诏着意栽培你。有幸钦耶，当朝皇上对你钦佩有加。我亦对你倍加信任，我对右军将军之委托亦最终做了完满交代。淝水一战胜利后，王朝必定会迎来至少十年兴盛时期。你需要在权衡朝野势力上费尽思量。不仅要重用在淝水战役中立下大功之将领，亦不可冷落桓氏家族那些仍然手握兵权之后人。只是，你将面临琅琊王氏你那几位从兄弟之掣肘。"说到这里，谢安的眼睛里分明充盈了泪水："皇上是位重情义之圣君，然，圣上嗜酒，又笃信手足，故而你很难将其从辅政大臣司马道子（皇帝司马曜同父同母弟弟）酒坛子旁边拉出来，这是要误大事儿欤。你既要十万分谨慎，亦要如磐石般坚定。只是，你与皇上是为表兄弟，又是其姐夫，兴许不会发生任何变故。子敬，好自为之焉。我已经六十有五，属于我之时代应该一去不复返也哉。"

王献之最后问了一声："大人，哪位将军可以即刻擢升乎？"

谢安不假思索地说："你遏儿阿哥照用，擢升不必计较。只要我还在，任谁不敢恣意妄为。如此一来，既可避免苻坚妖孽再起，乱我王朝根基，又可在中原扩大王朝统领之地。至于擢升将军，朱序大人最为合适。你可向皇上奏请赐予其龙骧将军称号，让他接手徐州、兖州一线的巡防。我作为北伐之后盾镇守扬州一线，如此，王朝旭日可保。"

说完，谢安头也不回出了正堂，却在庭院里被从寿春前线赶回来的信使堵了回来。信使骑行三匹快马昼夜赶路，到达谢安官邸时说话已非常困难。信使将信函交到谢安手里，没等谢安看完，便倒地呼呼大睡起来。从寿春到京都直线距离少说也有四百多里路，单人三马，昼夜兼程，起码两天时间才能到达。

谢安仔细看完战报，又将战报递给王献之，之后并没有坐下来，而是直勾勾地看着正堂山墙上的那张地图。他一定是听到了王献之在看战报时发出来的唏嘘声和赞叹声，面部表情复杂而又多变。这是一份报捷的战报，淝水一战，王朝军队大获全胜，斩敌无数。前秦贼寇数万军士溃退到八公山上惊魂难定，闻风声鹤唳，视草木皆兵，继而一败涂地，若大水决堤，似山崩地裂。

突然，谢安转身就往外走，连一声招呼都没有打。一只脚迈过正堂大门的门槛时，右脚的木屐脱落了，他也好像完全没有发现。出了正堂，刚走下台阶，谢安又折身返回来，脚步有些趔趄。这个时候，王献之看到了谢安的眼睛，这双布满血丝的眼睛里释放着强烈的情感，这是一种相当复杂的情感，像是悲喜交加，像是摆脱了苦闷后的喜悦，更像是超脱了尘世间所有喜怒哀乐后的升华。王献之有一阵子甚至不敢直视这双眼睛。谢安径直走向王献之，仿佛两人从来不曾为这场战争辗转反侧、苦思焦虑、喜怒无常似的。

谢安双手抓住王献之的肩膀，口吻激越而又狂烈："子敬，我谢安上无愧于皇恩，下对得起族人欤！然，淝水一战大胜，王朝转危为安，陈留谢氏却难逃灭顶之灾欤！"

王献之被谢安的手抓得生疼，却无论如何也无法摆脱这双铁钳般的大手。兀然，王献之觉着身体被提着离开了地面，不禁高声呼喊道："安石大人，官奴怎会容忍大难降于谢氏族人也！"

王献之努力睁开眼睛，却见谢玄家的两个男仆将他从地上抱起。而眼前谢玄手提长刀，神情焦虑不安。见王献之苏醒过来，谢玄焦急地问道："子敬，因何不停地呼喊我家安石叔父乎？"

王献之努力回忆着那个很长又很让人纠结的梦。梦境是混乱的，也是支离破碎的，有叔虎叔父薨殂后庄严肃穆的灵堂，有和安石大人一道站在山墙的地图前焦虑不安的场景，还有在太极殿西堂上和辅政司马道子为谢安大人身后荣誉发生激烈争执的场面，甚至有他手持长刀顶住司马道子喉管的情景。王献之不断晃着脑袋，最后说道："我看见安石大人坐在兰亭里，正和家父大人弈棋，于是冲了过去。幼度阿哥，你因何手持长刀立于我面前乎？"

谢玄放下长刀，扳着王献之的身体，使他可以靠在仆人搬进来的草垫上。谢玄突然缩回手来，惊道："子敬，你体热如燃欤，还是回去安歇耳。"

王献之摇着头说道："无妨无妨，酒喝得多了，体温就会升高。阿哥手掌心也是滚烫，无妨无妨。"

谢玄见王献之的目光始终不离那把长刀，便重新将长刀持于手中，慢慢起身，缓缓舞动几下手中长刀，颇有歉意地说道："子敬阿弟，为兄这把长刀是仿着右军大人那把长刀打造而成，重达八斤有余。凭着这把长刀，为兄在淝水战场上斩敌如切瓜。如今不过三年，为兄将其握在手中却有千钧之重欤。你再看看，为兄这王氏刀法可有畸样乎？"

说着，谢玄将长刀高擎起来。这是王氏刀法中绝少使用的一招起式，将躯体正面完全暴露给对方，从而使对方唯一能够选择的就是将兵器直刺自家胸膛。谢玄在淝水一战中正是在马上亮出此招，诱敌出招，两马错镫的刹那间，谢玄身体猛然向后一仰紧贴在马背上，躲过敌将军迎面刺出的长枪，手中长刀借后倾之力横向劈开了敌将无铠甲保护的腋下，鲜血飞溅而出。谢玄一勒马辔，战马前身跃起，手中的长刀已经顺势高举过头，手起刀落，锋利的刀刃劈断了对手的后颈。

而此时，谢玄竟然不敢将长刀劈下来。

正在尴尬之际，王徽之大呼小叫地闯进了正堂，见状呼哈哈大笑一阵，说道："幼度阿弟，府上正堂，无有贼寇，何须出此杀招？来来，让为兄教你如何起式也哉。"

王徽之不由分说拿下谢玄手中长刀，摆正姿势，横刀于胸前，向斜上方用力出刀上挑，未承想长刀太重，脚下不稳，一个趔趄跪在了地上。

三

山阴今年冬天出奇地寒冷，多年不曾发生过的结冰奇观也在前几日发生了。庄园外的水面上结起了薄薄的一层冰呢，也就看不到庄园饲养的大白鹅在水面上戏水了。天空阴沉沉的，几天前仆人们就开始谈论落雪的事情，也都对这难得一见的奇景抱着期盼的心情呢。

进到院子里，王徽之没让仆人唤醒王献之，而是独自来到正堂。这座院子是父亲王羲之留给弟兄七人的老宅中最小的一座，也是庄园里最深处的一座。同样是三进的院子，只是面积要小一些。王徽之辞去官职后闲着无事可做，就雇了工匠把所有的院子都修葺一新。七弟王献之的这座院子最后完工，王徽之还没来得及检查呢，主人就从京城回来了。这让他始料不及，也就没来得及备齐屋舍中要使用的家什。昨晚上，他让仆人收拢了三个火盆送到王献之的宅院，正堂一个，卧房一个，书房一个。

王献之其实已经醒过来了，也听见了五哥在前院张罗的声音——嗓门还是那么大。

心想着要起来迎接哥哥，却被桃叶按在了床上。桃叶先让王献之将熬好的草药汁儿喝下去，又给王献之双脚的创面换了新药，上药之前还用很热的毛巾把伤口敷过。从表面上看，溃烂的创面上生出了鲜嫩的新肉。上药的时候，王献之告诉桃叶说昨晚上竟然没有做梦，睡得格外踏实深沉，此刻情绪饱满得很。看着王献之一脸轻松喜悦，桃叶咯咯地笑出声来，那神情比自己睡了个好觉还要高兴。

换了药后，王献之急忙就来到正堂，看见守在火盆前的五哥已经烤得脸庞通红，便幽默地打趣道："五哥，昨天咱家在谢文度面前可是丢了人耶。"

王徽之呼哈哈大笑一通，嘟囔着"情何以堪，情何以堪"，然后双手朝着上天一拜说道："父亲大人，小子已经将祖上刀术传于小子之长子，经年之后，定是一员战将焉！"然后对搀扶着王献之的桃叶说道："咱家刀法和书艺，子敬皆承继家君真传。待你再为官奴诞下一子，后继有人欤。"

　　从会稽山吹过来的强劲的凛冽寒风，甚至能让屋里火盆旁的人感到冰心彻骨之寒呢。桃叶将王献之在火盆前安顿妥当，看到兄弟二人开怀畅饮起来，便起身指挥着家中仆人用木条将白缎在窗棂上搜紧。很快，堂屋里的温度就升上来了，两兄弟笼罩在一片温暖之中。

　　两坛酒落了肚，两兄弟的话题仍然还围绕着童年那些难以忘怀的趣事打转。说到一次跟着几位哥哥在果树林中追逐打闹，王献之个头最矮，却意外被果树伸出来的枝条刮伤了前额，流血不止。说到动情处，王徽之忍不住越过桌几分开王献之额头上的乱发欲要查看当年留下的伤疤。手刚一触到额头，王徽之就惊得将手抽了回去，说道："官奴，额头怎会滚烫？"

　　王献之连连摇头，告诉五哥，近些日子，他不仅额头滚烫，睡到半夜身上更是烫得凶狠。"阿哥阿哥，此刻滚烫皆因酒烧的，睡上一觉顿时就会降下去。"

　　看着王献之通红的脸，王徽之还是不放心。"明天去看郎中，山阴的郎中比京城的郎中医术可要高得多呢。讨上几服草药煎了喝下去，当日就能见效。"

　　王献之见王徽之如此上心，很是感动，嘴上却突然问道："阿哥，有件事情总是忘记问你，十几年前，姜儿一日猛然说起咱家那几位阿叔阿姑，说咱家这一门虽说骨肉十数，关系却很是淡漠。你说过在桓冲将军之荆州府做参军时曾经前往拜见过几位叔姑，可是确有其事？"

　　王徽之瞪着一双醉眼，想了想说道："此事千真万确，阿哥怎会对你说谎。"于是王徽之仔细将那次进到大山里去拜见叔姑大人的过程描述了一遍。"父亲大人在世时多次说过山阴这里的田亩是祖父大人买下的，应该留给叔姑们一份，可是被叔姑们拒绝了。父亲大人让我们想方设法将叔姑们从山里请出来。我将这件事情告诉叔平二哥，他似乎不以为然，也无热情。"说到这里，王徽之眼圈红起来："官奴，见到那几位阿叔，我当即就有了父亲大人转世之感觉。我跪在他们面前，请几位老人出山，额头磕得出了血，泪如雨下，却无法打动几位老人。"

"因何如此坚决，难道是不认亲情？"

王徽之连连摇头："叔姑们带我去祭拜了祖父大人和郗美人坟茔，我才知晓，郗美人竟然是姜儿祖父郗鉴大人堂妹。官奴，我们该称呼祖父大人的郗美人姑外祖母焉。"

这话令王献之禁不住打了个响嗝，拍打着前额说道："竟有此事？竟有此事欤！"

兄弟二人趁着这份感慨又痛饮下两坛子老酒。王徽之吆喝了一声，让仆人再去谷仓里搬两坛酒来。

"官奴，那日晚上，叔姑们眼巴巴地等着我答应住下来，我不忍拒绝，便住在了大叔父家，其他几位叔姑围着我絮絮叨叨直到深夜才恋恋不舍离去。耶吁耶吁，那番亲昵劲儿，换作是你早已哭成泪人。那晚上我和大叔父一夜未睡。虽说五哥我在桓冲将军眼里不过是个放浪形骸的不可造就之人，可是，在大叔父面前我却是他最为亲近的侄儿。"说着，王徽之抓起面前的酒樽，见酒樽早就空了，他只好越过桌几抓过王献之的酒樽，将里面的酒一饮而尽，然后朝着屋外吼着快点儿拿酒来。接下来，王徽之尽量控制住飞扬的情绪，把那晚上听到的关于祖父大人的事情说了出来。王献之听得目瞪口呆，祖父大人的传奇故事正是在晋王朝从旧京洛阳没落，转而又在长江畔的建康城中兴的过程中发生的。即使在干宝（东晋文学家、史学家）大人所撰《搜神记》中也见不到如此令人瞠目结舌的故事。

"官奴，快快将你脸上横流之鼻涕与泪水擦掉。"徽之指着王献之大笑。桃叶慌忙递给王献之一块布帕。"我跪在大叔父面前听完了他讲述的祖父大人生平的后半段，听得我浑身发烫，战栗不止。官奴，就像你现在这副模样。浑身发抖，泪水横流，心里面燃烧着足以将人击垮的悲情。一定是被我虔诚之心打动了，黎明时分，大叔父大人突然停住讲述，侧耳谛听，说外面开始落雪了。我也跟着侧耳谛听，却什么声音也没有听到。大叔父竟然能够听到雪落之声，神之奇之也。"酒还没有拿来，王徽之变得焦躁不安，在桌几前不断扭动着身子。见此情景，就连王献之也按捺不住了，说了声："桃叶你扶我起来去看看，那些家伙难道掉进酒缸里不成？"说着就要站起身，被王徽之一把拽住说有酒没酒听完再喝不迟。

这时，王徽之流畅的谈吐突然断裂，终日以酒为伴的恶果开始呈现出来。

酒精的燃烧阻止了大脑正常的思绪，堵塞了将这些思绪准确传达出去的通道，形成了叙事障碍。若是旁人听了完全听不明白他在说什么。可是，王献之能听明白。五哥已经快到知天命的年龄了，尽管说话时底气尚足，思维依然敏捷，然而，那垂在胸前的长髯不仅很是稀疏，而且已经是灰白色的了。他不停地往嘴里倒酒，这亦是人到老年的表现：难以快速理顺纷乱的思路，叙事时难以保持清楚的逻辑。只有凭借着烧酒呼唤出来的满怀激情，才能将心底压抑许久的情绪，不论是悲哀的还是欢悦的，不论是沉稳的还是激荡的，不论是压抑的还是奔放的，统统毫无收敛地倾吐出来。这个时候，五哥也只能用这样一种快速的、无力整合的、貌似胡言乱语的方式表达着情绪在内心的冲撞。

王徽之显然被居住在大山深处的叔姑们的生活以及处世的态度震撼到了，接下来的震撼恐怕已经不是他的人生阅历所能承受的了。从五哥混乱的话语中，王献之听明白了五哥跟着大叔父冒着大雪向更深的大山进发了。而且，终于看到了在那片大山中竟然保存着大晋王朝最正宗血脉的国度，这个国度完整继承了先皇武帝的血脉，继承了洛阳旧都的律制法规，继承了大晋王朝开国以来的官宦制度、土地制度和兵役制度。有一阵子，看着癫狂了的五哥，王献之甚至觉着自己也跟着错乱起来。尤其听到祖父大人在那个国度里享有辅政大司马兼兵马总太尉，并被赐予九锡之誉的地位时，他一时间竟然难以接受。

"大雪，鹅毛大雪哟。"王徽之突然站起身来，眼睛发亮，神情木然，开始在屋子里踱步。那神情像是跟着大叔父出了家门，翻身上马，义无反顾地顶风冒雪向深山疾行而去。"直到天色放亮，崇山峻岭——无边无际。大叔父无一丝疲惫……穿过山洞，深邃的山洞。阿哥我跪下来。"

王献之高声哭喊着："五哥，怎就跪下了？说清楚呀！怎就跪下了？"

"就是跪下了。跪在石板上，磕着响头，无疼痛之感。我听到大叔父在哭，我也跟着大哭起来。"王徽之哭号起来。

"因何而跪？因何而哭？"王献之也跟着号啕大哭起来。

"我和大叔父号啕大哭，感天动地之深情，在群山之中回荡震颤。大雪居然住了，天渐次大亮，一排排坟茔皆被掩埋在皑皑白雪之中，坟茔四周高大的松柏竟然被大雪压得如同弱小的幼树。就在眼前，就在眼前软！"

"一排坟茔，一排坟茔？还有松柏，还有松柏？"王献之被这一连串毫无联系的话语惊住了，也叫起来。

王徽之突然站住了，盯着王献之说道："左思大人有云：'峭蒨青葱间，竹柏得其真。弱叶栖霜雪，飞荣流余津。'"当年，左思将《招隐诗》赠予了王旷，并由王羲之传至今日。琅琊王氏王羲之一支中的七兄弟均临写过这首诗，因此，都能完整地背诵下来。"官奴，你喜欢成公绥大人的《天地赋》，因何？"

王献之仰脸看着满脸泪痕的五哥，见对方诚意满满，于是说道："小弟以为《天地赋》之磅礴气势与《洛神赋》的迤逦委婉有异曲同工之妙。"

"可否吟上一段乎？"王徽之眼睛一眨不眨地看着王献之，像是在恳求。

王献之抹去脸上的泪水，用力咽了一口吐沫，吟道："于是六合混一而同宅，宇宙结体而括囊，浑元运流而无穷，阴阳循度而率常，回动纠纷而乾乾，天道不息而自强。统群生而载育，人托命于所系，尊太一于上皇，奉万神于五帝，故万物之所宗，必敬天而事地。"

"着实如你所言哦。"王徽之还沉浸在烧酒撩起的狂烈情绪之中，赞了一句后径自又将《招隐诗》中的一段吟诵出来："白雪停阴冈，丹葩曜阳林。石泉漱琼瑶，纤鳞或浮沉。"然后，他长长地嘘出一口气。"大叔父发出惊天地泣鬼神的啸声：'慈父大人，逸少二兄之子终于迢迢千里，前来拜祭先灵也。小子跪告大人，琅琊王氏逸少二哥一门遗有七子一女，可以告慰大人在天之灵也！'哇呀呀，大叔父浑厚之声音在山谷中回荡，震落了覆盖于松柏上那耀眼之白雪。"

"怎会是一排排坟茔，多少人耶？"王献之还是想弄明白。

王徽之这个时候眼中是空荡荡的，仿佛还在远方飘忽着。他听到了王献之的询问，于是列数了与祖父王旷在一起的那些坟茔的主人。这些人王献之都听父亲大人说起过，都是琅琊王氏与祖父同辈的人。"五哥，明日一早我与你启程前往那里。十数年前那次我们兄弟六人在剡县祖居聚首，就该一同前往。然而然而……"

王徽之也许听清了王献之说的话，也许根本没听。"那日大叔父面对祖父大人坟茔之肺腑长啸，至今依然响在耳畔。二哥不允许我去叨扰叔姑们。"

"多少年了？"王献之是在问自从王徽之将此事告诉二哥至今过去多少年了。

王徽之所答非所问道："那年，叔姑们拒绝走出大山。大叔父一句话说得我汗颜不已：'慈父母大人将我等生落于此，长于斯且亡于斯也。'那里最大一座皇陵便昭示世人，此处曾经是一个王朝欤！"

桃叶突然进了屋子，欢快地说外面大雪纷飞，而且越下越大。

王徽之一听落了大雪，魂魄顿时从那一排排坟茔前收回来，一拍大腿，跃起身来。"官奴，走走，五哥带你去见戴安道（戴逵字）。去年春上他就答应我赠我一尊雕像。"说到这里，王徽之脸上露出顽皮的神情，"此君善雕佛像，我却让他雕一尊天师道祖像。该有多难，他竟然并未推辞。官奴，安道善琴，定与你情投意合，你二人可琴瑟相和，此天籁之音也。走，走耶！"说完，不由分说将王献之拽了起来。

出了院门，雪下得更大。一行人来到河边，上船之时王献之有些犹豫，毕竟双足的创面越发严重，他担心途中受了寒会加重病情。正在想着，身侧的桃叶轻轻拽了一下王献之的衣衫，其心意已是十分清楚。王献之便对五哥说："子猷阿哥，恕小弟不能陪你远足了。"他低下头看着双脚。"凭此双足，行走实在艰辛，恐拖累你大好游兴呢。见到戴安道问声安好便是了，待有时日，官奴定去拜访欤。"

王徽之啧啧了两声，很是抱愧地说道："为兄荒唐了。有一句话要问呢，听罢咱家还有叔姑弟妹远在大山之中，你作何感想？"

王献之信誓旦旦地说："官奴定要前往祭拜祖父大人坟茔，一定要前往祭拜。若是可能，我将会在那里度过余生。"

"去做守墓人？"

"正是。五哥你在神游间将十几年前之事倾吐于我，可是天意乎？"

"新安公主和神爱侄女如何顾及？"

"亦是天意焉。"

徽之看了一眼王献之身后的桃叶，问道："桃叶姊妹二人你将置于何处乎？"

没容王献之开口，桃叶抢着说道："妾身姊妹二人与大人生死与共欤。"

王徽之跨进船舱，激昂的情绪正在一点一点消失，人也疲态尽显。听了桃叶的话后，便不再说话，只是朝着王献之挥了挥手，坐下身来，对船夫说了声"此行剡县也哉！"竟再没有回头。

当晚睡下，桃叶如往常一样，坐在床侧先是在王献之的额头上敷了一块

365

湿了冷水的白缎，用来降低体温，然后按摩双腿。双足的疾患已经致使双腿浮肿很久了，王献之每晚入睡双腿便时不时抽搐不已，实在难以入眠。桃叶为王献之推拿按摩可以减轻抽搐造成的惊悸不安，也能使他很快入眠。王献之感激地抬手摸了摸桃叶隆起的腹部，想问可是又在想念留在司马道福身旁的长子虎儿，嘴上却说："叶儿与我相伴朝夕，不弃不离，悉心服侍，令子敬感激不尽。待日后足疾痊愈定回报欤。"

桃叶莞尔，摇着头说道："大人收纳妾身恩德如天，妾身即使以魂魄回报亦不足以表示心意。那日大人问起妾身，若再诞下一子取名为何，妾身便从此用了心思。"

"快快说来，我想听也。"

桃叶手下推了几把，才说道："妾身思量再三，乳名祎儿。妾身每每忆起祖母大人便会黯然垂泪，乳名祎儿算是为思念祖母大人。弱冠之后大名品之。字还是由大人冠以为妥。"

"品之，王品之。实在妥帖，实在妥帖。至于字号，我以为还是以长幼之序，称作仲，如何？"

"仲章乎？大人大人，怎又睡去欤？"

太极殿西堂里，皇上端坐龙床。皇弟司马道子自被皇上赐予太傅辅政后，打破规矩，在龙床旁安放了一张矮椅供自己坐。此刻，司马道子便坐在那张矮椅里，似睡非睡似醒非醒，一副醉态。皇上今日倒显得有几分清醒。高台下坐着的都是皇上最为信赖的重臣，其中就有出自琅琊王氏的中书令王献之、国子博士兼侍中王珉、左仆射王珣，以及给事黄门侍郎殷仲堪和郗恢。殷仲堪乃已故尚书右仆射王彪之的女婿，郗恢则是谢安的侄女婿，二人皆为皇上宠信之臣。将这些大臣召至西堂商议谢安身后荣誉的事情，足见皇上希望这次商议不再节外生枝。

皇上乜斜着眼睛看了昏昏不醒的司马道子一眼，朝着高台下端立着的侍御史低声说了句："诸位爱卿，亡臣安石薨殂已逾百日，朕朝夕念之，痛彻肺腑。身后赐誉，不可贻误。将王子敬爱卿之奏折读来，无须请奏耳。"

台下的侍御史清了清嗓子，展开王献之呈报的奏折，朗声诵道："故太傅臣安，少振玄风，道誉洋溢。弱冠遐栖，则契齐箕皓，应运释褐，而王猷允塞。及至载宣威灵，强猾消殄。功勋既融，投铍高让。且服事先帝，眷隆布衣。陛下践阼，阳秋尚富，尽心竭智，以辅圣明。考其潜跃始终，事情缱绻，实大晋之隽辅，义笃于曩臣矣！伏惟陛下留心宗臣，澄神于省察。'"

话音刚落，王珣匍匐上前，叩首说道："臣惶恐。所谓'强猾消殄'言过其实也。淝水一役取胜乃天佑王朝，非谢安运筹得当，非谢石指挥得当，亦非谢玄和谢琰勇不可当。盖因皇上早已得神祇护体，而王朝亦因此得获神祇之助也哉。淝水大胜实乃天意，而非人力所能左右者也。"

王献之忍住愤怒，也忍住对这个同出一祖的从弟的鄙视，朝着皇上一举手中笏板，说道："臣惶恐。王散骑之言差矣。淝水一役前后长达数月，伏请圣上体察。即使有天助，若无运筹得当，胜利岂能唾手而得乎！"接连数次朝会，只要涉及谢安身后荣誉，王珣便大唱反调。王献之一直隐忍着没有发作，即使到了忍无可忍的地步，王献之依然保持着愤而不怒、器宇轩昂的姿态。淝水之战早有定论，几乎众口一词，无不盛赞。淝水战役大获全胜后，谢安又坐镇扬州策动了多次北伐征战，指挥谢玄、谢琰率领王朝大军，横扫盘踞在中原一带多年的前秦残部和前燕占领军，所向披靡，势不可当，而且每战必胜，悉数告捷。王朝疆土得到了极大扩展。这些辉煌的战绩坐在西堂里的所有人清清楚楚，皇上也曾多次对这些不可磨灭之战绩感慨不已。

王献之抬头看了皇上一眼，正看到醒过来的太傅司马道子垂手敛目对皇上嘀咕着什么。王献之知晓两人昨夜一定在后宫饮酒作乐，通宵达旦。作为太傅，司马道子年纪尚轻，二十出头难担大任。若不据理力争，此次西堂议事又将无有任何结果，于是又说道："臣惶恐。安石大人自淝水大胜后，自请外放，足以表明忠诚之心。"说到这里，王献之有意说及自己在秘书省潜心朝事也有数年，饱读典籍，浏览群书，对古往今来之事颇有心得，终于理解王朝自江左立国之后，何以如此之多战功显赫之大臣在建功立业之后自请外放，置身戍边，皆为纾解圣上之忧也。

王珣不以为然，晃着头说道："子敬大人言之过甚矣。淝水大战期间，王朝命运命悬一线，亡臣谢安依然故我，沉湎于丝弦歌舞的愉悦之中，更有甚者——"他指着王献之说："你与亡臣谢安饮酒对弈，谈天说地。这在京城中无人不知。"

王献之嗤了一声，驳斥道："王散骑此言荒谬无比矣！此所谓'夫运筹帷幄之中，决胜千里之外'。江左立国之初，琅琊王氏先祖辅佐中宗皇帝。斯时五胡环伺，情势紧迫，征西大将军处仲（王敦字）大人虽在前方与敌作战，却力主京畿之地出榜安民举措，倡贸易，通漕运，兴百业，隆街市。家君每每忆起皆抚襟感叹，还时常提及宰辅茂弘（王导字，王珣和王珉的祖父）大人在乌衣巷组织族人欢愉，以感染同城之人，振奋黎庶百姓。家翁记忆里，几位承担着治国理政重责之先祖大人不仅喜欢厕身于闹热集市之中，凡遇年节，也都抛头于黎民之中与之同欢。然而，王朝有司府院并未因此耽误出台普惠于民之法规律制。大人与先朝前辈重臣不失时机选定安侨郡县，专事安置大量涌入江左之中原百姓，使庶民得以安居。此历朝历代从未曾有过之治国壮举正是出自帷幄之中。茂弘大人也时常会出入街市酒肆，且大人喜欢丝弦琴棋更是家喻户晓，却并不妨碍大人聚思广义，出台土断国策，遏制土豪专断，普惠黎庶百姓，使王朝中兴日新月异欤。实在是所谓运筹帷幄而已。怎就无有谁以为先人们耽于歌坊酒肆而忘却国之忧患乎？"王献之看到说及王导时，王珉暗中捅了捅王珣，示意王珣不必对峙下去。王献之还注意到说这段话时，皇上不时朝着醒过来的司马道子看过去。而太傅司马道子却时不时撇撇嘴巴，那神情当然是表示对王献之所言甚感厌烦。司马道子有如此态度，王献之并不感到奇怪，如谢安石大人生前所言，王朝颓势已初露端倪，却已经难见力挽狂澜之人。即使以他之力，也无济于事了。

然而，今天王献之打定主意要将赐誉之事争出个结论，也要让在座的所有大臣心悦诚服。一众人等面面相觑，王珣节外生枝，意在阻止授勋。王珉看起来打定主意不开口。而郗恢和殷仲堪年纪尚轻，亦非重臣。其他几位大臣更是不知如何插话。王献之于是继续说道："谢安石大人运筹于殿堂屋宇之中时，诸位绝大多数并不曾跻身廊庙之上。与谢安石大人饮酒博弈，甚至投壶作乐，均由我王献之提议。献之之意无非是为纾解大人紧张情绪。试想，淝水一线，前秦贼寇虎狼之师八十万，有投鞭断水之势。而王朝军队不过区区八万。以一当十，怎不紧张万分？然而，斯时王朝上下还有哪位重臣敢于如谢安石大人一般担此维系王朝命运之重责乎？举目环视，廊庙内外又有何人肯将血亲族人子嗣驱赶至如此凶险之战场与虎狼之敌厮杀欤？唯安石大人也哉。若是战败，便面临灭族之祸。谢安石大人在大战期间无一日不如坐针毡，所谓坐卧不宁、茶饭无心当如是也。"

王献之说完之后，并没有立即起身，他需要等待皇上对这番长篇大论做出反应。这时，只见王珣离开座位，匍匐到龙床高台之下，俯身在地，刚要开口，就被皇上打断，拍着手说道："又是西堂之辩，西堂之辩欤！两位爱卿，不必再纠缠于此。你二人各为其主，朕对此心知肚明。元琳（王珣字）爱卿效忠于桓温，子敬姐夫情系于谢安，朕不予计较焉。然，正如子敬姐夫所言，亡臣安石穷其一生，为王朝兴旺殚精竭虑，死而后已，着实令人敬仰。朕每每念起，不由黯然垂泪欤。"皇上司马曜突然对王献之以姐夫相称，心意顿时昭然于西堂之上。

皇上此言一出，西堂里顿时一片安静，就连正打算对王献之再起盘诘的太傅司马道子也很难开口了。

皇上继续说道："子敬姐夫，你乃皇室血脉。朕曾经听叔虎阿伯大人言称，父皇曾传你于病榻之侧，面授机宜。朕那时年幼，不谙世事。今日很是想知晓父皇那日以何言嘱托于你。你若不为难，可当众人说个一二，如何？"

王献之听出皇上的话外之音。对于廊庙上关于谢安大人身后荣誉的争论也并非近日才起，皇上此意很是明确，不想让对谢安授勋一事继续成为朝会上众说纷纭争执不下的话题。

王献之于是说道："臣惶恐。先帝召臣入宫，一番深刻教诲之后，执臣之手嘱曰：'朕已明示叔虎爱卿与安石爱卿，凡有篡逆之心者，无论功绩何其之大，不得赐予九锡之誉。如此，司马王朝三十年无后顾之忧焉！'"

皇上禁不住又一次拍起手来，朗声说道："父皇高瞻远瞩，实为天人欤！此事朕已有定论，侍御史听旨，朕赐赠亡臣谢安太傅，葬仪依大司马桓温故事，以败前秦贼寇功绩，封庐陵郡公也哉。谥号已然选定，曰文靖焉！"

回到家中，王献之仍然怒气难消。司马道福询问何以回到家里还是一副怒气冲冲的模样，王献之没好气地将西堂之事说了出来。

司马道福听着却不以为然，呵呵笑着，将女儿王神爱和庶子王宏之搂进怀里，一边招呼着桃叶和桃枝坐在身侧，一边说道："安石大人生前树敌繁多，王元琳和王季琰（王珉字）兄弟二人本为安石大人女婿，若非大人过于严苛，因两个女婿在歌姬坊发生了男欢女爱之细小琐事，责令二女与两兄终结婚姻，王谢两家怎会反目为仇欤。若是能如妾身一般大度，接纳桃叶姊妹二人，何来今日之难焉？"见王献之气鼓鼓地就要起身走人，随手放开两个孩子，拽住王献之的胳膊，轻轻拍击着王献之的面颊，脸色微红，眼神猥亵，说道：

"今晚你不得离开,妾身要与你恩爱一番欤!"

王献之恼怒地想甩开司马道福的手,却怎么也甩不开,心里一急,坐了起来。原来又是一场噩梦。

桃叶在轻轻拍打他的面孔,唤着让醒来待客呢。

再定神看去,后半夜才乘坐木船前往剡县的五哥王徽之竟然坐在面前,将一张神采奕奕的脸庞凑过来,不禁惊道:"五哥船行神速,不过几个时辰,竟然倏忽往返。快快将那戴安道雕刻教主尊像拿来,你我兄弟参拜一番也哉欤!"

王徽之被王献之的这番话语逗得呼哈哈大笑不止:"怎会不神速焉?大雪飞扬,无有星月,天色本该如墨,雪色却辉映四方,景色神奇而诡异。耳畔虽有舟楫划水叩耳,却难掩雪花溅落于肩膀时发出窸窣之音。妙不可言欤!岂料,船行过半,雪却住了,顿觉兴味索然。咱家本乘兴而往,兴尽而返,何必见戴欤!"说完,仰天大笑不止。

转眼三个月就过去了,春二月将尽。在山阴一住竟然就是三个月,这让王献之颇有了岁月如梭之感。"百日已逝,夫复几何欤!"昨晚上桃叶告诉王献之已经过了一百天了,王献之心中便生出这样的感慨。

春暖花开,草木葳蕤,若是遇见晴日,甚至能感到热了。离开山阴这天就是晴天,晴空透彻,碧蓝如洗。经过一个冬天的治疗,王献之的足疾仍然时好时坏。坏的时候,身体会伴有高烧,整个人都被烧得迷迷糊糊。好的时候,王献之甚至可以坐上平肩辇到外面转上一个时辰。

十天前,五哥徽之陪着隐居多年的戴安道去了震泽旁的吴兴郡。那里有结识许久的酒友早就等着王徽之去不醉不休了。走的时候,王徽之说最多半月能返回山阴。王献之压根没相信五哥的话。

再有半月,就是三月三修禊日了。王献之决定离开山阴,先去剡县祖居父母大人合葬的坟茔祭奠,然后视身体情况返回山阴,与五哥一家人共同度过修禊日。

在山阴的这些日子,住在偌大的家族庄园里,王献之几乎没有一刻得到安宁。熟悉的屋舍,熟悉的庭院,庄园入口处那棵长了四十多年的参天大树。这棵大树是双亲大人第一次落脚在会稽郡的祖宅时种下的,长得可比弟兄七人都要快。浓荫覆盖下,庄园的入口处俨然人间仙境耳。还有熟悉的田亩,大白鹅熟悉的鸣叫，都能够将久远了的往事从记忆深处唤醒。空气里，弥漫着熟悉的气味，这种混杂着野草、稻子香味的从远处山峦里吹过来的崇山峻岭茂林修竹的气味，令王献之倍感亲切，又甚觉伤感。

通往剡县的官道依然如故，路面破毁不堪行走，遇到颠簸得难以前行的路段，王献之只能下了牛车改坐肩舆。到达剡县祖居竟然用了两天时间。

王献之在老宅里沉睡了一整天，依然觉着难解鞍马劳顿。第三天醒来，体热降了下去，人也精神多了。吃罢晌午饭，桃叶说外面依然晴空暖阳，于是决定立刻前往墓园完成祭拜仪式。

往坟茔走的路上，敏感的桃叶轻轻拍了拍坐在肩舆上的王献之，不安地说道："大人，何以大人已经十五年未曾回到这里，那些家仆们见到你皆垂手敛目，不敢直视，像是做了亏心之事，很是惧怕大人追究耶？"

王献之不以为然地晃了晃头，但还是想了想才说："十五年前，我不过是六品秘书郎，排行又最小，自然不会受到恭敬之待遇。如今衣锦还乡，官威犹存欤。呵呵！"他对自己这番自嘲很是得意，笑着说："彼时，这些家仆年长不过三十，年幼尚未总角。如今多是垂垂老人，年轻些许的也都过了而立，懂得家规欤。"

桃叶还是摇着头说："他们似也甚是怕我，远远见到，避之唯恐不及。"

王献之啧啧了几声："卿卿不必多疑，你与他们地位悬殊，家规如此而已。"

从老宅走了一个时辰才来到山下，桃叶执意让舆夫将王献之抬到坟茔前，王献之却是不肯，情愿忍受着双脚的疼痛，被仆人搀扶着来到坟茔前的那块用来遥寄思乡之情的平地上。王献之带着桃叶姊妹二人在平台上行完遥拜琅琊故乡的仪式后，这才前往半山上的墓园。

墓园内整齐如新。二十五年前沿着园墙内侧种下的柏树已经有两人多高，树干长得也有三四围粗壮了。坟茔前有一块五丈见方的平地，一条青石板铺就的阔面石径直通坟茔。青石板上一尘不染，坟茔刚培过了新土，无一根杂草，眼前的情景令王献之不禁愕然。即使如此，也并没有引起王献之的注意，直到祭奠完后开始下山时，王献之无意中看到了那座守墓人居住的草庐院落里升起来的袅袅炊烟。王献之知道守墓人的院落早在十多年前就无人居住了。这让他感到分外疑惑，于是决定到院子里看看。

院落很小。四间草庐，两两相对。守墓人的两间居室对面是一间磨房和一间灶房。桃枝进到灶房里转了一圈，出来说灶台上的开水还在锅里，灶洞里的柴火刚刚熄灭。

王献之在院子里伫立片刻，然后进了其中一间屋舍。屋里的布设与庄园里做道场的静室一模一样，甚至就连熏香燃过的气味也无二致。唯一不同的是，祭台上有了一尊天师道教主的雕像。一个女人面朝着祭台端坐着，一动不动，一声不吭，亦像是一尊雕像。

油灯发出豆样的暗火，令屋子里的气氛非常压抑。昏暗的灯火中，女人发髻上的一根银簪格外醒目。王献之一眼认出了这根银簪，像是被人刺痛了眼睛，一阵钻心的疼痛直达心房。

身后，桃叶猛然惊叫起来，竟也顾不上身孕，匍匐在地上朝着女子跪行过去，嘴里连声叫着"姊姊大人哇姊姊大人哇"，妹妹桃枝也紧跟着匍匐过去。

是郗道茂无疑了。姊妹二人向郗道茂施行了主仆大礼，桃叶啜泣着说道："姊姊已经安排好了桃叶桃枝姊妹二人一生之命运，因何又不辞而别，却让大人和妾身沉浸在十五年哀情愁绪之中耶？"

郗道茂情不自禁伸出手来摸了摸桃叶的脸庞，嘟哝道："姊姊若非有难言之隐，怎会不辞而别？妹妹，你怎也变老了欤？"

桃枝在后面大声哭起来。

王献之木然地看着在昏暗的草庐里坐着的郗道茂。这是一张多么熟悉的面孔，如今又是何等之苍老。郗道茂也扬起脸看着王献之，眼中闪过的那稍纵即逝的喜悦，即刻就被巨大的哀伤覆盖住了。王献之捕捉到了那刹那间的闪烁，却并没有被激起相同的反应。他是大惊失色的，在大惊失色之余油然而生的则是难以名状的滋味：苦涩？抑或是早已经麻木了的呆滞？

两人都没有说话，也不再注视对方。此时能有怎样的话语将十五年中曾经发生过的寻找时的焦虑、期盼中的绝望、怀念中的苦痛，以至于最终不得不选择的无奈中的遗忘表达得淋漓尽致乎？

少顷，郗道茂从怀里掏出一张纸片递给了王献之，说是父亲大人王羲之的遗书。遗书的最后一段是写给王献之的，短短几行字却使用了惊世骇俗的兰亭书体："官奴儿，父与舅（指郗道茂的父亲郗昙，也是王献之的亲舅舅）指婚遂天意人情。若难诞子婴，可纳妾传续，断不得出焉。切切。"

王献之将遗书揣进怀里，拖着疲惫不堪的身体向外走去，将要迈出草庐时，突然停下来问道："何时取得遗训乎？"

"十五年前在山阴老宅的静室里。"

"因何不交于我？"

"你又能如何乎？"

王献之第二天就离开了剡县祖居。一行人在兰亭旁的草庐住下来。

第二天，王献之来到兰亭，拒绝了桃叶姊妹搀扶的请求，独自步履艰难地在木亭周围游走了一圈，接着就在木亭里的石凳上坐下。整整一天，不再行走，不进茶饭亦不再说话，而是呆呆地看着远处那条奔腾不息的河流。三十年前的三月初三修禊日，母亲大人便是在这条清澈的河流里解开王献之头上的发髻，为他清洗长发。

桃叶知晓王献之又坠入恍惚之中，不觉心慌意乱，只好在身后轻抚王献之的脊背，希望能帮助他清醒过来。这时就听见王献之嘴里嗫嚅而言，含混不清，时而可辨出寥寥字句："虽奉对积年，可以为尽日之欢……方欲与姊极当年之足，以之偕老，岂谓乖别至此！诸怀怅塞实深，当复何由日夕见姊耶？"这些年来，只要王献之坠入怀念与郗道茂往日之水乳交融情景，桃叶就会听到王献之喃喃自语地说些类似的话。于是，桃叶俯下身子，贴在王献之耳畔轻声说道："大人，妾身愿如姜儿姊姊一般与大人奉对以度日，促膝以言欢，朝夕如此，不复有二欤！"

王献之点点头，感激地唔了一声。良久，突然转过身来，张开双臂揽住腹肚如鼓的桃叶，用乞求的目光看着她，说道："腹中之子何时可诞下乎？"

桃叶说道："尚有月余。"

"若是囡囡如何是好？"

桃叶温柔而又坚决地宽慰道："大人无须愁虑，桃叶誓为大人诞下七男八女也哉。"

王献之将脸长时间贴在桃叶的肚子上，像是自言自语说道："囡囡也罢，嗣子也罢，但愿为父能与尔等享天伦之乐欤。"

"大人又在发烧耶，面庞滚烫耶！"桃叶心疼地说道。

"嘘嘘，不可喧哗。为父正将如火般舐犊之情传入子婴之血脉中耳！"

亭外，春意盎然。暖风中有潮湿之气从肌肤侵入脾肺，直刺经脉而通达全身。王献之感觉到了这股子邪气对身体的侵蚀，却已经对此毫无防范之力。他痴情地揽着桃叶，倾听着这个可心女子的心跳伴着腹中胎儿心脏的律动。这律动犹如一曲天籁之音在腹中奏响。他甚至已经在将这两种不同律动的心跳谱写成一曲世间独一无二的琴曲。他开始哼起来，试图用所有发音器官能表达出来的音调将古琴阮琴和他心爱的老琴编写在一块儿，来表达一个父亲对子嗣寄予的深情厚望。

回到草庐中，王献之没有吃饭便和衣睡下。睁开眼睛的时候，他看着焦虑不安的爱妾桃叶说道："甚累欤！我假寐片刻便与你在烛火之下读籍习写也哉！"说完，舒出一口长气便昏然睡过去。

入夜后，桃叶姊妹二人将吃饭的桌几搬进卧房，等待王献之醒过来能与二人把酒言欢。

然而，王献之再也没能醒过来。持续不退的高烧直到第三天晚上突然退得干净。王献之嘴里发出一阵又一阵的声音来，这声音不同凡响：时而低婉若阮，时而轻弱若吟，有书写之声伴而和之；时而激越如琴，时而平缓似水，有刀斩之风掠而抚之。

桃叶牵过王献之冰冷的手贴在脸上，呆呆地看着这张渐渐失去生气的面庞。终于，王献之吐出最后一口气后，胸膛兀然塌陷下去。气断了，灯灭了，桃叶的天塌了。

十一年后的隆安元年（公元397年），王献之和司马道福的女儿王神爱被册封为晋安帝司马德宗的皇后，始追赠父亲王献之为侍中、特进、光禄大夫、太宰，谥号宪。

（第三卷完）